BASTEI
LÜBBE

Von Elizabeth Boyle ist außerdem bei Bastei Lübbe Taschenbücher lieferbar:

18 640 Geliebter Schurke
18 680 Heißer Zauber einer Nacht

Über die Autorin:

Elizabeth Boyle lebt mit ihrem Ehemann und ihren beiden Söhnen in Seattle, Washington. Seit 1996 widmet sie sich dem Schreiben von historischen Liebesromanen. Für ihre Bücher hat sie bereits den »RWA RITA Award« sowie den »Romantic Times' Reviewer's Choise Award« bekommen. Ihre letzten vier Romane wurden in ihrem Heimatland allesamt zu Bestsellern.
Mehr Informationen über die Autorin und ihre Bücher gibt es unter www.elizabethboyle.com.

ELIZABETH BOYLE

Betörendes Spiel der Leidenschaft

Ins Deutsche übertragen von
Nicole Friedrich

Roman

BASTEI LÜBBE

BASTEI LÜBBE TASCHENBUCH
Band 18 703

1. Auflage: Mai 2006

Vollständige Taschenbuchausgabe

Bastei Lübbe Taschenbücher in der Verlagsgruppe Lübbe

Deutsche Erstveröffentlichung
Titel der amerikanischen Originalausgabe: *It Takes a Hero*

Titelillustration: Daeni/Agentur Thomas Schlück GmbH
Einbandgestaltung: Nele Schütz Design
Satz: SatzKonzept, Düsseldorf
Druck und Verarbeitung: Nørhaven Paperback
Printed in Denmark
ISBN 10: 3-404-18703-2
ISBN 13: 987-3-404-18703-4

Prolog

Miss Emerys Lehranstalt für höhere Töchter

Bath, England
Dezember 1816

Schrille Trompetenklänge hallten zwischen den Hügeln. »Vorwärts! Attacke!«, schrie Oberst Darby, und seine Brigade gehorchte ihm aufs Wort, allen voran Leutnant Throckmorten, der die kühnen Männer gegen die grausamen und barbarischen Mogulhorden in die Schlacht führte.

Miss Darby, die rittlings im Sattel ihres Rosses Champion saß, verfolgte den Kampf aus sicherer Entfernung, ein kleines Fernrohr am Auge und ihr stets treu ergebener und wachsamer Wolfshund Ajax an der Seite. Ihr stockte der Atem, als sie sah, wie sich ihr geliebter Leutnant Throckmorten in das Kampfgetümmel stürzte, von Staub und Rauch geschluckt wurde und aus ihrem Blickfeld entschwand.

Lady Lucinda Witherspoon legte eine Pause ein und blickte in die gespannten Gesichter ihrer Zuhörerinnen. Offiziell hätten die Kerzen des Schlaftraktes bereits vor Stunden gelöscht werden müssen, doch die jungen Damen in Miss Emerys Obhut trotzten sowohl der eisigen Kälte, die die Schule niemals zu verlassen schien, wie auch der Aussicht, Miss Emerys Groll auf sich zu ziehen. Die Mädchen saßen dicht gedrängt um Lady Lucindas Bett und lauschten dem letzten Kapitel von *Miss Darbys schwärzeste Stunde*.

Im Laufe der letzten zwei Jahre hatten sie auf diese Weise alle vier Romane über Miss Darby und ihre Abenteuer gelesen, hatten in Lady Lucindas Zimmer neben einem Kerzenstummel gekauert, den eine von ihnen aus dem Musikzimmer oder dem Salon gemopst hatte, wenn die Lehrerinnen abgelenkt waren.

Miss Emery brüstete sich gern mit ihrer ausgeprägten Wirtschaftlichkeit, weshalb es alles andere als leicht war, an Kerzen zu kommen. Und da Sparsamkeit in Miss Emerys Welt bereits eine Tugend darstellte, war es nicht weiter verwunderlich, dass Abenteuerliteratur etwas Unheilvolles und nicht für die Augen oder Ohren junger Damen bestimmt war. Direkt nach Erscheinen der Erzählungen um Miss Darby hatte die Schulleiterin die Lektüre der Romane verboten und es wie folgt begründet: »Miss Darby und ihre radikalen Ansichten über Freiheit sowie ihre exotischen Manieren sind degoutant.«

Ihre Elevinnen waren vollkommen anderer Meinung.

»Zum Kuckuck, Lucinda! Lies weiter«, beschwerte sich Miss Geneva Thayer. Zwar bekleidete Lady Lucinda einen höheren Gesellschaftsrang als Miss Thayer, aber Miss Thayer war nun mal eine begüterte Erbin, was in der Hackordnung von Miss Emerys Einrichtung mehr zählte. Ferner war es Genevas großzügigem Taschengeld zu verdanken, dass das verbotene Buch in den Schlaftrakt geschmuggelt werden konnte.

»O bitte, hör nicht auf, Lucinda«, flehte eines der jüngeren Mädchen. Mehrere Köpfe nickten.

Keines der Mädchen besaß Lady Lucindas theatralisches Vorlesetalent, und zudem war es von allergrößter Wichtigkeit, dass sie *Miss Darbys schwärzeste Stunde* noch vor Tagesanbruch beendeten. Am Morgen würde die Schule für die Weihnachtsferien geschlossen werden und die älteren Mädchen, darunter auch Miss Thayer und Lady Lucinda, würden wegen ihres bevorstehenden Gesellschaftsdebüts nicht mehr zurückkehren.

Lady Lucinda zog die flackernde Kerze näher zu sich.

»Such ihn, Ajax«, befahl Miss Darby. Sogleich preschte der tapfere Wolfshund auf das Schlachtgetümmel zu und bahnte für Miss Darby und Champion eine sichere Schneise. Dem dichten Rauch und den unerbittlichen Kämpfen auf beiden Seiten zum Trotz setzte Miss Darby ihren gefährlichen Ritt fort. »Leutnant Throckmorten!«, schrie sie. »Leutnant Throckmorten, können Sie mich hören?«

Doch sie konnte den Leutnant nirgends entdecken.

Lucinda hielt abermals inne. Dieses Mal, um umzublättern.

»Ach du meine Güte«, rief Lady Penelope Bittleman plötzlich. »Ich ahne, dass etwas Entsetzliches geschehen ist. Ich irre mich so gut wie nie. Mutter meint, ich besäße hellseherische Fähigkeiten.«

»So'n Quatsch«, keifte Miss Mary Mavery. »Leutnant Throckmorten ist ein tapferer Mann. Ihm wird schon nichts zugestoßen sein.« Sie war die Sachlichste unter den Schülerinnen, doch auch ihre Ermahnung vermochte Penelopes Tränen nicht aufzuhalten.

Auf neuerliches Drängen las Lady Lucinda weiter. In ihrer Stimme schwang unverkennbare Aufregung.

Plötzlich erspähte sie ihn, ihren geschätzten Leutnant Throckmorten.

»Seht ihr, sag ich doch«, triumphierte Miss Mavery. Wieder enthusiastisches Nicken um sie herum.

Zur Bestürzung der versammelten Mädchen schnappte Lady Lucinda, die die folgenden Zeilen bereits überflogen hatte, heftig nach Luft. »Oje, o nein!«

Keine ihrer Mitschülerinnen rührte sich, sämtliche Augen waren auf das dünne Buch in Lady Lucindas Händen gerichtet. Als sie weiterlas, hielten die Mädchen die Luft an.

Zu ihrem Entsetzen erblickte sie ein zerrissenes Stück blauer Seide.

»Der Schal, den Miss Darby Leutnant Throckmorten in *Miss Darbys riskante Reise* schenkte – als Zeichen der unsterblichen Anerkennung, die sie einander entgegenbringen«, flüsterte eines der jüngeren Mädchen.

Ihr Herzblatt, ihr teuerster Verlobter lag auf dem Boden, der scharlachrote Mantel in Fetzen und blutgetränkt.

»Blut?«, wiederholte Lady Penelope leise, schwankte und fiel in Ohnmacht.

Lady Lucinda warf einen hastigen Blick auf ihre Freundin, ehe sie sich wieder dem Text widmete.

Miss Darby sprang aus dem Sattel und fiel neben ihrem Liebsten auf die Knie. Doch noch bevor sie seine Wangen berührt hatte, wusste sie, dass ihr das Schicksal einen verheerenden Schlag versetzt hatte.

»Nein«, keuchte Miss Thayer.

Lady Lucinda nickte. »Ich kann unmöglich weiterlesen«, sagte sie mit zittriger Stimme, sichtlich um Haltung bemüht.

»Aber du musst!«, beschwor eines der Mädchen sie. »Für uns, für Miss Darby.«

Irgendwo wurde ein Taschentuch hervorgezaubert und nach vorne gereicht. Dankbar nahm Lady Lucinda es entgegen. Nachdem sie sich ein wenig gefangen hatte, las sie die schicksalhaften Zeilen:

Ihr geliebter Leutnant Throckmorten war tot.

Der adrette, schmucke Leutnant Throckmorten tot? Konnte die Welt wirklich so grausam sein?

> *»Leutnant Throckmorten, mein liebster Geoffrey«, schluchzte Miss Darby und hielt den leblosen Leichnam ihres Angebeteten an ihre bebende Brust. »Ich werde meine unsäglich tiefe Trauer in die weite Welt hinaustragen. Hiermit gelobe ich, niemals zu heiraten. Niemals.«*

Eine Weile sprach keines der Mädchen, lediglich herzzerreißendes Schluchzen hallte von den Wänden des schummerigen Zimmers wider. Gemeinsam mit ihrer Lieblingsheldin betrauerten die Mädchen den tragischen Verlust ihres Verlobten.

Mit ernster Miene blickte Lady Lucinda in die Gesichter ihrer Mitschülerinnen. »Hiermit gelobe ich, niemals zu heiraten.«

Die Mädchen vermuteten, dass sie die schicksalhafte Zeile des Romans wiederholte. Doch als sie ein seltsames Licht in Lucindas Augen glimmen sahen, entdeckten sie noch etwas anderes: Ungehorsam.

Wenn ihre verehrte Miss Darby, die junge Dame, deren Abenteuer ihrem eigenen trostlosen Schülerinnenleben Romantik und Aufregung verlieh, fest entschlossen war, niemals in den Stand der Ehe zu treten, so würden sie es ihr gleichtun.

Lucinda streckte die Hand aus, und eine nach der anderen legte ihre obenauf.

»Hiermit geloben wir, niemals zu heiraten«, wiederholten sie feierlich.

Kapitel 1

In dem Moment, da ich sie zum ersten Mal erblickte, wurde ich unweigerlich in ihren Bann gezogen. Es war, als fiele Sternenstaub vom Firmament und in mein Herz. Ich fürchte, ohne sie werde ich nie wieder ein ganzer Mensch sein.

Leutnant Throckmorten zu seinem Offiziersburschen Thomas Rivers in *Miss Darbys desaströses Dilemma*

London

Die Saison des Jahres 1817 hätte eigentlich wie jede andere beginnen müssen. Genau genommen hätte es sogar die bezauberndste Saison seit Jahren werden müssen, jetzt, wo Napoleon keine Gefahr mehr darstellte. Sowohl den Offizieren als auch dem Adel stand der Sinn nach ausgiebigen Feierlichkeiten. Noch gewichtiger war jedoch, dass sämtliche Junggesellen in Heiratsstimmung waren.

Landauf, landab hätten die Mütter unverheirateter Töchter also allerbester Laune sein müssen.

Stattdessen waren sie vollkommen panisch. Weil ihre Töchter nicht mitspielten, weil sie sich hartnäckig gegen die Ehe sträubten.

Wer hatte je von solch einem Unfug gehört? Nicht heiraten zu wollen? Wieso erklärten sich die Mädchen nicht gleich zu Amazonen?

Doch solch bodenlose Dummheit würde nicht toleriert werden. Vor allem nicht von Lady Lucindas Mutter Malvina Witherspoon, der Gräfin Tottley. Sie hatte mitnichten ein kleines Vermögen ausgegeben und ihre Tochter auf Miss Emerys renommierte Lehranstalt geschickt, damit sie in den Schoß der Familie zurückkehrte und verkündete, nie und nimmer zu heiraten, oder?

Nie und nimmer!

»Das ist einzig und allein das Werk dieser ehrlosen Kreatur Darby«, verkündete Malvina eines Morgens in einer Runde ähnlich verzweifelter Mütter. »Es ist höchste Zeit, diesem Unsinn ein für alle Mal ein Ende zu bereiten.«

Beifälliges Gemurmel erhob sich. Alle anwesenden Damen wussten, dass die Gräfin einen schwerwiegenden Grund hatte, den Zustand der Anarchie beendet sehen zu wollen.

Wenn die Gerüchte stimmten – wovon auszugehen war, wenn man bedachte, zu welch unchristlicher Zeit Lady Tottleys Bitte um eine Zusammenkunft überbracht worden war –, hatte Lady Lucinda sich geweigert, *ja, geweigert*, den jungen und attraktiven Lord Barwick, den Erben des Herzogtums Hemswell, zu heiraten.

Nun galt es, rasch zu handeln. Es hätte ebenso eine ihrer Töchter sein können, die eine gute Partie verschmähte.

So kam es, dass sich die guten Mütter Londons zusammentaten, um in die Offensive zu gehen. Dem Erfinder von Miss Darby – eine Person, die lediglich als *M. Briggs* bekannt war –, wurde in diesem Moment größerer Groll von den Versammelten in Lady Tottleys Morgensalon entgegengebracht als Napoleon auf dem Höhepunkt seiner despotischen Herrschaft.

Ein diskretes Klopfen unterbrach das Zischeln und Tuscheln, und Lady Tottleys Butler Crumpton, der für seine Frostigkeit bekannt war, steckte seine lange Nase zur Tür herein. »Ma'am, hier ist ein Gentleman, der sagt, er wäre eingeladen.«

Der Unterton des Butlers sprach Bände. Nämlich, dass er weder glaubte, dass es sich bei dem Besucher um einen Gentleman handelte, noch dass er eine Einladung erhalten hatte.

»Schicken Sie ihn herein, Crumpton. Auf der Stelle«, wies ihn die Hausherrin mit aufgeregt fuchtelnden Händen an.

Es war ein seltenes Vergnügen für die anwesenden Mütter, Crumptons Kiefer nach unten sacken zu sehen.

»Aber Mylady«, protestierte er, »dieser ... dieser ... Mann ist nicht salonfähig. Ich weiß aus höchst zuverlässiger Quelle, dass er ...«

»Seien Sie kein Dummbart, Crumpton«, unterbrach die Gräfin ihn. »Wir leben in entsetzlich diffizilen Zeiten und können es uns nicht leisten, an rigiden Sozialgefügen festzuhalten, wenn wir die Welt wieder in Ordnung bringen wollen.«

Fächer flatterten, und die verstohlenen Blicke stellten alle dieselbe Frage.

Wen hatte Lady Tottley eingeladen, der Crumpton in einen so aufgelösten Zustand versetzte?

Die Damen mussten nicht lange auf die Antwort warten. Wenige Momente später öffnete sich die Tür erneut – schwang mit einer Spur Auflehnung nach innen und gab den Weg in ein für gewöhnlich dem holden Geschlecht vorbehaltenes Sanktuarium frei.

Einen Moment lang füllte die stattliche Silhouette ihres rettenden Engels den Türrahmen aus, ehe er mit großen Schritten den Raum eroberte – und mit ihm so manches Herz in Aufruhr versetzte. Er wurde vom seichten Echo stockenden Atems und einzelner Seufzer begrüßt. O ja, dieser Mann war in der Tat verrucht, und jede kannte seinen Namen. Und seinen Ruf.

Sein dunkler Blick glitt blitzschnell durch den Raum, prüfend und abschätzend. Er machte eine Bestandsaufnahme der Anwesenden und des Interieurs, als vermutete er eine lauernde Gefahr.

Doch er war nicht der Einzige, der sich alles genau

anschaute. Auch die Damen ließen es sich nicht nehmen, ihn einer ausgiebigen Musterung zu unterziehen, was allerdings weniger auf seine Kleiderwahl zurückzuführen war. Er trug einen Gehrock aus schwarzem Kammgarn, Kniehosen aus gelbbraunem Leder sowie abgewetzte und dreckige Stiefel. Es war vielmehr das, was in den Kleidern steckte, das sie so in Entzücken versetzte.

Ein Prachtexemplar von Mann.

Raphael Danvers, knappe dreißig Jahre alt, dominierte mit seinen fast zwei Metern Körpergröße den kompletten Salon. Er war ein Mann in der Blüte seines Lebens. Seinen achtbaren Namen hatte er von seinem Vater, dem berühmten Baron Danvers, geerbt. Doch sein verschlagenes Erscheinungsbild und sein fremdländisches und attraktives Äußeres zeugten von seiner Abstammung aus einem alteingesessenen spanischen Adelsgeschlecht. Rafe Danvers besaß die stechenden Augen eines Adlers und eine Kinnpartie, die in einer kastilischen Schmiede geformt und geprägt worden sein musste. Von ihm ging ein loderndes Feuer aus, das sich in seiner Intensität mit der gleißenden Sonne Spaniens messen konnte.

Seit seiner Rückkehr aus dem Krieg gab es keine verlobte, verheiratete oder verwitwete Frau in ganz London, die sich nicht schon einmal gefragt hatte, wie es wohl war, ihm die unmodischen Kleider vom muskelbepackten Körper zu reißen und sich in seiner rauen und unbändigen Wärme zu aalen, um sich persönlich davon zu überzeugen, wie verrucht er war.

Glücklicherweise war er geneigt, die Damenwelt gewähren zu lassen.

»Mylady«, sagte er und nickte der Gräfin beiläufig zu. Lady Tottley hätte mit Fug und Recht verstimmt darüber sein können, dass er keinen Bückling gemacht hatte. Doch sie und ihre Freundinnen wussten, dass Mr. Danvers aufgrund der langen Jahre im Krieg und seiner unkonventionellen Erziehung

Höhergestellten nicht den nötigen Respekt entgegenbrachte. Außerdem war die Gräfin gerade damit beschäftigt, ihre eigenen unzüchtigen Vorstellungen zu verdrängen, in denen eine verlassene Jagdhütte, zehn Fuß tiefe Schneeverwehungen und ein spärlich bekleideter Raphael Danvers die Hauptrolle spielten.

»Ma'am?«, fragte er voller Ungeduld.

Malvina atmete tief durch und schüttelte auch den letzten unbotmäßigen Gedanken ab. »Mr. Danvers, auf die Minute pünktlich«, begrüßte sie ihn und deutete auf den einzigen freien Stuhl in der Runde. »Bitte nehmen Sie doch Platz. Es geht um eine äußerst heikle Angelegenheit, bei der ich dringend Ihrer Hilfe bedarf.«

»Malvina, du denkst doch nicht ernsthaft darüber nach, diesen ...« Gesprochen hatte die langjährige Freundin der Gräfin, Harriet Bittleman, die Marquise von Funtley. Harriets bestürztes Gesicht verriet, dass sie etwas ahnte und die Ausmaße des Skandals erkannt hatte, in den sie unweigerlich mitverwickelt sein würde, wenn irgendwer – allen voran ihre Gatten – Wind davon bekäme, was sie zu tun gedachten. »Bist du dir im Klaren darüber, was aus uns und unseren Töchtern wird, wenn jemand erfährt, dass wir ... dass wir ...«

»Ja, bin ich«, unterbrach Malvina sie zänkisch, ließ den Fächer zuschnappen und warf ihn auf den eleganten Beistelltisch neben sich. »Aber ich werde nicht tatenlos mit ansehen, dass die vielen Jahre mütterlicher Fürsorge umsonst gewesen sein sollen, sondern dafür sorgen, dass meine Tochter heiratet. Koste es, was es wolle.« Ihr strenger und einschüchternder Blick bewog die anderen Damen, sich die schmachvolle Zukunft vorzustellen, die ihnen bevorstand, wenn sie für den Rest ihres Lebens einen Schwarm alternder Jungfern im Schlepptau hatten.

Ein wenig ungeduldig hüstelte Mr. Danvers in die angespannte Stimmung hinein. »Sagten Sie gerade *heiraten*? Hören Sie zu, ich bin nicht willens, mich für einen Kuhhandel herzugeben, ich ...«

»Setzen Sie sich endlich, Sir«, bellte Malvina.

Gerüchten zufolge hatte Raphael Danvers im Krieg an der Seite spanischer Guerillas gekämpft und war in Gefechte verwickelt gewesen, die so feuergefährlich und horrend gewesen sein mussten, dass ihn nichts mehr erschüttern konnte. Doch wie es schien, war er noch nie gegen Lady Tottley zu Felde gezogen.

»Ich verdiene doch mein Geld nicht damit, indem ich ...«, setzte er abermals an.

»Ich sagte *setzen*, Sir!«, fuhr Malvina ihn erneut an.

Nicht einmal französische Scharfschützen konnten es mit der Gräfin aufnehmen, wenn sie sich etwas in den Kopf gesetzt hatte. Nach diesem scharfzüngigen Befehl ließ Mr. Danvers sich anstandslos in den Stuhl fallen. So, als ginge er vor feindlichem Feuer in Deckung.

»Und jetzt«, verkündete die Hausherrin energisch, »möchte ich Sie in aller Höflichkeit bitten, sich erst einmal anzuhören, was ich Ihnen vorzuschlagen habe, bevor Sie ablehnen.«

Die Arme vor der Brust verschränkt stieß Rafe Danvers einen Seufzer aus, der signalisieren sollte, dass er sich nur schwer unter Kontrolle hatte.

»Sie haben doch sicherlich schon von unserem Problem gehört, nicht wahr?«

Mr. Danvers schüttelte den Kopf, woraufhin die Gräfin tief Luft holte und mit gedehnten Worten hinzufügte: »Ich spreche von dem Problem mit den diesjährigen Debütantinnen.«

»Wie Sie vielleicht wissen, verbringe ich nicht sonderlich viel Zeit auf dem gesellschaftlichen Parkett.«

»Oh, Sir«, riss Lady Funtley aufgeregt das Wort an sich.

»Wollen Sie allen Ernstes sagen, dass Sie nichts davon gehört haben, was sich letzte Woche im *Almack's* zugetragen hat?«

Dieses Mal nickte er.

»Ach du ahnst es nicht«, keuchte sie. »Ich kann mir gar nicht vorstellen, dass Sie nichts, aber auch gar nichts davon mitbekommen haben.«

In diesem Moment fielen die anderen Damen ein und gaben ihre saftigsten Ondits zum Besten.

»Der komplette Ballsaal war leer, stell' sich das einer vor, *leer* ...«

»Sie weigern sich, etwas anderes außer Trauerkleidung zu tragen ...«

»Und dann war da auch noch dieses unsägliche Duell«, sagte eine von ihnen atemlos.

Mr. Danvers war, als sei ihm inmitten des ohrenbetäubenden Tratsches eine Rettungsleine zugeworfen worden. »O ja. Das Duell zwischen diesen beiden törichten Gänsen. Von dem Nonsens habe ich allerdings gehört.«

»Nonsens?«, rief Malvina aufgebracht. »Von wegen Nonsens. Die beiden hätten einander beinahe umgebracht, und das nur, weil sie sich nicht einigen konnte, ob Miss Darby in der nächsten Saison in voller oder halber Trauerkleidung unter die Leute geht.«

»Warum fragen die beiden diese Miss Darby nicht selbst?«, schlug er vor und streckte lässig die dreckigen, verschlissenen Stiefel von sich.

»Miss Darby fragen?«, wiederholte Lady Funtley ungläubig. »Sagten Sie, sie sollten sie *fragen*? Bei Gott, welch witzige Bemerkung, Sir.«

Mr. Danvers' dunkle Brauen zogen sich zusammen. »Nein, das ist mein voller Ernst. Warum fragen die beiden diese Mamsell nicht und klären die Sache ein für alle Mal?«

Lady Funtley war derart fassungslos, dass sie in ein für sie vollkommen uncharakteristisches Schweigen verfiel.

»Sie haben Miss Darby nicht gefragt«, erklärte Malvina ihm, »weil sie gar nicht existiert. Sie ist ein Fantasieprodukt, eine Figur aus einer abscheulichen Romanreihe. Und eben weil sie nicht aus Fleisch und Blut ist, muss ihr Einhalt geboten werden. So verstehen Sie doch, Sir, Sie sind hier, um etwas gegen sie zu unternehmen, um ihren schlechten Einfluss auf unsere Töchter zu unterbinden. Am besten nehmen Sie noch heute ihre Spur auf.«

Es war Raphael Danvers anzusehen, wie er versuchte, sich vorzustellen, dass eine fiktive Person für den Verfall dessen verantwortlich sein mochte, was diesen Damen so wichtig war. Er hatte die Hoffnung aufgegeben, dass es unter diesen aufgebrachten Muttertieren eines gab, das noch halbwegs bei Verstand war, und erhob sich. »Meine Damen, ich sehe, wie schwer die Situation auf Ihren Schultern lastet, aber ich habe dringendere Verpflichtungen, denen ich nachkommen muss. Ich kann es mir nicht leisten, die Jagd auf Hirngespinste und Fantasieprodukte aufzunehmen«, sagte er so einfühlsam, wie es ihm möglich war.

Malvina hatte sich ebenfalls erhoben. »Dieses Hirngespinst, wie Sie es so arglos nennen, zerstört das Herz der englischen Gesellschaft.«

»Lady Tottley«, wagte er mit ruhiger Stimme Widerspruch. »In meinen Augen befindet sich die englische Gesellschaft nicht in Gefahr. Vor allem nicht hier im vornehmen Mayfair. Davon abgesehen ist es mir derzeit nicht möglich, weitere Aufträge anzunehmen. Meine gegenwärtigen Verpflichtungen sind ohnehin schon viel zu dringlich.«

»Ja, ja, Codlins furchtbarer Unfall«, sagte die Gräfin und machte eine wegwerfende Handbewegung, als spräche sie über eine inakzeptable Farbe für Handschuhe und nicht über den garstigsten Mordfall, den London seit fünfzig Jahren erlebt hatte.

Sämtliche Damen gaben sich bei der Erwähnung des Mordes betroffen, wandten diskret den Blick ab oder pressten sich Taschentücher aus feinster Spitze an die blutleeren Lippen.

»Wenn ein Mann wie eine Makrele ausgenommen wird, würde ich das nicht als *Unfall* bezeichnen.« Mr. Danvers schwieg einen Moment und ignorierte die Schreckenslaute um sich herum. Seine Augen verengten sich zu kleinen dunklen Schlitzen. »Die Untersuchung von Sir Rodneys Tod ist für mich von so großer Wichtigkeit, dass ich hier nicht länger meine Zeit vertrödeln kann.« Er wollte sich empfehlen, doch Malvina vertrat ihm den Weg.

»Ich verstehe nicht, wie das ungebührliche Ableben dieses Nabobs von solch großer Bedeutung sein kann«, erklärte sie ihm. »*Sir* Rodney, ja, ja! Codlins Erhebung in den Adelsstand im letzten Jahr war doch die reinste Farce. Wirklich, Mr. Danvers, der Mann ist tot. Es gibt nichts, was Sie jetzt noch für ihn tun könnten.«

»Ich fürchte, er wäre anderer Meinung, Mylady«, ließ er sie mit einem beißenden Lächeln wissen. »Meine Stärke liegt darin, Probleme zu lösen, Mylady. Ernsthafte Probleme. Lebendige, atmende Probleme. Oder solche, die einmal geatmet haben. Wenn Sie also nichts dagegen haben, werde ich jetzt gehen.«

Raphael Danvers schob sich an ihr vorbei und schritt auf die Tür zu. Schnell nickte Malvina Lady Funtley zu, die aufsprang und sich drohend vor ihm aufbaute. Mr. Danvers sah aus, als versuchte er, einer wankenden Postkutsche auszuweichen, und geriet mächtig ins Straucheln. Wenn die furchtlose Lady Funtley ihn nicht rechtzeitig gepackt hätte, wäre er mit voller Wucht gegen sie geprallt. Bei der Berührung seines gestählten

Körpers weiteten sich ihre Augen. »Oho«, rief sie verzückt aus, und jede der Anwesenden wusste sofort, was sie meinte. Und beneidete sie um die Erfahrung.

»Selbstredend sollen Sie für Ihre Mühen auch entlohnt werden«, sagte Malvina, während Mr. Danvers bemüht war, die energische Lady Funtley abzuschütteln. »Gebührend sogar.«

»Mylady, ich glaube kaum, dass *Ihr* Taschengeld ausreicht, um mich zu bezahlen«, ließ er sie wissen. »Die East India Company hat satte eintausend Pfund auf die Ergreifung von Sir Rodneys Mörder ausgesetzt, und ich habe vor, dieses hübsche Sümmchen zu kassieren.«

»Ich sprach nicht von Geld, Sir«, entgegnete die Gräfin geheimnisvoll, »sondern von etwas weitaus Kostbarerem.«

Während Lady Tottley ihr nebulöses Angebot aussprach, gelang es Mr. Danvers endlich, sich aus Lady Funtleys Fängen zu befreien.

Malvina erwiderte seinen düsteren Blick und meinte erfreut, einen Funken Interesse zu entdecken. Die letzten zwei Wochen hatte sie damit zugebracht, alles Erdenkliche über Raphael Danvers herauszufinden. Zu guter Letzt war sie zu dem Ergebnis gekommen, dass sie das Einzige besaß, das ihn dazu bewegen konnte, ihr zu helfen. Ihr und ihren Leidensgenossinnen.

»Ein hübsches Anwesen«, kam sie direkt zur Sache. »Inklusive Ländereien und einem gesicherten Einkommen. Ihre Aufgabe besteht lediglich darin, diesen M. Briggs ausfindig zu machen und – was viel wichtiger ist – dafür zu sorgen, dass er nie wieder ein Wort zu Papier bringt.«

Bramley Hollow, Kent
Zwei Wochen später

»Sir, ich weigere mich«, sagte Cochrane. »Ich kann das nicht, ehrlich.«

Rafe Danvers blickte zu seinem Gehilfen und machte eine Kopfbewegung in Richtung des reizenden kleinen Dörfchens im Tal unter ihnen. »Komm schon, Cochrane, ich dachte, du wärst ein echter Kerl. Es ist doch nichts weiter als eine Ansammlung von Häusern, ein ganz normales Dorf. Wenn man es überhaupt als *Dorf* bezeichnen kann. Für Pymm bist du doch auch schon in den fiesesten, von Ratten befallenen Ecken von Seven Dials herumgekrochen.« Rafe machte eine ausholende Handbewegung, mit der er die Umgebung umfasste. »Und da bereitet dir dies Angst?«

Der Jüngling nickte stürmisch.

Rafe beschloss, die Taktik zu ändern. »Wie ich hörte, gibt es im Gasthaus dort unten die beste Rinderpastete von ganz Kent.« In Wirklichkeit hatte er keinen blassen Schimmer, ob Bramley Hollow sich überhaupt mit einem Wirtshaus brüsten konnte. Doch wenn es etwas gab, das seine rechte Hand, die erst seit kurzem bei ihm in Lohn und Brot stand, nicht fürchtete, so war es seine nächste Mahlzeit.

Cochrane biss sich auf die Lippe und blickte voller Misstrauen auf das friedlich im Sonnenschein liegende Dorf.

Und schüttelte abermals den Kopf.

Wie es schien, konnte selbst Cochranes ständiges Loch im Bauch ihn nicht dazu bewegen, einen Fuß nach Bramley Hollow zu setzen. Rafe wusste, dass es an der Kupplerin lag, für die das Dorf weit über seine Grenzen hinaus bekannt war und die schon unzählige Paare zusammengeführt hatte.

»Du hast mein Versprechen, ich werde es nicht zulassen,

dass man dich gegen deinen Willen an ein Weibsbild kettet«, versicherte Rafe ihm.

Doch der Jüngling wirkte noch immer verstört. »Ich habe gehört, das geht zuweilen so schnell, dass man es gar nicht mitbekommt. Du liegst friedlich schlummernd im Bett, und wenn du aufwachst, bist du verheiratet und hast das Haus voll Mäuler, die gestopft werden wollen.«

»Solange die Blagen nicht deinen Appetit geerbt haben, musst du dir keine allzu großen Sorgen machen.« Rafe trieb sein Pferd an, und als er wenige Momente später hörte, wie sein Gehilfe einen lang gezogenen Seufzer ausstieß und ihm folgte, schmunzelte er.

Bis vor wenigen Wochen hatte Cochrane für Mr. Pymm gearbeitet, den legendären Chefspion des Außenministeriums. Da endlich Frieden herrschte und Napoleon ausbruchsicher nach St. Helena verbannt worden war, hatte Pymm seinen lang ersehnten Ruhestand angetreten. Beim Abschied hatte er Whitehall keines Blickes gewürdigt, umgehend die Reisetaschen gepackt und London in Windeseile verlassen. Jedoch nicht, ohne Cochrane vorher zu Rafe zu schicken, zusammen mit der Anweisung, den Sechzehnjährigen unter seine Fittiche zu nehmen und ihm Manieren beizubringen. Rafe hatte sich Pymms Wunsch gebeugt, wenngleich er sich nicht sicher war, was der Jüngling von ihm lernen sollte. Mit Manieren hatte er selbst recht wenig am Hut. Seine größte Sorge galt jedoch der Tatsache, dass er nicht wusste, wie er den kleinen Vielfraß auf Dauer durchfüttern sollte. Er hatte den Verdacht, dass der notorische Geizkragen Pymm ihm Cochrane nur überlassen hatte, damit er ihm selbst nicht länger auf der Tasche lag.

»Wir könnten so schön in London sein«, murrte Cochrane, »Codlins Mörder aufspüren und uns mal wieder etwas Richtiges zwischen die Zähne schieben.«

Rafe, der ebenfalls lieber in der Stadt geblieben wäre, konnte Cochrane nicht einmal widersprechen. Eine Zeit lang hatte er sich gegen Lady Tottleys Angebot gesperrt, weil er annahm, dass es sich bei der Belohnung, die sie ihm in Aussicht gestellt hatte, um eine wertlose Bruchbude handelte. Davon abgesehen fragte er sich allen Ernstes, was er damit zu schaffen hatte, dass der Heiratsmarkt der bevorstehenden Saison für tot erklärt worden war?

Was geschah, wenn er diesen ominösen Autor aufspürte und tatsächlich alles wieder ins Lot brachte? Vermutlich würden ihn die Junggesellen Londons aus der Stadt jagen, weil er ihnen die beste Saison des Jahrhunderts vermasselt hatte.

Da war er also, ritt auf einer fast vergessenen Landstraße in ein Kaff, um einen unwichtigen Schreiberling zu jagen. Er musste sich selbst zugute halten, dass er ziemlich lange an seinem *Nein* festgehalten hatte. Bis Lady Tottley zu Lady Georgiana Danvers, seiner illustren Schwägerin Georgie, gegangen war und sich bitterlich über ihn beschwert hatte.

Da Rafe Colins Gemahlin mochte – verdammt, sie legte aber auch eine Art an den Tag, von der sich so mancher gestandene Kerl eine Scheibe abschneiden konnte – und sie ebenfalls in heller Aufruhr war, weil sich ihre Tochter Chloe mit Händen und Füßen gegen die Ehe wehrte, hatte er zähneknirschend eingewilligt. Bliebe der Vollständigkeit halber noch zu erwähnen, dass er sich auch Georgies Bitten und Flehen eine ganze Weile widersetzt hatte. Bis er von ihr mit der Einberufung einer Familienkonferenz vollends unter Druck gesetzt worden war.

Rafe verabscheute Familienkonferenzen. Für gewöhnlich bedeuteten sie endlose Diskussionen, bei denen er seinen Brüdern und deren Gemahlinnen an einer langen Tafel gegenübersaß – er an einem Ende, der Rest der Familie am anderen.

Unter einem geselligen Abend verstand er etwas gänzlich anderes.

Lieber stellte er Rockschößen nach und suchte das Vergnügen zwischen den Laken. Er hatte es sich zur Angewohnheit gemacht, stets eine Kutsche vor der Tür warten zu lassen, die ihn danach nach Hause brachte – und zwar bevor seine Gespielin auf die dümmliche Idee kam, er könne bis zum Morgengrauen bleiben. Zu Hause angekommen griff er dann mit beherzter Hand zum Portwein und verwöhnte sich mit einem großzügigen Schluck, quasi als Krönung eines perfekten Abends.

Aber nein, stattdessen hatte er einen ganzen Donnerstagabend damit vergeudet, sich das Gezeter der Danversgattinnen anzuhören. Mit allen erdenklichen Einladungen hatten sie ihm gedroht sowie damit, ihn zu Chloes ständigem Begleiter zu verdonnern. Und zwar nicht nur abends, sondern auch tagsüber, wenn er für gewöhnlich den versäumten Schlaf nachholte.

Rafe hatte schnell eingesehen, dass er unter diesen Umständen unmöglich seiner Tätigkeit nachgehen konnte – egal ob angenehmer oder unangenehmer Natur. Als ihm schließlich seine horrenden Mietschulden einfielen, hatte er vor lauter Verzweiflung eingewilligt, den Debütantinnenfall anzunehmen. Wenn auch nur, um seine männliche Unabhängigkeit zu wahren.

Wenn es jedoch etwas Segensreiches an diesem Fall gab, entschied Rafe, so war es der Tagesritt, der für ihn dabei heraussprang.

In Spanien hatte er Wochen im Sattel verbracht, französische Truppen aufgespürt und sich an ihre Fersen geheftet. Er vermisste die Weite der Natur und die damit verbundene Freiheit, für die sein lasterhaftes und arbeitsreiches Stadtleben ihm kaum Zeit ließ.

»Mir ist echt nicht danach, verkuppelt zu werden«, wiederholte Cochrane brummend, der gemächlich neben ihm trabte.

»Du hast mein Wort, dass ich dich von der Kupplerin fern halte«, sagte Rafe mit Nachdruck. Was er Cochrane verschwieg, war, dass er genau dasselbe zu tun gedachte. Er würde um jeden Preis einen großen Bogen um die Dame machen. »Egal wie wir es drehen und wenden, wir müssen nach Bramley Hollow. Aber wir werden uns nicht einfangen lassen, großes Ehrenwort.«

Um die Adresse von M. Briggs ausfindig zu machen, hatte Rafe als Erstes dem Verleger einen Besuch abgestattet. Mit dem Ergebnis, dass ihm der ehrenwerte Mr. Ahey von *Ahey & Söhne* unhöflich ins Gesicht gelacht und ihn unverrichteter Dinge fortgeschickt hatte. Doch Rafe gehörte nicht zu den Menschen, die sich durch einen Rückschlag entmutigen ließen, und so verbrachten er und Cochrane die nächsten Abende in eben dem Wirtshaus, in dem die überarbeiteten, aber unterbezahlten Angestellten des Verlagshauses für gewöhnlich einkehrten. Sie hatten sie zu Rinderbraten und unzähligen Krügen Bier eingeladen, und noch vor Mitternacht hatten sie erfahren, dass M. Briggs in Bramley Hollow wohnte. Just jene Information, von der Mr. Ahey steif und fest behauptet hatte, dass sie *streng vertraulich* sei.

Das Glück wollte es, dass das Anwesen, das Lady Tottley Rafe bei erfolgreicher Beendigung des Falls in Aussicht gestellt hatte, nur einen Katzensprung von Bramley Hollow entfernt lag. Rafe würde seinen Besuch nutzen, einen kleinen Abstecher nach Bettlesfield Park zu machen, um seine potenzielle Belohnung schon einmal in Augenschein zu nehmen.

»Gestern Abend hab' ich zufällig gehört, dass die East India Company die Belohnung zur Ergreifung von Codlins Mörder auf zweitausend Pfund erhöht hat.« Cochranes Worte rissen

Rafe aus den Gedanken, und der Junge stieß einen anerkennenden Pfiff aus. »Mit den vielen Moneten könnten Sie endlich Ihre Miete zahlen, Sir, und wir müssten uns nicht immer zur Hintertür rausschleichen.«

Rafe ignorierte den Seitenhieb auf seine angespannte Finanzlage. »Woher weißt du das mit der East India Company?«

»Hab's halt irgendwo aufgeschnappt«, erwiderte der Junge achselzuckend und legte urplötzlich ein ausgeprägtes Interesse an der Landschaft an den Tag – als hätte er noch nie in seinem Leben einen Baum zu Gesicht bekommen.

Rafe machte sich eine Notiz, besser darauf zu achten, wo sich das Bürschchen so herumtrieb. Wenn er des Nachts alleine durch London zog, konnte er schnell in Schwierigkeiten geraten. Rafe nahm nicht an, dass Pymm bei seiner Entscheidung, ihn in seine Obhut zu geben, auch nur einen Gedanken daran verschwendet hatte.

»Ist das Haus, das Sie bekommen sollen, denn mehr wert als zweitausend Pfund?«

»Ist anzunehmen.«

Dies schien Cochranes Laune ein wenig zu heben, doch sogleich gewann seine kritische Seite wieder die Oberhand. »Denken Sie nicht auch, dass das ein überaus großzügiges Angebot ist dafür, dass wir lediglich einen Kerl ausfindig machen und ihm die Knochen brechen müssen?«

»Cochrane!«, entfuhr es Rafe. »Wir sind doch keine Schläger, sondern widmen uns der Lösung von ernsthaften Problemen. Diskret und professionell.«

»Etwa so wie bei Lord Harold letzten Monat?«

Rafe seufzte. Das hatte ja kommen müssen. Lord Harold, ein nichtsnutziger Trunkenbold mit einem Haufen Spielschulden, war immer wieder bei Festivitäten des Adels aufgetaucht, um sich munter vom Inventar der Gastgeber zu bedienen. Vornehmlich Silber und andere kleinere Wertgegenstände, mit denen er seine Gläubiger zufrieden stellen wollte. Seine Familie, allen voran sein Bruder, der Marquis von Carston, hatte einen Skandal unterbinden wollen, genau wie die beraubten Herrschaften.

Rafe und Cochrane waren dem reulosen Dieb in Surrey gefolgt, als er einen Ball verlassen wollte, die Taschen randvoll mit gestohlenen Sachen. Nachdem die Güter den rechtmäßigen Besitzern zurückgegeben worden waren, hatten sie den jungen Taugenichts zur Küste eskortiert, von wo aus er eine einfache Fahrt in die einsamen Landstriche um Halifax antrat, die sein Bruder ihm geschenkt hatte.

Es erübrigt sich, zu erwähnen, dass Lord Harold die Entwicklung der Dinge nicht ohne Widerstand akzeptieren wollte. Rafe war letzten Endes nichts anderes übrig geblieben, als dem Burschen eins auf die Nase zu geben, damit das Heulen und Wimmern ein Ende fand.

»Das mit Lord Harold war eine Ausnahme«, brummte Rafe.

»Und wie steht's mit dem Haudegen, der die Mädchen im *Madame Rochelle's* verprügelt hat? Oder dem Kerl, der dachte, er könnte mit der Tochter des Viscounts durchbrennen? Denen haben Sie doch auch gezeigt, was eine anständige Rechte ist, nicht wahr?«

»Beide hatten ein erhöhtes Maß an Aufmerksamkeit nötig, mehr nicht«, widersprach Rafe ihm und fragte sich, ob dies die Art moralische Lektion war, die Pymm im Sinn gehabt haben mochte. Er betrachtete seinen Gehilfen aus zusammengekniffenen Augen. »Was genau weißt du eigentlich über das *Madame Rochelle's*?«

Der Junge setzte eine unschuldige Miene auf. »Sie selbst haben mich doch letzte Woche hingeschickt.« Cochranes Interesse an englischer Flora erreichte einen neuen Höhepunkt, und er studierte die Hecke, an der sie entlangritten.

Wie war das?, dachte Rafe. Er sollte Cochrane ins *Madame Rochelle's* geschickt haben? »Moment mal, Freundchen, ich habe nichts dergleichen getan«, schalt Rafe ihn.

»Haben Sie wohl. Sie gaben mir den Auftrag, mich um die ausstehenden Zahlungen zu kümmern, und genau das tat ich.«

»Aber Madame Rochelle war nicht im Rückstand«, erklärte Rafe ihm, als sie um eine Kurve bogen und das Dorf in Sichtweite kam.

»Jetzt ist sie's auf jeden Fall nicht mehr.« Cochrane grinste bis über beide Wangen und gab dem Pferd die Sporen.

Rafe stöhnte. Er war zwar nicht sonderlich erbaut, dass Cochrane die Vorzüge des *Madame Rochelle's* kennen gelernt hatte, aber wenigstens blieb ihm das Gespräch erspart, das er mit dem Jüngling noch hatte führen wollen. Eine Unterredung, die Pymm in seinen Anweisungen wie folgt umschrieben hatte: »Machen Sie dem Jungen die Niederträchtigkeit des weiblichen Geschlechts begreiflich und sorgen Sie dafür, dass er nicht der Syphilis zum Opfer fällt.«

Rafe entschied, sich fortan persönlich um die Eintreibung der Schulden zu kümmern und Cochrane den Papierkram zu überlassen.

Plötzlich begann sein Pferd zu tänzeln und brach seitlich aus. Es schien, als weigerte es sich, einen Huf in das sagenumwobene Bramley Hollow zu setzen. Rafe lehnte sich vor, tätschelte dem nervösen Tier den Hals und flüsterte ihm etwas auf Spanisch ins Ohr – so wie er es von seinem Großvater gelernt hatte. Sogleich trabte das Tier fügsam weiter.

Auf den ersten Blick wirkte Bramley Hollow wie jedes andere englische Dörfchen. Alles wirkte sehr gepflegt und – nach Londoner Maßstäben – geradezu verschlafen. Doch der Schein trog, und eingefleischte Junggesellen wie Rafe wussten nur zu gut, warum sie lieber einen weiten Bogen um das Dorf machten.

Cochrane beäugte die hübschen Cottages und Läden, als wäre er in der Hölle gelandet. Er war bereit, beim kleinsten Anzeichen einer auf Eheschließungen bedachten Dorfbewohnerin die Flucht zu ergreifen.

»Wie wollen wir diesen Briggs überhaupt finden?«, fragte Cochrane, der Lady Tottleys Meinung teilte, dass es sich bei dem Autor um einen Mann handelte.

Rafe hingegen sah das anders. Nach der Familienkonferenz hatte Georgie ihm die vier Romane um Miss Darby zum Lesen in die Hand gedrückt.

Anfänglich hatte er sich über die Idee lustig gemacht, doch aus reiner Neugier und in Ermangelung einer Gespielin für die Nacht hatte er den ersten Band zur Hand genommen und beim Lesen etwas, oder besser gesagt jemanden, kennen gelernt, der ihn maßlos faszinierte.

Miss Darby.

Sowohl ihr ausgeprägter Eigensinn wie auch ihre unvergleichliche Furchtlosigkeit hatten Rafe beeindruckt und seine Vorstellungskraft beflügelt. Nicht dass eine solche Frau wahrhaftig existieren konnte. Doch immer wieder hatte er sich gefragt, wie es wohl wäre, einer lebenden Version von Miss Darby zu begegnen.

Zwischen den Zeilen des dünnen Bandes hatte er zahlreiche Hinweise darauf gefunden, dass die Geschichten höchstwahrscheinlich von einer Autorin stammen mussten. Es war zwar nicht undenkbar, dass ein Mann diese unabhängige und scharfzüngige Heldin erschaffen hatte, aber Rafe kannte die Frauen gut, hatte unzählige von ihnen geliebt und kannte ihre Herzenswünsche, die sich allesamt in Miss Darby widerspiegelten.

Nein, Rafe war überzeugt, dass es sich bei der Autorin um einen verträumten Blaustrumpf handelte, dessen eigenes trostloses Leben durch Miss Darbys Abenteuer eine wertvolle Bereicherung erfuhr. Rafe stellte sich eine Frau vor, für die sich noch nie ein Mann interessiert hatte, der noch nie ein Kuss abgeluchst worden war und in deren Augen dieser unsägliche Langweiler Throckmorten unwiderstehlich war. Wahrscheinlich eine höchst unscheinbare Maid, die aus Ermangelung eines Partners mit einem halben Dutzend Katzen unter einem Dach wohnte.

Rafe war sich sicher, dass er und Cochrane dieser Dame, an der das wirkliche Leben vorübergegangen war, schon bald begegnen würden. Und mit seinem legendären Charme und dem unmissverständlichen Wink, wie ruinös Lady Tottleys Rage sein konnte, würde die alte Jungfer umgehend die Finger von weiteren Romanen lassen.

»Dieser Kerl will vielleicht gar nicht gefunden werden«, gab Cochrane zu bedenken. »Wenn wir Pech haben, sitzen wir tagelang hier fest.« Der Jüngling warf einen sehnsüchtigen Blick zurück in Richtung London.

»Wir beginnen mit unseren Nachforschungen im Gasthaus«, entschied Rafe.

Cochrane horchte auf. »Das mit den Pasteten?«

Rafe lachte. »Erst die Arbeit, dann das Vergnügen.«

»Wie sollen wir denn mit leerem Magen jemandem eins aufs Dach geben?«

»Wir werden niemandem auch nur ein Haar krümmen, verstanden?«

Als die beiden ihren Weg fortsetzten, fiel Rafe ein Schild ins Auge und er grinste.

KÖNIGLICHES POSTAMT
THADDEUS STONE, POSTMEISTER

Wenn das kein Glücksfall war. Dieser Mr. Stone würde ihnen sicherlich sagen können, wo M. Briggs wohnte, ohne dass er dem Gastwirt sein Geld in den Rachen werfen musste. So könnten sie die wenigen Münzen sparen, die ihnen noch geblieben waren, nun, da Cochrane die Zahlung vom *Rochelle's* ja bereits an die Frau gebracht hatte.

Rafe stieg ab und befahl dem Jungen, vor der Tür zu warten.

Zu seinem Verdruss musste er jedoch feststellen, dass er nicht allein in der Poststelle war. Vor ihm war noch eine Kundin an der Reihe. Genauer gesagt unterhielt sie sich angeregt mit dem Mädchen hinter dem Schalter. Rafe nutzte die Zeit, sich nach dem Postmeister umzusehen, konnte aber außer den beiden Frauen niemanden entdecken.

Wenn er es geschickt anstellte, konnte ihm die Situation sogar zum Vorteil gereichen.

»Oh, Miss Tate, Sie müssen dringend etwas unternehmen wegen des Obersts, das müssen Sie einfach«, sagte das Mädchen hinter dem Schalter. »Alle sprechen immer noch über neulich Abend.«

Miss Tates Hut erbebte. »Was soll ich Ihrer Meinung nach denn tun? Ihn fortschicken?«

Das Gespräch brach abrupt ab, als die junge Bedienstete aufblickte und ihn mit offenem Mund anstarrte. Mit einer Kopfbewegung warnte sie die andere Frau.

Rafe lüftete den Hut. »Einen wunderschönen guten Tag, die Damen«, begrüßte er die beiden und schenkte ihnen ein Lächeln, das ihnen die Knie weich werden lassen sollte.

Das Mädchen hinter dem Schalter blickte ihn stirnrunzelnd an, beugte sich zu ihrer Freundin vor und raunte ihr etwas zu, das sie sich langsam umdrehen ließ.

Von hinten hatte Miss Tate mit ihrem schäbigen Strohhut, dem unscheinbaren Kleid und dem abgenutzten Einkaufskorb wie die sprichwörtliche graue Maus gewirkt. Doch als Rafe ihr Gesicht erblickte, fragte er sich für eine Sekunde, ob er nicht gerade seiner ganz persönlichen Miss Darby begegnet war.

Kapitel 2

*Erinnere dich meiner, wenn ich mit einem Gebinde aus Vergissmeinnicht und innigem Bedauern entschwunden bin …
Ach ja, und Vater, lass bitte nicht zu, dass diese geistlose Cecilia Overton dich überredet, ihr meinen besten blauen Hut zu überlassen. Ihr Kinn ist viel zu spitz, als dass er ihr gut zu Gesicht stünde.*

Miss Darby (im Fieberwahn) zu ihrem Vater,
Oberst Darby, in
Miss Darbys schwärzeste Stunde

Mit derselben Geschwindigkeit, mit der Rafe in den Zustand der Bewunderung für die Dame vor ihm versetzt worden war, wurde ihm klar, dass er einem fatalen Irrtum erlegen war. Beim zweiten Blick erkannte er nämlich, dass Miss Tate keine der Qualitäten besaß, über die die imaginäre Miss Darby verfügte, sondern dass sie vielmehr jedes Kriterium auf seiner Verdächtigenliste erfüllte:

1) Die Dame war offenkundig eine nicht mehr ganz taufrische Jungfer. Weder waren ihre Wangen von jugendlicher Röte gekennzeichnet, noch lag in ihrem Blick jene Verklärtheit, wie sie bei frisch gekürten Absolventinnen von Mädchenschulen zu beobachten ist.
2) In ihrem Einkaufskorb lag ein Buch, das sich bei genauerem Hinsehen als Sir John Suttons *Übersetzungen aus dem frühen Latein* entpuppte. Sie schien ein Blaustrumpf ersten Grades zu sein. *Frühes Latein?* Welche Dame las solch einen Schwachsinn?

3) Ihre Lippen waren verkniffen, und die Art, wie sie das Kinn vorstreckte, schlug jeden Mann in die Flucht, der auch nur mit dem Gedanken spielte, ihr einen Kuss zu rauben – der geistlose Throckmorten eingeschlossen.

Das Einzige, was noch fehlte, waren die Katzen, die ihr am Rockzipfel hingen und nach ihrer Ration Sahne und Hühnerfleisch schrien, mit der sie tagein, tagaus verwöhnt wurden.

Als Miss Tate dezent hüstelte, erkannte Rafe, dass sie ihn dabei ertappt hatte, wie er sie angesehen, ja förmlich angestarrt hatte. Rafe wollte den Blick abwenden, konnte es aber nicht, weil ihn ihre Augen im Bann hielten.

Sie waren von solch strahlendem Blau, dass er unweigerlich an das warme Mittelmeer denken musste. Doch das war noch nicht alles. Sie sprühten vor Schalk und Scharfsinn – eine brisante Verquickung von Eigenschaften bei einer Frau.

Miss Tates Augenbrauen waren in die Höhe geklettert. Wenn er sich das Recht nahm, sie so unverblümt anzustarren, würde sie dasselbe tun. Doch Rafe vermochte nicht zu sagen, zu welchem Ergebnis ihre Musterung führte. Er wusste nur, dass sie augenscheinlich kein Interesse an ihm hatte.

Kein Interesse? Rafe spürte, wie diese Erkenntnis eine tiefe Wunde in seine männliche Ehre schlug – ein Gefühl, das er naturgemäß nur schlecht ertrug. Diese Frau schien ihn tatsächlich schon abgehakt zu haben. Eine Unverschämtheit. Das letzte Mal, als er ohne viel Federlesen von einer Frau verschmäht worden war, hatte er gerade mal zwölf Lenze gezählt.

»Kann ich Ihnen vielleicht weiterhelfen?«, erkundigte sich die Postangestellte.

»Ja, ich bin auf der Suche nach jemandem«, antwortete Rafe und trat einen Schritt vor, wobei er die herrische Miss Tate keine Sekunde aus den Augen ließ. Er wollte um jeden Preis herausfinden, ob ihr Desinteresse nur vorgetäuscht war. Doch nachdem sie ihn gemustert und ihn scheinbar für unattraktiv befunden hatte, widmete sie sich nun ihren Fingernägeln. Rafe war fassungslos.

»Oh«, rief das Mädchen hinter dem Schalter und wirkte mit einem Schlag erleichtert.

Blitzschnell tauschten die beiden Freundinnen belustigte Blicke aus.

»Das hätte ich mir eigentlich denken können«, sagte das Mädchen und deutete die Straße hinunter. »Erste Gasse rechts nach den Taubenschlägen. Esmes Cottage ist kaum zu verfehlen. Ihre Tür ist leuchtend blau gestrichen.«

»Esme Briggs?«, fragte Rafe und wunderte sich, woher das Mädchen wissen konnte, nach wem er suchte. Er hatte doch noch gar nichts gesagt.

Das Mädchen schüttelte den Kopf. »Nein, Sir. Esme Maguire, die Kupplerin.«

Die Kupplerin?

Cochranes ärgste Befürchtungen schienen sich zu bewahrheiten.

Rafe schüttelte vehement den Kopf. »Aber nein, wo denken Sie denn hin! Ich bin doch nicht auf der Suche nach der Kupplerin«, erläuterte er mit wild gestikulierenden Händen.

»Sind Sie nicht?«, fragte die Postangestellte.

»Nein!«, wiederholte Rafe leicht panisch. »Bestimmt nicht.«

»Wen suchen Sie denn dann, Sir?« Dieses Mal hatte Miss Tate gesprochen.

Rafe spitzte die Ohren. Miss Tate sprach anders als die meisten Frauen, und ihr lieblicher Tonfall verwöhnte das Gehör wie ein unbekanntes und exotisches Gewürz die Nase. Ihre Worte zupften an seinen Ohren und bahnten sich ihren Weg in die tieferen Sphären seines Körpers. Wieder erlag Rafe diesem geheimnisvollen Wesen und starrte sie ein weiteres

Mal an. »Bitte verzeihen Sie, Ma'am. Mit wem habe ich eigentlich die Ehre?«, stammelte er.

»Mit Miss Tate«, kam die melodische Antwort. »Mit Miss Rebecca Tate.« Zwar senkte sie den Kopf ein wenig, jedoch nur so viel, dass sie ihn noch immer anschauen konnte.

Aha, sie war also nicht diese ominöse Briggs. Rafe wusste nicht, ob er enttäuscht oder erleichtert sein sollte, dass er sie nun nicht näher kennen lernen würde.

»Und dies ist Miss Sarah Stone«, fügte sie nach einer kurzen Pause hinzu. »Die Postmeisterin von Bramley Hollow. Und wer sind Sie, wenn ich fragen dürfte?«

»Danvers«, antwortete er. »Raphael Danvers, stets zu Diensten.« Rafe erinnerte sich dunkel an seine Manieren und brachte einen halbwegs akzeptablen Bückling zustande. »Ich bin auf der Suche nach M. Briggs«, verkündete er gewichtig, griff in die Tasche seines Gehrocks und zog ein Bündel Papiere hervor. Bei Aufträgen dieser Art gab er sich gern als Überbringer aus. Ein Trick, der ihm schon oft geholfen hatte, ans Ziel zu gelangen. Die beiden Damen mussten ja nicht wissen, dass es sich bei dem Umschlag um den Räumungsbescheid handelte, den ihm seine Vermieterin am Morgen zum Frühstück serviert hatte.

Wieder blickten die beiden Frauen einander an, doch dieses Mal lag keine Heiterkeit in diesem stummen Austausch.

Miss Stone hielt den Kopf schief. »Sagten Sie *Miss* Briggs?«

Aha, jetzt kam Bewegung in die Sache. Rafe war zuversichtlich, dass er in Kürze die gewünschte Adresse genannt bekam und Bramley Hollow verlassen hatte, bevor sich Cochranes Weissagungen bewahrheiten konnten.

»Das ist richtig, ich bin auf der Suche nach Miss Briggs.«

Die Postmeisterin gaffte ihn an. »Und was haben Sie mit der Dame zu schaffen, Sir?«

Er war drauf und dran, ihr zu sagen, dies ginge sie einen feuchten Kehricht an. In London wäre das durchaus denkbar gewesen. Doch er besann sich rechtzeitig darauf, dass die Stadt weit weg von Bramley Hollow war, und entschied sich für eine weniger derbe Herangehensweise.

»Hier drin befinden sich wichtige Dokumente eines Londoner Anwalts, eine höchst vertrauliche Angelegenheit, wie mir mitgeteilt wurde«, schwindelte er. Manieren waren eine Sache, wenn man sie als Mittel zum Zweck einsetzte, aber Aufrichtigkeit hatte so gut wie keinen Platz in seinem Metier.

Vor allem nicht, wenn so viel auf dem Spiel stand.

Miss Tate lächelte ihn huldreich an. »Wie zuvorkommend von Ihnen, mein Herr, etwas so Wichtiges den ganzen Weg von London nach Bramley Hollow zu bringen.«

Rafe bemerkte zum ersten Mal die Strähnen von Miss Tates rötlichem Haar, die vorwitzig unter dem Hut hervorlugten, wenngleich die aufständische Farbe nicht so ganz zu der genügsam gekleideten Gestalt vor ihm passen wollte. Seiner Meinung nach gehörten solch seidig verführerische Locken in ein vom Mondlicht durchflutetes Boudoir.

Für den Bruchteil einer Sekunde stellte Rafe sich Miss Tate unbekleidet vor und wie sie sich wollüstig auf den zerwühlten Laken ihres Bettes räkelte. Doch sogleich verblassten die Bilder, und er sah nichts als ihren blümeranten Hut. Wohin war die verführerische Bettnymphe entschwunden, die eben noch seine Fantasie beflügelt hatte?

»Ich sagte, wie zuvorkommend von Ihnen, einen so langen Weg auf sich zu nehmen«, wiederholte Miss Tate und runzelte die Stirn. »Überaus aufmerksam sogar.«

Kein Wunder, dass sie verärgert war, er starrte sie schon wieder an.

Rafe schüttelte den Kopf, was aber weniger ihrer Frage als den kuriosen Gedanken galt, die ihm im Kopf herumspukten und die er abschütteln wollte. Eine Jungfer mit einschlägigen Erfahrungen? Was dachte er sich nur?

Vielleicht waren Cochranes Ängste doch nicht unbegründet. Er war kaum fünf Minuten hier und sah schon eine Sirene in der Gestalt einer anspruchslos gekleideten Jungfer.

Cochrane würde vermutlich sagen, dass es immer so begann.

»Das hat nichts mit Aufmerksamkeit zu tun«, erklärte er ihr ruhig. »Es war vielmehr so, dass dieses bezaubernde Dörfchen auf meinem Weg lag und ich es mir zur Angewohnheit gemacht habe, zu helfen, wann und wo ich kann. Und als mein Bekannter in höchsten Tönen von Miss Briggs schwärmte, dachte ich mir, dass ich sie auch gerne einmal kennen lernen würde.« Ihm schwante, dass er ein wenig zu dick aufgetragen hatte. Aber vielleicht war diese unnahbare Miss Tate gar nicht so schwierig zu knacken, wie er eingangs vermutet hatte.

Doch er sollte eine Überraschung erleben.

»Ach wirklich?«, grübelte sie laut nach. »Sprechen wir von Miss Mary Briggs oder Miss Millicent Briggs?«

Rafe hüstelte. »Es gibt zwei Briggs?« Was für ein Pechvogel er doch war.

»Vielleicht findet sich ja in den Papieren ein Hinweis darauf«, sagte Miss Tate und streckte die Hand aus. »Sie können uns vertrauen, wir sind der Inbegriff von Diskretion.«

Die Postmeisterin nickte hastig.

Wenn diese beiden Frauenzimmer diskret waren, stand Rafe kurz davor, zum Ritter des Hosenbandordens geschlagen zu werden.

»Mary Briggs«, sagte er, nachdem er sich für einen Namen entschieden hatte. Sollte er sich irren, konnte er noch immer auf die Möglichkeit zurückgreifen, den Wirt des Gasthauses zu bestechen.

»Aber natürlich«, nickte die Jungfer. »Miss Mary Briggs ergibt auch mehr Sinn. Wenn Sie es wünschen, wird Miss

Stone dafür sorgen, dass ihr die Papiere zugestellt werden, damit Sie unverzüglich weiterreiten können.«

Miss Tate hatte zwar die Lippen zu einem süßlichen Lächeln verzogen, doch in ihrem Blick lag unverhohlene Arglist – gleich einer Katze, die ihrer Beute auflauerte.

»Danke, aber das wird nicht nötig sein«, sagte Rafe und stopfte die Papiere zurück in die Tasche.

»Aber es bereitet Miss Stone wirklich keinerlei Umstände. Schließlich besteht genau darin die Aufgabe einer Postmeisterin«, erklärte sie ihm und verschränkte in störrischer Manier die Arme vor der Brust. »Zumal ich den Eindruck habe, dass Bramley Hollow nicht wirklich an Ihrem Weg lag ...«

Du kleines Biest, dachte Rafe. Diese Miss Tate hatte ihn problemlos an die Wand gespielt, hatte ihn nachgerade als Lügner bezeichnet. Doch was ihn am meisten fuchste, war das renitente Grinsen auf ihren weichen Lippen.

Mierda, fluchte er in seiner Muttersprache. *Dieses Weibsbild ist ausgebuffter als Napoleon*.

Rafe empfand tiefes Mitleid für den Mann, der eines Tages aufwachte und mit diesem Zankeisen vermählt war. Auf der anderen Seite war es nicht weiter verwunderlich, dass sie noch immer *Miss* Tate war. Was gab es mehr über eine Jungfer zu sagen, die selbst in Bramley Hollow keinen Gemahl fand?

Nun versuchte es die Postmeisterin. »Sie sind vermutlich in größter Eile, Sir. Warum lassen Sie die Dokumente für Miss Briggs nicht einfach hier, und ich kümmere mich um alles Weitere?«

Die beiden Frauen lächelten ihn zuckersüß an und setzten ein so unschuldiges Gesicht auf, wie nur Frauen vom Lande es zustande brachten.

»Werten Dank, die Damen«, säuselte Rafe zurück, »aber ich fürchte, ich habe strikte Anweisungen, die Dokumente Miss Briggs persönlich zu überreichen.«

»Ja, vielleicht wäre das das Beste«, lenkte Miss Tate mit aufblitzenden Augen ein und warf ihrer Verbündeten einen raschen Blick zu, ehe sie hinzufügte: »Mr. Danvers, wenn Sie schon solch strikte Anweisungen auferlegt bekommen haben, erlauben Sie mir wenigstens, Sie zu Miss Briggs zu begleiten.«

»Miss Tate!«, raunte Miss Stone. »Was machen Sie?«

»Ich biete diesem armen Mann lediglich meine Hilfe an«, sagte sie und lächelte Rafe noch immer brav an.

»O bitte, machen Sie sich keine Umstände«, sagte er und hatte noch nie etwas in seinem Leben ernster gemeint, obgleich er vermutete, dass Widerstand bei Miss Tate so gut wie zwecklos war. Dieses indiskrete Persönchen war darauf erpicht, sich in seine Angelegenheiten einzumischen. »Am besten, Sie geben mir die Wegbeschreibung, und ich mache mich auf der Stelle aus dem Staub. Und überlasse Sie wieder Ihrer ... nun ja ... *Unterhaltung*.«

Mit sicheren und zielstrebigen Schritten durchquerte Miss Tate den Raum. Als sie auf seiner Höhe war, streifte ihr wallender Rock Rafes Bein. In London hätte er nach einer wie auch immer gearteten Zufallsberührung mit einem so listigen Weibsbild nachgeschaut, ob sein Geldbeutel und seine Taschenuhr noch an Ort und Stelle waren.

Als Rafe Miss Tate abermals ins Gesicht blickte, bemerkte er, dass sie ihn einladend anlächelte, den Kopf schief gelegt. So langsam fragte Rafe sich, ob er womöglich den Verstand verlor.

Miss Rebecca Tate und ihr bezauberndes und anständiges Bramley Hollow waren Teil einer Welt, die so weit von Seven Dials oder den anderen Elendsvierteln Londons entfernt war, wie es nur möglich schien.

Er litt tatsächlich an Verfolgungswahn, wie seine Brüder immer behaupteten. Jetzt traute er Jungfern vom Lande schon dieselbe Verschlagenheit wie Puffmüttern zu.

Wahrscheinlich war Miss Tate einfach nur freundlich, wie es auf dem Land Sitte war. Ja, so musste es sein. Sie wollte lediglich einem Fremden aus der Stadt helfen.

Doch ein kurzer Blick in ihre Augen genügte, und Rafe verwarf den albernen Gedanken mit der Hilfsbereitschaft.

Dieses Frauenzimmer bedeutet nichts als Ärger.

»Aber es bereitet mir wirklich keine Umstände, Sir«, bekräftigte Miss Tate. »Ich bin mehr als glücklich, wenn ich jemandem helfen kann, der so großzügig mit seiner Zeit umgeht.« Hätte sie nicht diesen verschmitzten Ausdruck um die Augen gehabt, wäre Rafe geneigt gewesen, ihr zu glauben.

In Miss Tates Blick konnte er lesen, dass sie seine Lüge über die geschäftliche Verbindung zu Miss Briggs durchschaut hatte. »Kommen Sie nun mit, oder führen Sie noch weitere wichtige Dokumente mit sich, für die Sie eine Wegbeschreibung benötigen?«

Rafe entschied, ihr dieses eine Mal zu vertrauen. Sie sollte ihn ruhig zu Miss Briggs führen, aber sobald sie dort angekommen waren, würde er sie eiskalt abservieren. Sollte sie sich doch woanders nach neuem Gesprächsstoff umsehen.

Miss Tate trat zur Tür hinaus, blieb aber auf der obersten Stufe stehen, Cochrane im Visier. »Was für ein Aufwand, nur um ein paar Papiere zu überbringen«, murmelte sie und ließ den Blick zwischen den beiden hin- und herschweifen. Fast so, als erwartete sie, vorgestellt zu werden.

Doch da konnte sie lange warten.

Rafe schleuderte seinem Gehilfen einen düsteren Blick zu – eine Verwarnung, wenn man es genau nahm –, ehe er sich wieder an Miss Tate wandte. »Wohnt Miss Briggs sehr weit von hier? Wie ich sehe, sind Sie zu Fuß unterwegs.« Er hoffte, sie möge den Hinweis aufgreifen und ihm endlich die Wegbeschreibung geben.

»Wozu ein Pferd?«, säuselte sie. »Bramley Hollow ist nicht

sonderlich groß, Sir. Alles, was ich brauche, erreiche ich bequem zu Fuß.« Wieder blickte sie zu Cochrane, der sich dieses Mal genötigt fühlte, wenigstens die Kappe zu lüften und sich verlegen durchs Haar zu fahren.

»Wie wär's, wenn Ihr Freund bei den Pferden bleibt und Sie mir zu Fuß folgen? Bis zu Miss Briggs ist es nicht sonderlich weit.« Mit diesen Worten stieg sie die Stufen hinab und schlenderte einen schmalen Weg hinunter, den Einkaufskorb dabei vergnügt schwenkend.

»Warte hier«, befahl Rafe dem augenfällig enttäuschten Cochrane, ehe er der impertinenten Miss Tate nachhastete. Als er zu ihr aufschloss, stand sie vor dem Gatter des örtlichen Friedhofs.

»Sie sind so gänzlich anders als die meisten, die nach der Autorin der Darbyromane fragen.«

Rafe gefror in seiner Bewegung. Wusste etwa jeder in Bramley Hollow darüber Bescheid, dass diese Miss Briggs ihre Zeit damit zubrachte, skandalöse Geschichten zu spinnen?

Miss Tate schien seine Verblüffung bemerkt zu haben, beugte sich ein wenig vor und flüsterte: »Sie sind nicht der Erste, der ihr einen Besuch abstatten möchte.«

Raphael Danvers fühlte sich wie vor den Kopf geschlagen. »Bin ich nicht?«, stammelte er und versuchte noch immer, die Jungfer vor ihm mit der Sirene in Einklang zu bringen, die unter dem unscheinbaren Äußeren lauerte. In ihren königsblauen Augen lag eine gehörige Portion Verschlagenheit, und ehe Rafe sich versah, gaffte er sie schon wieder an.

»O nein«, sagte Miss Tate, ließ den Korb auf den Boden neben ihre Füße fallen und lehnte sich entspannt gegen das Gatter. »Ich glaube, allein letzte Woche hatte sie drei Besucher.«

Soviel zu den vielen Münzen, die er an die nichtsnutzigen Büroangestellten verschwendet hatte. Vermutlich trugen

Mr. Aheys Gehilfen ein kleines Vermögen zusammen, indem sie den Wohnort von M. Briggs gegen Bares preisgaben.

»Ich versichere Ihnen, dass ich Miss Briggs aus rein geschäftlichen Gründen meine Aufwartung machen möchte«, erklärte er und schöpfte aus dem Wahrheitsgehalt seiner Worte Genugtuung.

In Miss Tates unerhört bestrickenden Augen lag jedoch Verständnislosigkeit, und sie gab sich gänzlich unbeeindruckt. Von ihm und von seinen Ausführungen. »Ach ja. Die Dokumente.«

»Mir scheint, Sie glauben mir nicht!« Er war es nicht gewöhnt, nicht ernst genommen zu werden. Normalerweise fürchtete man ihn. Oder man mied ihn. Aber man machte sich verdammt noch mal nicht über ihn lustig. Und auch wenn es ihn manchmal ein wenig Geld kostete, um an seine Informationen zu kommen, so hatten ihm die Leute bisher doch immer verraten, was er wissen wollte.

Miss Tate spielte mit der Schuhspitze an einem Büschel blauer Blümchen, die am Fuße des Torpfostens wuchsen. »Es ist nur so, dass sich noch niemand die Mühe gemacht hat, ihr Dokumente zu übergeben. Obwohl, einmal war einer hier, der wollte ihr einen Heiratsantrag machen, und ein anderer gab vor, sie wäre eine verschollene Verwandte. Arme Miss Briggs. Wird ständig von allen möglichen Verehrern und Hochstaplern belagert.«

Sie bückte sich, um die wild wachsenden Blümchen zu pflücken. »Zu welcher Sorte zählen Sie sich, Mr. Danvers?«, erkundigte sie sich beiläufig, richtete sich wieder auf und arrangierte die Blumen zu einem adretten Sträußchen. »Sie wirken nicht wie einer ihrer Anhänger, die vergessen, dass die Darbygeschichten nichts als Fiktion sind.« Rebecca hielt kurz inne und ließ einen prüfenden Blick von den Spitzen seiner verdreckten Stiefel bis zu seiner Hutkrempe wandern. »Auf der anderen Seite machen Sie aber auch nicht den Eindruck, als gehörten Sie zu den Menschen, die über sie richten wollen. Wie dieser unsägliche Vikar, der letzten Monat hier aufkreuzte.«

»Meine Aufgabe besteht darin, ihr einen Geschäftsvorschlag zu unterbreiten«, antwortete Rafe. In gewissem Sinne stimmte das sogar. *Hören Sie mit der Schreiberei auf, oder …*

»Wenn Sie nichts dagegen einzuwenden haben, möchte ich Sie bitten, mich jetzt zu ihr zu bringen, damit ich meinen Auftrag ausführen und wieder nach London zurückkehren kann.«

Wo Sie auch hingehören, schien Miss Tates Blick zu sagen. Es war einzig auf ihre guten Manieren zurückzuführen, dass sie dies für sich behielt. »Aber wir sind doch längst da.«

Rafe blickte über das Gatter hinweg und entdeckte ein schmuckes Pfarrhaus, das neben der alten Steinkirche stand.

Das Haus des Gemeindepfarrers? O Gott! Heute war definitiv nicht sein Glückstag. Rafe schwante, dass sein Abstecher nach Bramley Hollow darauf hinauslief, sich die jungfräuliche Schwester des Gemeindepfarrers vorknöpfen zu müssen.

Er war immer davon ausgegangen, dass es nichts Schlimmeres als seinen Höllentrip nach Spanien gab. Doch so langsam entpuppte sich dieser vermaledeite Tag als heißer Anwärter auf Platz Eins seiner traumatischsten Erlebnisse.

»Hier?«, keuchte er und fragte sich, wie weit er in Dantes Höllensaga hineinwaten musste, nachdem er eine gutherzige alte Dame dazu *überredet* hatte, die Feder ruhen zu lassen?

Wahrscheinlich würde sie zu allem Übel Cochrane einen Teller randvoll mit frisch gebackenen Zuckerplätzchen reichen, ehe sie ihr das Versprechen abrangen, nie wieder zu schreiben.

»Ja, dort hinten links«, erklärte Rebecca ihm und deutete über die Grünflächen in eine entlegene Ecke. In entgegengesetzter Richtung des Hauses.

Fast hätte Rafe erleichtert aufgeatmet, bis er erkannte, auf was Miss Tate mit wallenden Röcken zusteuerte. Sie bahnte sich mit sicherem Schritt ihren Weg durch den Friedhof, vorbei an Grabsteinen und mit Flechten übersäten Steindenkmälern, die zu Ehren von Bramley Hollows ehrwürdigeren Dahingeschiedenen errichtet worden waren.

Als Miss Tate endlich stehen blieb, warf sie Rafe einen viel sagenden Blick zu. »Nun zieren Sie sich nicht so. Hier ist, wonach Sie gesucht haben, weshalb Sie eigens den weiten Weg aus London auf sich genommen haben.«

Mit der Gewissheit, das Opfer eines furchtbaren Streiches geworden zu sein, den die Postmeisterin und ihre Freundin ausgeheckt hatten, um ahnungslose Besucher hereinzulegen, folgte er ihr.

»So geben Sie doch Acht, wo Sie hintreten«, rügte Miss Tate ihn und deutete auf seinen Fuß, der in der Luft hing. »Sie sind kurz davor, auf Abigail Roundsfield zu treten, die auf Beleidigungen immer sehr harsch zu reagieren pflegte.«

Rafe machte einen großen Schritt, um die ehrenwerte Mrs. Roundsfield in ihrer ewigen Ruhe nicht zu stören.

»Wenn dies ein Scherz sein soll, Miss Tate«, sagte er, »so lassen Sie mich Ihnen versichern, dass ich nicht zu Späßen aufgelegt bin.«

Miss Tate musterte ihn gründlich. »Das glaube ich Ihnen aufs Wort.«

Rafe war empört. Miss Tate brauchte gar nicht so zu tun, als hätte sie es mit einem Prinzipienreiter zu tun. Er sollte ihr auf der Stelle sagen, dass er ...

»Hier wären wir also«, unterbrach sie seinen stillschweigenden Wutausbruch. »Sie werden mir zustimmen, dass es wahrlich keinen Anlass zur Freude gibt. Darf ich vorstellen, Miss Mary Briggs«, sagte Miss Tate und zeigte auf den schlichten Grabstein zu ihren Füßen.

Mary Briggs, Jungfer
1732–1784
vergessen vom Leben,
vermisst von jedem

Als Rafe sich wieder beruhigt hatte, bemerkte er, dass seine Begleiterin den Friedhof wieder verlassen hatte und mit schwingendem Korb und mit einer anstößigen Melodie auf den Lippen davonspazierte. So als wäre nichts geschehen.

»Moment mal, so nicht, verdammt«, raunte Rafe und stapfte quer über den Friedhof. Dieses Mal war ihm Mrs. Roundsfield völlig egal.

»Das war nicht besonders lustig«, brummte Rafe, als er Miss Tate fast eingeholt hatte.

Rebecca blieb stehen und warf Mr. Danvers einen erzürnten Blick zu. »Nein, da gebe ich Ihnen ausnahmsweise Recht«, sagte sie unfreundlich und setzte sich wieder in Bewegung.

»Miss Tate«, rief Rafe ihr nach. »Sie hatten mir doch Ihre Hilfe angeboten.«

»Stimmt. Aber ist Ihnen schon mal der Gedanke gekommen, dass Miss Briggs gar nicht gefunden werden möchte?« Mit verschränkten Armen wandte sie sich zu ihm um. »Wenn Sie Miss Briggs' Anwalt einen Gefallen täten, wie Sie behaupten, würden Sie ihre vollständige Adresse kennen und müssten sich nicht wie ein Bow Street Runner durchfragen.«

Bow Street Runner? Dachte sie wirklich, er wäre einer dieser bezahlten Handlanger? Sein Großstadtcharme schien tatsächlich auf dem Lande seine Wirkung verloren zu haben. Was ihn jedoch noch weit mehr erzürnte, war, dass diese Miss Tate ihm nicht einmal die Gelegenheit gab, sich zu den Vorwürfen zu äußern, sondern ihn wie einen begossenen Pudel stehen ließ.

Cochrane war mit den Pferden im Schlepptau gerade um die Ecke gebogen und vor dem Friedhofsgatter stehen geblieben, wo er auf Rafe wartete.

»Kein Glück gehabt, Sir?«

»Könnte man so sagen«, antwortete Rafe zähneknirschend und deutete auf eine Parzelle im entlegenen Bereich des Friedhofs, die nun ein kleiner Strauß blauer Blümchen zierte.

Cochrane band die Pferde fest und schritt durch das Gatter. Er schlich auf Zehenspitzen durch das Gras, als fürchtete er, die Entseelten könnten aus den Tiefen der Erde ihre Arme nach ihm ausstrecken. Als er Miss Briggs' Grabstein erreicht hatte, setzte er kurz seine Kappe ab und senkte respektvoll den Kopf. Doch seine Anstandsgeste für die Dahingeschiedene war nur von kurzer Dauer. Er stieß einen erleichterten Seufzer aus, setzte sich die Kappe wieder auf und kehrte zu Rafe zurück. »Geht's jetzt endlich zurück nach London?« Er hatte hoffnungsvoll geklungen.

»Noch nicht«, meinte Rafe und griff nach den Zügeln seines Pferdes. Die Straße, auf der noch vor wenigen Momenten Miss Tate zu sehen gewesen war, lag nun leer vor ihm. Er konnte wohl schlecht das ganze Dorf abklappern und an jede Tür klopfen, um diese freche kleine Nymphe oder die Autorin zu finden.

Oh, sie war ganz in der Nähe, das hatte er im Gefühl, und diese Miss Tate wusste ganz genau, wo sie zu finden war.

Wenn die beiden nicht sogar ein und dieselbe Person waren.

Schließlich hatte er nicht all die Jahre in feindlichem Gebiet überlebt, ohne auf seinen Instinkt zu hören, und gerade jetzt sagte dieser Instinkt ihm, dass er die scheinbar so harmlose Jungfer etwas genauer unter die Lupe nehmen sollte.

Mit einem leisen Knurren schwang er sich in den Sattel.

»Also ich seh' das ja so«, begann Cochrane, der ebenfalls aufgestiegen war, »wenn diese Frau tot ist, dann können wir Lady Tottley sagen, wir hätten unseren Job erledigt, und das Haus kassieren. Nur weil uns der Sensemann zuvorgekommen ist, muss das ja nicht bedeuten, dass uns für die Mühe, uns hier raus zu begeben, kein Lohn zusteht. Zumal ich immer noch keine Fleischpastete bekommen habe.«

Der Plan war nicht schlecht, aber Rafe zog es dann doch vor, sein Geld so zu verdienen, wie er es vereinbart hatte. Und das bedeutete, jede weitere Veröffentlichung dieser Darby-romane zu verhindern. Plötzlich kam ihm sein Versprechen an Cochrane, sie seien nicht hier, um Leuten die Knochen zu brechen, seltsam leer vor.

Jetzt nachdem sie Miss Tate getroffen hatten.

»Scheint so, als wären wir hier fertig«, freute sich Cochrane und lenkte sein Pferd wieder Richtung London.

»Nein«, sagte Rafe streng. »Wir sind noch nicht am Ziel.« Noch lange nicht.

Angestellte mit Freibier zu bestechen war eine Methode, um jemanden ausfindig zu machen, eine andere war, vorhandene Kontakte zu nutzen.

Kontakte ...

Verdammt, warum hatte er nicht gleich daran gedacht?

In Bramley Hollow wohnte nämlich nicht nur Englands berühmteste Kupplerin, sondern auch die größte Wichtigtuerin des Landes.

»Zeit für einen Anstandsbesuch«, verkündete Rafe mit neuem Mut.

»Gibt's da was zu futtern?«, fragte Cochrane wie aus der Pistole geschossen.

»Ist anzunehmen.« Und mit ein wenig Glück würde ihnen auch Miss Briggs' Adresse serviert.

Ein Lied pfeifend, das sie eigentlich nicht kennen dürfte, schlenderte Rebecca nach Hause. Es kümmerte sie herzlich wenig, ob sie jemand hören konnte. Schnell warf sie noch einen Blick zurück auf den grimmig dreinschauenden Mr. Danvers, der wieder am Friedhofstor stand, und lächelte in sich hinein.

Aufgeblasener Kerl.

Aber waren nicht alle Männer so?

Rebecca verabscheute die Dandys und die dummen Gänse, die nach Bramley Hollow kamen und sich aufführten, als wären sie auf Pilgerreise. Sie wollten sich allesamt damit brüsten, die Urheberin der Romane ausfindig gemacht zu haben.

Wenn die Geschichten weiter an Popularität gewannen, würde Bramley Hollow bald von Schwachköpfen aller Art überrannt.

Trotz allem musste Rebecca Mr. Danvers auch ein Kompliment machen. Er war mit Abstand der Einfallsreichste. Dunkel und gefährlich hatte er sich gegeben. Als läge das Schicksal der Welt in seinen Händen, und Miss Briggs wäre der Schlüssel zu allem.

»Bah!«, brummte sie. Bei den wichtigen Dokumenten, die er angeblich bei sich führte, handelte es sich höchstwahrscheinlich um die Rechnung seines Herrenschneiders.

Doch sogleich besann sich Rebecca eines Besseren. Dieser Mr. Danvers machte nicht viel Aufheben um seine Erscheinung. Sein Gehrock und das Halstuch, das augenscheinlich in Eile geknotet worden war, zeugten vielmehr von einem Mann, der auf das Diktat der Modewelt pfiff. Nein, er war nicht auf prunkvolle Kleidung angewiesen, um ans Ziel zu gelangen. Für ihn war es auch so ein Kinderspiel, die weibliche Bevölkerung Londons um den kleinen Finger zu wickeln. Er besaß Charme, und sein entwaffnendes Lächeln machte es leicht, den Lügen Glauben zu schenken, die ihm wie Honig von den Lippen tropften, oder darauf zu vertrauen, dass die unergründlichen Tiefen seiner dunklen Augen ohne Gefahren für das weibliche Herz durchsegelt werden konnten.

Armer Mr. Danvers, dachte Rebecca und rief sich den Moment ins Gedächtnis, als er mit bestürztem Gesicht auf Miss Briggs' Grab hinabgeschaut hatte und ihm klar geworden war, dass er am Ende seiner Reise angekommen war.

Vermutlich war es das erste Mal, dass sich ihm eine Frau so zynisch widersetzte. Geschah diesem ungehobelten Kerl Recht!

Rebecca war nicht der Typ Frau, der Schmeicheleien und hypnotisierte Blicke auf sich zog. Dennoch hatten die Glut seines Charmes und die Wärme seines Lächelns ihr das Gefühl gegeben, zu den Frauen zu gehören, die Männern mühelos den Kopf verdrehten. Dieser Mr. Danvers hatte sie angesehen, als wäre sie eine durchtriebene und raffinierte Lebedame. Vielleicht war sie doch so verschlagen, wie ihre Haushälterin Mrs. Wortling ihrem Onkel immer weismachen wollte. Rebecca hingegen sah sich vielmehr als pragmatischen Menschen. Die meisten Mittellosen entwickelten aus der Not heraus einen gewissen Pragmatismus, und Rebecca machte sich keine Illusionen darüber, wer oder was sie war: eine simple Jungfer vom Lande.

Als Rebecca sich dem Gartentor ihres Cottages näherte, hörte sie die schrille Stimme ihrer Wirtschafterin Mrs. Wortling: »Oberst, Sir, kommen Sie sofort vom Dach herunter. Ich weiß aus gesicherter Quelle, dass Ihre Wache beendet ist und weit und breit keine Bengalen lauern.«

Rebecca erschauderte. Ihr Onkel war wieder aufs Dach geklettert. Sie blickte sich kurz um, ob die Nachbarn schon etwas mitbekommen hatten. Wenn ja, würden sie von nun an wieder einen weiten Bogen um das Cottage machen. Zumal es erst wenige Wochen her war, dass der Oberst auf John Benton geschossen hatte, weil er ihn für einen Spitzel der Pandschabs gehalten hatte.

»Halt, wer da?«, röhrte der Oberst, der hinter dem Schornstein auf der Lauer lag.

Am Gartentor blieb Rebecca stehen und blickte zum Dach empor. Gütiger Gott, da war es wieder, sein geliebtes Gewehr, eine Brown Bess, schussbereit im Arm. Rebecca hätte schwören können, dass sie nach dem letzten Vorfall sowohl die Waffen als auch das Schießpulver sicher versteckt hatte.

»Ich bin's nur, Oberst. Rebecca«, rief sie ihm zu. »Ich war im Dorf.« Sie hielt den Korb in die Höhe, damit er ihn sehen konnte.

»Leutnant Bex. Guter Mann«, antwortete der Oberst und lugte vorsichtig hinter dem Kamin hervor. »Denkt an Verpflegung, während wir so gut wie eingekesselt sind.«

»Lediglich von Engländern, Sir. Kommen Sie doch runter. Ich will sehen, ob ich Mrs. Wortling dazu bringen kann, uns den Tee ein wenig früher zu servieren.«

»Tee? Um diese Uhrzeit? Niemals, mein Bester. Aber da fällt mir ein: Mir scheint, wir haben weder Kugeln noch Pulver im Vorrat.«

Prima, dachte Rebecca. Immerhin ein Versteck, das er nicht ausfindig gemacht hatte. Dabei hatte sie ihm immer wieder und wieder eingebläut, nicht auf die Nachbarn zu schießen. Auch wenn alles nur ein Spiel war.

Plötzlich spürte sie etwas, das ihr schnurrend um die Beine strich. Sofort stellte sie den Korb ab und hob den gelbbraunen Kater hoch. »Sir, was halten Sie davon, wenn ich Ajax zu Ihnen heraufschicke?«, rief sie ihrem Onkel zu.

»Unteroffizier Ajax? Befindet sich derzeit auf Botengang, er steht uns also nicht zu Verfügung. Würde der Bursche nicht über so verflixt gute Kontakte verfügen, hätte ich ihn schon vor Monaten unehrenhaft aus dem Dienst entlassen.«

»Hast dich wohl mal wieder an der Sahne verköstigt, mein Kleiner«, flüsterte Rebecca dem ungezogenen Kater zu. Sie hatte Ajax auf dem Schiff aufgelesen, das sie von Indien aus nach Hause gebracht hatte.

Rebecca hatte sich damals geschworen, sich auf ewig von attraktiven Mannsbildern fern zu halten, doch als sie den Kater mit dem zerzausten Fell entdeckte, war es um sie geschehen.

Im Nachhinein hatte Rebecca jedoch schon so manches Mal gedacht, sie hätte auch streunende männliche Katzen mit auf ihre Tabuliste setzen sollen. Ajax hatte sich nämlich als wahrer Satansbraten entpuppt, der in regelmäßigen Abständen in die Speisekammer einbrach, den Krug mit der Sahne umstieß und sich darüber hermachte. Falls er gerade einmal nicht auf der Suche nach Leckereien war, zerkratzte er das Mobiliar des Cottage oder menschliche Arme und Beine, die gerade in Reichweite waren. Im Grunde musste Rebecca Mrs. Wortling und dem Oberst beipflichten. Ajax benahm sich unmöglich.

Doch tief im Innern empfand Rebecca so etwas wie Bewunderung für ihren teuflischen und unabhängigen Gefährten.

Rebecca kraulte Ajax ein wenig hinter den zerfransten Ohren, was er ihr mit einem zufriedenen Schnurren dankte. In solchen Momenten wirkte er wie der friedfertigste Kater auf der ganzen Welt, während er wahrscheinlich gerade den nächsten Überfall auf die Speisekammer plante.

Wieder blickte Rebecca zum Dach. »Kommen Sie herunter, Oberst. Der Bäcker hatte heute die Rosinenbrötchen, die Sie so gerne essen. Zudem ist es mir gelungen, eine Ration Pekoe-Tee zu ergattern, die laut Mr. McGraw absolut frisch ist.«

»Humbug«, schnaubte der Oberst. »Klingt nach Bestechung.«

»*Wer bei klarem Verstand ist, hat nie einen leeren Magen*«, zitierte Rebecca eines seiner Lieblingssprichworte.

»Da haben Sie allerdings Recht, Bex«, erwiderte der Oberst und erkundete mittels seines Fernrohrs die menschenleere Umgebung. »Kein Feind in Sicht«, verkündete er und schob mit einer raschen Bewegung das Fernrohr zusammen, ehe er es sich an den Gürtel steckte. »Ein wenig Tee und Proviant könnten nicht schaden. Unterrichten Sie Fähnrich Trotter, dass ich noch immer auf seinen Bericht über die Lage an der Front warte.«

Mrs. Wortling schnaubte. »Miss Tate, dieser Mann gehört ins Tollhaus. Von wegen Fähnrich Trotter!« Mit diesen Worten stapfte sie zurück ins Haus.

Fähnrich Trotter versetzte Mrs. Wortling ganz besonders in Rage. Sie stieß sich an der Vorstellung, sich um jemanden kümmern zu müssen, den sie nicht einmal sehen konnte. Ganz zu schweigen davon, dass sie für den zusätzlichen Aufwand nicht entlohnt wurde.

Rebecca hielt den Atem an, während ihr Onkel über den Dachfirst balancierte. Eines Tages würden ihm diese Wanderungen in luftiger Höhe das Genick brechen. Sie eilte zur Leiter, die an das Haus angelehnt stand – vermutlich hatte er Posten bezogen, kurz nachdem sie sich auf den Weg gemacht hatte, die Einkäufe zu erledigen – und hielt sie fest, damit ihr Onkel sicher nach unten klettern konnte.

Jetzt musste sie die Gartenlaube auch noch mit auf die Liste der Dinge setzen, die Tag und Nacht unter Verschluss zu halten waren. Wie die Kugeln und das Schießpulver.

Nachdem der Oberst wieder festen Boden unter den Füßen hatte, grinste er seine Nichte an. »Ach Bex, mein Mädchen«, sagte er und tätschelte ihr die Wange. »Sorgst dich so rührend um mich. Was würde ich nur ohne dich machen?«

»Was hätten Richard und ich nur gemacht, wenn ihr, du und Tante Dorie, uns damals nicht aufgenommen hättet?« Rebecca hakte sich bei ihrem Oheim unter und geleitete ihn zur Haustür. Als sie an ihrem Einkaufskorb vorbeikamen, ging sie kurz in die Knie, um ihn aufzulesen.

»Durch euch hatte Dorothea jemanden, dem sie ihre Fürsorge schenken konnte«, sagte er. »Was würde sie nur sagen, wenn sie dich jetzt sähe? Zählst fünfundzwanzig Lenze und bist noch immer nicht unter der Haube. Sitzt hier fest und musst dich um einen alten tattrigen Mann wie mich kümmern.« Er stieß einen lang gezogenen Seufzer aus, als trüge allein er die Schuld an ihrer Ehelosigkeit. »Sie hat immer gewollt, dass du diesen Leutnant heiratest ... ach verflucht, wie hieß er doch gleich?«

»Habersham«, sagte Rebecca.

Die Predigt, die sie nun erwartete, hatte sie schon unzählige Male gehört. »Leutnant Habersham.«

»Richtig, Habersham. Guter Mann, feiner Kerl, dieser Habersham. Hat dir oft Blumen gebracht. Hättest seine Frau werden sollen, bevor er zurück in die Heimat segelte, Bex. Hättest wenigstens ausgesorgt gehabt.«

Rebecca lächelte ihren Onkel von der Seite an. »Es gibt da einen kleinen, aber feinen Grund, warum ich nicht Leutnant Habershams Gemahlin geworden bin. Er hat mich nie gefragt.«

Oberst Posthill schnaubte. »In dem Fall nehme ich jedes Wort zurück. Ein elender Narr, sage ich dir. Ein Dummerjan.«

Das und noch einiges mehr, dachte Rebecca und öffnete die Haustür.

Das war das Zeichen für Mrs. Wortling, zum Angriff überzugehen. »Bin ich froh, dass Sie ihn vom Dach holen konnten, Miss Rebecca. Dieses Mal ist er wirklich zu weit gegangen. Hat mich eine hässliche, alte Säuferin geschimpft. Bloß, weil ich ihm die Munition nicht aushändigen wollte.« Sie zog ein rechteckiges, vergilbtes Stück Leinen aus ihrer Schürzentasche hervor und schniefte lauthals hinein.

Rebecca hätte wetten können, dass Mrs. Wortling im Laufe ihrer undurchsichtigen Karriere noch viel ärgere Beschimpfungen über sich hatte ergehen lassen müssen. Um des lieben Friedens willen jedoch riss sie sich am Riemen und lächelte die ältliche Witwe gefällig an. Vor allem, weil sie bereits die fünfte Wirtschafterin in ebenso vielen Jahren war und es bisher am längsten aushielt.

»Eine Frau hat sowohl ihren Charakter als auch ihren Ruf zu wahren«, jammerte Mrs. Wortling. »Mein Ruf würde nachhaltig befleckt, wenn die Nachbarn mitbekämen, wie ich als *Säuferin* tituliert werde.« Wieder ertönte ein lautes und feuchtes Schnauben.

»Ich glaube nicht, dass jemand den Oberst gehört hat, Mrs. Wortling«, beruhigte sie die weinerliche Mrs. Wortling. Und wenn doch, würden die Leute im Dorf ihm vermutlich beipflichten. Rebecca zweifelte nicht daran, dass jeder in Bramley Hollow wusste, wie sehr die Hausgehilfin dem Alkohol zugetan war.

»Das will ich auch stark hoffen«, entgegnete die Haushälterin spitz, schnappte sich den Einkaufskorb und warf einen Blick hinein. »Herrje, Sie haben den Madeira für den Oberst vergessen. Es ist nämlich fast nichts mehr da«, schimpfte sie.

Weil Sie ihn sich Schluck um Schluck einverleibt haben, wollte Rebecca zurückschießen, die mittlerweile dazu übergegangen war, selbst das Spirituosenkabinett unter Verschluss zu halten. Doch auch das hatte Mrs. Wortling nicht von der Trinksucht abbringen können. Rebecca wusste, dass sie sich am Schloss der Anrichte zu schaffen machte. Aber es hatte schlichtweg keinen Sinn, ihre einzige Angestellte zur Rede zu stellen und sie womöglich zu verprellen. Vor allem nicht, weil sie mittlerweile ein ebenso unleidliches Gesicht wie ihre Vorgängerin zog, kurz bevor diese vor Verzweiflung die Hände in die Luft gerissen und fristlos gekündigt hatte.

Es hatte fast zwei Monate gedauert, ehe Mrs. Wortling bei ihnen in den Dienst trat. Rebecca war damals am Ende ihrer Kräfte gewesen, weil sie sich sowohl um den Haushalt als auch die Korrespondenzen des Obersts und ihre Finanzen hatte kümmern müssen.

»Tee, Mrs. Wortling, marsch, marsch«, befahl der Oberst, bevor er in den Salon ging und in seinem angestammten Sessel Platz nahm, wo er wie der Gentleman vom Lande wirkte, der er eigentlich hätte sein müssen.

Verächtlich schnaubend stapfte Mrs. Wortling in die Küche.

»Bex«, sprach der Oberst und blickte von seiner Zeitung auf. »Hast du Mr. Billingsworth wegen des Traktats über die römischen Ruinen geschrieben, die nicht weit von hier stehen?«

»Habe ich, Onkel.«

»Aha«, murmelte der Oberst. »Frage mich nur, warum der Kerl noch immer nicht geantwortet hat. Wir geben ihm noch bis Ende des Monats Zeit. Wärst du so lieb, ihn dann anzumahnen?« Er seufzte. »Wenn meine Übersetzung stimmt, befinden sich Hadrians verschollene Reichtümer unweit besagter Ruinen. Stell dir vor, wir wären endlich reich, ganz zu schweigen von dem Ruhm, den uns die Schätze einbrächten.«

Schätze! Rebecca unterdrückte ein lautes Stöhnen. Wie sehr wünschte sie sich, sie hätte dieses Wort niemals gehört. Alles nichts als leere Versprechungen, die nur Enttäuschungen nach sich zogen.

Rebecca warf einen Blick auf den Sekretär, auf dem sich Dokumente, Briefe und Rechnungen stapelten. Nicht zum ersten Mal fragte sie sich, wie es wohl gewesen wäre, wenn sie Leutnant Habersham, der mittlerweile zum Viscount Pease avanciert war, geheiratet hätte und jetzt ein Leben in Samt und Seide führen würde, statt den Strapazen der Mittellosigkeit ausgesetzt zu sein.

Nicht dass Rebecca ein anderes Leben kannte.

Sie und der Oberst verfügten zwar über das Ruhegeld vom Militär, doch da er nie ein Regiment geführt oder sich anderweitig Meriten verdient hatte, reichte die kümmerliche Summe, die ihnen Monat für Monat zustand, hinten und vorne nicht. Sie hatten das Glück, dass der Cousin des Obersts, ein Baron am Orte, sie unentgeltlich in dem kleinen Cottage wohnen ließ.

Doch was, wenn dem Oberst eines Tages etwas zustieß? Was würde aus ihr? Sollte sie weiterhin auf Lord und Lady Finchs Gunst angewiesen sein? Nicht wenn es nach ihr ging.

Rebecca zog ein schmales Buch aus einer Schublade des Sekretärs und warf einen Blick auf die Guthabenaufstellung. Es fehlte nur noch ein kleines Sümmchen, dann würden Sicherheit und Stabilität – Aspekte, nach denen sie sich schon immer gesehnt hatte – endlich in greifbare Nähe rücken. Mehr erwartete Rebecca nicht vom Leben, doch so bescheiden ihre Wünsche auch waren, sie war nicht gewillt, sie durchkreuzen zu lassen.

Als zwei Gestalten am Fenster vorbeiritten, blickte Rebecca kurz auf. Es waren Mr. Danvers und sein junger Gefährte. Zu ihrer Erleichterung hielten die beiden nicht an.

Sicher gab dieser Kerl endlich auf und verließ Bramley Hollow. *Gott sei Dank, den sind wir los*, dachte Rebecca und versuchte, die Gedanken an diesen großen und dunklen Fremden abzuschütteln. Was sich aber als äußerst schwierig entpuppte. Sein verschlagenes Äußeres und sein eigentümlicher Charme erfüllten Rebecca mit wachsender Unruhe.

So viel zu dem Entschluss, gefährliche Mannsbilder zu meiden. Sie musste ihn vergessen, denn er brachte vor allem auch schmerzhafte Erinnerungen an das, was sie vor so vielen Jahren verloren hatte, an die Oberfläche. Ebenso die Erinnerung an Sehnsüchte, die sie nicht hatte ablegen können.

Ihr einziger Trost war, dass Danvers, sollte er es noch einmal wagen, ihr unter die Augen zu treten, von dem Oberst und seiner Brown Bess in Empfang genommen werden würde. Spätestens dann würde er mit wehenden Fahnen nach London zurückgaloppieren.

Rebecca blickte auf die Liste der Dinge, die es noch zu erledigen galt, und fügte einen weiteren Punkt hinzu.

Schießpulver wieder aus dem Versteck holen.

Kapitel 3

Obzwar ich niemand bin, der die Geschichten anderer nach außen trägt, glaube ich doch zu ahnen, dass Miss Darby ein entsetzliches Geheimnis in ihrem Herzen trägt, und es zermartert mich, wie wir sie davon überzeugen können, es endlich preiszugeben. In diskreter Manier, versteht sich.

Lady Lowthorpe zu Miss Cecilia Overton in
Miss Darbys desaströses Dilemma

Raphael Danvers war bisher nicht die Ehre zuteil geworden, die Bekanntschaft der berühmt-berüchtigten Lady Finch zu machen. Seine Brüder, Colin und Robert, sowie sein Cousin, der Herzog von Setchfield, schworen Stein und Bein, dass die Baronin die einzige Person Englands war (sah man einmal von dem spurlos verschwundenen Mr. Pymm ab), die es schaffte, anderen aus jedweder Verlegenheit herauszuhelfen.

Die Baronin residierte auf dem Anwesen ihres Gatten in Kent, was sie aber nicht davon abhielt, ihre blaublütige Nase in die Angelegenheiten und den Tratsch der Londoner Gesellschaft zu stecken. Sie beschäftigte nicht weniger als drei Boten, deren einzige Aufgabe darin bestand, mit ihrer legendären Korrespondenz zwischen Kent und London zu pendeln. Zudem hatte sie eine persönliche Assistentin, die rund um die Uhr nichts anderes tat, als ihre gut gemeinten Ratschläge zu kopieren und die Listen zu pflegen, in denen jedes noch so nichtige Detail von Eheschließungen und Geburten bis hin zu Vorkommnissen und Vergehen aller Art verzeichnet waren. Die Adressaten ihrer Briefe erhielten, je nach Fall, eine segensreiche Fülle wertvoller Informationen oder aber einen beißenden Schwall bitterster Zurechtweisungen, von denen ihnen noch Wochen später die Ohren klingelten, so heftig fielen Lady Finchs Standpauken aus.

Doch niemand besaß den Schneid, sich gegen die Baronin aufzulehnen, sie zu verunglimpfen oder ihr zu widersprechen. Weil es denkbar war, dass man eines Tages selbst auf ihren Beistand angewiesen war. Ob aufgrund eines Kavaliersdeliktes oder – und dieser Fall war weitaus schlimmer – eines Skandals, bei dem nur noch Lady Finchs Intervention half.

»Ich halte das für keine so gute Idee«, sagte Cochrane, als sie sich dem Tor des Anwesens näherten. »Mr. Pymm hat immer gesagt, dass Lady Finch mit dem Teufel im Bunde sein muss und dass sie ein gutes Beispiel dafür ist, was passiert, wenn man Weibern das Lesen und Schreiben beibringt.«

»Soso, hat Pymm das gesagt?«, murmelte Rafe.

Cochrane nickte. »Das und noch vieles mehr. Einmal hat sie ihm einen langen Brief geschickt. Ich weiß nicht, was sie geschrieben hat, aber Mr. Pymm hat ihn gelesen und voller Wut ins Feuer geworfen. Ich glaube, der Brief hat seine Männlichkeit stärker verkohlt als die Flammen das Papier. Noch Monate später hat er ihren Namen ausgesprochen, als würde er bitterlich schimpfen.«

Rafe schmunzelte. Die Baronin musste ihm recht heftig zugesetzt haben.

Insgeheim war Rafe froh, noch nie einen ihrer legendären Briefe erhalten zu haben. Er vermutete, dass Lady Finch das Privileg, ihm Ratschläge zu erteilen oder ihn gehörig auszuschimpfen, seiner Schwägerin Olivia überließ. Schließlich hatte Roberts Gemahlin sieben Jahre lang Lady Finch als rechte Hand gedient.

Als Rafe und Cochrane das Tor zum Anwesen der Finchs passierten, starrte der Junge mit offenem Mund die beiden imposanten Steinlöwen an, die das Tor flankierten.

Vor ihnen erstreckte sich eine lange Auffahrt zum vornehmen Hauptgebäude, während ein schmuckes Pfarrhaus aus Fachwerk, von dem Rafe annahm, dass es früher einmal als Pförtnerhaus gedient hatte, unmittelbar hinter den Mauern lag.

Finch Manor war auf einer Anhöhe erbaut, und seine verschachtelte Fassade legte ein beredtes Zeugnis über die architektonische Leidenschaft der bisherigen Hausherren ab. Rafe wusste, dass das Herz des gegenwärtigen Barons jedoch für die Pflanzenwelt schlug und er am Südflügel eine gigantische gläserne Orangerie hatte errichten lassen. Auch die klassischen Gärten um das majestätische Domizil trugen unverkennbar seine Handschrift.

»Bei Gott«, murmelte Cochrane und bestaunte das dreistöckige Gebäude, das vor ihnen aufragte. »Wenn Bettlesfield Park auch nur halb so groß wie diese schmucke Bude ist, wird man Sie früher oder später adeln müssen, Sir.«

»Ich glaube kaum, dass es je so weit kommen wird«, brummte Rafe. Angesichts seines unrühmlichen Dienstes in der Armee und seines ramponierten Rufs würde er die gesamte Königliche Familie vor einer Horde Anarchisten retten müssen, ehe er überhaupt in Erwägung ziehen konnte, jemals mit »Sir Danvers« angesprochen zu werden.

Während Rafe den akkurat getrimmten Rasen und das gelblich schimmernde Steinhaus betrachtete, verspürte er einen dumpfen Schmerz in der Brust.

Vor ihm stand ein Heim, ein Ort, der einlud, sich niederzulassen und endlich Wurzeln zu schlagen. Ein Ort, an dem man die Reisetruhen aus- und nie wieder einpackte.

Rafe hatte keine großen Hoffnungen, dass das Anwesen, das Lady Tottley ihm zugesichert hatte, wenn der Fall zu ihrer Zufriedenheit verlief, auch nur annähernd so ansprechend war wie Finch Manor. Doch Kents sanftgrüne Hügel mit den unzähligen Hecken trugen das Versprechen eines geordneten Lebens in sich. Etwas, das Rafe in seinen gut dreißig Jahren nie hatte kennen lernen dürfen.

Bis zu dem Tag, als Lady Tottley ihm von Bettlesfield Park erzählt hatte, war Rafe nie die Idee gekommen, Besitz zu erwerben und sesshaft zu werden. Der Gedanke daran, zu einem festen Bestandteil der Gesellschaft zu werden, hatte ihn immer davon abgehalten. Er war sein Lebtag ein Außenseiter gewesen.

In Spanien hatte seine blaublütige Verwandtschaft ihn zwar geduldet, ihn aber wegen des englischen Bluts, das in seinen Adern floss, nie als vollwertiges Familienmitglied akzeptiert. Später in England war es umgekehrt gewesen. Erschwert wurde Rafes gesellschaftliche Position noch zusätzlich dadurch, dass er nach dem Krieg beschlossen hatte, das schier Unglaubliche in die Tat umzusetzen und seine Dienste als privater Ermittler gegen Geld anzubieten. Aber mittlerweile scherte es ihn nicht mehr, was andere von ihm dachten.

An der Eingangstür von Finch Manor übergab Rafe dem Butler seine Karte und legte seine Verbindung zur Hausherrin dar. Natürlich erwähnte er vor allem seine Schwägerin, die Marquise von Bradstone.

Beim Namen *Miss Keates* grinste der Hausangestellte und bat Rafe und Cochrane ins Foyer, wo die beiden warteten, während er Lady Finch von dem unerwarteten Besuch unterrichtete.

Cochrane stand in der Mitte der ovalen Eingangshalle aus Marmor und bestaunte die vielen Säulen, Gemälde und Vorhänge.

»Wenig Ähnlichkeiten mit Seven Dials, nicht wahr, Cochrane?«

»Sagenhaft«, murmelte der Halbwüchsige.

Wenige Minuten später führte der Butler die beiden in den

Diniersalon, durch dessen breite Fensterfront die späte Nachmittagssonne fiel. Von hier oben aus bot sich ein wundervoller Blick auf die Gärten sowie eine Gartenlaube, die in ein Meer von bunten Frühlingsblumen eingebettet lag.

Die lange Tafel war auffallend elegant für das bevorstehende Abendessen eingedeckt worden. Mit dem Gesicht zu ihnen gewandt, saß eine junge Dame in Witwenkleidung, und am Ende der Tafel hatte sich ein nicht mehr ganz taufrischer Gentleman niedergelassen und las in einer Zeitschrift.

»Endlich! Endlich lerne ich den stadtbekannten Raphael Danvers einmal persönlich kennen«, ertönte eine kräftige Stimme, in der größte Verzückung mitschwang.

Rafe drehte sich um und erblickte eine eindrucksvolle Gestalt in einem malvenfarbigen Gewand samt purpurnem Turban. Lady Finch.

Cochrane wirkte, als würde er jeden Moment stiften gehen.

»Lady Finch, nehme ich an«, begrüßte Rafe sie und machte eine anständige Verbeugung. »Es ist mir eine wahre Freude, Ihre Bekanntschaft zu machen.«

»Das haben schon viele gesagt, doch nur die wenigsten meinen es auch«, erwiderte sie mit einem Schmunzeln.

»Da meine Familie tief in Ihrer Schuld steht, ist es für mich wahrlich eine besondere Ehre, Sie kennen zu lernen. Einst standen Sie meinen Brüdern mit Rat und Tat zur Seite, jetzt bin ich es, der an Ihre Pforte klopft.«

In den Augen der Baronin flackerte Neugier auf.

Rafe hatte nicht eine Sekunde daran gezweifelt, dass Lady Finch ihn anhören würde. Schon gar nicht, wenn sich die Gelegenheit förmlich aufdrängte, sich in die Angelegenheiten anderer einzumischen.

Die Baronin trat einen Schritt auf Rafe zu und studierte ihn mit einer Gründlichkeit, die die meisten Menschen als beleidigend empfunden hätten. Rafe hingegen, der mit einem Zwillingsbruder groß geworden war, ließ es geduldig über sich ergehen.

»Mein Lieber, Sie haben das wilde Äußere Ihres Bruders Robert. Aber nach dem, was mir so zu Ohren kommt, besitzen Sie auch Colins messerscharfen Verstand.«

»Vielen Dank, Mylady, obgleich ich fürchte, dass keiner der beiden Ihre Beurteilung zu schätzen wüsste.«

Die Baronin lachte vergnügt. »Nein, wohl eher nicht. Nicht wenn man in Betracht zieht, was mir sonst noch so über Sie zugetragen wird«, sagte sie verschmitzt und schlug ihm mit dem Fächer auf den Arm, ehe sie den Blick über seine Schulter schweifen ließ. »Und wen haben wir hier?«

»Bitte verzeihen Sie«, sagte Rafe schnell. »Darf ich Ihnen meinen Gehilfen vorstellen, Cochrane.«

Mit Mühe und Not brachte Cochrane einen halbwegs akzeptablen Bückling zustande, wobei er die Baronin aber keine Sekunde aus den Augen ließ. Pymm schien dem Jungen wahrhaftige Schauermärchen über Lady Finch erzählt zu haben. Genau wie Eltern ihren Kindern vom schwarzen Mann erzählen, um sie durch Furcht zu guten Manieren zu bewegen.

»Cochrane, und weiter?«, fragte die Baronin und ging um Rafe herum, damit sie den Jüngling besser unter die Lupe nehmen konnte.

»Nur Cochrane, Ma'am«, erwiderte er stotternd.

»Irgendwie kommst du mir bekannt vor, Junge. Wer ist dein Vater?«

»Das weiß ich nicht genau, Ma'am. Mr. Pymm hat mich zu sich genommen, als ich noch klein war.«

»Pymm?«, rief die Baronin aus und warf Rafe einen fragenden Blick zu.

»Wer's glaubt, wird selig. Dieses alte Wiesel soll dich aus freien Stücken bei sich aufgenommen haben?«

»Jawoll«, erwiderte Cochrane. »Hat mich wie seinen eigenen Sohn großgezogen.«

Rafe beobachtete, wie Lady Finch die Gesichtszüge des Heranwachsenden noch einmal eingehend studierte. An ihren in die Höhe gezogenen Augenbrauen erkannte er, dass sie starke Zweifel an Pymms hochherzigen Motiven hegte.

»Cochrane, gehe ich recht in der Annahme, dass Mr. Danvers dir heute noch nichts Richtiges zu essen gegeben hat?«, wechselte sie das Thema.

Der Halbwüchsige nickte. »Nicht seit dem Frühstück, Ma'am.«

»Welch Frevel«, sagte Lady Finch. »Ich bestehe darauf, Sie heute Abend als meine Gäste begrüßen zu dürfen.«

Doch Rafe schüttelte den Kopf. »Es ist nicht unsere Absicht, Ihr wohlverdientes Abendessen zu stören. Wir würden uns glücklich schätzen, wenn wir derweil draußen auf Sie warten dürften.« Rafe schenkte dem entrüsteten und nicht gerade zimperlichen Hieb in seinen Rücken keine Aufmerksamkeit. In Cochranes Augen war es unverzeihlich, eine kostenlose Mahlzeit auszuschlagen.

»Aber ich bestehe darauf«, sagte die Baronin. »Es werden ohnehin nur meine Sekretärin Mrs. Radleigh und Lord Finch zugegen sein, wobei Letzterer für gewöhnlich kein sonderlich guter Gesellschafter ist, wenn die Monatsschrift der nationalen Orchideengesellschaft eingetroffen ist.«

Bei diesen Worten blickte Lord Finch kurz auf und nickte seinen Gästen zu, ehe er sich wieder der Lektüre widmete.

Lady Finch stieß einen Seufzer aus. »Wie Sie selbst sehen, geht es bei uns längst nicht so formell zu wie in der Stadt.« Die Baronin winkte den Butler zu sich. »Addison, wären Sie so freundlich, noch zwei Gedecke für Mr. Danvers und unseren fast verhungerten Freund Cochrane aufzutragen?«

»Mylady, erlauben Sie mir den Hinweis, dass Sie Gefahr laufen, Ihre Vorratskammern nach dem Mahl vollständig geplündert vorzufinden«, warnte Rafe sie.

»Macht nichts, dann käme das Küchenpersonal wenigstens mal auf Trab«, kam die gleichmütige Antwort von Lady Finch, während Cochrane freudestrahlend auf dem Stuhl Platz nahm, auf den ihre fuchtelnde Hand wies.

Die Baronin lächelte den Jungen an, ehe sie sich auf ihrem Platz am anderen Ende der Tafel niederließ und Rafe signalisierte, sich neben sie zu setzen. »Was genau führt Sie zu mir, Mr. Danvers? Und bitte sagen Sie jetzt nicht, Sie kommen auf Lady Tottleys Geheiß, um dieses Darbyproblem in den Griff zu bekommen, mit dem ich täglich belagert werde.«

Rafe war wie versteinert. Hatte Lady Tottley nicht sämtliche Verbündete zur absoluten Verschwiegenheit verpflichtet?

»Wie dem auch sei«, fuhr Lady Finch unbeirrt fort. »Aus Ihrem Gesichtsausdruck schließe ich, dass Sie ein Schweigegelübde abgelegt haben, und das ist auch gut so. Aber Sie können sich mir bedenkenlos anvertrauen. Schließlich war ich es, die Lady Tottley in dieser Angelegenheit beraten hat.«

»Sie?«, fragte Rafe verblüfft.

»O ja. Ich werde derzeit mit Briefen überschwemmt, in denen Mütter heiratsfähiger Töchter mich um Hilfe anflehen. Schon möglich, dass ich Malvina geraten habe, Sie zu engagieren, damit Sie diesen Schreiberling aufspüren und ihn dazu bringen, mit dem Unsinn aufzuhören.«

»Wenigstens weiß ich jetzt, wen ich für die ganze Chose verantwortlich machen kann«, murmelte Rafe.

»Nicht so voreilig, mein Guter. Wer weiß, vielleicht sind Sie mir am Ende sogar noch dankbar«, hielt die Baronin dagegen. »Vor allem, wenn Lady Tottley Sie so großzügig entlohnt, wie ich es ihr angeraten habe. Ich hoffe inständig, dass sie Ihnen etwas Stattliches in Aussicht gestellt hat, damit Sie sich die Zeit abknapsen. Wo Sie doch gerade am Fall Codlin arbeiten.« Die

Baronin betupfte sich mit der Serviette die Lippen. »So, und jetzt ersuche ich Sie, zur Erheiterung einer älteren Dame beizutragen, indem Sie ihr verraten, welche Belohnung Ihnen zugesichert worden ist. Im Gegenzug verspreche ich Ihnen, alles in meiner Macht Stehende zu tun, um Sie bei der Suche zu unterstützen. Vor allem, weil ich mir nicht vorstellen kann, dass jemand, der so knickerig ist wie Malvina Witherspoon, etwas in Aussicht stellt, das Ihre Zeit und Ihr Engagement wert wäre. Gerade jetzt, wo die East India Company die Belohnung auf stattliche zweitausend Pfund erhöht hat.«

Cochrane wackelte mit den Augenbrauen. *Hab ich's nicht gleich gesagt?* sollte das wohl heißen.

Rafe fragte sich verblüfft, wer Lady Finchs Informant sein mochte, schob diesen Gedanken aber erst einmal beiseite und lächelte seine Gönnerin an. Ihr Angebot war besser, als er je erwartet hatte. Er war vielmehr davon ausgegangen, eine noch wesentlich größere Gegenleistung erbringen zu müssen, als nur offen zu legen, worin seine Belohnung bestand.

»Bettlesfield Park«, antwortete Rafe.

Die Baronin kniff augenblicklich die Augen zusammen. »Sagten Sie *Bettlesfield Park*?«

»Ja, Haus und Ländereien. Vorausgesetzt es gelingt mir, den Autor der Darbygeschichten davon zu überzeugen, keine weiteren Romane zu veröffentlichen.«

Lady Finchs Reaktion beunruhigte Rafe, sie brach nämlich in schallendes Gelächter aus. Die Baronin lachte, bis ihr die Tränen über die faltigen Wangen kullerten. »Mein lieber Junge, bitte sagen Sie mir, dass das nicht wahr ist.«

Rafe beschlich eine böse Ahnung. »Doch, genau so ist es.« Mit einer schnellen Bewegung griff er in die Westentasche und holte ein Miniaturgemälde des Anwesens hervor. »Sie gab mir dies mit den Worten, es handele sich um *ein bezauberndes Anwesen*.«

Lady Finch nahm das kleine Ölgemälde und blickte auf die reizvolle Landschaft und das wunderschön gelegene Haus. Bevor sie abermals losprustete. »*Ein bezauberndes Anwesen* – das ist doch der Gipfel. Ich hoffe für Sie, dass Sie nicht vorhatten, sich in absehbarer Zeit dort niederzulassen.«

Da hatte ihn sein Instinkt also doch nicht getrogen. Aber verdammt noch mal, Bettlesfield Park musste doch etwas wert sein. Er hatte ohnehin entschieden, es zu verkaufen. »Nein, ich plane natürlich, es zu Geld zu machen. Was sollte ich mit einem Anwesen anfangen?«

»Gewiss«, erwiderte Lady Finch, doch sie klang nicht überzeugt. Sie reichte ihm das trügerische Kunstwerk zurück. »Malvina hat Bettlesfield Park vor ungefähr vier Jahren bei einer Partie Whist gewonnen, doch für sie ist es nichts weiter als unnötiger Ballast.«

»Ist das Anwesen denn vollkommen wertlos?«, fragte Rafe niedergeschlagen und verspürte urplötzlich den starken Wunsch, nach London zurückzukehren und Lady Tottley viel Spaß mit ihrer unverheirateten Tochter zu wünschen.

»Nein, lediglich ein wenig reparaturbedürftig.«

Lord Finch, der noch immer in sein Journal vertieft war, grunzte abfällig.

Lady Finch zuckte mit den Achseln. »Der Baron hat vermutlich Recht. Es bedarf mehr als nur ein paar kleiner Reparaturen. Doch das Land, auf dem es steht, ist alles andere als minderwertig. Es dürfte Ihnen also keine größeren Probleme bereiten, einen Käufer zu finden.«

»Warum ist es Lady Tottley dann nicht gelungen, es an den Mann zu bringen?«, wollte Rafe wissen, der noch immer in Sorge darüber war, dass das erhoffte Vermögen auf eine nichtige Summe zusammengeschrumpft sein könnte.

»Selbstredend erhielt sie das eine oder andere Kaufangebot. Aber die stammten allesamt von Möchtegerns und eitlen

Stadtpflanzen, die sich nur des Prestiges wegen mit einer ländlichen Residenz schmücken wollten. Und weil selbst Lady Tottley über ein gewisses Maß an Stolz verfügt, hat sie alle Angebote ausgeschlagen. Sehr zu meiner Erleichterung übrigens.« Lady Finch seufzte erneut. »Ich gehe nicht davon aus, dass Sie ähnlich wählerisch an die Sache herangehen und sehe mich schon mit einem dieser hirnlosen und großspurigen Nabobs als Nachbarn gestraft.«

Rafe kommentierte ihren Vorstoß mit einem Lächeln. »Mylady, ich kann es mir nun einmal nicht leisten, wählerisch zu sein, und werde Bettlesfield Park an den erstbesten Narren verhökern, der mir über den Weg läuft.«

»Das dürfte nicht allzu schwierig werden, in London wimmelt es ja nur so davon«, brummte Lady Finch, ehe sie sich wieder den Leckerbissen auf ihrem Teller zuwandte. »Auch wenn ich weiß, dass Sie Bramley Hollow ins Verderben reißen werden, gedenke ich, an meinem Versprechen festzuhalten und Ihnen mit Rat und Tat zur Seite zu stehen. Doch dafür verlange ich eine kleine Gegenleistung.«

Tatsächlich fühlte Rafe sich ihr verpflichtet und sagte aufrichtig: »Meine verehrte Baronin, wenn es etwas auf Erden gibt, mit dem ich meine Schulden bei Ihnen begleichen kann, müssen Sie nichts weiter tun, als mich darum zu bitten.«

Die Baronin hob den Blick und schaute ihn mit ernster Miene an. »Es gibt in der Tat eine Angelegenheit von allergrößter Bedeutung, in der Ihre Hilfe wie gerufen kommt.«

»Was immer es auch sein mag.«

»Es geht dabei jedoch nicht um mich, müssen Sie wissen.«

Etwas an der Art und Weise, wie sie das sagte, jagte Rafe einen Schauer über den Rücken. Mehr konnte er jedoch vorerst nicht in Erfahrung bringen, da ein junger Mann den Speisesalon betrat.

»Rafe? Rafe Danvers? Bist du das? Sapperlot, mir schwante schon, ich hätte den Verstand verloren, als ich dich die Auffahrt heraufreiten sah«, begrüßte der Neuankömmling Rafe und hinkte in den Raum, wobei er sich schwer auf einen Stock mit prächtigem Silberknauf stützte.

»Jemmy«, stammelte Rafe überrascht beim Anblick James Reyburns, des Erben und einzigen Sprosses der Finchs. Genau wie seine Mutter führte auch er ein zurückgezogenes Leben, wenn auch aus gänzlich anderen Beweggründen.

Etliche Jahre zuvor hatte Jemmy sich als blinder Passagier an Bord von Colins Schiff geschlichen und war auf Umwegen in Rafes Guerillatruppe gelandet.

Doch der bleiche und ausgezehrte Mann vor ihm hatte nur noch wenig gemein mit dem jugendfrischen und idealistischen Burschen von einst. Rafe erkannte, welch entsetzlich hohen Preis Jemmy für seine noblen Kriegsträume hatte zahlen müssen. Beim Gehen war er auf den Stock angewiesen, weil er sein zertrümmertes Bein nicht mehr richtig gebrauchen konnte – trauriges Zeugnis eines lebensbedrohlichen Unfalls, den er bei der Belagerung von Badajoz erlitten hatte. Überdies war sein Gesicht von einer langen Narbe gekennzeichnet, und er wirkte auffallend blass und abgespannt. Von dem verwegenen und kernigen Draufgänger, der nach Spanien gereist war, um sich einen Platz in den Geschichtsbüchern zu erkämpfen, war nicht viel übrig.

Als Rafe wieder zu Lady Finch blickte, wusste er, um was sie ihn hatte bitten wollen. Er sollte ihr helfen, Jemmy zu retten.

Dios, wo war er nur hineingeraten?

»Was machst du hier?«, fragte Jemmy, während Addison ein weiteres Gedeck auftrug und ihm den Teller füllte.

»Ich bin gekommen, um deine Mutter um Hilfe zu bitten. Ich suche jemanden.«

»Genau, und er war gerade zugange, mir die Einzelheiten

zu verraten, als du hereingeplatzt bist«, sagte Lady Finch ein wenig ungehalten. »Ich dachte, du wärst nicht hungrig und unserer Gesellschaft nicht sonderlich zugetan?«

»Da wusste ich ja auch noch nicht, dass wir solch hohen Besuch erwarten«, konterte Jemmy und zwinkerte Rafe zu. »Also, wem bist du dieses Mal auf den Fersen? Einem Mörder? Einem Dieb? Einem Spion? Aber ich muss dich warnen, Bramley Hollow ist wohl kaum eine Brutstätte für Aufstand und Unruhe.«

»Nein, nein, dieses Mal liegt der Fall etwas anders. Ich bin auf der Suche nach der Person, die die Darbyromane zu verantworten hat.«

Jemmy legte verblüfft das Besteck beiseite. »Höre ich recht? Du spürst jemandem nach, der Abenteuergeschichten schreibt?« Der junge Mann lachte aus vollem Hals. »Dir muss das Wasser ja bis zum Halse stehen, wenn du jetzt schon harmlosen Schreiberlingen hinterherjagst.«

»Von wegen harmlos«, warf Lady Finch ein. »Diese Bücher haben eine regelrechte Revolte heraufbeschworen. Sämtliche höheren Töchter Londons wehren sich dagegen, vermählt zu werden. Kannst du dir das vorstellen? Das ist fast so schmählich wie männliche Erben, die es ablehnen, ihren familiären und gesellschaftlichen Pflichten nachzukommen.«

Jemmy überhörte die spitze Bemerkung, die der Tatsache galt, dass auch er noch immer unverheiratet war, und wandte sich wieder an Rafe. »Und du vermutest, dass sich diese Person hier versteckt hält?«

»Richtig. Meinen Informationen zufolge lebt M. Briggs in Bramley Hollow.«

»Hier? Stell sich das einer vor«, entfuhr es Jemmy. »Wenn du mich fragst, sind diese Schmöker die reinste Zeitverschwendung. Ausgemachter Blödsinn. Ich wundere mich, dass ihnen überhaupt jemand Aufmerksamkeit schenkt.«

»Ich wäre mit einem vorschnellen Urteil vorsichtig«, ermahnte Lady Finch ihren Sohn.

»Haben Sie denn die Darbyromane gelesen, Mylady?« Rafe hatte sich diese Frage nicht verkneifen können. Die Stimme der Baronin hatte ein wenig zu defensiv geklungen.

Zuerst schüttelte Lady Finch den Kopf, hielt dann aber inne. »Ach was soll's. Ich gebe es zu. Ja, ich habe jeden einzelnen Roman gelesen, war kaum in der Lage, sie aus der Hand zu legen.« Sie seufzte. »Welch eine Schande, wenn es keine Fortsetzung mehr gäbe. Aber auf der anderen Seite kann ich Malvina gut verstehen. Es schickt sich einfach nicht, wenn die Bräute von morgen öffentlich die Ehe anprangern. Dieser Untugend muss umgehend ein Riegel vorgeschoben werden.« Sie schüttelte den Kopf. »Und Sie? Wie steht es mit Ihnen, Mr. Danvers?«

Rafe rutschte unruhig auf seinem Stuhl hin und her. Es wäre beschämend, die Wahrheit zuzugeben. »Ich hab' nur die ersten Seiten des ersten Bandes überflogen, *Miss Darbys desaströses Dilemma*. Aus rein beruflichen Gründen versteht sich. Wegen des Falls.« Unter gar keinen Umständen würde er zugeben, dass er bis in die frühen Morgenstunden aufgeblieben war, um das vermaledeite Buch zu Ende zu lesen. Schon gar nicht in Jemmy Reyburns Gegenwart.

»Und, was halten *Sie* von den Romanen?«, bohrte Lady Finch nach.

Er versuchte, das süffisante Lächeln auf Jemmys Lippen zu übersehen. »Sie sind nicht das, was ich zwangsläufig erwartet hatte«, gab er zu. »Briggs versteht es, spannende Geschichten zu spinnen. Aber Leutnant Throckmorten ist ein unsäglicher Rüpel.«

»Da gebe ich Ihnen vollkommen Recht. Ich war sogar erleichtert, als er am Ende von *Miss Darbys schwärzeste Stunde* stirbt.«

Rafe riss den Blick in die Höhe. »Er stirbt?«

Nicht, dass er Mitleid mit dem Kerl gehabt hätte, aber es bekümmerte ihn, dass sein Tod Miss Darby das Herz gebrochen haben musste.

»Ha!«, rief die Baronin und zeigte mit dem Finger auf ihn. »Sie sind also genauso vernarrt in sie wie die meisten.«

»Könnte sein«, gab Rafe kleinlaut zu, würde sich aber hüten zuzugeben, dass er in der bevorstehenden Nacht eine zusätzliche Kerze zu opfern gedachte, nur um herauszufinden, auf welche Art das eintönige Leben dieses Widerlings Throckmorten endete.

»Sind Sie sich absolut sicher, dass der Übeltäter hier in Bramley Hollow wohnt?«, mischte sich Mrs. Radleigh in die Diskussion ein.

Eine gute Frage. »Von den Angestellten des Verlages erfuhr ich, dass sämtliche Manuskripte aus Bramley Hollow kommen und auch die Schecks hierher geschickt werden.«

»Aber wer in Himmels Namen könnte es nur sein?«, dachte Lady Finch laut nach.

»Vielleicht einer dieser Nabobs, die du so gut leiden kannst«, zog Jemmy sie auf. »Vergiss nicht, die Romane spielen allesamt in Indien.«

Rafe warf ihm einen verstohlenen Blick zu. »Ich dachte, du hättest sie nicht gelesen?« Er und Lady Finch tauschten ein Grinsen aus. »Sagtest du nicht, sie seien *ausgemachter Blödsinn*?«

Die Baronin ergänzte: »Ich glaube, seine genauen Worte waren *reinste Zeitverschwendung*.«

»Richtig, das ist das Urteil, zu dem ich gekommen bin, nachdem ich alle Bücher eingehend studiert habe«, sagte Jemmy selbstsicher.

Mit einem verschmitzten Leuchten in den Augen lehnte er sich vor, stützte die Ellbogen auf dem Tisch ab und fügte hinzu: »Wenigstens weiß *ich*, wie Leutnant Throckmorten stirbt.«

»Hat denn hier jeder außer mir die Bücher gelesen?«, fragte ein erstaunter Rafe in die Runde, woraufhin alle Anwesenden nickten, selbst Lord Finch und Cochrane.

»*Toi aussi*?«, wandte Rafe sich verdutzt an seinen Gehilfen.

»Pymm meinte, die Bücher würden mir helfen zu verstehen, wie groß das Übel ist, wenn Weibsbilder zu starrsinnig sind«, erklärte Cochrane ihm mit vollem Mund und tat so, als überhörte er das Schnauben der Hausherrin. »Aber irgendwie find' ich, ist diese Darby 'ne klasse Mamsell. Immerhin macht die nicht so'n Aufstand, nur wenn ein Mann mal nicht die besten Manieren an den Tag legt.« Zum krönenden Abschluss seiner Worte fuhr er sich mit dem Ärmel über das Kinn, eher er sich wieder dem Essen widmete. Es war ihm nun doch unangenehm, dass sämtliche Augen auf ihm ruhten.

Als Rafe wieder zu Lady Finch blickte, bemerkte er, dass sie Cochranes Gesichtszüge abermals studierte, als machte sie sich in Gedanken Notizen. Doch dieses Mal wirkte sie fast schon mütterlich. *Armer Junge*, dachte er. *Die gute Lady wird dich unter ihre Fittiche nehmen.* Cochrane mochte sein Handwerk zwar von einem Meisterspion erlernt haben, doch ehe er sich versah, würde er nähere Bekanntschaft mit der Meisterin der Privatspionage machen – vor der es kein Entfliehen gab.

Lieber er als ich, dachte Rafe erleichtert und kehrte zum eigentlichen Grund seines Besuchs zurück. »An dem, was du sagst, Jemmy, könnte tatsächlich etwas dran sein. Es kann nur eine Person sein, die Indien kennt oder zumindest belesen genug und mit sämtlichen Schauplätzen und Brauchtümern bestens vertraut ist. Vielleicht die Tochter eines Nabobs?«

»Alles Möchtegerns und ungehobeltes Gesocks«, sagte Lady Finch verächtlich. »Nichts als Quälgeister, jeder Einzelne von ihnen. Kaufen sämtliche Anwesen in der Umgebung auf und benehmen sich wie Stammesgötter. Doch anstelle von Manieren und einer guten Kinderstube haben sie nur unverschämt viel Geld und glauben deshalb, sie stünden mit unsereins auf derselben Stufe.«

Jemmy blickte mit hochgezogenen Augenbrauen zu Rafe, als wollte er sagen: »*Jetzt hast du's geschafft!*«

»Gibt es viele Familien, die in Frage kämen?«, warf Rafe schnell ein. Schließlich musste er ja irgendwo anfangen. Und wer weiß, vielleicht würde ihm sogar diese eigenartige Miss Tate noch einmal über den Weg laufen? Nur zu gerne wollte Rafe miterleben, ob in ihren wundersam blauen Augen noch immer Spott und Hohn glommen, wenn er die Autorin entlarvt hatte. Und das ohne ihre Unterstützung.

»Wie viele? Zu viele, wenn du Mutter fragst«, warf Jemmy ein. »Um jedem, der in Frage kommt, einen Besuch abzustatten, bräuchtest du eine, wenn nicht gar zwei Wochen. Allerdings glaube ich nicht, dass ein einziger Besuch ausreichen würde. Wer auch immer für die Romane verantwortlich ist, muss ein ziemliches Ass darin sein, seine Identität geheim zu halten. Selbst Mutter ist es nicht gelungen, die Person zu entlarven – und das will schon etwas heißen. Außerdem müsstest du, um überhaupt vorgelassen zu werden, Mutter mit zu den Besuchen nehmen.«

Lady Finch seufzte und machte ein Gesicht, als bereite ihr allein der Gedanke daran allergrößte Übelkeit. Sie hatte es ihrem Gemahl zu verdanken, dass sie vor diesem schlimmen Schicksal bewahrt wurde. Lord Finch blickte von seiner Lektüre auf und sagte: »Warum laden wir nicht alle, die in Frage kommen, zu uns ein? Wie wäre es, wenn du zu der Dinnergesellschaft einlädst, mit der du mir schon seit einer halben Ewigkeit in den Ohren liegst? Es dürfte dir doch ein Leichtes sein, unter den Umständen die ominöse Person aus der Reserve zu locken, nicht wahr, Liebling?«

Rafes und Jemmys Blicke flogen zu Lady Finch, die aussah, als würde sie sich jeden Augenblick am Käsekuchen verschlucken.

»Hierher? Auf Finch Manor?«, stammelte sie. »Du willst, dass ich diese ... Leute in unsere geheiligten Hallen einlade? Wie grotesk!« Lady Finch schüttelte sich. »Wenn sich herumspricht, dass ich derart tief gesunken bin und jetzt schon Nabobs und Nichtsnutze beköstige, wird niemand von Rang und Namen mich mehr um Rat oder Hilfe bitten.«

»Das Einzige, an das sich die Welt erinnern wird, Mylady«, mischte Rafe sich ein, der zunehmend Gefallen an der Vorstellung fand, noch ein wenig länger in Bramley Hollow zu verweilen, »ist die Tatsache, dass Sie mitgeholfen haben, den Urheber der Darbyromane zu entlarven. In diesem Licht wird das heroische Opfer, das Sie zu erbringen bereit waren, als Beweis dafür dienen, wie viel Sie für Ihre Standesgenossen riskieren.« Er rundete seine Äußerung mit einem charmanten Lächeln und gekonntem Augenzwinkern ab.

Die Gräfin griff nach ihrem Fächer und fuchtelte damit in seine Richtung. »Sprechen Sie ruhig weiter, Raphael. Sie sind genauso wortgewandt wie Ihr werter Vater. Wussten Sie eigentlich, dass er seinerzeit, als ich mein Gesellschaftsdebüt feierte, bei mir außerordentlich hoch im Kurs stand?«

Wieder ertönte ein brummiges Schnauben vom Tafelende des Barons, doch Lady Finch schenkte ihm keine Aufmerksamkeit.

»Die Idee mit der Abendgesellschaft birgt noch einen weiteren Vorteil in sich«, fuhr Rafe fort. »Ohne Ihr Geleit dürfte es mir unmöglich sein, den Verdächtigen auf den Zahn zu fühlen. Lady Finch, darf ich Sie an Ihr Versprechen von vorhin erinnern? Sie haben mir Ihr Wort gegeben.« Er blickte zu Jemmy. »Wie viele Besuche wären es schätzungsweise?«

»Genug, um sich mehrere Wochen lang mit nichts anderem

zu beschäftigen«, antwortete Jemmy, dem an der Nasenspitze anzusehen war, wie sehr er sich an der Vorstellung weidete, seine Mutter für geraume Zeit vom Hals zu haben.

Lady Finch warf Mrs. Radleigh einen strengen Blick zu und fragte: »Wie viele Familien?«

»Wenigstens fünfzehn«, antwortete die junge Frau, »die wohl auch alle auf Ihre Einladung hin kämen.«

»Fünfzehn?« Nun war es Jemmy, der seiner Empörung Luft machte. »Warum laden wir nicht direkt den gesamten indischen Subkontinent ein? Nein, nein, ich halte es für angebrachter, wenn ihr jedem einen Besuch abstattet. Überrascht den Feind auf eigenem Terrain.«

Doch so einfach würde es Jemmy nicht gelingen, seine Mutter loszuwerden.

»Es wird nicht nötig sein, sie *alle* zu uns einzuladen«, warf Lady Finch ein. »Einige von ihnen können wir schon im Vorfeld eliminieren. Genau wie dir, Jemmy, steht mir nämlich nicht der Sinn danach, Heerscharen von Besuchern zu empfangen.«

»Gott sei Dank«, hörte Rafe ihn raunen.

»Mrs. Radleigh, wer zählt Ihrer Meinung nach zu den Hauptverdächtigen?«, fragte Lady Finch.

Einen Augenblick lang schwieg die Sekretärin und kräuselte die Stirn. »Auf jeden Fall Major Harrington und Gemahlin«, verkündete sie. »Und natürlich Charlotte.«

»Ihre Tochter«, ergänzte Lady Finch nickend. »Sie scheint ein recht aufgewecktes Mädchen zu sein. Ihr wär's zuzutrauen, mehr als zwei zusammenhängende Zeilen zu Papier zu bringen.«

Mrs. Radleigh nickte. »Sie führen meines Erachtens die Verdächtigenliste an, dicht gefolgt von den Gadburyschwestern.«

»Sehr guter Vorschlag«, lobte Lady Finch und tippte sich mit dem Fächer gegen das Kinn. Ihr Blick schweifte zu Rafe, und sie fügte erklärend hinzu: »Die beiden sind in Indien aufgewachsen und kennen Land und Leute wie kein Zweiter. Außerdem haben beide eine auffällige Vorliebe für Literatur. Ja, in der Tat, eine von ihnen könnte es sein.«

»Miss Alminta oder Miss Honora?«, stammelte Jemmy, setzte den Weinkelch ab und bedeutete Addison, ihn umgehend wieder aufzufüllen. »Mutter, du glaubst doch nicht allen Ernstes, dass eine von diesen Pomeranzen M. Briggs ist, oder? Allein der Gedanke daran, eine von ihnen könnte Miss Darbys Schöpferin sein, ist lächerlich. Im Gegensatz zu ihnen ist Miss Darby elegant und kultiviert, egal wie charmant die beiden auch sein mögen.« Pikiert lehnte er sich zurück.

»Jemmy, mir scheint, ich sollte dich zu meinem Experten in Sachen Darby ernennen«, zog Rafe ihn auf. »Du klingst fast, als wärst du in diese Darby verliebt.«

»Ich werde dir mal *Miss Darbys riskante Reise* leihen, damit du nachlesen kannst, wie sie mit unvergleichlicher List einer Meute barbarischer Piraten entkommt. Wirst schon sehen, was ich meine.« Mit einem wohligen Seufzer fügte er hinzu: »Die Kleine ist einfach umwerfend.«

Lady Finch räusperte sich diskret, um die Unterhaltung auf ein respektableres Sujet zurückzuführen. »Bis jetzt haben wir also die Harringtons und die Gadburys. Wer noch?«

»Die Swantons«, kam Mrs. Radleighs prompte Antwort. »Mrs. Swanton ist außerordentlich gebildet und scheut sich auch nicht, ihre Meinung kundzutun.«

Lady Finch stöhnte. »Dieses grässliche Frauenzimmer? Die Gute ist nervtötend, aufdringlich und mischt sich ständig in alles ein, diese alte ...«

Vom gegenüberliegenden Ende der Tafel ertönte ein dezentes, aber bestimmtes Hüsteln. Jemmy wirkte, als würde er jeden Moment vom Stuhl fallen, und Mrs. Radleigh hielt sich die Serviette vor die zuckenden Mundwinkel.

Lady Finchs Augenbrauen schossen in die Höhe. »Streichen Sie Mrs. Swanton. Sie kommt nicht in Frage. Wer noch?«

Jemmy meldete sich zu Wort. »Wie steht es mit Kitlings zweitältestem Spross?« Der scheinheilig unschuldige Ton in seiner Stimme verriet Rafe, dass sein alter Freund diesen Vorschlag nicht ohne Hintergedanken machte.

»Sydney?«, fragte Lady Finch verdutzt. »Dieser Dummerjan? Das ist nicht dein Ernst, oder?«

»Wir waren gemeinsam in Oxford, und er galt damals als einigermaßen talentierter Federheld. In seinem ersten Jahr an der Universität erhielt er sogar eine Lyrikauszeichnung.«

»In der Hoffnung, er möge nie wieder ein Wort zu Papier bringen«, sagte Lady Finch verächtlich. »Wenn wir ihn einladen, werden wir den ganzen Abend damit zubringen, dem Leid zu lauschen, das ihn plagt, wenn er seinen Schmu zusammenreimt.«

»Da magst du Recht haben, aber erst kürzlich sah ich ihn auf einem neuen Pferd und mit blitzblank polierten Schaftstiefeln am Tor vorbeireiten. Ich kann mir beim besten Willen nicht vorstellen, dass sein knauseriger alter Herr ihm diese Extravaganzen finanziert – jeder von uns weiß, wie geizig Sir David ist.«

»Sydney ist zu Geld gekommen?«, wiederholte Lady Finch erstaunt und gab Mrs. Radleigh ein Zeichen, einen Vermerk vorzunehmen.

Jemmy zuckte mit den Achseln. »Sieht fast so aus. Wer weiß, vielleicht ist es auf die Früchte seines Erfolgs als Schriftsteller zurückzuführen? Vor gar nicht allzu langer Zeit hat er unten im Wirtshaus sogar eine Lokalrunde geschmissen.«

Bei dieser Neuigkeit wanderten Lady Finchs strenge Augenbrauen abermals in die Höhe, doch sie verkniff sich die Frage, woher Jemmy dies wusste, und richtete ihre Aufmerksamkeit wieder auf Rafe. »Ich weiß, ich habe zugesagt, Ihnen zu helfen, aber der Preis für meine Mühen steigt von Minute zu Minute.« Die Baronin seufzte und blickte zu ihrer Sekretärin. »Ach ja, wenn wir schon die Harringtons einladen, dürfen wir Lord und Lady Kirkwood nicht vergessen.« Mit einem Blick auf Jemmy sagte sie: »Und sorgen Sie bitte auch dafür, dass Lady Victoria mit auf der Einladung steht.«

»Mutter!«, protestierte Jemmy umgehend. »Du wirst dieses Abendessen nicht für deine aussichtslosen Verkupplungsversuche missbrauchen, das verbitte ich mir.«

»Aussichtslos?« Die Baronin schlug die Serviette aus und drapierte sie sich gekonnt auf ihrem Schoß. »Mein Lieber, du weißt genau, dass es in England nur so von Ehegespannen wimmelt, deren Glück einzig auf meine *aussichtslosen Verkupplungsversuche* zurückzuführen ist.«

»Und was ist mit all denen, die wünschten, dein ungebetener Ratschlag hätte fehlgeschlagen?«, wetterte Jemmy.

Mrs. Radleighs Serviette wanderte wieder zu den Lippen.

»Bah!«, rief Lady Finch. »Schließlich ist es durchaus denkbar, dass Lady Victoria die Autorin ist.«

»Victoria? Das wage ich zu bezweifeln«, entgegnete Jemmy. »Da kann ich mir eher vorstellen, dass Mrs. Radleigh unsere Frau ist.«

Alle Augen waren auf Lady Finchs Sekretärin gerichtet.

»Ich?«, stammelte Mrs. Radleigh. »Wieso das denn?«

»Immerhin haben Sie eine Weile in Indien gelebt«, gab Jemmy zu bedenken. »Außerdem war Ihr Gatte beim Militär, und Sie schreiben für gewöhnlich sehr viel.«

»Ja, Briefe für Ihre werte Frau Mutter«, verteidigte sie sich leicht panisch. »Wie sollte ich da noch Zeit erübrigen, Romane zu verfassen?«

»Stimmt auch wieder«, lenkte Jemmy ein und machte eine entschuldigende Geste in die Runde.

Lord Finch gab Addison ein Zeichen, ihm nachzuschenken. »Wenn du wirklich alle einladen willst, die in Frage kommen, darfst du Oberst Posthill und Miss Tate nicht vergessen.«

»Miss Tate?«, entfuhr es Rafe, »Miss Rebecca Tate?«

Jemmy kniff die Augen zusammen. »Du kennst Bex?«

»Bex?«

»Miss Tate. Der Oberst nennt sie immer Bex.«

»Eine schlanke Rothaarige?«

Jemmy schmunzelte. »Scheint, als hättest du unsere Bex schon kennen gelernt«, sagte er. »Potztausend, da hast du ja keine Zeit verloren, wenn du dich mit der holden Maid bereits bekannt gemacht hast.«

»Sie war heute Nachmittag zufällig in der Poststelle, als ich dort Erkundigungen einzog.«

»War das nicht die, die sich einen Spaß daraus gemacht hat, Sie auf den Friedhof, äh, in die Irre zu führen?«, mischte Cochrane sich ein.

Rund um die Tafel regten sich neugierige Blicke.

Rafe funkelte Cochrane an, als wollte er sagen, dass dies seine vorerst letzte Mahlzeit gewesen sein könnte.

»Schon gut«, murmelte Cochrane kleinlaut und nahm sich gleich mehrere Scheiben Rinderbraten, die Addison ihm auf einem Servierteller darbot.

»Bezaubernde Demoiselle, nicht wahr?«, neckte Jemmy. »Aber sieh dich vor, es ist allemal besser, sie hierhin einzuladen, als sich zu ihr nach Hause zu begeben. Der Oberst bringt es fertig und setzt deinem Leben ein vorzeitiges Ende, wenn du unangemeldet vor der Tür stehst.«

»Das versteh ich nicht«, sagte Rafe.

»Er ist ein wenig wirr im Kopf«, erklärte Jemmy ihm. »Sein Gewehr ist stets geladen – für den Fall einer Invasion. Er hat sich sogar eine Kanone zugelegt und so im Garten platziert, dass sie nach Frankreich zeigt. Gelegentlich feuert er eine

Kugel ab, *um den Feind in Schach zu halten*, wie er sagt. Er ist davon überzeugt, dass Bramley Hollow kurz vor einem feindlichen Übergriff steht.«

Lady Finch bedeutete einem Diener, ihren Teller abzuräumen. »Vor einigen Jahren fiel der Arme einem schrecklichen Tropenfieber zum Opfer und ist seither nicht mehr derselbe.« Sie faltete die Serviette ordentlich zusammen und legte sie vor sich ab. »Er ist ein entfernter Verwandter von Lord Finch, und als der Oberst seinerzeit unter äußerst schwierigen Umständen nach London zurückkehrte, boten wir ihm unser kleines Cottage in Bramley Hollow als Bleibe an.«

»Und Miss Tate?«, erkundigte sich Rafe ganz nebenbei. Wer weiß, vielleicht waren Informationen über sie für den Fall von Bedeutung. Außerdem hatte diese betörende Nymphe ihn an der Nase herumgeführt, was er ihr noch nicht verziehen hatte, genauso wenig wie den mörderischen Blick, den sie ihm mit der Zielgenauigkeit eines französischen Heckenschützen über die Schulter zugeworfen hatte. Nicht zu vergessen, dass sie noch immer seine Verdächtigenliste anführte. Oh, dieses Persönchen war mehr als nur eine harmlose Jungfer vom Lande mit einem eher schrägen Sinn für Humor. »Wer genau ist sie?«

»Die Nichte des Obersts«, sagte Lady Finch. »Seitens seiner verstorbenen Frau. Miss Tate und ihr Bruder Richard haben ihre Kindheit hier in Bramley Hollow verbracht. Ihr Vater war der wahnwitzigen Idee erlegen, ein berufener Schatzsucher zu sein. In Wirklichkeit stieß er nie auf etwas Wertvolles, steckte jeden Penny in die Jagd obskurer Mythen. Bis er am Ende die gesamte Familie mit in den Ruin riss. Sie brachen alle gemeinsam zu einer Reise nach Indien auf, doch das Schicksal wollte es, dass er und seine Gattin noch auf der Überfahrt den Tod fanden. Zum Glück nahmen sich der Oberst und seine Gemahlin der beiden Kinder in Kalkutta an.«

Jemmy beugte sich vor. »Ich kann mir aber beim besten Willen nicht vorstellen, dass Bex diejenige ist, nach der du suchst. Wie denn auch bei einem schwer kranken Onkel, der regelmäßig geistige Aussetzer hat? Du kannst dir gar nicht vorstellen, wie viele Wirtschafterinnen er schon vergrault hat. Und wie viel Zeit die arme Rebecca damit verbringen muss, die Nachbarn zu besänftigen, wenn er mal wieder das Feuer auf ihre Hühner eröffnet hat. Die Gute hat kaum zwei Minuten Zeit für sich selbst, das kannst du mir glauben.«

»Wenn der Oberst hingegen seine lichten Momente hat, ist er ein ausgesprochen interessanter Zeitgenosse«, ergänzte Lord Finch. »Dann ist er ein unschlagbarer Schachspieler und ein bewundernswerter Gelehrter. Seiner Bex ist er übrigens treu ergeben. Wusstet ihr, dass die beiden fast ständig einen von Evalines Kurieren in Beschlag nehmen, um persische Traktate oder obskure Übersetzungen zu befördern?«

Das erklärte die Buchausgabe in Rebeccas Marktkorb – was aber noch lange nicht Rafes Verdacht ausräumte. »Und ihr Bruder? Richard?«, erkundigte er sich deshalb. »Was ist aus ihm geworden?«

Einer nach dem anderen senkte den Blick.

»Tot, starb auf der iberischen Halbinsel«, sagte Lady Finch mit leiser Stimme. »Das gab dem Oberst den Rest. Richard war für ihn wie ein Sohn.« Die Baronin seufzte schwermütig. »Richard war ein guter Junge. Er war oft bei uns zu Besuch, nachdem Jemmy in den Krieg gezogen war, und blieb bis zu seiner eigenen Einberufung hier.«

»Ach ja, Rebecca. Wenn jemand deine Hilfe benötigt, Mutter«, warf Jemmy ein, »so ist es Rebecca.« An Rafe gewandt fügte er hinzu: »Sie ist ein wenig zu alt für den Heiratsmarkt, musst du wissen. Aber sie ist genau der Typ Frau, der einem Mann das Herz stehlen kann, noch ehe er es recht bemerkt.«

Ja, wenn dem armen Tropf zuvor etwas Schweres über den Schädel gezogen wurde, dachte Rafe. Nach seinem Dafürhalten tat derjenige, der sich ernsthaft in dieses bärbeißige Stück Musselin verliebte, gut daran, sich jetzt schon um ein Bett im Tollhaus zu bemühen. Am besten direkt neben dem ihres Onkels.

Doch das Schicksal wollte es, dass just in diesem Moment die Erinnerung an Rebeccas glitzernde Augen und üppige Lippen lebendig wurde.

Rafe versuchte, sich einzureden, der Grund dafür läge einzig in der Tatsache, dass sie ihn – zumindest dieses Mal – kräftig verschaukelt hatte.

Zumindest dieses Mal? Herrje, er musste Bramley Hollow so schnell wie möglich den Rücken zukehren, bevor ihn dieses eigenartige Dorf an den Rand des Wahnsinns brachte.

»Wie schnell können Sie diese Abendgesellschaft ausrichten?«, fragte er an Lady Finch gewandt.

Die Baronin lächelte. »Wäre Ihnen morgen genehm? Wenn ich schon so viele Leute bei mir zu Hause ertragen muss, möchte ich es so schnell wie möglich hinter mich bringen. Und zwar bevor ich wieder bei klarem Verstand bin.«

Jemmy stöhnte. »Angenommen, du findest heraus, wer hinter den Romanen steckt, was dann?«

»Dann muss ich die Person nur noch davon überzeugen, mit dem Schreiben aufzuhören.«

»Schade«, seufzte Jemmy. »Ich werde die Bücher vermissen.«

Nach dem Abendessen bestand Lady Finch darauf, Rafe und Cochrane für die Nacht einzuquartieren. Noch bevor Rafe ihr widersprechen konnte, hatte die Baronin angeordnet, die Gästegemächer herrichten zu lassen, und dafür gesorgt, dass der Koch über Cochranes kulinarische Vorlieben zum Frühstück informiert wurde.

Als es für Jemmy an der Zeit war, zum Pförtnerhaus zurückzukehren, bot Rafe ihm sein Geleit an. Die Vorstellung, in einem Haus mit einer Frau gefangen zu sein, die für Verkupplungsversuche und gute Ratschläge bekannt war und die zudem ein ausgeprägtes Faible für die Gerüchteküche des Landes hatte, veranlasste ihn, sich mit der fadenscheinigen Ausrede abzusetzen, er würde gerne mal wieder über alte Zeiten plaudern. Doch er war sich sicher, dass das Letzte, über das James Reyburn sprechen wollte, der Krieg war. Und er sollte Recht behalten.

»Ich hoffe, du bist dir im Klaren darüber, dass du den Drachen aus seiner Höhle gelockt hast«, sagte Jemmy, dessen Gehstock sich knirschend in den Kies der Auffahrt bohrte. »Sie wird nicht eher Ruhe geben, bis sie dir geholfen hat, diese arme Person aufzudecken. Sie wird dich nerven, bis du … nun, bis du …«

»Bis ich zu dir ins Pförtnerhaus ziehe?«, brachte Rafe den Satz zu Ende.

Jemmy nickte. »Ja, so ähnlich.« Er grinste und setzte mit langsamen und beschwerlichen Schritten den Weg zu seinem einsam gelegenen Quartier fort.

»Sie macht sich große Sorgen um dich«, sagte Rafe, nachdem sie einige Minuten schweigend verbracht hatten.

»Ich weiß.«

Rafe erging es nicht anders. Ihm war nie bewusst gewesen, wie sehr Jemmy die Kriegsverletzungen zugesetzt hatten, wie sehr sie ihn zum Krüppel gemacht hatten und dass sie der Grund für sein einsiedlerisches Leben waren. Plötzlich überkamen ihn tiefe Gewissensbisse, weil er sich nie die Mühe gemacht hatte herauszufinden, was aus seinem Kumpan geworden war. Sein eigenes Leben war ihm stets wichtiger erschienen.

»Jetzt, nachdem ich dich gesehen habe, mache ich mir auch so meine Gedanken«, schnitt Rafe das Thema behutsam an.

»Danke, aber ich brauche keine Hil–«

Rafe blieb stehen. »Doch, tust du wohl. Jemmy, du kannst dich nicht ewig vor dem verstecken, was dir widerfahren ist. Du lebst, in Gottes Namen. Du hast doch selbst miterlebt, wie viele von uns nicht mehr nach Hause zurückgekehrt sind. Du musst leben – wenn nicht für dich, dann tue es für die armen Kerle, die den Krieg nicht überlebt haben. Wirklich, es gibt keinen Grund, dich einzuigeln.«

Und plötzlich merkte Rafe, wie sehr er seinen Freund beneidete. Er war der Erbe einer angesehenen Baronie, der Spross einer renommierten Familie. Dieser junge Mann hatte einen gesicherten Platz in der Oberschicht, und er verschmähte ihn.

»Komm mit mir nach London«, schlug er beschwingt vor. »Wir ziehen mal wieder so richtig um die Häuser und stellen die Stadt auf den Kopf. Meinetwegen darfst du mich auch einladen«, bot er an. »Du musst dringend wieder unter Leute, meinst du nicht auch?«

Doch sein Vorschlag blieb wirkungslos.

Jemmys Kinn schob sich resolut nach vorne – eine Geste, die er von seiner Mutter übernommen hatte –, und in seinem Blick flackerten Stolz und Angst. »Nein, meine ich nicht.«

Mit diesen Worten humpelte er weiter, erklomm ungelenk die Stufen des Pförtnerhäuschens und zog hinter sich die Tür zu.

Kurze Zeit später sah Rafe eine einsame Kerze durch das Haus schweben, ehe sie verlosch und alles in eine Finsternis tauchte, die der in Jemmys Leben nicht unähnlich war.

Rafe dämmerte, dass der vermeintlich kleine Gefallen, um den Lady Finch ihn hatte bitten wollen, weitaus schwieriger zu erfüllen war als angenommen.

Kapitel 4

Es besteht ein eklatanter Unterschied zwischen einem Schurken und einem Gentleman. Eine besonnene Frau weiß hingegen, wen von den beiden sie küsst und wen sie heiratet.

Lady Lowthorpe zu Miss Darby in
Miss Darbys desaströses Dilemma

Noch lange nachdem Jemmy sich zurückgezogen hatte, stand Rafe am Portal zum Anwesen der Finchs und verfluchte die letzten zwei Wochen.

Warum war er überhaupt zu Lady Tottleys Versammlung erschienen? Dieser scheinbar simple Fall wandelte sich langsam in etwas, das wesentlich mehr Arbeit erforderte, als er bereit war zu investieren.

Und außerdem: Wie in Teufels Namen sollte er Jemmy Reyburn helfen? Allein der Gedanke daran wütete ihm wie umgeschlagene Milch in den Gedärmen, und er erkannte, dass, falls er Jemmy dazu bringen konnte, sich der Gesellschaft gegenüber zu öffnen, er unweigerlich mitgefangen wäre.

»Auch Ihnen würde das nicht schaden«, ertönte plötzlich eine Stimme.

Rafe hob den Blick und entdeckte eine alte Frau, die mitten auf der Straße stand. Mit dem selbst gestrickten Schulterüberwurf und dem schlichten Hut ging sie glatt als Dorfhexe durch.

Die Alte warf Rafe einen verschlagenen Blick zu und schwang ihren randvoll mit Blumen gefüllten Korb wie ein Milchmädchen, das es faustdick hinter den Ohren hatte.

Rafe blickte erstaunt zu beiden Seiten. Er hätte schwören können, dass sie bis eben noch nicht da gestanden hatte.

Als er sie wieder anblickte, grinste sie ihn beherzt an. »Es spielt keine Rolle, woher ich komme. Wichtig ist lediglich, wohin ich gehe. Nach Hause. Und Sie werden mich begleiten. Leider bin ich nicht mehr so gelenkig wie früher, Sie hingegen wirken ungemein kräftig.« Die schrullige Alte blinzelte ihm zu, hakte sich ungefragt bei ihm unter und setzte sich kurzerhand in Bewegung. Dafür, dass sie ein eher schmächtiges Persönchen war, konnte sie zupacken wie ein Hafenarbeiter. Rafe hatte gar keine andere Wahl, als mit ihr zu gehen.

»Ich hatte nicht vor, …«, setzte er an und blickte zurück zum Tor.

»Vergessen Sie Lady Finch. Sagen Sie ihr einfach, Esme hätte Sie kurz ausgeborgt …« Nicht sonderlich zartfühlend kniff sie ihm in den Arm. »Warum sagen Sie mir nicht, wonach Sie suchen?«

»Suchen?« Rafe blickte auf seine skurrile Weggefährtin und fragte sich, ob mittlerweile das ganze Dorf von seiner Mission wusste. »Ich bin nicht …«

»Nonsens! Natürlich sind Sie auf der Suche. Niemand kommt grundlos nach Bramley Hollow.«

Esme. Der Name kam Rafe seltsam bekannt vor. Was hatte die Postmeisterin noch gesagt?

Esme Maguire. Die Kupplerin.

Rafe blieb wie angewurzelt stehen. »Jetzt hören Sie mir mal gut zu, ich bin nicht hier, um … um …«

»Verkuppelt zu werden?«

»Genau!«

»Aber nein«, lenkte sie ein und zupfte unnachgiebig an seinem Ärmel, um ihn zum Weitergehen zu animieren. »Das sagen sie alle. Keiner gibt das gerne zu.«

»Ich schwöre Ihnen, Madam, dass ich nicht für die Ehe gemacht bin.«

Die Kupplerin schob ihren Hut ein Stück zurück und studierte ihn. »Nein! Sie haben einfach nur noch nicht die richtige Frau dafür gefunden.«

»Und ich vermute, Sie könnten mir da weiterhelfen?«

Esme strich sich das Schultertuch glatt. »Sie müssten mich nur nett darum bitten.«

Rafe entschied, dass es besser war, von nun an nichts zu sagen, was falsch ausgelegt werden könnte.

Die Kupplerin frohlockte. »Schweigen wird Sie nicht schützen, Mr. Danvers.«

Ihre Worte jagten ihm einen eiskalten Schauer über den Rücken. »Sie wissen, wer ich bin?«

»Jeder in Bramley Hollow weiß, wer Sie sind. Sie hätten sich keinen schlechteren Dienst erweisen können, als sich einer gewissen jungen Dame vorzustellen.«

»Miss Tate«, murmelte Rafe.

»Nicht Rebecca, Sie Tölpel«, kam die prompte Antwort. »Die Postmeisterin, Miss Stone.«

»Oh, ich dachte nur, dass ...« Als er aus den Augenwinkeln heraus sah, dass sie in sich hineinlächelte, blieb er abermals stehen. »Ich hatte wirklich nicht die Absicht, ...«

»Aber natürlich nicht, Mr. Danvers. Natürlich nicht.«

Rafe behagte ihr Kichern nicht sonderlich, doch er verkniff es sich, etwas zu erwidern, und sie setzten den Weg in wohltuender Stille fort. Es war ein Frühlingsabend, der lieblicher kaum hätte sein können. Endlich wurden die Tage länger und drängten die Nächte zurück.

Sein Lebtag schon war Rafe der Idylle der englischen Landschaft mit Bewunderung begegnet. Nach den langen Jahren auf den vom Krieg zerstörten Ebenen Spaniens und den ausgedörrten Feldern Portugals lullten ihn das grüne, saftige Gras und der würzige Duft der wilden Rosen, die in den Hecken wucherten, ein und ... zogen ihn förmlich in Esmes Vertrauen, ohne dass er sich dagegen wehren konnte.

»Es lag mir fern, anzudeuten, Miss Tate wäre eine Klatschbase.«

Esme lächelte.

»Es ist nur so, dass sie ...«

»Ja?«

»Nichts.« Es war doch ratsamer, sich in Schweigen zu hüllen.

Wenn doch nur seine Gedanken nicht unablässig um diese kleine, raffinierte Nymphe kreisen würden. Darum, wie ausgebufft sie war und wie mühelos sie ihm einen Bären aufgebunden hatte. Ganz zu schweigen von ihrem betörend rostroten Haar. Bis jetzt hatte er sich nie etwas aus Rothaarigen gemacht. Vielleicht hatte er noch nie einen Rotton gesehen, der er ihm gefiel ...

Gefiel? Rafe schüttelte den Kopf. Der Tag, an dem er die Worte *gefiel* und *Miss Tate* in einem Satz miteinander verband, würde der Tag sein, an dem er schnellstens nach London zurückreiten sollte.

»Wie wird man eigentlich Ehestifterin?«, wollte Rafe das Thema wechseln. Die Vorstellung, sich mit der Kupplerin über ihren Beruf zu unterhalten, erschien ihm weniger anstrengend, als sich von seinen Hirngespinsten quälen zu lassen.

»Durch Zufall«, antwortete Esme, für die das Thema damit abgehakt war. »Und jetzt verraten Sie mir doch mal, ob Sie schon jemanden Bestimmtes ins Auge gefasst haben?«

Miss Stone schien ihre Arbeit mehr als gründlich verrichtet zu haben. Nicht nur, dass jeder am Orte wusste, wer er war, sondern auch, warum er nach Bramley Hollow gekommen war.

So viel zu seinem geplanten Überraschungsmoment.

»Nein«, antwortete er.

»Das ist nur eine Frage der Zeit«, versicherte sie ihm.

»Sind Sie womöglich hier, um mir zu helfen?«, hakte Rafe nach und schenkte ihr sein charmantestes Lächeln.

Statt auf seine Frage zu antworten, lachte die Alte schroff. »Ist das alles, was Sie auf Lager haben? Man hat mich glauben machen wollen, Sie seien ein geradezu teuflischer Charmeur.« Esme schüttelte den Kopf. »Oh ja, und wie Sie meine Hilfe brauchen.«

»Danke, aber ich komme sehr gut alleine zurecht«, keifte Rafe. Es fuchste ihn, dass es ihn in eine gesellschaftliche Wildnis verschlagen hatte, in der sein Charme so gut wie wirkungslos war.

»Das mag durchaus sein«, sagte Esme, nachdem sie ihn ein weiteres Mal ausgiebig gemustert hatte. »Aber nicht, wenn es um die wahre Mission geht, die zu erfüllen Sie hier sind.«

»Die da wäre?«

»Jemanden zu lieben.«

Rafe zuckte zusammen. Was hatte es mit diesem seltsamen Ort auf sich, dass er Fragen stellte, zu denen er die Antworten im Grunde gar nicht wissen wollte?

»Moment mal, hier muss ein gewaltiger Irrtum vorliegen«, erklärte er aufgewühlt.

»Das haben nicht Sie zu entscheiden«, kam die trockene Antwort.

Es war Rafe klar, dass er dringend die Kontrolle über dieses Gespräch zurückgewinnen musste, weil er sonst in Nullkommanichts verkuppelt und vermählt wäre. Er entschied sich für den direkten Angriff. »Wissen Sie vielleicht, wer diese Darbyromane schreibt?«

Esme lachte. »Nein. Und selbst wenn, würde ich es Ihnen nicht verraten. Mir gefallen die Bücher nämlich ausgesprochen gut.« Vor einem Bogentor blieb die Alte stehen. »Wir sind da.«

»Wohnen Sie hier?«, fragte Rafe und blickte auf das gemütliche Cottage, das ein wenig von der Straße zurückgesetzt lag.

»Nein«, erwiderte Esme, ließ von ihm ab und zupfte sich das Schultertuch zurecht. »Aber hier trennen sich unsere Wege, mein Junge.« Zum Abschied langte sie in den Korb und drückte ihm einen ansehnlichen Strauß langstieliger Rosen in die Hand. Noch bevor Rafe sich lautstark darüber beschweren konnte, dass ihn die Dornen fast umbrachten, tänzelte die Alte beschwingt die Straße hinunter und pfiff eine Melodie, die Ähnlichkeiten mit der von Miss Tate hatte – und die er schon seit dem Nachmittag nicht mehr aus dem Kopf bekam.

Rafes Kiefer begann zu mahlen. Da war sie wieder, diese furchtbare, kleine Nymphe, hatte sich erneut unaufgefordert in seine Gedanken geschlichen.

Doch es sollte noch schlimmer kommen.

»Was machen *Sie* denn hier?«

Er drehte sich um, nur um festzustellen, dass er Esmes Kuppelversuchen alles andere als entkommen war.

Sie hatte ihn doch tatsächlich vor Miss Tates Haustür abgeliefert!

Rebecca stand auf dem Weg zur Tür und starrte den Mann auf der anderen Seite des Tores verdutzt an.

Sein dunkles Haar trug er dieses Mal zurückgekämmt, was seine Gesichtszüge besonders zur Geltung brachte: das tiefe Grübchen am Kinn, den kantigen Kiefer und die perfekt konturierten Lippen. In seinen dunklen Kleidern hatte Raphael Danvers eher Ähnlichkeit mit einem Freibeuter als mit einem Gentleman. Er wirkte wie einer, in dessen Seele ein unbändiges Feuer loderte, das nur durch ein hauchzartes Schutzschild aus Manieren in Schach gehalten wurde.

Rebecca wollte sich glauben machen, dass all das keine Wirkung auf sie hatte. Nein, nicht im Geringsten. Zumindest nicht, solange er sie nicht anlächelte, ihr in die Augen schaute oder vor ihr stand.

Warum gab sich dieser ungehobelte Klotz nicht einfach geschlagen und ritt dahin zurück, wo er hingehörte? Und – was weitaus wichtiger war – ließ sie endlich in Frieden?

Rebecca warf einen hastigen Blick zurück zum Cottage. Durch eines der Fenster konnte sie den Oberst sehen, wie er fieberhaft über einer Übersetzung brütete. Prima, er war derart in die Arbeit vertieft, dass er sie nicht so schnell vermissen würde.

Rebecca hastete zum Tor, fest entschlossen, dem ungebetenen Gast eine Abfuhr zu erteilen, die sich gewaschen hatte. Wenn sie mit ihm fertig war, würde er winselnd den Rückzug antreten, soviel stand fest.

Doch kurz vor dem Gartentor blieb sie wie angewurzelt stehen.

Was zum Teufel hatte er in seiner Hand?

Blumen? Für sie?

Wie hinterhältig, wie raffiniert, wie berechnend ... Rebeccas Empörung ebbte ab, als sie bemerkte, dass es sich um Rosen handelte. Ausgerechnet um rosafarbene Rosen. Ihre absoluten Lieblingsblumen.

Beim genaueren Hinsehen konnte Rebecca sich des Eindrucks nicht erwehren, dass die Blumen aus Lord Finchs Treibhaus entwendet worden waren. Jetzt konnte sie also getrost noch Diebstahl mit auf die Liste seiner Fehltritte setzen, an deren oberster Stelle Rüpelhaftigkeit stand.

Rafe senkte den Blick auf die Farbenpracht in seiner Hand und machte Anstalten, sie hinter dem Rücken zu verstecken. »Ich hatte nicht vor ... ich meine ... ich hatte nie die Absicht, ...«

Rebecca dachte fieberhaft darüber nach, wie sie ihm ihre Ablehnung klar machen sollte. Doch ihr fiel nichts ein, was sie sagen konnte. Es war, als hätte ihr eine bizarre Kraft die Sprache verschlagen.

Was hatte dieser Mann, dass sie sämtliche Vorsätze – nämlich einen achtbaren und soliden Vikar zu heiraten – so leichtfertig in den Wind schlug? Ja, ein Vikar war genau der Mann, den sie jetzt brauchte. Die Gedanken, die ihr beim Anblick von Mr. Danvers durch den Kopf schossen, waren geradezu schändlich.

»Ich dachte, Sie wären nicht nach Bramley Hollow gekommen, um sich verkuppeln zu lassen?«, brachte sie schließlich mit halbwegs sicherer Stimme hervor und verschränkte störrisch die Arme vor der Brust.

»Bin ich auch nicht.«

Verflixt, wieso klang er so gereizt? Schließlich hatte sie ihn nicht darum gebeten, sie aufzusuchen.

»Für wen sind denn die Blumen?«

So langsam gewann Rebecca die Kontrolle über sich und die Situation zurück. Sie hatte sich diese Frage einfach nicht verkneifen können, musste ihn wieder ein wenig ärgern. Es war ein Heidenspaß, mit anzusehen, wie er vor Verlegenheit von einem Fuß auf den anderen trat.

»Für niemanden. Sie wurden mir ungefragt in die Hand gedrückt, von ...« Er blickte die menschenleere Straße hinunter »... einer Bekannten.« Rafe senkte abermals den Blick auf die Rosen, noch immer verunsichert, was er mit ihnen anstellen sollte. »Würden Sie sie eventuell gerne haben?« Er streckte ihr den Strauß entgegen, mit einer so ungeschickten und zögerlichen Geste, als hätte er noch nie einer Frau Blumen überreicht. Und Rebecca erkannte auch den Grund dafür: Männer wie er waren nicht auf Blumen oder Geschenke angewiesen, um die Gunst einer Dame zu erlangen. Schon aus Prinzip müsste sie den Strauß eigentlich ablehnen. Aber, verflixt noch mal, es waren nun einmal ihre absoluten Lieblingsblumen, die in der Vase ihrer Mutter vortrefflich aussehen würden.

»Danke«, murmelte Rebecca und nahm die Rosen mit einer hastigen Bewegung entgegen, weil sie tunlichst darauf bedacht war, seine Finger nicht zu berühren. Doch ihre Hast rächte sich, und ein großer Dorn bohrte sich tief in die zarte Haut ihres Daumens.

»Autsch!«, rief sie und ließ die Blumen sofort wieder fallen, wodurch ein wahrer Blütenregen um ihre Füße niederging, für den sie allerdings keinen Blick hatte. Noch bevor sie wusste, wie ihr geschah, hatte Rafe sich ihrer Hand angenommen und sie von dem kleinen, fiesen Übeltäter befreit. Dann zog er ein Taschentuch aus der Innentasche seines Gehrocks und legte ihr einen Verband an.

Als Mr. Danvers Rebecca berührte, stockte ihr der Atem, und als er nach getaner Arbeit noch einmal ihre Hand in seine nahm, um sein Werk zu begutachten, fragte sie sich unwillkürlich, wieso die Blumen in seinen Fingern nicht versengt worden waren.

Ein Funke des Verlangens blitzte in ihr auf und kämpfte darum, aus der Verbannung entlassen zu werden. Eine brandgefährliche Erinnerung an das Gefühl der Leidenschaft und daran, wie es war, von einem Mann berührt zu werden.

Als Rebecca den Blick hob und Raphael Danvers in die Augen schaute, meinte sie, darin die gleiche Verwirrung, die auch sie überfallen hatte, zu sehen.

»Äh, danke auch«, murmelte Rebecca schnell und machte sich daran, die Rosen aufzusammeln, wobei sie peinlichst darauf achtete, dieses Mal die Dornen zu meiden. Vor allem jene, die sich hinter dem saftigen und üppigen Grün der Blätter versteckt hielten – oder hinter dem charmanten Lächeln eines Mannes.

Rebecca wusste nur zu gut, dass Seelenwunden, die auf das

Konto von Männern gingen, mehr schlecht als recht verheilten. Wenn überhaupt.

»Was machen Sie eigentlich hier?«, fragte sie mit leiser Stimme. Seine Männlichkeit und die damit einhergehende Betörung hatten ihr gehörig die Sinne verhext. »Ich dachte, Sie wären längst wieder in London.«

»Nein, ich werde erst abreisen, wenn mein Auftrag erledigt ist.«

»Ach ja, die Eilzustellung der Papiere.«

»Ob Sie mir glauben oder nicht, ich bin aus rein geschäftlichen Gründen in Bramley Hollow«, bekräftigte Rafe zum wiederholten Mal.

»Aber natürlich doch. Wegen Miss Briggs«, pflichtete Rebecca ihm bei und bemühte sich trotz der Erinnerung an sein fassungsloses Gesicht am Grab der ehrenwerten Jungfer um eine ernste Miene. »Ich bin mir sicher, dass Miss Briggs sich über Ihren Besuch gefreut hat«, sagte sie mit fester Stimme.

Ihr Gegenüber runzelte die Stirn und biss die Zähne zusammen.

Rebecca konnte spüren, dass Danvers es ihr heimzahlen wollte, aber wusste, dass ihm die Hände gebunden waren, weil er ohne ihre Hilfe nicht sonderlich weit kommen würde. Sie, und nur sie allein, hielt die Zügel in der Hand. Zumindest wähnte Rebecca sich fest in diesem Glauben – bis sie seinen stechenden Blick auffing. Herrje, sie wusste nicht, was schlimmer war – sein entwaffnendes Lächeln oder seine lichterlohe Entrüstung?

»Sparen Sie sich Ihre Selbstzufriedenheit für andere auf«, zischte er. »Sie sind wahrlich das halsstarrigste Weib, dem ich je begegnet bin.«

Rebecca gab sich Mühe, mit nicht zu viel Stolz auf seine Bemerkung zu reagieren. »Moment mal, Sie haben mich nach dem Weg zu Miss Briggs gefragt, und ich habe Sie zu ihr geführt. Meiner Meinung nach habe ich nichts getan, das Ihre Keiferei rechtfertigt.«

Rafes Rachen entstieg ein grollendes Geräusch, das Rebecca an Ajax erinnerte, wenn ein anderer Kater die Kühnheit besaß, sein Revier zu betreten. Es verursachte ihr eine Gänsehaut. Wie kam es nur, dass dieser Mann sie immer wieder an ihren ungehobelten und eigensinnigen Kater erinnerte? Vielleicht, weil beide ein gewisses Maß an Verwegenheit und Eigensinn verband? Und sicher tat sie gut daran, nicht zu vergessen, dass jedes zweite Katzenjunge in Bramley Hollow Ajax' Fellfarbe hatte.

»Nur zu Ihrer Information, es ist mir in der Zwischenzeit gelungen, Lady Finch davon zu überzeugen, mir bei dem Auftrag zu helfen.«

»Lady Finch?«, stammelte Rebecca. Das war die reinste Katastrophe! Ihr Herzschlag beschleunigte sich, und sie senkte den Blick auf die Rosen. »Woher kennen Sie Lady Finch?«

Was für eine belämmerte Frage! Jeder kannte Lady Finch.

»Sie ist eine gute Freundin der Familie. Deshalb habe ich auch vorübergehend bei ihr Quartier bezogen.«

So nah? Rebecca wurde flau im Magen. Es war höchste Zeit, zu packen! Ihre Gedanken überschlugen sich, und sie versuchte fieberhaft, sich daran zu erinnern, wo sie die Reisetaschen verstaut hatte.

Doch sie ließ sich nichts anmerken und schnupperte nur desinteressiert an den Rosen. »Ach, haben Sie das? Ich dachte, Sie hätten längst gefunden, wonach Sie suchten, und wären zurück in London.«

»Glauben Sir mir, Miss Tate, es gibt nichts, das ich mir sehnlicher wünsche.«

»Worauf warten Sie dann noch?«, fragte Rebecca schnippisch.

»Darauf, dass Sie endlich mit der Wahrheit herausrücken.

Und zwar, dass die Darbygeschichten aus Ihrer Feder stammen.«

Rebeccas Kinnlade sackte nach unten. Niemand hatte sie bislang in Verdacht gehabt – nicht einmal ansatzweise. Und nun war dieser Fremde in Bramley Hollow aufgetaucht und verdächtigte sie aus dem hohlen Bauch heraus. Rebecca war fassungslos.

Und genau aus diesem Grund prustete sie lauthals los, lachte ihm unverhohlen ins Gesicht.

Wegen seiner unnachahmlichen Unverfrorenheit.

Und weil er die Wahrheit erkannt hatte.

»Selbst wenn ich diese ominöse Schriftstellerin wäre, Mr. Danvers«, sagte Rebecca schließlich, »warum geben Sie dann nicht den wahren Grund Ihres Besuchs preis? Und bitte kommen Sie mir jetzt nicht mit dem Hokuspokus, es ginge um einen Anwalt und eilige Dokumente.«

Rafe atmete tief durch.

»Die Wahrheit, Sir!«

»Eine Dame von Rang und Namen hat mich engagiert, die Urheberin der Romane aufzuspüren.«

»Also sind Sie doch nichts anderes als ein Bow Street Runner.«

Rafe schüttelte den Kopf. »Das stimmt so nicht.«

»Aber was sind Sie dann?«

»Ich verstehe mich als einen Mann von Ehre, der Standesgenossen bei der Bewältigung von Problemen hilft, die ihnen zu schwierig oder unangenehm erscheinen.«

Ein Mann von Ehre? Fast hätte Rebecca wieder losgelacht. Dieser Raphael Danvers hatte ganz und gar nichts Ehrenvolles an sich.

Zugegeben, er mochte die äußeren Züge eines Gentlemans tragen: die scharfen Konturen seiner Nase und seines Kinns bis hin zu der gebieterischen Aura, die ihn umgab, wenn er einen Raum betrat. Doch alles andere deutete auf ein teuflisches, draufgängerisches und verwegenes Mannsbild – das genaue Gegenteil eines Gentlemans.

»Ich stehe im Dienste all jener, die niemanden haben, dem sie vertrauen können«, sagte er, um ihre Zweifel auszuräumen.

»Was für Beweggründe mag eine Londoner Dame haben, den Autor ausfindig zu machen?«

Rafes Kiefer mahlte, als suchte er nach einer Antwort, mit der er seine Erläuterung untermauern könnte. Seufzend fügte er hinzu: »Sie möchte, dass diese Person mit dem Schreiben aufhört.«

»Aufhört?«, staunte Rebecca. »In meinen Ohren klingt das nicht, als wären Sie hier, um dem Autor einen Dienst zu erweisen, geschweige denn, ihm *einen Geschäftsvorschlag zu unterbreiten*.«

Rafe zuckte zusammen.

Geschah ihm Recht! Welch ein blasierter Kerl, so mir nichts dir nichts aufzutauchen und sich anzumaßen, über das Leben anderer zu bestimmen.

»Und was gedenken Sie zu tun, wenn sich besagte Person weigert?«, erkundigte sich Rebecca. »Werden Sie ihr dann drohen? Ihr die Knochen brechen?«

Als Rafe abermals zusammenfuhr, deutete Rebecca das als Warnung. Ja, sie schien den wahren Grund für sein Erscheinen erraten zu haben.

»Sie denken also allen Ernstes, dass ich hinter den Darbygeschichten stecke?« Mit eiserner Selbstbeherrschung schenkte sie ihm ihr frostigstes Lächeln.

»Ja.« In seiner Stimme lag eine Klarheit, die Rebecca bis in die Spitzen ihres schlichten Schuhwerks erzittern ließ. »Und ich werde alles daran setzen, Sie zu überführen, bevor ich diesem Dorf wieder den Rücken zukehre.«

»Mich überführen?« Rebecca schnaubte. »Sie werden keine

Beweise dafür finden, Sir, weil Sie es mit der falschen Person zu tun haben. Sie verschwenden Ihre Zeit, wenn Sie mir hinterherlaufen.«

Und das in vielerlei Hinsicht.

»Mag sein, dass es mir derzeit noch an Beweisen mangelt, Miss Tate, aber bis es so weit ist, vergessen Sie meine Worte nicht: *Ich werde Sie überführen*. Oh ja!« Die Beharrlichkeit in seinem Blick versetzte Rebecca in Angst und Schrecken.

»Wen haben wir denn hier?«, ertönte da eine Stimme hinter Rebecca.

Der Oberst! Rebecca atmete auf. Sein Gespür für Auftritte zum richtigen Zeitpunkt war wieder einmal grandios. Was jedoch noch lange nicht zu bedeuten hatte, dass er ihr auch aus der Patsche half. Dafür kannte Rebecca ihren Oheim zu gut, also hielt sie den Atem an, als er weitersprach. »Die Wortling meinte, du wärst hier draußen und würdest mit einem Fremden turteln. Habe der ollen Kuh gesagt, dass das unmöglich stimmen kann. Habe sie eine Schnapsdrossel geschimpft, weil sie jetzt schon fantasiert. Hat die Gute ganz schön deprimiert. *Unsere Bex mit einem Galan, nie und nimmer!*, hab ich gesagt. Und jetzt werde ich von Ihnen, mein Herr, Lügen gestraft.«

Rebecca rang sich ein Lächeln ab und versuchte, einen kühlen Kopf zu bewahren. Sie musste sich etwas einfallen lassen, um die Begegnung zwischen den beiden auf der Stelle zu unterbinden. »Der Herr war ohnehin im Begriff zu gehen.«

»Nichts da!«, rief ihr Onkel, kam die Eingangsstufen hinab und gesellte sich flinken Schrittes zu ihr. »Ich werde nicht zulassen, dass ein Fremder meiner Nichte einen Besuch abstattet, ohne mich vorher zu …« Er hielt inne und starrte auf die Rosen in Rebeccas Arm. »Was ist das denn?«

»Nur ein paar Blumen, nicht weiter wichtig«, antwortete sie und fragte sich, ob die Situation noch schlimmer werden könnte.

Die Antwort ließ nicht lange auf sich warten. Der Oberst musterte den Unbekannten. »Wer sind Sie, dass Sie glauben, meiner Nichte Blumen bringen zu können? Ohne vorher bei mir vorzusprechen?«

Rebecca musste schlucken. O ja, es ging noch viel, viel schlimmer. »Onkelchen, das hier ist Raphael Danvers. Mr. Danvers, mein Onkel, Oberst Posthill.«

»Erfreut, Sie kennen zu lernen, Mr. Danvers. Sie stammen nicht aus dieser Gegend, habe ich Recht? Deshalb muss ich Sie fragen, warum Sie ausgerechnet meiner Nichte Blumen bringen?«

»Das ist alles ein großes Missverständnis. Ich bin gar nicht hier, um Ihrer Nichte einen Besuch abzustatten. Es war vielmehr so, dass ich mit Mrs. Maguire einen Spaziergang gemacht habe und sie ...«

Rebecca schickte ein Stoßgebet gen Himmel, er möge einen Blitz schicken, der sie traf und ihr auf der Stelle das Leben auslöschte – nein besser noch, er möge diesen Dreistling Danvers treffen.

»Die Kupplerin hat Sie hierher gebracht?« Der Oberst hatte so unsäglich laut gesprochen, dass vermutlich ihre Nachbarin Mrs. Benton ihn gehört hatte.

Großartig! Bei Sonnenaufgang würde das ganze Dorf wissen, dass Esme ihr einen Verehrer gebracht hatte.

»Und jetzt, Mr. Danvers«, fuhr ihr Onkel fort, »wo Sie schon einmal hier sind, um meiner Nichte den Hof zu machen, würde ich gerne ein wenig mehr über Sie erfahren.«

Rebecca hielt die Luft an.

»Erst einmal hätte ich gerne gewusst, wie Sie sich fühlen«, sagte der Oberst und hielt den Kopf schräg, als könnte er dadurch die Antwort des anderen besser beurteilen, »wenn Sie einer Kanone gegenüberstehen.«

Rebecca blickte ihn verdutzt an. Kanone? Das war brillant!

Es ging doch nichts über eine Kanone, um den Feind in die Flucht zu schlagen. Ihr Onkel würde schon dafür sorgen, dass dieses Scheusal noch vor Mitternacht das Dorf verlassen hatte. Vorausgesetzt, er jagte diesem aufgeblasenen Rüpel nicht vorher eine Kugel in den Kopf.

Doch Rebeccas Freude sollte nur von kurzer Dauer sein, denn Mr. Danvers antwortete freudestrahlend: »Kanonen? Ich liebe Kanonen. Sprechen wir von einem Drei- oder Sechspfünder?«

Rebecca traute ihren Ohren nicht, und selbst der Oberst machte einen kurzen Augenblick einen bestürzten Eindruck. Er hatte sich jedoch schnell wieder gefangen.

»Einem Neunpfünder. Sehr solides Gerät. Kommen Sie mit, kommen Sie. Wir feuern ein paar Kügelchen ab. Wollen doch mal sehen, ob Sie sich wirklich so gut auskennen, wie Sie vorgeben.«

»Das wird ein Heidenspaß, Sir«, rief Rafe und folgte dem Oberst. »Ich habe seit Jahren keinen Neunpfünder mehr abgeschossen. Nicht seit meinen Experimenten mit Pulvergeschossen, damals in der Schule, als ich aus Versehen eine Statue von Cromwell zerstörte.«

»Was Sie nicht sagen!«, lachte der Oberst, in dessen Augen nun auch Begeisterung lag.

»Mr. Danvers, Onkel, ihr könnt doch jetzt keine Schießübungen veranstalten!«

Sie drehten sich zu ihr um, und auf den Gesichtern beider Männer las sie nur eine Frage: *Warum denn nicht?*

Angeregt über Gewichte und Reichweiten diskutierend eilten sie in den hinteren Teil des Gartens. Rebecca fand, sie führten sich auf, als gelte es, das Dorf gegen die gesamte kontinentale Armee zu verteidigen.

»Oje«, seufzte sie und dachte über den undamenhaftesten Fluch nach, den sie kannte. Doch die zarte Brise, die einen

Hauch von Rosenduft mit sich trug und ihr in die Nase stieg, ließ ihren Zorn verfliegen. Immerhin hatte dieser Lump ihr Blumen gebracht.

Rebecca entschied, dass es niemandem schadete, wenn sie sie ins Wasser stellte. Um diesen Rüpel aus der Stadt anschließend nach allen Regeln der Kunst in die Flucht zu schlagen.

Vergiss nicht, du befindest dich in Bramley Hollow, ermahnte Rafe sich.

Zu seinem eigenen Schutz und zur Wahrung seines so sorgsam gehüteten Junggesellendaseins war es nicht sonderlich ratsam, diese Nymphe die ganze Zeit über anzustarren.

Aber verdammt, es wollte ihm partout nicht gelingen, den Blick von ihr abzuwenden.

Rebecca erwiderte seinen Blick mit einem bitterbösen Starren. Als würde sie ihn gerne eigenhändig ins Fegefeuer schubsen. Was ihr aber entging – oder nicht? –, war, dass die flammende Rage ihre prüde Jungfernmaske zum Bröckeln brachte.

Eine Frau, die sich so vehement dagegen sträubte, umgarnt zu werden, hatte etwas Irritierendes an sich. Und etwas Verlockendes.

Der Oberst war gerade damit beschäftigt, die nächste Kugel abschussfertig zu machen. Bisher hatten die beiden acht Mal gezündet. Der Oberst war nahezu davon besessen, das Ziel, das sie im Feld hinter dem Haus errichtet hatten, zu treffen, während Rafe bereits drei siegreiche Schüsse verbuchen konnte.

»Gleich werden Sie sehen, was ich kann«, verkündete der Oberst.

»Sir, ich glaube, Sie benutzen zu viel Schießpulver«, sagte Rafe und trat einige Schritte zurück.

»Unsinn!«, rief der Oberst im Brustton der Überzeugung, was Miss Tate zu einem verächtlichen Schnauben motivierte.

Diese Mamsell scheint ja nicht sonderlich wortgewandt zu sein, dachte Rafe. Vielleicht hatte sie doch nichts mit den Darbyromanen zu tun. Es war nur schwer vorstellbar, dass solch herrliche Prosa von einer Frau stammen sollte, die zuweilen wie eine Katze klang, die sich an einem Haarbüschel verschluckt hatte.

Während der Oberst das Kanonenrohr bestückte, schlenderte Rafe auf Rebecca zu. »Wollen Sie auch mal?«, fragte er und grinste sie frech von der Seite an.

Das war genau das, was er tun musste, damit die Dame ihre wahre Identität preisgab: Er musste sie durch Charme in die Knie zwingen. Wenn ihr Onkel die Wahrheit gesprochen hatte – woran Rafe nicht zweifelte, weil sie sich seitdem ausnehmend unfreundlich gebärdete –, zählte seine Nichte nicht zu den begehrten Jungfern Bramley Hollows. Und wenn es etwas gab, das Rafe wie kein Zweiter beherrschte, so war es die Kunst, sich das Vertrauen des holden Geschlechts zu erschleichen. Wie schwer konnte es sein, eine Jungfer vom Lande zu knacken?

Doch Rebeccas schmallippiges Lächeln ließ Zweifel in ihm aufsteigen. »Würden Sie mir tatsächlich eine Kanone anvertrauen?«, fragte sie ihn. »Ich fürchte, ich kann nicht annähernd so gut zielen wie Sie.«

Rafe konnte sich lebhaft vorstellen, auf was oder besser gesagt wen sie zielen würde. Doch so schnell gab er nicht auf, beugte sich zu ihr vor und flüsterte ihr ins Ohr: »Vielleicht haben Sie einfach noch nicht genug Übung im Umgang mit großen geladenen Rohren?«

Bei diesen schlüpfrigen Worten riss Rebecca die Augen weit auf. Rafe konnte an ihren vor Wut verzerrten Lippen erkennen, dass sie seine Andeutung verstanden hatte.

Miss Tate war also längst nicht so unerfahren, wie sie vorgab.

Rafe geriet ins Grübeln. Was mochte Miss Tate über Männer wissen? Deutlich spürte er, wie er wieder in den Bann dieser geheimnisvollen Frau gezogen wurde. Mit seiner Bemerkung hatte er sie ein wenig aus der Reserve locken wollen. Aber er tat wohl besser daran, auf Distanz zu gehen. Rafe spürte, dass er viel zu dicht bei ihr stand. So dicht, dass ihm der hauchzarte Duft nach Rosen in die Nase stieg. Ja, er konnte sogar jede einzelne Sommersprosse auf ihren zarten Wangen erkennen und verspürte den dringenden Wunsch, die kleinen Sternchen mit den Fingern zu berühren, von einem zum nächsten zu hüpfen.

Rebecca verschränkte wieder einmal in störrischer Manier die Arme vor der Brust. »Ich versichere Ihnen, mein Herr, dass ich sehr wohl in der Lage bin, mich selbst zu verteidigen.«

Rafe wich zurück und stieß mit den Stiefeln gegen Widerstand, woraufhin ein ohrenbetäubendes Jaulen losbrach. Hastig blickte Rafe auf den Boden und entdeckte einen monströsen Kater, der ihn mit einer Mischung aus Empörung und Entrüstung anstierte.

Ähnlich wie sein Frauchen.

Rafe hatte eine Idee. Wenn er die Dame nicht so einfach für sich gewinnen konnte, war vielleicht dieses Katzenvieh der Schlüssel zu ihrem Herzen. Er beugte sich nach unten und wollte den alten Knaben hinter den Ohren kraulen.

Miss Tates gellenden Ausruf, tunlichst die Hände von dem Tier zu lassen, ignorierte Rafe.

Erst zu spät erkannte er, dass sie sich nicht um das Tier Sorgen machte, sondern dass ihre Rufe ihm galten.

Im Bruchteil einer Sekunde hatte sich der Kater in eine rasende Bestie verwandelt, war mit ausgefahrenen Krallen an seinem Arm hochgesprungen und zerfetzte ihm den Gehrock. Je stärker Rafe versuchte, das Tier abzuschütteln, desto wilder wurde es, zischte und spuckte.

»O Ajax«, rief Rebecca erbost aus. »Runter von ihm. Runter von Mr. Danvers.«

Rafe hörte zwar, dass sie etwas rief, war aber zu sehr damit beschäftigt, seinen Arm zu retten, als dass er hörte, was sie sagte.

»Runter mit dir«, röhrte Rafe. Und tatsächlich, der Kater hielt für einen Augenblick inne, baumelte regungslos am Ärmel des Feindes und blickte ihn an, als wollte er herausfinden, wie ernst es Rafe war. »Hau ab du Mistvieh«, rief Rafe noch einmal laut und blitzte den Kater an. Ajax holte ein letztes Mal mit der Tatze aus und versetzte Rafes Gehrock noch einen ordentlichen Hieb, ehe er sich fallen ließ, sich kräftig schüttelte und mit hoch erhobenem Haupt und triumphierend in die Höhe gerecktem Schwanz davonschritt.

Rafe inspizierte seinen Gehrock und musste feststellen, dass dieser räudige Kater auch allen Grund hatte, sich so majestätisch zu gebärden.

»Ach du meine Güte«, rief Rebecca, die Hand vor dem Mund, um ein Lächeln zu kaschieren. »Ihr Gehrock. Ich fürchte, er ist ruiniert.«

Rafe blickte nochmals an sich herab. Sein Gehrock *und* sein Hemd waren ruiniert. Ganz zu schweigen von den vielen kleinen Fleischwunden, die er davongetragen hatte. Damit Miss Tate sich selbst davon überzeugen konnte, wie übel ihm mitgespielt worden war, streckte er ihr den ramponierten Arm entgegen, was seine Wirkung auch nicht verfehlte. Mit weit aufgerissenen Augen begutachtete Rebecca seinen Arm. Und ihre Verzückung verwandelte sich in etwas anderes.

In Betroffenheit.

Jetzt war Rafe es, der sich ein Grinsen verkniff. Betroffenheit stellte einen optimalen Ausgangspunkt für seinen Plan dar.

Als Rebecca seinen Arm berührte, zuckte er kräftig zusammen und gab vor, Höllenqualen zu durchleben. Es brannte zwar tatsächlich ein wenig, aber nicht annähernd so sehr, wie er Rebecca vorgaukelte.

»Sie hätten nicht versuchen sollen, ihn zu streicheln«, schalt Rebecca ihn und zog ihn zu einer nahe gelegenen Sitzbank.

»Ich dachte, er wäre ein ganz normaler Stubentiger.«

»Er ist alles andere als zutraulich.«

Das war glatt untertrieben!

Nachdem Rafe sich hingesetzt hatte, gesellte sie sich zu ihm und zog seinen Arm zu sich. Behutsam schob sie den zerrissenen Stoff zurück.

»Aua«, stöhnte Rafe und wollte zurückzucken.

»Tut das weh?«, fragte Rebecca besorgt.

»Und wie«, antwortete er und hoffte insgeheim, sein vor Schmerz verzogenes Gesicht würde dafür sorgen, dass sie von ihm abließ. »Ich fürchte, es blutet.«

»O nein«, entgegnete Rebecca und zog seinen Arm noch näher zu sich, um die Wunden zu untersuchen.

Was für ein Pechvogel er doch war! Wieso war er ausgerechnet an das einzige Frauenzimmer weit und breit geraten, das nicht mit Abscheu auf den möglichen Anblick von Blut reagierte?

Jemmy Finch hatte Recht gehabt, als er sagte, Miss Tate sei etwas Besonderes.

»Was haben Sie sich nur dabei gedacht?«, fragte Rebecca nochmals. »Einfach einen Kater zu streicheln?«

»Normalerweise komme ich mit Tieren sehr gut zurecht«, erklärte Rafe ihr. *Und mit Frauen*, fügte er im Stillen hinzu.

»Ajax ist aber etwas Besonderes.«

»Genau wie sein Frauchen«, platzte es aus Rafe heraus, und er blickte Rebecca tief in die Augen.

Rebeccas fahle Wangen wurden eine Spur dunkler, ja selbst der allzeit wachsame Blick in ihren Augen nahm sanftere Züge an. Rafe wertete dies als ein gutes Zeichen und lehnte sich zu ihr herüber, ihre Lippen fest im Blick. Wie es wohl sein würde, ihren stets streng verzogenen Mund zu küssen? Es reizte ihn, herausfinden, ob hinter der widerspenstigen Jungfernfassade ein Feuer loderte, das sich mit der Hitze ihres Blicks deckte.

Doch wieder einmal hatte Rafe die Rechnung ohne Rebecca gemacht.

»Wenn Sie jetzt versuchen, mich zu küssen, Sir«, zischte sie und ließ seinen Arm wie eine heiße Kartoffel fallen, »werde ich Ajax abermals auf Sie hetzen. Dieses Mal wird er sich jedoch an ihren Kniehosen vergreifen, das garantiere ich Ihnen.«

Kratzwunden am Arm waren eine Sache, seine Kronjuwelen jedoch eine gänzlich andere.

»Sie küssen? Warum in aller Welt sollte ich …«, protestierte Rafe.

»O bitte, tun Sie mir und sich den Gefallen und sparen Sie sich Ihren Charme für eine Dame auf, die Närrin genug ist, sich von Ihrem Lächeln blenden zu lassen. Natürlich hatten Sie vor, mich zu küssen. In der Hoffnung, ich könnte dahinschmelzen und meine intimsten Geheimnisse preisgeben.«

»Miss Tate, ich bin von Haus aus Kavalier«, brüstete Rafe sich. »Nie und nimmer würde ich …«

Bei diesen Worten prustete sie undamenhaft los, erhob sich und stolzierte auf das Cottage zu.

Rafe entging weder ihr aufsässig schwingendes Gesäß, noch blieb ihm die Ähnlichkeit zwischen ihrem und Ajax' triumphierendem Abgang verborgen.

Kapitel 5

Beim Militär gibt es zweierlei Methoden, gegen den Feind zu Feld zu ziehen: den direkten Angriff oder den Hinterhalt. Beide funktionieren übrigens auch hervorragend auf dem Schlachtfeld der Liebe.

Miss Darby zu ihrer besten Freundin,
Miss Cecilia Overton, in
Miss Darbys desaströses Dilemma

Selbst am nächsten Morgen, als Rafe zu einer kleinen Erkundungstour nach Bettlesfield Park aufbrach, hielt er an seinem Dementi fest.

Miss Tate hatte ihm, ehe sie den Rückzug in die Sicherheit ihres Cottage angetreten war, gründlich und erbarmungslos die Leviten gelesen. Er war nicht einmal mehr imstande gewesen, sich zu wehren.

Doch was hätte er auch sagen sollen? Diese kleine Nymphe hatte ihn wieder einmal durchschaut. Zugegeben, er hatte beabsichtigt, sie zu küssen, doch eher biss er sich die Zunge ab, als dass er es zugab.

Miss Tate schien sich nicht im Klaren darüber zu sein, dass sie ihm damit den Handschuh vor die Füße geworfen hatte. Jetzt würde er erst recht alles daransetzen, sie zu überführen.

Er freute sich schon zu sehen, wie es ihr bei Lady Finchs Dinner erging – ohne die tatkräftige Unterstützung ihres garstigen Katers.

O ja, er würde Miss Tates wahre Identität entlarven. Es war alles nur eine Frage der sorgfältigen Planung. Und wenn in diesen Plänen ein, zwei Küsse vorkamen ... Bis es jedoch so weit war, wollte er seine Belohnung ein wenig genauer inspizieren, wenn auch nur, um herauszubekommen, ob das Anwesen all die Schwierigkeiten wert war. Denn es war ihm vollkommen klar, dass es ihn durchaus in Schwierigkeiten bringen würde, Miss Tate zu küssen.

Doch je länger er darüber nachdachte, desto mehr kam er zu der Überzeugung, dass komplizierte Frauenzimmer den zusätzlichen Aufwand immer wert waren.

Bettlesfield Park grenzte direkt an die Ländereien der Finchs, weshalb Rafe beschlossen hatte, querfeldein zu reiten. Jemmy hatte ihm dafür eigens eine militärisch präzise Wegbeschreibung gegeben. Seit seiner Zeit in Spanien, wo er und seine Guerillatruppe die meiste Zeit im Sattel verbracht hatten, mied er offene Straßen, wann immer es ging. Selbst die einsamen Weiten Spaniens hatte er ohne Hilfe von Wegen und Pfaden durchquert.

Im Vergleich zu Spanien erschien Rafe Englands Landschaft geradezu üppig. Um ihn herum unzählige Blumen, die ihre bunten Köpfe hinter Zaunpfählen hervorstreckten, wodurch die dornigen Hecken trügerisch einladend wirkten. Er liebte das satte grüne Gras und den stets etwas verhangenen Himmel.

Eine niedrige Steinmauer markierte die Grenze zwischen dem Anwesen der Finchs und Bettlesfield Park. Rafe trieb sein Pferd an, woraufhin es einen gewaltigen Satz machte und über die Abgrenzung hinwegsegelte. Direkt hinter der Mauer riss Rafe an den Zügeln, was ihm mit tänzelndem Protest gedankt wurde.

In der Ferne hatte Rafe das Hauptgebäude von Bettlesfield Park erspäht, und einen Moment lang dachte er, Lady Finch hätte übertrieben. Alles schien in einem recht passablen Zustand zu sein.

Als er sich jedoch dem Haus näherte, erkannte er, dass die Baronin die Wahrheit gesagt hatte.

Eine *baufällige Ruine* hatte sie Bettlesfield Park genannt, doch in Wirklichkeit war es noch viel schlimmer. Das Beste wäre, das Anwesen bis auf die Grundmauern niederzureißen.

Das Getrappel der Hufe hallte durch die Trostlosigkeit, die ihn umfing. Unruhig rutschte Rafe im Sattel hin und her und reckte den Hals in alle Richtungen, um sich einen ersten Überblick zu verschaffen.

Das Haus verfügte nur noch über eine Hand voll intakter Fenster, die meisten erinnerten Rafe an offene, unansehnliche Wunden. Zumindest jene, die er sehen konnte, da der wilde Efeu einen Großteil des Gebäudes bereits erobert hatte.

Die Eingangsstufen waren mit einer dicken Schicht aus Blättern und Schutt bedeckt, und die unverschlossene Tür hing schief in den Angeln.

Lady Finch hatte Recht. Nur ein Narr und ein Vermögen konnten das Anwesen jetzt noch retten.

Rafe sprang aus dem Sattel und scheuchte eine Schar Vögel auf, die in einem wuchernden Busch gesessen hatte und nun hinauf ins Dachgeschoss flüchtete.

Seine Belohnung war eine einzige Krähenkolonie! Wenn Colin und Robert ihn so sehen könnten, würden sie ihn lauthals auslachen. Zu Recht.

Gerade als Rafe in einem Anfall von schlechter Laune die Eingangstür mit dem Fuß auftreten wollte, drang ein eigentümliches Geräusch, eine Art Pfeifen, an sein Ohr. Es schien aus dem seitlichen Garten zu kommen.

Er spitzte die Ohren und lauschte der Melodie, die ihn rückwärts die Stufen hinuntertrieb. Bevor ihm bewusst wurde, was er tat, hatte er sich auf die Suche nach der Quelle dieser betörenden Töne gemacht und kämpfte sich durch das hüfthohe Unkraut. Als er eine niedrige Steinmauer erklomm, hörte er jemanden laut nach Luft schnappen.

»Sie?«

Rafe blickte auf und erspähte ... seine Hassliebe Miss Tate, die im Schneidersitz auf einem großen Baumstumpf thronte – in der Hand eine Schreibfeder, auf dem Schoß ein geöffneter Reisesekretär.

Es war jedoch nicht die Miss Tate, die er kennen gelernt hatte. Die prüde Jungfer vom Vortag war wie vom Erdboden verschluckt.

Vor ihm saß ein Wesen, das das Haar nicht hochgesteckt trug, sondern es zu einem lockeren Zopf geflochten hatte, der ihm bis auf die Hüften reichte. Die neue Miss Tate trug ein bescheidenes, moosgrünes Kleid und ein elegantes Tuch auf den Schultern.

Vor allem der Anblick ihrer nackten Füße versetzte Rafe in Entzückung, und er fragte sich allen Ernstes, ob er je eine englische Dame barfuß gesehen hatte – außerhalb seines Bettes natürlich. Zu allem Übel wackelte Rebecca auch noch mit den Zehen im Sonnenlicht, das sich gülden über ihre zierlichen Knöchel und wohlgeformten Unterschenkel ergoss.

Sie sah aus wie eine ... nun, wie eine ...

Elfe.

Der Begriff war ihm wie aus dem Nichts in den Sinn geschossen. Hatte ihm sein irisches Kindermädchen nicht ständig Geschichten über Elfen erzählt? Über dieses leicht aufbrausende und zugleich betörende Völkchen? Rafe hatte ihr nie geglaubt – bis zu diesem Moment.

Mit hastigen Bewegungen schraubte Rebecca das Tintenfass zu und legte die Feder beiseite. »Jetzt haben Sie sich also schon an meine Fersen geheftet, um Ihre lächerliche Theorie zu beweisen, oder wie darf ich Ihr plötzliches Auftauchen hier verstehen?«

»N-Nein«, stotterte Rafe, noch immer angetan von dem Anblick, der sich ihm bot. Wie schon am Tag zuvor, erlag er ihrer magischen Wirkung und wurde von dem Bedürfnis überwältigt, sie zu küssen. Es wurmte ihn, dass er am vergangenen Abend nicht ans Ziel gelangt war.

»Was bitte schön suchen Sie dann hier?«, knurrte Rebecca und sammelte fieberhaft die Blätter zusammen, die um sie herumlagen. Eine Brise erschwerte ihr jedoch die Arbeit und wehte die Seiten wie trockenes Herbstlaub über den vernachlässigten Rasen.

»Verflixt und zugenäht!«, rief sie entnervt und kletterte vom Baumstumpf. Hektisch und ungeschickt jagte sie den abtrünnigen Seiten nach.

Als Rafe ihr dabei zuschaute, kamen ihm dann doch Zweifel, dass Rebecca die geistige Mutter von Miss Darby war. Jener Romanfigur, die mit Helm und Stiefeln bekleidet mühelos ein schweres Kavallerieross in das Herz eines Kampfes dirigierte und mit der besten Angelrute ihres Vaters eine Python unter der Dinnertafel des britischen Oberherrschers einfing – mit derselben Finesse, mit der sie Tee eingoss. Miss Darby war eine überragende Frau, stets auf der Hut, aber niemals zappelig wie eine frisch gefangene Forelle.

Doch auch Miss Tate hatte so ihre Vorzüge, entschied Rafe. Während sie umhersprang, bot sich ihm ein guter Blick auf ihre verführerischen Rundungen. Bis sie mit einer ungeschickten Verrenkung in eine Hecke fiel.

So deutlich wie in diesem Moment waren die Unterschiede zwischen der hoffähigen Romanfigur und der tapsigen Jungfer aus Fleisch und Blut noch nie zu Tage getreten.

»Autsch«, jammerte Rebecca und wollte sich aufrappeln, wodurch sie sich nur noch tiefer im Geäst verfing.

Was hatte es bloß mit dieser Frau und ihrer Affinität zu Dornen auf sich?

Rafe eilte ihr umgehend zu Hilfe. »Obacht«, warnte er sie und wollte ihr aufhelfen. »Wie gut, dass ich zufällig in der Nähe war, nicht wahr?«

»Das hätten Sie wohl gern«, brummte Rebecca, schüttelte ihn mürrisch ab und richtete sich mit derselben Würde auf, die er schon bei ihrem verfluchten Kater bemerkt hatte.

Moment mal, wie hatte sie das Tier doch gleich gerufen?

Ajax. Wieso nur kam ihm der Name bekannt vor? Dann fiel es ihm wie Schuppen von den Augen. *Ajax* war nicht nur der Name von Miss Tates räudigem Kater, sondern auch von Miss Darbys geliebtem Wolfshund.

»Aha!«, rief er und deutete mit dem Finger auf sie.

»Aha, was?«, kam die gereizte Antwort, während Rebecca sich das Kleid ausklopfte und den dicken, rostroten Zopf über die Schulter warf. Einige widerspenstige Strähnen hatten sich jedoch gelöst und umrahmten nun ihr Gesicht.

»Ajax!«, wiederholte Rafe siegesgewiss. »Der Name Ihres Katers und der von Miss Darbys Hund sind identisch. Ich glaube kaum, dass das ein Zufall ist.«

Ungläubig schüttelte Rebecca den Kopf und ging in einem großen Bogen um ihn herum. So wie Menschen es taten, wenn sie einem Vagabunden auf offener Straße begegneten. »Und damit verdienen Sie also allen Ernstes Ihren Lebensunterhalt?«, zischte sie ihm über die Schulter zu.

»Ja, warum?«

»Kein Wunder, dass Sie in abgewetzten Kleidern herumlaufen müssen.« Rebecca seufzte gelangweilt. »Ich habe meinen Kater nach Miss Darbys Wolfshund benannt. Ich finde nämlich, die beiden verbindet dieselbe wilde Entschlossenheit.«

Verflixt! Das war eine höchst plausible Erklärung, musste Rafe einsehen.

Vermutlich gab es in England Hunderte von Haustieren, die Ajax hießen, weil sich die Romane so großer Beliebtheit erfreuten. Und auch die eine oder andere Kreatur, die auf den Namen *Darby* hörte.

Rebecca bückte sich nach einem weiteren Ausreißer und drückte ihn gemeinsam mit den anderen fest an ihren Busen.

»Raus mit der Sprache, was suchen Sie hier?«, fragte sie ihn, als sie auf ihr kleines Schreibpult zustapfte.

»Dasselbe könnte ich Sie auch fragen«, erwiderte Rafe kampfeslustig. »Könnte es sein, dass Sie hier draußen an Ihrem neuesten Roman arbeiten?« Rafe zeigte auf ein Blatt Papier, das auf den hinteren Teil des Gartens zusteuerte.

»Quatsch.« Rebecca legte die Stirn in Falten, als sie das Papier aufhob. »Außerdem geht Sie das einen feuchten Kehricht an«, zischte sie, stopfte die Seiten in die Schatulle und ließ geräuschvoll das Schloss zuschnappen. Sie blickte ihn feindselig an, die Hände entschlossen in die Hüften gestemmt. »Wenn Sie mir nicht hinterherspionieren, was bitte schön tun Sie dann hier?«

»Ich inspiziere das Gelände.«

»Das dürfte nicht sonderlich viel Zeit in Anspruch nehmen«, schnaubte Rebecca.

Auf diese Bemerkung konnte Rafe sich das Lachen nicht verkneifen. »Da muss ich Ihnen ausnahmsweise Recht geben.«

»Zählt die Begutachtung von Immobilien etwa auch zu Ihren Diensten?«

»Gewissermaßen. Wenn ich nämlich beweise, dass Sie Miss Darbys geistige Mutter sind ...« Er legte eine kurze Pause ein, da sie seine Worte mit einem aussagekräftigen Schnauben kommentierte. »... erhalte ich Bettlesfield Park als Belohnung.«

Miss Tates Reaktion ähnelte der von Lady Finch: Sie brach in schallendes Gelächter aus. »Hab ich's doch gewusst. Wenn Sie sich allen Ernstes dazu breitschlagen lassen, diese Ruine als Gegenleistung für Ihre Dienste zu akzeptieren, müssen Sie ein ziemlich stümperhafter Spitzel sein.«

»Falls es Sie interessiert, ich habe nicht vor, hier einzuziehen.«

»Nicht, wenn Sie gerne in ... einer ...« In diesem Augenblick flog ein Schwarm Vögel hoch über ihren Köpfen zum Giebelfenster hinaus.

»... Krähenkolonie leben?«, beendete er ihren Satz.

Dieses Mal mussten beide lachen.

Der überraschende Moment der Eintracht, war er auch noch so kurz, verwirrte Rafe. Schließlich hatte er es hier mit einer Verdächtigen zu tun, und die oberste Regel in seinem Beruf lautete, sich niemals mit potenziellen Verdächtigen einzulassen. Geschweige denn Avancen in Form von Küssen zu starten.

»Die Hausbesetzer von Bettlesfield Park sind Ihnen also nicht entgangen?«, schlussfolgerte Rebecca, ehe sie die Unterlippe mit den Zähnen einfing und verlegen zur Seite blickte.

O ja, und wie ihm die Eindringlinge aufgefallen waren. Vor allem ein ganz besonders hübscher Vogel.

»Nachdem ich nun die Gründe für meine Anwesenheit dargelegt habe«, ging Rafe in die Offensive, »hätte ich gern gewusst, was Sie hierher verschlägt.« Er deutete auf den Reisesekretär. »Schreiben Sie Liebesbriefe oder Reiseführer zu den verlorenen Schätzen von Bramley Hollow?«

Wieder erhellte ein Lachen Rebeccas Antlitz. Lag es an der verwunschenen Wildnis, in der sie sich befanden, oder an der gleißenden Nachmittagssonne? Rafe hatte den Eindruck, als hätte Miss Tate ihre eiserne Jungfernrüstung abgelegt.

Vor ihm stand das bezauberndste Geschöpf, das er je zu Gesicht bekommen hatte.

Was würde ein winziger Kuss schon anrichten können? Vielleicht war es in diesem Fall einfach vonnöten, die Spielregeln ein wenig freizügiger auszulegen? Aus rein beruflichen Gründen, natürlich.

Rafe beschloss, die letzte abtrünnige Seite für sie einzufangen und trat um eine Statue herum.

»Stopp!«, rief Rebecca aus voller Kehle.

Rafe hielt inne und starrte sie verdutzt an.

Sie hatte die Augen weit aufgerissen, und ihr zierlicher Mund formte ein großes »O«.

»Hatte ich also doch Recht«, frohlockte er. »Entweder handelt es sich um ein Traktat über die Liebe oder um den Beweis, der mir noch fehlt, um Sie zu überführen, Miss Tate.« Sein Fuß schwebte noch immer in der Luft.

»Nein!«, rief sie panisch. »Nicht! Das ist zu gefährlich.«

»Zu gefährlich?«, spottete er und verlagerte das Gewicht nach vorne. Gleich würde er mehr über dieses wunderliche Frauenzimmer wissen. Doch dann knackte es unter seinem Stiefel, die Erde gab nach und Rafe verlor das Gleichgewicht. Ehe er wusste, wie ihm geschah, stürzte er in die Tiefe.

Rafe stieß sich einige Male den Kopf an, ehe er auf dem Grunde dessen aufschlug, was vor langer Zeit ein Gartenbrunnen gewesen war. Dreck und Trümmerstücke regneten auf ihn hinab, und er stieß einen lauten Fluch aus. Ungelenk rappelte er sich hoch und blickte nach oben, wo er Miss Tates Gesicht ausmachte.

»Jetzt sagen Sie nicht, dass Sie bloß gründlich arbeiten und selbst unter der Erde nach Beweisen suchen«, rief sie ihm amüsiert zu, die Augenbrauen frech in die Höhe gezogen.

Sollte das ein Scherz sein?

So viel zu den zarten Hoffnungen, sie könnte ihm ihre Fürsorge angedeihen lassen. Er hätte es von Anfang an wissen müssen. Sie war und blieb Miss Tate. Rafe verkniff sich die höhnische Antwort, die ihm auf der Zunge lag, und schmollte.

»Gehe ich recht in der Annahme, dass Sie nicht aus eigenen Kräften wieder herausklettern können?« Rebecca beugte sich so weit es ging über den Rand und streckte ihm die Hand entgegen.

Der Schacht war nur an die zwölf Fuß tief, doch sie konnten einander nicht berühren. Vorsichtig taste Rafe die Wände ab, musste aber schnell feststellen, dass die dünnen Wurzeln, die in den Schacht wuchsen, und die morschen Planken keine Hilfe darstellten.

»Nein, ich sitze fest.«

Nach den vielen Jahren in Spanien und den zahllosen Angriffen und Einsätzen, die er überlebt hatte, hätte er es beinahe geschafft, sich in einem alten vergessenen Brunnenschacht von Kent das Genick zu brechen.

»Wie mir scheint, Mr. Danvers, sind Sie ein weiteres Mal auf meine Gunst angewiesen.« Ihre Worte zu ignorieren fiel Rafe leicht, aber ihr breites Grinsen traf in zutiefst in seiner männlichen Ehre.

»Wären Sie so freundlich, endlich Hilfe zu holen?«, fragte er leicht gereizt.

»Das kommt ganz drauf an«, kam die vorlaute Antwort von oben.

Rafe biss sich erneut auf die Zunge. Die Erkenntnis, ganz von ihrem zarten Mitgefühl abhängig zu sein – und sowohl *zart* als auch *Mitgefühl* waren sicher nicht gerade Worte, die Miss Tate häufig auf ihren Lippen führte –, jagte ihm einen gehörigen Schrecken ein. »Worauf, bitte schön, kommt es an?«, fragte er so freundlich, wie es ihm möglich war.

»Dass Sie nach diesem kleinen Unfall postwendend nach London zurückkehren und sich ein für alle Mal aus der Darbysache heraushalten.« Rafe meinte, in ihren Worten einen Anflug von Verzweiflung gehört zu haben, und konnte nur schwer dem Impuls widerstehen, vor Freude in die Hände zu klatschen. Entweder war Miss Tate die Person, nach der er die ganze Zeit suchte, oder sie kannte die Übeltäterin.

»Nichts lieber als das, das können Sie mir glauben. Aber ich habe einen Ruf, dem ich gerecht werden muss. Ich kann jetzt unmöglich aufgeben. Nicht mit einem so entzückenden Anwesen wie Bettlesfield Park in Aussicht. Wie würden Sie vorgehen, wenn ich doch in Bramley Hollow ansässig würde? Würden Sie sich einem hilflosen Nachbarn gegenüber wirklich so kaltherzig verhalten und ihm die Hilfe verweigern?«

»Nein, natürlich nicht! Aber darf ich Sie daran erinnern, dass Sie zuerst den Schriftsteller ausfindig machen müssen, bevor Sie die Belohnung kassieren?«

So langsam nervte Rafe die fortwährende Kritik an seinen Fähigkeiten. Doch rasch rief er sich in Erinnerung, dass seine Ausgangsposition nicht die beste war, um eine Grundsatzdiskussion loszutreten. Schließlich war er derjenige, der auf dem Grund eines Brunnens festsaß.

»Versprechen Sie mir, dem armen Autor nicht weiter nachzujagen? Ja oder nein?«, wiederholte Rebecca ihre Forderung.

»Nein!«, bellte er zurück.

Auch wenn sie die Einzige war, die ihm aus der Patsche helfen und ihm die Freiheit zurückgeben konnte, so wurde er zunehmend ungeduldiger.

»Ich finde das nicht fair. Woher nehmen Sie sich eigentlich das Recht, in ein kleines friedliches Dörfchen einzufallen und von einem unbescholtenen Bürger zu verlangen, seine Berufung, ja seinen Lebensunterhalt aufzugeben? Und alles unter der Prämisse, ein Gentleman zu sein. Ein Gentleman! Wer's glaubt, wird selig! Vor allem, wenn man in Betracht zieht, was Sie für Ihr rüpelhaftes Verhalten als Belohnung kassieren – ein heruntergewirtschaftetes Anwesen. Sie sollten sich in Grund und Boden schämen.« Rebecca schimpfte wie ein Rohrspatz. »Wenn Sie auch nur eine Unze Anstand dort tragen, wo andere Menschen ihr Herz sitzen haben, verlassen Sie Bramley Hollow auf der Stelle.«

Rafe war versucht, zu ihr heraufzubrüllen, dass er mit Anstand wenig am Hut hatte. Wäre er sonst jeder renommierten Schule Englands verwiesen worden? Ganz zu schweigen von der Armee. Selbst seine Familie hatte des Öfteren mit dem Gedanken gespielt, ihn zu verstoßen.

Wenn Miss Tate Anstand, Ehre und moralische Integrität suchte – jene schwer erfassbaren Tugenden, die angeblich all denen innewohnen, die das Glück haben, mit einem silbernen Löffel im Mund geboren zu werden, – sollte sie sich besser an seine Brüder Colin und Robert halten. Die beiden schmückten sich mit diesen Tugenden, als trügen sie silberne Ritterrüstungen. Doch selbst bei ihnen kam es zuweilen vor, dass das Silber anlief.

Nein, wenn einer der Danversbrüder Anspruch auf beispiellose Größe und Würde erheben könnte, so war es sein Zwillingsbruder Orlando.

Lando, wie sie ihn gerufen hatten, hatte stets das höchste Maß an Mut und Ehrbarkeit gelebt, das ein Mensch aufbringen konnte. Es verging kein Tag, an dem Rafe nicht an seinen verstorbenen Bruder dachte, an jene Hälfte seiner Seele, die nur zu gut wusste, wovon Miss Tate sprach. Und die ihr aus ganzem Herzen zugestimmt hätte.

»Was ist nun, werden Sie abreisen oder nicht?«, ertönte es erneut von oben.

»Miss Tate, ich wäre mehr als glücklich, wenn ich hier weg könnte«, antwortete Rafe. »Aber momentan sitze ich in diesem vermaledeiten Brunnenschacht fest.« Er war stolz auf diese Antwort. Schließlich hatte er nicht eingewilligt, die literarische Hetzjagd abzublasen. »Würden Sie jetzt bitte endlich Hilfe holen?« Rafe entschied, auf die Tatsache zu setzen, dass Miss Tate im Grunde eine höchst anständige Person war und ihn nicht in einem alten Brunnen seinem Schicksal überlassen würde.

Doch wieder erwartete ihn eine Überraschung.

»Nein«, dröhnte die unnachgiebige Antwort zu ihm herab.

»*Nein*? Sie wollen mich allen Ernstes hier unten versauern lassen?«

»Natürlich nicht«, beruhigte sie ihn sogleich. »Aber ich werde keine Hilfe holen müssen. Wenn ich mich recht entsinne, liegt im Schuppen ein altes Seil.« Ihr Kopf verschwand, tauchte aber einen Augenblick später wieder auf. »Bleiben Sie, wo Sie sind, verstanden?«

Charmantes kleines Biest, dachte Rafe und malte sich aus, womit er sie erdrosseln würde, wenn er wieder ein freier Mann war.

Rebecca ging jedoch nicht, um das Seil zu holen – zumindest nicht sofort. Erst einmal las sie in aller Seelenruhe die letzte abtrünnige Seite auf, nach der Mr. Danvers hatte greifen wollen, ehe er in den Schacht gestürzt war.

»Verflucht sei seine Hartnäckigkeit«, raunte sie. Was zum Teufel hatte ihn bloß veranlasst, ihr bis nach Bettlesfield Park zu folgen? Die Nummer mit den Blumen und der erfolglose Versuch, sie zu küssen, genügten ihm scheinbar nicht. Jetzt hatte er auch noch wie ein herrenloser Hund ihre Fährte aufgenommen. Am schlimmsten aber war, dass er herumposaunte, der zukünftige Hausherr von Bettlesfield Park zu sein. Ausgemachter Humbug!

Leider konnte Rebecca sich nur zu gut vorstellen, was Mr. Danvers mit dem Anwesen anstellen würde. Er würde es vermutlich in sein ländliches Privatboudoir verwandeln, genau wie der letzte Eigentümer, der die Zimmer mit billigem, rotem Samt ausstaffiert und die Fenster mit minderwertigen Reproduktionen türkischer Behänge versehen hatte, um Gelage zu feiern, bei denen er einen ganzen Harem vernaschte.

Die Vorstellung, dass dieser Danvers genauso gestrickt sein könnte, löste in Rebecca einen weiteren Sturm der Empörung aus. Wohlweislich vermied sie es jedoch, darüber nachzudenken, woher diese Gefühlsregung kommen mochte. Im Grunde konnte es ihr einerlei sein, welche oder wie viele Frauen er verführte. Fest stand, dass er seinem Laster nie und nimmer auf Bettlesfield Park nachgehen würde. Nicht solange sie noch unter den Lebenden weilte.

Rebecca öffnete die Schreibschatulle und wollte den letzten Bogen darin verstauen, als ihr Blick auf die Zeilen fiel.

Miss Darbys Herz verkrampfte sich aufs Schmerzhafteste, als sie die Nachricht überflog. Was sie las, konnte unmöglich wahr sein. Wie hatte er sie nur so anlügen können? Sie so schändlich betrügen, so schrecklich, so ...

»Zu überladen«, murmelte Rebecca und nahm sich vor, den Absatz noch einmal in Ruhe zu redigieren. Sie schaute kurz um sich, ehe ihr Zeigefinger in dem leeren Tintenfass verschwand. Es war kein herkömmliches Tintenfass, sondern hatte anstelle eines Bodens einen Knopf, den sie nun betätigte. Sogleich sprang ein im Boden der Schatulle eingelassenes Geheimfach auf.

Rebecca grinste ob der raffinierten Konstruktion ihres französischen Reisesekretärs, den ihr Vater erstanden hatte, um darin wichtige Forschungsergebnisse zu verstecken – Notizen und Wegbeschreibungen zu verschollenen Schätzen, die er niemals ausfindig machen sollte. Ihr Vater war zwar kläglich gescheitert, doch Rebecca bedeutete dieses Erbstück sehr viel. Zurzeit schützte es das Manuskript zu ihrem nächsten Buch, *Miss Darbys furchtbare Verlockung*, vor neugierigen Blicken. Wie denen von Mr. Danvers.

Nachdem Rebecca die verräterischen Seiten sicher verstaut

hatte, verschloss sie die geheime Lade mit einem leisen Klicken, sodass nur noch die harmlosen Schreiben zu sehen waren, die obenauf lagen.

Ihr schoss ein heimtückischer Gedanke durch den Kopf. *Was für eine Versuchung*, dachte sie und schaute zum Brunnenschacht, der für das ungeübte Auge nur schwer auszumachen war. Vielleicht sollte sie diesen Schürzenjäger eine Weile lang dort unten schmoren lassen. Mindestens für eine Nacht. Das würde ihn sicher überzeugen, endlich nach London zurückzukehren. Rebecca spielte kurz mit dieser überaus verlockenden Idee, bevor sie einen resignierten Seufzer ausstieß. Wenn sie ihn schon befreien musste, wollte sie es so schnell wie möglich hinter sich bringen. Und zwar bevor sie hier draußen in trauter Zweisamkeit entdeckt wurden und die Dorfgemeinschaft daraus schikanöse und falsche Schlussfolgerungen zog.

Rebecca eilte den holprigen Weg hinunter, der zu dem kleinen Gartenhäuschen führte. Sie war so in Gedanken versunken – noch immer auf der Suche nach der besten Methode, wie sie Mr. Danvers zum Rückzug bewegen konnte –, dass sie nicht Acht gab, wo sie hintrat.

Rebeccas Fuß verfing sich in einer alten Baumwurzel, und sie fiel der Länge nach in ein ehemaliges Zierbeet, das – wie konnte es anders sein – von einer Dornenhecke erobert worden war.

»Autsch!«, stöhnte sie laut.

»Miss Tate? Sind Sie das? Ist alles in Ordnung?«, ertönte ein besorgtes Rufen aus dem Brunnenschacht.

Jaja, auf einmal liegt dir mein Wohlergehen am Herzen, nicht wahr? Rebecca vermutete, Mr. Danvers gab sich nur deshalb so besorgt, weil sie seine einzige Hoffnung auf Rettung war. Die Vorstellung, dort unten auf unbestimmte Zeit gefangen zu sein, ließ ihm wahrscheinlich das Blut in den Adern gefrieren.

Rebecca weidete sich ein wenig an diesem Gedanken und musste unwillkürlich lächeln. Als sie sich wieder in Bewegung setzte, rief sie ihm zu: »Mir geht es gut, Mr. Danvers!« Doch ab sofort achtete sie peinlich genau darauf, wo sie hintrat.

Der Gartenschuppen gehörte zu den wenigen Stellen des Anwesens, die nicht von Einheimischen oder Vagabunden durchforstet und geplündert worden waren. Versteckt inmitten eines Hains aus Rhododendren war er in Vergessenheit geraten.

Selbst Rebecca hatte sich an ihn nicht mehr erinnern können, bis sie im vergangenen Herbst durch ein paar Zweige zufällig den Dachgiebel erspäht hatte. Es war jedoch alles andere als einfach gewesen, sich bis zum Eingang durchzuschlagen. Im Innern hatte sie schließlich das komplette Werkzeug des Gärtners fein säuberlich sortiert vorgefunden, darunter auch besagtes Seil.

Seither hatte ihr der Schuppen treue Dienste erwiesen. Vor allem, wenn sie von Platzregen überrascht worden war oder sie sich bei schlechter Witterung Mrs. Wortlings unentwegtem Lamento entziehen wollte. In der Not gab der alte Pflanztisch ein recht passables Schreibpult ab.

Rebecca schnappte sich das Seil und eilte zurück zum Brunnenschacht.

»Ich glaube, dies dürfte lang genug sein«, verkündete sie bei ihrer Rückkehr.

»Machen Sie es an etwas Robustem fest, ehe Sie es zu mir hinabwerfen.«

Für wie hinterwäldlerisch hielt er sie eigentlich? Vielleicht sollte sie ihn zwei Nächte auf dem Grund des Schachtes schmoren lassen.

»Haben Sie auch nur die leiseste Ahnung, wie man einen Knoten macht?«, rief Rafe ihr skeptisch zu. »Ich meine einen, der auch etwas aushält?«

»Ja«, antwortete Rebecca brav und konnte es sich nicht verkneifen, noch einen obendrauf zu setzen: »Ich glaube, ich habe irgendwann mal in einem der Bücher meines Onkels etwas darüber gelesen.«

Ein gequältes Stöhnen stieg aus der Tiefe empor. »Miss Tate, wenn Sie nicht wissen, wie man einen Knoten bindet, sollten Sie lieber jemanden holen, der sich damit auskennt.«

»Nicht nötig. Ich lerne schnell. Sehen Sie, Mr. Danvers, wenn Sie die Fakten mit Ruhe und Muße studieren würden, statt übereilige Schlussfolgerungen zu ziehen, könnten Sie das eine oder andere dazulernen und eines Tags vielleicht sogar von Ihrem *Beruf* leben.« Rebecca grinste, als sie ihn fluchen hörte.

Sie band das Seil an einer umgestürzten Statue eines längst in Vergessenheit geratenen Heiligen fest und zog probehalber mit voller Kraft daran. Zufrieden darüber, dass der Knoten halten würde, las sie das andere Ende des Seils auf und wollte es gerade über den Rand des Schachtes werfen, als ihr eine Idee kam.

Mit einem spöttischen Lächeln machte sie einen weiteren Knoten und rief: »Das dürfte genau das Richtige für Sie sein.«

Im nächsten Augenblick segelte das Seil in die Tiefe und blieb vor Rafe hängen. Als er danach greifen wollte, verharrte er in der Bewegung.

Vor ihm hing eine Schlinge.

Eine verdammt gut geknotete Schlinge, wie er schmunzelnd zugeben musste. Dieses Weibsbild war stets für Überraschungen gut. Plötzlich schossen ihm Jemmys Worte durch den Kopf. *Aber sie ist genau der Typ Frau, der einem Mann das Herz stehlen kann, noch ehe er es recht bemerkt.*

Rafe fragte sich, ob Jemmy womöglich Recht hatte.

Unweit von Bramley Hollow befand sich seit einer guten halben Stunde der Jagdaufseher des achtbaren Majors Harrington in dessen Privatbüro. Er war derart erregt, dass er nichts als wirres Zeug von sich gab. Erst nach zwei großzügigen Gläsern Whiskey kamen ihm einigermaßen zusammenhängende Worte über die Lippen.

Da der Major bekanntermaßen kein sonderlich geduldiger Zeitgenosse war, brüllte er ihn an.

»Zeigen Sie es mir!«

Als der verängstigte Aufseher sich die barbarische Szene, die ihn zurück zum Haupthaus hatte eilen lassen, ins Gedächtnis rief, erbrach er in hohem Bogen sein Frühstück.

»Verflucht noch mal! So rücken Sie endlich mit der Sprache raus! Wo und was?«, röhrte Harrington.

»Am Hang«, würgte der Bedienstete. »Über der Wiese. Am Weg. Die große Eiche. Vor der Weggabelung.«

Der Major ließ umgehend sein Pferd satteln und entnahm der Vitrine oberhalb des Kamins zwei Pistolen, die ihm schon so manches Mal das Leben gerettet hatten. Es schadete schließlich nie, auf Nummer sicher zu gehen.

»Vater?«, hörte er seine Tochter Charlotte rufen, als er schnellen Schrittes auf die Eingangstür zusteuerte. »Reitest du etwa aus, Papa?«

Rasch schob sich der Major an ihr vorbei. »Bin bis zum Tee wieder zurück«, erklärte er ihr leicht gereizt.

»Wenn du einen Augenblick wartest, bitte ich John, mir meine Stute zu satteln. Wie könnten doch gemeinsam einen Ausflug machen, was meinst du?«

Der Major blieb stehen und drehte sich zu seiner Tochter um. »Du wirst schön hier bleiben.«

»Aber Papa ...«, protestierte sie.

»Es geht nicht«, versuchte der Major, ihr in etwas versöhnlicherem Ton klar zu machen. Es war schließlich niemandem damit geholfen, wenn er seine Familie in Angst und Schrecken versetzte. »Geh bitte wieder hinauf zu deiner Mutter und leiste ihr ein wenig Gesellschaft. Ich verspreche dir, morgen in aller Frühe mit dir auszureiten, einverstanden?«

Charlotte blickte verwirrt drein, als sie die Pistolen an seinem Gürtel entdeckte. »Gibt es Ärger?«

»Nur ein paar Kaninchen. Die lästigen Teufel vermehren sich rasend schnell auf der Weide, die ich zum Einreiten der neuen Pferde vorgesehen hatte.« Er rang sich ein Lächeln ab. »Geh jetzt hinauf zu deiner Mutter. Erst neulich hat sie sich darüber beschwert, du würdest die Lektüre des *Debrett's* vernachlässigen.«

Charlotte warf einen letzten verunsicherten Blick auf die Pistolen, bevor sie sich über die Treppe zurückzog.

Der Major wartete noch einen Augenblick, bis sie außer Sicht war, ehe er nach seinem indischen Diener rief. »Mahesh!«

Normalerweise unterschied er nicht zwischen ihm und den englischen Bediensteten, aber in diesem speziellen Fall brauchte er – sollten sich seine Befürchtungen bestätigen – jemanden seines Schlages. Jemanden, der stets auf der Hut war.

Mit lautlosen Schritten näherte sich Mahesh und machte einen tiefen Bückling vor seinem Herrn.

»Kümmere dich um die Damen des Hauses«, ordnete der Major an. »Sorge dafür, dass sie das Haus nicht verlassen, und lass niemanden hinein.«

Mahesh senkte den Kopf. »Sonst noch etwas, *sahib*?«

Der Major zupfte sich kurz am Schnurrbart und wog seine nächsten Worte ab. Zu guter Letzt beugte er sich vor und flüsterte: »Ich fürchte, es geht um den Kailash. Gib gut Acht!«

Mahesh, der dem Major seit nunmehr zwei Dekaden treu

ergeben war, hatte noch nie großartige Gefühlsregungen gezeigt. Doch die nackte Angst, die ihm nun ins Gesicht geschrieben stand, erschreckte selbst den kampferprobten Major.

»Sind Sie sicher, *sahib*?«

»Nicht hundertprozentig. Noch nicht. Erst muss ich mir ein Bild davon machen, wovon dieser Narr von Aufseher brabbelt«, sagte er und schob sich die Pistolen tiefer in den Gürtel. »Sei wachsam. Ich werde nicht zulassen, dass meiner Gemahlin oder Charlotte etwas zustößt.«

Mahesh nickte.

Draußen warteten bereits zwei Stallburschen zu Pferde auf ihren Herrn, der sich umgehend in den Sattel schwang. Er mochte zwar an die sechzig sein, doch er hatte unter Cornwallis und Wellesey nicht ohne Grund die besten Kavallerieregimenter angeführt.

Einen Moment lang musterte der Major seine beiden Begleiter, die ebenfalls bewaffnet waren. Allem Anschein nach war der vermaledeite Aufseher bei seiner Ankunft doch noch fähig gewesen, über das Erlebte zu berichten. Sorgfältig beäugte er die beiden Burschen. Der Jüngere schien kaum älter als dreizehn, dem fehlenden Bartwuchs nach zu urteilen.

»Du!«, befahl der Major.

»Ja, Sir?« Der Junge lüftete die Kappe.

»Zurück zu den Stallungen. Ich brauche nur einen von euch.«

Sichtlich enttäuscht tat der Jüngling, wie ihm befohlen. Doch wenn das, was sie nun erwartete, die Vermutungen des Majors bestätigte, gab es keinen Grund, den armen Jungen diesem Schock auszusetzen.

Der Major nickte dem älteren Burschen zu, und sogleich setzten sie sich in Bewegung.

Kurze Zeit später ritten sie auf dem Pfad an der Hangweide entlang und steuerten auf eine imposante alte Eiche zu, die wie ein einsamer Wachtposten auf der Anhöhe thronte und auf die Ländereien herabblickte.

»Bleib hier«, befahl der Major dem Stallburschen und ritt auf den majestätischen Baum zu. Zuerst konnte er nichts entdecken, was dem Wildaufseher so zugesetzt haben mochte.

»Verfluchter Narr«, murmelte er. »Wovon hat dieser Kerl eigentlich gefaselt? Hat wahrscheinlich mal wieder zu tief ins Glas geschaut, diese elende Schnapsdrossel.« Gerade als er sich dazu durchgerungen hatte, den Nichtsnutz von Aufseher fristlos zu entlassen, fiel ihm etwas ins Auge. Seine Stute begann unruhig zu tänzeln.

Harrington fasste die Zügel fester. »Ruhig, altes Mädchen, ganz ruhig.«

Er näherte sich im Schritttempo der großen Eiche und ritt um sie herum, bis er von jenem Anblick begrüßt wurde, der dem Wildaufseher so zugesetzt hatte.

Eine Woge des Zorns und des Ekels spülte über den Major hinweg.

Verdammt!

Eines der besten Kleider seiner Tochter war an den Baum genagelt worden und baumelte in Fetzen vor ihm. Jemand schien es für sein Säbeltraining missbraucht zu haben. Doch das war noch längst nicht alles. Das einst jungfräulich weiße Kleid war mit frischem Blut getränkt worden, und der süßliche Geruch ließ seine Stute panisch werden.

In Harringtons Kehle bildete sich ein dicker Kloß.

Der elende Hurenbock, der dies getan hatte, war allem Anschein nach in sein Haus eingedrungen und hatte sich Zugang zur Waschküche verschafft, war ihnen allen nah genug gewesen, um … Der Major wollte den Gedanken nicht weiterverfolgen, wollte sich nicht ausmalen, was dieser

Teufel noch alles hätte anrichten können. Oder noch anrichten würde.

Er nahm seinen ganzen Mut zusammen und betrachtete ein weiteres Mal das Kleid vor sich. Er musste unweigerlich daran denken, wie Codlin wohl ausgesehen haben mochte, als sein bedauernswerter Hausdiener über den aufgeschlitzten Leichnam seines Herrn gestolpert war. Es schüttelte ihn, und er zwang die unruhige Stute näher an den Baum, damit er das Kleid herunterreißen konnte, bevor es jemand anders entdeckte. Er würde es verbrennen, würde es den reinigenden Flammen des Feuers übergeben.

In diesem Moment kam eine Böe auf und riss an einem Fetzen Papier, der an dem Nagel hing, mit dem das Kleid an der Eiche festgemacht war.

Eine Nachricht. Eine Warnung.

Das, was auf dem Papier stand, ließ den Major leichenblass werden. Voller Entsetzen und mit ungelenken Bewegungen wand er sich aus dem Sattel. Er hastete wie ein unerfahrener Rekrut, der an seiner ersten Schlacht teilnahm, in das nächstbeste Gebüsch und erbrach sich.

Nachdem sich sein Magen wieder ein wenig beruhigt hatte, blickte er mit weit aufgerissenen Augen ein zweites Mal auf den Zettel. Die Botschaft war zwar in Bengali verfasst, aber seine Sprachkenntnisse reichten aus, um sie zu entziffern. Um zu verstehen, dass ihm nicht mehr sonderlich viel Zeit blieb.

Du bist der Nächste.

Kapitel 6

Nun nachdem ich meinen geliebten Leutnant Throckmorten verloren habe, bereue ich vieles. Doch am meisten reut es mich, ihn nie geküsst zu haben.

Miss Darby (im Vertrauen) zu Miss Cecilia Overton in *Miss Darbys schwärzeste Stunde*

Werden Sie nun nach London zurückkehren, Mr. Danvers, oder nicht?«, fragte Miss Tate, nachdem Rafe wieder auf freiem Fuß war. Sie klang, als teilte sie ihm so ganz nebenbei mit, dass er ihr beim Tanzen auf die Zehen getreten sei.

»Nein, noch nicht.« Rafe wusste, dass er von Miss Tate keinerlei Anteilnahme erwarten konnte. Kein Wort darüber, dass er schuldlos auf dem Grund eines ausgetrockneten Brunnens gelandet war.

O Mr. Danvers, wie tapfer und stark Sie sein müssen. Wie erleichtert ich bin, dass Sie den Sturz überlebt haben.

Oder: Sind Sie sicher, dass Sie keinen Doktor brauchen, Mr. Danvers?

O nein, nicht aus Miss Tates Mund. Sie weidete sich lieber an ihrem Einfallsreichtum und zog es vor, Kieselsteine in den Brunnenschacht zu werfen, ehe sie belustigt sagte: »Ungemütlich da unten, nicht wahr? Nicht gerade der richtige Ort, um länger dort rumzuhängen …«

Rafe ließ sich trotz seines verletzten männlichen Stolzes zu einem Schmunzeln herab. »Ihre Befreiungsaktion war nicht von schlechten Eltern.«

»Ich hatte Sie vorgewarnt«, antwortete Rebecca keck.

»Das stimmt«, sagte Rafe und klopfte sich den gröbsten Dreck und kleinere Äste vom Gehrock. Wenn er noch länger in Bramley Hollow weilte, lief er Gefahr, dass auch sein letzter Gehrock einem Lumpen glich.

»Darf ich Ihnen einen guten Rat geben?«, fragte Rebecca eine Spur zu freundlich.

»Der da wäre?«

»Sie sollten sich so schnell wie möglich wieder nach London begeben.«

Rafe baute sich vor ihr auf. »Erst wenn Sie zugegeben haben, die Frau zu sein, nach der ich die ganze Zeit gesucht habe.«

Zu spät wurde Rafe sich seiner höchst ungeschickten Wortwahl bewusst. Er hatte selbst keine Ahnung, wie er diese Worte gemeint hatte.

Rebecca schaute ihn wie ein aufgeschrecktes Reh an, fing sich aber schnell wieder und bedachte ihn mit einem ihrer Elfenblicke, der ihn in einen neuerlichen Rauschzustand versetzte. Ihre Lippen waren leicht geöffnet, und Rafe erwartete, sie würde ihm wieder ein paar unflätige Worte an den Kopf werfen. Doch bei genauerem Hinsehen erkannte er, dass ihr wildes rotes Haar und ihre Lippen etwas gänzlich anderes vermittelten.

Du weißt, wer ich bin, Rafe. Auch ich begehre dich …

Dios, fluchte er. Was zum Teufel war nur mit ihm los?

Und ehe er sich versah, war der magische Moment vorbei, und sie trug wieder die altbackene Jungfrauenrüstung. Zu allem Übel stotterte und spuckte sie wie Ajax: »Nun, ich … ich wollte nicht …«

Rafe hob die Hand, um sie zu unterbrechen. Er bedauerte seine Worte zutiefst. Dieses vermeintlich harmlose Spiel zwischen ihnen wurde von Sekunde zu Sekunde gefährlicher. So wie sich sein Auftrag immer mehr als ein Reinfall entpuppte – im wörtlichen Sinne.

»Ich schlage vor, Sir«, sagte Rebecca, nachdem sie sich gefangen hatte, »dass Sie jetzt, nachdem die Tiefenerforschung des Gartens abgeschlossen ist, Ihren Rundgang beenden und sich aus dem Staub machen. Bevor Sie sich in eine weitere auswegslose Lage katapultieren.«

»Sehr witzig«, bemerkte Rafe. »Ich bin mir darüber im Klaren, dass ich meine Errettung einzig Ihrer Fingerfertigkeit zu verdanken habe. Aber jetzt würde mich interessieren, was Sie sonst noch so alles treiben – wenn Sie nicht gerade der Postmeisterin zur Hand gehen, Besucher in die Irre führen oder dem Henker zuarbeiten. Was genau führt Sie nach Bettlesfield Park? Eine so über die Maßen beschäftigte Frau wie Sie dürfte kaum eine freie Minute haben, oder?«

Mit einer störrischen Geste warf Rebecca den Kopf in den Nacken und drehte ihm den Rücken zu. »Sie haben vollkommen Recht, für Unsinn wie diesen habe ich auch keine Zeit. Wenn Sie mich jetzt also entschuldigen würden.« Rebecca hastete zu dem Baumstamm, auf dem sie gesessen hatte, streifte sich die Schuhe über, schnappte sich das Reisepult und warf sich das Ridikül über die Schulter.

Jetzt hatte er es geschafft, hatte sie zum Rückzug bewogen. Dabei wollte er doch noch nicht, dass sie ging. Nicht, bevor sich die Gelegenheit ergab, sie zu ...

»So hören Sie mich doch an. Laufen Sie nicht einfach davon. Es war nicht meine Absicht, Sie zu vertreiben«, sprudelte es aus ihm heraus. »Bitte bleiben Sie. Warum schreiben Sie nicht einfach in Ruhe an Ihrem Roman weiter?«

Für seine Worte erntete Rafe ein spöttisches Lächeln.

»Beachten Sie mich gar nicht weiter. Ich schwöre, dass ich nur gekommen bin, um mir das Anwesen aus der Nähe zu betrachten. Wenn ich Sie belästigt habe, möchte ich mich in aller Form dafür entschuldigen.«

Rebecca schüttelte den Kopf. »Nein, ich bin ohnehin mit

meinen *Korrespondenzen* und *Haushaltsbüchern* fertig und sollte mich sputen. Je länger ich von Zuhause fort bin, desto größer ist die Gefahr, dass mein Onkel wieder Dummheiten anstellt. Mir reichen die Predigten der Nachbarn, die ich wegen der gestrigen Kapriolen über mich ergehen lassen musste. Fürs Erste bin ich vollauf bedient.«

Rafe musste grinsen. »Ihr Onkel liebt das Spiel mit dem Feuer, nicht wahr?«

»Genau wie Sie, Sir.«

Ungeachtet des anklagenden Untertons, der nicht zu überhören war, meinte Rafe einen Anflug von Bewunderung vernommen zu haben.

Miss Tate und Bewunderung? Scheinbar hatte er von dem Sturz in den Brunnenschacht doch einen nicht zu unterschätzenden Schaden davongetragen. Er hörte schon das Unmögliche.

Rebecca las ihre Haube auf und spielte verlegen mit den Bändern. »Ach ja, bis jetzt hatte ich noch gar keine Gelegenheit, mich bei Ihnen zu bedanken.« Sie lächelte ihn zaghaft an. »Für die Blumen.«

Rafe fühlte sich geschmeichelt. Zwar hatte er sich diese freundliche Geste wahrlich hart erkämpfen müssen, aber es war die Mühen allemal wert, entschied er.

»Machen Sie es gut«, fügte Rebecca noch hinzu und setzte sich in Bewegung. Sie schien es gar nicht abwarten zu können, von ihm fortzukommen.

Fieberhaft suchte Rafe nach einem Vorwand, der erforderlich machte, dass sie blieb. Doch wie das Schicksal es wollte, war sie es, die ihm zur Hilfe kam – ohne dass sie sich dessen bewusst war.

Rebecca war am Gatter stehen geblieben und hatte sich zu ihm umgedreht. »Seien Sie vorsichtig, wenn Sie das Haupthaus betreten. Viele der Dielen sind locker.«

Das ist es, sagte er sich. Die Hausbegehung. Die ohne ihre Hilfe fürchterlich gefährliche Begehung.

Rafe packte die Gelegenheit beim Schopf. »Miss Tate, dürfte ich Sie vorher noch um einen winzigen Gefallen bitten?«

»Nämlich?«

Da war er wieder, dieser freche Unterton in ihrer Stimme.

»Würden Sie mich freundlicherweise durch Bettlesfield Park führen? Damit ich nicht wieder bis zum Hals in Probleme gerate? Wäre es nicht bedauerlich, wenn ich hier draußen den Tod fände, während Sie zu Hause gemütlich bei Tee und Häppchen sitzen?«

»Die Frage beantworte ich Ihnen lieber nicht, Mr. Danvers«, kam die kecke Antwort.

Natürlich nicht, du kleines Aas, dachte Rafe. Nicht ohne Grund hatte sie ihm eine formvollendete Schlinge geknotet. Wenn ihm tatsächlich etwas zustieß, würde sie dem Leichenzug zu seinen Ehren mit einem breiten Lächeln beiwohnen.

Rebecca zeigte sich von seiner Bitte unbeeindruckt. »Lassen Sie mich rekapitulieren: Sie vertrauen *mir*, Sie durch diese Ruine zu führen?«

Rafe blickte ihr in die Augen. »Ich glaube fest daran, dass Sie mich letzten Endes dorthin führen werden, wo ich hingehöre.« Während er sprach, stellte er sich vor, wie sie ihn spärlich bekleidet in ein elegantes Boudoir führte und zu einem geräumigen Bett zog. *Rafe, ich begehre dich so sehr ... Komm mit mir, Rafe.*

Plötzlich musste Rafe entsetzlich husten und griff sich an den Kopf. Sobald er wieder auf Finch Manor war, würde er Lady Finch fragen, ob es einen fähigen Arzt im Dorf gab, und ihm umgehend einen Besuch abstatten. Seine Schädelverletzung wurde spürbar schlimmer.

»Nun, ein paar Minuten könnte ich unter Umständen noch entbehren«, sagte sie, stemmte sich die freie Hand in die Hüfte und blickte mit einem viel sagenden Lächeln zum Dachgeschoss empor.

Vermutlich dachte sie darüber nach, ob ein Sturz von dort oben mehr ausrichten konnte, als es dem Brunnenschacht gelungen war.

»Es wird ohnehin nicht lange dauern«, sagte er. »Ich möchte mir nur ein Bild vom Haus machen, um potenziellen Käufern Fragen beantworten zu können.«

»Hm. Gar keine schlechte Überlegung«, stimmte Rebecca ihm zu und spielte an den Fransen ihres Schultertuchs. »Immer unter der Voraussetzung, dass Sie der neue Eigentümer von Bettlesfield Park werden. Worauf ich an Ihrer Stelle nicht wetten würde.«

»Warten Sie's ab. Davon abgesehen wird es ohnehin nicht lange genug in meinem Besitz bleiben, als dass ich mir Sorgen darüber machen müsste, ob das Dach undicht ist.«

Bedächtig stellte Rebecca die Schreibschatulle ab. »So heruntergekommen ist das Anwesen nun auch wieder nicht!«

Rafe wunderte sich über die Empörung in Rebeccas Stimme. Wieso verteidigte sie Bettlesfield Park so vehement?

»Ach nein?«, wollte er sie aus der Reserve locken.

»Nein, im Gegenteil. Es verfügt sogar über eine ganze Reihe von Vorzügen. Wenn ...« Rebecca brach ab, warf ihm einen unergründlichen Blick zu und schüttelte den Kopf. »Wie dem auch sei.«

»Was wollten Sie sagen?«

»Ist nicht weiter wichtig«, versicherte sie ihm und schaute abermals an der Fassade empor. Dieses Mal lag unverkennbar Wehmut in ihrem Blick. »Was soll's, ich sag's Ihnen. Es tut mir in der Seele weh, ein so wunderhübsches Haus verfallen zu sehen. Ich möchte Sie um einen Gefallen bitten. Versprechen

Sie mir, falls Sie doch irgendwie in seinen Besitz geraten sollten, was natürlich nicht der Fall sein wird, aber ... versprechen Sie, das Anwesen niemals an einen dieser aufgeblasenen Nabobs oder aufstrebenden Heuchler zu verkaufen. Diese Rüpel würden es dem Erdboden gleichmachen und an seiner Stelle ein gigantisches Ungetüm errichten, das sowohl die Landschaft als auch die Nachbarschaft aus dem Gleichgewicht brächte.«

In Rebeccas Augen glomm ein eigenartiges Licht, das tief in Rafes Seele Schuldgefühle aufwallen ließ. Weshalb war sie so besorgt? Was hatte das alles zu bedeuten? Was um alles in der Welt erwartete sie, das er mit diesem alten Kasten anstellte? Bettlesfield Park wirkte wenig einladend, war alles andere als ein behagliches Heim.

Oder täuschte er sich? In den Augen dieser pragmatisch veranlagten Jungfer war Bettlesfield Park mehr als ein Haufen aufeinander geschichteter Steine. Etwas schien sie mit diesem Ort zu verbinden, das spürte Rafe deutlich. Eine Erkenntnis, die ihn verunsicherte. Wie stand es mit ihm? Vielleicht gab es ja irgendwo auf der Welt auch für ihn einen Ort, an dem er sich zu Hause fühlen konnte?

Er und ein fester Wohnsitz? Nun war er vollkommen überzeugt, dass mit seinem Kopf etwas ganz und gar nicht in Ordnung war.

Fest stand, dass Miss Tate in dem Anwesen mehr als eine überdimensionierte Voliere sah. Es war die Verkörperung eines Traums, in dem sie nicht auf die Mildtätigkeit eines entfernten Verwandten angewiesen wäre. Hier wäre sie die Hausherrin und würde es bis ans Ende ihrer Tage bleiben. Nach diesem Haus, das er, ohne mit der Wimper zu zucken, abstoßen wollte, verlangte es sie mit einer Leidenschaft, die auch in seinem Herzen eine Sehnsucht weckte, von deren Existenz er bisher nichts geahnt hatte. *Ein Zuhause ...*

Überwältigt von diesen Gefühlen fragte er: »Was würden Sie an meiner Stelle mit dem Haus anfangen, Miss Tate?«

»Ich? Sie möchten wissen, was *ich* mit Bettlesfield Park tun würde?« Zu dem zweifelnden Unterton, der für sie so typisch war, gesellte sich ein Hauch Hoffnung. Fast, als würden jene Ketten gesprengt, die ihre tief verborgenen Träume viel zu lange unter Verschluss gehalten hatten.

Mierda! Wann würde er endlich lernen, den Mund zu halten? Rafe konnte spüren, wie Rebeccas Begeisterung auf ihn übersprang und ihn mitreißen wollte. Wenn das so weiterging, war er verloren – da konnte er sich genauso gut wieder in den Brunnen werfen.

»Ja, Sie«, wiederholte er. »Was würden Sie mit dem Anwesen machen, wenn es Ihres wäre?«

Rebecca legte den Kopf schief und musterte ihn skeptisch. »Wollen Sie das wirklich wissen? Nach dem, was gestern passiert ist und nach der Anekdote mit der Schlinge?«

»Ja«, sagte er. »Sie scheinen etwas für diesen Ort übrig zu haben, sind bestens mit ihm vertraut. Und genau deshalb möchte ich Ihre Meinung hören. Ich verspreche Ihnen sogar, Ihre Ideen an die neuen Besitzer weiterzureichen.«

»Sparen Sie sich die Mühe, das Haus wird Ihnen nie gehören«, sprach Rebecca mit eisiger Stimme und machte eine Kopfbewegung zu einem fast zugewachsenen Gartenpfad. »Hier entlang.«

»Wenn Sie so sehr davon überzeugt sind, dass mir dieses Haus nie gehören wird, warum machen Sie sich dann die Mühe, es mit mir zu begehen?«

Abrupt blieb Miss Tate stehen. »Vielleicht erkennen Sie ja doch noch, dass es falsch ist, sich unaufgefordert in die Angelegenheiten fremder Leute einzumischen.«

Rafe runzelte die Stirn. »Ich fürchte, da täuschen Sie sich, meine Liebe. Es ist Teil meines Berufs, mich *in die Angelegen-*

heiten fremder Leute zu mischen, um es mit Ihren Worten zu sagen. Sehen Sie es doch einmal von der anderen Seite. Ohne diesen Fall wäre mir nie das Glück widerfahren, Ihre werte Bekanntschaft zu machen.« Er konnte es einfach nicht lassen, doch noch ein wenig mit ihr zu flirten, erntete jedoch bloß ein verächtliches Schnauben und den Ausblick auf ihren Rücken, als sie den Pfad weiter entlangging.

»Womit möchten Sie beginnen? Mit den Gärten oder dem Haus?«, überging sie seine Bemerkung.

»Von den Gärten habe ich mir bereits ein überaus gründliches Bild machen können, danke«, antwortete Rafe schmunzelnd. »Lassen Sie uns lieber das Innere Ihrer zweiten Heimat erkunden.«

Rebecca nickte und bog um eine Ecke.

»Liegt der Eingang nicht auf der entgegengesetzten Seite?«, fragte Rafe und deutete mit dem Daumen hinter sich.

Mit einem frostigen Ausdruck in den Augen drehte Rebecca sich zu ihm um.

»Schon gut«, murmelte Rafe. »Ich nehme an, Sie haben einen Privatzugang zum Gebäude.«

»Genau genommen sind es sogar mehrere.«

Wieso überraschte ihn diese Auskunft nicht?

Doch Miss Tates Repertoire an Überraschungen für diesen Vormittag war noch lange nicht erschöpft, wie Rafe bald merken sollte.

»Mir schwant, Sie haben hier schon recht viel Zeit verbracht«, sagte er, während sie sich durch wuchernde Büsche kämpften und an einem versteckt gelegenen Eingang unweit der Küche rauskamen.

»Natürlich«, antwortete sie. »Schließlich bin ich hier groß geworden.«

»Sie sind was?«, stammelte Rafe.

Da Rebecca ihm noch immer den Rücken zugewandt hatte, entging ihr sein bestürzter Gesichtsausdruck.

Nachdem Mr. Danvers bei niemand Geringerem als Lady Finch Quartier bezogen hatte, war Rebecca davon ausgegangen, dass er längst über den unehrenhaften Werdegang ihrer Familie Bescheid wusste. Aus seinem Erstaunen schloss sie jedoch, dass die Baronin sich ungewöhnlich bedeckt gehalten hatte. Wahrscheinlich hatte sie ihre Gründe dafür.

Rebecca schob den letzten Zweig beiseite und betrat das Haus durch eine schmale Holztür. »Passen Sie gut auf, wo Sie hintreten«, warnte sie Rafe. »Die meisten Bodendielen sind locker.«

Mit größter Vorsicht folgte Rafe ihr.

»Mein Vater war ein Jäger und Sammler«, erklärte Rebecca ihm, während sie ihn an einem Raum vorbeiführte, der ihrer Mutter früher als Morgensalon gedient hatte, und weiter über die schmale Dienstbotentreppe nach oben.

Erst hier entdeckte Rebecca Rafes verdutzten Blick. »Was ich damit sagen will: Mein Vater wurde von der Vision getrieben, geheime Schätze und andere Kostbarkeiten aufzuspüren.«

»Ich dachte, er wäre ein Gelehrter gewesen.«

Aha, Lady Finch hatte also doch ein wenig geplaudert. »In gewisser Weise stimmt das«, antwortete Rebecca. »Aber nur, wenn ihm danach war.« Sie blieb kurz stehen. »Ich schlage vor, wir beginnen oben und arbeiten uns langsam nach unten, einverstanden?«

»Ist das wirklich nötig?«, nörgelte Rafe und starrte in die Trostlosigkeit, die ihn und Rebecca umfing.

»Ja«, erwiderte sie streng, packte ihn beim Ärmel und zog ihn tiefer in das Haus. »Wenn Sie nicht jede Ecke des Hauses gesehen haben, sind Sie nicht in der Lage, eine adäquate Beschreibung zu liefern.«

»Vielen Dank für diesen ausnehmend pragmatischen Hinweis, Miss Tate«, murrte er. »Irgendwie werde ich das Gefühl nicht los, dass Sie mich lieber heute als morgen unter der Erde sehen.«

Rebecca ignorierte auch diese Bemerkung. »Das Haus hat mehr zu bieten, als man auf den ersten Blick meint, Sir.«

»Vorausgesetzt, man überlebt die Hausführung.«

Rebecca war überzeugt davon, dass er, wenn er das Domizil auf eigene Faust erkundet hätte, rückwärts aus dem Hauptfoyer getaumelt wäre, weil sich dort die Tauben eingenistet hatten und es entsprechend verdreckt war. Mit diesem Eindruck wäre er nach London geritten und hätte Bettlesfield Park dem erstbesten Interessenten verkauft.

Doch das Anwesen verdiente etwas Besseres, dachte sie, während sie ihn durch die Schlafgemächer und den Salon der ersten Etage führte. Sie legte besonderen Wert darauf, im Gästezimmer auf den marmornen Kaminsims und auf den Fleck auf dem Boden zu verweisen, den ihr Bruder mit einem seiner wissenschaftlichen Experimente verursacht hatte.

Mr. Danvers musste begreifen, dass das Haus endlich wieder mit Gelächter und Freude erfüllt werden sollte.

»Kaum zu glauben, wie ein Haus in ... fünfzehn Jahren so herunterkommen kann.«

»Es hatte schon so einige Jahre auf dem Buckel, als meine Eltern es seinerzeit erwarben«, gab sie zu. Tatsächlich war es damals schon ziemlich ramponiert gewesen, doch das hatte die Tates nicht davon abgehalten, es in ein behagliches Heim zu verwandeln.

Bis ihr Vater mit dem Versprechen, unermessliche Reichtümer aufzuspüren, nach Kalkutta gelockt worden war.

Schätze, die dieses Haus in einen Palast verwandeln, hatte er gesagt. Damals hatte er noch nicht gewusst, dass er mehr als das Haus aufs Spiel setzte.

Rebecca spürte Rafes sengenden Blick im Genick, aber es mangelte ihr an Courage, sich zu ihm umzudrehen. Sie war nicht in der Stimmung für Mitleidsbekundungen oder Standpauken. Warum hatte sie dann das Bedürfnis, ihm diese doch sehr persönliche Geschichte überhaupt zu erzählen? Doch schon im nächsten Moment hatte sie den roten Faden wieder aufgegriffen.

»Jemand von der East India Company trat an meinen Vater heran und zeigte ihm ein altertümliches Traktat, das ihm angeblich in Kalkutta in die Hände gespielt worden war. Es ging um einen sagenumwobenen Tempelschatz im Norden des Landes. Der Fremde bot an, sämtliche Kosten für die Expedition zu übernehmen, vorausgesetzt, mein Vater würde ihn am Gewinn beteiligen. Genauer gesagt beanspruchte er den Löwenanteil für sich, was meinem Vater aber einerlei war, solange er nur auf Schatzsuche gehen konnte.« Während Rebecca erzählte, gingen sie Seite an Seite über die Haupttreppe zurück ins Erdgeschoss. Auf halber Höhe blieb Rebecca stehen. »Nachdem meine Eltern starben, forderte er Bettlesfield Park als Entschädigung für seine verloren gegangene Investition.«

»Und hat es in ein Freudenhaus verwandelt«, sagte Rafe, als er die zerschlissenen Wandbehänge aus roter Seide und das dilettantische Deckenfresko betrachtete, das Zeus bei der Verführung von Danaë darstellte.

»Ja, hat er«, antwortete Rebecca zerknirscht und schüttelte traurig den Kopf. »Tun Sie mir den Gefallen und sprechen Sie Lady Finch nicht auf dieses Thema an. In ihren Augen waren das Bramley Hollows dunkelste Jahre. Es war ein Segen für alle Dorfbewohner, als er es beim Kartenspiel verlor. Doch für das Haus bedeutete das das endgültige Aus.« Rebecca seufzte bekümmert und setzte ihren Weg nach unten fort, wobei sie geschickt jene Stufen übersprang, die nicht trittfest waren.

Unten angekommen steuerte sie sogleich auf die geliebte Bibliothek ihres Vaters zu.

Rafe folgte ihr, blieb aber ab und an stehen und betrachtete die vielen Löcher in den Wänden. »Ich frage mich nur, warum dieses Haus so durchlöchert ist. Man könnte glatt meinen, es habe einer Belagerung der Franzosen standgehalten. Oder dass Ihr Onkel es für Schießübungen missbraucht hat.«

»Schädlinge«, antwortete Rebecca hastig und hoffte, dass Rafe nicht viel von Baumaterialien verstand.

»Nein, ich glaube kaum, dass dies das Werk von Schädlingen ist«, murmelte er und untersuchte mit der Stiefelspitze eine lockere Bodendiele.

Rebecca ging nicht weiter darauf ein. »Wir sollten uns auch noch den Ballsaal ansehen. Er ist so gut wie unbeschädigt«, erklärte sie ihm fröhlich und zog ihn aus der Bibliothek, damit er die vielen Löcher vergaß. Doch zu ihrem Missfallen schnitt er ein noch weitaus unangenehmeres Thema an.

»Wie kommt es eigentlich, Miss Tate, dass Sie, obwohl Sie im legendären Bramley Hollow wohnen, noch nicht unter der Haube sind?«

Es kostete Rebecca große Überwindung, nicht zusammenzuzucken. Natürlich war ihr klar, dass diese Frage immer wieder hinter verschlossenen Türen diskutiert wurde. »Indem ich einen weiten Bogen um die Kupplerin mache«, erklärte sie ihm so unbekümmert, wie es ihr möglich war. »Doch auch so würde man mich wohl kaum mit Heiratsanträgen überschütten.«

»Das kann ich gar nicht verstehen«, rutschte es Rafe heraus. »Sie sind doch eine überaus …« Er unterbrach sich und beendete den Satz mit Rebeccas Worten: »… *pragmatisch veranlagte Frau*.«

»Sie können sich Ihre Höflichkeitsbekundungen sparen«, kam die prompte Antwort. »Ich weiß, was ich bin: eine Jungfer jenseits des heiratsfähigen Alters, die zu allem Übel auch noch statt einer Mitgift einen verwirrten Oheim mit in die Ehe bringt. Es gibt nur sehr wenige Männer, die von einer mittellosen Gemahlin mit nutzlosem Anhang träumen.«

»Sie dürfen nicht so schlecht über Ihren Onkel sprechen. Man weiß schließlich nie, wann man einen guten Kanonier braucht.«

Rebecca stieß ihm sanft mit dem Ellbogen in die Seite. »Sie sollten sich schämen. Vor allem, nachdem Sie ihn gestern auch noch zu diesem Unsinn angestachelt haben.«

»Ich habe eben auch eine Schwäche für starke Geschütze.«

»Das weiß mittlerweile das ganze Dorf.«

Rafe lachte. »Lady Finch hat mir heute Morgen eine Standpauke gehalten, die ich nicht so schnell vergessen werde. Sie hat mir sogar damit gedroht, meinem Bruder zu schreiben und ihn für meine schlechte Kinderstube verantwortlich zu machen.«

»Das höre ich gerne«, antwortete Rebecca schelmisch. »Aber warum wendet sie sich an Ihren Bruder und nicht an Ihre Mutter?« Wenn er sich das Recht herausnahm, ihr private Fragen zu stellen, entschied Rebecca, so war es nicht verwerflich, wenn sie dasselbe tat.

»Ich bin von meinem Bruder großgezogen worden, weshalb Lady Finch ihn für jede meiner Sünden verantwortlich macht«, erklärte er ihr mit ruhiger Stimme. »Meine Eltern sind tödlich mit ihrer Kutsche verunglückt, als ich noch ein kleines Kind war.«

»Oh, das tut mir Leid.«

»Schon gut, ist ja schließlich eine halbe Ewigkeit her. Außerdem ist mein Bruder mit seinem Erziehungsauftrag recht gut zurechtgekommen. Auch wenn es bestimmt nicht immer einfach war. Ob Sie mir glauben oder nicht, ich war ein ziemlicher Satansbraten.«

»So?«, fragte Rebecca höhnisch. »Ich fürchte, seitdem hat

sich nicht viel geändert. In diesem Punkt muss ich Lady Finch Recht geben. Ein Brief an Ihren Bruder ist dringend vonnöten.«

Rafe stöhnte. »Sie schaffen es noch, mich mal wieder vor den Familienrat zu bringen, wo es von allen Seiten Predigten hagelt.«

»Würde sich dadurch etwas an Ihrem Verhalten ändern?«

»Wohl kaum.«

»Haben Sie eigentlich viele Brüder und Schwestern, Mr. Danvers?« Rebecca war neugierig geworden.

»Nur zwei ältere Brüder«, antwortete er ihr. »Genau genommen sind es meine Halbbrüder. Meine Mutter war die zweite Gattin meines Vaters.«

Etwas an der Art und Weise, wie er sprach, ließ Rebecca stutzig werden. Es war, als sagte er nicht die ganze Wahrheit. Aber sie traute sich nicht, weiterzubohren. Stattdessen befriedigte sie ihre Neugier, indem sie sich erkundigte, wo genau er aufgewachsen sei.

Rafe lachte und schüttelte den Kopf. »Nirgends und überall. Ich hatte nie ein richtiges Zuhause.«

Auf Rebeccas Gesicht spiegelte sich blanker Unglauben wider, weshalb Rafe nach einer kurzen Pause hinzufügte: »Mein Vater stand im diplomatischen Dienst, deshalb sind wir viel umhergereist. Nach dem Tod meiner Eltern wurde ich aufs Internat geschickt, und das war der Auftakt zu einer wahren Odyssee durch die Lehranstalten unseres Landes. Bis mein Bruder Colin mich aus purer Verzweiflung auf sein Schiff holte.«

»Sie sind zur See gefahren?« Rebecca war es nicht gelungen, die Bewunderung in ihrer Stimme zu unterdrücken.

»Er war davon überzeugt, dass ich an Bord eines Kriegsschiffs nicht viel Ärger machen könnte.«

Ein Kriegsschiff? Rebecca ahnte Schlimmes. »Ach du heiliger Strohsack, die Kanonen!«

Rafe nickte. »Das und noch so manch anderes. Colin war drauf und dran, mich über Bord zu werfen, als Robert, mein anderer Bruder, einschritt und mich zu sich in die Armee holte, wo ich die schlimmsten Flegelallüren ablegte. Ich war zwar umgeben von unzähligen interessanten Geschossen, aber es gab auch eine Unmenge strenger Vorschriften.« Er erschauderte. »Wie dem auch sei, aus mir wurde nie ein Vorzeigeoffizier.«

»Ich kann mir lebhaft vorstellen, warum«, murmelte Rebecca und warf ihm einen verstohlenen Blick zu. Plötzlich legte sich ein seltsames Gefühl um ihr Herz. Seiner reulosen Art haftete etwas Entwaffnendes und Verlockendes an, und ehe Rebecca sich versah, seufzte sie: »Ach Mr. Danvers, Sie glauben gar nicht, wie sehr ich Sie um Ihre Unabhängigkeit beneide.«

»Tun Sie das nicht, Miss Tate. Meine Freiheit hat mich oft genug in Gefahr gestürzt.« Rafe trat einen Schritt auf sie zu, nahm sie am Ellbogen und führte sie gerade noch rechtzeitig um ein Loch herum. »Sprechen wir lieber von Ihnen. Sie sind mit Abstand die eigenwilligste und selbstsicherste Person, der ich je begegnet bin.«

Als Rafe den Druck auf ihren Arm verstärkte, blieb Rebecca stehen.

Im nächsten Moment hatte er sie zu sich gezogen.

Rebecca nahm all ihren Mut zusammen und blickte zu ihm auf. Die Wertschätzung in seinen Augen überraschte sie und schickte ihr einen wohligen Schauer über den Rücken. Wie am Abend zuvor senkte sich sein Blick auf ihren Mund. Rebecca spürte, wie sie gegen ihren Willen die Lippen öffnete. Sein betörender Charme hatte ihr die Sinne verhext. Als seine Lippen nur noch eine Haaresbreite entfernt waren … wurde sie panisch.

Augenblicklich riss Rebecca sich von Rafe los und eilte mit gerafften Röcken den Korridor hinunter.

»Hier entlang«, rief sie ihm über die Schulter zu. »Der Ballsaal ist ein wahres Prunkstück.«

Ich und selbstsicher?, dachte Rebecca, während sie lief. Nein, im Grunde war sie nichts als ein kleines, verschüchtertes Mädchen. Hätte sie auch nur einen Funken Mut, hätte sie sich von ihm küssen lassen, um herauszufinden, ob sein Kuss hielt, was seine Blicke versprachen.

»Mr. Danvers, wie kommt es denn, dass Sie noch immer Junggeselle sind?«

»Nein, fangen Sie nicht auch noch damit an«, antwortete Rafe und legte sich in einer Geste unerträglichen Leids die Hand aufs Herz. »Ich zähle mich zu den rundum zufriedenen Junggesellen, die sich kein anderes Leben vorstellen können.«

»Vergessen Sie nicht, dass Sie in Bramley Hollow sind – einem gefährlichen Ort für *rundum zufriedene Junggesellen*.«

»Wissen Sie was, ich nehme mir einfach ein Beispiel an Ihnen und meide die Kupplerin.«

»Sie sollten vor allem meinem Onkel aus dem Weg gehen«, riet Rebecca ihm. »Er war nämlich ziemlich davon angetan, dass Sie mir Blumen gebracht haben. Heute Morgen hat er Sie einen *Teufel* und einen *Gentleman der besonderen Klasse* genannt. Wenn Sie das nächste Mal bei uns vorbeischauen, machen Sie sich darauf gefasst, dass *er* uns verkuppeln will.«

»Würden Sie das denn zulassen?«

»Sehr witzig«, entgegnete Rebecca eine Spur zu streng, woraufhin Rafe sich mit verschränkten Armen gegen die Wand lehnte. »Wieso glauben Sie denn, Sie könnten Ihren bis unter die Zähne bewaffneten Onkel davon abbringen?«

»Weil ich ein besserer Schütze bin als Sie beide zusammen.«

Rafe prustete los und schüttelte den Kopf, während Rebecca auf die Flügeltüren des Ballsaals zuging. Doch dann blieb sie stehen und blickte verdutzt drein. »Wie seltsam. Ich kann mich nicht daran erinnern, sie bei meinem letzten Besuch zugemacht zu haben.« Rebecca rüttelte an der Klinke, doch die Türen gaben nicht nach. »Geschweige denn daran, sie verriegelt zu haben.« Ohne Rafe um Hilfe zu bitten, warf sie sich gegen die Türen.

Ohne Erfolg.

»Ich fürchte, wir müssen den Ballsaal fürs Erste auslassen«, entschied sie und kaute gedankenverloren auf der Unterlippe. »Schade eigentlich, denn nach der Bibliothek war es der Raum, der meinem Vater besonders am Herzen lag.«

»Gibt es denn keinen anderen Weg hinein?«

»Wir könnten es über die Terrassentür versuchen, aber dafür müssten wir die Fensterscheiben einschlagen.« Nachdenklich legte Rebecca sich einen Finger an die Lippen. »Es will mir einfach nicht in den Sinn, warum die Türen auf einmal verschlossen sind.«

Sie blickte über Rafes Schultern hinweg und fügte hinzu: »Es gibt hier nicht viel, das noch intakt ist, vor allem keine Türschlösser. Uns bleibt also nichts anderes übrig, als eine Brechstange aus dem Schuppen zu holen.«

»Lassen Sie mich mal«, sagte Rafe, schritt an ihr vorbei und rüttelte an den Türklinken, was Rebecca mit einem Kopfschütteln verfolgte. Hatte er schon wieder vergessen, dass sie eben genau dasselbe getan hatte?

Rafe zwinkerte ihr zu, ehe er sich gegen die Türen warf. Die Scharniere klapperten zwar kräftig und Staub regnete auf ihn herab, aber die Türen gaben nicht nach.

»Ich glaube kaum, dass sich die neuen Besitzer über zerbrochene Flügeltüren freuen«, sagte sie spitzfindig.

»Und ich glaube kaum, dass ein Satz geborstener Türen angesichts der ellenlangen Liste an fälligen Reparaturen noch sonderlich ins Gewicht fällt«, erwiderte Rafe und rieb sich die schmerzende Schulter.

»Vermutlich nicht«, sagte Rebecca. »Wenn Sie einen Augenblick warten, könnte ich …«

Doch Rebecca konnte ihren Satz nicht beenden, weil Rafe sie beim Arm gepackt hatte und sie von den Türen wegzog. Sobald sie sich in sicherer Entfernung befand, zwinkerte er ihr abermals zu.

Ihr stockte der Atem, als sich der selbst ernannte Gentleman in einen Wirbelsturm unermesslicher Kraft verwandelte. Er trat zwei Schritte zurück und stürmte wie ein Wilder auf die Türen zu.

Sein Fuß schlug unterhalb des Schlosses ein, das Holz barst und explodierte in einer Wolke aus Splittern und Dreck.

Rebecca war noch nie einem Mann begegnet, der sich so schnell bewegen konnte – noch dazu mit so tödlicher Präzision. »Ich glaube, die Brechstange brauchen wir jetzt nicht mehr«, stammelte sie.

Rafe grinste und betrat erhobenen Hauptes den Saal. Dieses Mal war er derjenige, der Ähnlichkeiten mit Ajax hatte.

Herrje, was hatte sie sich bloß eingebildet? Die ganze Zeit über hatte sie sich einzureden versucht, er stelle keine Gefahr dar. Doch jetzt wurde Rebecca eines Besseren belehrt.

Rafes Gehrock und auch seine abgewetzten Stiefel ließen auf einen chronisch leeren Geldbeutel sowie nachlässige Manieren schließen. Doch als er mit einer unbeschreiblichen Kraft die Türen aufgestoßen hatte, war sie von einem heftigen Zittern erfasst worden. Ihre Gedanken kreisten nur noch um eines. Wie es sich wohl anfühlen mochte, wenn ein Mann seines Kalibers sich mit demselben entfesselten Temperament dem Liebesspiel widmete?

Rebecca wusste, dass Desperados wie er Frauen problemlos um ihre intimsten Geheimnisse erleichtern konnten. Sie ermahnte sich, mehr denn je auf der Hut zu sein.

»Was zum Teufel …«, hörte sie ihn fluchen.

Während sie noch immer im Korridor stand und auf die gewaltsam geöffneten Türen starrte, war er dazu übergegangen, sich im Ballsaal umzusehen. Er kniete vor dem Kamin und stocherte in der Asche herum. Als er sich wieder aufrichtete, blickte er prüfend um sich. »Jemand war hier.«

»Vermutlich Vagabunden«, sagte Rebecca. »Im Winter kampieren sie hier oft. Aber mit den ersten warmen Sonnenstrahlen sind sie wieder verschwunden.«

»Nein, jemand hat hier geschlafen. Und zwar vor gar nicht allzu langer Zeit.«

»Woher wollen Sie das so genau wissen?«, fragte Rebecca und blickte vom verdreckten Kamin in den staubigen Raum.

»Ich weiß es nun mal«, entgegnete er streng. »Sehen Sie diese Fußabdrücke hier? Und hier? Der Rest des Saals ist eingestaubt, mit Ausnahme dieser Fußspuren. Und hier, schauen Sie sich das an.« Rafe deutete neben den Kamin und tat so, als müsste Rebecca auch ohne weitere Erklärung wissen, worauf er hinauswollte.

Als sie jedoch ratlos den Kopf schüttelte, half er ihr auf die Sprünge. »Hier ist kaum Staub, alles wirkt sauber. Der Größe nach zu urteilen war es ein Mann, der hier kampiert hat. Am nächsten Morgen hat er sich größte Mühe gegeben, die Spuren zu verwischen, weil er nicht gefunden werden wollte. Doch bei Staub ist es schier unmöglich, den ursprünglichen Zustand wieder herzustellen.«

Rebecca war nicht erpicht darau zu erfahrenf, woher Rafe so viele eigenartige Dinge wusste: wie man sich gekonnt versteckte, wie man andere Menschen ausfindig machte, was man am Zustand einer Staubschicht ablesen konnte und wie man in einem verdreckten Kaminrost nach Beweisen suchte. Als ihr bewusst wurde, dass Mr. Danvers ihr in so vielen Sachen haushoch überlegen war, überkam sie das Gefühl, sie wäre diejenige, die auf dem Grund des Gartenbrunnens festsaß und auf seine Barmherzigkeit angewiesen war. Früher oder später würde er ihr auf die Schliche kommen, daran bestand kein Zweifel mehr.

»Ich werde Lord Finch davon berichten müssen«, sagte sie atemlos und fügte schnell hinzu: »Der Baron ist auch der örtliche Richter. Er wiederum wird den Wachtmeister verständigen, der eine Untersuchung einleitet.« Um das aufbrandende Gefühl der Unterlegenheit zu unterdrücken, sprach sie einfach weiter. »Obwohl ich kaum glaube, dass Mr. Holmes sonderlich beeindruckt wäre von Ihren Funden.«

Rafe hatte ihr gar nicht richtig zugehört. Mit einem unwirschen Kopfschütteln sagte er: »Irgendetwas ist hier faul. Warum sollte sich jemand ausgerechnet hier verstecken?«

Rebecca zuckte die Schultern, als wäre ihr das einerlei, doch die Frage ließ sie plötzlich vollkommen panisch werden. Jemand hatte sich auf Bettlesfield Park versteckt gehalten? War wie ein Dieb in der Nachbarschaft umhergeschlichen?

Rebecca wurde von dem brennenden Wunsch gepackt, zu Hause bei ihrem Onkel zu sein. Weit weg von hier. Und von Raphael Danvers. Sofort wirbelte sie herum und lief los.

Es war ihr einerlei, wie ihr kopfloser Abgang wirken mochte – oder wohin sie trat.

»Obacht«, rief Rafe, als sie an ihm vorbeirauschte. Im nächsten Moment fand sie sich in seinen Armen wieder. Welch ein angenehmes Gefühl. Noch nie zuvor war Rebecca so von einem Mann gehalten worden, war noch nie gegen einen solchen Fels aus Muskeln geprallt, der Schutz und Sicherheit versprach.

»Ich habe vollkommen vergessen, dass ich meinem Onkel versprochen habe, ihm … Ich müsste schon längst wieder zu Hause sein …«, stammelte sie.

Rafes Augen verengten sich zu schmalen Schlitzen. Er schien ihr nicht zu glauben. Kein Wort.

»Ihr Herz pocht so wild, Miss Tate«, flüsterte er und hielt sie noch immer eng umschlungen. »Was ist es bloß, das Ihnen so große Furcht einflößt?«

»Nichts«, zischte Rebecca und machte Anstalten, sich aus seinen Armen zu befreien. »Würden Sie mich jetzt bitte gehen lassen?«

»Nein«, antwortete er streng. »Nicht bis Sie mir verraten haben, warum Sie plötzlich so blass sind. Sie wirken regelrecht verstört. Und tischen Sie mir jetzt bloß keine Lügenmärchen auf, von wegen das läge nur daran, dass Sie fast zu Fall gekommen wären.«

Rebecca hätte damit rechnen müssen, dass er sich nicht so leicht abwimmeln ließ. Nicht nachdem sie mit angesehen hatte, was er aus Ascheresten und Staubschichten abzulesen vermochte. Nein, für Mr. Danvers war es eine der leichtesten Übungen, die Lügen zu durchschauen, die ihr über die Lippen kamen.

»Rebecca«, raunte er, und es klang wie eine Liebkosung. Jetzt nahm er sich auch noch das Recht heraus, sie beim Vornamen zu nennen. »Sagen Sie es mir. Ich kann Ihnen ganz bestimmt helfen.« Rafes Hände wanderten in die Höhe, legten sich um ihr Gesicht und drehten es zu sich, sodass sich ihre Blicke trafen. Vor einem Moment war sie noch von Angst gelähmt und vollkommen eingeschüchtert gewesen, und jetzt, unter seiner Berührung, fühlte sie sich beschützt vor aller Gefahr.

Ein Gefühl, das ihr vollkommen fremd war.

Allmählich ebbten ihre Ängste ab, gleich schwächer werdender Kräuselungen auf einem See. »Vertrauen Sie sich mir an, verraten Sie mir, was Sie so sehr bedrückt. Was hat Sie vorhin so verschreckt?« Rafes Finger griffen nach einer Strähne, die ihr vor den Augen hing, und strichen sie ihr hinters Ohr. Seine Zärtlichkeit brachte sie um den Verstand. Er ging so bedachtsam mit ihr um.

»Mir ist klar geworden, dass ... Ich muss ...«

»Sie müssen mir vor allem endlich die Wahrheit sagen. Nur dann bin ich imstande, Ihnen zu helfen.«

Nein! Er konnte ihr nicht helfen, niemand konnte das.

Sein Blick, der auf ihren Lippen geruht hatte, wanderte wieder in die Höhe, und in seinen Augen lag etwas Dunkles und Geheimnisvolles, etwas Düsteres und Mysteriöses. Als begehrte er sie.

Sie fragte sich, was er bloß an ihr fand. Sie fühlte sich wie etwas, das verloren gegangen war und schon lange darauf wartete, von ihm – und niemand anderem – gefunden zu werden. Fast als wäre er eine ihrer Romanfiguren.

Stopp! Raphael Danvers war kein Held. Er war ein Draufgänger und ein Windhund. Er hatte Dinge getan, die ein echter Gentleman niemals tun würde.

Rebecca ertappte sich, wie sie schon wieder auf seine fest zusammengepressten Lippen starrte. Sie hatte die starke Ahnung, dass er auch nicht wie ein Gentleman küsste.

»Sprechen Sie mit mir, Rebecca«, raunte Rafe. »Wer oder was setzt Ihnen so zu?«

»Sie, Sir«, flüsterte Rebecca.

»Aber das ist ein Gefühl, das nichts mit Angst zu tun hat, habe ich Recht?« Um seine Worte zu untermauern, senkte er den Kopf und küsste sie.

Als seine Zunge sich an ihren zitternden Lippen zu schaffen machte, schloss Rebecca die Augen. *Ich muss ihn wegstoßen. Ich sollte ihm die Leviten lesen*, schoss es ihr durch den Kopf.

Doch stattdessen gab sie sich voll und ganz dem Schaudern hin, das durch ihren Körper rollte. Seine Zunge spielte mit ihr, lud sie ein, auf seine Liebkosungen einzugehen. Rebecca schlang ihm die Arme um den Hals und zog ihn zu sich. Seine Lippen genügten ihr nicht, sie wollte mehr. Viel mehr. Sie wollte, dass er das Ausmaß ihres Verlangens erkannte, das sie seit ihrem ersten Treffen spürte.

Der Kuss wurde intensiver, und Rafe begann zu keuchen. Sein unbändiger Hunger spülte sämtliche ihrer unerfüllten Wünsche an die Oberfläche. Ihr Schultertuch glitt zu Boden, und ihr Haar löste sich, als er ihr durch die zerzausten Strähnen fuhr. Rebecca spürte, wie sie ins Bodenlose fiel, als seine Hände ihren Rücken hinunterglitten, ihre Taille streiften und langsam wieder in die Höhe kletterten, ehe sie sich ehrfürchtig um ihre Brüste legten.

Als Rafe ihr über die Brustwarzen rieb, stöhnte Rebecca laut auf. Ihre Beine gaben nach, doch Rafe fing sie rechtzeitig auf und machte dort weiter, wo er aufgehört hatte. Rebecca hatte das Gefühl, seine Berührungen brächten sie um.

Sie wünschte sich nichts sehnlicher, als …

Eng umschlungen traten sie einen Schritt zurück. Rafe schien den ursprünglichen Grund dafür, dass sie in seinen Armen lag, verdrängt zu haben und trat in eben jenes Loch, vor dem er sie hatte retten wollen.

Im Fallen zog er Rebecca mit sich, und sie landeten gemeinsam auf dem Boden, dicht nebeneinander.

Rafe musste wegen seiner eigenen Gedankenlosigkeit schmunzeln, rappelte sich hoch und streckte Rebecca die Hand entgegen.

»Miss Tate«, sagte er atemlos und mit einem lausbübischen Grinsen, »ich fürchte, eines Tages werden Sie mein Ruin sein.«

Rebecca schlug sein Hilfsangebot aus und legte sich die Finger auf die Lippen. Die Luft fühlte sich nach dem entflammten Kuss seltsam kühl an. »Herrje«, raunte sie, als ihr klar wurde, dass sie beinahe …

Zu guter Letzt meldete sich doch noch ihre pragmatische Seite zu Wort und rief ihr eine Warnung zu, die sie nicht unbeachtet lassen konnte.

Rebecca richtete sich schlagartig auf, griff sich das Schultertuch und floh. Floh vor diesem Mann, der beinahe ihr Ruin geworden wäre.

Rafe eilte ihr nach, doch Rebecca entschwand durch eine schmale Wandöffnung nach draußen, durch die er sein Lebtag nicht passte.

Bis er an der Eingangstür angekommen und um das Haus herumgelaufen war, war Rebecca spurlos verschwunden.

»Verdammter Mist«, fluchte er. Was hatte er nur angerichtet? Hatte sie, ohne nachzudenken, einfach geküsst.

Nun, genau genommen hatte er sich wohl etwas dabei gedacht. Allerdings nichts Züchtiges.

Und wie hatte die Reaktion der so pragmatischen und vernünftigen Miss Tate ausgesehen? Sie hatte sich in seinen Armen wie eine lebendige Flamme angefühlt und seine Leidenschaft entzündet.

Eine Leidenschaft, wie er sie noch nie zuvor in seinem Leben gespürt hatte. Rafe fuhr sich ungehalten mit den Fingern durchs Haar und fluchte bitterlich. Es war höchste Zeit, aus Bramley Hollow zu verschwinden.

Gerade als er sich abwenden und nach seinem Pferd Ausschau halten wollte, fiel ihm etwas ins Auge.

Miss Tate hatte vor lauter Panik ihr Reisepult vergessen.

Bei jedem anderen Auftrag hätte er diese schicksalhafte Nachlässigkeit als Segen empfunden – für sich und die Ermittlungen. Cochrane hätte die Schatulle bestimmt sofort aufgebrochen, doch Rafe tat nichts dergleichen, sondern schaute sich erst einmal um. Außer den Vögeln, die zwitschernd auf Bäumen und Hecken saßen, konnte er niemanden entdecken. Er war allein. Allein mit dem Beweis, nach dem er so fieberhaft gesucht hatte.

Worauf wartete er noch?

Vielleicht erkennen Sie ja doch noch, dass es falsch ist, sich unaufgefordert in die Angelegenheiten fremder Leute einzumischen.

Rafe spürte aufkeimende Zweifel. Was geschah eigentlich, wenn er ihre wahre Identität preisgab? Was bedeutete das für Miss Tate und ihr halbwegs geordnetes Leben in Bramley Hollow? Sicher, sie hatte Heerscharen von Anhängern im ganzen Land, doch es waren ihre Widersacherinnen, die Mütter der rebellierenden Töchter, die die Zügel der Gesellschaft in den Händen hielten.

Binnen kürzester Zeit wäre Rebecca erledigt, würde das Leben einer Verstoßenen führen. Selbst Lady Finch könnte ihr nicht mehr helfen, wenn die Londoner Hyänen erst einmal über sie hergefallen waren und in aller Gründlichkeit dafür gesorgt hatten, dass Rebeccas Verleger und alle, die ihr wohl gesonnen waren und die ihr zur Seite standen, damit sie sich eine neue Existenz aufbauen könnte, auf ihr Lebtag in Verruf gerieten.

Er konnte es nicht zulassen, dass ihr – dass ihnen – dies zustieß.

Ihnen?

Rafe schnappte laut nach Luft. Seit wann war dieses durchtriebene Früchtchen Teil seines Lebens?

Er holte tief Luft, ging zum Reisesekretär, kniete nieder und untersuchte die Schatulle. Sie wirkte kaum wie ein Reisesekretär für Damen, sondern hatte mehr Ähnlichkeiten mit einer Kassette, wie sie das Militär benutzt. Doch bei Rebecca überraschte ihn nichts.

Vorsichtig öffnete Rafe den Deckel. Im Innern der Kiste fand er die hastig verstauten Seiten sowie zwei Tintenfässer mit Deckel – ein volles und ein leeres. Zudem registrierte er eine Hand voll Federkiele, ein Taschenmesser und weiteren Kleinkram, doch er hatte ohnehin nur Augen für die Bögen, die er nun voller Ungeduld durchblätterte, auf der Suche nach verräterischer Prosa.

Aber was er las, war ernüchternd:

Herzallerliebste Mary,

mir ist bewusst, dass dieser Brief an dich schon seit langem überfällig ist …

Oder:

Sehr geehrte Damen und Herren,

mit meinem heutigen Schreiben wende ich mich im Auftrag meines Oheims, Oberst Posthill, an Sie. Wir möchten Sie in aller Form ersuchen, uns folgendes Werk aus den Reihen Ihrer Bibliothek zu leihen …

Und:

Haushaltsausgaben, Mai 1817 …

Rafe überflog einen Bogen nach dem anderen, drehte und wendete die Seiten, studierte jeden Absatz akribisch, in der Hoffnung, auf brauchbare Beweise zu stoßen.

Doch er fand genau das, was Rebecca ihm vorausgesagt hatte – Korrespondenzen und Haushaltsnotizen, und selbst in den Ausgabenaufstellungen konnte er keinen Hinweis darauf finden, dass Rebecca außergewöhnlich große Summen für Papier, Tinte und Federkiele ausgegeben hätte.

Nein, alles war, wie es sein sollte. Er hielt die penible Buchhaltung einer Frau in Händen, die mit einem geringen Einkommen einen Haushalt führte und sich um die Belange eines kranken Verwandten kümmerte.

Die Wahrheit traf Rafe wie ein Hammerschlag, und die Bogen entglitten seinen Händen.

Miss Tate war nicht die Frau, nach der er gesucht hatte.

Diese Erkenntnis hätte ihn eigentlich in Hochstimmung versetzen müssen, schließlich musste er sie nun nicht bedrängen. Es war ihm schleierhaft, warum er sich dennoch so niedergeschlagen fühlte.

Vielleicht, weil Miss Rebecca Tate für den Bruchteil einer Sekunde seine ganz persönliche Miss Darby gewesen war – einfallsreich, mutig, abenteuerlustig und unglaublich verführerisch. Und jetzt …

Mit fahrigen Bewegungen stopfte er die Seiten zurück in die Schatulle und verschloss den Deckel. Er nahm sich vor, selbiges mit seinem Herzen zu tun, das seit seiner Ankunft in Bramley Hollow albernen Träumen nachhing. Träumen, in denen unberechenbare Jungfrauen und leidenschaftliche Küsse vorkamen.

Rafe packte die Sachen zusammen und beschloss, sie mit zum Anwesen der Finchs zu nehmen. Er würde Jemmy bitten, sie Rebecca am Abend so unauffällig wie möglich zurückzugeben.

Als er jedoch mit der Schatulle zu seinem Pferd zurückging, dämmerte ihm etwas ganz anderes. Wenn Miss Tate nicht die geistige Mutter Miss Darbys war, was mochte sie dann so vehement in Angst und Schrecken versetzt haben? Und zwar, bevor es zum Kuss zwischen ihnen gekommen war? Und als er sie dann geküsst hatte, war es dieser Kuss gewesen, der sie schließlich in die Flucht geschlagen hatte? Wenn er ehrlich war, so war das schon möglich. Schließlich hatte ihr Kuss auch ihn gewaltig aus dem Gleichgewicht gebracht.

Kapitel 7

Sollten Sie, meine holde Miss Darby, denken, Sie wären nichts weiter als meine Zweitgemahlin, so müssen Sie mir glauben, dass in meinem Herzen allein Sie an erster Stelle stehen.

Prinz Ranjit zu Miss Darby in
Miss Darbys abenteuerliches Abkommen

Rebecca eilte nach Hause. Ihre Füße flogen förmlich über den Pfad, und sie hatte weder Augen für die Blumenpracht noch für die Sonne, die diesem frühlingshaften Tag etwas Zauberhaftes verlieh, was sie unter normalen Umständen zu würdigen gewusst hätte.

Wer hätte bei Sonnenaufgang gedacht, dass ihre Welt noch vor dem Tee so gründlich aus den Angeln gehoben würde?

Jemand lag in Bettlesfield Park auf der Lauer? Der Gedanke ließ sie frösteln. Warum tauchte dieses Problem ausgerechnet jetzt auf?

Rebecca erklomm die Stiege, die über einen kleinen Grenzwall führte. Auf der obersten Stufe blieb sie stehen. Als ob sie nicht schon genug Sorgen hätte ...

Dieser Mr. Danvers hatte sie zu allem Verdruss auch noch geküsst. Hatte er noch nie etwas von Anstand gehört?

Von wegen Gentleman! Er hatte bewiesen, dass er das genaue Gegenteil war. Wie unverschämt von ihm, sie zu küssen, bis ihr die Knie weich wurden. Nein, schlimmer noch, es hatte nicht mehr viel gefehlt und sie hätte bereitwillig das letzte Quäntchen Sittsamkeit abgelegt.

Sie sprang und landete auf dem weichen Boden. Plötzlich schoss ihr ein lähmender Gedanke durch den Kopf. Wenn sie

Mr. Danvers so leichtfertig als charakterlos abtat, wie stand es dann mit ihr? Immerhin hatte sie seinen Kuss erwidert, hätte ihn noch einen Schritt weitergehen lassen – wäre er nicht in das Loch im Parkett getreten.

Vielleicht sollte sie sich darüber freuen, dass sich Bettlesfield Park in einem eher desolaten Zustand befand.

Rebecca warf einen Blick zurück zum Haus und zog sich das Tuch enger um die Schultern. Bis sie ganz sicher sein konnte, dass Mr. Danvers Bramley Hollow verlassen hatte, musste sie sich ein anderes Refugium suchen. Aber wie sollte sie je wieder auf Bettlesfield Park ihre Ruhe haben, wenn das Anwesen von nun an mit frischen Erinnerungen behaftet war – beunruhigende und immerwährende Erinnerungen daran, einen leidenschaftlichen Kuss mit einem Wildfremden ausgetauscht zu haben.

»Was habe ich bloß getan?«, flüsterte Rebecca resigniert in die seichte Brise, die über die Wiese strich. »Was soll nur aus mir werden?«

Mit dem festen Vorsatz, den Nachmittag so schnell wie möglich zu vergessen – die Hitze seines Körpers, der sich ihr entgegengedrängt hatte, und der glühende Blick in seinen dunklen Augen –, setzte sie ihren Weg fort. Vor allem wollte sie den knisternden Augenblick verbannen, als seine Lippen ihren Mund berührt hatten und seine Zunge alles daran gesetzt hatte, dass sie sich ihm öffnete – verlangend und unnachgiebig, als stünde es ihm zu.

Der Teufel soll ihn holen, dachte Rebecca. Wie sollte sie das je vergessen können?

Vergessen? ... Verflixt, sie war ohne die Schatulle aufgebrochen. *Verfluchter Kerl*. Er hatte sie so sehr verstört, dass sie Hals über Kopf geflohen war und ihre Habseligkeiten zurückgelassen hatte.

Rebecca blieb wieder stehen. Einen Moment lang dachte

sie darüber nach, ob sie umkehren und es riskieren sollte, ihm ein weiteres Mal in die Arme zu laufen. Sie entschied sich dagegen, wollte einfach fort von Bettlesfield Park. Im Gegensatz zu diesem Dreistling würde ihr Reisesekretär auch morgen noch an Ort und Stelle stehen – so hoffte sie zumindest.

Als Rebecca das Dorf erreichte und an Esmes Cottage vorbeiging, beschleunigte sie ihre Schritte. Sie fürchtete, die Kupplerin mit dem unbeschreiblichen Gespür für Geheimnisse könnte herausstürzen und sie als *liiert* deklarieren.

Liiert mit Mr. Danvers? Rebecca schüttelte sich. Nein, nicht mit diesem charmanten Schuft. Männern wie ihm hatte sie bereits vor Jahren abgeschworen. An jenem Tag, an dem Lt. Habersham Kalkutta ohne ein Wort verlassen hatte.

Plötzlich meldete sich eine leise Stimme in ihrem Kopf: *Stell dir vor, wie es wäre, den Rest deines Lebens in seinen starken Armen zu liegen ... und mit Küssen übersät zu werden?*

Wie konnte eine Frau da nur widerstehen?

Rebecca seufzte schwermütig. Sie begann Ähnlichkeiten mit der zerstreuten Miss Honora zu entwickeln, einer ältlichen Jungfer, die gemeinsam mit ihrer Schwester ein Stück weiter die Straße hinunter lebte.

Nein, sie war viel zu nüchtern veranlagt, als dass sie sich diesem Nonsens hingab. Mr. Danvers hatte sie nur geküsst, um herauszufinden, was sie über die Darbyromane wusste, und um ein Haar wäre sie ihm auf den Leim gegangen – wie ein dummes, unreifes Schulmädchen.

Mit frischer Entschlossenheit setzte Rebecca den Weg fort und erreichte kurze Zeit später das mit Rosen bewachsene Spalier, das den Eingang zum Cottage markierte. Hoffentlich hatte der Sturz Mr. Danvers ein für alle Mal zur Vernunft gebracht. Der Gedanke, ihn nie wieder sehen zu müssen, erfüllte sie mit Befriedigung. Welch liebliche Vorstellung, nie wieder zu einem gefühlvollen Kuss gezwungen zu werden.

Zumindest nicht von einem Draufgänger wie ihm. Der Vikar, den sie sich zum Gemahl wünschte, würde sie niemals so unflätig bedrängen. Sie hatte also allen Grund zur Freude.

Doch der immer stärker werdende Wunsch, sich den aufwallenden Tränen hinzugeben, die ihr in den Augen brannten, bewies das Gegenteil.

Rebecca riss sich zusammen und betrat wenige Augenblicke später das Cottage. Beim Öffnen der Tür bot sich ihr ein befremdliches Bild. Mrs. Wortling rannte wie ein flinkes Wiesel umher, in der einen Hand das Plätteisen, in der anderen das beste Jackett des Obersts.

»Ich versichere Ihnen, Oberst Posthill, Ihre Uniform wird strahlender als jedes jungfräuliche Segelschiff sein, bevor es in See sticht. Mit dem Plätteisen bin ich ein wahres Ass.«

»Ich war in der Armee, Madam, und keine von diesen Wasserratten, die hierzulande ein so unverschämt hohes Ansehen genießen.«

»Armee oder Marine, ich mach' da keinen großen Unterschied. Ich weiß nur, dass ein Mann in Uniform immer eine Augenweide ist.«

Voller Elan drehte sich die Haushälterin um und entdeckte Rebecca, die noch immer mit weit aufgerissenen Augen auf der Schwelle stand. »Sie stimmen mir doch sicherlich zu, Miss Tate, nicht wahr?«

»Was geht hier vor sich?«, fragte eine sichtlich verblüffte Rebecca.

»Sie sollten sich sputen, schließlich haben Sie heute Abend eine Einladung zum Dinner.« Mrs. Wortling brachte das Plätteisen zurück in die Küche und kam mit Rebeccas bestem Musselinkleid wieder heraus. »Ich habe mir erlaubt, es ein wenig aufzupeppen.« Sie legte den Kopf auf die Seite und warf Rebecca einen abschätzenden Blick zu. »Irgendetwas ist heute anders an Ihnen.« Die Wirtschafterin seufzte und legte Rebecca das Kleid über den Arm. »Nach oben mit Ihnen, und machen Sie sich fertig. Sie dürfen auf keinen Fall zu spät kommen.«

»Zu spät wozu?«, fragte Rebecca ihren Onkel, der vor dem Spiegel in der Diele stand und mit dem Knoten für das Halstuch kämpfte.

Rebecca legte das Kleid vorsichtig auf der Lehne eines Sessels ab, ehe sie sich zu ihm gesellte. Nachdem sie eine Weile mit angesehen hatte, wie er sich an dem verhältnismäßig simplen Knoten abkämpfte, half sie ihm.

Als ihr Blick zufällig in den Spiegel fiel, entdeckte Rebecca, dass er grinste.

»Raus mit der Sprache, was hat es mit dieser Einladung zum Dinner auf sich?«

»Heute Nachmittag erhielten wir von Lady Finch den Besuchsbefehl. Sie lädt uns zum Dinner ein, will Mr. Danvers den Nachbarn vorstellen.«

»*Mein* Mr. Danvers?« Rebecca erkannte erst, dass sie laut gesprochen hatte, als sie Mrs. Wortlings Lachen vernahm. Streng genommen war es mehr das Krächzen einer alten Krähe, die zu allem Übel nun auch noch den Kopf zur Tür hereinstreckte.

»*Ihr* Mr. Danvers scheint ziemlich vermögend zu sein. Hab' zufällig gehört, dass er der neue Besitzer von Bettlesfield Park sein soll. Oder dass er plant, es zu kaufen. Vielleicht hat er die Bruchbude auch beim Glücksspiel gewonnen. Ich hab' mir gestern schon gedacht, dass er ein Gauner und Spieler ist.« Sie warf Rebecca einen strengen Blick zu. »Vielleicht ist es doch keine so gute Idee, wenn Sie Ihr bestes Kleid tragen. Ich würde vor Scham vergehen, wenn Sie Ihr Herz ausgerechnet an einen Glücksspieler verlören. Genau wie es meiner Schwester passiert ist. Und was ist aus ihr geworden? Jetzt hat sie sieben Blagen am Hals, und dieser Nichtsnutz von Trunkenbold lässt sich so gut wie nie blicken. Nicht dass es meine Schwester sonderlich stört – sie schwört noch heute, dass die Küsse dieses Teufels den Preis wert waren.« Mrs. Wortling schüttelte verständnislos den Kopf und stieß einen verächtlichen Laut aus, der ihre Ansicht resümierte, dass die Küsse keines Mannes ein Leben in Armut rechtfertigten.

Rebecca hingegen konnte gut nachvollziehen, was Mrs. Wortlings Schwester noch immer fesselte – die Erinnerungen an Küsse voller Leidenschaft, die eine Frau dazu verführten, die Grenzen von Moral und Anstand zu überschreiten.

»Doch, in diesem Fall wäre das dunkle Kleid angemessener«, urteilte die Wirtschafterin. »Trauerkleidung hält Männer für gewöhnlich auf Distanz. Wenn auch nicht alle, wie ich am eigenen Leib erfahren musste.« Sie stieß einen weiteren Seufzer aus. »Ich bete, dass dieser Mr. Danvers nicht zu den Männern gehört, die …«

»Mrs. Wortling, sollten Sie nicht längst mit dem Plätten meines Jacketts begonnen haben?«, unterbrach der Oberst sie mürrisch, woraufhin sich die Stirn der Haushälterin kräuselte. Sie wusste jedoch genau, dass sie besser daran tat, zu kuschen, wenn der Oberst seine lichten Momente hatte, weshalb sie sich murmelnd in die Küche zurückzog. »Geben Sie bloß mir nicht die Schuld, wenn sich dieser *Gentleman* als ein hundsgemeiner Lump entpuppt.«

Zu spät, wollte Rebecca ihr nachrufen. Stattdessen nahm sie ihren Onkel am Ellbogen und führte ihn in die Bibliothek. Nachdem sie die Tür geschlossen und sich davon überzeugt hatte, dass sie auch wirklich eingerastet war, wandte sie sich an ihren Onkel: »Was genau hat das zu bedeuten, dass wir bei Lady Finch zum Dinner eingeladen sind? Heute ist doch nicht Sonntag.«

Für gewöhnlich nahmen Onkel und Nichte sonntags das Dinner gemeinsam mit den Hausherren von Finch Manor ein.

»Das sagte ich doch bereits. Lady Finch hat uns eine Einladung zukommen lassen. Kurz nachdem du aufgebrochen bist. Sie wünscht, dass wir mit ihr und *deinem* Mr. Danvers zu Abend speisen.«

»Er ist nicht *mein* Mr. Danvers!«, zischte Rebecca. Warum hatte ihr Onkel den Boten, der diese katastrophale Nachricht überbracht hatte, nicht einfach in die Flucht geschlagen? Zum Beispiel mit einem Kugelhagel? »Ich komme nicht mit«, sagte sie entschieden.

»Und ob du das wirst«, befahl ihr der Oberst.

In diesem Moment öffnete sich die Tür, und Mrs. Wortling betrat den Raum, das geplättete Jackett in der Hand. Sogleich nahm er es entgegen und hielt es prüfend in die Höhe. Mit einem grantigen Nicken entließ er die Haushälterin.

Rebecca war sicher, dass diese unweit der Tür stehen blieb, damit ihr kein Wort des aufziehenden Sturms entging. Mrs. Wortling liebte Wortgefechte fast so sehr wie ihren Madeira.

»Onkel, wir können unmöglich annehmen«, sagte Rebecca, dieses Mal allerdings ein wenig ruhiger. Es gab keinen Grund, seinen Argwohn zu wecken oder Mrs. Wortling Anlass zum Tratschen zu geben.

»Warum sollten wir nicht hingehen?«, sagte der Oberst und schlüpfte in das Jackett.

»Der Weg ist viel zu weit, wäre viel zu anstrengend für dich«, warf Rebecca ein, als sie ihm das Jackett glatt strich und am Saum zupfte.

»Lady Finch schickt uns ihre Kutsche, ist das nicht liebenswürdig von ihr, Bex?«

Lady Finch und liebenswürdig? Nur wenn sie einen Vorteil witterte. Welchen Beweggrund mochte die Gräfin haben, die mittellose Verwandtschaft ihres Gatten einzuladen?

Rebecca ahnte etwas. »Wer hat noch eine Einladung erhalten?«

Bevor der Oberst antworten konnte, hatte Mrs. Wortling

vom Flur aus das Wort ergriffen: »Mrs. Benton zufolge werden Lord und Lady Kirkwood, Major Harrington nebst Gattin, die Gadburyschwestern und – wie könnte es anders sein? – der flotte Mr. Kitling mit von der Partie sein.«

Rebecca seufzte resigniert. Von wegen Willkommensparty im Kreise der Nachbarn. Jeder auf der Gästeliste war schon einmal in Indien gewesen und kam somit als Autor der Darbyromane in Frage. Die Einladung war nichts als ein Vorwand für eine barbarische Hexenjagd.

»Ich habe nichts anzuziehen«, versuchte Rebecca, sich herauszureden, während sie deutlich spürte, wie Panik ihr die Brust zusammenzog.

Der Oberst deutete auf das Musselinkleid. »Das steht dir doch gut, Bex. Bestimmt wirst du das hübscheste Mädchen sein.« Er las das Kleid auf und gab es ihr. »Geh und mach dich schön, wie ihr Frauen es für solche Anlässe zu tun pflegt.«

»Nein, ich bleibe hier«, sagte Rebecca trotzig. Einen Abend mit Mr. Danvers? Lieber stellte sie sich einem Exekutionskommando des Feindes.

Verfluchter Mistkerl. Als sie wie ein verängstigtes Kaninchen geflüchtet war, hatte er längst von diesem Dinner gewusst. Kein Wunder, dass er ihr nicht nachgeeilt war. Die nächste Falle war ja längst aufgestellt.

Welch ein krummer Hund!

»Bex, hast du nicht gehört, was ich gesagt habe? Dir bleiben noch genau dreißig Minuten, bis die Kutsche vorfährt. Ab mit dir.«

Wie ein ungezogenes Kind schüttelte Rebecca den Kopf.

»Jetzt ist aber Schluss«, dröhnte der Oberst. »Du wirst mitkommen, das ist ein Befehl. Und ich will nichts mehr von diesem rebellischen Gebrabbel hören. Höchste Zeit, dass du einen Verehrer hast. Dieser Danvers scheint der Richtige für dich zu sein. Davon abgesehen hat er ein gutes Händchen für Kanonen bewiesen.«

Rebecca tat ihr Bestes, das *Amen* der Wirtschafterin zu ignorieren. Ihr war, als wäre sie von Verrätern umgeben, die sie dem Wolf zum Fraß vorwerfen wollten. Einem Wolf mit pechschwarzen Augen und zügellosem Hunger. Und der Oberst weidete sich auch noch an der Vorstellung. »Vielleicht ist es an der Zeit, dass du eine Saison in der Stadt verbringst. Das hast du dir doch immer gewünscht, nicht wahr? Lady Finch weiß bestimmt Rat, wie wir es am besten angehen.«

»Eine Saison? In der Stadt?« Rebeccas Mund wurde trocken. »Dafür haben wir doch gar kein Geld. Außerdem kann und will ich dich nicht alleine lassen.« Nein, schon gar nicht, wenn jemand in der Gegend auf der Lauer lag.

»Du bist ein gutes Mädchen, Bex, aber es wird Zeit, dass du auch mal an dich denkst. Irgendwann werde ich nicht mehr für dich da sein. Wir müssen uns Gedanken um deine Zukunft machen.« Der Oberst faltete die Hände hinter dem Rücken und wippte auf den Absätzen. »Und jetzt ab mit dir. Ich dulde keine langen Gesichter. Wer weiß, vielleicht findet dieser Danvers ja tatsächlich Gefallen an dir. Dann bliebe es dir erspart, in die Stadt zu gehen, um der Männerwelt schöne Augen zu machen.«

Sich den Gefahren und Heimtücken des bekanntesten Tanzsalons der Stadt, dem *Almack's*, zu stellen, behagte Rebecca in diesem Moment mehr als die Aussicht, Mr. Danvers noch einmal gegenüberzutreten. Schließlich musste sie ihre Geheimnisse wie einen kostbaren Schatz hüten. Vor allem, weil sie wusste, dass er in der Lage war, sie ihr zu entlocken. Und zwar mit einem einzigen Kuss ...

»Meine hoch verehrten Gäste«, ergriff Lady Finch das Wort, als sie an Rafes Arm den Salon betrat. »Darf ich Ihnen meinen ehrenwerten Freund Raphael Danvers und seinen Kompagnon, Mr. Cochrane, präsentieren?«

Rafe wünschte sich in diesem Moment nichts sehnlicher, als den Abend im *Rose and Lion* – Pymms Stammkneipe in Seven Dials – zu verbringen. Auch wenn das bedeutete, höllisch aufpassen zu müssen, nicht ausgeraubt oder umgebracht zu werden. Doch das war allemal angenehmer als ein Abend mit der feinen Gesellschaft von Bramley Hollow.

Die Gesichter, in die Rafe blickte, verrieten allesamt Skepsis, genau wie Lady Finch befürchtet hatte. Schließlich waren die Einladungen so vollkommen unerwartet ausgesprochen worden.

Cochrane machte einen formvollendeten Diener und zog sich brav in eine Ecke zurück. Lady Finch hatte den Großteil des Tages damit zugebracht, dem plumpen Jüngling Manieren einzutrichtern – offenkundig mit Erfolg.

Doch es gab auch Gäste, die die Etikette im vollen Bewusstsein verletzten, wie beispielsweise Miss Tate, die neben ihrem Onkel stand und sich offensichtlich vorgenommen hatte, den Hauptgast zu ignorieren. Mit harschen und entschlossenen Gesichtszügen und zurückgenommenen Schultern hatte sie kaum noch Ähnlichkeiten mit der Frau, die Rafe in die Arme gesunken war.

Rafe trat unbehaglich von einem Fuß auf den anderen. War sein Kuss so erbärmlich gewesen? Bisher hatte sich doch noch nie eine Frau beschwert.

Fest stand, dass er sie unbegründet bezichtigt hatte, für die Darbyromane verantwortlich zu sein. Und dann der Zwischenfall auf Bettlesfield Park. Die Liste seiner Fehltritte wuchs beständig. Er sollte sich wohl entschuldigen. Aber irgendwie war ihm überhaupt nicht danach. Nein, es kitzelte ihn vielmehr, sie ein weiteres Mal zu küssen. Aber erst nachdem er herausgefunden hatte, wer hinter den Darbyromanen steckte.

Lady Finch riss ihn aus den Gedanken, indem sie ihn kräftig am Arm packte und ihn durch den Raum schleifte, weil sie mit ihrer Vorstellungsrunde beginnen wollte: »Lord und Lady Kirkwood, darf ich Ihnen den Ehrengast des Abends vorstellen, Mr. Danvers?«

Der beste Sessel des Raumes, Lady Finchs Stammsessel, um genau zu sein, war von Lady Kirkwood in Beschlag genommen worden. Als Gräfin bekleidete sie einen höheren Rang als Lady Finch, woran auch die Tatsache nichts änderte, dass sie das Licht der Welt als Sally Smythe-Bimpton erblickt hatte – vierte Tochter eines bürgerlichen und verarmten Landkurators. Sally hatte das Glück gehabt, die Hübscheste und Aufgeweckteste der Schwestern zu sein. In jungen Jahren wurde sie deshalb nach London entsandt, wo sie Gesellschafterin einer entfernten Verwandten wurde. Nach wenigen Monaten in der Stadt hatte sie es geschafft, das Herz des zweitältesten Sohns von Graf Kirkwood für sich zu gewinnen. Nach zehn lukrativen Jahren in Indien waren sie und ihr Gemahl aufgrund des Todes seines älteren Bruders in die Heimat zurückgekehrt. Als der alte Graf das Zeitliche gesegnet hatte, waren sie an seine Stelle gerückt.

Rafe war über die Kirkwoods und die anderen so gut im Bilde, weil Lady Finch und Mrs. Radleigh ihm sämtliche Familiengeschichten erzählt hatten.

In Lady Finchs und Mrs. Radleighs Augen führten Lady Kirkwood und ihre Tochter Viktoria die Verdächtigenliste an. Mittlerweile waren auch sie davon überzeugt, dass die Romane von einer Frau stammten.

Als Mr. Danvers der Gräfin vorgestellt wurde, senkte sie kaum merklich den Kopf. »Dass Lady Finch uns endlich Zutritt zu ihren geheiligten Hallen gewährt, spricht immerhin für Sie, Sir.«

Lord Kirkwood, der hinter seiner Frau stand, murmelte

ebenfalls einige Worte des Grußes, bevor er sich wieder dem halb vollen Weinglas in seiner Hand widmete.

Trotz dieser eher wenig begeisterten Begrüßung setzte Lady Finch ihre Runde mit frohem Mut fort. »Und hier haben wir die ehrenwerte Mrs. Harrington. Ihr Gatte, Major Harrington, ist der Gentleman dort drüben am Fenster.«

»Sehr erfreut«, sagte Rafe und setzte sein bestes Lächeln auf, das von Mrs. Harrington eher halbherzig erwiderte wurde. Für einen Augenblick unterbrach auch ihr Gatte sein nervöses Auf- und Abgehen und nickte ihm zu, bevor er seine Taschenuhr hervorzog. Er warf einen hastigen Blick auf das Ziffernblatt und blickte beunruhigt zum Fenster hinaus.

»Lady Finch, ich komme nicht umhin, zu sagen, dass mich Ihre übereilte Einladung ein klitzekleines bisschen verblüfft hat«, erklärte Mrs. Harrington der Gastgeberin. »Der Major meinte sogar, wir sollten uns nicht herbemühen. Aber unter uns gesagt, wer wäre schon imstande, eine Einladung in Ihr wertes Heim auszuschlagen. Da stimmen Sie mir doch bestimmt zu, Lady Kirkwood?«

»Ja, ja.« Die Antwort der Gräfin klang gelangweilt, in ihren Augen jedoch glomm Neugier.

Rafe konnte sich des Verdachts nicht erwehren, dass Mrs. Harrington sich absichtlich so dicht wie möglich neben Lady Kirkwood gesetzt hatte, um für den gesellschaftlichen Aufstieg ihrer Familie zu kämpfen. Sie war gewissermaßen eine Majorsgattin mit militärischer Mission.

»Mr. Danvers, sagten Sie, nicht wahr?«, fasste Mrs. Harrington noch einmal nach. »Sind Sie zufällig mit Baron Danvers verwandt?« Sie hatte brav die Gesellschaftschroniken studiert – genau wie Mrs. Radleigh es vorhergesagt hatte.

»Ja, er ist mein Bruder.«

»Aha«, murmelte die Majorsgattin und strich das Taschentuch auf ihrem Schoß glatt. »Sagten Sie Raphael Danvers?

Sind Sie sich absolut sicher, dass Sie mit Baron Danvers verwandt sind? Ich warf heute Morgen zufällig einen Blick in meine aktuelle Ausgabe vom *Debrett's* und konnte lediglich die Erwähnung *eines* Bruders, Robert, finden.« Sie lächelte zu Lady Kirkwood hinüber, ehe sie sich wieder an Lady Finch wandte. »Wäre es nicht ungeheuerlich, wenn ein Dahergelaufener versuchte, sich in unsere Kreise einzuschleichen?«

»Im *Debrett's* werden Sie mich vergeblich suchen«, warf Rafe selbstsicher ein. »Ich bin nirgends gelistet.«

»Du Glücklicher«, seufzte Jemmy, der an der Anrichte lehnte und auf so viel Fortüne sein Glas hob.

»Nicht gelistet?« Mrs. Harrington blinzelte auffällig oft, um herauszufinden, was Lady Finch in Gottes Namen dazu bewogen haben mochte, wegen eines Ungelisteten einen solchen Abend zu organisieren. »Nicht gelistet? Das ist höchst ungewöhnlich, wenn Sie mir diese Bemerkung erlauben.« Sichtlich pikiert rümpfte sie die Nase, ehe sie sich mit neuem Enthusiasmus über Lady Kirkwoods neuen Schal ausließ.

Nach den Harringtons waren die weniger prominenten Gäste an der Reihe. Allen voran die Gadburyschwestern, die ein eher zurückgezogenes Leben führten. Die beiden unvermählten Schwestern hatten auf dem Sofa gegenüber der Baronin Platz genommen. Ein langer, niedriger Couchtisch symbolisierte jedoch die gesellschaftliche Kluft zwischen den beiden Parteien.

Kaum hatte Lady Finch die beiden vorgestellt, da ergriff eine der Schwestern das Wort. »Ich bin die Ältere«, setzte Honora an, streckte artig die Hand aus und schenkte Rafe ein offenes Lächeln. Zur Begrüßung des Ehrengastes hatte sie eigens ihren Schoßhund auf die Erde verbannt. »Ich bin ganze acht Minuten älter, um genau zu sein. Die meisten meinen jedoch, ich sähe um einiges jünger aus.«

»Honora, wir sehen vollkommen gleich aus«, rügte Alminta

Gadbury ihre Schwester und streichelte eine Kopie des Schoßhündchens. »Zwischen uns gibt es keine Unterschiede.«

»Doch, die gibt es«, mischte Rafe sich ein. »Miss Honora hat beispielsweise eine winzige Narbe über der Augenbraue.«

Wie aufs Stichwort streckte Miss Honora die Brust vor und fasste sich mit einer theatralischen Geste an die Stirn. »Sir, Sie haben das Auge eines Adlers. Als kleines Mädchen fiel ich einmal vom Schemel. Ich hatte nach einem Topf Honig oben auf dem Regal greifen wollen. Unsere damalige *aya* hat fürchterlich mit mir geschimpft, und Mutter wäre fast umgekommen vor Angst um mein hübsches Gesichtchen.«

»Was aber zum Glück unbegründet war«, schmeichelte Rafe ihr. »Doch auch ohne die Narbe hätte ich Sie auseinander halten können. Ich war nämlich selbst ein Zwilling.«

Aus den Augenwinkeln heraus konnte Rafe beobachten, wie Rebeccas Kopf herumfuhr. Er hatte ihr Orlando verschwiegen, weil er schlichtweg nicht in der Stimmung gewesen war, ihr von ihm zu erzählen. Genau genommen hatte er ihre Zuneigung nicht dadurch erzwingen wollen, indem er ihr von dem traurigen Schicksal seines Bruders berichtete.

»Sie *waren* ein Zwilling?«, fragte Miss Alminta neugierig.

»So ist es, Miss Alminta«, antwortete Rafe. »Er starb vor einigen Jahren.«

»Ermordet, nicht wahr?«, mischte Sydney Kitling sich in das Gespräch ein. Rafe nahm zumindest an, dass es sich bei dem jungen Mann, der in der Nähe des Kamins stand, um Kitling handelte.

»Ermordet?«, rief eine bestürzte Mrs. Harrington aus, während Lady Kirkwoods Fächer sich aufgeregt in Bewegung setzte.

Nachdem nun alle im Raum Bescheid wussten, verkniff Rafe es sich, Rebecca ins Gesicht zu schauen. Ihm stand nicht der Sinn nach einer Diskussion über Orlandos Ableben. Der tragische Tod seines Bruders klaffte ohnehin wie eine tiefe Wunde in seiner Seele, und er hatte das ungute Gefühl, dass Rebeccas wacher Verstand und ihre scharfen Augen mühelos hinter die Fassade seiner aufgesetzten Gefühllosigkeit blicken könnten. Sie würde ihm die starken Schuldgefühle, die ihn wie ein großer Findling unablässig in die Tiefe zogen, an der Nasenspitze ansehen.

Ja, er hätte Orlando damals helfen müssen, hätte alles daran setzen müssen, dass sein blitzgescheiter und übermütiger Zwillingsbruder mit der Familientradition der Spionage brach. Orlando hatte Vertrauen investiert, wo Misstrauen angebracht gewesen wäre – eine Lektion, die Rafe niemals vergessen würde, die sich tief und unauslöschlich in sein Herz gebrannt hatte.

Kitling schien sich sichtlich an der Unruhe zu weiden, die er gestiftet hatte, und stützte sich mit einer Hand am Kaminsims ab, sodass er wie eine Figur aus einem tragischen Roman wirkte. Seine extravagante Kleidung legte Zeugnis davon ab, dass er lange Zeit in Indien gelebt hatte. Er trug einen Turban in Kombination mit einer Schärpe aus Paisley, die die Weste ersetzte. Rafe wusste, dass er sich für einen begnadeten Poeten hielt. »Ich kann mich vage daran erinnern, etwas darüber gelesen zu haben, als ich Kalkutta mein Zuhause nannte. Irre ich mich, oder wurde er bei Lord Chambley in die ewigen Jagdgründe befördert? Wenn mich mein Erinnerungsvermögen nicht täuscht, kam es während eines Tanzballs zu diesem höchst dramatischen Vorfall?«

Rafe biss fest die Zähne aufeinander und nickte kurz und hart. Kitling entpuppte sich in der Tat als der selbstgefällige Bastard, den Lady Finch skizziert hatte. Wenn sich herausstellen sollte, dass Kitling Miss Darbys Schöpfer war, würde Rafe sein Gelöbnis Cochrane gegenüber – dass er nicht zur prügelnden Zunft gehörte – mit Freude brechen.

Ehe er jedoch etwas zur Verteidigung seines Zwillingsbruders erwidern konnte, war Lady Finch ihm zur Hilfe geeilt. »Ach ja, der unverzagte Orlando Danvers. Er stand seinerzeit im Dienst des Außenministeriums. Was auch immer geschehen ist, wir dürfen nie vergessen, dass er sein Leben für unseren König und unser geliebtes Heimatland opferte.«

Mrs. Harrington jedoch gab sich nicht sonderlich beeindruckt von Lady Finchs Worten. *Ermordet*, formten ihre Lippen zu Lady Kirkwood gewandt, bevor sie sich demonstrativ schüttelte.

Die Gadburyschwestern hingegen glucksten aufgeregt. »Ohne mein liebes Schwesterherz würde mir etwas fehlen«, seufzte Miss Honora.

»So geht es mir auch«, fügte Alminta hinzu, streckte die Hand aus und tätschelte ihrer Schwester liebevoll das Knie.

»Und ich erst! Ich kann mir ein Leben ohne Sie beide einfach nicht mehr vorstellen«, mischte sich Kitling ein, durchquerte nonchalant den Raum und setzte sich zwischen die beiden nicht mehr ganz taufrischen Zwillingsschwestern. Er blickte Rafe mit tellergroßen Augen an. »Es ist einfach wunderbar und so entsetzlich aufregend, ein neues Gesicht in der Nachbarschaft begrüßen zu dürfen. Ich fürchte nämlich, die anderen Gäste kennen meine vielen wundervollen Indiengeschichten bereits bis ins kleinste Detail. Auch wenn sie jedes Mal aufs Neue spannend sind.«

»Für Geschichten aus dem fernen Indien habe ich stets ein offenes Ohr«, sagte Rafe und hoffte inständig, dem Burschen genügend Seil gereicht zu haben, damit er sich daraus eine Schlinge knoten konnte.

»Jetzt haben wir den Salat«, murmelte Major Harrington und unterbrach kurz seinen unentwegten Streifzug. »Ein Abend voller Gesülze. Sie werden sich noch an meine Worte erinnern.«

Kitling und die anderen zogen es jedoch vor, dem unleidlichen Major keine Aufmerksamkeit zu schenken.

Mit einem breiten Lächeln zog Lady Finch Rafe zu den beiden jungen Damen, die im hinteren Teil des Salons Platz genommen hatten. »Mr. Danvers, dies sind Lady Victoria Manvell und Miss Charlotte Harrington.«

»Sehr erfreut«, sagte Rafe an die beiden aufs Modischste gekleideten Frauen gewandt und machte einen tiefen Bückling.

Charlottes Blick flog zu ihrer Mutter, wie um diese um Erlaubnis zu bitten, dem Fremden offiziell vorgestellt zu werden. Lady Victoria hingegen musterte Rafe von Kopf bis Fuß. Sie ermittelte augenscheinlich den Wert seiner Kleider, um etwas über seinen finanziellen Status zu erfahren. Ihrem zuckersüßen Lächeln nach zu urteilen, zu dem sie sich herabließ, stellte sie das Ergebnis einigermaßen zufrieden. Bei diesem Du-bist-gar-nicht-so-übel-Blick stellten sich Rafes Nackenhaare auf, schneller und höher noch als damals, als er irrtümlich in ein französisches Reiterlager unweit der portugiesischen Grenze geritten war.

Rafe begriff, warum Jemmy einen weiten Bogen um diese Dame machte. Sie verhieß mehr Ärger als ein entzündetes Streichholz, das zu dicht an einem Pulverfass lag. Das Problem aber war, dass Lady Victoria eine lebende Version von Miss Darby zu sein schien. Sie legte ein erstaunliches Maß an Selbstbewusstsein an den Tag, gepaart mit der mystischen Weiblichkeit, gegen die die Londoner Männerwelt schlichtweg machtlos war.

Doch noch im selben Augenblick hatte Rafe sie wieder von der Verdächtigenliste gestrichen. Diesem Frauenzimmer fehlte etwas Elementares, das Miss Darby und ihre geistige Mutter miteinander verband – zumindest nahm er das an. Er dachte dabei an ihr leidenschaftliches Temperament und ihren ausgeprägten Scharfsinn. Eigenschaften, die sie selbst in einer Gruppe höchst charismatischer Menschen herausragen ließ. Und genau daran mangelte es Lady Victoria. Sie schien ihre weibliche Leuchtkraft vielmehr wie ein Arrangement farbenfroher Schleifen vor sich herzutragen, damit sie von allen Seiten bewundert wurde.

Rafe ertappte sich dabei, wie sein Blick magisch in die Richtung der unscheinbarsten Person im ganzen Raum gezogen wurde – zu einem weiblichen Wesen, das ein entsetzlich unmodisches Musselinkleid trug.

»Welch besondere Ehre, Sie kennen zu lernen, Mr. Danvers«, schnurrte Lady Victoria mit einem koketten Blick. »Ich brenne förmlich darauf, zu erfahren, was Sie in die kleine verschlafene Welt von Bramley Hollow geführt hat. Ich glaube nämlich, dass Sie vielmehr ein Mann sind, der ein Leben auf dem Land – nun, sagen wir – *restriktiv* finden dürfte.«

Ein plötzlicher Hustenanfall von Miss Tate beendete Lady Victorias Anbandelungsversuch.

»Ach du meine Güte, Bex«, sagte der Oberst besorgt. »Was zum Teufel sitzt dir denn im Hals?« Er gab seiner Nichte einen kräftigen Klaps auf den Rücken, sodass sie röchelnd nach vorne fiel.

Rafe war nicht entgangen, dass Rebecca sich nicht für die Gesellschaft einer Lady Victoria und Charlotte Harrington entschieden hatte. Es war ihr an der Nasenspitze anzusehen, dass sie sich in der Gegenwart der beiden unwohl fühlte. Und umgekehrt.

Rafe kannte dieses Gefühl nur zu gut. Gelistet oder nicht gelistet – das war stets die Frage.

Lady Finch signalisierte Addison, Rebecca ein Getränk zu reichen, ehe sie Rafe fortzog. »Oberst Posthill, Lord Finchs Cousin, haben Sie ja bereits kennen gelernt, genau wie seine liebenswürdige Nichte, Miss Rebecca Tate.« Um die anderen

Gäste nicht außen vor zu lassen, fügte sie hinzu: »Miss Tate und Mr. Danvers trafen einander gestern zufällig im Dorf. Miss Tate war so freundlich gewesen, Mr. Danvers den Weg zu weisen.«

»Wie schön, Sie so schnell wieder zu sehen«, sagte Rafe und beugte sich tief über Rebeccas behandschuhte Hand. Er schien jedoch etwas zu lang in dieser Pose zu verharren, denn Rebecca versuchte sofort, sich ihm zu entziehen.

»Ich bin ehrlich gesagt ein wenig erstaunt, Sie heute hier zu treffen. Sollten Sie nicht längst wieder in London sein?« Sie blickte ihn mit todernster Miene an. *Bitte verschwinden Sie, so schnell wie möglich.*

»Miss Tate!«, mischte sich eine empörte Lady Victoria ein. »Warum in Gottes Namen wollen Sie, dass Mr. Danvers wieder abreist? Wo er doch gerade erst angekommen ist?«

Rafe hatte das Gefühl, in der Falle zu sitzen. Weiblicher Beistand hatte immer einen hohen Preis, und ihm stand nicht der Sinn danach, die Höhe desselben auszuloten. Zudem machte der zwar ergraute Lord Kirkwood den Eindruck, als gäbe er noch immer einen teuflisch guten Schützen ab. Was Rafe jetzt noch zu allem Übel fehlte, war, sich mit einem aufgebrachten und offenbar nervös veranlagten Vater zu duellieren. Aber er durfte auch den Oberst nicht vergessen. Rafe wollte sich nicht ausmalen, wie der wirrköpfige Alte ihn als Kanonenfutter benutzte, wenn er Wind von dem Vorfall auf Bettlesfield Park bekam.

»Sir, es ist mir wahrlich schleierhaft, warum Miss Tate sich Ihre Abreise wünscht«, sagte Lady Victoria und hakte sich ungefragt bei Rafe ein. Sein Versuch, sie diskret abzuschütteln, schlug fehl, dieses gewitzte Frauenzimmer hatte ihn fest im Griff.

Rebecca blickte mit leicht zusammengekniffenen Augen auf Lady Victorias einnehmende Geste und lächelte gehässig. Rafe jedoch kam es vor, als fletschte sie die Zähne.

»Ich finde es lediglich etwas eigenartig, dass er gestern noch verkündet hat, nach London zurückzukehren, und sich nun auf Finch Manor einquartiert hat«, sagte Rebecca. »Ich bin nur ein wenig neugierig, das ist alles. Genau wie Sie, als Sie sich nach den Gründen für seinen Aufenthalt erkundigten.« Nun wandte sie sich an Rafe. »Wenn ich mich recht entsinne, sind Sie Victoria noch eine Antwort schuldig, Sir.«

»*Lady* Victoria, wenn ich bitten dürfte«, zischte Lady Victoria mit eisigem Unterton, der dem ihrer Mutter ähnelte.

Rebecca nickte. »Wie nachlässig von mir, *Lady* Victoria. Ich fürchte, in meinen Augen werden Sie immer die gute alte Victoria Manvell bleiben.«

Schlagartig wurde es still im Raum. Als wäre gerade ein Handschuh zu Boden geworfen worden.

»Stimmt ja«, mischte sich Kitling hastig ein. »Sie beide hatten seinerzeit gemeinsam Ihr Debüt in Kalkutta. Daran kann ich mich noch sehr gut erinnern. Kam es zwischen Ihnen beiden nicht zu einem Eklat wegen eines gewissen Leutnants?«

Rebeccas Wangen verfärbten sich vor Scham, während Victorias Antlitz vor Zorn glühte.

Lady Kirkwood sprang auf. »Eklat? Ich glaube kaum, dass meine Tochter je einen …«

»Mutter«, zischte Lady Victoria. »Bitte!«

Die Gräfin fügte sich der unausgesprochenen Ermahnung ihrer Tochter, die der Tatsache galt, dass sie nicht unter ihresgleichen wandelten, und im Nu fand sie zu ihrer üblich unterkühlten Art zurück. »Ich weiß nicht, warum Mr. Danvers' Anwesenheit von so großer Bedeutung sein soll. Belassen wir es dabei, dass er heute hier ist, weil Lady Finch ihn eingeladen hat.« Sie setzte sich wieder hin, und ihre Tochter gesellte sich wieder zu Charlotte.

Vermutlich um ihre Position aufseiten Lady Kirkwoods zu untermauern, begab sich nun auch Mrs. Harrington aufs

Schlachtfeld. »Ich muss schon sagen, ihr beiden seht betörend aus, wenn man euch so nebeneinander stehen sieht. Welch grandiose Bereicherung ihr in dieser Saison sein werdet«, sagte sie an Charlotte und Lady Victoria gewandt.

»Ach ja, die bevorstehende Saison«, seufzte Lady Victoria entzückt, die augenscheinlich Gefallen an dem Thema fand, weil sie dadurch endlich in den Mittelpunkt rückte. »Es wird himmlisch sein, die liebe kleine Charlotte an meiner Seite zu wissen. Die Vorstellung, ohne meine beste Freundin nach London zu gehen, hätte ich nicht ertragen.« Sie lächelte gekonnt in die Runde. »Ich werde höchstpersönlich dafür sorgen, dass Miss Harrington eine gute Partie abbekommt. Nicht umsonst stamme ich aus Bramley Hollow. Es gilt also, einen gewissen Ruf zu verteidigen.«

»Sie siedeln also doch in die Stadt über? Das überrascht mich ehrlich gesagt ein wenig, Mrs. Harrington«, sagte Lady Finch und nahm in einem Sessel Platz. »Ich dachte, Sie und Major Harrington hätten beschlossen, dieses Jahr auszusetzen.«

Mrs. Harrington schenkte ihr ein überschwängliches Lächeln. »Dasselbe dachte ich auch, meine Liebe. Bis der Major heute Nachmittag aus heiterem Himmel verkündete, dass wir so schnell wie möglich nach London aufbrechen.«

»Von jetzt auf gleich – wie unbequem«, sagte Lady Kirkwood und blickte den Major entrüstet an. Major Harrington zog es jedoch vor, ihr keine Aufmerksamkeit zu schenken, sondern widmete sich wieder einmal der Aussicht aus dem Fenster.

»Ach, daran bin ich längst gewöhnt«, bekundete Mrs. Harrington. »Ich kann mich noch gut daran erinnern, wie uns auf den Westindischen Inseln nicht einmal eine Stunde Zeit blieb, das Haus zu räumen. Nachdem ich mein ganzes Leben lang schon nach der Trommel des Militärs lebe, habe ich ein gewisses Geschick entwickelt, wenn es darum geht, in Windeseile packen zu müssen.«

Lady Kirkwood gab sich noch immer recht kritisch. »Aber wo wollen Sie denn wohnen, wenn Sie nicht wie wir ein Stadthaus besitzen? Wie ich hörte, ist es derzeit schwierig, ein passables Domizil zu finden. Vor allem in den exklusiveren Stadtteilen.«

»Aber natürlich besitzen wir auch ein Stadthaus«, verkündete Mrs. Harrington und schlug gekonnt ihr Taschentuch aus. »In Mayfair, wenn Sie es genau wissen wollen.«

»Was Sie nicht sagen«, kam Lady Kirkwoods pikierte Antwort. Sie schien der aufstrebenden Mrs. Harrington kein Wort zu glauben.

»Ich erbte es letztes Jahr von einer entfernten Cousine, und wie das Glück es will, steht es sogar frei. Die bisherigen Mieter sind vor kurzem nach Italien gezogen. Wir haben das Haus also ganz für uns allein.« Mrs. Harrington beugte sich ein wenig vor und fügte mit gedämpfter Stimme hinzu: »Wir beabsichtigen, es Charlotte zu überschreiben, sobald sie den Mann fürs Leben gefunden hat.«

Lady Kirkwood bekundete ihre Zustimmung durch ein kurzes Kopfnicken.

»Sie gehen also nach London?«, mischte sich der Oberst in das Gespräch der Damen ein. »Hab' mir auch schon so meine Gedanken darüber gemacht, ob ich Bex in die Stadt schicke. Würd' gern wissen, wie sie sich so schlägt. Das Mädchen wünscht sich nämlich nichts sehnlicher als eine Saison in London, stimmt's?«

Rafes Blick flog zu Rebecca, die vor Scham am liebsten in einer Erdspalte versunken wäre. Sie hatte die Augen geschlossen, und ihre zu Fäusten geballten Hände hingen seitlich am Körper herab. Ohne sich darüber im Klaren zu sein, hatte ihr Onkel sie gerade in feindliches Gebiet geschossen.

»Eine Saison? Für Miss Tate?«, rief Charlotte, die an ihrem Kichern zu ersticken drohte. »Aber die ist doch viel zu alt dafür.«

Lady Finch schlug sich die Hand vor den Mund, und Lady Kirkwood und Lady Victoria erröteten aufs Heftigste. Scheinbar war Charlotte entfallen, dass Rebecca und Lady Victoria gleich alt waren.

»Sie dürfen Bex nicht *alt* nennen«, verteidigte der Oberst seine Nichte. »Zugegeben, sie ist manchmal ein wenig schrullig. Aber dass sie zu alt ist, würd' ich nicht sagen. Sie wünscht sich einfach nur einen netten und anständigen Vikar, mit dem sie ihr Leben teilen kann. Davon müsste es in der Stadt doch nur so wimmeln, oder?«

Nun konnte Charlotte nicht mehr an sich halten und prustete lauthals los. Lady Victoria hingegen streckte bei diesem schlichten Heiratswunsch ihr kleines vornehmes Näschen in die Luft.

Am schlimmsten jedoch erging es Rebecca. Ihre Wangen verfärbten sich tiefrot, und Schmach und Erniedrigung standen ihr ins Gesicht geschrieben. Rafe litt mir ihr und konnte es kaum noch ertragen, wie sie von Charlotte Harrington und Lady Victoria verspottet wurde.

Warum nur kam ihr niemand zur Hilfe?

Ehe Rafe sich bewusst wurde, was er tat, ergriff er Partei für Rebecca. »Wie könnte jemand von Miss Tates Schönheit zu alt für eine Saison in der Stadt sein?«, platzte es aus ihm heraus. »Das ist doch ausgemachter Nonsens. Ich bin überzeugt davon, dass Miss Tate noch vor ihrem ersten Ball zur Königin der Saison erklärt wird. Sie verfügt über höchst kostbare Vorzüge, die ihr ein Leben lang zum Vorteil gereichen werden. Weniger charismatische und unreifere Mädchen« – er richtete seine Worte unmissverständlich an Victoria und Charlotte – »können um solche Eigenschaften nur beten. Während ihr Äußeres vergänglich ist, wird Miss Tate mit jedem Jahr in hellerem Glanz erstrahlen. Ähnlich dem zunehmenden Mond.« Sein Lobgesang hatte für bleierne Stille gesorgt. »Zumindest sagte ich dies gestern zu Cochrane, nachdem ich die besondere Ehre hatte, Miss Tates Bekanntschaft zu machen.«

»Ja, das hat er«, bekräftigte Cochrane schnell. »Er sagte, sie hätte eine unverwechselbare Art.« Der Jüngling griente und ließ den Rest dessen, was Rafe noch über die wundersame Jungfer gesagt hatte, wohlweislich unerwähnt.

Ein breites Lächeln legte sich auf die Lippen des Obersts. »Das ist meine Bex. Wahrlich einzigartig.«

Rebecca – wie alle anderen Damen – starrte Rafe mit weit geöffnetem Mund an.

»Mr. Danvers, Sie sind ja ein ganz schöner Draufgänger«, durchbrach Miss Honora die Stille. »Nicht dass unsere Rebecca eine derartige Hochschätzung nicht verdient hätte, aber Sie scheinen mir ein ausgebuffter Charmeur zu sein.« Mit einer ungehaltenen Bewegung scheuchte sie Sydney fort und trommelte auf den freien Platz neben sich. »Setzen Sie sich zu uns, und erzählen Sie uns, was es für Neuigkeiten in der Stadt gibt. Ich wette, Sie haben Ondits im Gepäck, die so deftig sind, dass sich die Klatschkolumnen lieber darüber ausschweigen und selbst unsere hoch geschätzte Lady Finch sie nicht preisgeben würde.«

Rafe durchquerte den Raum mit der festen Absicht, Rebecca dabei nicht anzuschauen. Als er jedoch an ihr vorbeiging, wurde er von Schwäche übermannt, und einen kurzen und stürmischen Moment blickten sie einander in die Augen, wo Rafe die flackernde Frage las, die ihr auf der Seele brannte. *Warum sind Sie mir zur Hilfe gekommen?*

Wären sie alleine gewesen, hätte er ihr die Wahrheit gebeichtet: dass er ihren Kuss nicht vergessen konnte, ihre zarten Lippen auf den seinen. Am meisten machte ihm jedoch die Erinnerung daran zu schaffen, wie sie sich an ihn geschmiegt hatte. Als suchte sie Zuflucht vor einem aufziehenden Orkan. Einem Orkan, der so kraftvoll war, dass er Gefühle in den Tiefen seines Herzens aufwirbelte, von denen Rafe überzeugt gewesen war, sie auf ewig dorthin verbannt zu haben. Während des Kusses hatte er seine Hände durch die gelösten Strähnen ihres seidigen Haars gleiten lassen, war mit dem Finger die Konturen ihres Kiefers nachgefahren, hatte den zittrigen Puls ihres Halses gefühlt und war hinunter bis zu den Rundungen ihrer …

»Mr. Danvers?«, riss Miss Honora, die noch immer das Sofa tätschelte, ihn höflich, aber bestimmt aus den Gedanken.

»Bitte verzeihen Sie, Miss Honora«, sagte Rafe schnell und machte eine entschuldigende Geste. »Ich fürchte, Sie haben mich bei Tagträumereien ertappt.«

»Machen Sie sich keine Sorgen, das passiert Männern in meiner Gegenwart häufiger«, kam die kokette Antwort, die ein entrüstetes Schnauben von Miss Alminta nach sich zog. »Wahrscheinlich haben Sie zu viel Sonne abbekommen. Wie der Zufall es wollte, konnten wir beobachten, wie Sie heute ohne angemessene Kopfbedeckung an unserem Haus vorbeiritten. Bereits da wusste ich, dass Sie ein höchst wagemutiger Mann sind.«

»Ich für meinen Teil fand eher, dass Sie atemberaubend gut aussahen«, ergänzte Miss Honora. »Bitte spannen Sie uns nicht länger auf die Folter, und erzählen Sie uns etwas von sich. Wir selbst haben nur wenig amüsante Geschichten zu offerieren, während Sie vermutlich ein Mann der Tat sind. Zumindest besitzen Sie das Äußere und die Aura eines Kämpfers. Habe ich das nicht gleich gesagt, Alminta?«

»Ja, aber vergiss nicht, du hast auch ein Faible für rote Gehröcke und neumodische Dreispitze.«

»Stimmt.« Doch Honora erwies sich als recht hartnäckig und wollte wissen: »Haben Sie eigentlich im Krieg gedient, Mr. Danvers?«

Rafe sprach nur höchst ungern über den Krieg. Ganz besonders verabscheute er es, in Gegenwart vieler Zuhörer darüber zu reden. Für gewöhnlich hielt man ihn bestenfalls für einen Deserteur, schlimmstenfalls für ein schmachvolles Mitglied der Gesellschaft, das man besser mied.

»Danvers? Danvers?«, tönte es aus Mrs. Harringtons Mund. »Der Name kam mir doch gleich seltsam bekannt vor. William, gab es nicht in Spanien einen Major Danvers?«

»Ja, einer von Wellingtons Hintermännern«, antwortete der Major, der noch immer den Raum patrouillierte. Rafe fragte sich, ob er immer so unstet war. »Richtig, Madam, mein Bruder«, sagte Rafe. »Er ist mittlerweile zum Marquis von Bradstone avanciert.«

»Und mit meiner liebenswürdigen Mrs. Keates verheiratet«, fügte Lady Finch hinzu. »Drei Sekretärinnen vor Mrs. Radleigh.«

Mrs. Radleigh hielt indes vier Finger in die Höhe.

»Aber es gab da doch noch einen anderen.« Mrs. Harrington war nicht gewillt, locker zu lassen, und klopfte sich sachte gegen das ausladende Kinn. »Es gab da noch einen Danvers, der auch im Süden war. Ich weiß es genau.«

Es wunderte Rafe nicht sonderlich, dass der Major sich nicht an ihn erinnern konnte, wohl aber seine Gemahlin. Majorsgattinnen verfügten über ein rigoroses und erbarmungsloses Gedächtnis, schlimmer als Elefanten.

»Erinnerst du dich denn gar nicht, William?«, fragte sie mit beharrlicher Stimme ihren Gatten. »Er schlug damals seinen Vorgesetzten nieder und floh mit einer Truppe von spanischen Teufeln.« Die Dame ließ ihrem Publikum eine kurze Kunstpause zukommen. »Nicht dass das völlig überraschend kam, denn er war selbst ein halber ...« Mrs. Harrington blickte zu Rafe und verstummte augenblicklich, als sie sich seines südländischen Äußeren und seiner pechschwarzen Augen bewusst wurde.

»... Spanier?«, half Rafe ihr aus.

»Ja, ich glaube, so könnte es gewesen sein«, sagte Mrs. Harrington leise und presste sich das Taschentuch gegen die Lippen.

»Ach, Sie sind Spanier?«, rief Miss Honora enttäuscht. »Ich hatte angenommen – nein, gehofft –, Sie wären Zigeuner.«

Bei dieser Vorstellung stöhnte Lady Finch verzweifelt auf. Sie konnte schon förmlich die Londoner Hyänen sehen, wie sie sich das Maul über sie zerrissen.

Mir ist zu Ohren gekommen, dass Evaline mittlerweile schon Wandervolk und Nabobs unterhält. Ich fürchte, jetzt hat sie komplett den Verstand verloren.

Rafe machte sich umgehend daran, die Umstände seiner Herkunft zu erläutern. »Meine Mutter war Spanierin, und mein Vater war Lord Danvers.«

»Ich kann mich nicht daran erinnern, dass im *Debrett's* eine spanische Ehefrau erwähnt wird«, warf Mrs. Harrington pikiert ein.

Wieder senkte sich bleierne Stille über den Salon.

Bis Lady Finch das skandalgeschwängerte Schweigen durchbrach. »Lord Danvers war ein Diplomat von hohem Rang, weshalb ich mir absolut sicher bin, dass die Nichterwähnung seiner zweiten Gemahlin in den Gesellschaftschroniken auf einen simplen Fehler zurückzuführen ist. Sie dürfen nicht vergessen, dass er lange Jahre außerhalb unseres Landes gelebt hat, um unermüdlich für unseren König zu kämpfen.«

Jetzt übertreibt sie ein wenig, dachte Rafe. Die Karriere seines Vaters wurde für gewöhnlich als recht anrüchig betrachtet. Im besten Fall sprach man von ihm als einem Wüstling. Wegen der zahlreichen Kavaliersdelikte und Skandale war er dem Außenministerium stets ein Dorn im Auge gewesen. Als er mit seiner Mutter, der Tochter eines berühmten Spaniers, durchbrannte, wäre er um ein Haar aus dem diplomatischen Dienst geflogen.

»Ist der jetzige Lord Danvers nicht ebenfalls ein Diplomat im Dienste der Krone?«, meldete sich Lady Victoria zu Wort.

Rafe lachte. »Colin? Nein. Er war bei der Marine.«

»Bis er vor das Kriegsgericht zitiert wurde«, sagte Jemmy vergnügt.

Sowohl seine Mutter als auch Rafe warfen ihm funkelnde Blicke zu.

»Ist er nicht später zum Freibeuter geworden?«, warf Sydney ein. »Ich kann mich an eine ellenlange Liste von Gegenständen erinnern, die er unterschlagen haben soll. Ganz schön verwegener Geselle, Ihr Bruder.«

Ein Freibeuter?, formten Lady Kirkwoods Lippen. Scheinbar war das Wort zu anstößig, um es laut auszusprechen.

»Ein verfluchter Verräter, würde ich sagen«, murmelte Lord Kirkwood.

Wieder trat Stille ein, und die älteren Damen bedachten die Jüngeren mit besorgten Blicken. Nur Kitling lachte leise.

Für Rafe war es nichts Neues, dass seine Familie zur Zielscheibe von Spekulationen und Diffamierungen wurde. Zumal sich seine Brüder erst vor kurzem dazu entschieden hatten, die Öffentlichkeit wissen zu lassen, dass sie während des Krieges im Geheimdienst der Krone standen.

Nein, der Großteil des englischen Adels hielt die Danvers für Träumer und Nichtsnutze.

Und Rafe war der Allerschlimmste. Nur mit Müh und Not war er dem Militärgericht und dem Galgen entkommen, nachdem er seinem vorgesetzten Offizier eine Tracht Prügel verabreicht hatte, die der Bursche wahrlich verdient hatte. Der Kerl hatte es gewagt, sich einem Befehl zu widersetzen, und dabei das Leben der gesamten Kompanie aufs Spiel gesetzt.

Lord Kirkwood schickte ihm einen erzürnten Blick, ehe er

sich umdrehte und seiner Frau zuraunte: »Was für ein Abend!«

Bevor Lady Finch die Unterhaltung auf ein anderes, erquickenderes Thema lenken konnte, meldete sich Jemmy noch einmal zu Wort. »Rafe wurde zwar aus der Einheit geworfen, aber das hat ihn nicht davon abgehalten, einen wertvollen Beitrag zum Krieg zu leisten. Er versorgte jene Truppen, die hinter den Grenzen des Feindes eingeschlossen waren, mit Munition, überfiel französische Stützpunkte und war sogar tatkräftig daran beteiligt, den *Schatz der Könige* aufzuspüren.«

»*Den Schatz der Könige?*«, rief Miss Honora. »Das klingt entsetzlich aufregend. Was genau ist das? Wie haben Sie ihn gefunden?«

»Im Grunde war das gar nicht so sehr mein Verdienst«, lenkte Rafe ein. »Als er ausgegraben wurde, war ich längst wieder unterwegs.«

»Du solltest die Lorbeeren, die dir zustehen, auch tragen, mein Freund«, sagte Jemmy. »Du und ein Landsmann, ihr habt Major Danvers quer durch Portugal bis ins spanische Badajoz geführt. Ohne deine Hilfe würde der Major noch heute nach dem Schatz suchen!«

»Ein echter Schatz?«, rief Kitling aus und richtete sich zu seiner vollen Größe auf.

Jemmy nickte und machte sich mit sichtlicher Freude und einem leichten Hang zur Übertreibung daran, die Geschichte wiederzugeben, die er mit folgenden Worten beendete: »Als wir ankamen, dachte ich, Rafes letztes Stündlein hätte geschlagen. Die Franzmänner hatten ihn gefangen genommen und beinahe bewusstlos geschlagen. Doch sie hatten ihn nicht dazu bringen können, seine Mission preiszugeben.«

Lord Kirkwood stieß ein ungläubiges Schnauben aus. Doch dieses Mal blieb sein Einwand ungehört.

»Wie sind Sie denn letzten Endes entkommen?«, wollte eine atemlose Lady Victoria wissen.

»Jemmy und mein Bruder Robert inszenierten ein Ablenkungsmanöver, das die Franzosen in Aufruhr versetzte, weshalb wir sie in die Knie zwingen konnten.«

»Das ist ja alles schön und gut«, sagte Mr. Kitling. »Aber viel wichtiger ist doch, ob Sie Ihren Anteil des Schatzes behalten durften?«

Lady Victorias Blick, der eben noch auf Kitling geruht hatte, flog zu Rafe. »Und, haben Sie?«

»Nein«, antwortete Rafe ruhig. »Außerdem hätte ich auch keine Belohnung angenommen. Der Schatz gehört schließlich dem spanischen Volk.«

Wieder konnte Lord Kirkwood sich ein empörtes Schnauben nicht verkneifen. »Der Mob verdient keine Reichtümer.«

»Sie haben nicht einmal ein winziges Juwel behalten?«, fragte Kitling fassungslos.

»Oh, wie gerne würde ich auch einmal auf Schatzsuche gehen«, seufzte Miss Honora.

»Schatzsuche!«, rief Lady Kirkwood entgeistert. »Nichts als Narretei. Schauen Sie sich doch an, was die Schatzsuche aus Miss Tates Vater gemacht hat. Er hat sich bis über beide Ohren verschuldet, war wie besessen. Nichts als Unfug, das Ganze!«

»Nicht ganz. In diesem Fall war es Wellington erst durch den sagenumwobenen Schatz möglich, dem spanischen Volk die Hoffnung wiederzugeben. Vor allem nach der furchtbaren Tragödie von Badajoz. Nach der Ausgrabung kam es überhaupt erst dazu, dass sich die Spanier mit uns verbündeten und uns halfen, Napoleon von der iberischen Halbinsel zu jagen«, erklärte Jemmy und schaute dem ungläubigen Grafen unnachgiebig in die Augen. »Mylord, jeder hier im Raum hat etwas oder jemanden auf den staubigen Ebenen der iberischen

Halbinsel verloren. Rafes Hilfe zum Sieg unserer Nation mag nie an die große Glocke gehängt worden sein, aber ohne Männer wie ihn hätte England noch Heerscharen von jungen Soldaten opfern müssen, um den Feind zu vernichten.«

Lady Kirkwood blickte von ihren Fingernägeln auf. »Lassen Sie mich zusammenfassen, Mr. Danvers: Ihr älterer Bruder ist des Verrats überführt, Ihr anderer Bruder gab ein Vermögen aus den Händen und Ihr Zwillingsbruder wurde ermordet.«

Rafe straffte die breiten Schultern und lächelte. »Könnte man so sagen.«

Lady Kirkwood funkelte Lady Finch an, um ihr dafür zu danken, dass sie sie zu dieser Schmierenkomödie eines gesellschaftlichen Beisammenseins eingeladen hatte.

Zur Erleichterung aller drang in diesem Moment ein diskretes Hüsteln von der Tür, und Addison verkündete: »Mylady, das Dinner wäre angerichtet.«

Rafe hätte schwören können, dass Lady Finch raunte: »Gütiger Gott, das wurde höchste Zeit.«

»Wenn Sie mir bitte folgen würden?«, sagte sie erleichtert und hielt Lord Kirkwood ihren Arm hin.

Ermuntert durch einen kleinen Schubser von Jemmy, trat Lord Finch vor und bot Lady Kirkwood sein Geleit an.

Kitling stellte sich zwischen Miss Honora und Miss Alminta, eine Dame an jedem Arm, und betrat das angrenzende und prachtvoll ausstaffierte Esszimmer.

Jemmy wich gekonnt Lady Victoria aus und bot sich Charlotte an, nicht ohne Rafe über Victorias Schulter hin zuzuzwinkern.

Glücklich darüber, dass sich ihre Tochter in bester Begleitung befand, wechselten die Harringtons im Gleichschritt nach nebenan.

Zurück blieb eine nicht sonderlich erwartungsvoll dreinblickende Lady Victoria, doch mit einem kalkulierenden Lächeln ging sie auf Rafe zu. »Mr. Danvers, würden Sie mir den Gefallen tun und ...«

»Victoria!«, ertönte die erzürnte Stimme ihrer Mutter aus dem Speisesaal. »Du kommst auf der Stelle hierher.« Sogleich eilte Lord Kirkwood zurück in den Salon und nahm seine Tochter beim Arm. Was Lady Victoria aber nicht davon abhielt, Rafe noch einen koketten Blick über die Schulter zuzuwerfen. *Mag sein, dass meine Eltern nicht einverstanden sind*, sagte ihr Blick, *aber ich bin zu allem bereit*.

»Folgen Sie Ihrem Instinkt«, zischte Oberst Posthill, der sich zu Rafe gesellt hatte.

»Verzeihung, wie meinen Sie das, Sir?«

»Folgen Sie Ihren Instinkten. Genau wie Sie es im Krieg getan haben.« Der alte Mann nickte. »Ignorieren Sie Kirkwood. Er ist ein Narr, ist immer einer gewesen.« Zur Aufmunterung klopfte er Rafe kräftig auf den Rücken und sagte: »Ich befehle es Ihnen. Lassen Sie sich von niemandem sagen, Sie wären ein Versager.« Der Oberst zupfte sich am Jacket und nahm eine kerzengerade Haltung ein. Er blickte drein, als würde er gleich mit Wellington höchstpersönlich speisen.

Rebecca schritt an Rafe vorbei und hakte sich demonstrativ bei ihrem Oheim unter. Doch an der Tür angekommen, warf sie Rafe einen Blick zu, der dasselbe verriet wie die Worte des Obersts: Wertschätzung und Stolz – auf ihn. Aus welchem Grund auch immer – Rafe sträubte sich, das Gefühl näher zu erforschen – war er heilfroh, dass von allen Gästen ausgerechnet sie seiner unehrenhaften Vergangenheit mit Verständnis begegnete.

Den unumstößlichen Beweis dafür lieferte die Träne, die Rebecca über die Wange kullerte.

Kapitel 8

Das wagemutige Herz blickt dem Feind stets ins Auge, sodass der Höllenfürst nichts als lodernden Siegeswillen sieht.

Oberst Darby zu seinen Truppen in
Miss Darbys schwärzeste Stunde

W*as für ein Schuft*, dachte Rebecca, als sie ihren Platz an der reich gedeckten Tafel einnahm. Wie konnte er es wagen, sich als so unglaublich ehrenhaft zu erweisen?

Sie hatte sich die ganze Zeit über eingeredet, dass er nichts als ein abscheulicher Lump war – nur um herauszufinden, dass er ohne Rücksicht auf Verluste für die Freiheit des spanischen Volks gekämpft hatte. Eine Tatsache, die ihn geradezu edelmütig erscheinen ließ.

Warum nur hatte er seinen Zwillingsbruder vor ihr verheimlicht? Hatte ihr dieses wichtige Detail verschwiegen? Wahrscheinlich weil ihn der Verlust noch immer sehr schmerzte. Rebecca wusste, was er fühlte, schließlich kannte sie es aus eigener Erfahrung.

Als wäre der Abend nicht schon turbulent genug gewesen, hatte er sich mit diesem Nonsens über den zunehmenden Mond auch noch schützend vor sie gestellt. Der Mond, dass sie nicht lachte! Da sprach wohl der spanische Romantiker aus ihm. Dennoch, wenn er sie anschaute, fühlte sie sich tatsächlich so, wie er sie beschrieben hatte. Er gab ihr das Gefühl, von seltener Schönheit zu sein. Vielleicht gehörte das ja zu dem üblichen Repertoire eines Charmeurs, vielleicht fühlte sich in seiner Gegenwart jede Frau so. Dennoch konnte sie es nicht verhindern, dass ihr Herz wild klopfte und sich zu der Hoffnung verstieg, ein solcher Zauber könne nach einer so kurzen Bekanntschaft tatsächlich möglich sein.

Verflucht sei dieser Mann, dachte Rebecca und starrte auf den Teller vor sich. Wenn er nicht so teuflisch gut küssen und ihr die wildesten Fantasien bescheren würde, hätte sie ihn vielleicht ein wenig angehimmelt. Schnell besann sie sich auf den Vikar, den sie heiraten und der sie nie und nimmer in einen derart Schwindel erregenden Zustand versetzen würde.

Rebecca warf Mr. Danvers einen verstohlenen Blick zu. Selbst in feiner Robe haftete ihm noch etwas Verruchtes an, das in ihr ein seltsames Gefühl wachrief.

Wie hatte Jemmy ihn genannt? *Rafe*.

Der Name passte zu ihm, entschied sie. Es war die Art Name, den eine Frau des Nachts gerne raunte.

Rafe, komm zu mir, Rafe, liebe mich.

Rebecca wusste, dass er sich nicht zweimal bitten lassen würde.

Plötzlich blickte Rafe in ihre Richtung. Es war fast, als hätte er ihre stillschweigende Bitte vernommen und ihre unzüchtigen Gedanken gelesen. Als ahnte er, wie sehr der Kuss sie aufgewühlt und welch großes Feuer er in ihrem Innern entfacht hatte.

Rebecca senkte blitzschnell den Blick und zwang sich, ruhig zu atmen. Es fiel ihr schwer, aber sie war geneigt, Lady Kirkwood Recht zu geben: Rafe Danvers war in den Augen der Gesellschaft vollkommen inakzeptabel.

Die Stimmung an der Tafel präsentierte sich – wie nicht anders zu erwarten war – recht angespannt.

Sydney Kitling, der zu Rebeccas Rechten saß, durchbrach das anfängliche Schweigen. »Mr. Danvers, wie mir scheint, sind Sie und ich aus demselben Holz geschnitzt.«

Rebecca blickte auf und hätte beinahe losgelacht, als sie den fragenden Blick in Rafes Augen bemerkte.

Sydney und Rafe aus demselben Holz? Wenn Weihnachten und Ostern auf einen Tag fielen – vielleicht.

»Wie genau meinen Sie das, Sir?«, erkundigte sich Rafe gelassen.

»O ja, verraten Sie uns mehr«, mischte sich Lady Victoria ein, der absolutes Unverständnis ins Gesicht geschrieben stand.

Sydney lehnte sich genüsslich zurück und schien sich zu freuen, dass er endlich in den Mittelpunkt des allgemeinen Interesses gerückt war. »Weil weder er noch ich es voraussichtlich jemals zu Geld bringen werden. Wir wurden beide in die vornehme Welt geboren, aber im selben Moment in die kalten Arme einer gänzlich anderen gestoßen. Gehen wir in diesem Punkt *d'accord, mon ami?*«

»So würde ich es nicht formulieren«, wiegelte Rafe mit ruhiger Stimme ab.

Sydney beugte sich wieder vor. »Ich interessiere mich brennend dafür, wie ein verarmter Gentleman lebt. Ich meine damit Zeitgenossen wie Sie, die ihr Leben in die eigene Hand nehmen müssen, weil sie wissen, dass sie niemals etwas erben werden, das ihnen den Genuss französischen Brandys und anderer Annehmlichkeiten finanziert.«

»Was bin ich doch für ein Glückspilz, dass es mich noch nie nach Luxusgütern gelüstet hat und es nichts gibt, das mir den Schlaf raubt«, antwortete Rafe trocken.

Rebecca zweifelte nicht im Geringsten daran, dass es nicht *etwas* war, das Rafe um den Schlaf brachte, sondern *jemand*.

Sydney schien sich nicht mit Rafes Antwort zufrieden geben zu wollen. Es war, als witterte er – genau wie die anderen Gäste –, dass Rafe etwas Mysteriöses umgab, und er war fest entschlossen herauszufinden, was es sein könnte. »Wie schaffen Sie es eigentlich, regelmäßig Ihre Miete zu bezahlen?«

Die Schamlosigkeit, die Kitling an den Tag legte, verschlug Rebecca den Atem.

In diesem Moment schaltete sich Rafes Gehilfe ein, dem ein Platz am unteren Ende der Tafel zugewiesen worden war. »Das ist es ja. Meistens müssen wir uns über die Hintertreppe ins Haus schleichen, damit uns keiner sieht. Das machen wir immer so lange, bis wir die Schulden eingetrieben haben.«

Lady Finch seufzte, und Mrs. Harrington rückte so weit von Rafe ab, dass sie fast auf dem Schoß des Obersts landete.

Sydney lachte. »Das Spiel kenne ich gut.«

»Wollen Sie damit etwa sagen, dass Sie einer geregelten *Arbeit* nachgehen, Mr. Danvers?«, fragte Lady Victoria sichtlich amüsiert. »Wie unterhaltsam! Was genau machen Sie?«

Sämtliche Augen ruhten nun auf Rafe, und Rebecca war gespannt, wie er dieses Mal den Kopf aus der Schlinge ziehen würde.

»Er hilft unbescholtenen Bürgern«, kam Lady Finch ihm zur Hilfe, »mit ihren Problemen.«

»Welche Art von Problemen?«, erkundigte sich Miss Honora.

»Ich fürchte, Mr. Danvers ist seinen Klienten gegenüber zur absoluten Diskretion verpflichtet«, antwortete Lady Finch, sichtlich darum bemüht, die Tatsache zu vertuschen, dass sie es mit einer Art privatem Ermittler zu tun hatten. Schließlich sollten die Gäste nicht ahnen, aus welchem Grund sie eingeladen worden waren. Ein wenig panisch signalisierte sie den Dienern, den nächsten Gang zu servieren.

Doch auch die Suppe vermochte Lady Finch nicht zu retten.

»O nein«, protestierte Miss Honora. »Wir wollen es mit Mr. Danvers' eigenen Worten hören.«

»Vielleicht geht uns das wirklich nichts an«, ermahnte Miss Alminta sie. »Es schickt sich nicht, die Nase in das Leben anderer zu stecken, Schwester.«

Doch sehr zu Rafes Leidwesen scherte Honora sich nicht sonderlich um die Vorschriften guten Benehmens. »Schwesterherz«, ging sie zum Gegenangriff über, »was ist, wenn wir eines Tages vor einem entsetzlichen Problem stehen? Wäre es nicht wunderbar, jemanden zu kennen, der sich darum kümmern könnte? Wir ...«

»Miss Honora«, fiel Kitling ihr ins Wort, »Sie wissen doch, dass ich immer für Sie beide da sein werde und Ihnen helfe, sofern es in meinen Kräften steht.«

»Aber natürlich doch, Sydney, das wissen wir«, sagte Miss Honora und tat seine Galanterie mit einer wegwerfenden Handbewegung ab. »Seien Sie mir nicht böse, aber ich habe den Eindruck, dass Mr. Danvers in solchen Angelegenheiten eine Spur versierter ist.« Sie blickte Rafe bewundernd an, woraufhin Sydney puterrot anlief und sich in Schweigen hüllte.

Rebecca biss sich auf die Lippe.

»Ich glaube kaum, dass Sie jemals mit der Art von Problemen konfrontiert werden, die ich für gewöhnlich löse«, versicherte Rafe den Schwestern.

Miss Honora schien noch immer nicht vollends überzeugt zu sein. Rebecca traute es der schwärmerischen Dame zu, dass sie sich eigens ein Dilemma ausdachte, damit Mr. Danvers noch ein wenig länger in Bramley Hollow weilte.

Nachdem Sydney die Fassung wiedergefunden hatte, holte er zum Gegenangriff aus. »Wird das Beseitigen von Problemen denn stattlich entlohnt?«

»Das kommt darauf an«, sagte Rafe, »ob man seine Außenstände richtig einzufordern weiß.«

Cochrane hustete und schnaufte.

Rebecca vermutete eine Geschichte hinter dem Unbehagen des Jungen, die Lady Finch nie und nimmer bei Tisch dulden würde.

»Ich hörte von einer exorbitant hohen Summe, die auf die Ergreifung von Codlins Mörder ausgesetzt sein soll«, sagte Kitling und hielt dem Diener sein Glas zum Nachfüllen hin.

»Wenn mich nicht alles täuscht, beschäftigen Sie sich doch auch mit Mordfällen wie diesem, nicht wahr?«

Rebecca vermied es, Rafe anzuschauen, und blickte stattdessen auf seinen Gehilfen. Der Junge saß so weit nach vorne gebeugt, dass seine Nase fast den Teller berührte. Damit war Kitlings Frage so gut wie beantwortet. Es stimmte also, Rafe war auf der Jagd nach diesem Mörder. Rebecca wusste nicht, ob sie sich ängstigen oder ein gewisses Maß an Trost empfinden sollte.

»Sir Rodneys Ableben?«, fragte Miss Honora, die es kaum mehr auf ihrem Stuhl hielt. »Sydney liest uns immer aus der Zeitung darüber vor. O Gott, o Gott, ist das alles aufregend.« Sie zitterte leicht. »Ermordet in den eigenen vier Wänden.«

»Manchmal raubt mir der Gedanke an dieses Verbrechen den Schlaf«, sagte Alminta leise. »Welch furchtbare Tragödie.«

»Codlin?«, rief Mrs. Harrington, die erst zu ihrer Tochter hinüberschaute und anschließend ihren Gatten besorgt anblickte. »Das ist wohl kaum ein angemessenes Thema bei Tisch.«

»Das sehe ich genauso«, pflichtete Lady Kirkwood ihr bei.

Miss Honora ließ sich jedoch nicht beirren. »Stimmt es denn? Arbeiten Sie tatsächlich an dem Fall Codlin, Mr. Danvers?«

Rafe fuhr sich mit der Serviette über die Lippen und legte sie zögerlich neben den Teller. »Ja. Ich habe mich bereits eingehend mit den Fakten vertraut gemacht.«

»Oho«, rief Miss Honora mit glänzenden Augen. »Sie sind also hier, um dem Mörder auf die Schliche zu kommen? Könnte es gar einer aus unserer kleinen Runde hier sein?« Mit zusammengekniffenen Augen blickte sie um sich. Es hatte fast den Eindruck, als wäre sie Rafes Gehilfin und nicht Cochrane.

»Miss Honora!«, rief Lady Kirkwood empört, als sei sie noch nie dermaßen in ihrem ganzen Leben beleidigt worden.

»Nein«, beeilte Rafe sich zu sagen. »Das ist nicht der Grund, warum ich in Bramley Hollow bin.«

»Trotzdem«, warf die unermüdliche Miss Honora ein, »wäre es ein Heidenspaß, herauszufinden, wer den armen Sir Rodney auf dem Gewissen hat, nicht wahr?«

»*Armer* Sir Rodney?«, tobte Mrs. Harrington. »Widerlicher Mann. Ich verstehe die ganze Aufregung um dieses Subjekt ohnehin nicht. Ohne Menschen wie ihn ginge es der Welt besser.«

»Muriel!«, schalt der Major seine Gattin. »Es reicht.«

Seine donnernde Stimme glich einem Kanonenschuss des Obersts. Fast alle Tafelgäste zuckten zusammen. Bis auf Rafe, wie Rebecca bemerkte. Er musterte den Major aus schmalen Augen heraus.

»Kannten Sie Codlin?«, fragte er ihn.

»Ja«, brummte der Major und stach mit dem Messer auf eine Scheibe Roastbeef ein, womit er unmissverständlich deutlich machte, dass er keine weiteren Erklärungen abzugeben gedachte.

Doch Rafe ließ sich nicht einschüchtern, lehnte sich zurück und sagte: »Haben Sie eine Vermutung, was das Mordmotiv gewesen sein könnte?«

Der Major wirkte einen Moment lang verunsichert, gewann aber schnell die Fassung zurück. »Wie meine Gemahlin bereits sagte: Er war ein unausstehlicher Zeitgenosse. War dafür bekannt, dass er sich nicht schnell Freunde machte, geschweige denn, sich um sie kümmerte. Fragen Sie doch Posthill.« Er zeigte mit dem Messer auf den Oberst. »Posthill kannte ihn, ebenso Miss Tate. Aus ihrer Zeit in Kalkutta.«

Der Oberst blickte von seinem Teller hoch. »Was oder wen soll ich kennen?«

Rebecca atmete tief ein. *Bitte Onkel, gib jetzt gut Acht, was du sagst. Bitte.*

»Codlin. Sie erinnern sich doch bestimmt an ihn, oder?«, fragte der Major mit dröhnender Stimme.

»Mein Onkel ist verwirrt, nicht taub«, fuhr Rebecca ihn an.

»Codlin, sagen Sie?« Der Oberst kratzte sich geistesabwesend am Kinn. »Hm, ich kann mich an keinen Codlin erinnern. Da müssen Sie schon Fähnrich Trotter fragen, wenn er wieder im Dienst ist. Tut mir Leid, aber ich kann mich nicht an jeden erinnern, den ich mal getroffen habe, oder?« Er blickte angestrengt zu Bex. »Bex, wo steckt dieser Trotter überhaupt? Hoffentlich hebt er nicht schon wieder einen?«

»Nein Sir«, sagte sie. »Ich glaube, Fähnrich Trotter hat heute Nacht Wachdienst.«

Der Oberst nickte. »Trotter ist ein guter Mann. Allzeit bereit, behält immer die feindlichen Linien im Auge. Da fühl ich mich gleich schon viel besser. Wenn seine Wache vorbei ist, schicken Sie ihn zu Major Harrington. Er wird ihm helfen, diesen Codlin zu finden.« Mit sichtlichem Heißhunger wandte er sich wieder den Köstlichkeiten auf seinem Teller zu.

Rebecca lächelte und machte eine entschuldigende Geste in die Runde. »Ich fürchte, zu mehr ist er nicht zu gebrauchen. Sein Gedächtnis gleicht einem Sieb.«

»Wie steht es mit Ihnen, Miss Tate?«, fragte Rafe. »Kannten Sie Sir Rodney?«

Rebecca schüttelte den Kopf. »Ich weiß lediglich, dass er meinen Onkel einst aus geschäftlichen Gründen aufgesucht hat. Aber ich bin ihm nie offiziell vorgestellt worden.«

Rafe blickte erst zum Oberst, dann zum Major. »Waren Sie mit ihm befreundet?«, fragte er Major Harrington.

»Mitnichten!«, rief er zornig. »Außerdem lasse ich mich nicht gern aushorchen. Und schon gar nicht von einem wie Ihnen.« Seine Worte klangen so unerbittlich, dass selbst Rebecca zusammenzuckte.

Mr. Danvers dagegen zeigte sich unbeeindruckt. Seine Selbstbeherrschung war wirklich bewundernswert.

»Bitte verzeihen Sie, Sir, es war nicht meine Absicht, Sie in die Enge zu treiben.« Rafe beugte sich vor und blickte dem Major fest in die Augen. »Aber ich werde dafür sorgen, dass dem Opfer Gerechtigkeit widerfährt. Es ist und bleibt ein Kapitalverbrechen, wenn ein Mensch ermordet wird. Egal wie liederlich sein Charakter auch gewesen sein mochte.«

Mrs. Harrington murmelte etwas Unverständliches, das sehr nach Zweifeln an Rafes Ehrenhaftigkeit klang.

Am Tisch war es mucksmäuschenstill. Schnell gab Lady Finch das Zeichen für den nächsten Gang. Sie hoffte noch immer, dass die Leckerbissen, die sie auftischen ließ, den misslungenen Abend retteten.

»Wie auch immer Ihr Auftrag nun lauten mag, Mr. Danvers, der Sie in unsere Mitte führt, mich interessiert vor allem, wie lange Sie in Bramley Hollow bleiben werden?« Lady Victoria strahlte hoffnungsvoll über das ganze Gesicht.

»Nicht sehr lange«, antwortete er. »Ich werde so schnell wie möglich nach London zurückkehren.«

Nicht schnell genug, wollte Rebecca rufen.

»Das hatte ich gehofft«, gurrte Lady Victoria. »Ich kann es gar nicht abwarten, Sie in London wieder zu sehen, Sir.« Für ihre Worte erntete Victoria einen zutiefst bestürzten Blick ihrer Mutter, den sie aber geflissentlich ignorierte.

»Ich zeige mich nicht oft bei gesellschaftlichen Anlässen«, erklärte Rafe ihr.

»Dazu haben Sie auch allen Grund«, murmelte Mrs. Harrington.

»In dem Fall werde ich mich an die Hoffnung klammern müssen, dass uns das Schicksal noch einmal zusammenführt«, säuselte ihre Tochter.

»Wie steht es denn nun mit Neuigkeiten aus der Stadt? Wie laufen die Vorbereitungen der Saison?«, fragte Lady Kirkwood an die Gastgeberin gewandt. Sie wollte um jeden Preis die Aufmerksamkeit Victorias von Lady Finchs höchst fragwürdigem Gast ablenken.

»Ich brenne förmlich auf Neuigkeiten«, ereiferte sich Charlotte. »Ich kann noch gar nicht glauben, dass ich dieses Jahr dabei sein darf.«

Sichtlich erleichtert ließ Lady Finch sich über die modischen Fehltritte einiger bekannter Damen aus und erging sich in Andeutungen, welche Damenschneider diese Saison besser gemieden werden sollten.

Lady Victoria und Charlotte plauderten lebhaft noch ein wenig über ihre Pläne. Doch sie taten es, ohne Rebecca einzubeziehen.

Rebecca setzte also ihr bestes Lächeln auf und nickte, wenn sie es für angebracht hielt, auch wenn sie das Tischgespräch langweilte. Was interessierte sie das Geschwafel über Kleider, Bälle und musikalische Darbietungen, wenn ihr Leben einem Pfad über die unbezwingbaren Berge Tibets glich?

»Der Zeitpunkt, sich jetzt auf die Suche nach dem Mann des Lebens zu machen, ist denkbar gut«, warf Kitling ein und lehnte sich mit verschränkten Armen zurück. »Meine Damen, die gesamte Männerwelt wird Ihnen zu Füßen liegen. Man munkelt, das *Almack's* würde wegen dieses Darbynonsens bald in ein Armenhaus umgewandelt werden.« Er lachte leise vor sich hin, doch es war augenfällig, dass weder Lady Kirkwood noch Mrs. Harrington der Vorstellung etwas Komisches abgewinnen konnten.

»Ketzerei«, schnaubte die Gräfin. »Bei der bloßen Vorstellung, dass diese Mädchen alles, wofür ihre Mütter ihr Leben lang so hart gearbeitet haben, aufs Spiel setzen, wird mir regelrecht übel.«

Mrs. Harrington nickte und warf ihrer Tochter einen strengen Seitenblick zu. »Sie sagen es.«

Das Mädchen verzog umgehend den Mund und sagte: »Ich habe die Romane nicht gelesen. Diese Art von Literatur ist abstoßend und die reinste Volksverdummung.«

In Rebeccas Augen musste Charlotte ihren Text noch ein wenig besser einüben, bevor sie bei den Schirmherrinnen des *Almack's* vorsprach.

»Der Autor sollte des Verrats angeklagt werden und eine angemessene Bestrafung erhalten«, sagte Mrs. Harrington mit ernster Stimme.

»Ich fände eine Medaille angebrachter«, warf Jemmy ein. »Klingt beinahe, als wäre die Stadt endlich ein sicherer Ort für uns Männer.«

Lady Kirkwood würdigte ihn keines Blickes. »Es will mir partout nicht in den Sinn, dass sich keiner die Mühe macht herauszufinden, wer diese schändliche Kreatur ist, damit sie in die Verbannung geschickt werden kann.«

Rebecca nippte hastig am Wein, tunlichst darauf bedacht, nicht zu Rafe zu schauen. *Lieber feige sein, als dem Feind ins Auge zu blicken*, entschied sie, auch wenn Miss Darby mutiger agiert hätte.

»Vielleicht sollten die gepeinigten Schirmherrinnen Sie beauftragen, den Übeltäter aufzuspüren, Mr. Danvers«, scherzte Kitling. »Damit Sie dem Schurken sämtliche Knochen brechen können.«

»Ich breche niemandes Knochen«, empörte Rafe sich und tat so, als könnte er den hüstelnden Cochrane nicht hören, der wirkte, als läge ihm etwas auf der Zunge. Doch der finstere Blick seines Herrn und Meisters hielt ihn davon ab, etwas zu sagen. »Ferner bin ich nicht der Meinung, dass das Schreiben von Romanen solch drastische Strafmaßnahmen rechtfertigt.«

Augenblicklich nahm Lady Kirkwood ihre Schmährede wieder auf. »Sie sind also nicht der Meinung, dass dieser Autor einem Kriminellen gleichkommt und dass er eine verachtenswerte Kreatur ist?«

Rafe atmete tief durch und lehnte sich entspannt zurück. »Ich für meinen Teil bin der Meinung, dass der Übeltäter an dieser Tafel sitzen könnte.«

»Sir!«, rief Lady Kirkwood empört aus, während alle anderen die Blicke rotieren ließen und fieberhaft darüber nachdachten, wer es sein könnte.

Selbstbewusst hob Rebecca den Blick und schaute zu Rafe. Doch das, was sie in seinen Augen las, bereitete ihr Unbehagen. Er würde nicht aufgeben, ehe er den Schuldigen entlarvt hatte.

Sie werden mir nie auf die Schliche kommen, erwiderte sie in Gedanken.

Rafe antwortete ihr mit einem Blick, in dem blanker Spott lag. *Vielleicht bin ich das längst*.

»Mr. Danvers, Sie belieben wohl zu scherzen«, sagte Lady Victoria.

»Wie stehen Sie denn so zu den Darbybüchern, Lady Victoria?«, erkundigte er sich.

»Sie wollen damit doch wohl nicht andeuten, dass meine Tochter ...« Lady Kirkwood sah aus, als würde sie jeden Moment explodieren.

»Ach Mutter, Mr. Danvers tut doch nur seine Arbeit«, warf Lady Victoria ein und lächelte Rafe verschlagen an. Sie schien sich sichtlich an dem Gedanken zu weiden, von ihm in die Mangel genommen zu werden. Wild und hemmungslos. »Wollen Sie wirklich wissen, was ich denke?«

Mit ein wenig mehr Kraftaufwand als eigentlich nötig, bearbeitete Rebecca das Stück Braten auf dem Teller vor sich. Nachdem dieser Danvers sie auf Bettlesfield Park ausgequetscht hatte, verdächtigte er nun Lady Victoria? Welch ein unseliger, lächerlicher, missratener …

»Ich liebe die Romane über alles«, sagte Lady Victoria voller Verzückung. »Noch Wochen später, nachdem ich den letzten Roman zu Ende gelesen hatte, habe ich wie ein Schlosshund geweint. Armer, wunderbarer Leutnant Throckmorten. Es geht auf keine Kuhhaut, wie viele Tränen ich seinetwegen vergossen habe.«

»Victoria«, zügelte Lady Kirkwood ihre Tochter. »Das reicht jetzt.«

»Mutter, du weißt genauso gut wie ich, dass ich diese Romane nicht geschrieben habe. Du hast sie doch selbst mit einer unglaublichen Begeisterung verschlungen. Zweimal hintereinander.«

Lady Kirkwoods Wangen erstrahlten in einem leuchtenden Rot.

»Ich habe Miss Darby regelrecht ins Herz geschlossen«, ließ Jemmy verlauten. »In Spanien hättest du sie das eine oder andere Mal bestimmt auch gut an deiner Seite gebrauchen können, nicht wahr, Rafe? Zum Beispiel, als du die Verfolgung dieses französischen Boten am Guadiana aufgenommen hast. Erinnerst du dich? Dieser Bursche wollte dir einen Strich durch die Rechnung machen und warf die Schreibschatulle einfach in den Fluss.«

»Du meine Güte«, sagte Miss Honora aufgeregt. »Wie ist es Ihnen denn gelungen, doch noch an den Inhalt zu gelangen?«

Rafe grinste. »Indem ich den Franzmann hinterherwarf.«

Einen Moment lang herrschte Stille, bevor die gesamte Tafel in Gelächter ausbrach – als hätten sie alle noch nie einen besseren Witz gehört.

»Jetzt ernsthaft«, sagte Kitling, »warum haben Sie den armen Kerl ins Wasser befördert, wenn der Inhalt der Schatulle längst ruiniert war?«

»Da täuschen Sie sich, mein Lieber«, antwortete Jemmy für Rafe. »Die meisten französischen Reisepulte haben ein Geheimfach, das vor Schäden jedweder Art geschützt ist.«

Krampfhaft zog sich Rebeccas Brust zusammen, ihr Blick raste zu Rafe hinüber. Sie musste herausfinden, ob er sich der Tragweite von Jemmys Worten bewusst war. Zu ihrem Entsetzen sah sie das helle Licht der Erkenntnis in seinen dunklen und unergründlichen Augen aufflackern.

Die meisten französischen Reisepulte haben ein Geheimfach …

»Ach du meine Güte«, rief Rebecca, als sie ihr Weinglas umstieß. Wie von der Tarantel gestochen, sprang sie auf und machte sich hektisch daran, den Fleck mit der Serviette wegzuwischen. »Herrje, jetzt habe ich Ihre wertvolle Tischdecke ruiniert. Bitte verzeihen Sie mir, es tut mir aufrichtig Leid«, entschuldigte sie sich bei Lady Finch.

»Malheurs wie diese passieren nun mal«, antwortete die Hausherrin gelassen und gab einem Diener das Zeichen, die Unordnung zu beseitigen.

Malheurs, dachte Rebecca. Wie ironisch. So langsam hatte sie das Gefühl, die Götter hatten sich allesamt gegen sie verschworen und sich auf Rafe Danvers' Seite geschlagen. Das, was sie in seinem Blick entdeckte, sprach Bände. Nämlich dass er – ebenso wie sie – weder an Malheurs noch an das Schicksal glaubte. Das Geschenk, das ihm unerwartet vom Himmel in den Schoß gefallen war, hatte ihn in uneingeschränktes Entzücken versetzt.

Rebecca schlenderte gemächlich durch die gepflegten Gänge der imposanten Finch'schen Orangerie. Neben den obligatorischen Zitronenbäumchen nahmen die vom Baron heiß und innig geliebten Orchideen den meisten Platz ein. Sie wirkten wie Kinder, die ihrem Ziehvater die viele Zuneigung, Liebe und den Dünger mit einer unvergleichlichen Blütenpracht dankten.

Die Gesprächsfetzen um sie herum drangen mal stärker, mal schwächer an ihr Ohr, ähnlich dem Wind der verschiedenen Jahreszeiten. Major Harringtons Vorträge wirkten frostig wie der Winterwind, während Mr. Kitlings blumige Worte an eine Sommerbrise erinnerten. Lady Victoria, die förmlich durch die Orangerie zu schweben schien, sprach mit einer Stimme, die so frühlingshaft leicht und luftig war, dass sich alle Gäste daran weideten. Allen voran Mr. Danvers, der ihr förmlich an den Lippen hing.

Doch selbst die duftgeschwängerte Luft und die erlesene Schönheit der Blumen waren nicht imstande, Rebeccas Sorgen zu zerstreuen.

Rafe wusste alles. Wusste, dass ihre unscheinbar wirkende Schreibschatulle französischer Herkunft war. Und dass sich im Innern die Beweise befanden, die er benötigte, um sie zu überführen.

Warum bloß spazierte er in aller Seelenruhe neben Victoria Manvell durch die Orangerie? Die Lösung des Falls befand sich in unmittelbarer Reichweite, und was tat er? Vergnügte sich mit diesem Frauenzimmer. Frechheit.

Allerdings glaubte Rebecca nicht eine Sekunde lang, dass er etwas für diese vereinnahmende Blondine empfand. Wahrscheinlich gehörte das zu seinem ausgeklügelten Plan, mit dem er sie, Rebecca, überführen wollte. Alles andere ergab keinen Sinn.

Rebecca war in gewisser Weise erleichtert, dass er nicht ihr, sondern Victoria seine Aufmerksamkeit schenkte. Doch sie wollte auf Nummer sicher gehen und behielt die beiden vorsichtshalber im Auge. Als die Turteltäubchen stehen blieben und Victoria Rafe mit einem verführerischen Lächeln anstrahlte, den Kopf schräg legte und erwartungsvoll die Lippen öffnete, duckte Rebecca sich schnell hinter einem Orangenbaum, um …

Ja, … um den beiden nachzuspionieren. Na und? Was war schon dabei, wenn sie sich ausnahmsweise wie ein unreifes Schulmädchen benahm? Es war ihr einerlei. Wenn das Zusammenleben mit Mrs. Wortling sie etwas gelehrt hatte, dann, dass es Schlimmeres gab, als jemanden zu belauschen.

Und wenn Raphael Danvers durch Bramley Hollow lief und jede Evastochter küsste, die ihm über den Weg lief, würde es Rebeccas moralische Pflicht sein, die potenziellen Opfer vorzuwarnen, ihnen klar zu machen, dass er lediglich mit ihren Herzen spielte, um sie danach weit von sich zu schleudern. Was Victoria ohnehin herzlich wenig ausmachen würde, so wie Rebecca sie kannte.

Was war es, das Rafe von dieser schrecklichen Ziege wollte? Er glaubte doch nicht ernsthaft, dass Lady Victoria imstande wäre, Romane zu schreiben?

Rebecca rümpfte die Nase.

Es war ihr schleierhaft, was die Grafentochter gesagt oder getan haben mochte, das ihn zu diesem Entschluss kommen ließ.

Wie aus dem Nichts schoss ihr ein anderer Gedanke durch den Kopf. Vielleicht bedeutete Lady Victoria ja in anderer Art und Weise seine finanzielle Rettung? Als reiche Erbin und seine Braut?

Nun machte Rebecca sich bittere Vorwürfe, dass sie ihm Bettlesfield Park so enthusiastisch gezeigt hatte. Was, wenn er entschied, das Anwesen doch zu behalten? Was, wenn er es nicht verkaufen, sondern es wieder herrichten ließ? Wenn dem so war, wäre Rafe auf eine Summe in der Größenordnung von Lady Victorias Mitgift angewiesen.

Rebecca kaute wieder nachdenklich auf der Unterlippe. Lady Victoria die Hausherrin von Bettlesfield Park? Bevor es dazu kam, würde sie es mit den Kanonen ihres Onkels in Grund und Boden schießen! Rebecca schaute durch ein hohes Rundbogenfenster über die angrenzenden Wiesen. In der Ferne konnte sie das Dach von Bettlesfield Park erkennen.

Immer wieder vergaß sie, wie dicht das Anwesen der Finchs an ihrem einstigen Zuhause lag. Natürlich! Wieso lief sie nicht querfeldein über die Wiese und holte sich jetzt gleich die Schatulle zurück, bevor dieser Danvers sie sich unter den Nagel reißen konnte?

Als Rebecca wieder in die Orangerie blickte, konnte sie Rafe und Victoria nirgends entdecken. *Ach du meine Güte*, dachte sie. Wie sie Victoria mit ihrem Spatzenhirn einschätzte, hatte sie ihr männliches Opfer in eine dunkle Ecke gezogen – genau wie sie es bei Leutnant Habersham getan hatte.

Rebecca blickte sich prüfend um. Nachdem sie sicher war, dass sie niemand beobachtete, öffnete sie lautlos die Tür zum Garten und stahl sich hinaus. Wenn sie sich beeilte, könnte sie zurück sein, bevor der Teewagen die Runde machte. Bevor sie jemand vermisste.

Solange konnte Victoria Rafe Danvers und seine Trickkiste für sich haben. Rebecca war es einerlei, was die beiden trieben. Es scherte sie keinen Deut.

Selbst nicht, wenn er …

… sie in seine Arme zog und ihren Mund mit stürmischen Küssen eroberte … sie schamlos berührte, sie …

Als Rebecca gegen eine Wand aus Muskeln prallte, stockte ihr der Atem. »Bitte verzeihen Sie, ich bin ein wenig in Eile, ich wollte …«, stotterte sie, blickte auf und erkannte, wer ihr im Weg stand.

Rafe.

»Sind Sie in Gedanken, oder formulieren Sie gerade Ihre nächsten Briefe?«

»Ich wüsste nicht, was Sie das angeht«, antwortete Rebecca schnippisch und wollte sich an ihm vorbeidrücken, was ihr jedoch nicht gelang. »Was machen Sie hier draußen? Ich dachte, Sie wären gerade bis über beide Ohren beschäftigt?«

»Mit Lady Victoria?«, fragte er. »Wie zuvorkommend von Ihnen, mir dieses kleine raffinierte Biest in die Arme zu treiben, um mich von meiner wahren Mission abzubringen.«

Victoria hatte in seinen Armen gelegen?

»Ich habe niemals …«

Rafes Lachen schnitt ihr das Wort ab. »Pech für Sie, dass ich wenig übrig habe für dumme Dinger wie Miss Victoria.« Er beugte sich zu ihr herab und flüsterte: »Ich liebe es, wenn ich meine Beute erst ein wenig jagen kann, bevor ich sie einfange.«

Rebecca verspürte den unbändigen Wunsch, loszulaufen und ihm zu beweisen, dass er sich die Falsche für seine Spielchen ausgesucht hatte.

»Warum so in Eile, Miss Tate?«, fragte er gelassen und warf einen Blick über die Schulter auf das in der Ferne liegende Dach von Bettlesfield Park. »Haben Sie vielleicht etwas verloren?«

Rebeccas Blick schnellte empor. Die Erkenntnis traf sie wie der Blitz aus heiterem Himmel. Bei Gott, er hatte das Reisepult längst gefunden und an sich genommen. Alles, was er nun noch tun musste, war, es zu öffnen und … Sie wirbelte herum und hastete zurück zum Haus.

Mit zwei großen Schritten hatte Rafe sie mühelos eingeholt, packte sie am Arm und zwang sie so, stehen zu bleiben. »Wie schon gesagt, ich liebe die Jagd.«

Rebecca wollte sich befreien, doch Rafe hatte nicht vor, sie so schnell wieder laufen zu lassen.

Nicht bis er ein paar überzeugende Antworten erhalten hatte.

»Lassen Sie mich los«, zischte Rebecca. »Oder ich werde …«

Sein entspanntes Lächeln forderte sie förmlich heraus, sich ihm von ihrer unmanierlichsten Seite zu zeigen.

»Warum verraten Sie mir nicht einfach, was in der Schatulle ist?«

Rebecca presste sich die Hand vor den Mund.

Sollte er sie doch bis zum Morgengrauen festhalten, sie würde schweigen wie ein Grab. Selbst wenn er sie beschimpfte oder ihr drohte.

Doch Rebecca wusste, dass Rafe Danvers sich wesentlich gefährlicherer Waffen bedienen konnte, um sie sich gefügig zu machen. Als er sanft mit dem Daumen über die Innenseite ihres Handgelenks strich, zuckte verräterisches Verlangen durch ihren Körper.

Auch ein weiterer Versuch, sich zu befreien, schlug fehl. Stattdessen streichelte er sie aufs Neue. Sie schleuderte ihm vernichtende Blicke zu und betete, dass er nicht annähernd ahnte, welches Chaos er in ihr auslöste.

»Woran denken Sie gerade?«, raunte er.

»An etwas, das mit den Untersuchungen zu Ihrem Ableben zu tun hat.«

»Mein Ableben?«, fragte er vergnügt. »Klingt nicht sonderlich pragmatisch, Miss Tate.«

»Da bin ich anderer Meinung.«

»Bedenken Sie die möglichen Konsequenzen. Man wird Sie fangen«, warnte er sie schmunzelnd.

Sie war doch schon gefangen. Sogar mehr, als ihr lieb war. »Wie wär's, wenn wir uns um des lieben Friedens Willen auf Ihre baldige Rückkehr nach London einigen könnten?«

»Ich könnte in der Tat schon morgen abreisen, vorausgesetzt Sie ...«

»Das wäre wunderbar.« Rafe machte keine Anstalten, sie gehen zu lassen, und Rebecca wusste nur zu gut, dass sie keinen Kampf anzetteln oder um Hilfe rufen konnte. Wenn sie das täte, würde sie einen regelrechten Skandal heraufbeschwören. Ein Eklat war das Letzte, was sie sich wünschte. »Bedeutet das, dass Sie endlich aufgeben?«

»Ich gebe nie auf.«

Er würde also weitermachen, dachte sie verärgert.

»Außerdem sehe ich momentan nicht den geringsten Anlass dazu«, ließ er sie wissen. »Es gibt etwas, das mich förmlich zwingt, hier zu bleiben.« Rafes Lippen verzogen sich zu einem gefährlichen Lächeln. »Ich glaube nämlich, dass Sie die Antworten auf alle meine Fragen und Probleme kennen.«

»Das wage ich zu bezweifeln.«

»Ich kann sehr überzeugend sein, *mi amor*«, raunte Rafe in seinem so sinnlich spanischen Tonfall.

»An mir werden Sie sich allerdings die Zähne ausbeißen«, zischte Rebecca und hoffte, er kaufte ihr diese Lüge ab. »Mit Ihrem Charme verhält es sich wie mit Ihren Manieren – in jeder Hinsicht defizitär und nur von kurzer Dauer.«

»Liebe Miss Tate, heute Nachmittag machten Sie mir einen wesentlich umgänglicheren Eindruck, wenn ich es so formulieren darf.« Mit einem Ruck zog er sie zu sich.

Rebeccas Herzschlag beschleunigte, als sie sich ins Gedächtnis rief, wie freizügig sie sich gegeben hatte. Wie nahe sie ihm gekommen war …

»Wir sollten keine Geheimnisse voreinander haben.« Sein Atem streifte ihr Ohr, seine Arme legten sich um ihre Taille.

Keine Geheimnisse? Ihr gesamtes Leben war ein einziges Geflecht aus Geheimnissen, und vor ihr stand ausgerechnet der Mann, der imstande war, sie ihr zu entreißen.

Aus den Augenwinkeln heraus erspähte Rebecca einen kleinen Spaten, den der Gärtner an einen Zaunpfahl gelehnt hatte stehen lassen. Mit der freien Hand tastete sie danach.

»Sie lassen mich jetzt auf der Stelle los, Sir, oder ich sehe mich gezwungen, hiervon Gebrauch zu machen«, zischelte sie und brachte die Waffe zum Vorschein.

Mit hochgezogenen Augenbrauen beäugte er den kleinen Spaten und dann Rebecca. »Was wollen Sie denn damit, Miss Tate? Mir mein Grab schaufeln?«

Als Rebecca auf den kleinen stumpfen Spaten in ihrer Hand blickte, erkannte sie, wie lächerlich sie sich gemacht hatte. In den Augen eines Mannes wie Rafe musste der Handspaten wie ein Kinderspielzeug wirken.

Nein, damit würde sie nicht einmal Miss Alminta einen Schreck einjagen.

»Bitte lassen Sie mich gehen«, flehte Rebecca ihn schließlich an. »Ich kann Ihnen wirklich nicht helfen. Nein, ich *werde* Ihnen nicht helfen. Ich ...«

Ein wutentbrannter Schrei aus der Orangerie unterbrach sie.

»Sie sagen mir auf der Stelle, wo er ist, Posthill, Sie tattriger alter Trottel!«, wetterte Major Harrington, »oder wir landen beide in der Hölle.«

Rebecca riss den Kopf herum, woraufhin Rafe umgehend von ihr abließ. Jede Faser seines Körpers war nun angespannt. Der raffinierte Verführer hatte sich blitzschnell in einen angriffsbereiten Krieger verwandelt, der sich mit einer rasanten Bewegung an Rebecca vorbeischob und auf die Orangerie zustürmte.

Während Rafe mit langen Schritten auf das Haus zulief, fragte Rebecca sich, wer dieser Mann sein mochte, der ihr Leben und ihr Herz so durcheinander brachte?

Freund oder Feind, in diesem Moment brauchte sie einen Helden, und Mr. Danvers, *Rafe*, war der Einzige, der sich für sie einsetzte, der ihr und ihrem Onkel zu Hilfe kam.

Angenommen sie vertraute sich ihm an, könnte er sie und ihren Onkel vielleicht doch vor den drohenden Gefahren retten?

Kapitel 9

Worin besteht der Sinn des Lebens, wenn nicht darin, für Geheimnisse sowie jene Mitmenschen zu leben, die sie lüften?

Lady Lowthorpe zu Miss Cecilia Overton in
Miss Darbys desaströses Dilemma

Sie sagen mir auf der Stelle, wo er ist«, polterte Major Harrington. »Kapieren Sie denn nicht, dass unser aller Leben auf dem Spiel steht?«

Rafe hatte die Türschwelle zur Orangerie erreicht, dicht gefolgt von Rebecca.

»Ach du meine Güte«, keuchte sie. »O nein, das darf nicht wahr sein!«

Worum es bei dem Streit ging, vermochte Rafe nicht zu sagen, aber er hatte genügend hitzköpfige Männer erlebt, um zu wissen, dass Harrington kurz davor stand, die Kontrolle über sich und die Situation zu verlieren.

Schon zu Beginn des Abends war Rafe aufgefallen, wie nervös und reserviert der Major sich verhalten hatte. Ihm war das wie eine Charakterschwäche vorgekommen, jetzt jedoch wurde ihm klar, dass etwas am Major nagen musste und er den armen Oberst als Blitzableiter missbrauchte. Es kam ihm vor, als zöge seine vermeintliche Stippvisite in Bramley Hollow einen Rattenschwanz von Problemen nach sich. Mittlerweile erschien ihm Seven Dials wie das wahre Paradies.

»Hören Sie mir gut zu, Posthill, Sie müssen sich jetzt unbedingt am Riemen reißen«, brüllte Harrington den Oberst an, packte ihn bei den Schultern und schüttelte ihn kräftig durch.

»Sie verraten mir jetzt auf der Stelle, wo er ist. Denken Sie nach, Mann, benutzen Sie Ihren Verstand oder das, was davon noch übrig ist. Es geht um Leben und Tod.«

»Lassen Sie mich los, Sie elender Schuft«, entgegnete der Oberst und riss sich los. Für jemanden, der im Allgemeinen als geistesgestört galt, machte der Oberst einen verhältnismäßig agilen Eindruck. Fast schon ein wenig zu wendig, dachte Rafe.

»Das ist einzig Ihre Schuld«, donnerte der Oberst und rammte dem Major seinen Zeigefinger in die Brust. »Wir wären nicht in dieser prekären Lage, wenn Sie und die anderen sich Richard gegenüber nicht wie ein Pack Diebe verhalten hätten. Sie haben es sich also selbst zuzuschreiben, Sie arroganter, Sie habgieriger ...«

»Was erlauben Sie sich?«, schrie Harrington ihn nach Leibeskräften und mit puterrotem Gesicht an. »Ich verbitte mir derartige Beleidigungen. Ich lasse mich von niemandem beschimpfen, und schon gar nicht von einem Schwachkopf wie Ihnen.«

»Schwachkopf? Wie können Sie es wagen?« Blitzschnell hatte sich der Oberst eine Harke geschnappt, zerbrach sie über dem Knie, warf das Ende mit den Zinken beiseite und führte die andere Hälfte wie ein Schwert, das er Harrington unter sein Doppelkinn schob. »Sie aufgeblasener Windhund!«, schnaubte er. »Ich hätte Sie vor das Kriegsgericht zerren sollen, als ich die Gelegenheit dazu hatte. Ich Esel hätte die Wahrheit nicht verschweigen dürfen, hätte aussagen sollen, dass Sie und Codlin ...«

Doch der Oberst konnte seinen Satz nicht beenden. Harrington schlug mit voller Wucht den Harkenstiel beiseite und versetzte dem Oberst einen Kinnhaken, der ihn rücklings auf die Steinplatten fallen ließ.

»Onkelchen!«, rief Rebecca und ging neben ihm in die Knie. »Wie können Sie es wagen?«, brüllte sie den Major an. »Sie wissen doch genau, dass er nicht im Vollbesitz seiner Kräfte ist, dass er Sie gar nicht verletzen könnte, selbst wenn er wollte.«

»Er hat mir nach dem Leben getrachtet«, verteidigte Harrington sich und strich sich mit dem Handrücken über den Mund. »Alle Anwesenden sind meine Zeugen. Er wollte mich eiskalt beseitigen.«

»So ein Unsinn!«, schrie Rebecca voller Verzweiflung. »Dazu wäre er doch gar nicht in der Lage!«

Rafe war sich dessen nicht so sicher. Er traute dem Oberst durchaus zu, dass er jemanden unter die Erde bringen konnte.

Was hatte Posthill doch gleich gesagt, bevor Harrington ihn mundtot gemacht hatte? *Ich Esel hätte die Wahrheit nicht verschweigen dürfen, hätte aussagen sollen, dass Sie und Codlin …*

Rafes Nackenhaare sträubten sich, und er stierte Harrington an. Schon bei Tisch hätte er den Beteuerungen des Majors keinen Glauben schenken dürfen. Immerhin würde der Major jetzt nicht mehr umhinkommen, seine Verbindung zu Codlin zuzugeben, die allem Anschein nach auch noch höchst brisant gewesen war.

Rafe blickte auf Miss Tate, die noch immer neben ihrem reglosen Onkel kauerte. Als ihm dämmerte, dass vermutlich auch sie in Gefahr schwebte, wurde er von einem beklemmenden Gefühl gepackt. Zwar hatte er schon so manche gefährliche und aussichtslose Lage mit Bravour gemeistert, doch das Gefühl der Angst war ihm fremd. Beim Anblick von Rebecca erfuhr er, was es bedeutete, wenn das Gespenst der Furcht seine eisigen Finger ausstreckte. Dem eigenen Leben mit Unbekümmertheit zu begegnen war eine Sache, doch nun waren ihre Schicksale miteinander verwoben, und es war nicht zu leugnen, dass Rebeccas Wohlergehen ihm mehr Sorgen als alles andere bereitete.

Nicht jetzt, ermahnte er sich. *Nicht sie*.

Doch seit seiner Ankunft in Bramley Hollow hatte sich das Netz aus Problemen um ihn und Rebecca immer enger zusammengezogen. Er konnte nun nicht länger die Augen davor verschließen, dass Rebecca in Gefahr schwebte – genauso wenig wie davor, dass der Kuss sein Herz in Brand gesteckt hatte.

Rebecca strich ihrem Onkel liebevoll über die zerfurchte Stirn, woraufhin sich dieser bewegte und leise aufstöhnte.

»Der Mann ist doch komplett verrückt«, wiederholte Harrington und deutete mit dem Finger auf seinen Widersacher.

Mrs. Harrington stellte sich an die Seite ihres Gemahls, gefolgt von Charlotte. »Basil, du bist ja verletzt«, sagte sie und zog ein Taschentuch aus dem Ärmel, mit dem sie seine blutigen Fingerknöchel abtupfte.

Unwirsch schob er sie beiseite, schnappte sich das Tuch und band es sich um die Hand. »Du hast doch gesehen, was er getan hat«, grunzte er sie an. »Der Oberst ist vollkommen grundlos auf mich losgegangen. Er stellt eine Gefahr für die Allgemeinheit dar. Man sollte ihn wegschließen und den Schlüssel vernichten. Wenn Sie nicht dafür sorgen, Miss Tate, werde ich es tun. Ihr Onkel ist eine gefährliche Bestie.«

»Gefährlich für wen, Major Harrington?«, erwiderte Rebecca mit eiskalter Stimme, erhob sich und baute sich vor dem Major auf – ein David in Musselin gegen einen Goliath in burgunderfarbenem Jackett. »Er fürchtet lediglich seine Feinde. Und die Feinde Englands. Zu wem zählen Sie sich?«

Rafe empfand Bewunderung für Rebeccas Courage, wenngleich selbst ihm klar war, dass sie mit ihrer Frage die Grenzen des guten Geschmacks übertreten hatte.

»Wie können Sie es wagen?«, röhrte der Major. »Sie kleine unverschämte Hexe. Ich riskiere meinen Hals, um Ihren Onkel zu warnen, und wie wird mir das von Ihresgleichen gedankt? Ihr Onkel trachtet mir nach dem Leben, und Sie beleidigen mich. Ich sollte …«

Mit einer blitzschnellen Bewegung zog Rafe Rebecca vom Major weg, dessen Hand bereits in der Luft schwebte. Rafe fing seinen Arm ab und vergewisserte sich mit einem schnellen Seitenblick, dass Rebecca in Sicherheit war. Sie schwankte zwar noch ein wenig, aber Cochrane hatte sie aufgefangen. Mit einem breiten Grinsen und flink wie ein Wiesel zog er ein kleines, gefährliches Messer aus dem Stiefel. Da der Jungspund in einer der rauesten Gegenden Londons groß geworden war und in seinem Leben bereits so manche Tracht Prügel verteilt und auch eingesteckt hatte, konnte sich seine tödliche Selbstsicherheit mit der eines kampferprobten Veteranen messen.

War es möglich, dass Pymm den Jungen nicht bloß zu Rafe geschickt hatte, um die hohen Ausgaben auf ihn abzuwälzen? Wollte er vielleicht sicher gehen, dass Rafe bei seinen gefährlichen Streifzügen sattelfeste Rückendeckung erhielt? Um wenigstens einen der Danversbrüder zu retten. Bei Orlando hatte Pymm jämmerlich versagt.

»Wie können Sie es wagen?«, fuhr der Major ihn an und versuchte, sich aus Rafes eisernem Griff zu winden. »Das hier geht Sie nichts an.«

»Wenn ein Mann es wagt, die Hand gegen eine Dame zu erheben, geht es mich sehr wohl etwas an«, konterte Rafe mit einem Groll in der Stimme, der keinen Widerspruch zuließ. »Mir geht es wie dem Oberst. Hasenfüße kann ich auf den Tod nicht ausstehen.«

Harrington riss die Augen auf und legte die Stirn in Falten. Doch wie die meisten Feiglinge wusste auch er, wann der Zeitpunkt gekommen war, sich geschlagen zu geben. Er schickte Rebecca noch einen letzten funkelnden Blick und schnaubte. »Wieder mal einen Champion auserkoren, oder wie? Bin gespannt, ob er sich als genauso treulos entpuppt wie Ihr letzter vermeintlicher Superheld … wie dieser Leutnant Habersham.«

Die Worte des Majors trafen Rafe wie Fausthiebe. *Wieder mal einen Champion auserkoren?*

Harrington nutzte den Augenblick zu seinem Vorteil, glitt mit der freien Hand in die Tasche seines Jacketts und zog eine Pistole hervor. »Ich sage es jetzt zum letzten Mal, Mr. Danvers. Lassen Sie mich los.«

Den Teufel werde ich tun, wollte Rafe ihm an den Kopf werfen. Für gewöhnlich hatte er Respekt vor einer geladenen Pistole, doch als der Major die Hand gegen Rebecca erhoben hatte, war sein Herz von rasender Wut ergriffen worden und sein inneres Gleichgewicht vollkommen durcheinander geraten. Rafe war bereit, alles zu tun, um Rebeccas Welt wieder in Ordnung zu bringen.

»Major Harrington!«, kreischte Lady Finch, die in Begleitung von Lady Kirkwood im Türrahmen erschien. Letztere geriet beim Anblick des Tumults ins Schwanken, war der Ohnmacht nahe.

Lady Finch jedoch war aus härterem Holz geschnitzt und schritt umgehend ein. Erzürnt wie sie war, wirkte sie selbst fähig, einen Mord zu begehen. »Was hat das alles zu bedeuten?«

»O Basil!«, rief Mrs. Harrington mit flehender Stimme. »Wieso trägst du eine Pistole bei dir, bei einer harmlosen Dinnerparty? Denk doch nur mal an den Skandal, den du damit heraufbeschwörst, und an Charlottes Zukunft. Du ruinierst womöglich ihren Ruf.«

Der Major blickte in das mit Tränen überströmte Gesicht seiner Tochter, ehe er sich knurrend aus Rafes Griff wand. Für einen kurzen Moment blickte er noch unheilvoller drein als zuvor. Zur Erleichterung aller ließ er die Pistole dann sinken und steckte sie sich wieder in die Tasche.

Er strich sich über die Kleidung, fuhr sich über die Augenbrauen und setzte ein etwas freundlicheres Gesicht auf, bevor er sich der Gastgeberin zuwandte. »Lady Finch, ich bitte vielmals um Entschuldigung wegen dieses Zwischenfalls, aber ich kann es mir nicht verkneifen, Ihnen mitzuteilen, dass ich die Wahl Ihrer Gäste hochgradig umstritten finde«, sagte er und warf Oberst Posthill einen letzten verächtlichen Blick zu, bevor er auf dem Absatz kehrt machte. An seine Familie gewandt sagte er: »Muriel, Charlotte, sucht eure Sachen zusammen, wir gehen.«

Rafe für seinen Teil war noch lange nicht mit dem Major fertig und packte ihn unsanft bei der Schulter. »Sir, worauf wollte der Oberst hinaus, als er von Ihnen und Codlin sprach?«

Unwirsch schüttelte Harrington Rafe ab. »Das geht Sie einen feuchten Kehricht an.«

Nun brach Mrs. Harrington in Tränen aus.

»Deine Gereiztheit hat uns alle ruiniert«, schniefte sie, während der Major aus der Orangerie stapfte und Charlotte und seiner Gattin keine Wahl ließ, als ihm zu folgen.

Lady Finch blickte auf den Oberst, der noch immer regungslos auf dem Boden lag. »Gütiger Herr! Ist er verletzt?«

»Ich glaube nicht«, antwortete Rebecca und tätschelte ihm die Hand.

Rafe ging neben ihr in die Knie und machte sich daran, den Oberst zu untersuchen. Die Bodenfliesen waren entsetzlich kalt und kein sonderlich guter Ort für einen Mann seines Alters. »Er sollte nach oben gebracht werden, wo man sich um ihn kümmern kann«, sagte Rafe. »Könnten Sie das veranlassen, Lady Finch?«

»Aber natürlich doch. Gar kein Problem.«

»Nein«, rief Rebecca so entschieden, dass sowohl Rafe als auch Lady Finch sie ungläubig anblickten.

»Ich meine doch nur, dass …«, sagte sie ein wenig versöhnlicher und biss sich auf die Lippe. »Ich wollte damit nur zum

Ausdruck bringen, dass es ... nun, ich halte es für besser, wenn er zu uns nach Hause gebracht würde.«

»Papperlapapp!«, tat Lady Finch ihren Vorschlag ab. »Er kann im Gästezimmer schlafen.« Sie gab Addison ein Zeichen, alles Nötige zu veranlassen.

Blitzschnell hatte Rebecca sich aufgerichtet. »Mylady, Ihr Angebot ist überaus großzügig, aber ich glaube, dass es in seinem Zustand besser wäre, wenn er in seiner gewohnten Umgebung zu sich kommt, damit er sich nicht noch zusätzlich aufregt.«

Lady Finch wollte protestieren, als der Oberst die Augen aufschlug und sich schwankend aufsetzte. Er umklammerte fest Rebeccas Hand. »Trotter! Trotter, wo sind Sie? Diese Derwische haben die Wälle erklommen und mich verletzt, mein Freund.«

Rebecca zuckte zusammen und ging gleich wieder in die Knie. »Wir sind in Sicherheit, Onkelchen. Du bist nur gestolpert.« Mit einem ernsten Blick zu den Umstehenden signalisierte sie, dass sie keinen Widerspruch duldete. »Entspann dich, Onkelchen, alles ist gut.«

»Muss sie aufhalten, bevor sie das Waffenlager plündern«, krächzte er und machte Anstalten aufzustehen, fiel aber direkt wieder um und sagte: »Die Verletzungen scheinen doch schlimmer zu sein, als ich dachte.« Er blickte Lady Kirkwood in die Augen. »Brandy, Fähnrich Trotter. Holen Sie die Flasche aus meinem Zelt, und beeilen Sie sich gefälligst.«

Lady Kirkwoods Augen weiteten sich.

»Onkelchen«, flüsterte Rebecca. »Du sprichst mit unserer lieben Nachbarin Lady Kirkwood und nicht mit Fähnrich Trotter.«

Die Augen des Obersts verengten sich. »Was macht die denn hier? Ist sie etwa ein Spion der Franzmänner?« Dieses Mal sollte es Posthill gelingen, aufzustehen. Leicht schwankend wandte er sich wieder der Gräfin zu. »*Parlez-vous français?*«

»*Oui, monsieur*«, antwortete sie verwirrt.

Der Blick des Obersts flog zu seiner Tochter. »Aha. Eine Französin, wie ich's mir gedacht hab'«, verkündete er triumphierend. »Ergreifen Sie sie! Sie ist ein Eindringling!«

Lady Kirkwood legte sich die Hand an den Hals und sog hörbar die Luft ein. Sogleich stellte sich ihr Gemahl schützend vor sie. Jetzt galt sein aufgebrachter Blick nicht allein dem Oberst, sondern schloss Rebecca mit ein.

»Miss Tate«, brummte er. »Ihr Onkel braucht mehr als Ruhe, um wieder zu sich zukommen. Der Mann ist komplett verwirrt.«

Rebecca sah aus, als würde sie jeden Moment in die Luft gehen. Da Rafe um jeden Preis eine weitere Auseinandersetzung verhindern wollte, mischte er sich ein weiteres Mal ein, auch wenn sich das seiner Meinung nach so langsam aber sicher zu einer schlechten Angewohnheit auswuchs.

»Oberst Posthill«, sagte er so sensibel, wie es ihm möglich war. »Ich schätze, es ist an der Zeit, sich für die Nacht zurückzuziehen. Erlauben Sie mir, Sie zu Ihrem Zelt zu begleiten? Die Eskorte dient lediglich Ihrer eigenen Sicherheit.«

Der Oberst schmollte. »Auf Ihren Rat kann ich verzichten. Hab' schon rebellische Kolonisten zur Strecke gebracht, als Sie noch an der Brust Ihrer Amme hingen.« Er geriet ins Schwanken und musste einen Schritt rückwärts machen. »Hm, hab' wohl zu tief ins Glas geschaut. Vielleicht könnte ich doch ein wenig Hilfe auf dem Weg ins Feldbett gebrauchen. Wär' nicht so gut, wenn ich morgen Früh mit dem Gesicht im Dreck entdeckt würde.«

»Da gebe ich Ihnen vollkommen Recht«, pflichtete Rafe ihm hastig bei. »Ich würde mich mehr als glücklich schätzen, wenn ich Sie *und* Miss Tate begleiten dürfte.«

Er führte den alten Mann aus der Orangerie, vorbei an einer säuerlich dreinblickenden Rebecca.

Wenn sie jetzt schon außer sich vor Empörung war, würde sich ihre Laune vermutlich nicht bessern, wenn sie am Cottage ankamen. Dieses Mal würde er nämlich nicht lockerlassen, ehe sie ihm Rede und Antwort gestanden hatte.

Den gesamten Heimweg über brodelte es in Rebecca. Am meisten erzürnte sie Rafe Danvers' Vermessenheit. Ganz zu schweigen natürlich davon, dass ihr Onkel dieses Mal definitiv einen Schritt zu weit gegangen war.

Männer!, wollte sie rufen und blickte aus dem Fenster der Kutsche, um die beiden Männer mit Missachtung zu strafen. Doch das war leichter gesagt als getan. Rafe und ihr Onkel saßen Seite an Seite und grölten lauthals eine spanische Weise, die – so vermutete Rebecca – alles andere als anständig war. Sie verschränkte die Arme vor der Brust und seufzte. Natürlich war sie erleichtert gewesen, dass Rafe sich zwischen sie und Major Harrington gestellt hatte und ihrem Onkel zu Hilfe geeilt war. Aber jetzt wünschte sie sich nichts sehnlicher, als dass er endlich verschwand.

Es stand zu viel auf dem Spiel. Sie konnte es nicht zulassen, dass er hinter ihre Geheimnisse kam.

Am Cottage wurden sie sogleich von Mrs. Wortling in Empfang genommen, die einen Morgenmantel und eine Schlafhaube trug, unter der zerzauste Haarsträhnen hervorlugten. Mit einem Kerzenstummel in der Hand stand sie im Türrahmen. »Alles in Ordnung mit ihm?«, fragte sie und beäugte den Oberst skeptisch, ehe sie Rafe ins Visier nahm.

Rebecca zog es kurz in Erwägung, ihr dieselbe Frage zu stellen. Die Likörfahne, die sie verströmte, war atemberaubend. »Immerhin ist er nicht angetrunken, Mrs. Wortling«, sagte sie patzig und zwängte sich an der Haushälterin vorbei.

»Das sieht mir aber anders aus. Nur damit Sie es wissen: Wenn er sich erbricht, bin ich nicht diejenige, die die Schweinerei fortwischt!«

»Der Oberst ist verletzt und nicht volltrunken«, erklärte Rafe ihr und schickte sich an, dem Oberst die Stufen hinaufzuhelfen.

»Die Treppe hinauf, das letzte Zimmer auf der linken Seite«, wies Rebecca ihn an.

»Verletzt?«, wiederholte Mrs. Wortling. »Hat er mal wieder auf jemanden geschossen?«

»Nein«, sagte Rebecca gereizt. »Es war Major Harrington. Er und mein Onkel hatten einen Streit, bevor der Major ihn bewusstlos geschlagen hat.«

Indigniert blickte Mrs. Wortling gen Himmel, als lasteten sämtliche Probleme des Hauses auf ihren Schultern. »Haben Sie den Major angewiesen, das Cottage in den nächsten Tagen zu meiden? Ich möchte nichts damit zu tun haben, wenn Ihr Onkel ihn bis nach Sussex feuert.«

»Mrs. Wortling, nicht wahr?«, fragte Rafe höflich vom Fuße der Treppe her. »Warum gehen Sie nicht einfach zurück ins Bett? Es gibt nichts, das Sie heute Nacht noch tun können. Ich kümmere mich um den Oberst.«

Die Wirtschafterin schnaubte. »Was bildet dieser Bursche sich eigentlich ein, mich so herumzukommandieren?« Sie blickte Rafe und dem Oberst nach, die mühevoll die Treppe erklommen, und rümpfte die Nase. »Denken Sie an meine Worte, Miss Tate, und geben Sie Acht, dass er sich wirklich nur um den Oberst kümmert. Ich halte ihn für einen ziemlichen Draufgänger. An Ihrer Stelle würde ich auf jeden Fall schon mal das Schießpulver bereitlegen.«

»Ich versichere Ihnen, Mrs. Wortling, dass ich auch ohne Kanonen mit Mr. Danvers fertig werde«, verteidigte sich Rebecca.

Doch so sehr sie ihren eigenen Worten auch Glauben

schenken wollte, ihr Vorsatz schmolz förmlich dahin, als Rafe kurze Zeit später die Treppe herunterstieg und sie ihm tief in die dunklen Augen blickte.

Mrs. Wortling hatte Rafe völlig falsch eingeschätzt.

Jetzt konnte ihr nur noch eine komplette Artillerieeinheit helfen.

»Vielen Dank für alles, Mr. Danvers«, sagte sie so steif und höflich wie möglich und hielt ihm die Eingangstür auf.

Rebecca blickte in die Dunkelheit hinaus, in der Hoffnung, er möge den Hinweis verstehen und sich empfehlen. Ohne die Fragen zu stellen, die ihm in den Augen brannten.

»Wenn Sie glauben, ich gehe ohne Antworten, ist es schlimmer um Sie bestellt als um Ihren Onkel.«

Rebecca biss sich auf die Unterlippe.

Verfluchter Kerl! Warum mischte er sich eigentlich ständig in Sachen ein, die ihn nichts angingen? Doch wenn sie ehrlich war, musste sie zugeben, dass ihre Geheimnisse nun auch Rafe betrafen. Und zwar spätestens seit Harrington ihre Verbindung zu Sir Rodney ausgeplaudert hatte. Selbst wenn er nur hinter der stattlichen Belohnung her war.

»Ich verstehe nicht, worauf Sie hinauswollen«, log sie. »Und nun wünsche ich Ihnen eine angenehme Nachtruhe. Jetzt kann ich mich selbst um meinen Onkel kümmern.« Sie wich einen Schritt zurück und wollte ihm die Tür vor der Nase zuschlagen.

Doch flinker als Ajax, wenn er von einem Gewitter überrascht wurde, schnellten Rafes Hand und Fuß vor. »Nicht so eilig, Miss Tate. So einfach werden Sie mich nicht los.«

Rebeccas Herz wollte glauben, dass es ihm um mehr als nur die Belohnung ging, doch sogleich befiel sie wieder das Gefühl, dass sie zu viel Zeit mit Miss Alminta verbracht hatte. Sie begann Helden zu sehen, wo in Wahrheit Halunken waren.

»Major Harrington scheint überzeugt davon, dass Sie in Gefahr schweben. Wie kommt er darauf?«, hakte er nach.

»Vielleicht sollten Sie das lieber den Major fragen«, entgegnete Rebecca ungehalten und drückte noch immer vergebens gegen die Tür.

»Das werde ich auch. Gleich morgen früh«, versicherte er ihr in einem Ton, der seine Entschlossenheit verriet.

»In dem Fall schlage ich vor, dass Sie sich umgehend ins Bett begeben und sich eine Mütze Schlaf gönnen. Das Gespräch mit ihm dürfte selbst für Ihre Nerven strapaziös werden.«

»Meine Sorge gilt nicht Harrington.«

Machte er sich etwa Sorgen um sie? Rebecca schwieg einen Moment lang, und ihre Blicke kreuzten sich. Wieso blickte er sie so eigenartig an, den kräftigen Kiefer eisern zusammengepresst, die Lippen so hart und unerbittlich? Wie maskulin er wirkte! Kein Mann hatte das Recht, so hoch gewachsen, so attraktiv und von so wundervoller Statur zu sein.

Selbst Lt. Throckmorten, den sie aus den Tiefen ihres Herzens hervorgeholt hatte, war nicht halb so berauschend.

Rafe hielt Rebeccas Blick gefangen, und ihr lief ein Schauer über den Rücken. Ein wohliger Schauer, der sich bis in ihr Innerstes bohrte. Rebecca erkannte, wie wenig sie im Grunde von Männern wusste. Allen voran von diesem Prachtexemplar, das sie quälendes Verlangen spüren ließ.

»Ich verstehe nicht … Ich wollte sagen, Sie brauchen nicht …«

Doch! Sie wünschte sich nichts sehnlicher, als dass er sich ihrer annahm! Wollte, dass er sie mit dem Versprechen, sie sei von nun an in Sicherheit, emporhob und zur Gartenlaube trug. Als Zeichen der Dankbarkeit würde er lüstern und leidenschaftlich über sie herfallen dürfen.

Verflixt, jetzt tat sie schon, als wäre ihr eigenes Leben ein Roman, in dem sie die Heldin spielte.

»Das geht Sie nichts an«, zischte sie stattdessen. *Ich gehe Sie nichts an.*

»Da bin ich anderer Meinung. Jemand sollte unbedingt ein Auge auf Sie haben. Was haben Sie sich eigentlich dabei gedacht, jemanden von Harringtons Kaliber anzugreifen? Er hätte Kleinholz aus Ihnen machen können.« Rafe entfuhr ein tiefer Seufzer, als er sich durch sein schwarzes Haar fuhr. »Was, wenn ich nicht da gewesen wäre, um ihn aufzuhalten?«

»Aber Sie waren doch da«, entgegnete Rebecca schnell, verblüfft über seine Besorgnis.

Aus der Küche drang ein verräterisches Rascheln.

»Mrs. Wortling«, flüsterte Rebecca, als er ihr über die Schulter schaute. »Wahrscheinlich lauscht sie mal wieder.«

Wortlos zog Rafe sie in den Garten – außer Reichweite von neugierigen Augen und Ohren.

Rebecca ließ sich mitzerren, trotz ihrer Entschlossenheit, sich ihm zu widersetzen.

Und seinen Küssen.

Der Mond stand bereits hoch am Himmel und warf sein magisches Licht auf den Pfad vor ihnen. Ehe Rebecca wusste, wie ihr geschah, hatte Rafe sie in eine Umarmung gezogen und hielt sie fest an sich gedrückt.

»Verflixt, was mache ich nur mit Ihnen?«, murmelte er und schaute sie hilflos an. Rebecca spürte sowohl sein Verlangen, noch einmal von ihren Lippen zu kosten, als auch seine Verwirrung über dieses starke Gefühl der Leidenschaft, das sie aneinander band.

Das konnte sie gut nachvollziehen. Auch sie wusste sich diese Anziehungskraft nicht zu erklären. Aber sie genoss sie …

Rebecca schloss die Augen und ließ den Kopf in den Nacken fallen – in Erwartung der Liebkosungen, des leidenschaftlichen Beweises für seine Besorgnis. Ihr war, als könnte sie bereits seine brennenden Lippen spüren.

Doch noch im selben Moment zerplatzten ihre Träume wie eine Seifenblase.

»Wo liegt die Verbindung zwischen Ihrem Onkel und Codlin? Was meinte Harrington, als er wissen wollte, wo *er* ist? Wen oder was sucht er? Weiß Ihr Onkel, worum es geht? Und was hat das alles mit Sir Rodney zu tun?«

Seine Fragen trafen sie wie Schrotkugeln aus der Flinte ihres Onkels. Entsetzt riss sie die Augen auf und taumelte rücklings aus der Wärme seiner Umarmung. Ihr Schwarm hatte sich in die Spanische Inquisition verwandelt. Er hatte sie nicht in den Garten gelotst, um sie zu verführen, sondern um sie zu verhören. Um sie nach allen Regeln der Kunst zu bearbeiten, damit er den Fall so schnell wie möglich zu den Akten legen konnte.

»Sie unverschämter … Sie, Sie elender Schuft, erst locken Sie mich hierher …«, stotterte Rebecca und fuchtelte wild mit den Armen, womit sie die Szenerie umfassen wollte, die den Wünschen eines jeden verträumten Schulmädchens entsprach. »Unter dem Vorwand, mir wohlgesonnen zu sein, mir helfen zu wollen. Aber im Grunde wünschen Sie sich nichts sehnlicher, als Sir Rodneys Mörder zu fassen!«

Rafe warf die Hände in die Luft. »Herrje, wo denken Sie hin? Natürlich will ich den Schurken dingfest machen, immerhin handelt es sich um einen kaltblütigen Killer.«

Rebecca schnaubte. »Und die Belohnung hat wohl rein zufällig nichts damit zu tun, oder?«

»Natürlich spielt auch das Geld eine gewisse Rolle. Schließlich bestreite ich von solchen Aufträgen meinen Lebensunterhalt.«

Endlich hatte er zugegeben, dass er Frauen nur deshalb verführte, um ans Ziel zu gelangen. Wie hatte sie nur so entsetzlich blind sein können? Der Kuss auf Bettlesfield Park hatte einzig den Sinn gehabt, sie in sein Vertrauen zu ziehen, bevor er wieder seines Weges ging. Genau wie …

Verflixt und zugenäht. Jetzt hatte sie ein für alle Mal die

Nase voll von Männern. Rebecca stapfte aufgebracht zum Cottage.

»Rebecca«, rief Rafe ihr nach. »Wo wollen Sie denn hin? Wenn ich Sie beschützen soll, muss ich doch auch die Wahrheit wissen, verstehen Sie das denn nicht?«

»Ich kann mich nicht daran erinnern, Sie um Ihren Schutz gebeten zu haben. Ich kann es mir schlichtweg nicht leisten, Sie zu engagieren. Dazu fehlt mir nämlich das nötige Kleingeld.«

Rafe war sichtlich enttäuscht. »Aber so habe ich das doch gar nicht gemeint.«

»Wie denn? Verraten Sie es mir, Sir.«

Rafe scharrte verlegen mit den Füßen. »*Dios!* Ich versuche nur, aufrichtig zu Ihnen zu sein.«

»Aufrichtig? Sie führen mich in den monddurchfluteten Garten unter dem Vorwand, Sie wären …«

Seine Augen verengten sich. »Besorgt?«

»Exakt.«

»Aber genau das bin ich doch auch.«

Rebeccas Knie drohten nachzugeben. War er in Sorge um sie? Nein, das konnte unmöglich stimmen. Wahrscheinlich log er schon wieder.

Was, wenn nicht?, säuselte eine sanfte Stimme, die aus den Tiefen ihres Herzens emporstieg.

»Wie kommen Sie bloß dazu?«, fragte Rebecca mit leiser Stimme. »Sie kennen mich doch gar nicht.«

»Oh nein, das stimmt nicht«, sagte er, und ehe Rebecca sich versah, schoss seine Hand vor, packte sie und zog sie zu sich.

Rebecca öffnete den Mund, weil sie protestieren wollte … und bekam seine sengenden Lippen zu spüren, die ihr einen Kuss abverlangten. Fast, als hätte er das Recht dazu, als wäre er der einzige Mann, dem dieses Privileg zustand. Und wie Rafe küsste! Seine aufsässige Zunge suchte ihre und forderte sie zu einem eng umschlungenen Tanz auf, während seine kräftige Hand in ihr Haar fuhr und ihre Locken aus der Gefangenschaft der Haarklammern befreite, damit er mit ihnen spielen konnte.

Der Kuss wurde intensiver, und Rafe atmete stoßweise, zog Rebecca noch enger zu sich. So eng, dass sie unweigerlich zu spüren bekam, wie groß, hart und unnachgiebig seine Begierde war.

Rebeccas Herz pochte aufgeregt, und einen Augenblick lang war sie geneigt zu glauben, dass Rafe sich tatsächlich Sorgen um sie machte. Weil das Schicksal sie auf so mysteriöse Weise zusammengeführt hatte.

Doch der Gedanke daran, dass er es auf Bettlesfield Park und die Belohnung abgesehen hatte und ihm schöne Frauen wie Lady Victoria nur so zu Füßen lagen, ließ sie nicht los.

Hatte Rafe ihr nicht unlängst klar gemacht, dass er sich durch nichts und niemand aufhalten lassen würde? Rebecca spürte, dass sie seinen Worten mehr glauben sollte als seinen Küssen. Auch wenn sie auf seinen Schutz angewiesen war, der Preis, den sie dafür zu zahlen hatte, war ihr zu hoch.

Denn Rebecca wusste, dass sie mit ihrem Herzen bezahlen würde. Sie legte ihm die Hände auf die Brust und schob ihn unsanft von sich.

»Wagen Sie es ja nicht, mich je wieder zu küssen«, fauchte sie ihn an und stapfte zurück zum Cottage.

»Rebecca, ich bin noch nicht mit Ihnen fertig.«

»O doch, das sind Sie, Sie selbstherrlicher und arroganter Mistkerl!« Rebecca schlug ihm die Tür vor der Nase zu und schob mit lautem Getöse den Riegel vor.

»Ah, da sind Sie ja, Leutnant Bex«, rief der Oberst von der Treppe. »Wo ist das Schrot? Und das Pulver? Ich fürchte, der Wall ist gebrochen und …«

»Du kannst jetzt aufhören«, sagte Rebecca grantig, packte ihn am Arm und zog ihn in die Bibliothek. »Wir sind alleine, und Mrs. Wortling schläft.« Bei dem Rausch war das kein Wunder. Der einzige Segen, den die Trunksucht der Haushälterin mit sich brachte, war, dass sie für gewöhnlich tief und fest vor sich hinschnarchte.

»Puh! Das war knapp.« Der Oberst strich sich über die Augenbrauen und nahm in seinem angestammten Sessel Platz. »Du warst großartig, Bex. Wunderbar, wie du meine Stichworte aufgenommen hast. Wie eine begnadete Schauspielerin.«

Rebecca schüttelte den Kopf und ließ sich in den Sessel neben ihm fallen. »Um ein Haar hättest du uns heute Abend verraten«, schimpfte sie.

»Ach Quatsch!«, antworte ihr Onkel und machte eine wegwerfende Handbewegung, als wären die Sorgen seiner Nichte nichts weiter als ein Schwarm lästiger Mücken. »Ich muss schon sagen, als Mr. Danvers erwähnt hat, dass er Codlins Tod untersucht, wäre ich um ein Haar vom Glauben abgefallen. Zufälle gibt's!«

Das Letzte, an das Rebecca denken wollte, war die Macht von Zufällen.

»Du musst von nun an noch vorsichtiger sein«, ermahnte Rebecca ihren Onkel, weil Rafe nicht aufgeben würde, bis er alle Fakten zusammengetragen hatte. »Niemand darf je erfahren, dass du im Vollbesitz deiner geistigen Kräfte bist und alles nur spielst.«

Der Oberst nickte. »Ich finde, dass ich mich mithilfe von Lady Kirkwood blendend getarnt habe. Hast du ihr Gesicht gesehen, als ich sie der Spionage bezichtigt habe?« Der Oberst lachte, und Rebecca vergaß für einen flüchtigen Augenblick, dass sie ihrem Onkel böse sein sollte. Aber als er Lady Kirkwoods Festnahme gefordert hatte, hatte deren Gesicht denselben Farbton wie das Federarrangement auf ihrem Kopf angenommen.

Der Moment der Erheiterung war jedoch nur von kurzer Dauer, denn beiden war klar, dass sie um ein Haar aufgeflogen wären.

»Uns bleibt nicht viel Zeit, Bex, kann das sein?«, fragte der Oberst mit leiser Stimme.

»Nein, aber jetzt dauert es nicht mehr lange und ich weiß, wo Mr. Purcell sich aufhält. Vor wenigen Tagen erhielt ich einen Brief von einem seiner Bekannten, der sich ziemlich sicher ist, dass er sich in Spitalfields einquartiert hat. Gleich morgen früh werde ich Mr. Purcell schreiben und ihn noch mal dringend darum bitten, uns endlich Richards Militärtasche auszuhändigen.«

Wenn es doch nur eine Möglichkeit gäbe, nach London zu gelangen. Vor Ort würde sie weniger Schwierigkeiten haben, den ehemaligen Kameraden ihres Bruders aufzuspüren. Und wenn Purcell ihr erst einmal gegenüberstand, würde er ihr Rede und Antwort stehen. Zum Beispiel, warum er keinen ihrer zahlreichen Briefe in den letzten Jahren beantwortet hatte. Sie hatte ihn jedes Mal um die Rückgabe von Richards Habseligkeiten angefleht. Doch außer einer kurzen Nachricht direkt nach seiner Rückkehr, in der er versprach, mit der Tasche bei der erstbesten Gelegenheit in Bramley Hollow vorbeizuschauen, hatten sie nichts mehr von ihm gehört.

Das Problem war, dass sie ohne die Unterlagen ihres Bruders nie etwas über das Versteck des Kailash-Rubins erfahren würden. Dieser legendäre indische Rubin versprach seinem Besitzer ewiges Leben. Von dieser eher fragwürdigen Eigenschaft einmal abgesehen, war der hühnereigroße Stein von unschätzbarem Wert. Und zugleich ein Vermächtnis ihres Vaters, der meist nur Legenden nachgejagt hatte. Der Kailash-Rubin wäre die Krönung seiner Karriere gewesen. Doch das

Schicksal hatte es gewollt, dass der Rubin kurz nach seiner Entdeckung spurlos verschwand.

Rebecca und ihr Onkel träumten seit Jahren davon, ihn wiederzufinden. Und der Mörder Codlins schien das gleiche Ziel zu haben.

»Aber wir können uns nicht auf die Suche nach dem Kailash machen, bevor ich nicht weiß, wie man den Fluch zerschlägt«, sagte der Oberst mit ernster Stimme. »Ich arbeite noch immer an der Übersetzung, die uns verrät, wie wir es abwenden können, dass er uns in den Wahnsinn treibt. Erst dann können wir ihn in den Tempel zurückbringen, wo er auch hingehört.«

»Onkel, ich möchte nicht schon wieder mit dir streiten, aber ich werde nicht zulassen, dass der Rubin nach Indien zurückkehrt.«

»Denk an den Fluch, Kindchen, und an all die Probleme, die uns verfolgen, seitdem der Stein verschollen ist. Den Quellen zufolge darf er weder verkauft noch in seiner Ruhe gestört werden. Schon manch einer hat seine Kräfte unterschätzt und bitter dafür bezahlt.«

Rebecca machte eine verächtliche Geste. »Ich glaube vielmehr, dass das Geld, das er uns einbringen wird, uns vor allem glücklich macht.«

Der Oberst erhob sich und nahm eine Flasche zur Hand, die auf der Anrichte stand. Enttäuscht musste er jedoch feststellen, dass sie leer war.

»Vergiss nicht den vielen Madeira, den wir Mrs. Wortling kaufen könnten, damit sie sich nicht immer heimlich an unseren Vorräten vergreifen muss«, führte Rebecca an.

Der Oberst riss die Augenbrauen in die Höhe, sodass sich eine tiefe Furche auf seiner Stirn bildete. »Kommt gar nicht in Frage. Wir werden ihn auf gar keinen Fall behalten! Er bringt nur Tod und Zerstörung. Sieh dir doch an, was er mit Codlin gemacht hat.«

Codlin. Rebecca blickte ihren Onkel an und hatte eine Idee. Herrje, warum war sie nicht schon früher darauf gekommen?

»Onkel, was ist, wenn wir ihn zuerst finden?«

»Wen?«, fragte der Oberst, der gerade damit beschäftigt war, im Bücherregal nach seinem geheimen Whiskey-Vorrat Ausschau zu halten, den die trinkfeste Wirtschafterin hoffentlich noch nicht entdeckt hatte. Der dicken Staubschicht auf den Büchern nach zu urteilen, musste er sich diesbezüglich keine Sorgen machen. Mrs. Wortling vernachlässigte so manche Aufgabe im Haushalt.

»Codlins Mörder natürlich«, antwortete Rebecca. »Denk doch nur mal daran, was wir mit der Belohnung alles anfangen könnten.«

»Ah, hier ist er ja«, sagte der Oberst und zog ein dickes Buch hervor, hinter dem eine halb volle Karaffe zum Vorschein kam. »Überlass das lieber deinem Mr. Danvers. Wir können keinen zusätzlichen Ärger gebrauchen«, sagte er eindringlich. »Obwohl, von dem zusätzlichen Geld könnten wir die Reise nach Indien bezahlen. Und wer weiß, vielleicht bleibt noch genug für eine Expedition in den Kongo übrig. Ich habe von Mythen und Sagen gelesen, die von einer Stadt aus Gold sprechen, auf der kein Fluch lastet und deren Reichtümer wir unbesorgt mit nach Hause nehmen können.«

Nach Hause! Das war mal wieder typisch für ihren Onkel, dass ausgerechnet er von Zuhause sprach. Sie besaßen doch gar kein richtiges Heim. Dass sie ein Dach über dem Kopf hatten, war nur Lord Finchs Barmherzigkeit zu verdanken.

»Von den zweitausend Pfund sollten wir lieber ein kleines Häuschen kaufen und unsere Schulden abbezahlen«, warf sie ein.

Der Oberst seufzte. »Dass du aber auch immer so pragmatisch sein musst, Bex.«

»Jemand muss es ja sein«, murmelte Rebecca.

»Sie hat dich auflaufen lassen, stimmt's?«, rief Jemmy Rafe aus dem Arbeitszimmer zu, als dieser nach Finch Manor zurückgekehrt war.

»Könnte man so sagen«, antwortete Rafe, dem es nichts ausmachte, seinem Freund gegenüber die Niederlage einzugestehen, und setzte sich in einen ausladenden Ohrensessel aus Leder unweit des Kamins. »Diese Frau treibt mich noch in den Wahnsinn.«

»Rebecca ist eben etwas Besonderes und lässt sich nicht so leicht austricksen.«

»Als ich gegangen bin, war sie ganz schön außer sich, das kannst du mir glauben. Sie hat mich einen selbstherrlichen und arroganten Mistkerl gescholten.«

Brummig blickte Rafe in das prasselnde Kaminfeuer. Den rüpelhaften Teil des Abends hatte er wohlweislich ausgelassen. Sein Freund musste schließlich nicht alles erfahren.

Jemmy konnte sich ein Lachen nicht verkneifen. »Lass mich raten, du hast versucht, sie mit deinem berühmt-berüchtigten Charme zu bezirzen, stimmt's?«

Rafe streckte die Beine aus, unsicher, was er Jemmy antworten sollte. Schließlich entschied er, dass es ihn nichts anging und hüllte sich in Schweigen.

»Nachdem das nicht geklappt hat«, ließ Jemmy nicht locker, »wolltest du ein paar Antworten und hast sie bedrängt, dir die Wahrheit zu sagen.«

Rafe verschränkte die Arme vor der Brust und nickte flüchtig.

»Wahrscheinlich hat sie dir zum Abschied den Rat gegeben, eine Runde im Mühlenweiher zu drehen, damit du dich abkühlen kannst.«

»In gewisser Weise hat sie das tatsächlich«, knurrte Rafe. »Verflucht, es muss doch einen Weg geben, sie zu …« Rafe sprang auf. »Verdammt, warum bin ich nicht schon früher darauf gekommen?«

Er warf Jemmy einen hastigen Blick zu, ehe er zur Tür hinaus und hinauf in sein Gästezimmer stürmte, wo er die Schreibschatulle abgestellt hatte. Er schnappte sie sich und eilte zurück zu Jemmy.

»Was willst du denn damit?«, fragte dieser verwundert. »Willst du dich etwa schriftlich bei ihr entschuldigen?«

»Falsch, hiermit werde ich beweisen, dass sie diejenige ist, die hinter den Darbyromanen steckt.«

Jemmy richtete sich ruckartig auf und starrte auf die Schatulle. »Bist du dir da ganz sicher?«

Rafe nickte. Sobald er den Beweis für ihre wahre Identität in den Händen hielt, hatte er etwas, womit er sie zu ihrer Mithilfe im Fall Codlin zwingen konnte. Das war zwar nicht sonderlich ehrenhaft, aber er sah keine andere Möglichkeit.

»Woher hast du die Schatulle?«, wollte Jemmy wissen, erhob sich und humpelte unter Zuhilfenahme seines Gehstocks zur Anrichte, wo Rafe das Reisepult abgestellt hatte.

»Miss Tate hat sie heute Nachmittag auf Bettlesfield Park vergessen.«

Jemmy warf ihm einen fragenden Blick zu und runzelte die Stirn. »Sie hat ihre Schreibutensilien vergessen? Was mag sie bloß derart in Aufruhr versetzt haben, dass sie etwas so Wichtiges zurückgelassen hat?«

Rafe zog es vor, auf Jemmys Worte nicht einzugehen. »Ich habe sie an mich genommen, um sie ihr heute Abend zurückzugeben. Bis du deine Anekdote über französische Briefschatullen zum Besten gegeben hast.«

Jemmy stieß einen leisen Pfiff aus. »Und jetzt glaubst du, dass Rebeccas Schatulle auch ein Geheimfach hat?«

»Darauf verwette ich alles, was ich habe.«

»Wie gedenkst du denn, an den Inhalt zu kommen?«

»Unter normalen Umständen hätte ich die Kiste längst mit dem Kolben meines Gewehrs zertrümmert. Aber ich bezweifle, dass Miss Tate es sonderlich begrüßt, wenn ich ihr Bruchstücke zurückgebe.«

»Wohl kaum.«

Vorsichtig öffnete Rafe den Deckel und legte jene Bögen beiseite, die er bereits eingehend studiert hatte. »Jetzt müssen wir nur noch herausfinden, wie sich das Geheimfach öffnen lässt.« Rafe klopfte, drehte und wendete die Schatulle in alle erdenklichen Richtungen, jedoch ohne Erfolg.

»Schade!«, sagte Jemmy, der längst wieder Platz genommen hatte und seinen Portwein schlürfte. »Dem leeren Tintenfass nach zu urteilen, wirst du eh nur einen Haufen Geschmiere finden.«

Rafe studierte die Schatulle noch einmal. Das Tintenfass! Während das eine stark verschmutzt war und deutliche Gebrauchsspuren aufwies, wirkte das andere geradezu jungfräulich. Rafe steckte den Finger hinein und spürte zu seiner Freude einen Knopf.

Mit einem leisen Klicken öffnete sich der Boden der Schatulle, und eine Schublade voller Papiere kam zum Vorschein.

Rafe nahm einen Bogen zur Hand und begann zu lesen.

»Es ist wahrlich keine Schande, ein gebrochenes Herz zu haben, mein liebes Mädchen«, sagte Lady Lowthorpe gefühlvoll. »Beweine ruhig den Verlust deines Geliebten, aber mache dich hernach sofort daran, dir jemanden Neues zu suchen. Leutnant Throckmorten hätte nicht gewollt, dass du vor Kummer und Gram vergehst.«

»Ich fürchte«, sprach Miss Darby mit geschwächter und tieftrauriger Stimme, »mein Herz wird sich mein Lebtag nicht mehr erholen.«

»Hab' ich's mir doch gedacht«, ereiferte Rafe sich. Doch er wartete vergeblich auf das Gefühl des Triumphes. Nachdem er nun den ersten Teil seines Auftrags erfüllt hatte, musste er das Unmögliche angehen – Rebecca dazu bringen, mit dem Schreiben aufzuhören. Wenn ihm nur nicht ständig die beißende Kritik dieser kleinen Nymphe in den Ohren hallte. *Was gibt Ihnen das Recht, jemandem das Schreiben zu verbieten?*

Rafe musste ihr zustimmen. Woher nahm er sich diese Freiheit überhaupt?

»Darf ich dir einen Rat geben?«

Rafe stöhnte und nickte Jemmy zögernd zu.

»Du kannst Rebecca zu nichts zwingen. Sie hasst Aufmerksamkeit, dazu ist sie zu unabhängig. Und Mitleid kann sie erst recht nicht ertragen. Mutter ist schon ganz außer sich, denn je mehr sie versucht, sich in Rebeccas Leben zu mischen, desto mehr verschließt sie sich.«

»Was schlägst du nun vor?«

»Gib ihr ein wenig Zeit.«

Wie ironisch, dass sein alter Kamerad ihm ausgerechnet diesen Rat gab. Rafe hatte das Gefühl, von der Vergangenheit eingeholt zu werden. Was hatte er Olivia geraten, als sein Bruder Robert sich gesträubt hatte, ihr seine Liebe zu erklären?

Gib ihm ein wenig Zeit.

»Ich habe aber keine Zeit«, sagte Rafe atemlos.

»Mag sein, aber du siehst ja, was passiert, wenn du wie ein aufgeblasener Pfau herumstolzierst und absurde Forderungen stellst.«

»Du scheinst sie ja recht gut zu kennen«, sagte Rafe schnippisch und warf seinem Freund einen verstohlenen Blick zu. »Hast du jemals darüber nachgedacht, sie ...«

»Rebecca?« Jemmy schüttelte den Kopf. »Obwohl Mutter vollkommen aus dem Häuschen wäre. Mittlerweile würde sie sich schon mit der Tochter des Viehtreibers zufrieden geben. Aber das wäre Rebecca gegenüber unfair, findest du nicht auch?«

»Wie genau meinst du das?«

»Ich wäre als Ehemann doch nicht in der Lage, ihr das zu geben, wonach sie verlangt.«

»Weshalb denn nicht?«

Jemmy deutete mit dem Kopf auf sein unbrauchbares Bein und seinen ständigen Begleiter, den Gehstock. »Rebecca verdient einen Mann, mit dem sie ihre Träume ausleben kann. Der sie aus ihrer Welt lockt, die vor allem von Sorgfalt geprägt ist, und ein wenig Schwung in ihr Leben bringt.« Jemmy lachte unbeholfen. »Ich fürchte, ich könnte nicht einmal Schwung in das Leben einer Viehtreibertochter bringen.« Er blickte in die mittlerweile heruntergebrannten Flammen des Kamins und schüttelte den Kopf.

Kein Wunder, dass Lady Finch sich um ihren einzigen Sohn und Erben solche Sorgen machte. Rafe seufzte still.

»Rafe«, sagte Jemmy, nachdem sie eine Weile schweigend verbracht hatten. »Was auch immer du wegen Rebecca zu unternehmen gedenkst, hör mich an. Wenn du ihr wehtust oder ihr Schaden zufügst, bringe ich dich um!«

»Ich habe nicht vor, ihr ...«

Jemmys Kopfschütteln unterbrach ihn. »Ich habe genau gesehen, wie du sie angeschaut hast. Das machen Männer nur, wenn sie ... nun, du weißt schon, was ich meine. Also, ich will damit nicht sagen, dass du sie nicht begehren darfst, aber sie ist ein hochanständiges Mädchen – nicht eine deiner Londoner Dirnen. Angesichts dessen, was sich heute Abend zugetragen hat und was du mir berichtet hast, klingt es, als steckte sie bis zum Hals in Schwierigkeiten. Was sie jetzt braucht, ist ein Mann, der sie aus dem Schlamassel zieht und nicht einer, der sie noch tiefer im Morast versinken lässt. Überleg dir also genau, was du tust und was nicht, mein Freund.«

Jemmy erhob sich, nahm den Gehstock in die eine Hand und die Karaffe in die andere, und humpelte schweren Schrittes in Richtung Haustür, um sich in seinem Schneckenhaus zu verkriechen.

Rafe blickte seinem Freund hinterher und dachte über diesen schmerzlichen Verlust für die Damenwelt nach. Warum stemmte sich Jemmy mit aller Kraft gegen die Macht der Liebe? Wenn er es jemals schaffte, die Vergangenheit zu Grabe zu tragen, würde er eine der besten Partien des Landes sein.

Es schien, als wäre Jemmy nicht der Einzige in Bramley Hollow, den die Vergangenheit mit eisernen Fußschellen gefangen hielt. Was hatte Harrington doch gleich gesagt, als er Rebecca verspottet hatte?

Wieder einen Champion auserkoren, oder wie? Bin gespannt, ob er sich als genauso treulos entpuppt wie Ihr letzter vermeintlicher Superheld …

Rafe schüttelte den Kopf. Lt. Habersham! Dieser Bastard schien ihr das Herz gebrochen zu haben. Sogleich versuchte er, sich davon zu überzeugen, dass ihr das mit ihm an der Seite nicht passieren würde.

Kapitel 10

Eure Hoheit, eine ehrwürdige und achtbare Dame englischer Herkunft rangiert weder im Haushalt noch im Herzen eines Mannes an zweiter Stelle.

Miss Darby zu Prinz Ranjit in
Miss Darbys abenteuerliches Abkommen

Rafe wünschte, er könnte sich darüber freuen, den Beweis dafür in Händen zu halten, dass Miss Rebecca Tate die Autorin der Darbyromane war. Doch stattdessen wurde er von bizarrer Furcht ergriffen, als er am Tor zu ihrem Cottage stand und auf die strahlend grüne Haustür blickte.

Sein Besuch bei Major Harrington am frühen Morgen war vergebens gewesen. Der stämmige Diener Mahesh hatte ihm die Tür vor der Nase zugeschlagen, nachdem er ihn in barschem Ton hatte wissen lassen, dass der Major keinen ungebetenen Besuch empfange.

Rafe hoffte nun inständig, dass sein zweiter Besuch an diesem Tag nicht ähnlich niederschmetternd ausfiel. Er blickte auf das Paket, das er mit sich trug, und konnte sich des Gefühls nicht erwehren, dass er mit einem höchst dürftigen Hilfsangebot und einer viel zu lauen Entschuldigung bei Rebecca aufzuwarten gedachte.

Miss Tate, dies ist der Beweis dafür, dass Sie die Frau sind, nach der ich die ganze Zeit gesucht habe.

Rafe verzog das Gesicht und schüttelte den Kopf. *Nein, nein, nein.* So ging das nicht, das klang völlig absurd, als würde er ihr nachstellen.

Miss Tate, gestern fand ich Ihre Schreibschatulle auf Bettles-

field Park, die ich aus niederen und gemeinen Beweggründen geöffnet habe, um an den Beweis zu gelangen, der mir noch gefehlt hat, um Ihr Leben restlos zu zerstören.

Eine wahrlich erstklassige Methode, um ihre Gunst zu erlangen.

Rafe stieß einen verzweifelten Seufzer aus. Für gewöhnlich hatte er weniger Schwierigkeiten mit dem schönen Geschlecht. Doch bei Rebecca schien er sich in einem Geflecht aus Gefühlen verstrickt zu haben, das sich nicht so ohne weiteres entwirren ließ. Warum nur?

Rafe lehnte den Kopf gegen den Torbogen und schwor sich, nie wieder einen Fall anzunehmen, in den eine Frau verwickelt war.

Als ihm der liebliche Duft nach Rosen in die Nase stieg, öffnete er die Augen und schaute sich um. Blumen! Vielleicht waren sie des Rätsels Lösung, schließlich hatten sie ihm schon einmal geholfen.

Rafe sammelte eine Hand voll Stängel und ließ das Stechen und Piesacken über sich ergehen. Er atmete noch einmal tief durch, ehe er zum Cottage ging. Mit aller Gewalt versuchte er, sowohl seine schmerzenden Finger als auch seinen angegriffenen Stolz zu ignorieren.

Denk an das viele Geld, das du durch den Verkauf von Bettlesfield Park erzielst, sagte er sich und klopfte an die Tür. *Und vergiss nicht die Informationen, die du im Mordfall Codlin erhältst.*

Mrs. Wortling begrüßte den Gast mit einem despektierlichen Blick, der zu sagen schien, dass sie plante, ihn im Anschluss an seinen Besuch auf Diebesgut zu durchsuchen. Knurrend führte sie ihn in die Bibliothek, wo er Rebecca erblickte. Sie kniete vor dem Kamin, den Rücken der Tür zugewandt. Erst beim zweiten Grunzen der Haushälterin richtete sie sich auf.

»Dieser Rumtreiber ist hier, will mit Ihnen sprechen, Miss. Zumindest behauptet er das.«

Rafes Herz klopfte ihm bis zum Hals, und er rief sich noch einmal in Erinnerung, dass er lediglich seinen Auftrag erfüllte, egal wie bitter es auch sein mochte. Nein, er würde nicht aufgeben. Niemals. Hatte er ihr das gestern nicht unmissverständlich und mit einer gehörigen Portion Arroganz klar gemacht?

Noch hast du nicht gewonnen, säuselte eine Stimme in seinem Kopf, die Ähnlichkeit mit Rebeccas Singsang hatte.

Zwar hatte er noch nicht gewonnen, aber er war so gut wie am Ziel. Dieser Gedanke beruhigte ihn. In wenigen Minuten würde er Rebeccas Karriere als Schriftstellerin ein Ende bereiten. Und danach ... Nun, danach galt es, Codlins Mörder zur Strecke zu bringen. Sobald auch das erledigt war, würde er einen neuen Fall annehmen und danach wieder einen. Allesamt weit weg von Bramley Hollow und diesem kleinen raffinierten Biest mit den betörend roten Haaren. Rebecca wäre in Sicherheit. Und er ... nun, er könnte endlich wieder seinem Einzelgängerdasein mit all seinen Vorteilen frönen.

Herrje, wenn er sie doch nur davon überzeugen konnte, dass es das Beste war, das Schreiben aufzugeben. Das Beste für sie. Und für ihn.

Wenn ich nur wüsste, wie ich es anstelle, dachte Rafe und räusperte sich dezent, um ihre Aufmerksamkeit zu gewinnen. Auch wenn er sich nicht sicher war, dass sie ihn auch nur eines Blickes würdigen würde.

Rebecca zerknüllte einen Bogen Papier und übergab ihn den Flammen, bevor sie sich erhob, sich den Rock glatt strich und sich dazu herabließ, sich umzudrehen. Ihr Teint, der von Natur aus eher blass war, wirkte totenbleich, und ihr schwaches Lächeln schien sie große Anstrengung zu kosten.

Ein beängstigender Gedanke durchzuckte Rafe. Etwas

stimmte nicht, etwas lag im Argen. Es war dasselbe Gefühl, das von ihm Besitz ergriffen hatte, als Major Harrington ausgeholt hatte, um sie zu schlagen. Schmerzhaft zog sich sein Herz zusammen.

»Mr. Danvers, wie aufmerksam von Ihnen, mir einen Morgenbesuch abzustatten.« Rebecca schenkte weder dem Bündel in seinem Arm noch den Blumen Beachtung.

»Ich habe Ihnen etwas mitgebracht«, sagte Rafe zaghaft. »Ich dachte, Sie könnten dies vermissen.« Er streckte ihr das Paket entgegen, auf das er die Blumen gelegt hatte, und wartete auf ein Zeichen der Dankbarkeit oder eine spitzfindige Bemerkung darüber, dass er sich schon wieder in ihre Angelegenheiten einmischte.

Ein unterkühltes *Danke* war alles, was er erhielt, bevor sie sich wieder umdrehte und kräftig das Feuer schürte.

Einige Momente lang stand Rafe ratlos herum, bis er das Paket auf einem Stapel Landkarten abstellte und sich daran begab, die Schatulle auszupacken. Er wollte, dass Rebecca sah, was er ihr mitgebracht hatte.

Was zum Teufel war nur los mit ihr?

Er blickte besorgt zum Kamin hinüber, wo er einen Fetzen Papier entdeckte, der es geschafft hatte, den Flammen zu entkommen, und nun neben der Feuerstelle lag. Lediglich an den Rändern war er leicht verkohlt. Rebecca schien noch nicht bemerkt zu haben, dass ein Teil dessen, was sie mit größter Sorgfalt hatte vernichten wollen, seinem Schicksal entronnen war.

Rafe hatte große Mühe, dem Impuls zu widerstehen, den Raum zu durchschreiten, das Papier an sich zu reißen und eine Erklärung von ihr zu fordern. Stattdessen sagte er: »Sie können sich bestimmt denken, warum ich heute hier bin, nicht wahr?«

»Um mir die Schatulle zurückzugeben, vermute ich.«

»Richtig«, sagte Rafe und machte einen Schritt auf sie zu, in der Hoffnung, ihre Aufmerksamkeit vom Feuer lenken zu können. »Und um mich zu entschuldigen.«

Sichtlich überrascht drehte Rebecca sich um, die fein geschwungenen Augenbrauen skeptisch in die Höhe gezogen. »Das brauchen Sie nicht, schließlich tun Sie nur Ihre Arbeit.«

»Das ist es auch nicht, wofür ich mich entschuldigen wollte, sondern vielmehr für den gestrigen Abend. Ich war ein wenig ...«

»Anmaßend?«

Rafe riss sich am Riemen. »Sie sagen es.«

»Und unverschämt?«

Er atmete tief durch. Dieses Gespräch war unangenehmer, als er angenommen hatte. Sich wegen eines vergessenen Tanzes oder eines versäumten Rendezvous zu entschuldigen, war ein Leichtes für ihn. Aber um Verzeihung dafür zu bitten, einer Dame seinen Schutz angeboten zu haben, war doch lächerlich. War ihr denn nicht klar, dass sie ihn brauchte? Denn was immer es auch war, das sie schon gestern so in Unruhe versetzt hatte, schien nun noch bedrohlichere Ausmaße angenommen zu haben. Rebecca wirkte völlig verängstigt.

»Ja, und unverschämt«, sagte er ergeben.

»Und ein wenig ...«

»Das reicht!« Rafe stand nicht der Sinn danach, sich eine endlose Liste seiner Verfehlungen anzuhören. Dafür hatte er seine Familie. »Ich bin heute hier, um mich in aller Form bei Ihnen für mein gestriges Verhalten zu entschuldigen.«

»Es besteht kein Anlass für eine Entschuldigung. Aber haben Sie vielen Dank für die Schatulle«, entgegnete Rebecca. »Wie Sie selbst sehen, bin ich vom Oberst mit einer wichtigen Aufgabe betraut worden, die ich jetzt gerne zu Ende führen würde.« Sie wollte sich an ihm vorbeizuzwängen und zum Kartentisch gehen, als Rafe ihr den Weg vertrat. Er hielt sie sanft am Oberarm fest. Es kostete ihn ein hohes Maß an Zurückhaltung, sie nicht zu grob anzufassen und an seine Brust zu ziehen, auch wenn er nichts sehnlicher wollte, als ihr ein Gefühl der Sicherheit zu geben. Doch er wusste nur zu gut, dass sie sich dann erst recht von ihm abwenden würde.

Und sich so in noch größere Gefahr begäbe.

»Rebecca, was zum Teufel ist hier eigentlich los?« Er merkte, wie sie sich versteifte aus Beklemmung vor der Nähe zwischen ihnen, die wie von selbst zum Leben erwacht war.

Statt sich ihm in die Arme zu werfen und ihn um Hilfe anzuflehen, schüttelte Rebecca ihn ab. »Nichts. Vielen Dank für die Schatulle und auf Wiedersehen.«

Rebecca wandte sich von ihm ab und ging zur Tür.

Rafe nutzte den Moment und bückte sich nach dem unversehrten Fetzen Papier, den er sogleich in seiner Westentasche verschwinden ließ. Rebecca schien von dem Manöver nichts mitbekommen zu haben. Durch diesen Erfolg leichtsinnig geworden, schlug er Jemmys gut gemeinte Ratschläge in den Wind. »Moment mal, Sie können mich nicht einfach vor die Tür setzen. Wenn Sie denken, wir wären miteinander fertig, nur weil Sie es sagen, irren Sie sich gewaltig.«

»Wie bitte? Ich glaube, ich habe mich verhört.« Rebecca verschränkte die Arme vor der Brust, und in ihren Augen loderte Entrüstung.

Rafe fuhr sich mit den Fingern durchs Haar, um Zeit zu gewinnen. »Ich wollte Sie nur wissen lassen, dass ich über Ihre Schreibschatulle Bescheid weiß.«

»Was denn? Dass sie aus Frankreich stammt?«

»Genau«, antwortete er und wollte gerade zu einer Erklärung ausholen. »Nachdem ich sie geöffnet hatte, entdeckte ich …«

»… endlich den Beweis dafür, dass ich die Darbyromane geschrieben habe?«

»Richtig.« Das Gespräch verlief doch ganz zufrieden stellend, sagte er sich.

»Haben Sie das Geheimfach aufgebrochen, oder ist es Ihnen gelungen, den Verschlussmechanismus zu entdecken, ohne alles zerstören zu müssen?«

Rafe trat unruhig von einem Fuß auf den anderen. Sie hatte keinen Grund, ihn so feindselig zu behandeln. Sie sprach mit ihm, als wäre er ein Ganove.

Rebecca schüttelte den Kopf und blickte zu ihm empor. »Würden Sie jetzt bitte endlich mit der Sprache herausrücken? Sie haben also das Geheimfach samt Manuskript entdeckt.«

So viel also zu seinem Moment des Triumphes. Doch es sollte noch schlimmer kommen.

»Wirklich, Mr. Danvers, Sie sind doch nichts weiter als ein erbärmlicher Amateur. Kein Wunder, dass Sie mit Ihrer Miete ständig im Rückstand sind.«

»Ich bin kein Amateur!«, verteidigte sich Rafe entrüstet. Weshalb schien jeder in Bramley Hollow zu glauben, er wäre nicht in der Lage, die einfachsten Aufgaben zu bewältigen? Hatte er beim Betreten dieses verschrobenen Dorfes komplett seine beruflichen Kompetenzen eingebüßt? »Miss Tate, ich versichere Ihnen, dass ich sehr wohl in der Lage bin, meine Fälle selbst zu lösen.«

»Quatsch! Wenn Jemmy nicht zufällig gestern Abend diese Geschichte über den Franzosen und seine Schatulle zum Besten gegeben hätte, wären Sie mir nie auf die Schliche gekommen.«

Rafe erstarrte. »Zugegeben, seine Anekdote war hilfreich, aber ich versichere Ihnen, Miss Tate, dass ich Sie sonst auf anderem Wege entlarvt hätte.«

Rebecca blickte genervt zur Decke empor. »Sind Sie jetzt fertig mit Ihrer Angeberei, Ihren Temperamentsausbrüchen und Ihrem Herumgepöbel?«

»Ich pöbele nicht herum!«

»Natürlich nicht«, pflichtete sie ihm in dem Tonfall bei, in dem man für gewöhnlich mit Kleinkindern sprach. »Darf ich annehmen, dass Sie gekommen sind, um mir jetzt Ihre Forderungen vorzutragen?« Rebeccas Blick durchbohrte ihn, und er nickte. »Was gedenken Sie nun zu tun, Mr. Danvers? Wollen Sie mir eine Predigt halten, dass ich dem Heiratsmarkt einen unwiderruflichen Schaden zugefügt hätte, oder mir ein schlechtes Gewissen machen, damit ich nie wieder schreibe? Sie sollten mich mittlerweile besser kennen und uns beiden Ihre Strafpredigt ersparen. Warum verständigen wir uns nicht darauf, dass ich dem Gefühl der gesellschaftlichen Schmach nicht erliegen werde.«

Küsse, schoss es Rafe durch den Kopf. *Vielleicht würde sie seinen Küssen erliegen.*

Das Problem war aber, dass ein Kuss vor allem ihn durcheinander brachte. Im schlimmsten Fall konnte es so weit kommen, dass er ernsthaft darüber nachdachte, welche Instandsetzungsmaßnahmen auf Bettlesfield Park erforderlich waren.

Jetzt lief Rebecca zur Höchstform auf. »Lässt Ihr Auftraggeber Ihnen eigentlich freie Hand, wie Sie mich von meiner Berufung abbringen?« Mit einer kecken Bewegung streckte sie ihm den rechten Arm entgegen. »Ich schreibe mit rechts, wenn Sie meinen Arm also unbrauchbar machen wollen, bitte schön. Dann kann ich wenigstens mit meinem Leben fortfahren und mir eine neue Einnahmequelle erschließen, die den Oberst vor dem Irrenhaus rettet und mir eine Bleibe sichert.«

Es war schier unglaublich, wie pragmatisch sich dieses Frauenzimmer gab. Welch eine Unverschämtheit, ihm zu unterstellen, er verdiene seinen Lebensunterhalt als Knochenbrecher.

Er wurde nur gewalttätig, wenn es absolut notwendig war.

Rafe senkte den Blick auf ihren ausgestreckten Arm und fluchte. *Dios!* Sie zerstörte ihm noch seine Karriere, seinen

Ruf. Landläufig galt er als harter Brocken und wurde vor allem wegen seiner Gnadenlosigkeit angeheuert. Er war niemand, der sich durch Bitten und Betteln in die Knie zwingen ließ. Doch so, wie sich der Fall Darby entwickelte, war er derjenige, der sich bald nach einem neuen Wirkungsfeld umschauen musste. Der Unterschied war nur, dass sie ein Dach über dem Kopf hatte, während seine Vermieterin vermutlich seine Siebensachen längst verhökert hatte, um einen Teil der ausstehenden Miete hereinzuholen.

»Nehmen Sie den Arm herunter«, befahl er ihr. Als Rebecca sich jedoch weigerte, zog er sie zu einem Stuhl und zwang sie sanft, sich zu setzen. »Ich bin nicht gekommen, um Ihnen wehzutun.«

Als Rebecca zu ihm aufblickte, wurde er fast von dem Wunsch überwältigt, über sie herzufallen. Es gelüstete ihn, mit den Fingern durch ihr verführerisch rotes Haar zu gleiten, ihre fest zusammengepressten Lippen mit Küssen zu entspannen und sie so eng, so fest an sich zu drücken, dass er ihre Brüste und ihr Becken spüren konnte.

Lass den Quatsch, ermahnte er sich. *Vergiss ihre berauschenden Rundungen, die nach Berührung betteln.*
Vergiss ihr Lächeln, das dir suggeriert, die Sterne am Firmament sängen Lieder der Liebe.

Nein, er musste einen Weg finden, sie dazu zu überreden, mit der Kunst des Schreibens zu brechen, musste es so angehen, dass sie dachte, die Idee stamme von ihr. *Mach es ihr dermaßen schmackhaft, dass sie nicht anders kann als einzuwilligen.*

Mit einem Mal erinnerte er sich an etwas, das er am vergangenen Abend über sie erfahren hatte. Was hatte der Oberst ausposaunt?

Rebecca wünschte sich nichts sehnlicher als eine Saison in London.

Heureka, das war's! Die Lösung all seiner Probleme.

»Das muss doch noch lange nicht das Ende für Sie und Ihren Oheim bedeuten«, setzte Rafe mit neuem Mut an. »Sie könnten eine Abmachung mit Lady Tottley treffen und die Saison in der Stadt verbringen. Lady Tottley könnte als Ihre Gönnerin auftreten, wenn Sie im Gegenzug mit dem Schreiben aufhören. Wer weiß, vielleicht lernen Sie ja auch Ihren heiß ersehnten Vikar kennen und heiraten ihn.«

Noch bevor er zu Ende gesprochen hatte, wusste er, dass er den größten Fehler seines Lebens begangen hatte.

Heiraten? Rebecca war wie versteinert. Dachte er wirklich, ihre Probleme ließen sich lösen, indem sie nach London ging und sich einen ahnungslosen Trottel suchte, der sie zur Frau nahm? Dieser ungehobelte Klotz Danvers konnte sich glücklich schätzen, dass das Feuereisen am anderen Ende des Raums stand. Sonst hätte sein Holzkopf nämlich nähere Bekanntschaft damit gemacht.

»Ich soll nach London reisen?«, wiederholte sie ungläubig. »Für die Saison?«

Rafe nickte. »Äh, ja. Wie Ihr Onkel gestern Abend sagte, wünschen Sie sich doch nichts sehnlicher, als einmal in London mit dabei zu sein.«

Hatte er vergessen, dass der Oberst auch derjenige war, der Lady Kirkwood bezichtigt hatte, eine französische Spionin zu sein? Doch Rebecca unterließ es, ihn darauf hinzuweisen. Und als ihr die Tragweite seiner Worte klar wurde, wich ihre Empörung.

London? Das war perfekt!

»Lautet so Lady Tottleys Angebot?«, fragte sie, tunlichst darauf bedacht, nicht zu hoffnungsvoll zu klingen. Es war das erste Mal, dass sie nach der furchtbaren Nachricht, die sie am Morgen auf dem kleinen Dielentisch vorgefunden hatte, wieder Hoffnung schöpfte.

Rafe räusperte sich. »Nun, nicht direkt …«

»Es war also nie die Rede von einer Saison in der Stadt?« Rebecca schnaubte wie Mrs. Wortling, wenn sie den Brandy nicht finden konnte.

»Ich könnte einen Brief aufsetzen und ihr Ihre Forderung erörtern: dass Sie willens sind, das Schreiben aufzugeben, wenn Sie dafür nach London kommen dürfen und …«

»Einverstanden!«, unterbrach sie ihn. »Ich werde gehen!«

Rafe trat einen Schritt zurück und starrte sie entgeistert an. »Einfach so? Sie geben so mir nichts dir nichts das Schreiben auf und ziehen in die Stadt?«

Rebecca nickte. »Aber ich stelle Bedingungen.«

»Das war klar«, seufzte Rafe. »Alles andere hätte mich auch überrascht.«

Rebecca erhob sich und schob einen Stapel Papiere sowie zwei dicke Wälzer beiseite, die auf dem Schreibtisch lagen, öffnete die Schreibschatulle, nahm sich eine Schreibfeder, ein kleines Tintenfass und einen Stapel Bögen.

Rafe blickte verzweifelt auf die vielen Bögen. »Glauben Sie wirklich, dass wir die alle brauchen?«

»Ich war noch nie für eine Saison in der Stadt«, erinnerte sie ihn. »Wenn ich schon meinen Lebensunterhalt aufgebe, möchte ich wenigstens an einer Saison teilnehmen, die unvergesslich ist.«

Mit einem resignierten Seufzer setzte er sich an den Schreibtisch, nahm die Feder und begann den ersten Teil des Briefes auszuformulieren, in dem er Miss Tates Vorschlag skizzierte. Im Anschluss fragte er: »Wie genau sehen Ihre Forderungen denn aus, Miss Tate?«

»Ich werde eine entsprechende Garderobe benötigen. Kleider, Handschuhe, Schuhe und … und …« Nun wurde sie rot.

»Kleidungsstücke, die nicht für jedermann sichtbar sind?«,

half er ihr mit einem verschmitzten Lächeln auf die Sprünge.

»Ja. Und alles, was eine Dame von Stand sonst noch benötigt. Ich vermute, dass Sie sich auf diesem Gebiet wesentlich besser auskennen als ich.«

»Ich bin viel zu sehr Gentleman, als dass ich darauf antworten würde.« Rafes Grinsen wurde breiter.

Rebecca schnaubte wieder. Was für ein unverbesserlicher Widerling! Sollte er doch so viel grinsen, wie er wollte. Was ihm nämlich entging, war die Tatsache, dass für eine neue Garderobe diverse Besuche in der Stadt nötig waren, wodurch sich ihr unzählige Entschuldigungen bieten würden, die Suche nach Leutnant Purcell fortzusetzen.

Und nach Codlins Mörder.

»Außerdem brauche ich Tanzstunden«, sagte sie über seine Schulter.

»Einen Tanzlehrer«, notierte Rafe. »Französischer Herkunft und von stoischer Gelassenheit.«

Rebecca überging seine Bemerkung. »Außerdem möchte ich die *Elgin Marbles* besichtigen.«

»Das ziemt sich aber nicht für das holde Geschlecht.«

»Bah!«, entfuhr es Rebecca. »Haben Sie sie denn gesehen?«

»Selbstredend.«

»Und, haben Ihre moralischen Grundsätze arg darunter gelitten?«

»Wohl kaum.« Rafe tauchte die Feder erneut in das Tintenfass. »Wenn ich ehrlich bin, waren meine moralischen Grundsätze schon vor dem Museumsbesuch nicht die besten.«

Rebecca verkniff sich eine Antwort darauf. »Ich bin mir sicher, dass ich keinen größeren Schaden davontragen werde, Sir. Wenn Sie also so nett wären, meinen Wunsch zu Papier zu bringen?« Sie tippte mit dem Zeigefinger auf die Stelle, wo er aufgehört hatte zu schreiben.

Nachdem er damit fertig war, blickte er sie erwartungsvoll an.

Sogleich meldete sie einen weiteren Wunsch an. »Ich benötige dringend eine Mitgliedskarte für die Bücherei und ein Konto bei *Hatchard's*.«

»Damit entlarven Sie sich als hoffnungslosen Blaustrumpf.«

Rebecca reckte die Nase in die Luft. »Schreiben Sie bitte einfach nur auf, was ich Ihnen diktiere, und behalten Sie Ihre Kommentare für sich. Es geht hier schließlich um *meine* Saison!«

»Da will ich Ihnen nicht widersprechen«, murmelte Rafe.

»Bitte fügen Sie noch hinzu, dass ich zudem die Oper, das Ballett und das Theater besuchen möchte.«

»Das dürfte sich nicht allzu schwierig gestalten«, sagte er. »Das sind alles Unterhaltungsformen, die für junge Damen angemessen sind.«

Auch diesen Seitenhieb ignorierte Rebecca. »Ferner verlange ich, dass der Oberst mich begleitet. Ich werde nicht zulassen, dass er hier in Bramley Hollow in der fragwürdigen Fürsorge von Mrs. Wortling bleibt.«

Rafe konnte nicht anders, als sie erneut entgeistert anzublicken. »Finden Sie wirklich, dass das eine gute Idee ist? Lady Tottley dürfte es nicht gutheißen, wenn ihr Haus in eine indische Garnison verwandelt wird.«

»Der Oberst kommt mit, basta!«

Rafe murmelte etwas davon, dass London vor einer regelrechten Katastrophe stand, tat aber wie ihm geheißen und setzte auch diesen Punkt mit auf die Liste. »Sonst noch etwas?«

»Ja«, kam es wie aus der Pistole geschossen. »Karten fürs *Almack's*.«

»Das *Almack's*?« Rafe seufzte. »Warum in Himmels Namen wollen Sie ausgerechnet dorthin?«

»Jedes Mädchen träumt davon!« Zudem hatte sie erfahren, dass Lt. Purcell mit einer Gruppe junger Gentlemen dort gesehen worden war.

»Sie sind aber nicht *jedes Mädchen.*« Seine Worte erweckten den Anschein, als wollte er ihr schmeicheln. Bis er leise murmelnd hinzufügte: »Ich dachte, Sie hätten mehr Grips als diese jungen Hühner.«

»Das *Almack's*, Sir, oder ich werde noch in dieser Woche *Miss Darbys furchtbare Verlockung* beenden.«

Rafe fügte sich. »Ist das alles?«, wollte er ein wenig gereizt wissen.

Zur Sicherheit überflog Rebecca die Zeilen noch einmal, ehe sie nickte. »Was glauben Sie, wie lange wird es dauern, bis wir mit einer Antwort rechnen können?«

»Ich werde Cochrane gemeinsam mit einem von Lady Finchs Boten entsenden. Spätestens morgen Abend sind sie zurück.«

Rebecca nickte zufrieden. »Hört sich gut an.«

»War's das?«, fragte Rafe.

Rebecca nickte abermals. »Wieso sorgen Sie nicht persönlich für die Zustellung des Schreibens?«

»Sie können es wahrlich nicht erwarten, mich so schnell wie möglich loszuwerden, oder?«

Rebecca war drauf und dran, ihm zuzustimmen, doch ihre guten Manieren gewannen die Oberhand. »Nein, natürlich nicht.«

»Was sind Sie doch für eine schlechte Lügnerin, Miss Tate.«

»Und Sie sind ein schwieriges Mannsbild.«

Mit einem spitzbübischen Funkeln in den Augen blickte er zu ihr auf. »Finden Sie nicht auch, dass wir ein perfektes Paar abgeben?«

Rebecca traute ihren Ohren nicht. Sie war Annäherungsversuche einfach nicht gewohnt – zumindest vermutete Rebecca, dass es sich hier um einen Annäherungsversuch handelte. Er hatte diese schurkische Aura – genau wie vor dem letzten Kuss. Nein, vor beiden Küssen.

Einen Moment lang wünschte Rebecca sich nichts sehnlicher, als dass sie ihn darum gebeten hätte, ihr die Stadt zu zeigen. Mit ihr im *Almack's* zu tanzen. Ihr sein spitzbübisches Lächeln zu schenken und – wenn niemand hinsah – ihren nur allzu willigen Lippen einen Kuss zu entlocken. Immer wenn Rafe Danvers im selben Raum war, fühlte sie sich so ... lebendig. Immer wenn er sie mit seinen dunklen Augen anschaute, wurde sie von dem Wunsch ergriffen, in der Hitze seiner Leidenschaft zu verbrennen.

Rebecca zwang sich, sich in Erinnerung zu rufen, dass der eigentliche Grund für ihren Aufenthalt in London nichts mit Tanzbällen, Abendgesellschaften, musikalischen Soireen und Romantik zu tun hatte. Sie ging in die Stadt, um ihr Leben in Ordnung zu bringen.

Ein Schrei und ein lautes Jaulen, die aus der Küche kamen, riss sie jäh aus den Gedanken.

Ajax!, fluchte sie innerlich.

Ein Krug zerbarst, gefolgt von einem weiteren Aufschrei, ehe ein Kugelblitz aus Fell in die Bibliothek geschossen kam und der teuflische Kater unter dem Kartentisch Schutz suchte. Die weit überhängende Tischdecke kam ihm wie gerufen.

»Dieses Mal mache ich Hackbraten aus dem Viech«, fluchte Mrs. Wortling und kam mit dem Hackbeil bewaffnet in die Bibliothek.

»Gibt es ein Problem, Mrs. Wortling?«, erkundigte sich Rebecca höflich.

»Ihr räudiger Kater hat den Krug mit der Sahne umgestoßen und sich am Hammelfleisch vergriffen.«

Rafe drehte das Gesicht weg, und Rebecca hätte schwören können, dass er schmunzelte.

»Ich habe keine Ahnung, wo er stecken könnte. Vermutlich haben Sie ihn jetzt vollkommen vergrätzt«, erklärte sie der Wirtschafterin.

»Schön wär's«, murmelte Mrs. Wortling. »Kater und Männer kehren immer wieder dorthin zurück, wo es kostenlos etwas zu vernaschen gibt.« Die Haushälterin hatte Rafe streng im Visier. »Wird der da zum Tee bleiben? Ich habe nämlich keine Zeit, eine zweite Platte herzurichten. Ich stecke bis zum Hals in Arbeit.«

»Nein, Ma'am«, beruhigte Rafe sie. »Ich wollte Miss Tate gerade wieder sich selbst überlassen.«

Der Blick der sichtlich erleichterten Wirtschafterin schien ihm *auf Nimmerwiedersehen* zu wünschen.

»Ich werde mich also um unser Abkommen kümmern, Miss Tate. So schnell wie möglich.«

»Vielen Dank, Mr. Danvers«, erwiderte Rebecca, die sich nichts sehnlicher wünschte, als dass Mrs. Wortling verschwand. Doch die war viel zu sehr damit beschäftigt, nach Ajax zu suchen.

»Würden Sie mich freundlicherweise noch bis an die Tür begleiten, Miss Tate?«, fragte Rafe.

»Selbstverständlich.«

Nachdem sie der rachsüchtigen Mrs. Wortling entkommen waren, blickte Rafe Rebecca mit ernster Miene an. »Sind Sie sich absolut sicher, dass es nicht noch etwas gibt, was ich für Sie tun kann?«

Rebecca wusste, worauf er hinauswollte, und so sehr sie sich auch danach sehnte, jemandem ihr Herz auszuschütten, so konnte sie es nicht riskieren, sich ausgerechnet ihm gegenüber zu öffnen. Einem Mann, den sie kaum kannte und zu dem sie sich hingezogen fühlte, der ihr die Sinne vernebelte und ihren klaren Verstand derart aus dem Gleichgewicht brachte, dass sie sich nicht mehr sicher war, ob sie ihrem eigenen Urteil noch trauen konnte.

»Nein«, sagte sie. »Sie haben bereits mehr als genug getan, das versichere ich Ihnen.«

»Wenn Sie dennoch ...«

»Danke, aber das wird nicht vonnöten sein«, sagte sie hastig, bevor sie ihren Entschluss bereuen konnte.

»Bis morgen«, verabschiedete Rafe sich.

Rebecca war ein wenig verstört, dass er einfach so fortging. Ohne neuerliche Avancen gemacht zu haben, die in einem hitzigen Kuss gipfelten. Sie tat ihr Bestes, die nagende Enttäuschung in ihrem Innern zu ignorieren. Sie wünschte sich – nur dieses eine Mal –, dass er ihr Ritter in strahlender Rüstung wäre. Oder zumindest ein charmanter Schaumschläger, der ihr einen Kuss abluchsen wollte.

Küsse!, ermahnte sie sich. Küsse bedeuteten nichts als Ärger, zumal wenn sie von Raphael Danvers kamen.

Rebecca drehte sich schwungvoll um und entdeckte den Oberst am Treppenfuß. Sein linkes Auge war stark angeschwollen, und ein kolossaler Bluterguss deutete sich an – die Resultate seiner Konfrontation mit Harrington.

»Du hättest ihm die Wahrheit erzählen müssen, Bex. Er hätte uns helfen können.«

»Nein, das glaube ich kaum. Außerdem haben wir kein Geld, um ihn für seine Dienste zu entlohnen.«

»Das ist doch das kleinste Problem.« Der Oberst trat einen Schritt vor. »Siehst du denn nicht, dass er sich Sorgen um dich macht? Er wird außer sich sein, wenn er herausfindet, dass du und ich in dieses Kuddelmuddel um Codlins Tod verwickelt sind.«

»Er interessiert sich für nichts anderes als für die zweitausend Pfund, die die East India Company auf die Ergreifung des Mörders ausgesetzt hat.«

»Aber warum sollte er dir Blumen bringen, wenn er sich nichts aus dir macht?«

Rebeccas Blick flog zu den Rosen, die auf einem Ziertischchen lagen, und fragte sich, wie viele Dornenstiche er beim Pflücken erlitten hatte. Doch darum ging es nicht. »Es ist nicht das erste Mal, dass ich Blumen von einem Mann bekomme, ehe ich erkennen muss, dass er sich nichts aus mir macht.«

»Habersham? Vergleichst du Mr. Danvers etwa mit diesem Rüpel?«

Rebecca hatte keine Lust, ihrem Onkel darzulegen, dass die beiden grundverschieden waren, dass Welten zwischen ihnen lagen. Einst hatte sie geglaubt, dass Leutnant Habershams Wangenküsse der Beginn eines neuen Lebensabschnitts waren. Doch nachdem sie nun in Rafes Armen gelegen hatte, würde ihr kein anderer Mann mehr gut genug sein.

»Vertrau dich ihm an, Bex. Er kann uns helfen, kann uns deine Sicherheit garantieren. Mehr als ich je dazu im Stande war.«

»Ach ja, um ihn zu guter Letzt auch noch mit der Belohnung von dannen ziehen zu lassen, oder wie stellst du dir das vor?« Es war schlimm genug, dass sie ihm Bettlesfield Park überlassen musste. »Vertrau mir, Mr. Danvers wird uns helfen, ohne dass es ihm bewusst ist oder uns seine Dienste auch nur einen Viertelpenny kosten«, sagte sie. »Er organisiert eine Reise für mich nach London. Stell dir vor, ich werde im Herzen von Mayfair residieren.«

Statt sich über die Entwicklung der Dinge zu freuen, lief der Oberst puterrot an. »Ich werde nicht zulassen, dass ... Ich untersage dir hiermit ...« Er keuchte und stotterte. »Dich zu beschützen ist eine Sache, aber ihm einen Freibrief auszuhändigen, ist etwas völlig anderes.«

Rebecca ahnte, was ihr Onkel dachte.

»Nein, nein, du hast da etwas missverstanden«, beruhigte sie ihn. »Es ist Lady Tottley, sie kommt für sämtliche Kosten auf, stellt Kost und Logis.«

»Wie bitte?!«, stammelte er. »Diese Lady Tottley wird alles bezahlen? Wieso sollte sie?«

Rebecca schmunzelte. »Rafe ist von Lady Tottley engagiert worden, um mich aufzuspüren, um die Person hinter den Darbyromanen ausfindig zu machen. Nachdem ihm das ja offensichtlich gelungen ist, hat er ihr ein Schreiben geschickt, in dem er ihr mitteilt, dass ich eingewilligt habe, keine weiteren Darbyromane zu schreiben. Aber nur unter der Voraussetzung, dass sie mir die Saison finanziert.«

Mit gerunzelter Stirn überdachte der Oberst die Entwicklung und kam schließlich zu dem Ergebnis: »Gar nicht so schlecht.«

»Das meine ich auch«, flötete Rebecca stolz. »Wir wollten doch ohnehin nach London. Also lass uns anfangen, die Reisetruhen zu packen, Onkel.«

»*Uns*?«, fragte der Oberst wie vom Donner gerührt. »Ich werde nicht mitkommen.«

Rebecca ballte die Hände zu Fäusten und stemmte sie in die Hüften. »Und ob du mitkommst. Ich werde dich nicht in der Obhut von Mrs. Wortling lassen.« Sie senkte die Stimme. »Vergiss nicht, wie überstürzt die Harringtons in die Stadt abgereist sind. Entweder weiß der Major etwas über Leutnant Purcell, oder er hat etwas entdeckt.«

Gerade noch rechtzeitig biss Rebecca sich auf die Zunge, um ihrem Onkel nichts von Rafes Entdeckung zu erzählen – dass sich jemand auf Bettlesfield Park herumgetrieben hatte. Sie wollte den Oberst nicht zusätzlich verängstigen, geschweige denn ihm anvertrauen, dass sie Rafe dort begegnet war. Alleine. Sie entschied sich für eine andere Herangehensweise: »Du bist hier nicht sicher, und das weißt du auch. In der ominösen Nachricht von heute Morgen stand, dass du der

Nächste bist. Wir dürfen nichts riskieren. Du wirst also schön brav mit mir kommen. Ab mit dir nach oben. Du packst jetzt deine Sachen, oder ich werde Mrs. Wortling bitten, es für dich zu tun.«

»Despotisches Weibsbild«, raunte der Oberst. »Kann mich nicht daran erinnern, dir die Befehlsgewalt erteilt zu haben.«

Das wäre auch alles nicht nötig, dachte Rebecca, *wenn du und Richard nicht vor Jahren in diesen Schlamassel geraten wärt*. Sie blickte auf die menschenleere Straße und dachte wieder an Rafe. Ihr Onkel hatte Recht. Sie sollte ihm die Wahrheit erzählen. Doch im Gegensatz zu ihm war sie nicht von Rafes Aufrichtigkeit überzeugt. Sie hatte Leutnant Habersham jahrelang gekannt und ihn für einen guten Menschen gehalten. Doch als ihrem Namen der Hauch eines Skandals anhaftete, hatte er nichts Besseres im Sinn gehabt, als sich aus dem Staub zu machen.

Rebecca befürchtete, dass sie auch für Rafe nichts weiter als ein Mittel zum Zweck war. Bevor sie ihm ihr Leben, geschweige denn ihr Herz anvertraute, musste sie wissen, ob er sie auch noch küssen würde, wenn diese ganze furchtbare Geschichte vorbei wäre.

Eine halbe Stunde später klopfte es, und Rebecca eilte umgehend zur Tür. Ein Teil von ihr betete, dass Rafe etwas vergessen hatte ... zum Beispiel einen Kuss.

Doch sie erlebte eine Enttäuschung. Vor ihr standen die Gadburyzwillinge, in Begleitung von Mr. Kitling.

»O Miss Tate, Sie sind zu Hause!«, rief Honora verzückt aus und zwängte sich ohne Aufforderung an ihr vorbei. Alminta und Kitling taten es ihr gleich und hatten in Windeseile das Sofa im Salon in Beschlag genommen. Es ging alles so schnell, dass Rebecca nicht einmal protestieren konnte.

Mit einem resignierten Seufzer gesellte sie sich zu ihnen. »Wie aufmerksam von Ihnen, mir einen Besuch abzustatten.«

Miss Honora klopfte mit der Hand auf den freien Platz neben sich. »Wir hatten schon befürchtet, dass Sie heute keinen Besuch empfangen würden. Ich meine, nach dem, was sich gestern Abend zugetragen hat. Es ist mir noch immer schleierhaft, was Lady Finch sich dabei gedacht hat. An ihrer Stelle würde ich Major Harrington auf der Stelle für gesellschaftsunfähig erklären und dafür sorgen, dass er ein für alle Mal erledigt ist. Furchtbar, diese neureichen Lackaffen. Wie konnte er es wagen, sich am armen Oberst zu vergreifen?« Als sie kurz innehielt, um Luft zu holen, witterte Miss Alminta ihre Chance und riss das Wort an sich: »Ganz zu schweigen davon, wie schamlos Mrs. Harrington gekichert hat, als sie von Ihrem Wunsch hörte, die Saison in der Stadt zu verbringen. Natürlich sind Sie nicht mehr die Jüngste, aber das geht sie nichts an, oder?«

Rebecca lächelte angestrengt. Trotz deren eher eigensinnigen Manieren und nicht gerade zimperlichen Kommentare mochte sie die Gadburyschwestern. Die beiden waren die gutmütigsten Menschen, die sie kannte. Und sie hielten immer zu ihr. »Nun, da Sie das Thema schon einmal angeschnitten haben, möchte ich bekannt geben, dass ich aller Voraussicht nach doch die Saison in London verbringen werde.«

»Was Sie nicht sagen«, rief Kitling und lehnte sich vor. »Und wie unerwartet. Ich meine, von jetzt auf gleich einfach abzureisen.«

»Er hat Recht!«, ereiferte sich Honora. »Sie müssen uns alles erzählen.«

»Es gibt noch keine Einzelheiten«, sagte Rebecca, »aber fest steht, dass ich in Kürze nach London aufbreche und bis zum Ende der Saison dort bleiben werde.«

Alminta warf ihrer Schwester einen unsicheren Blick zu und runzelte die Stirn. »Das können wir nicht zulassen.«

Honora nickte. »Nie und nimmer. Das würde gegen jegliche Regeln des guten Geschmacks verstoßen.«

»Wieso das denn?«, fragte Rebecca verwirrt.

»Meine Liebe, Sie können unmöglich mutterseelenallein in die Stadt reisen. Was Sie brauchen, ist eine angemessene Begleitung«, sagte Honora so leise, als brächte sie nicht den Mut auf, lauter zu sprechen.

Mit einem Lächeln auf den Lippen, schüttelte Rebecca den Kopf. »Ich werde nicht alleine reisen«, versicherte sie ihnen. »Der Oberst wird mich begleiten, und wir werden bei einer höchst einflussreichen und betuchten Dame wohnen. Alles ist, wie es sein sollte.«

»Wenn Sie meinen«, sagte Miss Honora wenig überzeugt.

Rebecca entschied sich, Rafes Namen lieber nicht ins Spiel zu bringen. Sie war sich gar nicht so sicher, ob sie nicht doch eine Tugendwächterin brauchte, die sie vor diesem gefährlichen Mannsbild und seinen prickelnden Küssen schützte.

Am nächsten Morgen, in aller Herrgottsfrühe, gellten verzweifelte Schreie durch Finch Manor und ließen Rafe hochschrecken. Nachdem Cochrane nach London aufgebrochen war, hatte er den Rest der Nacht damit verbracht, Jemmy und Lord Finch die Fakten des Falls Codlin darzulegen, in der Hoffnung, sie würden eine Verbindung entdecken, die er übersehen hatte. Kurz vor der Dämmerung war er hundemüde ins Bett gekrochen, nur um von Indien und einer zierlichen Rothaarigen mit abgetragener Haube und edel gewebtem Schultertuch zu träumen, die am Rande eines Steilhangs stand.

Nicht bewegen, Rebecca. Ich darf dich nicht verlieren, ich liebe …

Die lauter werdenden Rufe hatten ihn von einem Eingeständnis abgehalten, gegen das er sich noch immer sträubte. Sogar im Traum.

Er warf einen raschen Blick auf den Nachttisch, wo *Miss Darbys abenteuerliches Abkommen* lag. Kopfschüttelnd klappte er das Buch zu. Das war definitiv das letzte Mal, dass er vor dem Schlafengehen in einem ihrer Bücher gelesen hatte.

Vor allem, wenn er im Schlaf die Rolle des Leutnants Throckmorten einnahm. *Dieser Mann ist nichts als ein selbstgefälliger und eitler Hahn, während ich …*

… *ein Idiot bin*, sagte Rafe sich und machte sich daran, in seiner Reisetasche nach einem weißen Leinenhemd zu suchen, das nicht allzu verknittert war. Als er eine weitere Salve entsetzter Schreie vernahm, schlüpfte er schnell in die Kniehosen und Stiefel.

Gerade als er zur Tür eilen wollte, öffnete sie sich, und Jemmy kam hereingehumpelt. Das Treppensteigen schien ihn anstrengt zu haben, er wirkte erschöpft. Sein Gesicht war blass, und um seinen Mund lag ein verkniffener Zug. Er sah aus, als käme er direkt vom Schlachtfeld.

»Rafe, mein Vater möchte dich umgehend sprechen«, sagte er gequält. »Es hat einen Mord gegeben.«

Kapitel 11

Sie müssen nichts weiter tun, als mich um Hilfe zu bitten, Miss Darby, da Sie mein Herz längst erobert haben.

Leutnant Throckmorten zu Miss Darby in
Miss Darbys abenteuerliches Abkommen

Als Rebecca an diesem Morgen die Augen aufschlug, spürte sie, dass etwas nicht stimmte.

Jemand wanderte im Erdgeschoss umher. War Mrs. Wortling etwa schon auf den Beinen und ging ihrer Arbeit nach? Ohne dass sie dazu gedrängt und angetrieben werden musste?

Das war allerdings ein schlechtes Zeichen. Was mochte sie zu dieser frühen Stunde treiben?

Rebecca schlüpfte geschwind in den Morgenmantel und schlich nach unten, wo sie gerade noch sah, wie sich die Haushälterin mit einer abgewetzten Reisetasche in der einen und einer Wedgewoodvase in der anderen Hand zur Tür hinauszwängte.

»Mrs. Wortling! Was hat das zu bedeuten?«

»Hier bleibe ich keine Sekunde länger«, verkündete die Wirtschafterin atemlos. »Nicht wenn ein Mörder sein Unwesen in der unmittelbaren Nachbarschaft treibt. Ich bin eine anständige und gesetzestreue Frau und werde mich nicht in meinem Bett abmurksen lassen.«

Anständig und gesetzestreu? Wo sie gerade Rebeccas einziges Erbstück von ihrer Mutter entwendete?

Doch das, wovon die diebische Elster noch gesprochen hatte, machte Rebecca erst recht stutzig.

Mord?

»Wovon sprechen Sie?«

»Mord! In unserer Nachbarschaft«, kam die aufgewühlte Antwort.

»Jemand ist ermordet worden?«, wiederholte Rebecca fassungslos. Angst und Schrecken breiteten sich in ihrer Magengrube aus.

Rafe! Wollte er nicht heute Morgen das Gespräch mit Harrington suchen? Angesichts des Temperaments des Majors war alles möglich.

»Ja, barbarisch zugerichtet. Ich weiß es von Mrs. Benton auf der anderen Straßenseite. Ihr Kreischen hat mich geweckt.«

Rebecca trat vor und packte die verlogene Haushälterin hart am Arm. »Wer? Wer ist umgebracht worden?«

Mrs. Wortling schüttelte Rebecca ab. »Major Harrington, dieser hochmütige und lumpige Kerl. Er wurde bei Sonnenaufgang auf der Straße Richtung Süden gefunden.« Sie stieß einen lang gezogenen Seufzer aus, als wollte sie sagen: *Geschieht diesem aufgeblasenen Hanswurst Recht*. »Es war nur eine Frage der Zeit, wo er doch immer so schrecklich kleinlich war. Aber einen Mann abzuschlachten, um seine Meinung in die Welt hinauszuschreien, das geht nun wirklich zu weit.«

»Abzuschlachten?«, keuchte Rebecca, der das Herz in die Hose gerutscht war. Alles war genau wie bei Codlin … »Onkel!«, rief sie verzweifelt. »Ach du meine Güte!«

Blitzschnell hastete sie die Treppe hinauf und den Gang entlang – Diebstahl und Kündigung längst vergessen. Sie riss die Tür zum Zimmer ihres Onkels auf und blieb nach Luft schnappend vor seinem Bett stehen.

Zu ihrer Erleichterung schlummerte er tief und fest, seine Brust hob und senkte sich regelmäßig. »Ach Onkelchen«, seufzte sie erleichtert.

Der Oberst bewegte sich, und Rebecca schlich auf leisen Sohlen rückwärts wieder heraus.

Als sie wieder in der Diele stand, war diese leer und die Haustür sperrangelweit offen. Sie bemerkte sofort, dass nun auch noch die Kerzenleuchter von der Anrichte fehlten.

Zur Hölle mit diesem Weibsstück!

Morgenmantel hin oder her, Rebecca raste los und holte die flüchtige Wirtschafterin am Gartentor ein. »Was denken Sie, wo Sie hingehen?«

»Das weiß ich ehrlich gesagt noch nicht so genau«, antwortete Mrs. Wortling. »Ich weiß nur, dass mich keine zehn Pferde hier halten.«

»Mrs. Wortling, Sie können nicht so mir nichts dir nichts abreisen.« *Vor allem nicht, wenn sämtliche unserer Wertgegenstände sich in Ihrer Reisetasche befinden.*

»Und ob ich das kann!«

»Mrs. Wortling, Sie händigen mir auf der Stelle die Kerzenleuchter und die Vase aus!«

»Mir steht aber noch Lohn zu«, antwortete die Haushälterin in einem frechen Ton, der ihr nicht zustand.

»Allein die Kerzenleuchter sind mehr wert, als Sie je verdienen werden. Sie händigen Sie mir auf der Stelle aus.«

Die Wirtschafterin schüttelte aufsässig den Kopf. »Das glaube ich kaum. Die Dinger sind nur aus Messing und nicht einmal ein Jahresgehalt wert, bei dem mickrigen Lohn, den Sie mir zahlen.«

»Erst vergangene Woche habe ich Sie ausgezahlt. Angesichts der Menge Brandy, die im Laufe der letzten zwölf Monate verschwunden ist, bin ich beinahe geneigt zu sagen, dass *Sie mir* noch etwas schuldig sind.«

»Ach Quatsch!«, schnaubte Mrs. Wortling. »Ich muss jetzt dafür sorgen, dass ich nicht auch noch einem Meuchelmörder zum Opfer falle. Zusammen mit Ihresgleichen.« Die renitente Wirtschafterin blickte zum Fenster des Obersts. »Er ist der Nächste, und ich habe nicht vor, die Schweinerei wegzuputzen.«

»Der Nächste?« Rebecca kniff die Augen zusammen. »Wovon faseln Sie da?«

Der Unterkiefer der Haushälterin begann zu mahlen, und sie richtete den Blick auf ihre Füße. »Ich weiß von der Nachricht. Jemand war im Haus, hat sich Zugang zur Diele verschafft und eine Nachricht auf dem kleinen Tisch in der Diele hinterlassen – direkt unter unseren Nasen. Der Eindringling hätte uns ebenso gut die Kehlen durchsäbeln können. Und ich gedenke nicht zu bleiben, um herauszufinden, ob er es noch tut.«

Bepackt mit ihren Siebensachen, jene eingeschlossen, die streng genommen nicht dazu zählten, schritt sie auf das Tor zu. »Nur damit Sie es wissen: Ja, ich habe zufällig mit angehört, wie der Oberst darüber gesprochen hat. Mag sein, dass ich an der Tür gelauscht habe, aber das ist in meinen Augen keine Schande. Man kann schließlich nicht vorsichtig genug sein. Hier gehen ohnehin zu viele eigenartige Dinge vor sich: Ständig kommen Pakete und Briefe aus London oder werden in alle Welt verschickt. Ich möchte nichts damit zu tun haben.« Sie warf den Kopf in den Nacken. »Vielleicht sollte ich dem Magistrat einen Besuch abstatten und ihm erzählen, wie tief Sie und Ihr übergeschnappter Onkel in die Sache mit diesem Codlin verstrickt sind.« Mrs. Wortling stieß mit dem Fuß das Gartentor auf und marschierte los, die spitze Nase hoch in die Luft gestreckt.

»Sie sind doch …« So fassungslos Rebecca auch war, sie würde diese Frau nicht kampflos ziehen lassen. Noch nicht. »Die Vase und die Kerzenhalter, Mrs. Wortling! Sie geben Sie mir auf der Stelle zurück. Oder ich werde Wachtmeister Holmes alarmieren und dafür sorgen, dass Sie den eisigen Atem des Gesetzes zu spüren bekommen.«

Die Haushälterin erstarrte. »Dann werde ich wie ein Vöglein singen, Miss Tate.«

»Tun Sie das, Mrs. Wortling, und vergessen Sie auch nicht, das Brandmal auf Ihrer Schulter zu erwähnen.«

Mrs. Wortlings Kiefer sackte eine Etage tiefer.

»Sie tragen doch ein Schandmal, nicht wahr? Wegen Diebstahls, wenn mich nicht alles täuscht?«

»Ausgemachter Blödsinn. Die Narbe stammt von einem Unfall, als ich noch klein war.«

Rebecca verschränkte die Arme vor der Brust, nicht bereit, sich von dieser Frau einen Bären aufbinden zu lassen. »Bevorzugen Sie eigentlich den Strick oder die Verbannung?«

Die Wirtschafterin brummte.

»Soweit ich weiß, sind beide bei wiederholtem Vergehen zulässig«, erklärte Rebecca ihr. »Zufällig weiß ich, dass der Magistrat – der im Übrigen der Cousin des Obersts ist – zu ungewöhnlicher Milde neigt. Vermutlich wird er Sie nach Botany Bay verbannen.«

Mrs. Wortling fuchtelte mit dem Finger unter Rebeccas Nase. »Oh, was sind Sie doch für ein hochnäsiges Persönchen. Nicht die liebenswürdige Maid, von der das ganze Dorf schwärmt. Dieser adrette Mr. Danvers dürfte nicht allzu erbaut sein, wenn er herausfindet, wie boshaft Sie in Wirklichkeit sind.« Mit angewidert hochgezogenen Augenbrauen fügte sie hinzu: »Aber wer weiß, vielleicht weiß er längst über Sie Bescheid und schert sich nicht weiter darum. Könnte doch sein, dass er sich einen Mordsspaß daraus macht, mit Ihnen zu spielen, ehe er Sie wie eine heiße Kartoffel fallen lässt. Genau wie dieser andere damals.«

Rebeccas Wangen begannen ob dieser vulgären Andeutungen kräftig zu glühen. Aber sie würde sich nicht einschüchtern lassen, sondern dieser ekelhaften Person zeigen, wie boshaft sie tatsächlich war. »Sie rücken auf der Stelle mit den Kerzenleuchtern und der Vase heraus, oder es wird einen weiteren Mordfall geben, um den sich der Magistrat kümmern muss.«

Einige Sekunden lang stand Mrs. Wortling regungslos da, ehe sie murrend in die Reisetasche griff, Kerzenleuchter und Vase hervorholte und beides unsanft auf dem Gras ablud.

»Nicht dass Sie noch große Verwendung dafür haben werden, wenn man Sie auch aufgeschlitzt hat«, fauchte sie. »Dann komme ich nämlich wieder und hole mir, was mir zusteht.« Mit diesen Worten schritt die Wirtschafterin davon.

Rebecca vermutete, dass der einzige Grund, warum sie beide Gegenstände so bereitwillig zurückgelassen hatte, der war, dass sie noch genug anderes Diebesgut mit sich führte, das ihr die Flucht aus Bramley Hollow finanzieren konnte.

Wutentbrannt stapfte sie zurück zum Haus und stellte den Kerzenleuchter an seinen angestammten Platz auf der Anrichte und die Vase auf den Kaminsims zurück. Ihr Zorn über Mrs. Wortling verpuffte jedoch, als sie sich den Grund in Erinnerung rief, aus dem sie geflüchtet war.

Major Harrington war tot? Ermordet?

Rebecca versuchte, ruhig zu atmen, wollte sich glauben machen, dass sie und ihr Onkel in Sicherheit waren. Doch noch im selben Moment begann sie am ganzen Körper zu zittern. Schnell stützte sie sich auf einen Sessel und sank kraftlos hinein. Eine Woge der Schwäche und der Übelkeit brach über ihr zusammen. Die Zeit der Abrechnung schien gekommen zu sein.

Und dieses Mal gab es keinen Ort auf der ganzen Welt, an dem sie sicher waren.

Egal, dachte Rebecca und blickte zum Fenster auf die Straße, die nach London führte. Noch war sie nicht so weit, dass sie die Waffen streckte.

Rafe stand über Major Harringtons Leichnam gebeugt und schüttelte den Kopf.

Alles war wie beim Mord an Codlin.

Lord Finch befand sich auf der gegenüberliegenden Straßenseite und erbrach sich in den Straßengraben.

Armer Kerl, dachte Rafe voller Mitgefühl. Die ruhigen Zeiten in der Orangerie waren fürs Erste vorbei.

Harringtons indischer Diener Mahesh schritt auf Rafe zu. Selbiger Diener, der ihm so unhöflich die Tür vor der Nase zugeschlagen hatte.

»*Sahib*«, adressierte er Rafe. Doch dieses Mal lag wesentlich mehr Hochachtung in der Stimme als bei ihrer ersten Begegnung. »Mir ist zu Ohren gekommen, dass Sie auch über diese andere ... *Sache* Bescheid wissen.«

Rafe nickte. »Ja, ich untersuche auch Sir Rodneys Mord, falls Sie das meinen.« Wenn es einen Hauptverdächtigen in diesem Fall gab, so war es Mahesh. Der Mörder schien ein erprobter Nahkämpfer zu sein, der Schwert und Messer gleichermaßen gut beherrschte. Der Inder trug beides am Gürtel.

Es wäre ein Kinderspiel gewesen, mit dem Finger auf einen Fremdling zu zeigen und den Fall für gelöst zu erklären. Doch Rafe war nicht auf der Suche nach einer bequemen Lösung. Er wollte die Morde aufklären und dafür sorgen, dass es keine weiteren Gräueltaten dieser Art gab. Vor allem, weil er sich sicher war, dass es zwischen den grausamen Taten und Rebecca und ihrem Onkel eine Verbindung gab.

»Ich war es nicht«, versicherte ihm der Hausangestellte in sorgfältig gesprochenem Englisch. »Ich kann in Ihren Augen lesen, dass Sie mich verdächtigen.«

Rafe erwiderte nichts, und eine Zeit lang starrten die beiden einander schweigend an. Es stimmte, der Verdacht lag nahe, doch Rafes Instinkt sprach sich eher für Maheshs Unschuld aus.

Mahesh machte schließlich eine leichte Verbeugung. »Sie überlassen es also mir, das Schweigen zu brechen. Kompliment, nicht viele Engländer sind so gerissen. Also wiederhole ich meine Worte noch einmal: Ich habe den Major nicht umgebracht, würde mir mit so etwas niemals die Hände schmutzig machen.« Der Diener erschauderte und wandte den Blick ab. »Jagt Ihnen der Anblick denn gar keinen Schrecken ein?«

Rafe seufzte und blickte auf den Leichnam. »Natürlich tut er das. Aber durch meine langen Jahre in Spanien bin ich abgehärtet. Im Krieg habe ich weitaus Schlimmeres zu Gesicht bekommen.«

Der Diener nickte. »Ich war den gesamten Morgen über im Haus, wo ich das Packen der Reisekisten überwacht habe. Ich habe dem Major sogar davon abgeraten, das Haus zu verlassen.« Mahesh hielt kurz inne und musterte Rafe. »Aber das wissen Sie sicherlich längst.«

»Ja«, sagte Rafe und gab den Dienern, die in diesem Moment mit einem vierrädrigen Handkarren ankamen, ein Zeichen, mit der Arbeit zu beginnen. »Wer auch immer für diese Schweinerei verantwortlich ist, wäre mit Blut besudelt. Sie hingegen tragen noch immer dieselben Kleider wie zu Tagesbeginn, das bescheinigen mir Ihre Kollegen.«

Mahesh blickte ihn aus festen Augen an. »Sie sind klug und zudem gründlich. Sehr gut. Wie es scheint, kann ich Ihnen vertrauen.« Mahesh griff in die Innenseite seiner indischen Robe und holte ein Stück Papier hervor. »Dies muss am Kleid der *memsahib* gehangen haben.« Er schwieg einen Augenblick lang. »Wissen Sie darüber Bescheid?«

Rafe nickte. Eben erst hatte er die Befragung des Wildhüters beendet.

»Diese fand ich in der Jacke des *sahib*, nachdem er das Haus verlassen hatte. Hätte ich früher von der Nachricht gewusst, hätte ich ihn nicht eine Sekunde aus den Augen gelassen.«

Rafe blickte auf die fremdartigen Schriftzeichen, die ihm irgendwie bekannt vorkamen. Ja, es waren dieselben, die auf dem Fetzen Papier standen, den er Rebecca unter der Nase wegstibitzt hatte.

»Wissen Sie, was das hier zu bedeuten hat?«, fragte er den Diener und kramte nach Rebeccas Notiz. »Ein Freund von mir fand dies vor kurzem.«

Mahesh wurde blass, als er auf die identische Botschaft in Rafes Hand blickte. »Ja, es ist eine Warnung in Bengali. *Du bist der Nächste.*« Zutiefst betroffen schüttelte er den Kopf, Tränen traten in seine Augen. »Eine Warnung, der mein *sahib* mehr Beachtung hätte schenken sollen. Ihr Freund sollte dies nicht auf die leichte Schulter nehmen. Oder es wird ihm wie meinem Herrn ergehen.«

Rafe gefror das Blut in den Adern.

Rebecca!

»*Dios!*«, fluchte Rafe und stürzte auf sein Pferd zu.

Rebecca saß in der Bibliothek und sortierte die gesammelten Aufzeichnungen und Übersetzungen ihres Onkels, als sie hörte, wie die Haustür aufgerissen wurde.

Sogleich griff sie zur Pistole ihres Vaters, die sie neben sich gelegt hatte, und richtete sie auf die Tür. Nach Mrs. Wortlings Flucht hatte sie nach der Waffe gesucht und trug sie seitdem bei sich.

Nun entsicherte sie das altertümliche Ding.

Doch sie drückte nicht ab, als eine bedrohliche Gestalt mit wehendem Mantel den Türrahmen ausfüllte. Als würde das verräterische Leuchten in den Augen des Eindringlings und sein entschlossen zusammengepresster Kiefer ihr nicht schon genug Angst einjagen, raubte sein verwegener Anblick ihr auch noch den Atem, und ihr Herz klopfte wild.

Rafe!

Was hatte er sich dabei gedacht, hier wie ein Einbrecher einzufallen? Am liebsten hätte Rebecca ihm das Fell über die

Ohren gezogen, gleichzeitig dankte sie dem Himmel, dass er da war. Doch wenn sie erwartet hatte, dass er nun seiner Erleichterung darüber Ausdruck verleihen würde, dass sie noch lebte, so hatte sie sich gründlich getäuscht.

»Verdammt, Rebecca, Sie bringen mich noch ins Grab«, keuchte er, riss sich den Hut vom Kopf und schleuderte ihn auf einen Stuhl. »Wenn ich kein Gentleman wäre, dann ...«

»Ein Gentleman? Wie können Sie es wagen?«, schrie Rebecca wütend, die Pistole noch immer auf sein Herz gerichtet. »Was fällt Ihnen ein, hier aufzutauchen und mir einen solchen Schrecken einzujagen?«

»Haben Sie etwa Angst?« Rafe zupfte an seinen Handschuhen, um sie auszuziehen. »Prima! Geschieht Ihnen Recht.«

»Ich glaube, ich höre nicht richtig! Wie können Sie es wagen, hier einzufallen, als hätte mein Onkel Sie mit der Kanone abgefeuert? Die meisten Menschen in Bramley Hollow klopfen für gewöhnlich.«

»Haben die segensreichen Bewohner von Bramley Hollow denn auch immer eine geladene Pistole griffbereit?« Er machte eine Kopfbewegung, die der Waffe galt.

Rebecca senkte den Blick und biss sich auf die Lippe. »Bitte entschuldigen Sie«, sagte sie kleinlaut und sicherte die Waffe, ehe sie sie auf dem Schreibtisch ablegte.

»Kann es sein, dass Sie jemand anderes erwartet haben?«, fragte Rafe und warf die Handschuhe in den Hut.

Rebecca blickte auf die abgelegten Kleidungsstücke. Verflixt, er machte nicht den Anschein, als würde er in absehbarer Zeit wieder gehen. »Ich weiß beim besten Willen nicht, worauf Sie hinauswollen«, giftete sie ihn an und drehte ihm den Rücken zu. »Wie Sie sehen, bin ich damit beschäftigt, zu packen. Es gibt einen Haufen Dinge, die ich noch erledigen muss, ehe ich ...«

»*Du bist der Nächste*«, sagte Rafe mit eiskalter Stimme.

Rebecca dachte kurz darüber nach, ob sie doch von der Pistole Gebrauch machen sollte, entschied sich aber für einen giftigen Blick über ihre Schulter. Das Stück Papier, das er in der Hand hielt, kam ihr sofort bekannt vor. Ihr Blick flog zum Kamin. Wie zum Henker…? »Jetzt vergreifen Sie sich also tatsächlich schon an meiner privaten Korrespondenz? Ich bin entsetzt. So etwas schickt sich nicht. Ich sollte Sie …«

»Miss Tate, es ist zu spät, darüber nachzudenken, was sich schickt und was nicht. Wenn Sie gesehen hätten, was ich mir heute ansehen musste, würden Sie sich nicht den Kopf darüber zerbrechen, was Sie einpacken sollten, sondern sich bis an die Zähne bewaffnet im Keller verschanzen.«

Rebecca zuckte zusammen. Er hatte vermutlich Harringtons Leiche gesehen.

Den ganzen Tag über war das Dorf wegen des Leichenfundes in heller Aufregung gewesen. Vor ungefähr einer Stunde hatten die Gadburyschwestern und Sydney ihr einen weiteren Besuch abgestattet, um ihr alles brühwarm zu erzählen. Rebecca zweifelte also nicht an seinen Worten.

»*Dios*, ich hatte schon Angst, Sie wären verloren, als Mahesh mir dies übersetzte.« Mit großen Schritten durchquerte Rafe den Raum und schloss sie wortlos in die Arme.

Als Rebecca die sengende Hitze seiner Hände durch den Stoff ihres Kleides spürte, braute sich ein Sturm aus Leidenschaft in ihr zusammen, der es ihr unmöglich machte, ruhig zu atmen. Er blickte ihr tief in die Augen, und sie glaubte in seinem Blick zu ertrinken.

»Warum haben Sie mir von dieser Botschaft nichts gesagt?« In Rafes Stimme schwangen Gefühle mit, von denen Rebecca gar nicht glauben konnte, dass er sie beim Namen kannte. Und dennoch, die Art und Weise, wie er sie anschaute, ließ die Hoffnung in ihr sprießen, wollte sie glauben machen, dass …

Als er ihr zärtlich die widerspenstigen Strähnen über die Schultern strich, war Rebecca sich sicher, dass er sie küssen würde. Doch stattdessen fragte er: »Was glauben Sie eigentlich, in London zu finden, das Sie retten wird?«

Rebecca zuckte zusammen, doch schnell hatte sie sich wieder gefangen. *Verfluchter Kerl*, wieso konnte er nicht ein bisschen weniger Grips haben? Er musste bemerkt haben, dass sie zu schnell und vor allem vollkommen kampflos eingewilligt hatte, die Schriftstellerei gegen eine Saison in London zu tauschen.

»Schweigen, Miss Tate? Wie untypisch für Sie«, sagte Rafe leicht spöttisch und zog sie enger zu sich. »Verdammt, Rebecca, Sie können diese Angelegenheit unmöglich aus eigener Kraft bewältigen. Und ob es Ihnen gefällt oder nicht, Sie brauchen mich. Wenn Sie mir schon früher die Wahrheit gesagt hätten, hätte ich ...«

»... Harringtons Tod verhindern können?«

Die Frage war von der Tür gekommen, wo der Oberst stand und wegen des Bildes, das sich ihm präsentierte, eine Augenbraue in die Höhe gezogen hatte.

Blitzschnell schälte Rebecca sich aus Rafes Umarmung, und der Oberst kam in den Raum marschiert. »Mr. Danvers, Sie hätten den Major auch dann nicht vor seinem Schicksal bewahren können, wenn Sie die Wahrheit gewusst hätten. Harrington war nun mal ein halsstarriger Bursche, der glaubte, er könnte sich selbst beschützen.«

»Oberst Posthill, Sir«, sagte Rafe. »Bitte entschuldigen Sie ...«

»Schon in Ordnung«, antwortete der Oberst. »Ich freue mich über Ihren Besuch und den Grund für selbigen.« Er lächelte zu Rebecca hinüber. »Sei so nett und mach uns Tee, Bex. Mr. Danvers und ich haben einiges zu bereden.« Der Oberst nahm in seinem Lieblingssessel am Kamin Platz und bedeutete Rafe, sich ihm gegenüber zu setzen, ehe er weitersprach: »Sie hätten die heutige Tragödie nie und nimmer unterbinden können. Harrington hat sich vor etlichen Jahren für diesen Weg entschieden.« Er schüttelte den Kopf. »Unter Umständen können Sie aber Rebecca das Leben retten.«

»Onkelchen, dir geht es nicht gut«, ging Rebecca dazwischen, stürzte auf ihren Onkel und packte ihn beim Arm, weil sie ihn aus dem Sessel zerren wollte.

Doch sanft schüttelte der Oberst sie ab. »Nein, Bex. Es reicht. Es ist an der Zeit, dass wir uns jemandem anvertrauen. Jemandem, der uns helfen kann.« An Rafe gewandt sagte er: »Bitte verzeihen Sie meine Eskapaden in den letzten Tagen. Sie müssen wissen, dass meine Senilität nur vorgetäuscht ist. Ein Trick, den Rebecca und ich seit Jahren anwenden, um uns dem tödlichen Spiel zu entziehen, dass erst Codlin und nun Harrington das Leben gekostet hat.«

Rafes Blick flog vom Oberst zu Rebecca und wieder zurück. »Sie sind gar nicht ...«

»Verrückt? Durchgeknallt? Geistesgestört?« Der Oberst grinste über das ganze Gesicht. »Nur wenn es mir gelegen kommt.«

Rafe blickte wieder zu Rebecca, die ihm zunickte – wenn auch nach einem kurzen Zögern.

»Sie wissen also, auf wessen Konto die Morde gehen?«, fragte Rafe den Oberst, doch der schüttelte den Kopf.

»Nein. Aber ich wünschte, ich täte es. Das würde nämlich das, was uns noch bevorsteht, um einiges erleichtern.«

Rebecca spürte, wie ihr heiße Tränen in die Augen schossen. Eine halbe Ewigkeit lang hatten sie sich mithilfe eines engmaschigen Netzes aus Täuschungen und Lügen schützen können. Und jetzt legte ihr Onkel ausgerechnet diesem Strolch ihr Leben in die Hände.

»Onkel, bitte sei still. Erzähl ihm nichts. Wie können wir ihm vertrauen, wo wir ihn doch kaum kennen?«

»Weil wir keine andere Wahl haben, meine Liebe.«

»Aber wir wissen doch so gut wie nichts über ihn«, versuchte Rebecca es abermals.

Noch immer bass erstaunt darüber, dass der Oberst im Vollbesitz seiner geistigen Kräfte war und ein ganzes Dorf an der Nase herumführte – ihn eingeschlossen –, verfolgte Rafe das Gespräch, das sich nun zwischen Onkel und Nichte entwickelte.

Der Oberst saß kerzengerade im Sessel. »Ich habe gestern Abend genug gesehen, um ihm mein Vertrauen auszusprechen. Wir brauchen Mr. Danvers. Jetzt mehr denn je.« Er hatte mit fester und ruhiger Stimme gesprochen, gänzlich anders als am Abend zuvor, wo ihm etwas Unrettbares angehaftet hatte. Der einzige Beweis für die Eseleien des vergangenen Abends war das leuchtende Veilchen unter seinem Auge.

Rebecca schüttelte aufmüpfig den Kopf. »Er ist doch nur darauf aus, uns alles wegzunehmen. Unsere Mittel, unseren Lebensunterhalt, unsere …«

»Das würde ich niemals tun«, unterbrach Rafe sie, hielt aber sogleich inne, als der Oberst die Hand hob.

»Es besteht kein Anlass für Rechtfertigungen, Mr. Danvers. Aus welchen Gründen auch immer Sie nach Bramley Hollow gekommen sind, ich bin davon überzeugt, dass sich Ihre Motive geändert haben, nicht wahr?«

Der alte Oberst war wahrlich ein scharfsinniger Zeitgenosse, entschied Rafe. Dass er beim Militär in Ungnade gefallen war, wie man ihm in der vergangenen Nacht vorgeworfen hatte, war nicht auf Inkompetenz oder mentale Schwäche zurückzuführen. Für seine unehrenhafte Entlassung musste es einen anderen Grund gegeben haben.

Und er hatte Recht. Rafes Motive hatten sich geändert.

»Wenn Sie meine Hilfe brauchen, Sir, lassen Sie es mich wissen«, bot Rafe ihm nach einer kurzen Phase der Stille an.

Der Oberst nickte. »Sie haben uns bereits sehr geholfen, indem Sie sich um die Vorkehrungen für die Reise nach London gekümmert haben.«

»Was genau erwarten Sie sich eigentlich von London?«, wollte Rafe wissen.

Der Oberst blickte zu Rebecca und nickte ihr unmerklich zu. Prompt verschränkte sie die Arme vor der Brust, um ihrer Standhaftigkeit und Dickköpfigkeit Ausdruck zu verleihen. Als der Oberst ein zweites Mal nickte – wesentlich entschiedener –, seufzte Rebecca und sagte: »Wir erhoffen uns die Gelegenheit, das aufzuspüren, wonach der Mörder so fieberhaft sucht. Den Kailash-Rubin.«

»Ein Edelstein? Alles dreht sich um ein Juwel?«, rief Rafe ungläubig.

»Einen sehr wertvollen Rubin, wohlgemerkt«, antwortete Rebecca.

»Vergiss nicht, dass er mit einem Fluch belegt ist«, erinnerte der Oberst sie. »Derjenige, der die Göttin von Kailash stört und sie der Mitgift beraubt, wird nie wieder in Frieden leben können.«

Rebecca verdrehte die Augen und schüttelte den Kopf.

Rafe ahnte, warum sie das tat. Weil sie wesentlich dringendere Probleme als einen Fluch hatten.

»Ignorieren Sie die ewige Skepsis meiner Nichte«, sagte Oberst Posthill. »Ihr Vater war genauso. Er wollte mir einfach nicht zuhören, als ich ihn warnte, dass nicht alle Schätze gefunden werden wollen.«

»Onkel, dieser Rubin ist ein Vermögen wert«, sagte Rebecca entnervt. »Er hat förmlich darauf gewartet, entdeckt zu werden.«

»Aber zu welchem Preis, Bex?«, schoss der Oberst zurück. »Wie viele Lebenslichter sind auf der Suche nach ihm bereits verloschen?«

Rebecca nahm wieder ihre Lieblingspose ein und runzelte die Stirn.

»Vielleicht erzählen Sie mir einfach der Reihe nach, was sich zugetragen hat, Sir«, schlug Rafe vor, der annahm, der Streit um den Rubin war nicht neu und würde auch nicht in absehbarer Zeit gelöst werden. »Am besten von Anfang an.«

Der Oberst nickte. »Ja, vermutlich haben Sie Recht.« Er lehnte sich zurück und begann mit zusammengezogenen Augenbrauen zu erzählen. »Ich war mein Lebtag kein erfolgreicher Mann beim Militär. Mein Onkel erwarb meine Stelle käuflich und schickte mich los, mein Glück zu machen. Es war ihm einerlei, dass ich im Kirchenamt wesentlich besser aufgehoben gewesen wäre, weil es in meiner Familie schon immer so war, dass einer der Söhne in den Dienst der Krone trat. Leider traf mich das Los.«

Rafe nickte verständnisvoll, da er wusste, wie es war, unehrenvoll verstoßen zu werden. Auch er hatte versucht, das Erbe der Danvers anzutreten und England zu dienen, und man hatte es ihm schlecht gedankt.

»Meine militärische Unfähigkeit konnte mich aber nicht davon abhalten, die Zeit zu nutzen und mich weiterzubilden. Egal wo ich stationiert war, ich habe stets die Mythen, Legenden und die Sprache der Region studiert. Das gab mir Mut, und ich stieß auf unglaublich faszinierende Geschichten. Wussten Sie eigentlich, dass es einem Gerücht zufolge ein Eiland hinter den Westindischen Inseln gibt, wo ein portugiesischer Kapitän Gold und Edelsteine versteckt haben soll, die nur darauf warten, gefunden zu werden?«

»Onkel«, sprach Rebecca mit strenger Stimme, »kehr bitte

zum Kailash-Rubin zurück und spar dir deine wilden Spekulationen über verlorene Schätze für ein anderes Mal auf.«

»Ist sie nicht verflixt pragmatisch, diese Göre?«, seufzte der Oberst und blickte zu Rafe. »Sie hat schon immer geglaubt, dass meine ganze Arbeit und Nachforschungen nichts als Hirngespinste wären. Also, wo war ich stehen geblieben?«

»Der Rubin«, erinnerte Rafe ihn.

»Ach ja, der Kailash, Rubin des ewigen Lebens. In der Legende heißt es, wer ihn herunterschluckt, wird ewigen Schutz vor Feinden erlangen.«

Rafe dämmerte etwas. »Deshalb sind Codlin und Harrington also aufgeschlitzt worden?«

Der Oberst nickte. »Der verzweifelte Kerl sucht überall nach dem Stein.«

Rebecca schüttelte entgeistert den Kopf. »Ich kann noch immer nicht glauben, dass jemand ein solcher Narr sein könnte, einen unbezahlbaren Edelstein zu verschlucken.«

Rafe widerstand dem Impuls, Rebecca anzulächeln. Die Tatsache, dass sie selbst im Angesicht der Gefahr ihren Sinn fürs Praktische nicht verlor, imponierte ihm.

»Also denn«, setzte der Oberst abermals an. »Rebeccas Vater, Philip, segelte nach Indien, mit dem festen Vorsatz, den Stein zu finden. Anfangs teilte ich seine Begeisterung, doch mittlerweile weiß ich, wie töricht sein Plan war.«

»Und dass es sich um eine Legende handelte«, fügte Rafe hinzu.

Der Oberst lächelte. »Nein, der Kailash-Rubin ist echt. So echt wie Sie und ich. Nachdem Philip am Fieber dahinschied, setzten Richard, Rebecca und ich die Suche fort.«

»Wir brauchten drei lange Jahre, um ihn aufzuspüren«, sagte Rebecca. »Doch gerade, als wir zu unserer Expedition aufbrechen wollten, gingen unsere Notizen und Landkarten *verloren*.«

Etwas an der Art, wie sie das letzte Wort betont hatte, ließ es wie eine Anklage klingen. So schien sie es auch gemeint zu haben.

»Richard und mir wurde aufs Übelste mitgespielt«, verteidigte sich ihr Onkel.

»Richtig, mit der Hilfe eines Fasses Madeira und eures jämmerlichen Urteilsvermögens«, schoss Rebecca zurück.

»Wir waren auf Geld angewiesen, um die Suche zu finanzieren«, fuhr der Oberst fort. »Richard war ein ganz passabler Kartenspieler und ...«

Rebecca schnaubte, doch der Oberst ließ sich nicht beirren. »Wie schon gesagt, Richard hatte ein Händchen für Karten und dachte, er könnte genug Bares erspielen, damit wir uns die Gepäckträger und das Proviant würden leisten können.«

»Fand diese Partie Karten zufällig mit Codlin und Harrington statt?«, wollte Rafe wissen.

Rebecca nickte. »Und einem vierten Spieler namens Mayne.«

»Wo ist dieser Mayne jetzt?«

Der Oberst schüttelte den Kopf.

»Tot«, erklärte Rebecca ihm. »Er wurde wenige Wochen später in Kalkutta ermordet aufgefunden, als er mit dem Rubin im Gepäck das Land verlassen wollte.«

»Wenn alle drei Männer tot sind, wer ist dann auf der Suche nach dem Juwel?«

»Wir wissen es nicht«, sagte Rebecca.

Rafe schaute angestrengt drein. »Noch mal zurück zu diesem folgenschweren Kartenspiel. Sie vermuten also, dass Richard ausgetrickst worden ist?«

»Mit größter Wahrscheinlichkeit ja«, seufzte der Oberst. »Die Halunken haben uns absichtlich mit Likör abgefüllt. Nachdem ich außer Gefecht gesetzt war – was mir, und das müssen Sie mir glauben, noch nie zuvor passiert ist –, haben diese Schurken ...«

Wieder ertönte Rebeccas Schnauben.

»... sämtliche Notizen erbeutet, inklusive der Landkarte, die ich aus zahlreichen Legenden über die Region erstellt hatte.«

»Was geschah dann?«, wollte Rafe wissen.

»Das Schlimmste, was man sich vorstellen kann«, erklärte Rebecca ihm. »Die drei Schurken machten sich auf den Weg zum Tempel, um sich den Rubin zu holen.«

Nun war der Oberst an der Reihe zu schnaufen. »Hätten sich diese Kerle die Mühe gemacht, meine Notizen zu studieren, hätten sie gewusst, dass sie nicht einfach in den Tempel stürmen und sich nehmen konnten, was sie wollten. Aber die Gauner waren viel zu gierig und kümmerten sich nicht um diese wichtigen Details.«

»Moment, haben sie denn nun den Rubin entwendet oder nicht?«, fragte ein leicht verwirrter Rafe.

»Oh, sie haben ihn gestohlen«, stellte Rebecca klar. »Und auch sämtliche Schriftgelehrten des Tempels ermordet und alles geplündert, was nicht niet- und nagelfest war, bevor sie getürmt sind.«

»Aber«, warf der Oberst ein, »sie hatten nicht mit den Tempelwächtern gerechnet.«

An dieser Stelle übernahm Rebecca wieder. »Am nächsten Morgen wurden wir vor Tagesanbruch von lauten Schreien geweckt. Unsere Wachposten waren angegriffen worden. Diese Dummköpfe hatten doch tatsächlich die Tempelwächter direkt zu unserem Lager geführt.«

»Als es geschah, war ich gerade in der Offiziersmesse damit beschäftigt, die ...«

Rebecca hüstelte.

»Nun, ich gebe zu, ich schlief dort meinen Rausch aus. Besser dort als zu Hause, wo man mir eh nur den Kopf gewaschen hätte. Jedenfalls wurden wir angegriffen, und ich musste mich mit den Wächtern auseinander setzen. Glücklicherweise stand mir Leutnant Habersham zur Seite. Er hat alle zusammengetrommelt, und gemeinsam drängten wir die wütende Meute zurück in die Berge.«

Habersham? Rafes Blick flog zu Rebecca, deren Wangen sich dezent verfärbten. Sie drehte leicht den Kopf zur Seite. »Und das Trio?«, fragte Rafe, obgleich er lieber noch ein wenig über diesen Habersham in Erfahrung gebracht hätte.

»Harrington erzählte mir, dass Mayne ermordet worden war. Es dauerte eine Weile, bis ich herausfand, dass das nicht stimmte. Er war mit dem Rubin flussabwärts in Richtung Kalkutta geflüchtet und hatte Harrington und Codlin das Versprechen gegeben, sie auszubezahlen, wenn sie ihn für tot erklärten.«

»Aber das war noch nicht alles«, befürchtete Rafe.

Posthill schüttelte den Kopf. »Wir wurden später zu einer Untersuchung nach Kalkutta berufen. Noch zwei weitere unserer Außenposten waren attackiert worden, und die East India Company machte große Verluste, weil der Handel wegen dieser Sache unterbrochen werden musste. Doch die Gesellschaft äußerte sich nie offiziell zu Codlins und Maynes Delikten!«

»Und der Rubin?«, erkundigte sich Rafe.

»Ist seitdem wie vom Erdboden verschluckt. Richard und ich haben auf der Suche nach Mayne ganz Kalkutta auf den Kopf gestellt, so wie auch Harrington und Codlin es taten.«

»Jedoch ohne Erfolg«, ergänzte Rebecca. »Tja, und dann verschwand Richard eines Nachts spurlos.«

»Er verschwand?«

»Ja«, antwortete der Oberst. »Ihm war zu Ohren gekommen, dass ein Engländer versucht hatte, sich als blinder Passagier auf ein heimatliches Schiff zu schleichen. Also machte er sich, ohne zu zögern, auf den Weg zum Hafen, weil er Mayne an der Ausschiffung hindern wollte.«

»Was danach jedoch geschah, entzieht sich unserer Kenntnis«, sagte Rebecca traurig. »Richard schickte uns irgendwann später eine Nachricht, in der stand, dass es ihm gelungen war, Mayne den Rubin abzunehmen und seinen Platz an Bord einzunehmen. In einem weiteren Schreiben teilte er uns mit, dass der Rubin sich an einem sicheren Ort befände.«

»Aber Sie haben das Versteck nie gefunden, stimmt's?«

»Genau«, antwortete Rebecca. »Das Nächste, was wir hörten, war, dass er einer Militärtruppe beigetreten und nach Spanien ausgelaufen war.«

»Gehe ich recht in der Annahme, dass Sie beide deshalb nach England zurückgekehrt sind?«, fragte Rafe.

»Ja«, antwortete der Oberst. »Nach dem Debakel mit dem Rubin wurde mir nahe gelegt, den Dienst zu quittieren. Im Gegenzug erhalte ich lebenslange Bezüge in der Höhe meines Solds. Ich willigte ein. So habe ich wenigstens genug Zeit für Recherchen.«

»Was war mit den anderen, mit Harrington und Codlin?«

»Sie waren außer sich vor Wut«, sagte Rebecca. »Die beiden waren felsenfest davon überzeugt, dass wir das Versteck des Rubins kannten. Folglich traten auch sie die Heimreise an. Sie wollten das Juwel um jeden Preis zurück und schworen, sich ihre Anteile zu holen, wenn wir ihn je finden sollten.«

»Was geschah dann?«

»Auf der Überfahrt wurde der Oberst von einem schrecklichen Fieber heimgesucht«, erklärte Rebecca ihm. »Er war sterbenskrank, dem Tode nahe. Alle an Bord hatten entsetzliche Angst, das Fieber könnte ansteckend sein, und mieden uns von Stund an.«

»In dem Moment entschieden Sie, das Spiel noch ein wenig

weiterzuspielen«, schlussfolgerte Rafe und nickte. »Um die anderen auf Distanz zu halten.«

Der Oberst schnippte mit den Fingern. »Richtig. Als geistig Umnachteter stelle ich für niemanden eine Gefahr dar. Solange alle Beteiligten glaubten, ich wäre außerstande, die Suche fortzusetzen, heftete sich niemand an unsere Fersen.«

»Bis Harrington doch auf die Idee kam«, warf Rafe ein.

»Ja. Vor ungefähr einem Jahr ließ er sich mit seiner Familie hier nieder, benahm sich wie der König des Urwalds. Ich bin mir sicher, dass er mich an einem meiner lichten Tage abfangen wollte, um herauszufinden, wo der Kailash versteckt ist.«

»Doch Sie tricksten ihn immer wieder aus«, vermutete Rafe.

»Stimmt, aber das war alles andere als einfach. Harrington ist kein Trottel. Sie haben ja keine Ahnung, wie oft ich kurz davor war, ihm meine Meinung zu geigen.«

Rafe musste lachen. »Kompliment, Sie haben Ihre Aufgabe gestern Abend wahrhaftig brillant gemeistert.«

»Das war nicht von schlechten Eltern, oder? Wenn das nicht der Beweis dafür ist, dass dieser Rubin verhext ist, weiß ich es auch nicht. Bis Harrington den Stein in Händen gehalten hatte, war er ein ziemlich vernünftiger Bursche. Und jetzt schauen Sie sich nur an, wie er ums Leben gekommen ist.« Der Oberst schüttelte traurig den Kopf. »Wenn wir den Stein finden, geht er postwendend dahin zurück, wo er hingehört.«

»Onkel!« Rebeccas Ausruf war eine Warnung.

»Kein Wort mehr, Bex. Der verteufelte Rubin hat schon genug Unruhe gestiftet. Wir werden ihn zurück in den Tempel bringen, wo er sicher ist, und damit Ende der Diskussion.«

»Sie wollen ihn also tatsächlich zurückbringen?« Rafe blickte vom Oberst zu Rebecca, die – wenn auch widerwillig –

nickte. Was sie aber augenscheinlich nur ihrem Oheim zuliebe tat, denn als der den Blick abwandte, schüttelte sie ungestüm den Kopf und formte ein lautloses *Nein*.

»Wenn Sie sich verstecken wollen, warum sind Sie dann so erpicht darauf, nach London zu reisen?«, warf Rafe ein. »Verzeihen Sie mir die Bemerkung, aber in die Stadt zu reisen und sich in das gesellschaftliche Getümmel zu werfen, ist alles andere als diskret.«

Der Oberst und Rebecca tauschten Blicke aus, die mehr als tausend Worte sagten.

»Der Rubin ist also in London?«, folgerte Rafe aus ihrem Verhalten. Wenn das stimmte, war auch der Mörder nicht weit weg. Eine günstige Gelegenheit, ihm eine Falle zu stellen und ...

Doch Rebecca und ihr Onkel ließen ihn noch ein wenig zappeln, bis Rafe ungeduldig fragte: »Ist er nun oder ist er nicht in London?«

Der Oberst wollte gerade ansetzen, etwas zu sagen, als er durch Rebeccas Kopfschütteln davon Abstand nahm.

»Darf ich Sie daran erinnern, dass ein Mörder frei herumläuft?«, sprach Rafe auf den Oberst ein. Von Rebecca konnte er ohnehin keine Unterstützung erwarten. Verflixt und zugenäht, wieso zierte sie sich noch immer?

Vielleicht, weil du sie bis zur Besinnungslosigkeit geküsst und quasi im selben Atemzug vorgeschlagen hast, sie möge sich bitteschön in der Stadt nach einem Gemahl umschauen ...

»Ich verfolge nur ein Ziel, und das lautet, den Mörder hinter Gitter zu bringen«, versicherte Rafe den beiden. Die vielen anderen Konflikte, die ihm Löcher in die Seele brannten, versuchte er zu ignorieren. »Sind Sie nun willens, mir zu helfen, dieses Scheusal vor Gericht zu zerren, oder nicht?«

»Natürlich werden wir Ihnen helfen«, antwortete der Oberst. »Ich werde ...«

»O nein, das wirst du nicht«, platzte es aus Rebecca heraus. »Du wirst ihm kein Sterbenswörtchen von gar nichts erzählen!«

»Aber warum denn nicht?«, fragten der Oberst und Rafe wie aus einem Munde.

»Das Kopfgeld«, raunte sie ihrem Onkel zu.

»Ach ja. Das Kopfgeld.« Der Oberst stieß einen langen und gepeinigten Seufzer aus, ehe er resigniert mit den Schultern zuckte.

Wie eine Glücksspielerin, die nichts erschüttern konnte, hatte Rebecca die Augen zusammengekniffen. »Die Hälfte.«

»Die Hälfte von was?«, fragte Rafe entgeistert.

»Die Hälfte des Kopfgeldes, das die East India Company auf die Ergreifung des Mörders ausgesetzt hat.«

Darum ging es also! Um die Belohnung. Rebecca war nicht nur ausgesprochen praktisch veranlagt, sondern auch gierig wie ein Söldner. Im Grunde bewunderte er jedoch ihre Kaltschnäuzigkeit und ihren Wagemut. Er selbst würde genauso handeln. Aber die *Hälfte*? War sie jetzt komplett verrückt geworden?

»Nein«, antwortete er.

»Nein?«

Mit verschränkten Armen wiederholte Rafe seine Antwort. »Nein. Die Belohnung gehört einzig mir, mir alleine.« Wenn er erst einmal seine Schulden beglichen und eine kleine Summe für Cochrane beiseite gelegt hatte, wäre ohnehin kaum noch etwas übrig. Ganz zu schweigen davon, dass er mit dem Gedanken spielte, einen Teil des Geldes in Bettlesfield Park zu investieren. Er wollte es wieder instand setzen. Nur für den Fall, dass er es doch behielt.

Rebecca ging zur Tür und riss sie auf. »Machen Sie es gut, Sir. Wir haben Ihnen bereits genug unentgeltliche Hinweise geliefert.«

Der Oberst wirkte, als läge ihm etwas auf der Zunge, doch Rebecca warf ihm einen derart feurigen Blick zu, dass er den Mund schnell wieder zuklappte und mit den Schultern zuckte.

»Das ist rücksichtslos und erpresserisch«, keuchte Rafe.

»Sie wollen allen Ernstes mit mir über Rücksichtslosigkeit diskutieren, Mr. Danvers?«

Verflucht, sie tat gerade so, als hätte er ihr den Arm auf den Rücken gedreht oder sie niedergeschlagen. Dabei hatte er ihr doch mit der Reise nach London ein gutes Angebot gemacht – und sie hatte in den Handel eingewilligt.

Aber trotz seiner bodenlosen Empörung verspürte Rafe tiefe Gewissensbisse. Ihm war klar geworden, dass Rebecca keine andere Möglichkeit hatte.

Diese kleine ausgebuffte Nymphe stand noch immer neben der weit geöffneten Tür und starrte ihn mit finsterer Miene an. Er hatte das Gefühl, ihre ozeanblauen Augen schauten in den Abgrund seiner Seele. Ihr Bruder und ihr Onkel hätten sie in Indien nicht außen vor lassen dürfen, hätten sie mitmischen lassen sollen. Sie wäre in der Lage gewesen, den Verlust des Rubins zu verhindern.

Doch nun stand sie an einem Punkt, an dem sie Gefahr lief, ihre Zukunft zu verspielen. Wenn man ihr das auch nicht ansah, so gelassen, wie sie dastand.

Dios, diese Frau machte ihn nach allen Regeln der Kunst fertig. Sie wusste, dass er kapitulieren würde, wusste, dass er von dem eisernen Willen getrieben wurde, den Mörder zu überführen und das Kopfgeld zu kassieren – genau wie sie.

Rebecca kannte ihn aber scheinbar besser als er sich selbst. Sie würde jede Wette eingehen, dass er sie nicht wehrlos zurückließ.

Und verdammt, sie sollte Recht behalten.

»Also gut«, sagte er. »Zehn Prozent.«

Rebecca lachte auf, und das Glitzern in ihren Augen verriet, dass sie wusste, dass er ihr ausgeliefert war.

»Fünfundzwanzig«, sagte er und bereute noch im selben Moment sein großzügiges Angebot.

Rebecca gähnte genüsslich und schaute auf ihre Fingernägel.

»Fünfunddreißig«, zischte er mit zusammengebissenen Zähnen. Immerhin würde noch genug für die Tilgung der Schulden und für Cochrane übrig bleiben.

»Einverstanden«, willigte Rebecca ein. »Aber der Rubin bleibt in unserem Besitz.«

»Diebische Elster«, raunte er.

»Dummkopf«, erwiderte sie ebenso feindselig. »Ich hätte mich auch mit fünfzehn zufrieden gegeben.«

Kapitel 12

Es wird gesagt, dass sich Reisenden ein erschöpfendes Verständnis der Welt erschließt. Doch egal wie viele Meilen ein Mensch auch zurücklegen mag, ich glaube kaum, dass es möglich sein dürfte, die Geheimnisse des männlichen Herzens auch nur annähernd zu ergründen.

Miss Darby zu Miss Cecilia Overton in
Miss Darbys riskante Reise

Nachdem der Handel besiegelt war, erzählten Rebecca und der Oberst Rafe alles, was sie wussten und geplant hatten. Es wunderte Rebecca nicht sonderlich, dass Rafe bei fast jedem Punkt etwas einzuwenden hatte. Er lief in der Bibliothek umher und führte sich auf, als hätte er die Oberbefehlsmacht. Dachte er wirklich, sie und ihr Onkel hätten es einzig Fortuna zu verdanken, dass ihnen in all den Jahren nichts zugestoßen war?

Rebecca brodelte innerlich, zwang sich aber, dem Spektakel mit einem Lächeln beizuwohnen und die beiden Herren der Schöpfung in dem Glauben zu lassen, sie würde untätig herumsitzen, während sie dem Mörder eine Falle stellten.

Und *ihren* Rubin fanden.

Kurz vor Sonnenuntergang kehrte Cochrane mit Lady Tottleys Antwort im Gepäck zurück. Das ellenlange Schreiben der Gräfin bestand größtenteils aus Wehklagen über Rebeccas Vorschlag, ehe sie im letzten Absatz gnädigerweise einwilligte, Rebecca mit dem Nötigen auszustaffieren und sie bei sich aufzunehmen.

Nachdem Cochrane seine Pflicht erfüllt hatte, machte er

sich zum Anwesen der Finchs auf, wo ihm ein Abendessen in Form von Rinderpastete versprochen worden war.

Rebecca wurde ins Obergeschoss verbannt, um die Reisetruhen und Taschen weiterzupacken. Murrend beugte sie sich dem Wunsch ihres Onkels. Sie wusste, dass Protest im Moment zwecklos war. Rafe war fest entschlossen, sie von jeglicher Gefahr fern zu halten, und Rebecca entschied, ihn weiterhin in dem Glauben zu lassen, dass er die gesamte Verantwortung trug. Also ließ sie die beiden alleine zurück. Sie plante, die verbleibende Zeit effektiver zu nutzen und Vorkehrungen für ihre eigenen Pläne zu treffen.

Die Tür zu ihrem Zimmer ließ sie absichtlich geöffnet, weil sie mit anhören wollte, wie Rafe und ihr Onkel fieberhaft diverse Strategien diskutierten, um Purcell auf die Schliche zu kommen. Wenn sich die beiden die Mühe gemacht hätten, sie nach ihrer Meinung zu fragen, hätte sie ihnen eine komplette Liste von Purcells letzten Unterkünften sowie eine Übersicht über ihre Kontaktpersonen präsentiert.

Rebecca blickte auf das Kleid, das sie gedankenverloren zerknüllt hatte, statt es ordentlich zusammenzufalten. Wütend schlug sie es aus. Es war wirklich gemein, sie so auszuschließen.

Kurze Zeit später hörte Rebecca, wie ihr Onkel Rafe eine gute Nacht wünschte, und ihre Entrüstung stieg wieder ins Unermessliche. Dieser Kerl hatte doch tatsächlich die Unverfrorenheit besessen zu verkünden, dass er die Nacht unter ihrem Dach verbringen würde, hatte etwas davon gemurmelt, auf Nummer sicher gehen zu wollen.

Die Nacht hier im Haus? Unten in der Bibliothek ... nur ein paar Stufen entfernt?

Rebecca griff zu ihren Hausschuhen und ließ sie oben auf den kunterbunten Kleiderhaufen in der Reisetasche fallen. Wenn sie ehrlich war, so war sie ihm dankbar, dass er sie beschützte – was sie ihm gegenüber aber tunlichst nicht erwähnen würde. Tatsächlich war seine Gegenwart ein Garant dafür, dass ihr Onkel auch morgen Früh noch die Augen aufschlug. Sie konnte sich keinen Mörder vorstellen – egal wie rücksichtslos oder kräftig –, der gegen Raphael Danvers eine Chance hatte. Allein schon sein Angst einflößender Gesichtsausdruck sprach von unnachgiebiger Strenge. In Indien hatte sie genug Zeit mit Offizieren und Soldaten verbracht, um den Unterschied zwischen Männern zu erkennen, die einer Kampfansage trotzten, und Feiglingen, denen bei aufkeimender Gefahr nichts Besseres einfiel, als sich aus dem Staub zu machen.

Rafe setzte seinen Kopf durch, und Rebecca bewunderte ihn dafür. Aber musste er sich ausgerechnet ihr gegenüber so verhalten? Sie mit bohrenden Fragen quälen, wenn sie von ihm bis zur Besinnungslosigkeit geküsst werden wollte – bis sie das säuselnde Verlangen verstand, das er in ihr wachrief.

Es lag in seinem gegensätzlichen Wesen begründet, dass sie in diesem Gefühlschaos versank. Statt *auf Nummer sicher zu gehen*, wünschte sie sich, dass er endlich die Worte aussprach, nach denen sie sich so sehr verzehrte. *Ich werde nicht zulassen, dass Sie Ihr Leben riskieren, Miss Tate. Sie bedeuten mir mehr als mein eigenes Dasein.*

Einen Moment lang dachte Rebecca darüber nach, diesen Satz zu notieren und im nächsten Roman zu verwenden. Auf halbem Weg zum Schreibtisch fiel ihr jedoch das Schreibverbot ein, das ihr auferlegt worden war.

»Verflixt und zugenäht!«, murmelte sie und ließ sich auf das Bett fallen. Miss Darby aufgeben? Für wen hielt diese Lady Tottley sich eigentlich, dass sie von ihr verlangen konnte, ihren Lebensunterhalt aufzugeben? Wie stand es mit Rafe? Wie würde er reagieren, wenn jemand von ihm verlangte, seine Berufung an den Nagel zu hängen?

Dieser unselige Halunke! Für die eigene Unabhängigkeit würde er bis aufs Blut kämpfen. Aber sie war ja nur eine kleine hilflose Frau, ihr gegenüber nahm er sich das Recht heraus, ihr Leben zu maßregeln.

Ihr Onkel kam die Treppe hinauf und schlenderte auf sein Schlafzimmer zu. »Gute Nacht, Bex«, sagte er, als er an ihrer Tür vorbeikam.

»Gute Nacht, Onkel«, erwiderte Rebecca, erhob sich und schloss die Tür, um mit der Abendtoilette zu beginnen. Als sie ihr Ebenbild im Spiegel erblickte, fragte sie sich, warum Rafe sie einerseits einen Blaustrumpf und eine diebische Elster schimpfte, um andererseits wie ein Kreuzritter bei ihr einzufallen und ihr seinen Schutz anzubieten?

Konnte sie glauben oder hoffen, dass er sie aus Gründen beschützen wollte, die über sein starkes pekuniäres Interesse hinausgingen? Bedeuteten die leidenschaftliche Glut und die Erleichterung, die in seinen Augen aufgeflackert waren, als er in die Bibliothek gestürmt war, dass er etwas für sie empfand?

Konnte es sein, dass Rafe Danvers sich in sie verliebt hatte?

Sogleich schüttelte Rebecca den Kopf. Was für ein alberner Gedanke. Männer wie er verliebten sich nicht in Blaustrümpfe, die romantischen Unsinn zu Papier brachten.

Doch das, was sie tief in ihrem Herzen empfand, hatte nichts mit Unsinn zu tun. Rebecca rief sich die Worte in Erinnerung, die Prinz Ranjit einst zu Miss Darby sagte: *Die Wünsche des Herzens werden für immer unerfüllt bleiben, wenn es seine Geheimnisse nicht preisgibt.*

Es dämmerte Rebecca, dass es nur einen einzigen Weg gab, um herauszufinden, was Rafe wirklich wollte. Noch im selben Moment hastete sie zur Tür und griff mit zitternden Fingern nach der Türklinke.

Langsam stieg sie die Stufen hinunter, in der Hoffnung, die nötigen Nerven zu besitzen, Rafe die Geheimnisse seines Herzens zu entlocken.

Rafe wirbelte herum, als er das Klopfen an der Bibliothekstür vernahm.

»Kann ich Ihnen vielleicht etwas bringen, Mr. Danvers?«, fragte Rebecca und steckte ihre kleine kesse Nase zur Tür hinein.

»Rafe«, sagte er und war nicht sonderlich erstaunt, sie zu so später Stunde noch einmal zu sehen. Wahrscheinlich hatte sie die ganze Zeit über in ihrem Zimmer gesessen und gegrübelt, wie sie seine Pläne zunichte machen und durch ihren eigenen ersetzen konnte.

»Wie bitte?«

»Ich dachte, wir hätten das längst geklärt. Nennen Sie mich doch Rafe.«

»Rafe«, sagte Rebecca und huschte wie ein scheues Reh in die Bibliothek. Sie stellte sich mit dem Rücken dicht an das Bücherregal und fing mit den Zähnen ihre Unterlippe ein.

Rafe schaute sie an und ertappte sich bei dem Wunsch, ihre Lippen zu kosten, bevor er ...

»Stimmt etwas nicht?«, fragte Rebecca erstaunt und blickte an dem schlichten, aber zweckdienlichen Kleid herab, das sie trug.

»Nein, nichts. Ich habe nur auf das Buch geschaut, das sich direkt über Ihrer Schulter befindet.« Rafe durchquerte den Raum. Dicht vor Rebecca blieb er stehen. Sein Arm hob sich ... und er griff nach dem Buch über ihr. »Ich wollte vor dem Schlafengehen noch ein wenig schmökern.«

»In *Englands Antiquitäten – ein Reiseführer*?«, fragte Rebecca ungläubig und blickte zu ihm auf. »Jetzt sagen Sie bloß nicht, dass Sie ein Anhänger von Mr. Billingsworth sind.

Für jemanden mit Ihrem … nun, sagen wir mal, *originellen Naturell* scheint er doch ein wenig zu angestaubt zu sein.«

Originelles Naturell? Sie fand, er besaß ein originelles Naturell? Das war besser als *arrogant* oder *flegelhaft*.

»Ich möchte meinen Horizont ein wenig erweitern«, klärte Rafe sie auf. Er spürte, dass er auf der Stelle von ihr fort musste. Doch das war einfacher gedacht als getan.

Zum Glück kam Rebecca ihm zuvor, indem sie sich unter ihm hinwegduckte und sich in die Mitte des Raums stellte. »Und ich wollte nur nachschauen, ob Sie vielleicht noch ein wenig Tee wünschen. Oder eine zusätzliche Bettdecke brauchen.«

Das Einzige, von dem er wollte, dass es ihn in der Nacht wärmte, war ihr Körper.

Verflixt, er musste sich am Riemen reißen, musste alle Gedanken verbannen, in denen diese kleine Nymphe eine Rolle spielte. Er brachte es einfach nicht fertig, einer Dame von Rebeccas Kaliber zu erklären, dass er sich mit ihr zwischen den Laken vergnügen wollte.

Nicht dass er für gewöhnlich Probleme damit hatte, Frauen zum Liebesspiel zu verführen, doch bei Rebecca war alles anders. Sie war keine von seinen Londoner Betthäschen, wie Jemmy seine Gespielinnen nannte.

Nein, Rebecca war eine Herausforderung – sowohl für sein Herz als auch für sein *originelles Naturell*. Damals als sie sich in der Poststelle zu ihm umgedreht und ihn mit augenfälliger Skepsis angeschaut hatte, war er bereits verloren gewesen. Sie löste in ihm das unbändige Verlangen aus, ein besserer Mann zu werden, nicht mehr der arrogante und aufschneiderische, charmante und schurkenhafte Rafe, zu dem ihn die letzten Jahre gemacht hatten. Zwar hatten ihm diese Eigenschaften stets gute Dienste erwiesen, doch das genügte nicht mehr. Nicht für eine Frau wie Rebecca.

Es war längst nicht mehr nur damit getan, den Fall zu lösen und den Verbrecher dingfest zu machen. Mittlerweile wollte auch er mehr, sehnte er sich danach, Zustimmung und Bewunderung in ihren Augen zu entdecken, würde ihr liebend gern von seinen Ängsten und Sehnsüchten erzählen.

»Vielleicht sollte ich Sie wieder sich selbst überlassen«, sagte Rebecca und huschte an ihm vorbei.

Hatte er etwas falsch gemacht? Hatte sie enttäuscht geklungen?

»Tee wäre wunderbar, obwohl ich ihn nur äußerst ungern alleine trinke«, sagte Rafe schnell. »Es wäre nett, wenn Sie mir ein wenig Gesellschaft leisten würden.«

Was hatte er jetzt wieder getan? Sie eingeladen, ihm Gesellschaft zu leisten?

Zu seinem Verdruss – aber auch zu seiner Verzückung – lächelte sie und sprach: »Ja, das wäre in der Tat schön. Ich bin gleich wieder zurück.«

Rafe versetzte sich einen Schlag gegen die Stirn. *Ich trinke Tee nur äußerst ungern allein?* Welcher Teufel hatte ihn geritten, eine verführerische Jungfer mitten in der Nacht auf eine unschuldige Tasse Tee zu bitten?

O nein, Rebecca Tate hatte nichts Unschuldiges an sich. Eher etwas Verlockendes, das in ihm die Sehnsucht schürte, von ihren nächtlichen Bewegungen aufzuwachen und morgens von ihren warmen Lippen zu kosten.

Naja, jetzt konnte er es nicht mehr ändern. Er würde mindestens eine Stunde Geplänkel über sich ergehen lassen müssen, ehe er auch nur daran denken konnte, sie wieder nach oben zu schicken.

Soviel stand fest: Er würde sie unter allen Umständen wieder nach oben schicken.

Rafe wurde es mulmig, und plötzlich erschien ihm eine Stunde wie eine halbe Ewigkeit.

Noch schlimmer war, dass sie ihm höchstwahrscheinlich mit dem Wunsch in den Ohren liegen würde, in die Pläne eingebunden zu werden. Er dachte mit Entsetzen daran, dass Rebecca in ihrer leidenschaftlichen Halsstarrigkeit ziemlich überzeugend sein konnte.

Nein, das war keine sonderlich gute Idee, entschied er. Eine leidenschaftliche Rebecca würde den Wunsch schüren, sie in die Arme zu ziehen, ihre innere Glut zu entfesseln und zu einem Leuchtfeuer zu entfachen, das sich mit seinem gleißenden Verlangen messen konnte.

Rafe ließ den Blick zu dem Sofa gleiten, das ihm als einsame Nachtstätte dienen würde, und stellte sich vor, wie sie sich unbekleidet darauf räkelte, ihn mit einer trägen Handbewegung zu sich winkte. Er würde sich ihr nicht widersetzen, würde ihr die Haarnadeln lösen, würde sie …

Nein, nein, nein, ermahnte er sich. *Rebecca ist nicht deine Kurtisane, sondern deine Klientin.*

Aus der Küche drang das Geräusch eines pfeifenden Kessels, und Rafe wusste, dass ihm nicht mehr viel Zeit blieb, wenn er eine Gegenstrategie entwickeln wollte. Auf der fieberhaften Suche nach ungefährlichen Gesprächsthemen begann er wie ein Tiger im Käfig auf- und abzulaufen.

Das Wetter. Ja, das war es.

Ist es in den letzten Tagen nicht ausgesprochen warm gewesen, Miss Tate?

Viel zu heiß, könnte sie antworten und am Ausschnitt ihres Kleides zupfen, um eine Brise einzufangen, die durch das offene Fenster hineinwehte. Wie in einer schwülen Nacht, die den Wunsch nach kühlenden Baumwolllaken wachrief, auf die ein Liebespaar nach ausgedehntem Beischlaf die verschwitzten und lustgestillten Leiber betten konnte.

Rafe fuhr sich nervös durchs Haar. Nein, das war wohl kein sonderlich angemessenes Thema für eine Plauderei. Wieso war alle Welt der Meinung, das Wetter gäbe ein perfektes Gesprächsthema ab?

Er musste etwas finden, das keine berauschenden Reaktionen hervorrief. Vielleicht konnte er ihr ein wenig von seinen früheren Aufträgen erzählen.

Nein, dann wird sie denken, du bist ein Prahlhans. Oder schlimmer noch, dass du sie einschüchtern willst.

Die Details seiner Fälle waren ohnehin nicht für weibliche Ohren bestimmt.

Rafe hörte, wie in der Küche tosend etwas zu Bruch ging und in Hunderte von Einzelteilen zersprang. Rafe wollte schon zu ihr eilen, in Sorge darüber, dass Rebecca sich verletzt haben könnte. Als er jedoch einen ausgesprochen undamenhaften Fluch vernahm, den keine Frau kennen, geschweige denn in den Mund nehmen sollte, grinste er.

Vielleicht konnte er ihr doch eine entschärfte Version seiner Autobiografie zumuten. So wie er Rebecca einschätzte, interessierte sie sich vor allem für seine Arbeit, seine Jahre in Spanien, die Zeit bei den Guerillas und die grässliche Geschichte seiner Verbannung von sämtlichen Schulen Englands wegen seines unbesonnenen Umgangs mit Kanonen.

Nachdem er sein Repertoire durchforstet und die meisten Geschichten wieder verworfen hatte, weil er sie letzten Endes doch nicht für salonfähig hielt, kehrte Rebecca zurück.

Beim Anblick des üppig beladenen Tabletts fragte Rafe sich, ob sie überhaupt vorhatte, sich in dieser Nacht noch zur Ruhe zu begeben. Entgegen seiner hochmoralischen Vorsätze wünschte er sich, dass es nicht so wäre. Nervös hockte er sich auf die Kante des Sofas.

Rebecca stellte das Tablett auf dem Couchtisch ab und nahm in der anderen Ecke Platz. In einer Geste übertriebener Sittsamkeit faltete sie die Hände ineinander, blickte zu ihm herüber und sagte: »Wären Sie so nett, mir zu verraten, welche Qualitäten Sie an einer Frau besonders schätzen?«

Rafe wurde blass. »Wie bitte?«

»Also«, sagte Rebecca gedehnt. »Was glauben Sie, worüber ich mit Ihnen mitten in der Nacht diskutieren möchte? Über das Wetter?«

So viel zu seinen Theorien über weibliche Empfindlichkeiten.

Ohne zu fragen, tat Rebecca ihm drei Stücke Zucker in den Tee. Nicht dass es ihm etwas ausmachte, nicht gefragt zu werden, aber er war ein wenig verwundert darüber, dass sie wusste, wie er seinen Tee trank.

»Können wir uns bitte über etwas anderes unterhalten?«, fragte Rafe, nahm die Tasse entgegen und presste sich gegen die Sofalehne. Er wünschte sich in diesem Moment nichts sehnlicher, als dass die Couch länger und der Abstand zwischen ihnen größer wäre.

Rebecca schüttelte den Kopf. »Nein. Ich möchte gerne mehr darüber erfahren, welcher Typ Frau Ihnen besonders zusagt. Haben Sie eine Mätresse? Hatten Sie schon viele Liebschaften?« An dieser Stelle lachte sie auf. »Bitte verzeihen Sie, vermutlich hatten Sie bereits Dutzende von Bettgespielinnen. Was muss eine Frau haben, damit Sie ihr Ihre *carte blanche* schenken?«

Rafe, der gerade an dem dampfend heißen Tee nippen wollte, musste prusten. »Meine w-w-was?«

»Ihre *carte blanche*, Ihre Gunstbezeugung.« Rebecca zögerte einen Augenblick, und ihre Wangen verfärbten sich. »Ihre Bettstätte.«

Diese kleine Hexe hat auch allen Grund, rot anzulaufen.

Mit zittrigen Händen stellte Rafe die Tasse vor sich ab. »Miss Tate ...«

»Rebecca«, erinnerte sie ihn und rutschte an ihn heran.

»Miss Tate«, wiederholte er. Wenn er jetzt nicht hart blieb, würde er für immer verloren sein. »Ich glaube kaum, dass mein Privatleben ein angemessenes Thema für eine Unterhaltung ist.«

Rebecca führte die Tasse an die Lippen und sagte über den Rand hinweg: »Was wäre Ihrer Meinung nach denn angemessener, Rafe?«

Rebecca Tate flirtete mit ihm? Jetzt steckte er wahrhaft in Schwierigkeiten. Wenn nicht wegen ihrer klimpernden Wimpern, dann wegen ihrer verführerisch wackelnden nackten Zehen, die unter dem Saum des Kleides hervorlugten. Von ihnen war es nur ein kleiner Sprung bis zu ihren Schenkeln … Besaß diese Frau denn keine Hausschuhe?

Rafe setzte seine Tasse ab. Er spürte, dass er dringend die Kontrolle über das Gespräch gewinnen musste, und zwar bevor es ihm gänzlich aus den Zehen … äh, Händen glitt.

»Vielleicht sollten wir uns über Ihren bevorstehenden Aufenthalt in der Stadt unterhalten«, schlug er vor. »Ich habe gehört, dass die diesjährigen Theaterstücke außerordentlich gut sein sollen.«

Rebecca blickte zur Decke und sah aus, als fragte sie sich, wie er in Gottes Namen in den Ruf eines Desperados gekommen sein mochte. »Also gut. Meine Saison, wenn Sie unbedingt darauf bestehen.«

Wieder eine Spur zu bereitwillig, dachte Rafe und war auf der Hut.

»Erzählen Sie mir ein wenig über die diesjährigen Debütantinnen«, sagte Rebecca. »Wie sind sie im Vergleich zu den Mädchen vom letzten Jahr? Glauben Sie, ich passe dazu?«

»Sie?«, stammelte Rafe und lachte verlegen.

»Was ist denn daran so lustig?« Rebecca stellte die Tasse vor sich ab und legte sich die zu Fäusten geballten Hände in den Schoß.

»Nun, Sie sind irgendwie … *anders* als die meisten Frauen

in der Stadt.« Rafe hatte es als Kompliment gemeint, doch aus Rebeccas erzürntem Antlitz schloss er, dass sie es als Affront aufgefasst hatte.

»Mag schon sein, dass ich ein kleines bisschen älter als die anderen Damen bin. Aber ich verstehe nicht, was an mir so *anders* sein soll?«

Alles, wollte er ihr zurufen: *von Ihrer unverblümten Art über Ihr ausgeprägtes Selbstvertrauen bis hin zu Ihrem aufgeweckten Wesen.* Rebecca war eine Frau, die ihre mitunter skandalösen Ansichten locker auf der Zunge trug, während züchtigere Mädchen peinlichst darauf bedacht waren, sich in allerbestem Licht zu präsentieren.

Wieso merkte sie das nicht selbst? Doch es waren genau diese Wesenszüge, die er an ihr liebte.

Liebte? Rafe zwang sich, ruhig zu atmen, was aber kaum möglich war angesichts der Tatsache, dass sich seine Brust vor Panik zusammenzog. Verliebt in Rebecca Tate? Das konnte unmöglich wahr sein.

»Und ob«, sagte sie.

»Und ob was?«, keuchte er.

»Und ob ich dazupasse«, antwortete Rebecca gebieterisch. »Ich werde von Lady Tottleys Angebot Gebrauch machen und mich voll und ganz darauf konzentrieren, einen geeigneten Gemahl zu finden.«

Einen Gemahl? Nur über seine Leiche. Nicht wenn er ... »Ich dachte, Sie wollten nach London, um Purcell und den Rubin zu finden«, erinnerte Rafe sie.

»Natürlich möchte ich den Rubin finden. Er gäbe eine ziemlich gute Mitgift ab, finden Sie nicht auch? Ach ja, da fällt mir ein, dass ich mich noch gar nicht bei Ihnen bedankt habe. Letzten Endes war das ja alles Ihre Idee.«

»Nun. Ja, äh, ich meine *nein.*« Rafe hätte damit rechnen müssen, dass sie so sprach.

»Nein was?«, fragte sie mit einem verschmitzten Lächeln.

»Nun, Sie können unmöglich heiraten«, sagte Rafe streng.

»Warum nicht?« In Rebeccas Augen trat ein Glitzern, ein Anblick, der Rafes Herz überquellen ließ.

»Was ich meine ... Nun, ich dachte, Ihr Wunsch nach einer Saison in der Stadt wäre eine Finte. Um den Rubin zu finden, um zu Geld zu kommen ...« Als Rafe die Entschlossenheit in Rebeccas Gesicht registrierte, verstummte er.

Rebecca machte gar keinen Scherz, sondern trug sich wahrhaftig mit dem Gedanken, vor den Altar zu treten.

»Ich muss«, flüsterte Rebecca.

»Warum?«, raunte Rafe. *Heirate nicht, Rebecca. Bitte tu es nicht. Nicht wenn ich ...*

»Weil ich, ganz im Gegensatz zu Ihnen, heiraten muss. Vor allem, wenn es mir nicht gelingen sollte, den Rubin zurückzubekommen.«

Rafe wusste, dass er die Schuld allein bei sich suchen musste. Waren es nicht seine Forderungen gewesen, die sie auf diesen Weg gebracht hatten? War er es nicht gewesen, der von ihr verlangt hatte, mit dem Schreiben aufzuhören, um für die Saison in die Stadt zu gehen? Jungfern zog es doch nur aus einem einzigen Grund in die Stadt: um sich einen passenden Gatten zu angeln. Und genau das tat Rebecca. Sie wollte sich mittels einer Eheschließung eine neue Einnahmequelle, einen neuen Lebensunterhalt erschließen. Wenn sie einen geeigneten Bräutigam fand, woran Rafe bei der besonnenen und effizienten Rebecca nicht zweifelte, würde er sie ziehen lassen und den Fall Rebecca zu den Akten legen müssen.

Mit einem Lächeln kehrte Rebecca zum Thema zurück. »Wenn ich so *anders* bin als die Damen in der Stadt, wie steht es dann mit den Herren der Schöpfung? Kennen Sie zufällig jemanden, der zu mir passt? Ich wünsche mir einen aufrichtigen und tugendhaften Mann, der mich und meine intellektuelle Ader bedingungslos akzeptiert. Jemanden, der sich nicht daran stößt, dass ich eine Einzelgängerin bin.« Rebecca straffte die Schultern und drapierte ihre zusammengefalteten Hände wieder gesittet im Schoß. »Ich war schon immer der Meinung, dass ich eine äußerst solide Vikarsgattin abgäbe. Vikare sind für gewöhnlich geduldige und vernünftige Zeitgenossen.«

Ein Vikar? Rafe hatte das Gerede des Obersts als nichtig abgetan. Jetzt musste er lachen. Sie wollte wirklich einen Vikar heiraten. Rafe lachte, bis ihm die Tränen über die Wangen kullerten. »Sie? Und ein Vikar?«

»Was ist daran so lustig?«, empörte sie sich.

»Weil, nun, weil ...«

So wie sie dasaß, war sie die pure Verkörperung flammender Entrüstung und leidenschaftlichen Zorns, die Verkörperung all dessen, was ein respektabler, verknöcherter Vikar am allerwenigsten ersehnte.

Aber was für Rafe die Erfüllung seiner Herzenswünsche bedeutete. Als er das erkannte, überkam ihn das Gefühl, die Erde begänne zu beben und er drohe jeden Moment vom Sofa zu rutschen. Ihm war, als sähe er das Felsplateau aus seinem Traum vor sich. Nur dass er es war, der am Abgrund wandelte, und dass Rebecca ihn zurück auf sicheres Terrain lotsen wollte.

Wollte er sich darauf einlassen?

Wenn Rafe jetzt die falsche Entscheidung traf, würde er keine zweite Chance bekommen.

»Zum Teufel«, platzte ihm der Kragen. »Solange ich lebe, wirst du keinen bornierten Vikar heiraten, ist das klar?« Noch während er sprach, zog er Rebecca in die Arme und küsste sie.

Rebeccas kurzer Protest ähnelte dem Miauen einer Katze, doch als sich ihr kecker Mund öffnete, erwiderte sie seinen Kuss mit einer Hingabe, die der seinen in nichts nachstand.

Ehe Rafe sich versah, fanden seine Finger ihre Brüste und strichen zärtlich über ihre Brustwarzen, bis sie sich aufrichteten. Er intensivierte den Kuss, und Rebecca schmiegte sich keuchend an ihn. Sie zerfloss förmlich unter seinen Berührungen. »Liebe mich, Rafe, liebe mich jetzt und hier!«, raunte sie ihm ins Ohr.

Das war das Stichwort für Rafe – um innezuhalten.

»Genau deshalb«, sagte er.

»Wie bitte?«, keuchte Rebecca und warf sich empört das zerzauste Haar über die Schulter. In ihren Augen loderte noch immer Verlangen – das er auch stillen würde. Aber erst, nachdem er ihr klipp und klar seine Meinung gesagt hatte.

»Der Vikar, von dem du träumst, dürfte ein wenig stutzig werden, wenn du ihm in eurer Hochzeitsnacht so unverblümt deine Wünsche darlegst. Wünsche, die für eine junge Dame alles andere als angemessen sind. Glaub mir, du willst keinen Vikar heiraten.«

Rebecca biss sich auf die Lippe und warf ihm einen erzürnten Blick zu. »Woher weißt *du* denn, was ich will?«

»Ich weiß es eben«, erwiderte Rafe. Und machte sich gleich daran, es ihr zu beweisen.

Liebe mich Rafe, liebe mich jetzt. Was zum Teufel faselte sie da? *Jetzt ist es um mich geschehen*, dachte Rebecca, als Rafe sie erneut in die Arme schloss.

Wie konnte sie sich einem Mann hingeben, den sie kaum kannte? Dem sie keinen Zoll über den Weg traute?

Und den sie dennoch von ganzem Herzen liebte? Was er mit ihr machte, war der helle Wahnsinn.

Es war der Himmel auf Erden.

Bei dem Gedanken an Miss Darbys Träumereien von zärtlichen Küssen und verliebten Blicken wurde Rebecca klar, dass sie nicht nur ihre Heldin, sondern die gesamte Leserschaft betrogen hatte. Zur Hölle mit dem Romantikkram, zur Hölle mit dem abgeschmackten Leutnant Throckmorten.

Rafes Finger glitten in ihr Haar und fischten die letzten Haarnadeln heraus, sodass es sich unbändig über ihre Schultern ergoss.

Eisern hielt er Rebecca in seinen Armen gefangen, hatte kein Erbarmen mit ihr. Er nahm sie so fordernd in Besitz, als hätte er ein Recht auf sie.

Und Rebecca war mehr als willens, sich Rafe hinzugeben, denn sie war sich sicher, dass er der einzige Mann war, der dieses unbändige Feuer in ihrem Innern löschen konnte.

Dieser Teufelskerl presste sie so eng an sich, dass ihre Brüste hart gegen seine gestählten Muskeln gedrückt wurden. Rebecca konnte deutlich spüren, wie ihre Brustwarzen auf seine kraftvolle Umarmung reagierten, wie sie förmlich um seine Berührung bettelten.

Und Rafe erhörte ihr stummes Flehen.

Mit geübten Fingern machte er sich am Oberteil ihres Kleides zu schaffen, knöpfte die Korsage auf und entließ ihre Brüste in die Freiheit. Er hatte ganz offenbar Übung darin, den weiblichen Körper seiner Kleider zu berauben. Doch das störte Rebecca herzlich wenig. Im Gegenteil, sie war ihm sogar dankbar. Sie war sich nämlich nicht sicher, ob sie gegenwärtig in der Verfassung dazu war.

Rafes Lippen ließen von ihrem Mund ab und konzentrierten sich auf ihre Brüste. Erst sog er hingebungsvoll an der einen, dann an der anderen Brustwarze, bis der süße Schmerz Rebecca fast den Verstand raubte.

»O Rafe, was machst du mit mir?«

»Das ist erst der Anfang.«

Rebecca stöhnte. *Nimm mich*, schrie ihr wild schlagendes Herz. Sie legte ihm die Hand auf die Brust und zog an seinem weißen Hemd, in der Hoffnung, ihn genauso gekonnt zu entkleiden, wie er es mit ihr getan hatte.

Aber stattdessen zerriss sie ihm das Hemd.

»Ach du meine Güte«, stammelte sie, als sie den aufgerissenen Saum betrachtete. »War ich das?«

»Miss Tate, Sie überraschen mich.« Mit einem neckenden Grinsen riss er sich das Hemd vom Leib und schleuderte es weit von sich.

Ungläubig bestaunte Rebecca die weite Muskellandschaft, die sich vor ihren erwartungsvollen Händen auftat. Mehr als zuvor brannte sie darauf, ihn zu berühren. Wollte ihn für sich beanspruchen, so wie er es auch mit ihr tat.

Rebecca blickte zu ihm auf und ertrank in der pechschwarzen, gefährlichen Nacht seiner dunklen Augen. Der Abgrund, der sich vor ihr auftat, erregte sie, zog sie magisch bis zur Klippe, hinter der eine namenlose Versuchung lauerte.

Nimm mich. Bitte, nimm mich.

Als sie sich fordernd an ihn drängte, umfasste er eine ihrer Brüste mit seiner großen Hand. Das animalische Knurren, das dabei seiner Kehle entstieg, verriet Rebecca seine Lust und berauschte sie. Kaum konnte sie glauben, dass sie einen Mann wie Rafe erregte.

Rafe nahm eine ihrer Brustwarzen zwischen Zeigefinger und Daumen und rollte sie sanft hin und her, bis Rebecca das Gefühl hatte, der Ohnmacht nahe zu sein. Sanft bettete er sie auf das Sofa, beugte sich hinab und küsste sie. Seine Zunge forderte die ihre zu einem heißen und heftigen Tanz auf, bevor er eine Spur sengender Küsse auf ihrem Hals und ihren Schultern hinterließ.

Ein Scheit im Kamin verrutschte, und Funken stoben hoch. Endlich verstand Rebecca, was es bedeutete, in Leidenschaft zu erglühen, als wollte der Körper jeden Augenblick in Flammen aufgehen. Nur noch eins zählte. Sie wollte von Rafe genommen werden, wollte, dass er von ihren Brüsten trank und unzählige Blitze durch ihren Körper schickte. Bis sie um Erlösung bettelte.

»Rebecca«, raunte Rafe mit belegter Stimme. »Ich will dich. Mit Haut und Haaren.« Seine Worte gaben ihr Mut, seine glühenden Augen flehten sie an, ihn gewähren zu lassen, während seine Finger bereits an ihrem Kleid herumnestelten.

Rebecca wusste, was er wollte. Er wollte sie. Splitterfasernackt. O ja, sie wollte genau dasselbe. Begehrte ihn. Nackt, über und in ihr.

In ihr?

Dieser Gedanke zog eine unwillkommene Panikwelle nach sich, und die sonst so forsche Rebecca war sich nicht mehr sicher, ob eine Jungfer derartige Wünsche überhaupt haben durfte.

Als Rafe ihr das Kleid auszog und es in einen weit entfernten Winkel des Zimmers schleuderte, fühlte Rebecca sich mit einem Mal nicht mehr wohl. Sie schämte sich ihrer Blöße, spürte, wie ihre Jungfernängste mit wehenden Fahnen an die Front vorpreschten und sie der Freizügigkeit beraubten, die sie bis eben noch empfunden hatte.

»Du bist so unglaublich schön«, raunte Rafe.

Was hatte er gesagt? Sie sei schön? Vielleicht hatte sie vor lauter Wollust den Verstand verloren. Sie und schön?

»Bin ich das wirklich?«, flüsterte Rebecca ungläubig.

»O ja!«, antwortete Rafe mit einem inbrünstigen Nicken. Sein laszives Lächeln verriet, dass er mehr als nur Küsse wollte, und seine Finger wanderten in die Höhe. Er zog eine ihrer Haarsträhnen bis über die Schulter hervor, sodass sie über ihre weiche, runde Brust fiel. »Dein Haar ist himmlisch, so sanft wie Seide.« Rafe bugsierte die Strähne mit der Nase beiseite und widmete sich wieder ihrer Brustwarze.

Flatternd schlossen sich Rebeccas Augenlider, und sie stieß einen wohligen Seufzer aus.

»*Dios, mi ángel*, wo hast du bloß diese Prachtexemplare die ganze Zeit über versteckt gehalten? Versprich mir, nie wieder eine Korsage zu tragen.« Rafe hielt inne. »Nein, ich hab's mir noch mal überlegt. Ich finde, du solltest sie immer und überall tragen, damit die anderen Männer nicht wissen, was du alles zu bieten hast.«

Rafes Lobgesang bewirkte ein mattes, aber ekstatisches Lachen bei Rebecca. Bis sein Kopf abtauchte und eine weitere Fährte lodernder Küsse legte – von ihrem Bauch bis zu ihrem Becken.

Rebecca japste und packte Rafe unsanft bei den Schultern, als seine Finger die Pforten zu ihrer ganz persönlichen Schatzkammer öffneten und seine Zunge hervorpreschte, um sich auf die Suche nach Rebeccas Juwel zu machen.

»Ja, Rafe«, keuchte Rebecca, während seine Zunge sie liebkoste. Das Atmen fiel ihr zunehmend schwerer, und alles um sie herum begann sich zu drehen.

»Du schmeckst wie etwas Verbotenes«, nuschelte Rafe. »Wie etwas Süßes und Verbotenes.«

»Nein, nicht«, keuchte Rebecca.

»Nein?«, fragte Rafe verdutzt und blickte sie an.

»Nein, nicht aufhören«, flehte sie, spreizte die Beine noch ein wenig weiter und zog ihn ungestüm zu sich.

Als Rafe lachte, spürte sie seinen warmen und feuchten Atem, bevor seine flinke Zunge ihren Liebensdienst wieder aufnahm. Als Rebecca dachte, dass sie die wundersamen Qualen keine Sekunde länger aushalten könnte, spürte sie, wie er mit dem Finger in sie drang. Er war ganz behutsam, doch Rebecca wollte mehr.

»O bitte, Rafe, bitte erlös mich endlich von diesem Wahnsinn.«

Rafes Zunge glitt ein weiteres Mal über ihre empfindlichste Stelle. Und noch einmal und noch einmal. Solange bis sich alles in Rebecca verkrampfte und sie fest davon überzeugt war, gleich vor Verlangen zu sterben. Ungestüm hob sie ihm ihr Becken entgegen, wollte noch näher bei ihm sein.

Bis sie in Flammen aufging und eine Serie von erlösenden Wellen durch ihren Körper schoss.

»O Rafe«, keuchte sie und hielt sich an ihm fest, als sie von der Klippe in die Tiefe stürzte.

Doch Rafe war zur Stelle, fing sie auf und hielt sie eng umschlungen.

Vollkommen außer Atem und erschöpft blickte Rebecca zu ihm auf. »O je!«

Rafes Lachen zeugte von dem tiefen Glücksgefühl, das ihm ihre Befriedigung bereitete. »Hat dir das gefallen?«

»Sehr«, raunte sie.

»Ich wollte, dass du auf der größten und schönsten Wolke schwebst.«

»Das tue ich«, erwiderte sie mit einem matten Lächeln. »Aber wie steht es mit dir, Liebster? Du solltest nicht leer ausgehen müssen.«

Rebecca streckte die Hand aus, fing sein markantes Kinn ein und zog ihn zu sich, um sich mit einem Kuss zu bedanken.

Rafe hatte nicht geglaubt, dass seine Lust noch mächtiger werden könnte. Doch als Rebecca ihn zu sich zog, sodass er auf ihr lag und sie ihm die Beine um das Becken schlingen konnte, hatte er das Gefühl zu platzen – vor unbändigem Hunger.

Rafe wollte nichts sehnlicher, als sich in ihr zu verlieren und die Glut, die ihm im Blute lag, zu einem hellen Feuer zu entfachen. Er wollte Rebeccas Körper spüren, wollte spüren, wie sie sich unter ihm aufbäumte, bevor sie einen weiteren Höhepunkt erreichte.

Sie sollte noch einmal laut seinen Namen rufen, ihn um mehr anflehen. Er würde alles dafür tun, noch einmal Zeuge ihrer Leidenschaftlichkeit zu werden, die der seinen in nichts nachstand.

Obwohl Rebecca vor wenigen Augenblicken noch vollends erschöpft gewesen war, erblühte sie nun wieder zu neuem Leben. Ihre Brustwarzen rieben sich hungrig an seiner Brust, ihre Hände strichen aufreizend über seinen Rücken und hinunter bis zu seinen Oberschenkeln. Gierig zerrte sie an seinem Hosenbund.

Und ausgerechnet sie hatte ihn *rücksichtslos* geschimpft?

»Ich weiß nicht, wie ich die aufkriegen soll«, beschwerte Rebecca sich bitterlich. Rafe hatte Erbarmen mit ihr und kam ihr ein wenig zu Hilfe. Doch zu seiner Überraschung – und seinem Entzücken – kam sie letztlich mit der Aufgabe ganz gut alleine zurecht. Mit triumphierender Geste schleuderte Rebecca schließlich die unbemannten Beinkleider fort.

Wenn Rafe sich noch Sorgen über eventuelle jungfernhafte Empfindlichkeiten gemacht hatte, so verflogen diese spätestens jetzt, als sie ihn zunächst mit Ehrfurcht, dann jedoch mit nacktem Verlangen betrachtete. Dann schaute sie ihm ins Gesicht und lächelte träge wie eine Katze, die bereit war, sich auf ihr Opfer zu stürzen. Und in der Tat, Rebecca war bereit und bekam sein pulsierendes Glied zu packen, um es genüsslich mit den Händen zu liebkosen und ihm liebliche Qualen zu bereiten.

»Rebecca, du treibst mich in den Wahnsinn, wenn du so weitermachst«, keuchte er und verkrampfte sich. Es fehlte nicht mehr viel, und er war dem Höhepunkt nahe. »Nein.« Er schob sie von sich. »Ich möchte ganz in dir sein, dich um mich herum spüren.«

Rebecca grinste, streckte sich der Länge nach aus und zog ihn an sich. Ihre Beine umschlangen die seinen, ihre Schenkel öffneten sich einladend. »Komm zu mir, Rafe. Füll mich aus«, wisperte sie.

Doch zunächst küsste er sie, tief und innig. Wieder streichelte er ihre Brüste, fasziniert von ihrer leidenschaftlichen Reaktion auf seine Zärtlichkeiten, ihrem Stöhnen, das jede seiner Berührungen begleitete.

Rafes Hände glitten in die Tiefe, und seine Finger bahnten sich ihren Weg in Rebeccas noch immer leicht zittriges Inneres. Binnen Sekunden war sie bereit für ihn.

»Bitte Rafe«, raunte sie. »Lieb' mich.«

Mehr Ermunterung brauchte er nicht. Er schob sich über sie und schaute ihr tief in die Augen. Vertrauensvoll blickte sie zu ihm empor.

Im nächsten Moment stockte er. Dieser Rehblick konnte nur eines bedeuten.

Rebecca war noch nie von einem Mann berührt worden!

»Nein, das darf ich nicht«, stammelte er. Witwen und Bettgespielinnen waren eine Sache, aber *Jungfrauen*? Nicht ohne Grund machte er um die immer einen großen Bogen. Der Preis, den man dafür zahlte, ein Mädchen zu entjungfern, war schließlich viel zu hoch ...

»Rafe, bitte«, flehte Rebecca ihn an. »Ich weiß, was jetzt kommt, und wünsche mir nichts sehnlicher, als mich mit dir zu vereinen.«

»Aber ...«

Rebecca unterbrach ihn, indem sie ihm einen Finger auf die Lippen legte. »Tief in mir drin weiß ich, dass ich dich will. Und niemand anderes.«

So ging es auch Rafe. Noch nie hatte er eine Frau begehrt wie sie. Die anderen hatte er lediglich benutzt, um seine Gelüste zu stillen, doch bei Rebecca war alles anders. Und genau diese Erkenntnis verschlug ihm die Sprache. Er begehrte sie, wollte sie. Nicht nur diese eine Nacht, sondern für den Rest seines Lebens.

»Es könnte wehtun«, sagte er, noch immer wie vom Blitz getroffen.

»Ich weiß«, raunte Rebecca und klang ein wenig ungeduldig. »Du machst dir keine Vorstellung davon, wie sehr ich dich brauche. Jetzt und hier.«

Rafe ließ sich kein zweites Mal bitten.

Als er in sie stieß und sie um sich spürte, erlebte er den befreiendsten Moment seines Lebens. Sein Verlangen, sie zu besitzen, wuchs ins Unermessliche. Binnen Sekunden hatte er sie ausgefüllt – die Hürde in ihrem Innern war schnell genommen. Zuerst war Rebecca zusammengezuckt, doch jetzt drängte sie sich flehentlich an ihn, die Finger in seine Schultern gekrallt. »Noch einmal«, keuchte sie.

Rafe zog sich aus ihr heraus, langsam und genüsslich, und kurz bevor er ihre warme Höhle ganz verließ, drang er wieder in sie. Mit all seiner Kraft.

Rebecca schrie auf, und ihre beseelten Freudenrufe dröhnten ihm wie Trompetenfanfaren zu seinen Ehren in den Ohren. Sie rief seinen Namen und flehte ihn an, noch tiefer, noch härter in sie vorzustoßen. Plötzlich schoss ihr Becken in die Höhe, für einen Moment versteifte sie sich, und dann rissen die Wogen ihres Höhepunktes auch Rafe mit sich.

»Rebecca«, keuchte er. »O Rebecca!«

Erschöpft fielen sie gemeinsam auf das Sofa zurück.

Das Feuer und die wenigen Kerzen in der Bibliothek waren so gut wie heruntergebrannt und tauchten ihre entblößten, eng umschlungenen und verschwitzten Körper in ein schummriges Licht. Durch das Fenster zum Garten, das weit offen stand, wehte eine seichte Brise und kühlte ihre erhitzten Leiber.

Nach einiger Zeit setzte Rafe sich auf und blickte auf Rebecca herab. »Und jetzt ist Schluss mit dem Geschwätz von Vikaren, haben wir uns ein für alle Mal verstanden?«

»Jawohl, Sir«, sagte Rebecca und zog ihn wieder zu sich. »Keine Vikare mehr.«

Und um seinen Standpunkt zu untermauern, liebte Rafe Rebecca ein weiteres Mal.

Kapitel 13

Die Vergangenheit ist ebenso schwierig zu vergessen wie die Tatsache, zwei ungleiche Handschuhe angezogen zu haben. Niemand vergisst Handschuhe, die nicht zueinander passen.

Miss Cecilia Overton zu Miss Darby in
Miss Darbys riskante Reise

Am nächsten Morgen stieg Rebecca aufgewühlt und nervös die Treppe nach unten. Was in aller Welt hatte sie sich dabei gedacht? Sich Rafe Danvers wie eine kleine, törichte Gans hinzugeben? Wo war ihre gepriesene Besonnenheit, fragte sie sich betrübt und schenkte dem herrlichen Maimorgen keine Beachtung.

Nein, es war nicht töricht, sondern grandios gewesen. Selbst wenn er sie nie wieder anschauen würde, so wusste sie jetzt wenigstens, wie es sich anfühlte, geliebt zu werden.

Geliebt? Wie leicht war es doch, in den einsamen Stunden der Nacht an diesen Firlefanz zu glauben.

Rebecca blieb am Fuße der Treppe stehen, setzte sich auf die unterste Stufe und umklammerte den Treppenpfosten. War ein Mann wie Rafe Danvers überhaupt in der Lage, sich in eine Frau wie sie zu verlieben?

Wer war sie schon im Vergleich zu den attraktiven Rockschößen Londons? Was hatte sie, dass ein Mann ihr freiwillig seine Aufmerksamkeit schenkte?

Dein Haar ist himmlisch … Wo hast du bloß diese Prachtexemplare die ganze Zeit über versteckt gehalten? … Du schmeckst wie etwas Verbotenes …

Ihre Wangen glühten, als sie sich Rafes Worte in Erinnerung rief, doch ihr gesunder Menschenverstand wollte ihr weismachen, dass dies die Phrasen eines Mannes waren, der alles tun würde, um ans Ziel zu gelangen.

Aber war Rafe nicht längst an seinem Ziel? Hatte er nicht erreicht, weshalb er ursprünglich nach Bramley Hollow gekommen war? Er hatte sie entlarvt und obendrein Informationen über den Mordfall von Sir Rodney erhalten.

Konnte Rebecca wirklich glauben, dass Rafe versuchte, ihr Herz zu gewinnen?

Verlegen biss sie sich auf die Lippe und dachte fieberhaft darüber nach, was eine Frau am Morgen danach zu dem Mann sagte, mit dem sie die Nacht verbracht hatte? Und was für eine Nacht ... Hemmungslos und leidenschaftlich hatten sie sich geliebt, bis der Ritter seine völlig verausgabte Prinzessin ins Bett gebracht hatte, um sie dort in den Schlaf zu küssen.

Rebecca hörte, dass ihr Onkel in der Küche war und sich mit jemandem unterhielt. Aber da Mrs. Wortling fort und sein vorgetäuschter Irrsinn kein Geheimnis mehr war, zumindest nicht für Rafe, musste er mit jemand anderem als dem imaginären Fähnrich Trotter sprechen, der ihm die letzten Jahre über treu ergeben gedient hatte. Sie war sich sicher, dass der Oberst den armen und geplagten Jüngling schmerzlich vermissen würde. Genau wie sie.

Sie spitzte die Ohren, konnte aber außer ihrem Onkel niemanden hören. Seufzend betete sie um ausreichend Kraft, ihm gelassen gegenübertreten zu können.

Warum sollte ich mich schämen?, fragte sie sich und nahm ihren ganzen Mut zusammen. Sie kam sich vor wie ein blutjunger Rekrut, der das erste Mal in die Schlacht zog. Nein, es gab nichts, wofür sie sich schämen musste.

Eine kokette Stimme lachte in ihrem Innern auf. *Er hat ohnehin schon alles gesehen.*

Rebecca zuckte zusammen und wünschte sich, sie könnte den Gedanken ungeschehen machen, denn jetzt lief sie von Kopf bis Fuß puterrot an. Einschließlich jener Partien, von denen auch Rafes Zunge gekostet hatte.

Angestrengt lauschte sie noch einmal auf die Geräusche und stellte fest, dass die zweite Stimme gar nicht Rafes war, sondern die seines Gehilfen Cochrane. Wo war Rafe?

Rebecca sprang auf und blickte durch den Türspalt der Bibliothek, als sie etwas an den Füßen spürte und zusammenzuckte.

»Ach du meine Güte«, rief sie und blickte auf Ajax, der sich in ihrem Kleid verheddert hatte. Seinem wehleidigen Miauen nach zu urteilen, hatte er lediglich seinem Frauchen einen guten Morgen wünschen wollen und war der Meinung, eine bessere Behandlung verdient zu haben.

»Rebecca, da bist du ja«, begrüßte der Oberst sie, als sie in die Küche kam. »Dachte schon, ich müsste eine Kugel abfeuern, um dich aus den Federn zu bekommen. Wärst du so lieb, Mr. Cochrane Tee und Spiegeleier zuzubereiten? Der Arme ist völlig verhungert.«

Begierig nickte der Jüngling.

Rebecca lächelte, nahm den Wasserkessel zur Hand und stellte ihn über das Feuer. »Wo ist denn Mr. Danvers?«, erkundigte sie sich so beiläufig wie möglich.

»Danvers?«, fragte der Oberst. »Er holt gerade Lady Finchs Kutsche.«

»Er müsste jeden Augenblick zurück sein«, fügte Cochrane hinzu.

»Das ist vielleicht ein Krachmacher«, sagte der Oberst. »Ihr könnt euch nicht vorstellen, was für einen Heidenlärm er bis zum Morgengrauen in der Bibliothek veranstaltet hat.«

Rebecca zuckte zusammen, und nur mit Mühe und Not konnte sie Haltung bewahren – bis ein Klopfen an der Tür ihre Aufmerksamkeit erregte.

Rafe!

Hastig ließ Rebecca ihren Blick an sich heruntergleiten. Zwar zählte sie nicht zu jenen Frauenzimmern, die in ständiger Sorge um ihr Äußeres waren, doch in diesem Moment wünschte sie sich nichts sehnlicher als ein neues Kleid. Auf einmal fühlte sie sich in ihrem abgetragenen Bombasinkleid unsäglich hausbacken.

Herrje, sie klang schon wie diese Hühner Charlotte Harrington und Lady Victoria, wenn sie sich über Schleifen und Spitzenborten ereiferten. Doch trotz ihrer nüchternen Veranlagung verspürte Rebecca eine gewisse Vorfreude, wenn sie daran dachte, dass sie schon bald elegante Ballkleider tragen würde. Was Rafe wohl dazu sagen mochte?

Zieh dich aus, hoffte sie und riss die Eingangstür auf.

»Alles zum Aufbruch bereit, liebste Miss Tate!«

Zu Rebeccas Entsetzen standen Miss Alminta und Miss Honora in identischen Reisekostümen vor ihr. Lediglich die Hauben unterschieden sich. Miss Almintas Haube schmückte eine blaue Bordüre, Miss Honoras eine rote.

Auf der Straße entdeckte Rebecca zudem den feist grinsenden Sydney Kitling, der mit einem flaschengrünen Mantel und einem hohen Zylinder bekleidet war und auf dem Kutschersitz seines Phaetons saß, die Peitsche einsatzbereit in der Hand. Auf der Ladefläche türmten sich Truhen und Handkoffer.

»Was hat das zu bedeuten?«, stammelte Rebecca und fürchtete die Antwort. Was hatte Miss Alminta doch gleich gesagt? *Meine Liebe, Sie können unmöglich mutterseelenallein in die Stadt reisen. Was Sie brauchen, ist eine angemessene Begleitung.*

»Wir haben beschlossen, Ihnen ein wenig Gesellschaft zu leisten«, verkündete Honora sichtlich stolz und bestätigte damit Rebeccas schlimmste Befürchtungen.

Nein, bitte nicht. Wie sollte sie das Rafe beibringen?

»Sie und Mr. Kitling planen also, mir während der Fahrt die Zeit zu vertreiben?«, fragte Rebecca sicherheitshalber noch einmal nach und betete, dass sie – nachdem sie sie wohlbehalten vor Lady Tottleys Tür abgesetzt hatten – ihre nachbarschaftlichen und moralischen Verpflichtungen als erledigt ansehen und auf direktem Wege zurück nach Bramley Hollow fahren würden.

Doch zu ihrem Entsetzen schüttelten beide Damen so erregt die Köpfe, dass die Bänder der Hauben flatterten.

»Aber nicht doch, meine Liebe! Wir werden die gesamte Saison hindurch nicht mehr von Ihrer Seite weichen!«

Rebecca musste sich an den Türrahmen klammern. Die Furcht davor, wie Rafes Reaktion auf diese Neuigkeiten ausfiel, verblasste. Was würde bloß Lady Tottley sagen?

»Wo steckt Danvers?«, rief Kitling zu ihnen hinüber. »Die Stadt wartet darauf, von Männern wie uns erobert zu werden.«

In diesem Moment rumpelte die Kutsche der Finchs die Straße herauf. Rafe, der auf seinem Pferd nebenher ritt, riss die Augen auf, als er Kitling und die Gadburyschwestern entdeckte, und warf Rebecca einen hochgradig entsetzten Blick zu.

Diese hatte sich seit dem frühen Morgen ihre Gedanken dazu gemacht, mit welchen Worten Rafe sie nach ihrer ersten gemeinsamen Nacht voller Ekstase begrüßen würde. Auf *»nur über meine Leiche«* wäre sie allerdings im Traum nicht gekommen. So viel zu den romantischen Hirngespinsten einer unverheirateten Frau.

Rafe sprang aus dem Sattel und stürmte aufs Haus zu.

Stürmisch ist gar nicht so schlecht, dachte Rebecca. Dadurch wirkte er noch eindrucksvoller, geheimnisvoller und gefährlicher.

Weil er all das ist, rief sie sich ins Gedächtnis und erkannte, wie Furcht einflößend dieser Mann sein konnte, an den sie ihr Herz verloren hatte.

Rafe fegte grußlos an den Zwillingen vorbei, packte Rebecca beim Arm und zog sie ins Haus. Ja, daran konnte sie sich gewöhnen. Rebecca schwelgte noch immer in den Erinnerungen an die vergangene Nacht. Ihr schossen unzählige Formulierungen durch den Kopf, die aus einem ihrer Romane hätten stammen können.

Er packte sie, legte sie sich über die Schulter und trug sie ins Obergeschoss. In ihrem Schlafgemach angekommen lud er sie auf der großen Bettstätte ab und warf sich auf sie. Sogleich fingen seine Lippen die ihren zu einem Kuss ein, der…

Doch zu ihrer Enttäuschung blieb Rafe in der Diele stehen. Weit weg von Treppe oder Bett.

»Was hat das zu bedeuten?«, zischte er und nickte in Richtung Tür.

Bevor Rebecca ihm antworten konnte, kam der Oberst die Treppe hinunter, in der einen Hand seine geliebte Brown Bess, in der anderen eine Reisetasche.

»Exzellent, da sind Sie ja, Danvers. Dachte schon, Sie hätten es sich anders überlegt und wir müssten …«

Rebecca unterbrach ihn mit einem gekünstelten Husten, dem verabredeten Signal, wenn er besser daran tat, den geistig Verwirrten zu mimen, und machte eine kaum merkbare Kopfbewegung zur geöffneten Eingangstür.

Der Oberst blickte kurz nach draußen und runzelte die Stirn. Doch noch im selben Moment huschte ein verschlagenes Lächeln über seine Lippen. »Überlass das mir«, murmelte er Rebecca zu und schritt an Rafe und seiner Nichte vorbei, als wäre nichts Ungewöhnliches dabei, dass er sie am Arm hielt.

Denn genau das tat Rafe noch immer.

Rebecca hatte sich nicht die Mühe gemacht, ihn abzuschütteln. Sie gab es nur ungern zu, aber im Grunde wollte sie nicht, dass er von ihr abließ.

In mehrfacher Hinsicht.

»Was wollen diese Spaßvögel hier?«, zischte Rafe.

»Die Schwestern können den Gedanken nicht ertragen, dass ich ohne angemessene Begleitung in die Stadt abreisen muss«, raunte sie ihm zu.

»Aber dein Onkel ist doch bei dir, genau wie ich.«

Bevor Rebecca etwas erwidern konnte, hatte der Oberst sich der Sache angenommen und feuerte eine Kugel auf Sydneys Phaeton ab.

Die nervösen Pferde schossen die Straße hinunter, und Kitling, der sich an den Zügeln festhielt, rief den Braunen wirkungslose Befehle zu.

Rebecca zog eine Augenbraue in die Höhe. »Eine angemessene Begleitung führt keine Brown Bess mit sich.«

Rafe dachte kurz darüber nach. »Und wie steht es mit mir?«

»Ich gehe davon aus, dass du der eigentliche Grund bist, warum sie mich beschützen wollen.«

»Dafür ist es wohl ein wenig zu spät, meinst du nicht auch?«, murmelte er.

»Das sollten wir den beiden lieber nicht anvertrauen«, antwortete Rebecca. »Es sei denn, du willst mit mir vor einem Priester stehen, bevor der Tag sich dem Ende neigt.«

Rafes Kiefer begann zu mahlen, und er scharrte mit den Füßen.

Augenblicklich stürmten Rebeccas Ängste an die vorderste Front: Er bereute es, mit ihr geschlafen zu haben.

»Ach übrigens, wegen letzter Nacht«, setzte Rafe an.

»Ja?«

Ausgerechnet in diesem Moment schwankte Cochrane mit

einer von Rebeccas Reisetruhen auf den Schultern an ihnen vorbei.

»Das ist die Letzte, Sir«, sagte er. »Wir reisen übrigens gerade noch rechtzeitig ab, Sir. Gestern Abend auf dem Weg zu den Finchs sah ich zufällig diese Kupplerin auf einem ihrer Streifzüge. Ich hab kein Auge zugetan, weil ich Angst hatte, heute Morgen an der Seite einer Unbekannten aufzuwachen.« Cochranes Blick wanderte zwischen den beiden hin und her und blieb dann an Rafes Hand auf Rebeccas Ellbogen hängen. »Mir schwant, die Alte war gar nicht hinter mir her.« Mit einem breiten Grinsen und einer fröhlichen Melodie auf den Lippen trat er nach draußen.

Rafe wandte sich wieder Rebecca zu. »Wie ich gerade sagte ... Letzte Nacht ...«

Doch wieder wurden sie unterbrochen.

Kitling samt Kutsche tauchte wieder vor dem Haus auf. Die Pferde tänzelten, da sie sich in unmittelbarer Nähe eines Verrückten wussten.

»Sie können den Hals wohl nicht voll bekommen, oder?«, röhrte der Oberst. »Dass diese Franzmänner aber auch nie wissen, wann es Zeit ist, die Waffen zu strecken.«

»Miss Tate, würden Sie bitte etwas gegen Ihren werten Oheim unternehmen?«, flehte Kitling sie an, der für gewöhnlich ein gewisses Talent im Umgang mit Tieren hatte. Aber im Moment war er keineswegs Herr der Lage.

Rafe ließ umgehend von Rebecca ab, entriss dem Oberst seine Brown Bess und warf sie Cochrane zu, ehe er auf den Phaeton zumarschierte. Dort packte er den vordersten Braunen beim Zaumzeug, flüsterte ihm etwas zu und strich ihm sanft über die Nüstern. Schlagartig beruhigte das Tier sich, und die anderen taten es ihm nach.

»Mensch, Danvers«, staunte Kitling und erhob sich. »Was haben Sie zu ihm gesagt?«

»Etwas, das ich von meinem Großvater gelernt habe. Er hatte ein gutes Händchen mit Pferden.«

Kitling nickte. »Scheint, als hätten Sie es geerbt. Wenn Sie sich jemals entschließen, Ihren Laufburschenjob an den Nagel zu hängen, sollten Sie darüber nachdenken, ob Sie nicht in die Pferdezucht einsteigen wollen. Sie könnten ein Vermögen damit machen, nervöse Gäule in Schoßhündchen zu verwandeln.«

Rafe blickte wieder auf die Pferde und flüsterte dem Kastanienbraunen noch etwas zu, ehe er sich abwandte und zum Haus zurückkehrte. Das einsetzende Wiehern klang wie ein Lachen, in das die anderen einfielen.

»Was hast du ihm jetzt noch gesagt?«, fragte Rebecca neugierig.

»Ich habe ihnen mein Beileid ausgesprochen, dass sie im Stall eines Narren stehen.«

Rebecca grinste, doch bevor sie ihn fragen konnte, was er ihr hatte sagen wollen, kam Miss Honora auf sie zugestürzt.

»Mr. Danvers«, keuchte sie, nahm ihn beim Arm und zog ihn fort. »Es ist wirklich liebenswürdig von Ihnen, sich unserer kleinen Reisegruppe anzunehmen und uns Schutz zu gewähren.«

»Ich fürchte, Miss Gadbury, ich kann mich nicht daran entsinnen, Sie eingeladen zu haben«, sagte er höflich und blickte hilflos zu Rebecca hinüber.

Miss Honora lachte und legte sich die behandschuhte Hand vor den Mund. »Wie drollig Sie sein können, Mr. Danvers. Es kommt doch gar nicht in Frage, dass unsere liebe Miss Tate so alleine nach London reist, nur mit Ihnen und dem armen Oberst als Unterhaltung.«

»So, so«, murmelte Rafe und blickte wieder zu Rebecca, die verschmitzt dünkelhaft dreinblickte. Er mochte zweifelsohne die Fähigkeit besitzen, wild gewordene Pferde zu zähmen und

Frauen mit sinnlichen Küssen zu quälen, aber gegen die Gadburyschwestern war er machtlos.

»Wären wir dann so weit?«, rief Miss Alminta in die Runde.

»Nein, ich muss Ajax noch holen«, fiel Rebecca ein, und sie eilte in die Bibliothek, begleitet von einem kollektiven Seufzen. »Ajax!«

Gleich nach dem Oberst war Ajax die Kreatur, die in Bramley Hollow am gründlichsten gemieden wurde. Der wilde Kater hatte sich mit jeder Katze im Umkreis von fünf Meilen angelegt und auch vor Menschen keinen Halt gemacht. Selbst Esme, die dafür bekannt war, für alles und jeden ein Herz zu haben, ging der kleinen gelben Bestie aus dem Weg.

Rafe folgte Rebecca ins Haus. »Das kann unmöglich dein Ernst sein«, zischte er und blickte auf das schicksalhafte Sofa, auf dem Ajax eingerollt lag und den Eindruck vermittelte, er könne keiner Mäuseseele etwas zufügen. Doch die stark zerkratzten Beine des Sofas und die in Mitleidenschaft gezogene Sitzoberfläche waren die Beweise dafür, dass dieser Kater mit allen Wassern gewaschen war.

»Du denkst doch nicht ernsthaft daran, diesen Satansbraten mit in die Stadt zu nehmen, oder?«

»Sollte ich ihn hier alleine zurücklassen?«, regte sich Rebecca auf. »Niemand würde sich um ihn kümmern, er würde sicherlich verhungern, so ganz ohne mich.«

Rafe sah aus, als würde er das Problem am liebsten mithilfe der Kanone lösen.

Ehe Ajax wusste, wie ihm geschah, hatte Rebecca ihn mit einer schnellen Bewegung in einen Korb gehoben und den Deckel verriegelt.

Das Jaulen und Heulen des Katers ließ die Pferde abermals unruhig werden und sie wieherten. Rebecca hielt den wackelnden Korb eng an sich gedrückt, nicht willens, ihren geliebten – nun ja, zeitweise auch nicht so sehr geliebten – Ajax zurückzulassen.

Rafe nahm ihr den Korb ab. »Ich halte es für alles andere als vernünftig, einen räudigen und fuchsteufelswilden Kater mit in die Stadt zu nehmen.«

Im Grunde gab Rebecca Rafe Recht, doch Ajax war schon so lange ihr treuer Weggefährte, dass sie es einfach nicht übers Herz brachte, ihn seinem Schicksal zu überlassen. Sie war der Meinung, dass er sich ein gemütliches Plätzchen am Kamin mehr als verdient hatte. »Er kommt mit, Ende der Diskussion.«

»Lady Tottley dürfte nicht sonderlich erbaut sein, wenn du mich fragst«, erwiderte Rafe schnippisch. »Genauso wenig wie von den anderen Reisegefährten.«

»Geschieht ihr Recht«, brummte Rebecca. Doch bevor sie noch etwas sagen konnte, hatte der Oberst die Bühne vor dem Haus für sich vereinnahmt.

»Nicht die Artillerie, Sir?«, schrie er und fuchtelte mit den Händen. »Das ist der blanke Wahnsinn! Sobald wir den Hügelkamm eingenommen haben, werden wir eine solide Kanone brauchen, um diese Teufel in die Flucht zu schlagen. Wir werden ...«

Rebecca musste sich ein Lächeln verkneifen. Wenn ihr Onkel ein dankbares Publikum hatte, haftete seiner unechten Bewusstseinstrübung wirklich etwas Achtung gebietendes an. Die Gadburyschwestern und Kitling blickten mit offenen Mündern auf den Oberst, auf die vermaledeite Kanone und schließlich auf Rafe. Und warteten gespannt, was als Nächstes passieren würde.

Noch vor wenigen Tagen, als er noch nicht gewusst hatte, dass die geistige Umnachtung des Obersts lediglich vorgetäuscht war, hatte Rafe die Rolle des Irrenwärters wesentlich souveräner gespielt.

»Miss Tate!«, rief er jetzt hilflos. Der Oberst schien nun komplett verrückt geworden zu sein – er hatte sich nämlich quer über die Kanone geworfen und verkündete lauthals: »Entweder England oder ich.«

»Miss Tate, ich weigere mich, auch noch mit einer Kanone im Schlepptau in London aufzulaufen.«

Aha, jetzt war sie also wieder *Miss Tate*. »Er liebt seine Kanone aber nun mal«, sagte sie verständnisvoll, nur um Rafe zu ärgern. *Mr. Danvers,* korrigierte sie sich schnell.

Der überlegene, beherrschte Mr. Danvers, der nichts weiter tat, als seiner Arbeit nachzugehen. Seit wann gab er sich so spießig und vernunftgesteuert?

Es war Cochrane, der die Situation rettete.

»Oberst, Sir«, sagte er. »Es besteht wahrlich kein Anlass, die Kanone mitzunehmen. Ich bin die Strecke zwischen Bramley Hollow und London abgeritten, zweimal sogar, und konnte keine Spur vom Feind entdecken. Außerdem wollen Sie Bramley Hollow doch nicht wirklich der einzigen zuverlässigen Waffe berauben, die das Dorf noch verteidigen kann, wenn es zum Angriff kommt, oder Sir?«

Der Oberst richtete sich schlagartig auf und strich zärtlich mit der Hand über das eiserne Kanonenrohr. »Aber eine gute und zuverlässige Waffe lässt man nur ungern zurück.«

»Am Tower stehen noch viel, viel bessere Kanonen, Sir«, versicherte Cochrane ihm, der ein ungeahntes Schauspieltalent an den Tag legte.

»Jaja, der Tower«, sagte der Oberst und rieb sich nachdenklich das Kinn. »Von dort könnten wir Verstärkung holen, falls notwendig.«

»Jawoll, Sir«, parierte Cochrane und blinzelte Rafe zu, während er den Oberst zur Kutsche führte, die Lady Finch ihnen freundlicherweise geliehen hatte.

Rebecca folgte den beiden und entriss Rafe den Korb mit Ajax wieder.

»Miss Tate«, sagte Rafe, nachdem er den Gadburyschwestern in Kitlings Phaeton geholfen und sich an ihrer Seite eingefunden hatte. »Es gibt da etwas, das ich gerne unter vier Augen mit Ihnen besprechen würde.«

Rebecca war wie vom Donner gerührt stehen geblieben und schaute ihn aus weit aufgerissenen Augen an.

Wie alle Anwesenden.

Rafe blickte hektisch um sich und erkannte, dass sie ungefähr so viel Privatsphäre hatten wie auf der Tanzfläche des *Almack's*. Er stieß einen leisen Fluch aus, der zum Glück in Spanisch war, und marschierte gepeinigt zurück zu seinem Pferd.

Rebecca konnte seine Gefühle nachvollziehen. Auch sie hätte gerne einige Worte mit ihm gewechselt – *was ist nun, liebst du mich oder nicht?*

Am späten Nachmittag bahnte sich die kleine Prozession ihren Weg durch Mayfairs verstopfte Straßen, angeführt von Rafe.

Im Grunde hätte er in Hochstimmung sein müssen, denn die Auszahlung seiner Belohnung war in Reichweite gerückt. Noch glücklicher hätte er darüber sein müssen, dass er den eigentümlichen Tross, den er anführte, an der Türschwelle der Baronin abliefern und sich schleunigst empfehlen würde.

Er hatte seine Schuldigkeit getan, alles andere ging ihn nichts mehr an. Von nun an wusch er seine Hände in Unschuld.

Unschuld.

Allein das Wort bescherte Rafe Krämpfe. Wenn doch nur seine Verpflichtungen Rebecca gegenüber auch schon erfüllt wären. Mit harmlosen Affären wusste er umzugehen – wusste, wie er sie begann und wie er sie beendete. Ohne jemandem wehzutun.

Doch bei Rebecca lag der Fall anders. Er liebte sie. Auch wenn er nach wie vor nicht verstand, wie eine störrische Maid vom Lande geschafft hatte, was keiner Londoner Dame gelungen war. Ausgerechnet eine Frau aus Bramley Hollow! Seine Brüder hätten ihre wahre Freude daran, dass er im Dorf der Kupplerin seiner Traumfrau begegnet war, und würden ihn vermutlich bis an das Ende seiner Tage damit aufziehen.

Rafe zügelte sein Pferd, um zwei elegant gekleidete junge Damen, ihre strahlenden Mütter und ihr großes Gefolge aus Dienstmädchen und schwer bepackten Dienern die Straße passieren zu lassen.

Jetzt, wo er seine Herzensdame gefunden hatte, wusste er nicht, wie es weitergehen sollte. Er hatte noch nie einen Heiratsantrag ausgesprochen. Es war auch nicht so sehr der Antrag, der ihm schwer im Magen lag, sondern der unweigerliche nächste Schritt. Rebecca ein riskantes und chaotisches Leben aufzubürden, war eine Sache. Aber wie stand es um den Oberst und Ajax? Er konnte ihnen allen kein Leben in geregelten Bahnen garantieren. Wie denn auch, wenn er kaum in der Lage war, seine Miete aufzutreiben und Cochrane durchzufüttern? Wie sollte er es außerdem schaffen, den Oberst von Waffen jeglicher Art fern zu halten? Rafe hatte nämlich keine Zweifel daran, dass der alte Knabe – selbst, wenn er seine Verwirrtheit offiziell ablegt hatte – hin und wieder ein paar Schüsse abfeuern würde.

Doch es gab da noch etwas, das ihn bis in die Schuhspitzen erzittern ließ. Rebecca würde vermutlich darauf pochen, dass sie Bettlesfield Park behielten.

Ausgerechnet diese Bruchbude? In ganz England gab es nicht genug Gold, um das heruntergekommene Anwesen zu retten. Schlimm genug, dass sie ihn überhaupt so weit gebracht hatte, dass er darüber nachdachte, Hausbesitzer zu bleiben.

»Ach, die Reichen dieser Stadt«, riss Kitling ihn aus den Gedanken. Er war mit seinem Phaeton neben Rafe zum Stehen gekommen und lüftete den Zylinder für die Mütter und Töchter, die an ihnen vorbeizogen. Die Gadburyschwestern hatten bereits vor einer geraumen Weile in die weitaus bequemere Kutsche der Finchs gewechselt. »Es muss wunderbar sein, von reichhaltigen Kostbarkeiten umgeben zu sein, rund und reif, und vor allem bereit, gepflückt zu werden.«

Rafe warf ihm einen verstohlenen Blick zu. Etwas an der Art, wie Kitling *Kostbarkeiten* sagte, ließ Rafe aufhorchen. Mit einem Mal erinnerte er sich daran, welch großes Interesse dieser seinerzeit in Lady Finchs Salon bei der Diskussion über verloren gegangene Schätze an den Tag gelegt hatte.

Zufall?

Hatte er sich nicht zur selben Zeit in Kalkutta aufgehalten wie die anderen? Und war er nicht unter mysteriösen Umständen an Geld gekommen? Genug, um die mittellosen Gadburyschwestern daran Teil haben zu lassen? Vielleicht war Kitling gar nicht das Windei, für den ihn die meisten hielten?

Rafe war verärgert darüber, dass ihm das nicht schon früher aufgefallen war. »Wo wollen Sie eigentlich unterkommen?«, erkundigte er sich.

»Unterkommen? Nun, ich bin immer da, wo meine geschätzten Schwestern sind«, erklärte Sydney ihm.

Hieß das etwa, dass er mit Rebecca unter einem Dach schlafen würde? Und das, wo er unter Umständen in die Kailash-Morde verwickelt war?

Nein! Nicht solange ich noch ein Wörtchen mitzureden habe.

Rafe schüttelte den Kopf. »Das wird Lady Tottley nie und nimmer gutheißen. Sie pocht in solchen Dingen auf die Etikette und wird keinen Junggesellen bei sich aufnehmen.«

»Tja, daran habe ich bisher noch gar nicht gedacht. Wo

gedenken Sie denn zu logieren? Vielleicht kann ich mich auch dort einmieten?«

»In Seven Dials. In der Nähe des *Rose and Lion*.«

Kitling erblasste, ehe er in schallendes Gelächter ausbrach, weil er glaubte, dass Rafe sich einen Scherz erlaubt hatte. Unmöglich dass er in einer der schlimmsten Gegenden von London abstieg. »Fast hätten Sie es geschafft. Um ein Haar wäre ich Ihnen auf den Leim gegangen.«

Als er jedoch keine Antwort erhielt, dämmerte ihm, dass Rafe die Wahrheit gesprochen hatte. Ihm entglitten die Gesichtszüge.

»Bliebe noch der Club meines Vaters«, sagte Kitling zögernd, als er sich wieder gefasst hatte, und warf einen wehmütigen Blick auf die Kutsche der Finchs.

»*White's* oder *Brooks*?«, fragte Rafe ihn.

»Ich traue mich gar nicht, den Namen des Clubs hier in Mayfair laut auszusprechen. Es ist zudem auch gar kein richtiger Club, sondern vielmehr ein Handelsunternehmen in Southwark«, gab Kitling kleinlaut zu. »Mein Vater ist viel zu hemdsärmelig, als dass er Geld für die Mitgliedschaft in einem der renommierten Clubs ausgäbe.« Wieder leuchteten seine Augen sehnsüchtig auf.

Rafe wunderte sich, dass Kitling, der doch offenbar so wohlhabend war, nicht einfach Mitglied in einer der renommierteren Bastionen der Herrenwelt wurde und dort abstieg. Oder sich eine Suite in einem der besseren Hotels der Stadt anmietete. Warum hatte dieser Mann eigentlich keinen Kammerdiener?

Das Haus der Tottleys befand sich nur einen Steinwurf entfernt vom Bridwick House, der Londoner Residenz seines Bruders Colin.

Es kam recht selten vor, dass Rafe seinen Bruder um einen Gefallen bat. Doch da Seven Dials zu weit entfernt war, um ein

Auge auf Rebecca zu haben – und auf diesen Kitling – würde Rafe Cochrane als Späher im Bridwick House postieren. Darüber, wie er Colin und Georgie für die geplünderten Vorratskammern entschädigen würde, hatte er sich noch keine Gedanken gemacht.

Sehr zu Rafes Leidwesen ergab sich keine Gelegenheit mehr, Kitling noch ein wenig auf den Zahn zu fühlen, da sie wenige Minuten später vor Tottley House vorfuhren und eine Heerschar von Bediensteten die Stufen der Eingangstreppe heruntermaschierte – beinahe wie eine Truppe Soldaten. Angeführt wurde sie von Crumpton, der wie immer eine ernste und kritische Miene machte.

Rafe blickte an der imposanten Marmorfassade des Stadthauses empor und redete sich zum wiederholten Male ein, dass er das Richtige tat, wenn er Rebecca hier ließ. Kein Mörder, egal wie verzweifelt er auch sein mochte, würde das Risiko eingehen, in einen so bevölkerten Haushalt wie den von Lady Tottley einzufallen. Eine einsame Straße Kents oder der entlegene Wohnsitz eines Junggesellen waren eine Sache, doch in diese Festung einzudringen, war schier unmöglich.

Ja, er würde sie bei den Tottleys lassen, und zwar so lange, bis er ihr geben konnte, wonach sie sich sehnte. Rafe hoffte inständig, dass Rebecca seinen Entschluss verstand.

»Mr. Danvers«, näselte Lady Tottleys Butler ihn von der Seite an. »Die Dame des Hauses wünscht, Sie umgehend zu sprechen.«

»Lebt denn mein Gehilfe noch?«, fragte Rafe den griesgrämigen Butler.

Rafe war umsichtig genug gewesen, Cochrane mit der Nachricht vorauszuschicken, dass sich die Dame des Hauses auf vier statt auf die geplanten zwei Hausgäste würde einrichten müssen. »Oder hat der Hausdrachen ihn wegen der schlechten Nachrichten, die er überreicht hat, in der Luft zerrissen?«

Für den Bruchteil einer Sekunde meinte Rafe, den Anflug eines Lächelns auf Crumptons Lippen entdeckt zu haben. »Mr. Cochrane hält sich derzeit in der Küche auf. Wo er eine ausgedehnte Mahlzeit zu sich nimmt.«

Rafe war verdutzt, schließlich musste Cochrane schätzungsweise rund zwei Stunden früher als die anderen angekommen sein.

Crumpton hüstelte. »Ihr Gehilfe hat im Übrigen einen bemerkenswert guten Appetit.« An dieser Stelle endete das Gespräch der beiden, denn ein gellender Schrei tönte aus dem Innern des Hauses.

»Crumpton, ist dieser Danvers endlich da? Führen Sie diesen diebischen und hinterhältigen Halunken auf der Stelle ins Haus.«

»Der Hausdrache erwartet Sie«, verkündete Crumpton und ließ sich zu einem aufrichtigen Lächeln herab. Endlich widerfuhr ihm Gerechtigkeit. Crumpton hatte nie ein Geheimnis daraus gemacht, dass er Menschen zweiter Klasse nicht sonderlich gut ausstehen konnte.

»Da sind Sie ja, Sie Lumpenkerl!«, schleuderte Lady Tottley Rafe entgegen, als er in den Salon geführt wurde. »Es war nie die Rede davon, ganz Bramley Hollow bei mir aufzunehmen. Und jetzt muss ich zu meinem großen Leid auch noch feststellen, dass ein weiterer, nicht angekündigter Gentleman mit von der Partie ist. Bitte sagen Sie mir jetzt nicht, ich müsste auch ihm Unterschlupf gewähren?«

»Ich bin mir sicher, Cochrane unterrichtete Sie bereits davon, dass es Miss Tate nicht behagt hat, die Reise ohne angemessene Begleitung anzutreten. Sie müssen auch die Vorteile eines solchen Arrangements sehen. Durch die Anwesenheit der Gadburyschwestern werden Sie der Verpflichtung enthoben, kostspielige Gesellschafterinnen für Miss Tate zu engagieren.«

Lady Tottley schnaubte, doch es mangelte ihr an Argumenten gegen eine junge Dame, die sich offensichtlich nicht nur eingehende Gedanken um ihren eigenen Ruf, sondern auch um die Verpflichtungen ihrer Gastgeberin machte.

»Und was Mr. Kitling betrifft«, fuhr Rafe mit ruhiger Stimme fort, »er ist ein enger Vertrauter der Gadburys und wollte es nicht zulassen, dass seine beiden Freundinnen alleine reisen. Aber keine Sorge, er wird sich nicht bei Ihnen einquartieren, sondern im Club seines Vaters logieren.« Den Ort des Clubs hatte Rafe tunlichst verschwiegen.

Bei dieser Neuigkeit verengten sich die stechenden Augen der Gräfin. »Wer genau ist denn Mr. Kitlings Vater?«

»Sir David Kitling. Lady Finch versicherte mir, er stamme aus einer angesehenen Familie.«

»Lady Finch?«

»Ja, Ma'am.«

»Ist Mr. Kitling der Erstgeborene?«

Rafe ahnte, worauf die Gräfin hinaus wollte. »Nein, Mr. Kitling ist der Zweitgeborene. Aber er hat eine Zeit lang in Indien gelebt, und es wird gemunkelt, er sei recht vermögend von dort zurückgekehrt. Er ist jedoch viel zu sehr Gentleman, als dass er darüber spräche.« Ein Zweitgeborener würde zwar keinen perfekten Schwiegersohn abgeben, doch Lady Tottley hatte schließlich noch zwei weitere unverheiratete Töchter außer Lady Lucinda, die es unter die Haube zu bringen galt.

Die Gräfin nickte. Mr. Kitling mochte sein Vermögen nicht gerne diskutieren, aber für eine Mutter, die entschlossen war, ihre Töchter Erfolg versprechend zu verheiraten, war es ein Kinderspiel, an diese ausschlaggebenden Informationen zu gelangen.

»Wie dem auch sei. Ich rücke dennoch nicht davon ab, dass das, was hier vor sich geht, einen höchst eigenartigen Beigeschmack hat«, sagte sie pikiert. »Ich habe diesem Affentheater nur zugestimmt, weil Evaline mir versichert hat, es wäre das Beste für alle Beteiligten.«

Rafe zog eine Augenbraue in die Höhe. Lady Finch hatte wieder einmal die Finger im Spiel?

»Sonst noch etwas, Ma'am?«, fragte Rafe, der bereits die Diener hören konnte, die mit dem Gepäck die Treppe erklommen. Es war nur noch eine Frage der Zeit, bis Rebecca im Salon auftauchen würde. Die Erkenntnis, dass er gezwungen sein würde, etwas zu ihr zu sagen, erfüllte ihn mit Panik. *Ich muss dich leider verlassen, weil ich dich über alles liebe?* Er klang beinahe so rückgratlos wie dieser Trottel Throckmorten.

»Nein, aber lassen Sie sich eins gesagt sein, Mr. Danvers: Sollte mir zu Ohren kommen, dass diese Miss Tate geschmacklose Kommentare über die Ehe oder die Rolle der Frau in der Gesellschaft von sich gibt, werde ich sie und ihre gesamte Bagage, ohne mit der Wimper zu zucken, vor die Tür setzen.«

»Lassen Sie sich überraschen, Mylady. Miss Tate ist eine ausgesprochen vernünftige junge Dame.«

Lady Tottley schnaubte. »Wenn Sie sich jetzt empfehlen wollen, werde ich Sie nicht daran hindern«, teilte sie ihm in herablassendem Ton mit. »Und bringen Sie bloß Ihren gefräßigen Gehilfen von hier fort. Cook zufolge hat er sämtliche Fleischpasteten verschlungen, die für das Abendbrot bestimmt waren. Ganz zu schweigen von der Schüssel Vanillepudding und den vielen Obsttörtchen.« Sie schüttelte verständnislos den Kopf. »Ich vermute, dass Sie ihn absichtlich zu mir geschickt haben. Allein heute Nachmittag hat er mehr verschlungen, als Bettlesfield Park überhaupt wert ist.«

Rafe lächelte. Wenn sie glaubte, dass Cochranes Bandwurmmagen ihr ärgstes Problem war, so sollte sie den Oberst und Ajax näher kennen lernen. Apropos Bettlesfield Park ...

»Wegen des Anwesens«, setzte Rafe an, wurde aber sofort wieder von der Gräfin unterbrochen.

»Sir, die Auszahlung Ihrer Belohnung ist selbstverständlich davon abhängig, ob dieser Blaustrumpf den Schaden repariert, den er angerichtet hat.«

»Das entspricht aber nicht unserer ursprünglichen Vereinbarung«, schoss Rafe zurück.

»Genauso wenig wie meine Zustimmung, einer Wildfremden die Saison zu finanzieren«, schleuderte sie ihm entgegen. »Bettlesfield Park wird Ihnen erst zufallen, wenn meine Tochter die künftige Herzogin von Hemswell ist und keinen Tag früher. Ihr Auftrag lautet, diesem Fiasko ein für alle Mal ein Ende zu bereiten, Mr. Danvers.«

Niedergeschlagen seufzte Rafe: »Jawohl, Mylady.« Nachdem er einen halbherzigen Diener gemacht hatte, eilte er zur Tür, riss sie auf ... und rannte geradewegs in den Oberst, der sofort das Wort ergriff. »Wo bitte schön haben Sie Ihre Artillerie postiert, Madam?«

»Meine wa-a-s?«, stammelte Lady Tottley.

»Ihre Kanonen. Bei meiner ersten Inspektion habe ich keine Kanonen entdecken können. Wie gedenken Sie, sich und Ihren Luxuskasten ohne Kanonen zu verteidigen?«

»I-I-Ich weiß nicht.«

»Pah! Grünlinge, alle miteinander. Bei Tagesanbruch werde ich eine ausführliche Begehung des Areals vornehmen.«

»Bei Tagesanbruch? Sir, ich pflege niemals vor zwölf Uhr mittags aufzustehen«, erklärte Lady Tottley ihm gekränkt.

»Mittags? Schande über Ihr blaublütiges Haupt. Wir werden auf der Stelle Änderungen im Zeitplan vornehmen müssen.« Der Oberst salutierte, setzte sich in einen Sessel in der Ecke des Salons und vertiefte sich in die Tagesausgabe der Zeitung.

»Wer in Gottes Namen ist dieser Mann?«, fragte Lady Tottley.

»Oberst Posthill, Ma'am«, erklärte Rafe ihr. »Er ist zuweilen ein wenig verwirrt, aber Sie werden sich daran gewöhnen.«

»Verwirrt? Er scheint mir vollkommen neben sich zu stehen.«

»Das stimmt, aber im Grunde ist er harmlos. Solange Sie ihn nicht in die Nähe von Handfeuerwaffen oder Kanonen lassen.«

»Kanonen?«

Rafe lächelte sie an. »Und hier haben wir die beiden bezaubernden Gadburyschwestern. Miss Honora und Miss Alminta.«

Lady Tottley blickte die Zwillinge verdutzt an.

Die beiden Schwestern nutzten die kurze Stille, um ihre Dankbarkeit für Lady Tottleys wunderbare Gastfreundschaft und damit verbundene Großzügigkeit zum Ausdruck zu bringen. Im selben Atemzug erkundigten sie sich, was *en vogue* sei und machten ihr ob der Eleganz ihres Stadthauses und der erlesenen Spitze ihres Kleides unzählige Komplimente. Als sie endlich Luft holten, fühlte Lady Tottley sich der Ohnmacht nahe. Schnell schloss sie die Augen und bedeckte sie mit der Hand.

»Und hier haben wir also Miss Tate«, verkündete Rafe, trat beiseite und begleitete Rebecca in den Raum, die unmittelbar vor Lady Tottley stehen blieb.

Sichtlich verängstigt, was nun kommen möge, öffnete die Gräfin zaghaft ein Auge. Beim Anblick von Rebecca legte sich jedoch sogleich ein Lächeln auf ihre Lippen. Ihre Befürchtungen schienen sich in Luft aufgelöst zu haben.

»Lady Tottley, es ist mir eine Ehre, endlich Ihre Bekanntschaft zu machen«, sagte Rebecca artig und machte einen tiefen Knicks. »Sie glauben gar nicht, wie sehr es mich grämt, Ihnen und Ihren werten Freundinnen so großen Kummer bereitet zu haben. Ein Wort von Ihnen, und ich werde alles in meiner Macht Stehende tun, um die Misere rückgängig zu machen.«

Die Gräfin seufzte und erstrahlte bis über beide Wangen. Sie wirkte wie ein vom Sturm Leck geschlagenes Boot, das zu guter Letzt in einen ruhigen Hafen einlief. »Meine liebe Miss Tate«, begrüßte sie Rebecca und schloss sie in die Arme. »Kommen Sie, wir kümmern uns darum, dass Ihre Truhen ausgepackt werden. Es gibt unendlich viel zu erledigen, wenn Sie noch in die Saison einsteigen wollen. Jetzt, wo Sie endlich hier sind, um alles wieder gutzumachen, kann ich Ihnen gar nicht sagen, wie dankbar ich Ihnen für Ihr Kommen bin.«

»Ganz meinerseits«, versicherte Rebecca ihr. »Schließlich helfen Sie mir, meinen größten Wunsch zu erfüllen, nämlich den, einen guten und anständigen Gemahl und ein Heim zu finden.«

Einen Gemahl? Rafe schoss herum und starrte sie fassungslos an. Sie hatte kein Recht, so schwärmerisch von dieser Idee zu sprechen. Schlimmer noch, sie wirkte, als meinte sie jedes Wort ernst. Bedeutete ihr letzte Nacht denn gar nichts?

Was hatte sie gesagt, was sie sich von ihrem Aufenthalt in der Stadt erhoffte? *Einen guten und anständigen Gemahl und ein Heim?* Alles Dinge, die er ihr auch geben konnte.

In Ansätzen.

»Wir werden einen wunderbaren Gatten für Sie finden, wie es sich für ein besonnenes Mädchen gehört«, sprach die Gräfin mit leuchtenden Augen.

Gesprächsfetzen über Seide und Brokat, Hüte und Schuhe flatterten wie buntes Herbstlaub durch die Luft, als die Damen durch die Tür verschwanden.

Plötzlich hatte Rafe das Gefühl, mutterseelenallein zu sein.

Konnte sie ihn wirklich so schnell vergessen haben? Verdammt, das würde er sich nicht bieten lassen, er würde …

»Rafe?«

Ohne dass er es bemerkt hatte, stand sie wieder vor ihm. Schmerzhaft zog sich seine Brust zusammen.

»Rebecca«, stotterte er. Er hatte völlig vergessen, dass er sie nicht mit dem Vornamen ansprechen durfte. »Ich werde Purcell finden. Und Richards Militärtasche. Keine Angst, ich kümmere mich darum, dass dieses Theater endlich …« Die Worte sprudelten nur so aus ihm heraus. Rafe redete sich um Kopf und Kragen, doch das, was er ihr eigentlich sagen sollte, wollte ihm partout nicht über die Lippen kommen: dass er sein Leben mit ihr zu teilen gedachte.

Er war sich nicht sicher, ob sie überhaupt annehmen würde, nachdem sie einmal den Glanz Londons erlebt hatte …

»Ich weiß«, sagte sie und biss sich auf die Unterlippe. »Pass gut auf dich auf! Hast du die Liste mit Mr. Purcells Wohnsitzen der letzten zwei Jahre? Und die seiner früheren Arbeitgeber? Und meine Anweisungen?«

»Ja«, sagte Rafe und hauchte ihr einen schnellen Kuss auf die Wange. »Ich habe alles, was ich brauche.«

Alles außer dir.

»Ich könnte mit dir kommen«, bot Rebecca ihm an.

Rafe schüttelte den Kopf. »Nein. Hier bist du viel sicherer.« Hier gehörte sie hin, ins sichere Mayfair. Wenn er auch nur im Ansatz der Mann war, der er immer beteuerte zu sein, würde er sich jetzt empfehlen und seines Weges ziehen.

Sollte sie doch ihren Traumvikar suchen.

Aus Angst, seine Entschlossenheit könnte wie ein Kartenhaus in sich zusammenfallen, wünschte er ihr hastig alles Gute und setzte sich in Bewegung.

»Rafe?«, rief Rebecca ihm nach.

»Ja?« Rafe war stehen geblieben und betete, dass seine Stimme nicht zu brüchig geklungen hatte.

»Sei vorsichtig«, sagte sie leise. »Tu nichts Leichtfertiges, und behalt auch immer die möglichen Konsequenzen deines Handelns im Auge.«

Dafür ist es längst zu spät, wollte er ihr zurufen. Doch er nickte nur und ging.

Wenige Stunden später, nachdem sich alle Hausbewohner zur Nachtruhe zurückgezogen hatten, schlich Rebecca die Treppe hinab, auf der Suche nach geeigneter Bettlektüre. Sie konnte nicht einschlafen, musste unablässig daran denken, wie sehr sie Rafes Abschied schmerzte.

Als sie an Lady Tottleys Salon vorbeikam, vernahm sie ein eigenartiges Geräusch.

Jemand weinte.

Rebecca überlegte, was sie tun sollte. Die Privatsphäre der Person respektieren, oder sich bemerkbar machen? Wozu Lady Finch und die Gadburyschwestern ihr geraten hätten, konnte sie sich lebhaft vorstellen.

Rebecca klopfte an die Tür, die nach innen aufschwang, da sie nur angelehnt war, und steckte den Kopf in den Salon. Als sie Lady Tottley auf dem Diwan sitzen und herzzerreißend schluchzen sah, war sie erstaunt. Die Gräfin weinte so heftig, als wäre vor wenigen Augenblicken verkündet worden, dass der König jeden Kaufmann von Brighton bis nach York zu adeln gedachte.

»Lady Tottley«, flüsterte Rebecca, schlüpfte in den Salon und schloss die Tür. Sie war sich sicher, dass die Gräfin es nicht sonderlich begrüßen würde, wenn die Dienerschaft sie so aufgelöst sähe. »Kann ich irgendetwas für Sie tun?«

Die Gräfin holte tief Luft und schluchzte einige Male, bevor sie antwortete: »Ich fürchte, dazu ist es zu spät! Lord Barwick wurde heute Nachmittag gesichtet, wie er mit Miss Thayer einen Ausflug mit der Kutsche machte. Mit einer Bürgerlichen, können Sie sich das vorstellen? Und das, wo meine

Lucinda so dicht dran war, seine Braut zu werden.« Mit zittrigen Händen hielt die Gräfin sich das Taschentuch vor die bebenden Lippen. »Alles ist hinüber.«

»Das ist alles mein Fehler«, sagte Rebecca betrübt und gesellte sich zur Gräfin auf das Sofa. »Ich wünschte, ich hätte den letzten Roman niemals geschrieben.«

Lady Tottley wischte sich die Tränen fort und blickte Rebecca blinzelnd an. »Das glaube ich Ihnen sogar, Kindchen.«

»Ich hätte es nie für möglich gehalten, dass Leutnant Throckmortens Tod für solch einen Wirbel sorgt. Ich wollte ihn doch nur loswerden. Mir ging seine ewige Unentschlossenheit, endlich um Miss Darbys Hand anzuhalten, kolossal auf die Nerven.«

Lady Tottley starrte sie aus großen runden Augen an und brach völlig unerwartet in ein hysterisches Lachen aus. »Wollen Sie damit andeuten, dass Sie ihn nur deshalb abserviert haben, weil er sich wie ein ganz normaler Mann benommen hat?«

Rebecca nickte. »Warten Sie ab, bis Sie die Fortsetzung gelesen haben.«

Augenblicklich schossen Lady Tottleys Augenbrauen in die Höhe.

»Ich meine das unvollendete Manuskript«, verbesserte Rebecca sich schnell. »Miss Darby entdeckt nämlich, dass Leutnant Throckmorten nicht nur in London, sondern auch in Indien eine Verlobte hat. Der Kerl ist ein regelrechter Schürzenjäger. Miss Darby sollte froh sein, dass er keine Rolle mehr in ihrem Leben spielt.«

»Nur damit ich das richtig verstehe: Dieser Mann, um den die gesamte Londoner Jungfernschaft trauert, war ein Schwerenöter?«

»Einer der übelsten Sorte.«

Die beiden Frauen lachten, bis Lady Tottley die Luft ausging und sie seufzend den Kopf schüttelte. »Miss Tate, ist Ihnen eigentlich klar, dass Sie eine Katastrophe auslösen könnten, wenn Sie das Manuskript veröffentlichen? Man kann schließlich nie wissen, wie die jungen Küken von heute reagieren. Es wäre das Beste für alle, wenn Miss Darbys Missgeschick nie ans Licht käme.«

Rebecca war anderer Meinung, wollte aber keinen Streit mit ihrer Gönnerin vom Zaun brechen. Vielleicht würde sie in einigen Wochen, wenn sich alles wieder normalisiert hatte, das Thema erneut aufgreifen und sich die Erlaubnis zur Veröffentlichung einholen.

»Meine Tochter ist so entsetzlich dickköpfig«, sagte die Gräfin. »Das hat sie von ihrem Vater.«

Rebecca war klug genug, auch diese Aussage unkommentiert stehen zu lassen.

Lady Tottley blickte zum Kamin, in dem die letzten Flammen ums Überleben kämpften. »Ich weiß, wie sehr sie Lord Barwick ins Herz geschlossen hat, und umgekehrt. Die beiden passen wunderbar zueinander. Das habe ich mir für Lucinda immer gewünscht. Ich möchte, dass sie glücklich wird, genau wie ich glücklich war mit Lord Tottley, Gott hab ihn selig.«

»Erlauben Sie mir, ihr die Wahrheit zu sagen«, schlug Rebecca der Gräfin vor. »Dass ich es war, die die Darbyromane geschrieben hat, und dass es mir fern lag, mit dem Tod des Leutnants die Institution der Ehe zu kritisieren.«

Die Gräfin schüttelte den Kopf. »Das ist keine sonderlich gute Idee. Sie würde mit Misstrauen reagieren, weil Sie mein Gast sind, und Ihnen kein Wort glauben. Nein, sie muss ganz von alleine zur Vernunft kommen.« Lady Tottley seufzte. »Sie haben ein gutes Herz, Miss Tate, auch wenn Ihre Schreibe ein wenig fehlgeleitet ist. Mir wird ganz warm ums Herz, wenn ich daran denke, dass Sie mir zur Seite stehen werden, wenn ich den richtigen Zeitpunkt für gekommen sehe.«

»Ich werde stets zu Ihren Diensten sein, Lady Tottley«, bekräftige Rebecca noch einmal, wünschte der Gräfin eine gute Nacht und trat den Rückzug in die schützenden Wände ihres Gästezimmers an. Doch als sie die Tür des vornehm eingerichteten Zimmers ins Schloss gleiten ließ und ihr Blick auf die Reiseschatulle fiel, in der das Manuskript zu *Miss Darbys furchtbare Verlockung* schlummerte – es fehlte nur noch das letzte Kapitel –, spürte sie den Anflug eines schlechten Gewissens.

Wie konnte sie das Buch zu Ende schreiben, wenn sie im Grunde auf der Seite der Darbyanhängerinnen stand? Auch sie kam langsam zu der Überzeugung, die Ehe sei nichts weiter als ein Theaterstück für Narren.

Rebecca ging durch das Zimmer, stellte sich ans Fenster und blickte gedankenverloren hinaus. Außer den funkelnden Lichtern der Prachtbauten Mayfairs konnte sie nur wenig erkennen.

»Rafe«, raunte sie zu dem einzigen Stern hinauf, den sie entdecken konnte. »Bitte komm zu mir zurück.«

Doch wenn er sie aufrichtig liebte, warum hatte er es ihr nicht längst gebeichtet? Traurig wandte Rebecca sich vom Fenster ab und ging zum Bett.

Verfluchter Kerl!

Nein, sie durfte die Schuld nicht bei ihm suchen, sondern einzig und allein bei sich. Sie war es, die sämtliche Warnungen in den Wind geschlagen und sich mit einer so leichtsinnigen Hingabe in ein amouröses Abenteuer gestürzt hatte, wie sie sonst nur ihrer couragierten Heldin zu eigen war.

Rebecca war sich im Klaren darüber, dass Fiktion und Wahrheit für gewöhnlich nicht viel gemein hatten. Aber waren die Darbyromane nicht die Antwort auf die vielen Fragen gewesen, die ihr gebrochenes Herz gestellt hatte? Die Bücher hatten ihr geholfen, einen Ort zu finden, an dem alles ein gutes Ende nahm.

Plötzlich glaubte Rebecca, das Quietschen des Gartentors gehört zu haben und hastete zurück zum Fenster.

Er war zurückgekommen!

Da der Garten jedoch in vollkommene Dunkelheit gehüllt lag und Rebecca von oben nichts erkennen konnte, wartete sie. Nachdem eine halbe Ewigkeit verstrichen war, gab sie auf. Um sich ein wenig abzulenken und die düsteren Gedanken zu vertreiben – sie hatte nach dem Gespräch mit der Gräfin nicht mehr an die Nachtlektüre gedacht –, nahm sie abermals die Schreibschatulle ins Visier.

Was ist schon dabei, wenn ich ein paar Zeilen schreibe?, fragte Rebecca sich, und noch bevor sie sich im Klaren darüber war, was sie tat, hielt sie die Schreibfeder in der Hand und suchte Trost in der einzigen Sache, die sie noch nie enttäuscht hatte.

Rafe hatte seine Brüder gebeten, ihn im *Rose and Lion*, Pymms einstigem Stammlokal, zu treffen. Er war bereit, seinen Stolz über Bord zu werfen und die beiden um ihre Mithilfe in diesem Fall zu bitten.

»Ich fasse zusammen«, sagte Colin. »Du hast diese unschuldige kleine Maid vernascht und dich anschließend aus dem Staub gemacht?«

»So dramatisch war es nun auch wieder nicht«, verteidigte sich Rafe. »Ich hatte ernsthaft vor, Rebecca zu fragen, ob sie meine Frau werden will. Aber dann habe ich einfach keinen Ton herausbekommen. Außerdem bin ich mir gar nicht mehr so sicher, ob sie eingewilligt hätte.« Rafe nahm einen Schluck aus dem Bierkrug, wenngleich er Gefahr lief, an der ekelhaften Brühe zu ersticken. »Ihr hättet ihr verzücktes Gesicht sehen müssen, als sie aus der Kutsche stieg, umgeben von purer Eleganz. Was kann einer wie ich ihr schon bieten? Ein Zimmer in Seven Dials und die Bitte, Teil meines verruchten Lebens zu werden? Davon abgesehen träumt sie wohl schon seit Ewigkeiten davon, einen Vikar zu heiraten – ihr wisst schon, die anständige Sorte Mann.«

»Wenn du es so formulierst, müsstest du dich über jede Frau wundern, die dir das Ja-Wort gibt«, bemerkte sein Bruder Robert.

Colin war anderer Meinung. »Du solltest vor ihr auf die Knie fallen und mit jedem Quäntchen Aufrichtigkeit und Charme, das du besitzt, um ihre Hand anhalten. Aber bevor sie etwas erwidern kann, packst du sie dir, schleppst sie rauf nach Gretna Green und heiratest sie.«

Und dies, so wunderte sich Rafe, kam ausgerechnet aus dem Mund jenes Mannes, der um ein Haar die falsche Frau geheiratet hätte?

Robert lehnte sich vor. »Was genau möchtest du eigentlich von uns?«

»Ja, warum hast du uns hierher bestellt?«, wunderte sich auch Colin.

Rafe hatte sich zu der Erkenntnis durchgerungen, dass Familienangehörige zu irgendetwas zu gebrauchen sein mussten. Das traf auch auf Colins und Georgies siebzehnjährige Tochter zu.

Rafe blickte seinem ältesten Bruder fest in die Augen.

»Da Chloe dieses Jahr ihr Gesellschaftsdebüt hat, seid ihr ohnehin auf den meisten Bällen und dem ganzen gesellschaftlichen Firlefanz, nicht wahr?«, fragte er.

Colin legte die Stirn in Falten und nickte.

»Prima. Sei so lieb und behalt Miss Tate für mich im Auge. Wenn sie sich für einen dieser Lackaffen zu interessieren beginnt, sieh zu, dass du den Kerl loswirst, und gib mir umgehend Bescheid.«

Colin blickte kurz zu Robert, der den Kopf schüttelte. Sogleich fingen die beiden älteren Brüder aus voller Kehle an zu lachen. Die anderen Gäste drehten sich schon nach ihnen um.

»Mann, Rafe, was bist du doch für ein Tor«, sagte Robert, nachdem er sich wieder gefangen hatte. »Was soll Colin denn tun, wenn einer der Burschen Gefallen an deiner Liebsten findet? Ihn zum Duell auffordern? Ich fürchte, Georgie dürfte nicht sonderlich erbaut sein, wenn ihr Gatte sich an die Fersen einer Frau heftet, die, sagen wir, halb so alt ist wie er.« Robert gluckste, und Colin warf ihm einen finsteren Blick zu.

»Vielleicht sollte ich das Ganze noch einmal überdenken«, murmelte Rafe bedrückt.

»Keine schlechte Idee«, nickte Colin.

Robert lehnte sich zurück. »Und welchen Auftrag hast du für mich, Brüderchen?«, fragte er.

»Ich möchte gerne von deinen Kontakten Gebrauch machen«, antwortete Rafe. »Ich muss diesen Mann ausfindig machen.« Er griff in seine Westentasche und zog Rebeccas Liste hervor.

Robert pfiff, als er die penible Aufstellung überflog. »Gründlich ist sie alle Male.«

»Warte ab, bis du sie kennen gelernt hast«, warf Rafe ein und deutete auf Punkt Nummer Sechsunddreißig. »Wir müssen unter allen Umständen diesen Purcell finden. Allerdings ist bei der Suche höchste Diskretion geboten. Er darf unter keinen Umständen erfahren, dass wir ihm auflauern. Rebecca meinte, er ist der Typ Spieler, der von Ort zu Ort zieht und einen Berg Schulden hinterlässt, wenn er abreist. Wenn ihn auch nur der Verdacht beschleicht, dass ihm jemand nachspioniert, wird er die Flucht ergreifen. Aber am allerwichtigsten ist, dass wir ihn als Erste aufspüren.«

Colin kniff die Augen zusammen. »Jetzt klingst du fast schon wie Pymm. Was hat das bloß alles zu bedeuten, Rafe?«

Rafe schüttelte den Kopf. »Ich darf nicht mehr sagen, als ich bereits getan habe.«

Seine Brüder tauschten viel sagende Blicke aus und grinsten.

»Ein Abenteuer!«, rief Colin freudig. »Oh wie ich dich beneide, Brüderchen. Seit Kriegsende hatte ich keine Gelegenheit mehr, einen ordentlichen Schuss abzufeuern oder im Hafenviertel herumzulungern, auf der Suche nach Hinweisen. War ganz schön langweilig.«

Rafe dachte kurz darüber nach, ob er Colin mit dem Oberst bekannt machen sollte. Dann wäre sein Leben alles andere als langweilig.

Robert signalisierte Zustimmung. »Du kannst dich auf uns verlassen. Wir werden diesen Purcell finden und dafür sorgen, dass sich kein Vikar in die Nähe der zukünftigen Mrs. Danvers traut.«

Rafe nickte, ehe er zur Tür schritt.

Colin und Robert blickten ihrem Bruder nach, und Colin sagte: »Hältst du es für vertretbar, wenn wir ihm helfen, seine Angebetete zur Braut zu machen?«

»Gott stehe der Armen bei, die den Rest ihres Lebens mit ihm verbringen muss«, seufzte Robert.

»Damals, als Olivia auf eigene Faust dein Versteck ausmachen wollte, hatte ich ähnliche Gedanken«, unkte Colin.

»Trotzdem gibt es da etwas, das mich stutzig macht«, sagte Robert nachdenklich.

»Was denn?«

»Warum glaubt Rafe, dass er nichts hat, was er Miss Tate bieten kann? Vater hat ihm doch genug Geld in Form eines Treuhandvermögens vermacht. Damit könnte er die Hälfte der Debütantinnen vor den Altar führen.«

Eine Weile schwiegen die Brüder und starrten gedankenverloren in die Krüge vor sich.

»Als Rafe mündig wurde, hast du es ihm doch gesagt, nicht wahr?«, wollte Robert schließlich wissen.

Colins Augen weiteten sich. »Nein, ich dachte, du hättest …«

Ihre Blicke rasten zum Türrahmen, wo Rafe gestanden hatte, und sie begannen abermals zu lachen. Sie lachten und lachten, bis Robert die Tränen fortwischte und sich erhob. »Und wir haben doch tatsächlich geglaubt, dass unser kleines Brüderlein sich nur deshalb für ein Leben in Armut entschieden hat, um sich heiratswütige Weiber vom Hals zu halten.« Robert wollte Rafe nacheilen, doch Colin hielt ihn zurück.

»Lass uns noch ein wenig warten, ehe wir es ihm erzählen.«

Kapitel 14

Es gibt keinen Mann in ganz England, der nicht glaubt, er könnte das, was er sich in den Kopf gesetzt hat, auch in die Tat umsetzen, Miss Darby. Und eine jede Frau in England weiß, dass er es mit ihrer Hilfe auch schafft.

Lady Lowthorpe zu Miss Darby in
Miss Darbys riskante Reise

Eine Woche später

Das wurde aber auch höchste Zeit, dass Sie sich endlich hier blicken lassen«, wurde Rafe von einer sichtlich gereizten Lady Tottley im Salon ihres Hauses begrüßt. »Sie sind spät dran. Ich habe Mr. Cochrane ausdrücklich aufgetragen auszurichten, Sie mögen um punkt zwei Uhr mittags erscheinen. Jetzt haben wir kurz vor halb drei, und mein Besuch wird in Bälde eintreffen. Ich möchte unter keinen Umständen mit Ihnen gesehen werden ...«

»Bitte verzeihen Sie, Mylady«, unterbrach Rafe ihre Tirade. »Ich war den Morgen über unterwegs. Geschäftlich. Sobald ich Ihre Nachricht erhielt, habe ich mich umgehend zu Ihnen auf den Weg gemacht.«

»So, geschäftlich. Nun, das interessiert mich nicht. Mich interessiert nur Miss Tate: Sie schreibt noch immer.«

»Sie tut was?«, fragte Rafe, wenngleich ihn diese Neuigkeit nicht sonderlich überraschte. Es war nahezu naiv gewesen, zu glauben, Rebecca würde die Feder endgültig ruhen lassen.

»Ja. Gestern Nachmittag erwischte ich sie schreibenderweise auf ihrem Zimmer. Sie schrieb wie eine Wilde.« Die

Augenbrauen der Gräfin wanderten in die Höhe. »Sie wissen ja, was das bedeutet, nicht wahr?«

O ja! Wenn Rebecca nicht mit dem Schreiben aufhörte, war Bettlesfield Park für ihn verloren. »Aber könnte es nicht sein, dass sie Briefe schreibt? Oder die Korrespondenz des Obersts führt?«, gab Rafe zu bedenken.

»Papperlapapp!«, schnaubte Lady Tottley. »Sie hat wieder an diesen grässlichen Romanen geschrieben.« Die Gräfin ging zur Anrichte, öffnete eine Schublade und zog eine Hand voll Papierbögen hervor, die sie ihm wedelnd unter die Nase hielt.

Rafe verzichtete darauf, sie zu studieren. Wenn Lady Tottley sagte, es handelte sich um weitere Abenteuer von Miss Darby, so glaubte er ihr.

»Ich werde mich mal mit der jungen Dame unterhalten«, versicherte Rafe ihr. *Ihr ein wenig drohen,* traf es wohl eher, aber das sagte er tunlichst nicht laut, aus Angst, Lady Tottley könnte den Vorschlag begierig aufgreifen und Rebecca öffentlich auspeitschen lassen.

»Aber das ist noch nicht alles!«, beschwerte sich die Gräfin. »Miss Tates Oheim gehört in ein Tollhaus. Tagein, tagaus lässt er das Hauspersonal zu Sonnenaufgang im Gleichschritt marschieren. Er hat doch tatsächlich die Unverfrorenheit besessen vorzuschlagen, Crumpton zur Grenzsicherung mit Waffen auszurüsten.«

»Der alte Knabe ist harmlos, glauben Sie mir«, versuchte Rafe, sie zu beruhigen. »Ihrem Gesinde wird nichts zustoßen. Für Sie arbeiten doch bestimmt nur erstklassige und von Ihnen handverlesene Kräfte, die mit so einer Situation umgehen können, nicht wahr?« Rafe hoffte, sie damit ein wenig besänftigt zu haben, und nahm sich vor, mit Posthill zu reden. Es sprach nichts dagegen, wenn er weiterhin den senilen Alten mimte, aber er durfte nicht zu dick auftragen und den Bediensteten Anlass zur Revolte geben.

»Und dann wäre da noch folgendes Problem«, sagte Lady Tottley hysterisch und zeigte auf ein Möbelstück, das einst ein teurer Polstersessel gewesen sein musste. Nun hing der elegante Brokatbezug in Fetzen, und die Beine sahen aus, als wäre an ihnen gesägt worden. Oben auf diesem Werk mutwilliger Zerstörung thronte König Ajax, der sich zu einem unschuldigen Fellknäuel zusammengerollt hatte. »Dieser Satansbraten versucht, mein ganzes Haus zu zerstören und terrorisiert obendrein meine Hausmädchen.«

»Ajax ist doch nur ein Tier«, sagte Rafe, war sich dessen aber selbst nicht ganz sicher.

»Erst gestern erwischte ich ihn, wie er in meinen neuen Vorhängen hing. Es waren drei starke Diener nötig, ihn wieder herunterzuholen.«

Nur drei?, hätte Rafe sie um ein Haar gefragt.

Ajax' Ohren spitzten sich, er öffnete ein Auge und hob leicht den Kopf.

Rafe hätte schwören können, dass dieser vermaledeite Kater grinste – so als nähme er es mit Stolz zur Kenntnis, dass seine Eskapaden so detailliert zur Diskussion gebracht wurden.

Lady Tottleys indigniertes Seufzen hallte von den Wänden des Salons wider. »Und zu guter Letzt, Mr. Danvers, ziehe ich allein Sie zur Rechenschaft, dass dieser Widerling Kitling je mein Haus betreten hat.«

Rafe verschränkte misstrauisch die Arme vor dem Körper. »Was ist denn passiert?«

Von Cochrane wusste er, dass Kitling ungewöhnlich viel Zeit im Haus der Gräfin verbrachte. Vor allem zu den Mahlzeiten – woran in Cochranes Augen nichts Verwerfliches war. Selbst Rafe konnte Kitling verstehen. Nicht umsonst beneidete halb Mayfair Lady Tottley um ihren Küchenchef.

»Dieser Kitling ist meiner Meinung nach ein Mitgiftjäger,

Sir! Von wegen sein Vater sei ein Mann von Rang und Namen.«

»Er ist ein Baron«, erklärte Rafe der Gräfin.

»Der in den Adelsstand gehoben wurde, nachdem er daran beteiligt war, ein Handelsabkommen mit den Russen zu schließen. Ein einfacher Handelsmann! Ein Bürgerlicher. Und sein Sohn ist der geborene Schmarotzer. Ein verarmter obendrein.«

Wie die Hälfte der oberen Zehntausend, wollte Rafe ihr entgegenschleudern, ließ es aber angesichts der Tatsache, dass die Gräfin vor Wut brodelte. Dennoch hatten ihre Worte seine Aufmerksamkeit erregt. »Woher wissen Sie, dass er nicht vermögend ist?«

Lady Tottley rollte mit den Augen. »Mr. Danvers, Sie sind nicht der Einzige, der es fertig bringt, Geheimnisse aufzudecken.«

Rafe konnte sich lebhaft ausmalen, dass selbst ein renommiertes Haus wie Barclay und Co. der Gräfin den Zugang zu den Konten ihrer Klienten nicht verwehren konnte.

Wenn Sydney Kitling arm wie eine Kirchenmaus war, woher stammte dann das viele Geld, mit dem er seine modischen Extravaganzen finanzierte?

Während er darüber nachdachte, läutete Lady Tottley nach Crumpton. Der Butler erschien so schnell, dass Rafe vermutete, der alte Knabe hätte à la Mrs. Wortling an der Tür gelauscht.

»Bringen Sie Miss Tate her.« Lady Tottley klang, wie Heinrich VIII vermutlich geklungen haben musste, nachdem er von Catherine Howards Untreue erfahren und nach ihr geschickt hatte. Wenn die Lady annahm, es gelänge ihr, Rebecca zum Gehorsam zu zwingen, würde sie eine Enttäuschung erleben.

Während Rafe und Lady Tottley auf Miss Tates Ankunft

warteten, nahm die Gräfin ihr Lamento über die Hausgäste wieder auf. Sie klagte bitterlich über den Eklat, den Ajax heraufbeschworen hatte, als er sich über Lady Funtleys Schuhe erbrochen hatte, und über die Forderung des Obersts, die Gräfin möge sich so schnell wie möglich eine Kanone zulegen. Er hatte ihr einen Sechspfünder vorgeschlagen, der eine Reichweite bis nach Cheapside hatte. Dass Cheapside in Schutt und Asche gelegt werden sollte, störte Lady Tottley nicht weiter, aber was sollten die Nachbarn sagen?

Rafe musste sich stark beherrschen, um nicht laut loszulachen. Wie kam es nur, dass Rebecca – eine so pragmatische und vernünftige Frau – immer für heilloses Durcheinander sorgte, egal wo sie auftauchte? Sie ähnelte einem Wirbelsturm, der eine Spur der Verwüstung nach sich zog. Mittlerweile liebte Rafe das Chaos, das Rebecca anrichtete.

Seine Brüder hatten Recht – er sollte seine finanziellen Sorgen und seinen Stolz über Bord werfen, sich Rebecca schnappen und sie schleunigst vor den Altar zerren.

Ja, er würde es tun, noch heute Nachmittag ...

Als sich in seinem Rücken die Tür öffnete und er Rebeccas Stimme vernahm, wäre er am liebsten direkt mit ihr durchgebrannt.

»Sie haben mich rufen lassen, Mylady?«

Aber als Rafe sich herumdrehte, hatte er das Gefühl, vom Blitz getroffen zu werden. Wo war seine Rebecca? Vor ihm stand ein apartes Londoner Fräulein, dessen Kleid und Frisur den Figürchen ähnelte, die Lady Tottleys Kaminsims zierten.

»Rafe!«, sagte die Fremde, trat einen Schritt vor und wäre beinahe über Ajax gestolpert, der von seinem neuen Stammplatz gesprungen war, um sein Frauchen zu begrüßen.

Erst jetzt erkannte Rafe, dass Rebecca vor ihm stand. Was in Gottes Namen hatte Lady Tottley mit ihr angestellt? Es war doch erst knapp eine Woche her, dass er sie in ihrer Obhut gelassen hatte!

Die üppige rötliche Lockenpracht, die er so sehr liebte, war kunstvoll auf ihrem Kopf drapiert, und virtuos gedrehte Locken ergossen sich auf ihre Schultern. Und dieses Kleid, das sie trug. Was war mit ihren unförmigen Landkleidern geschehen? Das, was sie trug, betonte geradezu wundervoll die großzügigen Rundungen ihrer Brüste, die Kurven ihrer Hüften und ihre schmale Taille. Eben jene Rundungen, die er vor gar nicht allzu langer Zeit noch liebkost hatte und an die er kaum denken konnte, ohne dass sich seine Hose verräterisch ausbeulte.

»Rafe, du bist zurück!«, rief Rebecca aus.

Irrte er sich oder klang sie erfreut, ihn zu sehen?

Bei Rebeccas vertrauter Anrede hatte Lady Tottley in theatralischer Manier die Stirn gerunzelt. »*Mr. Danvers* ist hier, um über unser Abkommen zu sprechen, das sie so leichtfertig gebrochen haben. Und trotzdem lassen Sie sich von mir aushalten. Ich bin zutiefst empört!«

Rebecca wollte gerade etwas erwidern, doch Rafe kam ihr zuvor. »Was ist passiert?«, platzte es aus ihm heraus, und er ging um sie herum.

»Ich habe meine Pläne in die Tat umgesetzt«, antwortete Rebecca bissig und warf ihm einen funkelnden Blick über die Schulter zu. »Ich habe mich zurechtgemacht, um einen Ehemann zu finden.«

»In diesem Aufzug?«, fragte er ungläubig. »Haben Sie eine Ahnung, welche Art von Männern Sie damit anziehen werden? Es gibt keinen Vikar in ganz England, der Ihnen mit diesen Kleidern noch einen Funken Verstand zuspricht.« *Dios*, es war schier unmöglich, bei diesem umwerfenden Anblick noch klar zu denken.

Lady Tottley lachte. »Einen Vikar? Sie denken wirklich,

Miss Tate plant, einen Vikar zu heiraten? Sir, ich habe dem Mädchen eine gute Partie zugesichert und nicht die Aussicht, den Rest ihres Lebens in einem zugigen Pfarrhaus wie ein Pferd schuften zu müssen. Falls es Sie interessiert, Miss Tate hatte bereits zweimal Besuch von Pease.«

»Pease?«, fragte Rafe verwundert. »Wer ist dieser Mr. Pease?«

»Viscount Pease«, berichtigte die Gräfin ihn.

Viscount Pease? Nicht Vikar Pease? Rebecca schien sich selbst übertroffen zu haben.

Rafes Vorhaben, ihr sein Herz vor die Füße zu legen und sie vom Fleck weg zu heiraten, war dahin. Was konnte er ihr bieten, was ein Viscount ihr nicht geben konnte? Eine heruntergekommene Bleibe in Seven Dials und ein abgehalftertes Anwesen? Er konnte sich ja nicht einmal das Kleid leisten, das sie trug, ganz zu schweigen von dem edlen Schuhwerk, das unter dem mit Spitzen besetzten Saum des Kleides hervorlugte.

»Er zählt nicht, Lady Tottley«, warf Rebecca hastig ein. »Er ist nichts weiter als ein guter alter Bekannter aus meiner Zeit in Indien.«

Ein guter alter Bekannter? Die Worte schnitten Rafe wie ein Messer ins Herz. Wenn dieser Pease sie in diesen Kleidern sähe, würden ihm Gedanken kommen, die mit alter Freundschaft herzlich wenig zu tun hatten. Wie dem auch sei, Rafe war sich sicher, dass es nur einen Mann gab, der als *alter Freund* in Frage kam.

»Sie meinen nicht zufällig Habersham, oder?«, wollte Rafe wissen.

Rebecca streckte das Kinn in die Luft. »Genau. Leutnant Habersham, der mittlerweile zum Viscount Pease avanciert ist, wenn auch recht unerwartet. Nach dem Tod seines Cousins fiel der Titel an ihn.«

»Was macht er hier?«, fragte Rafe ungehalten. Sie konnte doch unmöglich darüber nachdenken, diesem gefühllosen Holzkopf eine zweite Chance zu geben. Rafe jedenfalls würde auf keinen Fall tatenlos zuschauen, wie dieser Habersham-Pease ein weiteres Mal auf Rebeccas Gefühlen herumtrampelte.

»Ich habe da ein ganz gutes Gefühl«, bekundete Lady Tottley und bestätigte damit Rafes ärgste Befürchtungen. »Aber nur, wenn Sie auf der Stelle damit aufhören, an ihren schauderlichen Romanen zu schreiben.« Mit verschränkten Armen vor dem wogenden Busen stieß sie einen Seufzer der Empörung aus und durchbohrte Rebecca mit vernichtenden Blicken. »Sagen Sie es ihr, Mr. Danvers«, wandte sie sich schließlich an Rafe. »Sagen Sie ihr, dass sie mit dem Schreiben aufhören muss. Und zwar noch heute.«

Rafe blickte zu Rebecca und zuckte abermals bei ihrem fremden, wenn auch bezaubernden Anblick zusammen. Das einzig Vertraute an ihr war der störrisch zusammengepresste Kiefer. Unwillkürlich musste er an den Moment denken, als sie ihn herausgefordert hatte zu beweisen, dass sie hinter den Darbyromanen steckte.

Rebecca kam einer Belehrung zuvor, indem sie in die Offensive ging. »Lady Tottley, es war wirklich nicht nötig, Mr. Danvers von seinen wichtigen Verpflichtungen wegzurufen, nur weil ich das Buch zu Ende schreibe. Wie ich Ihnen bereits gestern mitteilte, hege ich keinerlei Absichten, das Manuskript an meinen Verleger zu schicken, wenn Sie mir im Gegenzug dabei behilflich sind, einen adäquaten Gemahl zu finden. Außerdem verstehe ich nicht, wie Sie von mir verlangen können, mit dem Schreiben aufzuhören, wo doch noch gar nicht klar ist, ob die Saison in meinem Sinne verläuft? Immerhin bin ich schon fünfundzwanzig, eine Tatsache, die nicht gerade für mich spricht.«

»An Ihrer Stelle würde ich das nicht so laut herumposaunen, Miss Tate«, ermahnte Lady Tottley sie streng. »Ich habe nämlich verbreiten lassen, Sie wären nur ein klitzekleines bisschen älter als zwanzig. Aber es spielt keine Rolle, ob sie einundzwanzig oder einundvierzig sind, wenn Sie nicht umgehend mit dem Schreiben aufhören.«

»Aber was ist, wenn ich am Ende der Saison feststellen muss, dass mich niemand zur Frau haben will? Ich habe nicht vor, im nächsten Winter zu hungern. Und außerdem muss ich mich um meinen Onkel kümmern.«

Lady Tottley murmelte etwas davon, eine gute Verwendung für den Kater zu haben, doch Rebecca ignorierte sie.

»Ich werde den Roman zu Ende schreiben, das Manuskript aber nicht einreichen. Ich habe mich Ihnen gegenüber lediglich dazu verpflichtet, keine weiteren Romane zu *veröffentlichen*. Vom Schreiben war nicht die Rede.«

»Aber meine Beste«, versuchte die Gräfin, sie mit honigsüßer Stimme zu beruhigen. »Der Heiratsantrag des Viscounts ist Ihnen doch so gut wie sicher.«

»Sein w-a-a-as?«, stammelte Rafe. Habersham schien nicht viel Zeit verloren zu haben, um seine Beziehung zu Rebecca wieder aufzuwärmen. Zu *seiner* Rebecca. Wo zum Teufel steckte bloß Colin? Er hatte doch zugesichert, dass sich niemand an Rebecca heranmachte.

Rebecca seufzte. »Lady Tottley, ich habe berechtigte Zweifel daran, dass Lord Pease mir einen Antrag machen wird.«

»Papperlapapp! Nicht umsonst nehme ich aktiv am Leben der Londoner Gesellschaft teil. Ich weiß, wann ein Mann von einer Frau hingerissen ist oder ein falsches Spiel mit ihr treibt. Vertrauen Sie mir, der ehrenwerte Viscount wird Ihnen in Kürze die Frage aller Fragen stellen.« Als es zur vollen Stunde schlug, riss Lady Tottley den Kopf hoch und schaute entsetzt auf die Zeiger der großen Standuhr. »Ach du ahnst es nicht.

Haben wir wirklich schon drei? Miss Tate, Sie sind ja noch nicht einmal umgezogen.« Die Gräfin deutete auf die Tür. »Gehen Sie nach oben und ziehen Sie sich bitte das neue Musselinkleid über. Das mit der grünen Tresse.«

»Aber es gibt etwas, das ich zuerst mit Mr. Danvers besprechen muss«, warf Rebecca ein. »Unter vier Augen.«

»In meinem Haus wird es keine unbeaufsichtigten *Tête-à-têtes* geben, es sei denn, es geht um einen Heiratsantrag, Miss Tate«, wetterte Lady Tottley. »Sagen Sie Danvers, was Sie ihm zu sagen haben, damit er wieder verschwinden kann.« Die Gräfin wies abermals zur Tür und baute sich wie eine majestätische Eiche vor den beiden auf.

Rebecca seufzte enttäuscht, ehe sie sich Rafe zuwandte. »Ich habe Nachforschungen angestellt und herausgefunden, wo Mr. Purcell zurzeit ist.«

»Nachforschungen?«, wiederholte Rafe ungläubig. Von den gebrochenen Versprechen Lady Tottley gegenüber einmal abgesehen, fragte er sich, wie es um ihr Gelöbnis stand, sich aus jedweder Gefahr herauszuhalten?

»Haben Sie nicht gehört, ich habe Mr. Purcell gefunden«, nickte Rebecca stolz lächelnd. »Ich habe schon eine ganze Menge erreicht, seitdem ich in London bin. Vor allem meine Briefe und meine Besuche haben sich bezahlt gemacht. Gestern war ich beispielsweise im Büro des Generaladjutanten, wo ich herausgefunden habe, wohin Purcell sich seinen Sold schicken lässt.«

Rafe verschränkte die Arme vor der Brust, damit er grimmig wirkte. In Wirklichkeit hatte er große Mühe, mit seiner Bewunderung für Rebeccas Erfolg hinter dem Berg zu halten. »Miss Tate«, rügte er sie schließlich, »wir hatten doch eine Abmachung, dass Sie sich aus der Sache heraushalten.«

Lady Tottley stieß einen triumphierenden Laut aus, der davon zeugte, wie erleichtert sie war, nicht die Einzige zu sein, die von Miss Tate hintergangen worden war. Ihr finsterer Blick zu Tür verriet Rebecca, dass ihre Geduld sich dem Ende neigte, deshalb fragte sie schnell: »Wollen Sie die Adresse, oder soll ich Mr. Purcell einen Besuch abstatten?«

»Sie werden nichts dergleichen tun«, fuhr Rafe Rebecca ungehalten an. »Natürlich weiß ich auch längst, wo Purcell ist, und rein zufällig hatte ich vor, ihm heute Nachmittag einen Besuch abzustatten.«

Rebecca nickte zufrieden. »Prima, ich komme mit nach Spitalfields.«

»Nach Spitalfields?« Wovon redete Rebecca bloß?

»Wenn Sie anständig recherchiert haben, dann wissen Sie ja, dass Mr. Purcell sich über dem Royal Thistle in Spitalfields ein Zimmer gemietet hat«, kam Rebeccas trotzige Reaktion.

In einem Anflug von Selbstherrlichkeit schüttelte Rafe den Kopf. Da hatte er aber etwas anderes in Erfahrung gebracht. »Ich sage es nur ungern, aber der Mann hat sich in Shadwell einquartiert, unweit des Hafens.«

»Spitalfields, über dem Royal Thistle.«

Da war sie wieder, die Frau, die er liebte. Von Kopf bis Fuß halsstarrig und aufbrausend.

Ein wohliges Gefühl breitete sich in Rafes Brust aus. Rebecca schien sich zum Glück nur äußerlich verändert zu haben, seitdem sie in der Stadt war.

»Sie irren sich«, sagte sie noch einmal.

»Tu ich nicht!«

»So, das reicht jetzt!«, ging Lady Tottley unwirsch dazwischen. »Genug des Unsinns. Mr. Danvers hat dringende Verpflichtungen, die ihn rufen, und Sie, Miss Tate, müssen sich für den Nachmittagsbesuch zurechtmachen. Schluss mit dem Gerede über Ausflüge nach Shadwell oder Spitalfields. Der Viscount hinterließ gestern seine Karte und wird heute Nachmittag vorsprechen. Und aus dem Grund werden Sie hübsch brav hier bleiben, Miss Tate, und zwar in freudiger Erwartung seines Antrags.«

Heute Nachmittag? Rafes bestürzter Blick eilte zu Rebecca. So bezaubernd, wie sie aussah, würde dieser Pease – vorausgesetzt er besaß genug Verstand – ihr den Verlobungsring an die Hand stecken, noch bevor Crumpton den Mund aufgetan hatte, um ihn anzukündigen. Es beruhigte Rafe jedoch ein wenig, dass er Rebecca schon einmal zuvor sitzen gelassen hatte. Das sagte viel über diesen Mann aus.

Du bist keinen Deut besser, spöttelte sein Gewissen, und sein Herz zog sich vor Scham zusammen.

»Dann werde ich Sie also jetzt Ihrem hochwohlgeborenen Besuch überlassen, Miss Tate«, sagte Rafe und machte eine Verbeugung.

Doch noch auf dem Weg zur Tür versuchte Rebecca, ihn umzustimmen. »Rafe, Sie sind auf dem Holzweg. Mr. Purcell ist in Spitalfields, und Sie müssen sich so schnell wie möglich auf den Weg dorthin machen. Vergessen Sie Shadwell.«

Dios, fluchte Rafe, als er die Eingangsstufen hinuntereilte. Er würde nach Shadwell fahren, sich die Tasche von Rebeccas Bruder Richard schnappen und noch vor dem Dinner wieder in Mayfair sein, um ihr das verdammte Bündel vor den Augen ihres Verehrers vor die Füße zu werfen.

Nicht umsonst hatte er die Nacht mit einer Horde dumpfer Grobiane aus dem Regiment von Richard verbracht. Er hatte einen Krug Bier nach dem anderen springen lassen, um herauszufinden, wo Purcell sich versteckt hielt. So lief das eben in seiner Branche. Rafe pfiff auf Briefe und Behördenbesuche. Bah! Die Londoner Militärbehörden hatten doch keinen blassen Schimmer, hatten im Krieg nicht einmal gewusst, wo die Einheiten der Krone stationiert waren. Wie sollten sie da wissen, wo ein einzelner schottischer Offizier wohnte?

Allein schon wegen des heftigen Brummschädels und des vielen Geldes, das er diesen Burschen in der vorangegangenen Nacht in den Rachen geschmissen hatte, war Rafe nicht willens, klein beizugeben und verwarf Spitalfields.

Vor allem, weil es sich für eine Dame nicht schickte, Mördern und verlorenen Schätzen hinterherzujagen, sie sollte lieber …

Rafes Kiefer begann zu mahlen, als ihm aufging, was eine Dame stattdessen tat: In Mayfair sitzen und sich von Viscounts den Hof machen lassen.

Rafe polterte gegen das Dach der Kutsche und rief dem Fahrer zu, dass er sich ein großzügiges Trinkgeld verdienen konnte, wenn er ihn im Eiltempo nach Shadwell und wieder zurück fuhr.

Damit er rechtzeitig wieder in Mayfair war, um diesem Lump Pease die Knochen brechen zu können.

Lady Lucinda schlenderte den Korridor entlang, als die donnernde Stimme ihrer Mutter an ihr Ohr drang.

Miss Tate, Sie hören auf der Stelle damit auf, diese Darbyromane zu schreiben!

Miss Darby? Lucinda spitzte die Ohren und huschte zur Salontür. Was sie dort zu hören bekam, ließ ihr die Knie schwach werden.

Die Darbyromane gingen auf das Konto von Miss Tate? Lady Lucinda wich einen Schritt zurück, vollkommen perplex über das, was sie gerade mit angehört hatte. Sie konnte es kaum erwarten, Mary Mavery, Lady Penelope und all den anderen zu erzählen, dass die Schöpferin von Miss Darby bei ihr wohnte.

Nachdenklich blickte sie auf die Salontür, als ihr klar wurde, warum ihre Mutter Miss Tate aufgenommen hatte. Ihr war eine Saison in der Stadt versprochen worden, wenn sie nicht weiterschrieb. Und allem Anschein nach hatte Miss Tate zugestimmt. Wenn bekannt wurde, dass es Lady Tottley zu verdanken war, dass keine weiteren Abenteuer ihrer Heldin veröffentlich wurden, so war sich Lady Lucinda des Zornes der anderen sicher.

»Ich bin ruiniert«, flüsterte sie. »Ich muss etwas tun.« Miss Tate durfte unter keinen Umständen aufhören zu schreiben. Nicht jetzt, wo Miss Darby einen brutalen Schicksalsschlag erlitten hatte. Lady Lucinda raffte die Röcke und stürmte über die Treppe ins Obergeschoss.

Eingangs hatte sie vermutet, dass ihre Mutter Miss Tate und ihre komischen Freunde eingeladen, mit Kleidern und Aufmerksamkeit überhäuft hatte, um Lucinda aus ihrer Lethargie zu reißen. Was ihre Mutter nicht ahnte, war, dass sie gar nicht zu solch schweren Geschützen greifen musste. Ihre Standhaftigkeit in punkto Eheschließung war längst nicht mehr so stark wie zu Beginn. Als Lady Lucinda und ihre Freundinnen den Schwur geleistet hatten, war sie sich nicht darüber im Klaren gewesen, dass sie damit auch den Annehmlichkeiten des Tanzes, neuer Kleider oder Ausflügen mit Lord Barwick abschwor. Als sie vor kurzem Lord Barwick in Begleitung von Miss Thayer an ihrem Haus hatte vorbeifahren sehen, war ihr zum Weinen zumute gewesen. Diese Verräterin war wortbrüchig geworden, hatte die Gelegenheit genutzt, sich an *ihren* Lord Barwick ranzuschmeißen!

Wie konnte ein Mädchen aus bürgerlichem Hause es wagen, dem Erben des Herzogs von Hemswell schöne Augen zu machen, wo doch alle Welt wusste, dass sie, Lady Lucinda, ihm versprochen war?

Lady Lucinda verwünschte den Tag, an dem sie diesen dummen Schwur geleistet hatte, und blickte an ihrem dunklen Kleid mit schwarzer Armbinde herunter. Sie stampfte mit dem Fuß auf, riss sich die Armbinde ab und schleuderte sie hinter eine der Zierpalmen. Wutentbrannt lief sie auf ihr Zimmer, um ihre eigenen Pläne zu schmieden.

Am Abend würde der Setchfield Ball stattfinden. Lady Lucinda hatte ihrer Mutter gesagt, dass sie zwar mitkommen, sich aber bestimmt nur langweilen würde. Sie hatte noch nicht einmal gelogen. Wie bei all den anderen Bällen würden die Darbyanhängerinnen wie eine Herde begossener Pudel in einer Ecke des Ballsaals stehen. Lady Lucinda war sich bewusst, dass sie diesen unerträglichen Zustand zu verantworten hatte und dass es an ihr lag, das Ganze rückgängig zu machen.

Rebecca befolgte den ersten Teil von Lady Tottleys Anweisungen und begab sich auf ihr Zimmer. Doch statt sich umzuziehen, setzte sie ihre neue Haube auf, legte sich den pelzgefütterten Umhang um die Schultern und schnappte sich ihre Schreibschatulle, in der sich sämtliche wichtigen Dokumente befanden. Fast wäre sie gegen eine der Gadburyschwestern geprallt, die die Hand zum Klopfen erhoben hatte, als sie zur Tür hinausschleichen wollte.

»O meine Liebe, ich bin's, Honora. Störe ich etwa?«

»Nun, ich wollte gerade ein paar Besorgungen machen«, erklärte Rebecca ihr.

»Kein Problem, dann schaue ich später noch einmal vorbei.« Miss Honora presste sich ein Taschentuch vor den Mund und schluchzte.

Rebeccas Blick flog zum Fenster, und sie sah Rafes Kutsche um die Ecke biegen. Mit einem enttäuschten Seufzer nahm sie Honora beim Arm und zog sie in ihr Zimmer, um ihr ihre Schulter zum Ausweinen anzubieten. Noch im selben Augenblick verwandelte sich Honora in eine wahre Heulboje.

»Was ist denn passiert?«, fragte Rebecca anteilnehmend.

»Etwas Schlimmes«, kam die tränenreiche Antwort. Miss Honora schnappte hörbar nach Luft. »Etwas ganz Schlimmes.«

Rebecca führte sie zu dem kleinen Kanapee. »Wie kann ich Ihnen helfen?«

»Warum bin ich überhaupt nach London gekommen?«, schluchzte Miss Honora und fing wieder herzzerreißend an zu weinen.

Einen Moment lang dachte Rebecca, Miss Honora würde an Heimweh leiden. Nie und nimmer hätte sie den wahren Grund für ihre Niedergeschlagenheit erraten. »Bereuen Sie es so sehr, dass Sie mitgekommen sind?«

Die andere schüttelte den Kopf. Es war ihr wegen der Tränenflut nicht möglich, zu sprechen.

»Wenn Sie so unglücklich sind, werde ich alles veranlassen, damit Sie noch heute nach Bramley Hollow zurückkehren können.« Rebecca machte Anstalten, sich zu erheben, doch Miss Honora hielt sie zurück.

»Ich kann nicht fort«, wimmerte sie.

»Wenn es wegen mir ist, müssen Sie sich keine Sorgen machen, ich bin hier in bester Gesellschaft.«

Miss Honora schüttelte wieder den Kopf. »Ich kann nicht abreisen. Und der Grund dafür hat nichts mit Ihnen zu tun«, verkündete sie mit zittriger Stimme, atmete tief ein und richtete sich auf. »Wenn ich Ihnen etwas anvertraue, versprechen Sie mir dann, es niemandem weiterzuerzählen?«

Rebecca schluckte und war sich nicht sicher, was sie antworten sollte. Selbstredend konnte sie ein Geheimnis wahren. Aber sie wusste nicht, wie sie Miss Honora bei einem so offensichtlich großen Problem helfen sollte, wenn sie niemanden einweihen durfte. »Vielleicht sollten Sie sich lieber an Lady Tottley oder Miss Alminta wenden.«

»Nein! Und schon gar nicht an Alminta. Wenn sie herausfindet, was geschehen ist, wird sie untröstlich sein. Ich fürchte, ich benötige Hilfe, wie Mr. Danvers sie anbietet.«

»Rafe?«

Miss Honora zog eine Augenbraue in die Höhe, weil Rebecca ihn beim Vornamen genannt hatte, und lächelte zaghaft. »Mr. Danvers ist ein recht tüchtiges Mannsbild, finden Sie nicht auch?«

Tüchtig, wenn es darum geht, Frauen an den Rande des Wahnsinns zu treiben, hätte Rebecca beinahe geantwortet.

»Ich fürchte, mir ist etwas Wichtiges abhanden gekommen«, holte Miss Honora noch immer sichtlich aufgewühlt aus.

Rebecca nahm an, sie hätte eine Brosche oder einen Ohrring verlegt, und versuchte, nicht allzu ungeduldig zu klingen. Mit den Gedanken war sie bei Rafe und wie sie ihn aufhalten konnte, bevor er alles zerstörte. »Was ist denn passiert? Was haben Sie verloren?«

»Ach, meine Liebe, es mag albern klingen, und Alminta wird die Wände hochgehen, aber ich fürchte, jemand hat unser Vermögen gestohlen.«

Rund zwanzig Minuten später schlich Rebecca unbemerkt zum Dienstboteneingang hinaus. Sie hatte sich Honoras Geschichte zwar angehört, war sich aber nicht ganz sicher, auch alles verstanden zu haben. Jedenfalls hatte sie ihr versprochen, dafür zu sorgen, dass Rafe ihr half, das verschwundene Geld wiederzufinden.

Zu der Frage, wo das Geld sein konnte, hatte Rebecca ihre ganz eigene Theorie, in der Sydney Kitling die Hauptrolle spielte. Honora hatte erzählt, dass sie Sydney von Zeit zu Zeit mit Geld ausgeholfen hatten. Aber sie wollte kein Wort davon hören, dass er sie womöglich bestohlen hatte. Schließlich sei er für ihre Schwester und sie fast so etwas wie ein Sohn! Rebecca hatte den passenden Kommentar bereits auf der Zunge gehabt, ihn sich aber verkniffen. Rafe würde sich zweifelsohne der Sache annehmen und Beweise für Kitlings Vergehen finden, sodass selbst Miss Honora einsehen musste, dass der *liebe Junge* ein Gauner war.

Doch erst einmal musste Rebecca sich um ihre eigene Zukunft kümmern.

Sie ließ die Stallungen hinter sich und ging entschiedenen Schrittes auf Rafes Gehilfen zu, der an einer Straßenecke lungerte. Sie packte ihn wenig vornehm beim Ellbogen und zog ihn einen Block weiter, wo er von Tottley House aus nicht mehr zu sehen war.

»Miss Tate!«, protestierte Cochrane und versuchte erfolglos, sie abzuschütteln.

»Cochrane«, lächelte Rebecca. »Netter Tag für einen Ausflug, meinen Sie nicht auch?«

Cochrane murmelte etwas, das Rebecca großmütig überhörte. »Ist das nicht ein wunderbarer Zufall, dass ich Sie ausgerechnet hier treffe?«, flötete sie. Rebecca wusste genau wie Cochrane, dass es kein Zufall war. Sie hatte ihn jeden einzelnen Tag in der vergangenen Woche vor dem Stadthaus der Tottleys beobachtet. Ihr war auch nicht entgangen, dass er Buch darüber führte, wer wann kam und wieder ging. Rebecca hatte den Mägden hier und da ein paar Fragen gestellt und herausgefunden, dass der attraktive Jüngling im Bridwick House, einem imposanten Bau aus weißem Stein an der Straßenecke, untergekommen war und dass der Prachtbau niemand Geringerem als Baron Danvers gehörte, Rafes älterem Bruder.

»Ja, Miss«, sagte Cochrane. »Zufälle gibt's, nicht wahr? Gerne werde ich Sie zurück zu den Tottleys begleiten, damit Sie sich nicht verlaufen.« Er wollte die Richtung wechseln, doch Rebecca stemmte sich dagegen. »Miss, es schickt sich nicht für eine Dame, alleine in der Stadt herumzulaufen.«

»Machen Sie sich mal keine Sorgen!«, schoss sie zurück. »Ich möchte sofort wissen, wo genau in Shadwell Mr. Danvers hingefahren ist. Sie geben mir jetzt die Adresse, und zwar ein bisschen dalli.«

Cochranes Augen verengten sich. »Die kenn' ich aber nicht.«

Rebecca zog ihn eng zu sich. »Das ist eine Lüge, und das wissen Sie genau. Sie sind immer darüber informiert, wo Ihr Boss sich aufhält, und ich muss dringend wissen, wo er hingefahren ist.« Rebecca stellte sich in die Mitte der Straße und winkte eine vorbeifahrende Kutsche zu sich. »Ich muss Rafe aufhalten, bevor er alles ruiniert.«

»Miss!«, stammelte Cochrane. »Ich glaube nicht, dass das eine prima Idee ist.«

»Raus mit der Sprache, oder ich sage Rafe, dass Sie mehr getan haben, als nur mit Lady Tottleys Magd aus dem ersten Stock *spazieren zu gehen*. Sie haben Ihre Pflichten sträflich vernachlässigt.«

»Das ist Erpressung«, maulte der Halbwüchsige.

»Nennen Sie es, wie Sie wollen«, sagte Rebecca streng, »aber Sie sagen mir augenblicklich, wo er hingefahren ist, oder ich lasse noch eine Katze aus dem Sack.« Rafe und Cochrane waren nämlich nicht die Einzigen, die ein Talent zur Spionage hatten.

»Was wollen Sie denn damit sagen?«, fragte der Jüngling rebellisch, als die Kutsche neben ihnen hielt.

»Ich verrate der jungen Dame, dass Sie sich auch mit Lord Danvers' Spülmagd vergnügen.«

Rafe sprang aus der Mietdroschke und blickte auf das baufällige und verlassene Kontor, das vor ihm in den Himmel ragte.

»Sind Sie sich sicher, dass dies die richtige Adresse ist?«, fragte er den Kutscher.

Der Mann seufzte entnervt. »Jawoll, Sir. Zumindest sagte das der Kerl weiter unten an der Straße, genau wie der Typ aus der Kneipe am anderen Ende der Straße. Wir sind richtig.«

»*Mierda*«, fluchte Rafe.

»Wie bitte?«, fragte der Fahrer und spuckte seitlich am Kutschbock vorbei.

»Nichts«, antwortete Rafe und lief vor dem maroden Lagerhaus auf und ab. Voller Wehmut dachte er an die vielen schönen Münzen, die er für diese Idioten am vergangenen Abend hatte springen lassen, damit sie ihm eine falsche Adresse nannten. Er wollte gar nicht an die tiefe Befriedigung denken, die Rebecca empfinden würde, wenn sie erfuhr, dass sich seine Quellen als Reinfall erwiesen hatten.

Doch so schnell würde er nicht aufgeben. Es gab noch weitere Häuser im Viertel, die nicht leer standen. Vielleicht konnte er etwas über Purcell in dem Wohnhaus auf der anderen Straßenseite in Erfahrung bringen.

Doch seine Nachforschungen blieben fruchtlos, und eine halbe Stunde später stand er kurz davor, seine Niederlage einzugestehen.

In diesem Moment rumpelte eine Kutsche auf ihn zu, die Rafe misstrauisch beäugte.

Nein, das hatte sie nicht gewagt.

Doch ehe Rafe sich versah, stieg Rebecca aus und schlenderte in aller Seelenruhe auf ihn zu.

Rafes Kiefer begann zu mahlen. Diese kleine Nymphe besaß doch tatsächlich die Unverfrorenheit, sich an seine Fersen zu heften.

»Was tust du denn hier?«, fragte er den betreten dreinblickenden Cochrane, der hinter Rebecca in Deckung gegangen war.

»Das dürfte doch auf der Hand liegen«, antwortete Rebecca

für ihn. »Er ist hier, um Ihnen bei den Untersuchungen unter die Arme zu greifen.«

»Habe ich nicht klar und deutlich gesagt, dass Sie …«

»Mr. Danvers, wir mögen uns noch nicht sehr lange kennen, aber Ihnen hätte längst auffallen müssen, dass ich mir ungern Vorschriften machen lasse.« Rebecca deutete mit dem Kopf auf das verfallene Gebäude. »Was meinen Sie, ob Mr. Purcell heute Besucher empfängt?«

Rafe zuckte zusammen.

»Obwohl, bei genauerem Hinsehen drängt sich mir der Verdacht auf, dass er schon seit längerem außer Haus sein dürfte«, warf sie verschlagen ein. »Wie wär's, wenn wir jetzt nach Spitalfields fahren?«

»O nein, Sie werden brav zu Lady Tottley zurückkehren«, befahl Rafe ihr und hielt ihr seinen fuchtelnden Finger vors Gesicht. »Sie haben hier nichts verloren und werden schön …«

»Wenn Sie unbedingt darauf bestehen«, fiel Rebecca ihm ins Wort und schob seine Hand beiseite. »Ich bin mir ziemlich sicher, dass Lord Pease mich nach Spitalfields begleiten würde, wenn ich ihn darum bäte.«

Rafe atmete tief ein und zählte langsam bis zehn.

Cochrane trat aus Rebeccas Schatten hervor und gesellte sich zu Rafe. »Dasselbe hat sie mit mir auch gemacht. Vielleicht hat Mr. Pymm doch recht, wenn er sagt, dass Erziehung die Weiber hinterlistig werden lässt.«

Mit einem breiten Grinsen auf den Lippen schwang Rebecca ihr Ridikül. »Meine Kutsche oder Ihre?«, fragte sie und stolzierte zu ihrer Kutsche zurück, ohne darauf zu achten, dass der Saum ihres teuren Kleides über das dreckige Pflaster fegte.

Rafe drückte dem Kutscher, der ihn zum Hafen gebracht hatte, das ausstehende Fahrgeld in die Hand und folgte Rebecca. »Wie lautet denn die genaue Adresse?«

Rebecca schüttelte den Kopf. »So einfach führen Sie mich nicht hinters Licht, Sir. Der Kutscher kennt die Adresse, aber ich habe ihm ein großzügiges Trinkgeld gegeben, damit er sie wieder vergisst, falls ich nicht mitkommen darf. Wollen wir langsam mal, Mr. Danvers?«. Sie klopfte mit der Hand auf die Sitzbank neben sich.

Dieses raffinierte Biest! Rafe war geneigt, Pymm zuzustimmen, dass die liberale Erziehung von Frauen abgeschafft gehörte. Er entschied sich, Rebecca gegenüber Platz zu nehmen, während Cochrane, der offensichtlich für diesen Nachmittag genug von Rebecca hatte, neben den Kutscher kletterte. Vielleicht spürte er aber auch den aufziehenden Sturm im Innern der Kutsche.

Sie fuhren los, doch weder Rafe noch Rebecca sprachen. Rafe hatten den Blick starr aus dem Fenster gerichtet. Er wollte Rebecca mit Nichtbeachtung strafen. Was ihm aber ausgesprochen schwer fiel, weil sie wie ein Honigkuchenpferd in sich hineingrinste. Genau wie Ajax sich daran weidete, wenn er Lady Tottleys bestes Sitzmöbel zerstörte.

»Noch haben wir Purcell nicht«, bemerkte Rafe trocken, als er den Zustand nicht mehr ertrug.

Rebecca zuckte gelassen mit den Schultern. »Das ist nur eine Frage der Zeit. Geduld und gründliche Nachforschungen zahlen sich eben aus, Mr. Danvers.«

»Rafe«, erinnerte er sie. »Ich dachte, wir hätten diese Formalitäten längst hinter uns.«

»Das dachte ich auch«, erwiderte Rebecca anklagend.

Sag's ihr, konnte er seine Brüder sagen hören. *Sag ihr, dass du dich wie ein Hornochse benommen hast.*

Rafe rutschte unruhig auf dem Sitz hin und her und schlug die Beine übereinander, um sie eine Sekunde später wieder nebeneinander zu stellen – allerdings mit dem Ergebnis, dass sich sein Stiefel im Saum von Rebeccas Kleid verhedderte. Rafe beugte sich umgehend vor. Genau wie Rebecca.

So blickten sie einander plötzlich tief in die Augen.

Rafe war nur eine Haaresbreite von ihren Lippen entfernt und atmete den Duft wilder Rosen ein, der ihm augenblicklich die Sinne vernebelte.

»Ich weiß, was ich will, Rafe. Und das lasse ich mir nicht ausreden, hörst du mich«, raunte Rebecca und neigte sich noch ein wenig weiter vor, um ihn zu küssen. Zunächst zögerlich, dann mit aller Inbrunst drückte sie ihre Lippen auf seine.

Liebe mich, Rafe. Liebe mich.

Rafe packte Rebecca bei den Armen und zog sie zu sich auf den Schoß, während sein Mund sie förmlich verschlang. »O Rebecca«, raunte er, als er kurz Luft holte.

»O Rafe«, wisperte sie. »Ich hatte wahnsinnige Angst, dass du auf immer verloren wärst.«

»Nur wenn ich in deiner Nähe bin«, seufzte Rafe und nahm den Kuss wieder auf. *Dios*, ihre Lippen raubten ihm den letzten Funken Verstand. In Momenten wie diesem war es ein Leichtes, zu glauben, dass sie ihm gehörte, dass sie für einander geschaffen waren.

Und seine kleine Nymphe verlor keine Zeit. Noch ehe Rafe wusste, wie ihm geschah, lagen sie auf der Sitzbank – sie unten, er oben – und er spürte ihre Finger, wie sie ihm ins Haar glitten und sich an seinen Gehrock krallten.

Der Kuss wurde intensiver. Es fehlte nicht mehr viel, und Rafe würde alles zugeben. Dass es falsch gewesen war, sie ohne ein Wort zurückzulassen. Dass er sich nach ihr verzehrte. Und dass er sie von ganzem Herzen liebte.

Doch was konnte er ihr bieten?

Liebe.

Rebeccas Lippen bettelten um seine Liebe, ihre gierigen

Berührungen sprachen von ihrer Sehnsucht nach ihm. Er bekam Angst.

Abrupt riss er sich los.

Rebecca schnappte nach Luft und schleuderte ihm einen wütenden Blick zu. Sie wusste es. Hatte erkannt, was für ein elender Feigling er war.

»Rafe, es war falsch von dir, einfach fortzugehen.«

Peng, das hatte gesessen. »Ich musste«, stammelte er. »Kannst du das denn nicht verstehen?«

»Nein, kann ich nicht«, antwortete Rebecca ungehalten, setzte sich auf und startete einen zwecklosen Versuch, ihre ramponierte Frisur zu retten.

Nur zu gerne wollte er ihr sagen, dass sie sich die Mühe sparen sollte. Weil sie endlich wieder die Landjungfer war, die er mochte.

Die er liebte.

»Bitte sag es mir. Warum bist du ohne ein Wort fort?«

Es fuchste Rafe, dass dieses unkonventionelle Frauenzimmer aber auch nie ein Blatt vor den Mund nahm.

»Ich musste.«

Rebecca stieß einen Seufzer aus, mit dem sie zu verstehen gab, dass sie ihn für den größten Trottel in ganz London hielt.

Und verdammt, sie hatte sogar Recht. Wieder einmal.

»Rebecca, kannst du wirklich nicht verstehen, warum ich gehen musste?«

Sie verschränkte störrisch die Arme vor der Brust und schüttelte den Kopf.

»Schau dich doch nur mal an«, entgegnete Rafe und machte eine Handbewegung, die der eleganten Robe galt, die sie trug. »Wie soll ich mir so etwas denn je leisten können?«

Rebecca schaute an sich hinab und runzelte die Stirn. »Glaubst du etwa, mir gefällt das?«

»Ja.«

Zu Rafes Überraschung lachte Rebecca. »Du bist doch wirklich ein Narr, Rafe Danvers.« Sie zeigte auf ihr Haar. »Weißt du, wie lange die Mägde für dieses Kunstwerk brauchen?«

Rafe schüttelte den Kopf. Seine Stärke lag eher darin, Frauen die Frisuren durcheinander zu bringen. Er hatte noch nie einen Gedanken daran verschwendet, wie sie in die Kleider und zu ihrer Frisur kamen.

»Zwei Stunden, zwei geschlagene Stunden, kannst du dir das vorstellen. Eine Saison ist nichts anderes, als jeden Tag bis in die Puppen zu schlafen und dann herumzusitzen, um sich zurechtmachen zu lassen, ehe man sich ins Getümmel stürzt, um wie eine von Lord Finchs Orchideen bestaunt zu werden.« Sie erschauderte. »Und die einzigen Gesprächsthemen einer akzeptablen Konversation sind das Wetter und die Kleider der anderen Gäste.« Rebecca schnaubte. »Als ob ich keine Augen im Kopf hätte, um nach draußen zu schauen und mir selbst ein Bild vom Wetter zu machen. Und was die Kleidung betrifft: Für mich gibt es kein ermüdenderes Thema.«

Sie packte Rafe beim Kragenaufschlag und zog ihn zu sich. »Und du bist bereit, mich einem solchen Leben zu überlassen? Schande über dein Haupt, Rafe Danvers.«

»Du willst das alles gar nicht?«, fragte Rafe noch immer fassungslos.

»Gott bewahre. Ich dachte immer, Kleider aus Seide wären etwas Wunderbares, aber jetzt weiß ich, dass sie entsetzlich abfärben. Und dann diese engen Korsagen. Das müssen noch Relikte aus Cromwells Zeiten sein. An meinem alten Bombasinkleid war nichts auszusetzen, und außerdem trägt es sich wesentlich angenehmer.«

Rebecca beugte sich vor und küsste Rafe. »Und abgesehen davon, brauchst du nach wie vor dringend meine Hilfe.«

»Tue ich nicht«, antwortete Rafe und hoffte, halbwegs überzeugend geklungen zu haben.

Wieder lachte sie und strich ihm den Gehrock glatt. »Natürlich nicht.« Sie legte den Kopf auf seiner Brust ab und seufzte. »Natürlich nicht.«

»Rebecca, ich bin nicht reich, habe keinen Titel oder sonst etwas, das ich dir bieten könnte.«

Rebecca hob den Kopf und blickte ihn mit einem Blick voller Leidenschaft an. »Doch, du hast sehr wohl etwas, Rafe, das du mir bieten kannst. Das wahre Leben. Mir graust davor, für den Rest meines Lebens die Hände in den Schoß zu legen. Allein der Gedanke daran bereitet mir Übelkeit. Aber weißt du, was noch wichtiger ist, warum ich mit dir zusammen sein will? Weil ich dich liebe. Und ich liebe dich so, wie du bist. Ich liebe alles an dir, obwohl du im Grunde ein unmöglicher Mann bist.«

Als Rebecca das sagte, spürte Rafe, wie sich sein Herz vor Angst zusammenzog.

Ich liebe dich.

Nie hatte er es für möglich gehalten, dass ihm diese Worte eines Tages etwas bedeuten würden. Sie liebte ihn!

Doch Rafe konnte das Gefühl nicht abschütteln, dass er ihre Liebe nicht verdiente. Davon abgesehen hatte er sie nicht darum gebeten, ihn zu lieben. Er wollte das doch alles gar nicht! Aber sämtliche Argumente gegen ihre Liebe, die ihm einfielen, klangen nichtig und hohl. Trotzdem, er war nicht der Richtige für sie, für keine Frau, um genau zu sein. Wieso sah Rebecca das nicht endlich ein? Was sollte er nur tun? Da saß sie nun mit glänzenden Augen auf seinem Schoß und hatte nur den einen Wunsch: ihr Leben an seiner Seite zu verbringen, mit ihm gemeinsam eine Zukunft aufzubauen.

Rafe gelang es nicht länger, sich zu versperren. Ganz plötzlich wurde ihm bewusst, wie sehr er sie brauchte. Und wenn jemand wie Rebecca, die doch so vernünftig war, ihm das Herz zu Füßen legte, woher nahm er sich dann das Recht, ihr zu widersprechen? Vor allem, wenn er dasselbe für sie empfand, wie sie für ihn?

»Auch ich liebe dich«, antwortete Rafe schließlich und wartete auf das beklemmende Gefühl, seine Freiheit eingebüßt zu haben. Doch das genaue Gegenteil trat ein. Ein Sturm aus gleißendem Licht formte sich in seinem Innern und verscheuchte die Dämonen, die ihn gequält hatten, solange er zurückdenken konnte. Nie hatte er solches Glück gespürt.

»Wirklich?«, fragte Rebecca ungläubig.

»Ja, ich liebe dich, Rebecca Tate, liebe dich von ganzem Herzen.« Rafe hatte es nicht für möglich gehalten, dass es eine Frau gab, die sein unstetes Leben mit ihm teilen wollte. »Aber ist dir auch wirklich klar, worauf du dich einlässt?«

»Ja«, antwortete Rebecca und warf sich ihm in die Arme, um mit ihren begierigen Lippen das Schicksal zu besiegeln. Als die Kutsche schließlich in Spitalfields zum Stehen kam, wusste Rafe, dass er sie nie wieder gehen lassen würde.

Das Royal Thistle, wo Mr. Purcell also angeblich Unterschlupf gefunden hatte, machte einen wesentlich solideren Eindruck als das Kontor in Shadwell. Erleichtert atmete Rafe auf. Was ihm jedoch ganz und gar nicht behagte, war, dass Rebecca darauf drängte, ohne Begleitung hineinzugehen und nach Purcell zu fragen.

»Rafe, wenn du mit deinem mürrischen Gesichtsausdruck zur Tür hereinkommst und herumpolterst, wird Purcell zum Hinterausgang türmen, noch bevor du einen von den Angestellten bestochen hast.« Rebecca strich sich über das zerknitterte Kleid. »Glaube mir, es ist allemal besser, wenn ich alleine gehe und ein wenig für Aufsehen sorge. Du und Cochrane, ihr könnt die Türen bewachen und ihn euch schnappen, wenn er fliehen will.«

Cochrane, der alles mit angehört hatte, sprang vom Kutschbock. »Das könnte sogar klappen.«

»Natürlich wird es das«, entgegnete Rebecca. »Genau so hat Miss Darby Leutnant Throckmortens Entführer in *Miss Darbys desaströses Dilemma* abgelenkt.«

»Nur weil es in deiner Fantasie funktioniert hat, bedeutet das noch lange nicht, dass ein solch aberwitziger Plan auch im echten Leben greift«, hielt Rafe dagegen.

»Sir«, wagte sich Cochrane noch einmal vor, »der Plan ist wirklich nicht so übel, wenn ich das sagen darf.«

»Darfst du nicht!«, fuhr Rafe ihn an. Dann überlegte er kurz und kam schweren Herzens zu dem Ergebnis, dass Cochrane Recht hatte. Und da Rafe nichts zur Hand hatte, mit dem er Rebecca in der Kutsche festbinden konnte, sagte er schließlich zähneknirschend: »Ich gebe dir genau drei Minuten. Drei Minuten, um die Falle zuschnappen zu lassen.«

Als wenige Augenblicke später ein Wachmann an der Kutsche vorbeiging, beeilte Rebecca sich auszusteigen und gesellte sich zu ihm. Nachdem eine Hand voll Münzen den Besitzer gewechselt hatten, begleitete er sie ins Royal Thistle. Rafe und Cochrane begaben sich auf den Weg in die Gasse hinter dem Haus.

Es dauerte keine zwei Minuten, bis ihre Beute zum Hoffenster hinauskletterte. Noch bevor der Mann auf dem Stapel Kisten, der unter dem Fenster stand, landen konnte, hatte Rafe ihn sich geschnappt.

»Lassen Sie mich los«, keifte der Fremde mit einem starken schottischen Akzent. »Da drin ist ein Spatzenhirn von Frau, das vorgibt, ich hätte sie mit einer Schar Kinder und völlig mittellos sitzen lassen.«

»Mr. Purcell, nehme ich an?«, fragte Rafe.

Die Augen des Mannes verengten sich zu winzigen Schlitzen. »Das kommt darauf an, wer das wissen will.«

»Vielleicht kann ich Ihnen helfen«, erklärte Rafe ihm, packte ihn beim Kragen und zerrte ihn die Gasse hinunter. »Wissen Sie, ich bin auf der Suche nach etwas Bestimmtem, von dem ich glaube, dass Sie es haben.«

»Ich hab' nix, was Ihnen gehört«, spuckte Purcell und versuchte, sich aus Rafes eisernem Griff zu winden. »Ich kenne Sie ja nicht einmal.«

»Das stimmt, aber Sie kannten einen gewissen Richard Tate.«

Purcell wurde kreidebleich. »Tate? Der Himmel möge mir beistehen. Ich will nicht sterben«, jammerte er. »Ich habe dem Gentleman doch gesagt, ich würde ihm die Tasche aushändigen. Aber bisher fehlte mir einfach die Zeit dazu, ehrlich.«

Rafe schaute ihn verdutzt an. »Welcher Gentleman?«

Purcell blickte ebenfalls verwirrt drein und hörte augenblicklich auf zu schluchzen. »Sie sind gar nicht hier, um mich umzubringen?«

»Zuerst erzählen Sie mir von diesem Gentleman, und danach entscheide ich, ob Sie es wert sind, ins Jenseits befördert zu werden.«

Rebecca saß in der Ecke des Royal Thistle, Richards Militärbeutel sicher im Schoß.

Mr. Purcell, so hatte sich herausgestellt, war mehr als erleichtert darüber, dass ihm diese Last abgenommen wurde. »Sind Sie sich absolut sicher, dass Sie Richards Schwester sind?«, fragte er, legte den Kopf auf die Seite und studierte ihre Gesichtszüge.

»Natürlich«, antwortete Rebecca. »Warum sollte dem nicht so sein?«

»Weil, nun, weil Sie gar nicht aussehen wie …« Er lehnte sich zu ihr herüber und zog ein kleines eingerahmtes Gemälde aus dem Beutel.

»Oh nein, bitte nicht das«, murmelte Rebecca. Es handelte sich um ein Portrait, das Richard in Kalkutta in Auftrag gegeben hatte. Es war der einzige Gegenstand, von dem Rebecca gehofft hatte, dass er für immer und ewig verloren war.

Mit einer flinken Bewegung griff Rafe nach dem kleinen Gemälde. Als er es sich näher anschaute, zuckte er zusammen. »Und dafür hat Richard allen Ernstes Geld bezahlt?«

Rebecca nickte.

»Nicht sonderlich schmeichelhaft, wie Sie zugeben müssen, Miss Tate«, sagte Mr. Purcell. »Nachdem ich Sie nun in natura gesehen habe, meine ich zu erkennen, dass Sie seine Augen haben. Richard hat immer gesagt, Sie wären in Wahrheit viel hübscher als auf dem Portrait, aber wir anderen dachten immer, Sie sähen wie eine der Frauen aus, die einem Mann das Leben zur Hölle machen können.«

»Da lagen Sie gar nicht so falsch«, warf Rafe ein, grinste sie frech an und blinzelte.

Rebecca entschied sich, ihn zu ignorieren. Wie konnte sie sich über diesen Schuft ärgern, wenn ihre Lippen noch nach seinem Kuss schmeckten?

»Warum haben Sie mir die Tasche eigentlich nie vorbeigebracht?«, wollte Rebecca wissen. »Ich habe Sie doch unzählige Male darum gebeten.«

»Ich hatte fest vor, Ihnen die Tasche zu bringen, aber seit meiner Rückkehr hatte ich einen Haufen Probleme«, sagte er – und fügte an Rafe gewandt leise hinzu: »Würfel. Eine furchtbare Versuchung. Betörender als die Verlockung durch die Weiber.«

»Das kann ich nicht beurteilen«, erwiderte Rafe trocken. »Was mich aber brennend interessiert, ist dieser Mann, der Sie wegen Richards Bündel aufgesucht hat.«

»Er wirkte wie ein ganz normaler Gentleman. Sie wissen schon, schöner Mantel, gepflegte Manieren und so. Er sagte, er würde ihn für mich bei Miss Tate abgeben. Er hat mir vor kurzem in Richmond aufgelauert.«

»Im *Royal Prince*«, sagte Rebecca wie aus der Pistole geschossen. »Das war vor der Wilton Road und nach Bethnal Green.«

»Sie haben Recht«, sagte Purcell erstaunt. »Sie sind ja ganz schön hartnäckig.« Mitleidig blickte er Rafe an. »Ihr entkommt man nicht so leicht, was?«

»Wenn Sie wüssten, wie Recht Sie haben.«

»Aber warum haben Sie ihm denn Richards Sachen nicht ausgehändigt?«, kehrte Rebecca zum eigentlichen Thema zurück und drückte die Habseligkeiten ihres Bruders fester an sich. »Warum?«

»Aus gutem Grund«, antwortete Purcell. »Als ich mich weigerte, wurde er unangenehm. Drohte mir, versuchte, mich einzuschüchtern. Also versprach ich ihm, ich würde die Tasche aus meinem Zimmer holen, während er in der Gaststube auf mich wartete. Ich schnappte mir das Bündel und türmte zum Hinterausgang. Seitdem bin ich auf der Flucht vor ihm.«

»Aber wenn Sie ihm die Sachen übergeben hätten, wären Sie ihn doch los gewesen. Warum haben Sie das nicht getan?«, hakte Rafe noch einmal nach.

»Weil er wusste, dass Richard ermordet worden war.«

»Ermordet?« Rebecca schnappte hörbar nach Luft.

Purcell nickte. »Bitte entschuldigen Sie, Miss, wenn ich ins Detail gehen muss, aber Ihr Bruder wurde vor einer Taverne in Lissabon umgebracht.«

»Wie?«, wollte Rafe wissen.

Purcells Kiefer begann zu mahlen. »Das würde ich lieber nicht in Gegenwart der Dame laut sagen«, sagte er leise und zog mit dem Finger eine Linie vom Hosenbund bis zum Hals hinauf. »Noch so viele Jahre nach dieser schrecklichen Sache schrecke ich regelmäßig schweißgebadet aus dem Schlaf hoch.« Purcell blickte zu Rebecca. »Der befehlshabende Offizier dachte, es wäre besser, Sie in dem Glauben zu lassen, er wäre als Held gestorben.«

»Codlins und Harringtons Mörder«, flüsterte Rebecca mit erstickter Stimme. »Er ist Richard bis nach Lissabon gefolgt.«

Rafe gefror das Blut in den Adern. Wenn der Killer verzweifelt genug war, so weit zu reisen, um an den Rubin zu kommen, war niemand mehr in Sicherheit, solange er nicht endlich gefasst war. Vor allem Rebecca nicht, die sich gerade eine Träne aus dem Auge wischte und Purcell zunickte. »Ich danke Ihnen dennoch für Ihre Aufrichtigkeit, Sir.«

»Wenn offiziell bekannt gegeben wurde, Richard wäre bei einem Einsatz ums Leben gekommen, woher konnte dieser Mann dann wissen, dass dem nicht so war?«, dachte Rafe laut nach.

»Dieselbe Frage stellte ich mir auch«, sagte Purcell und tippte sich mit dem Zeigefinger gegen die Stirn. »Woher wusste dieser Bursche so gut über Richard Bescheid? Es konnte nur einen Grund dafür geben. Nämlich dass er der Mörder war. Mir war schlagartig klar, dass er mich ebenfalls umbringen würde, sobald ich ihm gegeben hatte, wonach er suchte.«

»Gab es etwas Ungewöhnliches an diesem Mann, das uns helfen könnte, ihn zu identifizieren?«

Purcell schüttelte den Kopf. »Nichts, das mir einfallen würde.«

»Denken Sie noch einmal genau nach«, flehte Rebecca ihn an.

Purcell strich sich über die Nase und dachte angestrengt nach. »Moment mal, doch, das war was. Er trug einen prunkvollen Gehstock bei sich, in dem eine Hiebwaffe steckte. Ein ziemlich gefährliches Schwert, um genau zu sein.«

Rebecca nickte und lächelte. »Sonst noch etwas? Eine Gravur? Ein Edelstein?«

Purcell schnippte mit dem Finger. »Jetzt, wo Sie es erwähnen, ja, es gab eine Gravur, ein *K*.«

»Kitling, darauf wette ich. Er muss es sein«, rief Rafe. »Ich bringe den Kerl um, wenn ich ihn in die Finger bekomme.«

»Nicht, wenn ich ihn zuerst finde«, raunte Rebecca mit gleichsam unheilvoller Stimme.

Nicht zum ersten Mal war Rafe erleichtert darüber, dass der Oberst die Kanone in Bramley Hollow gelassen hatte.

Kapitel 15

Beim Besuch eines vornehmen Balles bewahrt eine Dame von Anstand stets angemessene Distanz zu wunderlichen Gestalten, die wider besseres Wissen eingeladen worden sind. Miss Darby, haben Sie gehört, was ich soeben sagte? Eine angemessene Distanz!

Lady Lowthorpe zu Miss Darby und Miss Overton in *Miss Darbys desaströses Dilemma*

Der Setchfieldball galt als unumstrittener Höhepunkt der Saison, und eine Einladung zu diesem Ereignis war eine besondere Ehre. Das lag maßgeblich daran, dass es sich nicht um eine jährlich wiederkehrende Festveranstaltung handelte, sondern es ganz von der Stimmung der Gastgeber abhing, ob der Ball stattfinden würde oder nicht.

Diesen Frühsommer waren die Herzogin und der Herzog von Setchfield unerwartet in die Stadt gekommen und hatten ihrer aufgescheuchten Dienerschaft verkündet, dass sie in weniger als einer Woche den Ball auszurichten gedachten.

In Windeseile waren Einladungskarten verschickt worden, und der Stapel mit den Zusagen wuchs von Stunde zu Stunde.

Am Abend des großen Tags stand der Herzog neben seiner geliebten Gemahlin vor den geöffneten Flügeltüren zum Ballsaal, beugte sich zu ihr hinüber und flüsterte ihr ins Ohr: »Du hast dich mal wieder selbst übertroffen, meine kleine Göttin.«

»Abwarten«, sagte die ehemalige Lady Diana Lamden und verzog den Mund. »Miss Tate ist hier, aber Colins Bruder ist weit und breit nicht in Sicht. Ich werde Rafe höchstpersönlich etwas Schweres über seinen attraktiven Schädel ziehen, wenn er nicht bald auftaucht.«

»Erst mein Cousin und jetzt auch noch du. Rafe tut mir fast ein wenig Leid, weil ihr euch einhellig gegen ihn verschworen habt. Schlimm genug, dass du dich daran beteiligst, ihn in Ketten zu legen, aber seine eigenen Brüder?« Der Herzog schüttelte betroffen den Kopf. »Ich habe noch nie erlebt, dass Colin so große Freude am Untergang eines Mannes hat.«

»Nicht seit deinem eigenen, Temple«, feixte Diana. Als die beiden einander kennen gelernt hatten, war er der Marquis von Templeton gewesen, weshalb er für sie immer Temple bleiben würde.

»Was ist eigentlich mit dem Darbynonsens?«, fragte er. »Meinst du, heute Abend wird endlich wieder getanzt? Es ist doch eine Schande, Musiker zu engagieren, wenn die jungen Damen sich diesem Vergnügen so beharrlich verweigern.«

»Schatz, ich habe Lady Tottleys Zusicherung, dass wir am Scheitelpunkt der Krise stehen.«

Temple schnaubte leise. »Dein Wort in Gottes Ohr. Ich habe nämlich ein halbes Vermögen bei *White's* darauf gesetzt, dass die Darbyanhängerinnen heute einknicken.« Er beugte sich abermals vor und gab seiner Gemahlin einen Kuss auf die Schläfe. »Ich habe allergrößtes Vertrauen in deine Fähigkeiten als Gastgeberin.«

Mit einem Seufzer verschränkte Diana die Arme vor der Brust. »Das liegt aber nicht in meinen Händen«, antwortete sie, »sondern in Miss Tates.«

Temple blickte geistesabwesend zum Fenster.

Als er eine Gestalt entdeckte, die vom Garten her in den Saal geschlichen kam, wollte er einen Diener alarmieren, der den ungeladenen Gast abfangen sollte. Doch dann erkannte er, dass es sich bei dem vermeintlichen Eindringling um Rafe Danvers handelte. »Was zum Teufel macht er da?«

Diana folgte dem Blick ihres Gemahls und schmunzelte. »Du weißt doch, wie sehr er Empfangsreihen und offizielle Begrüßungen verabscheut.«

»Sieh dir nur seine Kleidung an. Wer um Himmels willen hat ihm das Halstuch gebunden?« Temple hatte sich in früheren Jahren zum Stilwächter der feinen Gesellschaft berufen gefühlt und warf noch immer ein kritisches Auge auf modische Fehltritte. »Ich möchte wetten, dass dieser kleine Halunke Cochrane dafür verantwortlich ist. Das Halstuch sieht aus wie die Schlaufe eines Henkerstricks.«

»O Temple, so zügle dich. Ich finde, Rafe war noch nie so gut angezogen wie heute. Lass ihn in Frieden. Er ist verliebt.«

»Seine Bemühungen sind vergebens, sobald Miss Tate *dieses* Halstuch erblickt.«

Diana verdrehte die Augen und versetzte ihrem Gemahl mit dem Fächer einen kräftigen Klaps auf den Arm. »Temple, du bist und bleibst unbelehrbar.«

»Aber gerade deshalb liebst du mich doch über alles, nicht wahr«, sagte er und warf einen letzten tadelnden Blick auf Rafe. Insgeheim hoffte er jedoch, dass er in Miss Tate all das finden mochte, wonach er suchte. Alles was Temple auch in seiner angebeteten Diana gefunden hatte.

»Ich besitze ein hübsches kleines Pfarrhaus in Porterton. Vielleicht haben Sie von unserem Örtchen schon einmal etwas gehört?«, erkundigte sich der ehrenwerte Vikar Brown.

Rebecca zwang sich zu einem Lächeln und versuchte, sich an die Frage zu erinnern, die er ihr gerade gestellt hatte.

Glücklicherweise war Miss Honora zur Stelle. »Porterton? Ein nettes kleines Nest. Ich meine mich erinnern zu können, in Mr. Billingsworths letztem Reisetraktat etwas darüber gelesen zu haben.«

Der ehrenwerte Vikar plusterte sich ein wenig auf. »Mr. Billingsworth hat unserem Dörfchen einen großen Dienst erwiesen, indem er es in besagtem Werk erwähnt hat.« Der Geistliche wandte sich wieder Rebecca zu. »Wie steht es mit Ihnen? Sind Sie auch mit Billingsworths Abhandlungen vertraut, Miss Tate?«

»Äh, ja«, antwortete Rebecca und fragte sich, worauf sie sich jetzt schon wieder eingelassen haben mochte. »Sehr informativ«, fügte sie hinzu.

Der Vikar lächelte, und seine weit auseinander stehenden Augen begannen hinter den verdreckten Gläsern des Kneifers zu leuchten. Er war um die fünfzig, hatte eine Vollglatze und schwitzte kräftig. Rebecca wurde den Verdacht nicht los, dass Lady Tottley ihn zu ihr geschickt hatte, um ihr vor Augen zu führen, welches Schicksal sie erwartete, wenn sie Lord Pease verschmähen sollte.

Rebecca war froh, Miss Honora an ihrer Seite zu haben, die sich voll und ganz auf den Vikar konzentrierte. So bot sich Rebecca wenigstens die Gelegenheit, nach Sydney Kitling Ausschau zu halten.

Nach ihrem Gespräch mit Purcell waren Rebecca und Rafe nach Tottley House zurückgekehrt, wo sie erst einmal eine deftige Standpauke von Lady Tottley über sich ergehen lassen mussten. Der Viscount hatte zwischenzeitlich vorgesprochen und unverrichteter Dinge wieder abfahren müssen. Erst als sie der Gräfin die Umstände der Situation erläuterten und ihr klar machten, welche Gefahr Kitling darstellte, beruhigte sich die Dame des Hauses ein wenig.

Als sie auch noch erfuhr, dass das Vermögen der Gadburyschwestern auf mysteriöse Weise verschwunden war und es im Vorfeld zwei Leichen gegeben hatte, schickte Lady Tottley nach dem Oberst und gab ihm das Kommando über Haus und Personal. Der willigte überglücklich ein und lamentierte noch lange darüber, dass er keine Kanonen zur Verfügung hatte.

Gemeinsam beschlossen sie, den Gadburyschwestern vorerst nichts von Sydneys Doppelleben zu erzählen. Sie fürchteten, die sanftmütigen Schwestern würden ihnen nicht glauben und könnten ihrem geschätzten Freund brühwarm von der grauenvollen Zukunft erzählen, die ihn erwartete.

Nachdem Kitling aber auch nicht auftauchte, um die Schwestern zum Ball zu begleiten, machten sich Lady Tottley, Lady Lucinda, Rebecca und Miss Honora alleine zum Setchfieldball auf, während Rafe und seine Brüder vor dem Haus des Herzogs Wache hielten. Miss Alminta entschuldigte sich indes wegen eines starken Migräneanfalls, und der Oberst zog es vor, sich der Lektüre von Richards Aufzeichnungen zu widmen in der Hoffnung, einen Hinweis auf das Versteck des Rubins zu entdecken.

»Dieser Kitling«, hatte Rafe mit unheildrohender Stimme geschworen, »wird mir nicht entwischen.« Er hatte Rebecca angewiesen, die Räumlichkeiten der Setchfields nicht zu verlassen und auch keine prekären Situationen heraufzubeschwören. Doch Rebecca brachte Rafes Anweisungen zum Trotz die erste Stunde des Balls damit zu, durch den Tanzsaal zu schlendern, um nach Sydney Ausschau zu halten. Bis sie dem Vikar in die Falle gelaufen war, der sich nun schon seit einer geschlagenen halben Stunde über die Vorzüge von Porterton, seine ach so liebenswürdigen Schäfchen und den beispiellos guten Zustand seines Pfarrhäuschens ausließ.

Rebecca war kurz davor, sich der List ihres Onkels zu bedienen und vorzutäuschen, sie wäre dem Wahnsinn zum Opfer gefallen, damit sie diesen ekelhaften Kerl loswurde. Plötzlich jedoch hörte sie eine bekannte Stimme dicht an ihr Ohr. Es war eine sonore Männerstimme, die eine gänzlich andere

Form des Wahnsinns mit sich brachte »Wen haben wir denn hier?«, fragte Rafe.

Sein leichter spanischer Akzent jagte ihr einen wohligen Schauer über den Rücken, und Rebecca musste unwillkürlich daran denken, wie seine Lippen ihre Haut liebkost hatten. Als sie zu ihm aufschaute, trafen sich ihre Blicke.

»Rafe!« Noch im selben Moment schlug sie sich mit der Hand vor den Mund. »Ich meine natürlich Mr. Danvers. Wie charmant von Ihnen, uns ein wenig Gesellschaft zu leisten. Es ist mir eine besondere Freude, Sie mit Vikar Brown bekannt zu machen, der aus dem kleinen bezaubernden Dörfchen Porterville kommt.«

»Porterton«, berichtigte der Vikar sie und blähte die Nasenflügel auf, als hätte er einen unangenehmen Duft eingefangen.

Rafe schmunzelte und blickte vom Vikar wieder zu Rebecca. Dieses Mal war er an der Reihe, wie ein Honigkuchenpferd zu grinsen. »Sie können sich gar nicht vorstellen, wie sehr es mich freut, Ihre Bekanntschaft zu machen«, sagte Rafe und schüttelte dem Vikar kräftig die Hand.

»Ganz meinerseits, Mr. Danvers«, erwiderte der Vikar und musterte Rafe abfällig. Er schien sich nicht sicher zu sein, ob von ihm erwartet wurde, dass er die beiden Damen vor diesem Kerl beschützte oder ob er nicht vielleicht besser sie um Schutz bitten sollte.

»Ach, wie gerne hätte ich jetzt ein Gläschen Punsch«, verkündete Honora. »Vikar Brown, wären Sie so freundlich, mich zum Erfrischungsstand zu geleiten?«

»Ja, nun, ich nehme an, das ließe sich machen«, sagte er unentschlossen und blickte erst zu Rebecca und nahm danach Rafe ins Visier. »Vielleicht treffen wir ja Mr. Billingsworth. Von der Herzogin weiß ich zufällig, dass er für heute Abend zugesagt hat.«

»Wirklich?«, rief Miss Honora entzückt aus und blickte hektisch um sich. So als würde sie jeden Moment dem König vorgestellt. »*Der* Theonius T. Billingsworth? Herrje, ich wüsste gar nicht, was ich ihm sagen sollte – er ist der Größte. Ich wäre viel zu aufgeregt, wenn ich ihm gegenüber stände, und würde bestimmt kein Wort herausbringen.«

»Miss Tate, würden Sie uns gerne Gesellschaft leisten?«, fragte der Vikar und hielt ihr den Arm hin. Er schien zu bezweifeln, dass man eine junge Dame mit diesem bedrohlich aussehenden Mr. Danvers allein lassen konnte – ganz unabhängig davon, dass der Saal voller Leute war.

Miss Honora hatte sich beim Vikar untergehakt. »Die beiden kommen prima alleine zurecht, machen Sie sich keine Sorgen. Mr. Danvers ist ein alter Bekannter von Miss Tate.« Mit diesen Worten lotste sie den Geistlichen fort und erkundigte sich: »Wie steht es mit Mr. Billingsworths Abhandlung über Englands bedeutendste Monumente, kennen Sie das Buch zufällig auch? Seitdem ich gelesen habe, was er über Nettlestone Castle zu berichten weiß, wünsche ich mir nichts sehnlicher, als es mir selbst einmal anzuschauen.«

Der Vikar rückte sich die Augengläser zurecht. »So ähnlich geht es mir auch. Falls wir Mr. Billingsworth finden, können wir ihn ja fragen, ob er uns noch einmal in eigenen Worten davon erzählt.«

Honora strahlte über das ganze Gesicht, als sie ihre Suche nach Mr. Billingsworth begannen.

Sobald sie außer Hörweite waren, beugte Rebecca sich zu Rafe und flüsterte: »Hast du Kitling abfangen können?«

Rafe schüttelte den Kopf und zupfte an seinem Halstuch. »Keine Spur von dem Mistkerl. Hast du schon etwas in Richards Bündel finden können, das uns weiterhilft?«

Jetzt musste Rebecca mit dem Kopf schütteln. »Ich bin nur ungefähr bis zur Hälfte seiner Notizen gekommen, bevor ich mich für den Ball fertig machen musste.«

Nun erwartete sie, dass Rafe etwas sagte, entweder dass ihr Kleid himmlisch oder ihre Frisur umwerfend war. Doch sie erntete nur einen verständnislosen Blick. Warum schaute er sie so seltsam an?

»Stimmt etwas nicht mit meinen Haaren?«, fragte sie und berührte das formvollendete Arrangement auf ihrem Kopf.

»Es ist …« Rafes Hand zuckte in der Luft herum. »Alles so aufgetürmt und festgesteckt.« Er schüttelte sich. »Vorher gefiel es mir besser. Oder besser gesagt, *danach*.«

Rebecca versetzte ihm einen leichten Hieb mit dem Fächer. »Du böser, durchtriebener Teufelskerl.« Was sie ihm verschwieg, war, dass sie mehr als willens war, das krönende Kunstwerk zu zerstören, wenn er sie nur von diesem Ball und den vielen Menschen fortbrächte.

»Wirst du mich eigentlich zum Tanz auffordern?«, fragte Rebecca verschmitzt. »Ich habe dir den ersten Walzer reserviert.«

Rafe blickte sie aus dunklen, unergründlichen Augen an. Rebecca konnte schon spüren, wie es sein würde, wenn er sie fortzog und über sie herfiel.

Als er den Kopf schüttelte, war sie enttäuscht. »Nein.«

Rebecca schnappte nach Luft. »Nein? Einfach nur *Nein*?«

Rafe kam noch dichter zu ihr und hauchte kaum hörbar: »Hast du etwa schon vergessen, dass wir nicht zum Spaß hier sind? Wir haben eine Mission, die wir erfüllen müssen, und deshalb gehe ich jetzt auch wieder nach draußen. Um Wache zu halten.«

»Was ist mit deinen Brüdern?«, fragte Rebecca enttäuscht. Für sie gab es plötzlich nichts Wichtigeres, als von ihm gehalten zu werden, wenn auch nur im Rahmen eines Gesellschaftstanzes.

»Die beiden stehen draußen und diskutieren den Wachplan aus. Colin beruft sich auf das Marinegesetz, und Robert will lieber regelmäßige Späher einsetzen.« Rafe schüttelte den Kopf. »Ich bin kurz davor, einen weiteren Krieg mit Frankreich anzuzetteln, nur um die beiden loszuwerden.«

Rebecca lachte leise. »Ich glaube kaum, dass die Lage nach solch drastischen Mitteln verlangt.«

»Oh, du kennst meine Brüder nicht. Noch nicht.«

»Für mich klingt es, als wären sie ebenso dickköpfig, rechthaberisch und erfinderisch wie ihr kleiner Bruder.«

»Sie sind vor allem dickköpfig und rechthaberisch, da gebe ich dir Recht. Ich bin ohnehin nur gekommen, um zu sehen, ob du auch in Sicherheit bist.«

In Sicherheit? Mit ihm an der Seite? Rebecca schaute wieder auf in seine geheimnisvollen Augen. Nein, wohl kaum.

»Wie ich sehe, bin ich keine Sekunde zu früh gekommen«, sagte Rafe plötzlich und machte eine Kopfbewegung in Richtung Tür, wo das Eintreffen des Viscounts verkündet wurde. »Dein Kavalier ist hier, und seiner Garderobe nach zu urteilen, kann er dir ein Leben in Samt und Seide garantieren. Ganz im Gegensatz zu deinem putzigen Vikar.«

Rebecca wollte klarstellen, dass sie weder für den einen noch für den anderen etwas empfand, doch etwas in Rafes Stimme ließ sie aufhorchen. Auch die Art und Weise, wie er den Kopf hielt, war eigenartig.

»Du bist ja eifersüchtig«, platzte es aus Rebecca heraus.

Rafes Blick flog zum Vikar. »Auf den?«, spottete er. »Wohl kaum.«

Rebecca holte zu einem weiteren Schlag mit dem Fächer aus. »Nicht auf den Vikar.« Sie deutete auf Pease. »Auf ihn.«

»Hätte ich denn einen Grund dazu?«

»Wenn ich ihn mir genau anschaue, sieht er gar nicht so übel aus«, sagte Rebecca keck und rückte näher an Rafe heran.

Mit einem lüsternen und ausgehungerten Blick schaute Rafe zu ihr herunter.

Aber nicht annähernd so gut wie du, dachte Rebecca, als er eine Strähne aus dem kunstvollen Arrangement auf ihrem Kopf löste.

»Wenn man Lady Tottleys Worten Glauben schenkt, ist dein Viscount der beste Fang der Saison.«

Der beste Fang der Saison? Der größte aufgeblasene Schwachkopf auf Erden, wollte Rebecca entgegnen, hielt sich aber zurück. Sie fand Gefallen an dem Spiel, das sie da spielten, und genoss es, auf den Wogen prickelnder Anziehungskraft zu treiben. »Stimmt, ein außerordentlich guter Fang sogar. Was meinst du, soll ich annehmen, wenn er mir einen Antrag macht?«

»W-a-a-s?«, stotterte Rafe, ehe ihm bewusst wurde, dass Rebecca sich einen Scherz mit ihm erlaubt hatte. Dennoch beäugte er seinen Rivalen abfällig. »Er hat doch nichts versucht, oder?«

»Noch nicht einmal ein winziges Küsschen«, versicherte Rebecca ihm, die kleine Nase hoch in die Luft gestreckt. »Er benimmt sich wie der perfekte Gentleman. Absolut mustergültig.«

Sie genoss es, dass Peases vorbildliche Tugendhaftigkeit Rafe in einen Zustand der Unruhe versetzte. Er trat unbehaglich von einem Fuß auf den anderen.

Der Viscount hatte Rebecca erspäht und lächelte sie strahlend an.

»Da sind Sie ja, Miss Tate«, rief er, als er sich den Weg durch die letzte Menschentraube bahnte, die sie noch voneinander trennte. »Wie froh ich bin, Sie endlich gefunden zu haben in diesem abscheulichen Getümmel.« Der Viscount nahm ihre Hand und gab ihr einen Kuss auf die Fingerspitzen ihres Handschuhs.

Rebecca beschloss, die Handschuhe so schnell wie möglich zu verlieren. Am besten im nächsten Kamin. »Wie liebenswürdig von Ihnen, mir Ihre Aufwartung zu machen, Mylord«, brachte sie hervor und rang sich ein Lächeln ab.

»Aber ich bitte Sie«, entgegnete Pease, der noch immer ihre Hand hielt, weil er sie von Rafe wegziehen wollte. »Wir sind doch alte Bekannte, meine Verehrteste. Es gab Zeiten, da haben Sie mich beim Vornamen genannt.«

Rebecca schaute nicht Pease, sondern Rafe an, in dessen Augen ein mörderisches Licht getreten war. Unter dem Vorwand, die beiden einander vorstellen zu wollen, entzog sie sich dem Viscount – der wahre Grund dafür war sein impertinent riechendes Eau de Cologne, das ihr Übelkeit verursachte.

Wie hatte sie in diesem Lackaffen jemals den Helden ihres Herzens sehen können?

»Viscount Pease, darf ich Sie mit Mr. Danvers bekannt machen?«

Rafe nickte mit eingefrorener Miene und musterte sein Gegenüber von Kopf bis Fuß, als suchte er nach etwas, das er kritisieren konnte. Ganz offensichtlich schien er zu dem Ergebnis zu kommen, dass alles an diesem selbstherrlichen Adeligen verachtenswert war.

»Ach ja, der Grobian«, sagte Pease und blinzelte Rebecca verstohlen zu. Als hätte er einen Witz gemacht, den nur sie beide verstanden. »Wie ich hörte, sind Sie als Knochenbrecher tätig oder gehen einer ähnlich anstößigen Tätigkeit nach. So zumindest formulierte es vor kurzem dieser Kitling, nicht wahr, Rebecca?«

Rafe entschied, Sydney nicht nur den Hals umzudrehen, wenn er ihn zu fassen bekam, sondern ihm vorher auch eine Kostprobe seiner Fähigkeiten als Knochenbrecher zu geben.

Pease wandte Rafe den Rücken zu und widmete sich Rebecca. »Sie glauben gar nicht, wie bitterlich enttäuscht ich war, als ich Sie heute Nachmittag bei Lady Tottley nicht antraf.«

»Bitte verzeihen Sie, Lord Pease, aber bevor wir uns miteinander unterhalten, muss ich noch etwas Dringendes erledigen«, wich Rebecca ihm aus und versuchte, Rafe anzublicken, der hinter Pease stand.

»Was gibt es denn so Wichtiges?«, erkundigte sich der Viscount. »Geht es um eine neue Haube oder ein Kleid?«

»Ob Sie es glauben oder nicht, ich habe heute Richards Armeetasche zurückerhalten.«

Peases Augen weiteten sich. »Richards Bündel? Ich dachte, die Sachen Ihres Bruders wären verschollen?«

»Mr. Danvers war so freundlich, mich bei der Suche zu unterstützen.«

Pease wirbelte herum und blickte Rafe an, ehe er sich wieder Rebecca zuwandte. »Das ist ja fabelhaft. Wie schön für Sie, Rebecca. Endlich haben Sie die Habseligkeiten Ihres Bruders wieder.« Er nahm sie wieder bei der Hand, wodurch er signalisierte, dass er Rebecca noch nicht aufgab.

Rafe stieß ein leises Knurren aus, das Rebecca mit einem diskreten Stoß in seine Rippen zum Verstummen brachte.

»Wenn ich an Ihren Bruder denke«, sagte Pease, »sehe ich ihn immer vor mir, wie er mit seinem Notizbuch dasaß und stundenlang nichts anderes tat als zu schreiben. Ideen und Übersetzungen, oder was auch immer ihm gerade im Kopf herumgeisterte. Er war ein ausgesprochen scharfsinniger Mann.«

Rebecca lächelte. »Ich bin entzückt, dass Sie sich so gut an ihn erinnern können.«

»Ich könnte mir vorstellen, dass Sie in seiner Tasche sein Notizbuch gefunden haben und lauter stumpfe Federkiele. Er hatte nie einen scharfen Federkiel zur Hand und besaß einen leichten Hang zum Chaos.«

Rebecca lachte. »Oh, wie Recht Sie doch haben. Die letzte Eintragung im Heft hat er sogar mit einem Eselsohr markiert.

Und sämtliche Kiele sind so gut wie unbrauchbar. Heute Nachmittag habe ich angefangen, seine Eindrücke von Spanien zu lesen. Wirklich spannend, sage ich Ihnen.«

»Ich kann mir lebhaft vorstellen, dass seine Aufzeichnungen sehr aufschlussreich sind«, murmelte Pease.

Rafe stieß ein weiteres gefährliches Geräusch aus und drängte sich unter Zuhilfenahme seines Ellbogens zwischen die beiden anderen, was ihm einen säuerlichen Blick seitens Pease einbrachte. Doch der Viscount hatte sich schnell gefangen und bezog Rafe ganz gentleman-like ins Gespräch mit ein.

»Wie ich hörte, waren Sie an der Front«, sagte er gelangweilt. »Genau wie ich, bis zu meiner Verletzung in Maguilla«, ließ er Rafe mit heroischem Unterton wissen und klopfte sich mit dem Gehstock gegen das Bein. »In welchem Regiment waren Sie?«

»Im 88.«, antwortete Rafe. »Bis ich desertiert bin.«

»*Desertiert?*« Pease hüstelte, als er hätte er sich verhört.

»Ganz recht. Nachdem mir klar wurde, dass mein Kommandant ein Dummkopf war und ich meinem Land einen größeren Dienst würde erweisen können, indem ich mich den Guerillas anschloss, beging ich Fahnenflucht.«

Pease richtete sich zu seiner vollen Größe auf, und seine Fingerknöchel traten weiß hervor, als er seinen Gehstock fest umklammerte. »Ihr Land, Sir? Welches Land sollte das denn sein, wenn ich fragen darf?«

Rafe lächelte. »Da bin ich mir noch nicht so ganz schlüssig.«

Rebecca täuschte einen Hustenanfall vor und presste sich das Taschentuch vor die Lippen.

Da spielten die Musiker zum ersten Walzer auf, und die Spannung zwischen den dreien löste sich.

»Unser Tanz, meine liebste Rebecca«, säuselte Pease und hielt Rafe den Gehstock hin, als wäre der sein Leibeigener.

Doch statt sich des Stocks anzunehmen, schnappte Rafe sich die Dame.

»Ich fürchte, dieser Tanz wurde mir versprochen«, erklärte er dem Viscount.

Noch bevor Rebecca auch etwas sagen konnte, herrschte Pease seinen Nebenbuhler an: »Sir, ich verlange auf der Stelle, dass sie Miss Tate freigeben. Oder Sie werden am eigenen Leib erfahren, wie wütend ich werden kann.«

Rafe beugte sich vor und raunte Pease etwas zu, woraufhin der Viscount zurückwich, sein Gesicht so bleich wie die Januarsonne.

»Was um Himmels willen hast du ihm gesagt, Rafe?«, fragte Rebecca neugierig und warf ihrem Jugendschwarm einen letzten Blick zu, bevor Rafe sie in Richtung Tanzfläche zog.

»Ich habe ihm nur gesagt, dass es ihm kaum gelingen dürfte, mir etwas anzutun, wenn er unter der Erde läge, da ich das begonnene Werk der Franzosen beenden würde, wenn er versuchen sollte, mich an diesem Tanz zu hindern.«

Einen Augenblick später musste Rebecca erfahren, dass Rafe sich gar nicht mit der Absicht trug zu tanzen. Kurz vor der Tanzfläche drehte er ab und führte sie im Zickzack durch die Menschenmenge zu einer Tür, die hinter Vorhängen verborgen lag. Sie betraten einen Korridor.

Mit einer flinken Bewegung schnappte Rafe sich einen der vielen Kerzenleuchter von den Wandtischen und lief mit ihr an einer Reihe von Türen vorbei, bis er eine öffnete und Rebecca mit sich zog.

Geräuschvoll fiel die Tür ins Schloss, und Rebecca meinte, noch nie einen schöneren Klang gehört zu haben.

Doch bevor sie etwas sagen oder um sich blicken konnte, um herauszufinden, wo sie sich aufhielten, hatte Rafe die Kerzen ausgeblasen und ihren Mund mit seinem eingefangen.

Rebecca schmolz dahin. Voller Glück genoss sie seine

Berührungen, die ihr deutlich zeigten, dass sein Herz genau wie das ihre lichterloh in Flammen stand.

Rafes Finger machten sich daran, ihre Strähnen zu befreien, damit sie wieder die Rebecca wurde, die er kennen gelernt und ins Herz geschlossen hatte. Als er damit fertig war, schlang er seine Arme um sie und zog sie dicht zu sich. So dicht, dass sie den harten Beweis für sein pulsierendes Begehren spüren konnte.

Rebecca rückte ein wenig ab und begann, seine zum Besten gespannte Hosenfront zu massieren, um seine Qualen ein wenig zu steigern.

Nie hätte sie sich vorstellen können, wie wunderbar es sich anfühlte, einen Mann so unsittlich zu berühren. Die Sehnsucht, ihn tief und in seiner vollen Größe in sich zu spüren, begann sie aufzufressen, und sie stöhnte auf. »Rafe, ich brauche dich so sehr. Können wir nicht … könnten wir nicht …?«

Es war nicht nötig, den Satz zu beenden. Rafe hob sie sogleich hoch und trug sie durch den Raum, bis er gegen etwas stieß, von dem Rebecca annahm, dass es ein Schreibtisch war. Mit einer einzigen Armbewegung hatte er die Oberfläche des Tisches leer gefegt, ließ sie herunter und riss ihr die Röcke hoch.

Rebeccas Füße baumelten über die Tischkante, und ihre Tanzschuhe fielen wie dicke Regentropfen zu Boden. Als Rafes Mund ihre Lippen fand und sich seine Hände an ihrem glühenden Unterleib zu schaffen machten, stöhnte Rebecca laut. Rasend schnell hatten sich seine flinken Finger bis zu ihrer innersten Pforte vorgearbeitet.

Das Feuer zwischen ihren Schenkeln wandelte sich zu einem Flächenbrand, setzte jede Zelle ihres Körpers in Flammen. Rebecca wollte mehr, wollte Rafe – sofort und ohne Vorgeplänkel. Sie war nicht in der Stimmung für Zärtlichkeiten, wollte, dass dieser düstere und rätselhafte Mann sie jetzt und hier nahm – schnell und ungestüm.

Verzweifelt riss Rebecca an Rafes Hosenbund, und wenige Momente später hatte sie seine geschwollene Mannespracht freigelegt. Sie schlang die Beine eng um Rafes Taille und zog ihn mit einem kräftigen Ruck zu sich, wollte, dass sein Gemächt darum flehte, in ihren Tempel eingelassen zu werden.

Irgendwo in der Ferne ertönte ein Tanzreigen, dessen Melodie so ganz und gar nichts mit dem rauen Rhythmus gemein hatte, nach dem Rafe und Rebecca tanzten. Rafe hatte sich nicht lange mit Einlassbitten aufgehalten, sondern war wie der Blitz in sie gefahren, weil er ihren Wunsch nach einer schnellen Vereinigung teilte. Er verstand sie auch ohne ihre Worte: »Nimm mich, Rafe! Nimm mich jetzt und hier!«

Rebecca Finger gruben sich tief in Rafes Schultern und Hüften, bedrängten ihn, tiefer und schneller in sie zu stoßen, bis das Gefühl des Wahnsinns endlich nachließ, von dem sie gequält wurde. Sie klammerte sich noch enger an ihn und ritt mit ihm durch den Sturm, der sie beide in seiner Gewalt hatte. Rafe raunte etwas auf Spanisch, das Rebecca zwar nicht verstand, von dem sie aber wusste, dass es aus den Tiefen seines Herzens kam.

»O ja«, stöhnte sie laut, als er wie besessen pumpte, immer und immer wieder, zügellos und wie von Sinnen. Bis sie das Gefühl hatte, sie könnte jeden Augenblick zerspringen. Als Rebecca laut aufschreien wollte, versiegelte Rafe blitzschnell ihre Lippen mit einem Kuss. Ein starkes Beben verkündete seinen Höhepunkt, als er sich aufseufzend in ihr ergoss.

Als Rafe sich langsam aus Rebecca herauszog, begrüßte ein Schwall kühler Luft ihre erhitzten Unterleiber. Er nahm sie fest in die Arme und half ihr empor, damit sie ihre Röcke ordnen konnte. Rebeccas Beine waren jedoch noch immer zittrig nach diesem rasanten Liebesspektakel, das sie gerade erlebt hatte.

Rafe stellte sie ab und küsste sie noch einmal. »Denk nicht einmal im Traum daran, mit einem anderen Mann zu tanzen, verstanden?«, ermahnte er sie liebevoll und gab sie frei. »Bis später, *mi ángel.*« Rafe öffnete das Fenster und war schon auf den Mauervorsprung geklettert. »Die Pflicht ruft«, flüsterte er noch, ehe er in die Tiefe sprang.

Rebecca starrte ungläubig auf die Stelle, an der er eben noch gestanden hatte. Sie zitterte am ganzen Körper. »Verflucht seist du, Rafe Danvers«, rief sie ihm leise nach. »Komm auf der Stelle zurück!«

War das schon alles gewesen? Nicht dass Rebecca etwas an seinem Liebesdienst auszusetzen hatte, aber sie hätte ihn gerne noch ein wenig länger um sich gehabt. *Und in sich.*

Sie stieß ein spitzes Lachen aus, als sie ihre ramponierte Erscheinung erfühlte. Wie kam es, dass sie sich nichts weiter als ein Leben in geordneten und rechtschaffenen Bahnen wünschte und dann ihr Herz ausgerechnet an einen ungestümen Desperado verlor? Ein Leben an Rafes Seite würde niemals ruhig und beschaulich sein. Doch im Grunde war es genau das, was sie an ihm reizte.

Rebecca versuchte, ihre Kleider und ihre Frisur in Ordnung zu bringen, so gut es in der Dunkelheit ging, und schlüpfte zur Tür hinaus in Richtung Ballsaal. Sie hatte vor, nach draußen zu gehen und Rafe zu suchen, doch gerade als sie den Saal betreten hatte, vertrat ihr eine Gestalt den Weg.

»Da sind Sie ja, Miss Tate.« Lady Tottley hatte sich wie der St.-Pauls-Dom vor ihr aufgebaut, riesengroß und majestätisch.

Rebecca verkniff sich den undamenhaften Fluch, der ihr auf der Zunge gelegen hatte. Ein spanisches Wort, wohlgemerkt. Herrje, das war Rafes Einfluss.

»Jetzt, Miss Tate«, sagte Lady Tottley. »Jetzt!«

»Jetzt was?«, fragte Rebecca, die Hand am Mund, das Herz noch immer in Aufruhr, und blickte fieberhaft um sich. Doch Rafe war nirgends zu sehen.

»Es ist Zeit, den Schaden wieder gutzumachen.« Die aufgebrachte Gräfin deutete mit dem Kopf auf die beiden Lager im Raum – die Darbyanhängerinnen auf der einen Seite und die Junggesellen auf der anderen.

»Hier kommt Lucinda«, zischte die Gräfin. »Es wird Zeit, ihr die Wahrheit zu sagen.«

Rebecca seufzte und blickte sich ein letztes Mal nach Rafe um. Sein hinterwäldlerischer Gehrock war in diesem bunten Kleiderhaufen sicher nicht allzu schwer auszumachen. »Sind Sie sicher, dass dies der angemessene Zeitpunkt ist, Lady Tottley?«

»Jetzt oder nie«, sagte die Gräfin entschieden.

Rebecca atmete tief durch und rief sich ihr Versprechen ins Gedächtnis. Auch wenn ihr der Zeitpunkt alles andere als behagte. Immerhin galt es, einen Mörder dingfest zu machen. Sobald das geschehen war, würde sie Rafe Danvers eine Standpauke halten. Und ihn fragen, wann er sich endlich dazu durchzuringen gedachte, ihr einen Heiratsantrag zu machen.

»Lucinda, Darling, da bist du ja!«, rief die Gräfin. »Es gibt etwas, das ich dir mitteilen möchte. Es geht um Miss Tate.«

»Wenn du mir erklären möchtest, dass sie die Darbyromane geschrieben hat, Mutter, kannst du dir das getrost sparen. Das weiß ich alles längst.«

Sowohl Rebecca als auch die Gräfin starrten die junge Dame fassungslos und mit weit geöffneten Mündern an.

»Du weißt es?«, stammelte Lady Tottley.

»Ja, und ich halte es für eine wundervolle Geste, dass du meine absolute Lieblingsautorin eingeladen hast, um mich zu überraschen. Du bist die beste Mutter von der ganzen Welt.« Lucinda stellte sich auf die Zehenspitzen und gab ihrer Mutter einen liebevollen Kuss auf die Wange, bevor sie sich an Rebecca wandte: »Miss Tate, würde es Ihnen etwas ausmachen, wenn ich Sie meinen Freundinnen vorstellte?«

»Nein, ganz im Gegenteil«, heuchelte Rebecca, als das Mädchen sie fortzog.

Doch Lucinda hatte eine Überraschung parat. Außer Hörweite ihrer Mutter flüsterte das Mädchen aufgeregt: »Miss Tate, Sie müssen mir unbedingt helfen.«

»Inwiefern?«, fragte Rebecca. Bitte nicht noch jemand, der sie um Hilfe bat. Sie musste noch immer das Vermögen der Gadburyschwestern aufspüren und Rafe helfen, Kitling zu schnappen. Und dann war da noch die Geschichte mit dem Rubin ... Rafes Metier entpuppte sich als unsäglich aufreibend.

»Ja. Ich muss eine Möglichkeit finden, diesen verflixten Darbyeid außer Kraft zu setzen. Miss Thayer hat heute Abend bereits zweimal mit Lord Barwick getanzt. Noch einmal und die beiden sind so gut wie verlobt. Ich muss dringend etwas dagegen tun.«

Rebecca lächelte, entgegnete aber nichts. Unter diesen Umständen würde es ein Kinderspiel sein, ihr Versprechen Lady Tottley gegenüber einzulösen.

»Ich habe schließlich eine gesellschaftliche Position zu verteidigen, die ich unter gar keinen Umständen an eine Tochter aus bürgerlichem Hause zu verlieren gedenke. Vielleicht könnten Sie meinen Freundinnen erklären, dass es gar nicht Ihre Absicht war, uns in so tiefe Trauer um Leutnant Throckmorten zu stürzen. Wenn Sie mir diesen lebenswichtigen Gefallen täten, stünde ich auf ewig in Ihrer Schuld.« Lady Lucinda schwieg einen Moment und setzte ihr zuckersüßestes Lächeln auf. »Dann werde ich Mutter auch nicht verraten, dass Sie vorhin mit dem charmanten Mr. Danvers geflüchtet sind. Oder dass sie keine Schuhe mehr anhaben.«

Rebecca blickte kurz auf ihre Füße, die in nichts weiter als Seidenstrümpfen steckten, und wieder in das Gesicht des grinsenden Mädchens.

Lady Lucinda würde zweifelsohne einmal den Platz ihrer Mutter einnehmen.

Gemeinsam traten die beiden vor die versammelte Jungfernschaft.

Lady Lucinda lächelte. »Hört mal, Mädchen, ich möchte, dass ihr Miss Tate kennen lernt.«

Wie es schien, hatte es bereits die Runde gemacht, dass die Schöpferin ihrer Heldin heute anwesend war, denn jedes Mädchen begann, von seiner Lieblingsstelle in den Romanen zu erzählen.

»Ich hatte entsetzliche Angst, dass Miss Darby den blutrünstigen Südseepiraten, die sie verschleppt hatten, nicht mehr lebend entkommen würde.«

»Oder als sie auf den Ball ging, um auf eine Nachricht ihres geliebten ...«

»Nein, nein, noch viel besser war die Stelle, als Leutnant Throckmorten von einem Tiger in Schach gehalten wurde und Miss Darby ihn fortlockte, indem sie ...«

Eines der Mädchen sprang vor und seufzte. »Oh, Miss Tate, warum? Warum haben Sie ihn sterben lassen? Leutnant Throckmorten war doch der vollkommene Gentleman.«

Um das Mädchen herum eifriges Nicken.

Der Zeitpunkt, das Ruder der Saison herumzureißen, war gekommen. Rebecca hatte das Gefühl, als wäre ihr diese Gelegenheit von Crumpton auf einem silbernen Tablett serviert worden.

»Ich fürchte, meine werten Damen, Sie haben sich in die Irre führen lassen«, sagte sie. »Genau wie Miss Darby.«

»In die Irre?«, wiederholte eines der Mädchen kritisch. »Wie meinen Sie das?«

Eine Flut von Fragen brach auf Rebecca ein, bis sie die Hand hob um für Ruhe zu sorgen. »Leutnant Throckmorten war nicht der getreue Mann, für den wir ihn alle gern gehalten hätten.«

»Nein!»

»Das kann unmöglich wahr sein.«

»Doch«, wiederholte Rebecca. »Leutnant Throckmorten hütete nämlich ein unfassbares und abscheuliches Geheimnis.«

Die Debütantinnen hielten die Luft an, und ein albernes Küken – es war Lady Penelope Bittleman, wie Rebecca später erfuhr – fiel in Ohnmacht. Rebecca stöhnte innerlich. Vielleicht sollten diese Gören dazu verdonnert werden, ein Jahr lang ohne jeglichen Luxus in einem Cottage in der schottischen Wildnis zu verbringen. Vielleicht würden sie ja doch noch einen Funken Verstand entwickeln, bevor man sie dann wieder auf die Menschheit losließ.

Wie dem auch sei, Rebecca war die Geschichtenerzählerin, und vor ihr saß ihr Publikum. »Ich fürchte jedoch, die Wahrheit wird nie ans Licht kommen. Lady Tottley hat mir untersagt, den nächsten Band von Miss Darbys Abenteuern zu veröffentlichen.«

»Nein!«, schrie ein halbes Dutzend Mädchen gleichzeitig, und einige der Debütantinnen warfen Lady Lucinda böse Blicke zu, die eindeutig besagten, dass ihre Zeit als Rädelsführerin zu Ende ging.

»Bitte, Miss Tate, Sie müssen es uns sagen«, flehte eines der Mädchen. »Die Unwissenheit, wie es weitergehen wird, ist noch schlimmer als der Tod des Leutnants.«

»Wenn ich Ihnen die Wahrheit verrate, werden Sie verstehen, dass es das Beste für alle ist, wenn er verloren und vergessen ist. Ich fürchte, Lt. Throckmorten war nichts weiter als ein hundsgemeiner Heuchler. Schließlich war er so gut wie verlobt mit der armen Miss Darby, und das, obwohl er schon längst einer anderen die Ehe versprochen hatte.«

Lady Penelope hatte sich gerade von ihrem Schwächeanfall erholt, als sie die furchtbare Wahrheit vernahm. Leutnant Throckmorten war bereits verlobt? Sogleich sank sie abermals in sich zusammen, was aber keines der Mädchen kümmerte.

»Dieser Schuft!«

»Wie konnte er nur?«

»Arme Miss Darby«, riefen die Mädchen im Chor.

»Ihr geht es gut«, versicherte Rebecca ihnen schnell. »Sie ist eine starke Person, und vergessen Sie nicht, Miss Darby ist schon mit wilden Tigern und barbarischen Südseepiraten fertig geworden. Nicht einmal der Brand im Palast des Prinzen konnte ihr etwas anhaben.«

Um sie herum wurden Zustimmungsbekundungen laut. Schnell waren die Tränen weggewischt, und die schwarzen Armbinden, die die meisten von ihnen als Trauerzeichen für den Tod ihres geliebten Helden getragen hatten, segelten zu Boden.

»Ich gehe jede Wette ein, dass Miss Darby, wenn sie unter uns weilte«, sagte Rebecca feierlich, »keine Zeit damit vertrödeln würde, sich in einer Ecke des Ballsaals zu verkriechen. Schon gar nicht, wenn so viele flotte Junggesellen anwesend sind, deren Bekanntschaft sie gerne machen würde.«

Augenblicklich stürmten die Mädchen los, eilten zu ihren Müttern, Tanten und Verwandten, um sie darum zu bitten, den jungen Männern endlich vorgestellt zu werden.

»Diskret, natürlich«, murmelte Rebecca ihnen nach.

Selbst Lady Penelope hatte sich wieder erholt und hakte sich gerade bei einem adretten Jüngling unter. Lady Lucinda und Lord Barwick nahmen ihren Platz in der ersten Reihe der

Tanzformation ein, und schon bald war das Parkett mit jungen und freudestrahlenden Tanzpaaren übersät.

Am anderen Ende des Saals stand eine überglückliche Lady Tottley neben der lächelnden Marquise von Funtley. Die beiden Damen wirkten, als wäre England soeben vor seiner verheerendsten Katastrophe bewahrt worden.

Noch bevor die Kapelle zum nächsten Tanz aufgespielt hatte, war der Setchfieldball zum Wunder der Saison erklärt worden, und der Herzog malte sich in den schillerndsten Farben aus, was er mit seinem Gewinn anstellen würde.

Rebeccas Aufgabe war also erfüllt, weshalb es an der Zeit war, sich auf die Suche nach Rafe zu machen und endlich ihr eigenes Schicksal in die Hand zu nehmen.

»Vielleicht können wir ja jetzt unseren Tanz nachholen«, flüsterte da eine Stimme dicht bei Rebeccas Ohr.

Sie wirbelte herum, in der Hoffnung, Rafe ins Gesicht zu blicken. Doch es war Lord Pease, der sie angesprochen hatte. Rebecca tat ihr Bestes, ihre Enttäuschung zu verbergen, schüttelte den Kopf und sagte hastig: »Ich würde diesen Tanz lieber auslassen. Auf der Tanzfläche ist es jetzt so entsetzlich voll.«

Der Viscount lächelte schief und deutete mit seinem Gehstock auf den Erfrischungsstand. »In dem Fall schlage ich vor, wir machen einen kleinen Spaziergang und trinken ein Gläschen Punsch?«

»Mylord«, setzte Rebecca an. »Ich …«

»Nanu«, unterbrach Pease sie. »Warum so förmlich, Rebecca?«

»Ich empfinde Ihre Aufmerksamkeit als schmeichelhaft, Mylord, aber Ihnen dürfte nicht entgangen sein, dass ich nicht mehr dasselbe Mädchen wie damals in Kalkutta bin.«

»Nein, das sind Sie in der Tat nicht«, raunte der Viscount und rutschte gefährlich nahe an sie heran. »Sie sind zu einer bezaubernden Frau herangereift.« Pease hielt kurz inne, richtete sich zu seiner ganzen Größe auf und nahm eine Pose ein, die Rebecca an den unaufrichtigen Leutnant Throckmorten denken ließ. »Rebecca, ich war ein Narr, Sie damals im Stich gelassen zu haben. Als ich nach Hause zurückbeordert wurde, hätte ich Sie vom Fleck weg heiraten sollen. Doch stattdessen habe ich mich wie ein Esel verhalten. Ich kann gut verstehen, dass Sie zutiefst verletzt waren. Aber sind Sie nicht auch der Meinung, dass es an der Zeit ist, mir dafür zu vergeben?«

»Da gibt es nichts zu verzeihen«, erklärte Rebecca ihm ein wenig geistesabwesend, weil sie wieder dazu übergegangen war, nach Rafe Ausschau zu halten. Doch die schicksalhaften Worte, die dem Viscount nun über die Lippen kamen, holten Rebecca augenblicklich an Ort und Stelle zurück: »Lassen Sie uns mit der Vergangenheit abschließen. Ich frage Sie hier und jetzt: Würden Sie, meine liebste Rebecca, mich zum glücklichsten Mann Englands machen und mich heiraten?«

Wie das Schicksal es wollte, hatte sich just in diesem Moment Lady Tottley zu ihnen gesellt, weil sie sich höchstpersönlich davon überzeugen wollte, dass sich Rebecca gut benahm. Noch bevor Rebecca ablehnen konnte, hatte sie das Wort an sich gerissen. »Aber natürlich wird sie Sie heiraten, Lord Pease.«

Rebecca sackte die Kinnlade hinab, so schockiert war sie, und die Worte blieben ihr wie Kanonenkugeln im Hals stecken. Die Gräfin hingegen lebte förmlich auf und verkündete mit lauter Stimme, damit es alle um sie herum mitbekamen: »Meine sehr verehrten Damen und Herren, wir haben die erste Verlobung des Abends, nein der Saison. Ein Lebehoch auf Miss Rebecca Tate, die zukünftige Viscountess Pease.«

»Wo ist er?«, röhrte Rafe, als er in Lady Tottleys Salon gestürzt kam.

Der Oberst blickte von der Lektüre auf und schüttelte den Kopf. Er hatte es sich mit Richards Notizbuch im Sessel vor dem Kamin bequem gemacht, die Füße auf der Militärtasche seines Neffen abgelegt. »Tut mir Leid, dass ich Sie zurückbeordert habe, Danvers«, entschuldigte sich Posthill. »Cochrane war sicher, Kitling in der Nachbarschaft erspäht zu haben, und da dachte ich mir, es wäre das Beste, Sie zu alarmieren. Aber allem Anschein nach hat sich der Jüngling getäuscht. Das kann ja schon mal vorkommen. Man sieht jemanden und pustet ihm den Kopf von den Schultern, nur um festzustellen, dass es die eigene Vorhut war. Sehr bedauernswert so etwas.«

Rafe zuckte mit den Schultern, nicht sicher, ob er wollte, dass der Oberst seine Geschichte vertiefte. Dennoch war es für Cochrane eher untypisch, dass er sich irrte. Er würde sich gleich nach Kitling umschauen, doch erst wollte er sich noch um etwas anderes kümmern.

»Wie es der Zufall will, gibt es ohnehin etwas, das ich mit Ihnen besprechen muss. Unter vier Augen, von Mann zu Mann.«

Der Oberst klappte das Notizbuch zu. »Unter vier Augen? Klingt ziemlich ernst«, sagte er und legte das Büchlein neben sich auf den Beistelltisch. »Bis jetzt habe ich ohnehin noch keinen Hinweis auf den Rubin finden können, also schießen Sie los, ich bin ganz Ohr.«

Rafe atmete tief ein, brachte jedoch kein Wort heraus. Er hatte plötzlich das Gefühl, einen Knoten in der Zunge zu haben. »Es ist so, Sir. Was ich sagen will, ...«

»Raus mit der Sprache, Danvers! Es gibt keinen Grund, so herumzustottern.« Der Oberst erhob sich. »Werden Sie Bex nun heiraten oder nicht?«

Rafe war so perplex, dass er sagte: »Nun ... ja.« Schnell fügte er noch hinzu: »Wenn sie mich will.«

Der Oberst prustete los. »Das wird sie, und meinen Segen

haben Sie auch. Allerdings unter einer einzigen Bedingung.«

»Die da wäre?«

»Sie bringen den Rubin nach Indien zurück, wenn Sie ihn gefunden haben. Egal wie stark Rebecca auch protestieren mag, und egal, auf wie viel sich sein Wert beziffert. Nur dann stimme ich einer Verbindung zu.«

»Ihre Nichte wird mir den Kopf abreißen.«

»Bex wird Ihnen die Hölle heiß machen«, stimmte der Oberst ihm zu, »aber das ist allemal besser, als den Rubin zu behalten und mit dem Fluch zu leben.«

Rafe war sich nicht sicher, welches das kleinere Übel war, doch da ihm der Segen des Obersts heilig war, willigte er ein. Rebecca war mit ihren fünfundzwanzig Jahren zwar alt genug, ohne die Einwilligung ihres nächsten Verwandten zu heiraten, doch Rafe wollte nicht, dass Nichte und Oheim sich möglicherweise seinetwegen entzweiten.

Es war jedoch ein großes Opfer, den Rubin aufzugeben. Doch Rafe blieb ja noch immer Bettlesfield Park und die Belohnung der East India Company. Das würde für den Anfang genügen. Und da er ja wusste, wie pragmatisch Rebecca war, würde sie vermutlich in kürzester Zeit eine weitere Geldquelle auftun.

Rafe hielt dem Oberst die Hand hin. »Sie haben mein Wort, Sir.«

Mit einem Seufzer der Erleichterung setzte der Oberst sich wieder. »Ich nehme an, Sie werden sie so schnell wie möglich heiraten wollen?«

»Der Eilantrag für eine Sonderlizenz läuft schon.«

Der Oberst nickte. »Sie sind wahrlich ein kluger Mann. Genau aus dem Grund schlage ich auch vor, dass Sie Rebecca erst nach dem großen Ereignis von unserer kleinen Absprache erzählen.«

Rafe lachte. »Mit anderen Worten: kurz vor meinem Begräbnis.«

Jetzt mussten sie beide lachen. Doch der heitere Moment wurde jäh durch einen Tumult im Foyer des Hauses unterbrochen, wo Lady Tottleys schrille Stimme von den Wänden widerhallte. »Miss Tate, ich möchte von diesem Unsinn nichts mehr hören! Sie werden Lord Pease Ihr Jawort geben.«

»Den Teufel wird sie«, brummte Rafe und eilte zur Tür. Doch der Oberst hielt ihn zurück.

»Bestünde die Möglichkeit, die Angelegenheit unter vier Augen zu besprechen, Lady Tottley?«, erklang Peases säuselnde Stimme. »Ich habe der Dame nämlich einen Vorschlag zu unterbreiten, von dem ich überzeugt bin, dass sie ihn nicht ablehnen wird. Sie wird den Ernst meiner Absichten bald erkennen.«

»In Ordnung, wir könnten in den Salon gehen und ...«

In diesem Moment meldete sich Rebecca zu Wort. »Ich glaube kaum, dass es etwas gibt, Lord Pease, mit dem Sie mich umstimmen können. Ich ...«

Rebecca verstummte, und Lady Tottley kreischte laut: »Lord Pease, so legen Sie doch das Schwert weg.«

Rafes Blick raste zum Oberst und anschließend zur Tür. *Schwert?*

Peases Gehstock! Sie waren gar nicht hinter Kitling her, sondern ...

»Sie!«, schrie Rebecca. »Sie sind es.«

»Bravo! Und ich bin gekommen, um mir zu holen, was mir zusteht«, fauchte Pease.

Crumpton, Lady Tottley und Rebecca kamen rücklings in den Salon gestolpert. Rafe hatte sich noch rechtzeitig hinter der Tür verstecken können. Mit der Pistole im Anschlag wollte er warten, bis Pease den Salon betrat. Als es jedoch so weit war und er dem Leben dieses niederträchtigen Halunken ein

Ende bereiten wollte, musste er erkennen, dass sein Gegner – zumindest momentan – im Vorteil war. Die Spitze seines Schwertes ruhte nämlich unter Rebeccas Kinn.

»Höchst praktisches Accessoire«, sagte Pease angetan. »Hab's im Nachlass meines Cousins Kemball gefunden. Das Ding ist weniger auffällig als ein Säbel, aber genauso tödlich.«

Die glitzernde Klinge ließ keinen Zweifel an seinen Worten. Eine falsche Bewegung und Rebecca würde wie die anderen Opfer von Pease enden – aufgeschlitzt von oben bis unten.

Rafe beschloss schweren Herzens, fürs Erste in seinem Versteck auszuharren. Er hatte jede Faser seines Körpers angespannt, die Finger noch immer einsatzbereit am Abzug. Es galt nur noch, den richtigen Moment abzupassen.

»Oberst Posthill«, zischelte Pease. »Wie nett, Sie wieder einmal zu treffen, Sir.«

»Habersham!«, rief der Oberst. »Lassen Sie Bex los.«

Der Viscount schüttelte den Kopf. »Nicht bis ich habe, weshalb ich gekommen bin – Richards Tasche.«

»Gib sie ihm nicht«, bedrängte Rebecca ihren Onkel mit unverkennbarer Festigkeit und Wut in der Stimme.

Das ist mein törichtes, eigensinniges Mädchen, dachte Rafe. *Willens, bis zum bitteren Ende für das zu kämpfen, was ihr gehörte.*

»Rebecca, ich glaube kaum, dass dein Onkel die Wahl hat. Wenn er die Tasche nämlich nicht herausrückt, werde ich deine hübschen Eingeweide auf dem teuren Läufer verteilen. So wie ich es bei deinem Rotzlöffel von Bruder getan habe.«

»Und bei Harrington und Codlin, nicht zu vergessen?«, fauchte Rebecca zurück.

»Freilich. Die beiden haben sich seinerzeit wirklich wie die Narren aufgeführt. Eure Aufzeichnungen zu stehlen wie die dümmsten Amateure, wo ich doch schon so nah an ihnen dran war, indem ich lediglich deinen etwas gewöhnungsbedürftigen Charme ertrug …« Pease grinste Rebecca boshaft an. »Bah, wie ich dich verabscheue. Noch heute. Um reich zu werden, ist ein Mann jedoch bereit, auf das niedrigste aller Niveaus herabzusinken.«

»Wollen Sie damit andeuten, dass Ihr Antrag vorhin gar nicht ernst gemeint war?«, empörte sich Lady Tottley.

»Madam, ich fürchte, das ist in der derzeitigen Situation weniger von Belang«, warf Crumpton ein, noch immer ein Paradebeispiel für makellose Etikette.

»Und ob das wichtig ist«, wehrte sich Lady Tottley.

Peases Schwert begann zu zittern, woraufhin Rebecca den Kopf ein wenig höher hielt und ihrem Peiniger direkt in die Augen blickte. »Sie sind also bereit, meinen Tod mit auf die Liste Ihrer Vergehen zu setzen?«

»Mit dem allergrößten Vergnügen, Schätzchen, wenn ich dafür den Kailash bekomme«, antwortete der Viscount mit immer schriller werdender Stimme. »Er ist von noch größerer Schönheit, als ihr Normalsterblichen es euch vorstellen könnt. Ihn zu berühren heißt, das ewige Leben in Händen zu halten.«

»Sie hatten ihn in der Hand?«, fragte der Oberst wie vom Donner gerührt.

Pease nickte. »In der Nacht, als ich ihn mir von Mayne holte.«

»Haben Sie ihn etwa auch auf dem Gewissen?«, schnaubte Rebecca.

»Ja, und ich hätte auch deinen verdammten Bruder noch in derselben Nacht kaltgemacht, wenn er nicht so verdammt schnell gewesen wäre. Hat mir den Rubin abgenommen – *meinen* Rubin. Ich schwor, nicht eher zu ruhen, als bis ich ihn wiederhatte. Aber als ich in England ankam, kämpfte Richard bereits in Portugal an der Front.« Pease wandte sich wieder an den Oberst. »Richards Militärbeutel, wenn ich bitten darf. Schließlich war es schwierig genug, ihn aufzuspüren.« Der Viscount streckte die freie Hand aus. »Weißt du eigentlich, Rebecca, wie oft du schon kurz davor warst, dein Leben zu lassen? Wie oft ich dich auf Bettlesfield Park beobachtet habe? Immer in Vorfreude auf den heutigen Tag, wenn ich mir meinen rechtmäßigen Besitz zurückerobere.«

»Sie waren also der Eindringling«, sagte Rebecca.

»Ja«, antwortete Pease. »Schlaues Mädchen, du überraschst mich immer wieder aufs Neue. Aber jetzt lass uns mit dem Katz-und-Maus-Spiel aufhören, und gib mir, was mir gehört.«

Der Oberst warf Rafe einen kurzen Blick zu, nickte und hob die Militärtasche auf, um sie Pease zuzuwerfen. Dieser schüttelte jedoch den Kopf. »Nicht so eifrig, alter Knabe. Leeren Sie die Tasche aus. Hier auf dem Tisch.« Über die Schulter gewandt fügte er hinzu: »Und sagen Sie Danvers, er soll hinter der Tür hervorkommen.«

Rafe fluchte, befolgte aber anstandslos Peases Aufforderung.

»Rafe!«, hauchte Rebecca. Ihre Worte klangen wie eine Bitte.

Doch wie welche Bitte, fragte Rafe sich unschlüssig. Ihr das Leben zu retten oder Pease den Rubin streitig zu machen? Wohl eher Letzteres, so wie er seine Rebecca kannte. Und sicher war sie auch auf Rache aus.

Für Richard und die anderen Männer.

»Dachte ich mir doch, dass ich Ihren Angstschweiß gerochen habe«, näselte Pease mit Verachtung in der Stimme. »Denken Sie nicht einmal daran, einen Schuss abzugeben. Sonst müssen Sie sich ein anderes Hoppelhäschen zum Rammeln suchen.«

Rafe setzte zu einem Sprung an, doch der Oberst hielt ihn mit einem hastigen Kopfschütteln zurück.

»Die Militärtasche, Posthill. Jetzt!«, schrie Pease, der immer verzweifelter klang.

Der Oberst tat wie ihm befohlen und ging wieder zurück zum Kamin. Er hatte Pease zwar die Tasche kampflos überlassen, doch das Notizbuch lag noch immer unauffällig auf dem Beistelltisch.

Mit zappeligen Bewegungen machte Pease sich daran, Richards Habseligkeiten zu durchwühlen. Alles was für ihn nicht weiter von Belang war, warf er wie wertloses Treibgut achtlos beiseite. Mit jedem Gegenstand, den er zur Hand nahm und beiseite warf, wuchs der Wahnsinn in seinen Augen, und er wurde immer hektischer. Es war niederschmetternd, mit anzusehen, wie sich ein Vorzeigegentleman in ein geisteskrankes Untier verwandelte.

Rafe war zum ersten Mal geneigt, dem Oberst zu glauben, dass auf dem Juwel ein Fluch lag.

Der Viscount war beim letzten der Gegenstände angekommen, dem kleinen Portrait von Rebecca. Mit zitternden Händen hielt er es in die Höhe und betrachtete es kurz – ehe er ein grausames Lachen ausstieß.

»Welch frappierende Ähnlichkeit, Rebecca. Genau so habe ich dich in Erinnerung. Herrje, war das widerlich, dir und deinem albernen Geschwätz zuzuhören. Dir den Hof zu machen, hat mich die allergrößte Überwindung gekostet. Wenn ich es nicht mehr ertrug, habe ich einfach an die Belohnung gedacht. Der Rubin war es allemal wert, sich an deinen zerschlissenen Rockzipfel zu hängen.«

Rafe stieß ein tiefes, drohendes Geräusch aus, woraufhin Pease sich umdrehte und ihm einen vernichtenden Blick zuwarf. »So wie Sie aussehen, dürfte Rebecca genau Ihre Kragenweite sein. Einer wie Sie stellt bestimmt keine hohen Ansprüche.«

Wäre Pease nicht im Besitz der Waffe gewesen, hätte Rafe ihm auf der Stelle den Garaus gemacht.

Pease warf einen letzten verächtlichen Blick auf das Portrait, ehe er es mit voller Wucht gegen den Kamin schleuderte.

Fieberhaft suchend blickte er um sich. »Wo ist es? Wo ist Richards Notizbuch? Ich will es, und zwar auf der Stelle.«

»Suchen Sie zufällig das hier?«

Rafe wusste nicht, wer empörter dreinschaute – Pease oder Rebecca, als ihnen klar wurde, was der Oberst im Begriff war zu tun.

Der gerissene alte Halunke hielt Richards Notizbuch über die züngelnden Flammen im Kamin.

»Lassen Sie sie los, Habersham«, herrschte der Oberst Pease an. »Oder ich sorge dafür, dass dieser Rubin auf ewig verschollen bleibt.«

»Das wagen Sie nicht«, fletschte Pease die Zähne und riss das Schwert nach hinten.

Rafe konnte in seinen Augen erkennen, dass er die Schwelle zum Wahnsinn überschritten hatte und Rebecca das Leben auslöschen wollte. Also hob er die Pistole und feuerte.

Die Kugel schlug genau dort ein, wo Rafe es beabsichtigt hatte. Rebecca schrie auf, als sie mit ansehen musste, wie die Kugel Richards Notizbuch zerfetzte. Es fiel in die Flammen, die sich begierig über die trockenen Seiten hermachten.

Pease ließ augenblicklich das Schwert fallen, stürzte zum Kamin und griff hinein. »Meins! Es gehört mir!« Als seine Hände und sein Gehrock Feuer fingen, schrie er wie am Spieß, gab jedoch noch immer nicht auf.

Sein Schmerz sollte jedoch nur von kurzer Dauer sein.

Schnell wie der Blitz schnappte Lady Tottley sich eine große Vase und ließ sie über Peases Kopf zerschellen. Der Viscount war augenblicklich ohnmächtig. »Das sollte Ihnen eine Lehre sein, Sir. Wenn man eine Dame nicht von ganzem Herzen begehrt, macht man ihr keinen Heiratsantrag. Das schickt sich einfach nicht«, schimpfte die Gräfin, als wäre ein bigotter Heiratsantrag das ärgste Vergehen des Viscounts.

Kapitel 16

Distanz zum Objekt der Begierde?
Anstand ist gut und schön, wenn eine Frau plant,
für den Rest ihres Lebens Jungfer zu bleiben.

Miss Darby zu Miss Cecilia Overton in
Miss Darbys desaströses Dilemma

Ein seltsames Geräusch ließ Rebecca aus dem Schlaf hochfahren. Sie hatte geglaubt, sich mittlerweile an den Lärm der Stadt gewöhnt zu haben, der je nach Uhrzeit ab- oder zunahm, aber niemals versiegte. Angefangen von dem Unratsammler, der seinen Karren rumpelnd über das Kopfsteinpflaster zog, bis hin zum Nachtwächter, der die Stunden ausrief. Doch das Geräusch, das Rebecca an diesem Morgen weckte, war ein anderes.

»Oh«, drang es aus dem Nachbarzimmer. »Oh Gott, oh Gott!«

Miss Alminta?

Rebecca rollte sich auf die andere Seite, um nach ihrem Morgenmantel zu greifen, als sie gegen einen muskelbepackten Rücken prallte.

Rafe.

Rafe in ihrem Bett? Miss Alminta war längst vergessen. Rebecca richtete sich auf und bewunderte das schlafende Prachtexemplar von Mann.

Ihr Gemahl.

Mit einem Lächeln zog sie die Knie unter das Kinn und schlang die Hände samt blitzblank poliertem Ehering um die Beine. Sie war Mrs. Raphael Danvers. Glücklich ließ sie den vorhergegangenen Tag Revue passieren.

Nachdem Lady Tottley Pease außer Gefecht gesetzt hatte, wies Rafe Crumpton an, ein Seil zu holen, mit dem der Delinquent gefesselt wurde. Danach verständigten sie die Behörden, und obwohl Peases mangelnde geistige Verfassung, die der Oberst natürlich alleinig dem Rubin zuschrieb, offensichtlich war, würde Pease wohl sein Geständnis der vier Morde, für das es Zeugen gab, den Kopf kosten. Selbst seine gesellschaftliche Stellung würde ihm nicht mehr viel nützen.

Der überführte Viscount wurde nach Newgate verfrachtet, und als Rafe zurückgekehrt war, fiel er sogleich vor Rebecca auf die Knie und machte ihr den lang ersehnten Heiratsantrag.

Ungeachtet Lady Tottleys eindringlicher Beteuerungen, dass Rebecca trotz der unglücksseligen, wenn auch äußerst kurzlebigen Verlobung mit einem überführten Meuchelmörder noch immer Chancen auf eine gute Partie hatte, willigte Rebecca freudestrahlend ein. Sicher, besonders vernünftig erschien es ihr nicht, ausgerechnet den Mann zu heiraten, der Richards Notizbuch verbrennen ließ – und mit ihm ein Vermögen –, nur um ihr das Leben zu retten. Doch Rafe war der atemberaubendste Mann, den sie kannte. Er ließ ihre Augen wie Sterne strahlen und ihr Herz vor Freude hüpfen. Sie konnte sich ein Leben ohne ihn nicht mehr vorstellen. Egal wie viele Viscounts oder Vikare Lady Tottley ihr auch versprechen mochte.

Und als ihr draufgängerischer Verlobter ihr auch noch eröffnete, dass sie nicht auf das Aufgebot warten müssten, weil er eine Sondergenehmigung hatte, begann sie seine Impulsivität mit ganz anderen Augen zu sehen. Tatsächlich schienen seine etwas übereilt und unüberlegt wirkenden Methoden ganz praktisch zu sein.

Lady Tottleys Predigt, warum die Ehe der beiden unter keinem guten Stern stand, war gerade in vollem Gange, als Miss

Honora, Vikar Brown, Lady Lucinda und Lord Barwick vom Setchfieldball zurückkehrten. Lady Lucinda nahm sogleich ihre Mutter beiseite und berichtete ihr in knappen Worten, was sich alles auf dem Ball zugetragen hatte, Rebeccas verschwundene Tanzschuhe eingeschlossen. Mit kreidebleichem Gesicht bedrängte daraufhin die Gräfin den Vikar, so schnell wie möglich seines Amtes zu walten. In kürzester Zeit war die Trauung vollzogen, und eine bis über beide Ohren strahlende Lady Lucinda und ihr Lord Barwick waren die Trauzeugen.

Nachdem Mr. und Mrs. Danvers den ersten ehelichen Kuss ausgetauscht hatten, servierte Crumpton mit leicht verschleierten Augen Champagner, und jeder brachte einen Toast auf das Ehegespann aus. Dann zogen sich die frisch Vermählten zur Hochzeitsnacht zurück.

Beim Gedanken an das, was in der Nacht noch so alles geschehen war, legte sich ein breites Grinsen auf Rebeccas Lippen.

Nach dem stundenlangen und wundervollen Liebesspiel hatte Rafe sie noch lange im Arm gehalten und ihr die Geschichte ihres Eherings erzählt, den sie eingangs für einen herkömmlichen Goldring gehalten hatte: Als Robert der Armee beigetreten war und seine jüngeren Brüder zurücklassen musste, hatte er Orlando und Rafe je einen Ring aus purem Gold als Zeichen seines Schutzes gegeben. Indem Rafe den Ring an Rebecca weitergereicht hatte, setzte er diese Tradition fort. Er gab der ganzen Welt zu verstehen, dass sie von nun an unter seinem Schutz stand und sein Herz einzig ihr gehörte.

Mit einem Seufzer schweifte Rebeccas Blick über den wunderbaren Mann neben sich. Ob es einer frisch gebackenen Ehefrau zustand, ihren Gemahl sanft zu wecken, damit er dort weitermachte, wo er in der Nacht aufgehört hatte?

Als Miss Alminta ein weiteres Mal stöhnte, als hätte sie

Schmerzen, beschloss Rebecca, dass es das Beste war, wenn sie nach ihr schaute. Andererseits …

Doch plötzlich gesellte sich ein weiteres und wesentlich tieferes Stöhnen dazu, das aus dem gleichen Zimmer zu kommen schien.

Ihre ehelichen Gelüste würden warten müssen.

»Wach auf«, flüsterte Rebecca Rafe zu und stupste ihn an.

Rafe knurrte, schlang seine Arme um sie und zog sie zu sich. Mit geschlossenen Augen knabberte er an ihrem Ohr und ihrem Hals, woraufhin sich ein wohliges Gefühl in Rebeccas Körper ausbreitete. *Oh ja*, dachte sie – doch dann schreckten sie Almintas immer lauter werdende Schreie auf.

Auch Rafe riss die Augen auf. »Was zum Teufel war das?«

»Es kommt aus Miss Almintas Zimmer«, wisperte Rebecca. »Ich glaube, sie steckt in Schwierigkeiten.«

Rafe wirkte nicht überzeugt, kletterte aber dennoch aus dem Bett. Rebecca genoss den Anblick ihres splitterfasernackten Ehemannes in vollen Zügen – auch wenn eine keuschere Reaktion sicherlich schicklicher gewesen wäre. Wehmütig sah sie mit an, wie er die Decke an sich riss und sie sich um die Hüften band.

»Bleib hier«, befahl er Rebecca und ging zur Tür.

»O nein, das wirst du nicht«, sagte Rebecca und schlüpfte in den Morgenmantel. »Du wirst Miss Alminta zu Tode erschrecken, wenn du so bei ihr einfällst. Und ehe wir uns versehen, ist das ganze Haus wach.«

»Das ist mir egal.«

»Das denkst du. Warte, was passiert, wenn du Lady Tottley um ihren Schlaf bringst.«

Rafe sah aus, als würde er es gerne drauf ankommen lassen. Als die Geräusche von nebenan immer lauter wurden, stahl er sich aus dem Zimmer.

»Warte, ich komme mit«, rief Rebecca ihm nach und folgte ihm.

Ohne Vorwarnung riss Rafe die Tür zum Nebenraum auf. Und es kam, wie es kommen musste. Miss Alminta schrie wie am Spieß und weckte das gesamte Haus auf. Jetzt würden alle erfahren, Lady Tottley eingeschlossen, was mit dem spurlos verschwundenen Sydney Kitling geschehen war.

Er hatte sich mit der offenbar gar nicht mehr kranken Miss Alminta zwischen den Laken vergnügt.

Wütend zerrte Rafe Kitling vom Bett. »Du Dieb, du elender ...« Weiter kam er jedoch nicht, weil Alminta kreischte und Lady Tottley ebenfalls lautstark protestierte. »Mr. Danvers, der Mann ist unbekleidet«, rief die Gräfin. »Lassen Sie ihn unter der Decke.«

Rafe schüttelte Kitling noch einmal kräftig, ehe er ihn unsanft aufs Bett zurückstieß.

Lady Tottley runzelte finster die Stirn und schickte alle Anwesenden auf ihre Zimmer, um sich etwas Angemessenes anzuziehen, obgleich Rafe Kitling am liebsten nackt auf die Straße gescheucht hätte. Widerwillig beugte er sich dem Befehl der Gräfin, aber nicht, ohne noch einmal mit der geballten Faust in Sydneys Richtung zu wedeln. Nachdem er sich hastig die Kleider übergestreift hatte, postierte er sich wieder vor Miss Almintas Zimmertür, um seiner Beute aufzulauern. Gerade als Rebecca sich zu ihm gesellte, streckte Kitling die Nase zur Tür hinaus. Sogleich packte Rafe ihn beim Kragen und zog ihn auf den Flur. Doch bevor er Kitling eine Kostprobe seiner Fähigkeiten als Knochenbrecher geben konnte, hielten ihn zwei zitternde Hände am Ärmel zurück.

»Mr. Danvers, bitte lassen Sie ihn los. Ich flehe Sie an, tun Sie ihm nicht weh.«

Rafe blickte nach unten und entdeckte Miss Alminta, die sich an ihn geklammert hatte. »Miss Alminta«, sagte er. »Sie wissen doch noch gar nicht, was er getan hat. Er hat Sie ausgeraubt.«

»Ich habe nichts dergleichen getan«, verteidigte sich Kitling panisch, woraufhin Rafe ihn so heftig schüttelte, dass seine Zähne aufeinander schlugen.

»Bitte, Mr. Danvers, so lassen Sie ihn doch in Frieden«, bekniete Alminta ihn. »Mr. Kitling hat nichts gestohlen.«

»Aber wer war es dann«, fragte Honora, die den Korridor herunterkam und anklagend auf Sydney zeigte. »Ich war gestern bei der Bank, um den Kontostand zu erfragen und Schecks zu holen, damit wir unsere Rechnungen begleichen können. Der Bankangestellte teilte mir mit, dass unsere Konten leer seien.«

»Ich habe Ihr Geld nie angerührt, Miss Honora«, stammelte Sydney. »Ich schwöre es.«

Rafe schüttelte ihn, bis er schwieg.

»Mr. Danvers, Sie müssen von Sydney ablassen. Er hat nichts mit dem verschwundenen Geld zu tun«, sagte Alminta mit hochrotem Kopf.

»Sind Sie sich sicher?«, fragte Rafe, der nicht gewillt war, von Kitling abzulassen.

»Ja, weil ich weiß, wer unser Geld hat.«

Honora japste. »Wer denn, Schwester? Wer kann so heimtückisch sein, sich an unserem Erbe zu vergreifen?«

Alminta schaute auf ihre Schuhspitzen. »Ich war es.«

Die Gräfin war gerade damit beschäftigt, eine flammende Rede vorzubereiten und darüber nachzudenken, wie sie diese Meute von seltsamen Kreaturen loswerden konnte, als abermals Radau ausbrach. Umgehend verwarf sie ihr Vorhaben, ihren Gästen eine dringend erforderliche moralische Unterweisung zukommen zu lassen und sie dann diskret zu evakuieren, damit die Nachbarn davon keinen Wind bekamen.

»Mayfair hin oder her«, sagte sie zu Crumpton, als sie an

dem sauertöpfischen Butler vorbeistürzte. »Ich werde diesen Mob höchstpersönlich auf die Straße setzen.«

Doch zu dem anvisierten Rauswurf kam es zunächst nicht. Als sich der komplette Tross adrett gekleidet im Salon eingefunden hatte, setzte Alminta ihr Geständnis fort.

Rebecca, die neben Rafe stand, lauschte mit weit aufgerissenen Augen den Worten, die aus dem Mund der alternden Jungfer sprudelten.

»Honora, mir tut das alles aufrichtig Leid. Ich wusste mir einfach nicht anders zu helfen«, gestand Alminta mit erstickter Stimme. »Ich wollte Sydney heiraten, aber Mutters Testament verbietet uns die Ehe, wenn die andere Vorbehalte gegen den Bräutigam hat.« Für die anderen fügte sie erklärend hinzu: »Sie wollte damit sicherstellen, dass keine von uns in die Fänge eines Schurken oder Heiratsschwindlers gerät, der es nur auf unser Geld abgesehen hat.«

Die Anwesenden hatten die Neuigkeit, dass die beiden Schwestern allem Anschein nach ein großes Vermögen besaßen, noch nicht ganz verdaut.

»Ich war nicht bei klarem Verstand, als ich vor wenigen Tagen zur Bank ging und darum bat, mir unser Geld an Lady Tottleys Adresse zu schicken. Ich hatte vor, Sydney dazu zu überreden, mit mir durchzubrennen.«

»Doch ich weigerte mich«, erklärte Sydney.

Alminta bestätigte seine Worte mit einem bekümmerten Nicken, ehe sie in Tränen ausbrach. Honora nahm sofort die Hand ihrer Schwester und streichelte sie. »O Alminta, warum hast du dich mir denn nicht anvertraut, mir nichts von eurer Liebe erzählt?«

»Ich dachte nicht, dass du uns deinen Segen geben würdest, weil er ... so viel ...«

»... jünger ist?«, offerierte Honora.

Ihre Schwester nickte.

»So viele Jahre trennen uns nun auch wieder nicht«, sagte Sydney, erhob sich und stellte sich an die Seite seiner Herzensdame.

Doch die beiden Gadburys tauschten Blicke aus, die mehr als tausend Worte sagten.

»Mehr als zehn Jahre?«, fragte Kitling verunsichert und blickte zu Alminta.

»Du hast es ihm nicht gesagt?«, fragte Honora, und ihre Schwester schüttelte den Kopf.

»Los, sag es ihm. Sag ihm, wie alt wir beide in Wirklichkeit sind.«

»Wenn es sein muss«, sagte Alminta verzagt, erhob sich, stellte sich auf die Zehenspitzen und flüsterte Sydney die magische Zahl ins Ohr.

Jeder der Anwesenden spitzte neugierig die Ohren, weil niemand wusste, wie alt die Zwillinge waren. Doch Miss Alminta hatte so leise gesprochen, dass nur Sydney sie gehört hatte. Seine tellergroßen Augen verrieten jedoch, dass es sehr viel mehr als zehn Jahre Altersunterschied sein mussten. Bekümmert wich Alminta zurück und blickte wieder auf ihre Schuhe. Die Angst vor Sydneys Reaktion schien sie zu überwältigen.

Doch Sydney überraschte alle, indem er seine Hand ausstreckte und Almintas Kinn sanft anhob, um ihr in die Augen zu blicken. »Dein Alter ist mir vollkommen egal, meine liebste Alminta. Ich werde dich immer lieben.«

»Aber das ist skandalös«, protestierte sie schwach. »Ich bin doch schon …«

Sydney unterbrach sie, indem er sie in eine Umarmung zog und ihr einen Kuss gab. »Auch wenn du hundert Jahre älter wärst als ich«, versicherte er ihr und blickte zu Honora. »Bitte entschuldigen Sie meine schmähliche Geheimniskrämerei,

Miss Honora, aber Sie müssen mir glauben, dass ich Alminta von ganzem Herzen liebe. Wenn Sie sich dazu durchringen könnten, uns zu verzeihen und Ihren Segen zu geben, damit ich Alminta heiraten darf, würden Sie uns eine unbeschreibliche Freude bereiten.«

Kitlings Mittellosigkeit mochte ihn anfänglich in Almintas Arme getrieben haben, aber jeder, der ihn in diesem Moment anblickte, erkannte, dass sein Herz nur für sie schlug. Zutiefst und aufrichtig.

»Aber natürlich habt ihr meinen Segen«, sagte Honora mit Tränen in den Augen.

Die beiden umarmten einander, und selbst Rebecca musste sich eine kleine Träne fortwischen.

Als Honora sich wieder aus der Umarmung löste, fuchtelte sie streng mit dem Finger vor dem Gesicht ihrer Schwester. »Alminta, du musst mir hoch und heilig versprechen, das Geld gleich morgen zur Bank zurückzubringen. Fünfzigtausend Pfund sollten nicht herumliegen.«

»Fünfzigtausend?«, keuchte Lady Tottley und blickte zur Zimmerdecke, wo Almintas Zimmer lag.

Auch Rafe und Rebecca blickten einander wie vom Blitz getroffen an. Fünfzigtausend?

»Ich denke nach wie vor, ich sollte Kitling den Arm brechen«, murmelte Rafe.

»Spar dir das für später«, riet Rebecca ihm.

☆ ☆ ☆

Nachdem das Geld wieder sicher auf der Bank lag, betrat eines der Dienstmädchen den Salon, in der Hand die zerbrochenen Teile des Miniaturportraits.

»Miss Tate«, setzte das Mädchen an, »Verzeihung, Mrs. Danvers, als ich hier heute Morgen sauber machte, fand ich dies. Ich dachte, Sie würden es vielleicht behalten wollen. Es hat ja schließlich Ihrem Herrn Bruder gehört.«

»Vielen Dank«, sagte Rebecca und blickte flüchtig auf das zerstörte Bild und den geborstenen Rahmen.

Was war das? Sie schaute noch einmal genau hin und entdeckte, dass ein Stück Papier zwischen Rahmen und Leinwand steckte. Behutsam zog sie es heraus.

»Was ist das?«, fragte Rafe, der ihr über die Schulter blickte. »Ein Liebesbrief?«

»Ich weiß es nicht«, antwortete Rebecca mit zittrigen Händen. Etwas in ihrem Innern sagte ihr, dass dies der Schlüssel war, nach dem sie so lange gesucht hatten.

Behutsam entfaltete Rebecca den Fetzen und hielt die Luft an. Sie hielt eine Landkarte in den Händen. Zuerst vermutete sie, dass es sich um eine der Landkarten handeln könnte, die Richard für Wellington von Spanien angefertigt hatte. Doch bei genauerem Hinsehen entdeckte sie, dass es sich nicht um Spanien handelte.

»Das ist es. Das ist der Ort, an dem Richard den Kailash-Rubin versteckt haben muss.« Rebecca sprang auf und warf sich Rafe an den Hals. »Wir haben ihn gefunden! Wir sind reich!«

Rebecca war so aufgeregt, dass ihr der bedeutungsschwere Blick entging, mit dem der Oberst Rafe durchbohrte.

»Apropos Rubin …«, sagte Rafe vorsichtig.

Auch vier Stunden später hatte sich Lady Tottleys sehnlichster Wunsch, Miss Tate und ihr Gefolge zu verabschieden, noch immer nicht erfüllt. Rafe für seinen Teil war froh, dass er trotz Rebeccas heftiger Reaktion noch unter den Lebenden weilte. Wie versprochen hatte er ihr gebeichtet, dass er den Segen für ihre Verbindung nur im Austausch für die Zusage bekommen hatte, den Rubin in seine Heimat zurückzubringen.

»Sollte uns irgendwann einmal, aus welchen Gründen auch immer, ein Vermögen zufallen«, raunte Rebecca, »werde alleine ich die Entscheidungsgewalt darüber haben.«

Rafe grinste sie an und willigte widerstandslos ein. Nichts wäre unwahrscheinlicher. Wenn sie nicht zufällig auf einen Schrankkoffer voller Geld stießen, wie Alminta ihn in ihrem Zimmer versteckt hatte, war ihnen eine eher ärmliche Zukunft sicher.

Der gesamte Haushalt hatte sich mittlerweile um den großen Tisch in der Bibliothek versammelt. Alle waren erpicht darauf, herauszufinden, welchen Ausschnitt Englands die kleine Landkarte wohl zeigen mochte.

Auch Rafes Brüder und der Herzog von Setchfield waren mitsamt ihren Gemahlinnen gekommen, um zu helfen. Colins Gattin Georgie hatte ihr Leben lang Seekarten und Navigationskunde studiert, während Roberts Frau Olivia ein Sprachengenie war. Doch auch die beiden konnten das Rätsel nicht entschlüsseln. Genauso wenig wie der Oberst, der eigens seine Landkartensammlung zurate gezogen hatte. Und auch die Bücher von Lord Tottley hatten sie als Sackgasse entpuppt.

»Wenn wir wenigstens herausfinden könnten, was dieses Zeichen bedeutet«, sagte Rafe und deutete auf etwas, das neben dem *X*, dem eigentlichen Versteck des Rubins, zu erkennen war. Es war ein Tropfensymbol, das sich am Rande des Papierstückes mehrfach wiederholte, gemeinsam mit einem Stab und Bäumen. Niemand konnte damit etwas anfangen.

Rebecca lief unruhig auf und ab. »Es muss ein Rätsel sein. Richard liebte Rätsel.«

»Ich fürchte, daran bin ich nicht ganz unschuldig«, sagte der Oberst kleinlaut. »Der Junge war ebenso vernarrt in die Schatzsuche wie ich. Für ihn stellte es offensichtlich ein Heidenspaß dar, selbst einen Schatz zu verstecken.«

»Aber es muss doch jemanden geben, der aus all dem hier schlau wird«, dachte Rafe laut nach.

»Ich hätte da einen Vorschlag«, wagte sich Miss Honora vor. »Gestern Abend machte ich die Bekanntschaft eines sehr feinen Mannes, der uns möglicherweise weiterhelfen kann. Er weiß eine Menge über England und ist viel umhergereist.«

»Mr. Billingsworth!«, rief die Herzogin. »Warum bin ich nicht selbst schon längst auf die Idee gekommen?«

Temple seufzte. »Bitte nicht schon wieder dieser widerliche Kerl. Das letzte Mal, als du ihn zu uns gebeten hast, hat er unser Gästezimmer fünf Wochen lang in Beschlag genommen.«

»Nicht noch einen Hausgast!«, protestierte Lady Tottley. »Ich dulde keine weiteren Nutznießer unter meinem Dach!«

»Nutznießer ist noch wohlwollend formuliert«, murmelte Temple. Seine Gattin ignorierte ihn geflissentlich und nannte Crumpton Mr. Billingsworths Adresse, mit der Bitte, ihn umgehend holen zu lassen.

Eine Stunde später fuhr Theonius T. Billingsworth vor dem Haus der Tottleys vor. Er war der verwirrte Professor, wie er im Buche stand. Aus der Westentasche guckten Schreibfedern hervor, auf seinem Halstuch prangte ein unidentifizierbarer Fleck, und sein kriecherisches Verhalten ließ darauf schließen, dass er es sich zur Gewohnheit gemacht hatte, auf Kosten anderer zu leben.

Es war also nicht weiter verwunderlich, dass er Lady Tottley mit einem Vortrag über die berühmten Marksteine auf dem legendären Grundbesitz ihres Vaters in Northumberland einlullte, der Marquise von Bradstone Komplimente über ihre letzte Abhandlung eines altertümlichen Dialekts der Kelten machte und der Herzogin von Setchfield überschwänglich für ihre unvergleichbare Gastfreundschaft dankte, die sie ihm gewährt hatte.

Der Mann kannte sein Publikum und beherrschte die gesamte Klaviatur der Höflichkeiten, um sich die nächste warme Mahlzeit zu sichern.

Nachdem alle miteinander bekannt gemacht worden waren, brachte Mr. Billingsworth ein Vergrößerungsglas zum Vorschein und beugte sich tief über die kleine Landkarte. Im Raum war es mucksmäuschenstill, alle hatten die Luft angehalten. Vor allem Rebecca. Sie klammerte sich noch immer an die Hoffnung, Rafe möge zur Vernunft kommen und den Rubin behalten – zumindest so lange, bis sie ihn verkauft hatte.

»Ist Ihnen dieses hier aufgefallen?«, fragte Billingsworth in die Runde und zeigte auf die Regentropfen. »Es sind insgesamt vierzig. Das ist interessant. Und was diesen Stab betrifft, so meine ich, mich an einen ähnlichen erinnern zu können.«

»Was lesen Sie denn nun daraus?«, fragte Rebecca ungeduldig.

Nachdenklich kratzte Billingsworth sich am Kinn. »Da bin ich mir nicht sicher, ich müsste erst eines meiner älteren Werke konsultieren. *Altertümliche Heilige und ihre geweihten Grabstätten*.« Er kratzte sich noch immer am Kinn und seufzte. »Wenn ich doch nur eine Ausgabe mitgebracht hätte.«

»Ich habe eine!«, rief Miss Honora. »Oben in meinem Zimmer.« Als ihr klar wurde, dass alle sie mit offenem Mund anstarrten, fügte sie rasch hinzu: »Ich besitze sämtliche von Mr. Billingsworths Büchern, und *Altertümliche Heilige und ihre geweihten Grabstätten* ist zufällig mein Lieblingsbuch.«

Mr. Billingsworth strahlte und rückte sich die Augengläser zurecht. »Miss Honora, bei diesen Worten wird mir ganz warm ums Herz.«

Die Jungfer errötete. »Und mir erst, Sir. Wenn ich an all die vielen Nächte denke, die ich mit Ihnen ... äh, mit Ihren Büchern verbracht habe.« Die Erregung brachte ihre Wangen noch kräftiger zum Leuchten.

Rebeccas und Rafes Blicke kreuzten sich, und Rafe rutschte näher zu ihr. »Denkst du, was ich denke?«

Rebecca kicherte gedämpft. »Ja.«

Das frisch vermählte Paar lächelte in dem sicheren Bewusstsein, dass Alminta Gadbury nicht die Einzige war, die in Kürze vor den Altar trat. Miss Honora würde Mr. Billingsworths Herz im Sturm erobern, soviel stand fest.

Als sie zurückkehrte und der Gelehrte das abgegriffene Buch durchblätterte, bis er an die gewünschte Stelle kam und einen Ausruf des Erstaunens von sich gab, drängten sich alle dicht um ihn.

»Es sind vierzig Regentropfen. Vierzig! Und die Landkarte ist auf den 15. Juli datiert. Das passt wie die Faust aufs Auge, meinen Sie nicht auch?« Erst als der Gelehrte die allgemeine Verunsicherung bemerkte, weil außer ihm immer noch niemand die Zeichen deuten konnte, lieferte er die nötige Erklärung: »Mr. Tate führt uns zu einer alten Grabstätte, die Sankt Swithin gewidmet ist. Die vierzig Regentropfen verweisen auf einen alten Vers:

Fällt am Sankt Swithinstage Regen
wird's vierzig Tag' hernach so sein
Gibt Petrus jedoch seinen Segen
wird's geben nur eitlen Sonnenschein.

Er lächelte in die Runde. »Das *X* steht vermutlich für einen Brunnen, der Swithin gewidmet ist.«

»Einen Brunnen?«, riefen Rebecca und Rafe aus einem Munde.

»Ja, vermutlich ein älterer Brunnen. Wie sie in alten Gärten oder Küchengärten älterer Häuser zu finden sind.«

»Aber wo könnte dieser Brunnen stehen?«, überlegte Temple.

»Bettlesfield Park«, raunte Rebecca. »Hatte ich doch Recht. Ich habe die ganze Zeit über geahnt, dass Richard den Rubin auf dem Grundstück versteckt hat. Wenn ich an all die Stunden denke, die ich mit Schaufel und Axt zugebracht habe ...«

Rafe schaute sie fassungslos an. »*Du* hast also für die ganzen Löcher im Haus gesorgt? Von wegen Schädlinge.«

»Mr. Danvers«, fiel Lady Tottley ihm ins Wort, »dürfte ich Sie daran erinnern, dass Bettlesfield Park so lange in meinem Besitz bleibt, bis meine Tochter unter der Haube ist?«

»Das dürfte schon bald geschehen«, verkündete der junge Lord Barwick, der gerade den Salon betrat. »Lady Tottley, ich bin gekommen, weil ich um die Hand Ihrer werten Tochter anhalten möchte.« Noch im selben Moment stürzte Lady Lucinda auf Lord Barwick zu und schlang ihm die Arme um den Hals. Nicht einmal Lady Tottley wollte diese Zurschaustellung unschicklichen Verhaltens bekritteln. Schließlich war Lord Barwick der Erbe des Herzogtums Hemswell, was einen gewissen Spielraum in den Anforderungen der Etikette ermöglichte.

Während das strahlende Paar die Glückwünsche zur Verlobung entgegennahm, zog Rafe Rebecca zur Seite. »Die Kosten für die Instandsetzungen werde ich dir von deinem Teil der Belohnung der East India Company abziehen, nur damit du es weißt.«

»Erst einmal musst du beweisen, dass ich die Löcher gemacht habe«, entgegnete sie keck.

»Warte nur ab. Ich kann unbeschreiblich überzeugend sein«, sagte Rafe, legte einen Arm um sie und gab ihr einen Kuss.

Colin und Robert waren an die beiden herangetreten, und Colin versuchte, die beiden Turteltauben mittels eines diskreten Räusperns zu unterbrechen. Doch Rafe machte keine

Anstalten, von Rebecca abzulassen, weshalb Robert ihm zusätzlich einen Stoß in die Rippen versetzte. Die beiden ernteten bloß einen verärgerten Blick von ihrem jüngeren Bruder. »Seht ihr denn nicht, dass ich beschäftigt bin?«

»Rafe, es gibt da etwas, das wir dir unbedingt erzählen müssen«, sagte Colin sichtlich verlegen.

»Das kann warten«, brummte Rafe und wandte sich wieder seiner erwartungsvollen Gemahlin zu.

»Es geht um dein Erbe«, klärte Robert ihn auf.

»Um das Vermögen, von dem wir dir bis jetzt noch nichts erzählt haben, weil wir es vergessen haben«, fügte Colin kleinlaut hinzu.

Rafe ließ Rebecca umgehend los und starrte erst Colin und dann Robert fassungslos an. »Mein was?«

»Ich dachte, *er* hätte es dir längst erzählt«, verteidigte Robert sich und deutete auf Colin.

»Und ich hatte angenommen, dass *er* es dir sagt.«

Colin lachte. »Ziemlich lustig, wenn man darüber nachdenkt, nicht wahr?«

Lustig? Rafe hatte die letzten Jahre in einem miesen Rattenloch gehaust, und seine Brüder fanden das lustig? »Wollt ihr damit sagen, dass ich doch nicht arm wie eine Kirchenmaus bin?«

»Hast du Bohnen in den Ohren, Liebster? Du bist reich, steinreich sogar«, lachte Rebecca und zog ihn wieder zu sich. »Du besitzt stolze vierzigtausend Pfund in Form von Treuhandanteilen bei Barclay und Co.« Rebecca stellte sich auf die Zehenspitzen und wollte Rafe küssen.

Doch ihr Gatte wich zurück. »Wie kommt es, dass *du* wieder mal vor mir über alles Bescheid weißt?«

Rebecca grinste. »Lady Tottley hat mir heute Morgen davon erzählt. Angeblich ist sie rein zufällig bei Nachforschungen darauf gestoßen.«

Rafe hatte genug gehört. Wenn er wirklich so reich war, wie Rebecca sagte, gab es nur noch eins zu tun: seine Frau bis zur Besinnungslosigkeit zu küssen.

Seinen Brüdern würde er anschließend die Arme brechen.

Epilog

Indien 1818

Die Sonne brannte erbarmungslos vom Himmel, als Rafe und Rebecca vor dem alten Tempel von Kailash standen.

»Muss ich wirklich?«, quengelte Rebecca, die eine kleine Truhe in Händen hielt. »Ich glaube nach wie vor, dass der Fluch nur ein Hirngespinst ist.«

Rafe lächelte sie nachsichtig an und nickte den Tempelwächtern zu. Er hatte ein Versprechen gegeben und würde es auch halten. Genau wie damals, als er zugesichert hatte herauszufinden, wer hinter den Darbyromanen steckte, oder dass er Sir Rodneys Mörder dingfest machen würde. Er würde nicht wortbrüchig werden, würde nicht eher Ruhe geben, bis der Rubin wieder an seinem rechtmäßigen Platz war.

»Rafe, der Stein ist ein Vermögen wert, vielleicht sogar mehr als dein Konto bei Barclay. Willst du dir das allen Ernstes entgehen lassen?«

Ja, wollte er, und zwar aus einem einzigen, aber unschlagbaren Grund: Er würde alles tun, auf alles verzichten, wenn er seine Liebste nur in Sicherheit wusste.

»Wir hätten ihn auf dem Grund des Brunnens liegen lassen können«, brummte Rebecca und machte einen Schritt auf den Obersten der Schriftgelehrten zu. Staub wirbelte um ihre Stiefel auf.

Rafe grinste. Seit geschlagenen acht Monaten lag Rebecca ihm nun schon in den Ohren, sie sollten den Kailash-Rubin behalten. Um genau zu sein, seit dem Tag, an dem sie nach Bramley Hollow aufgebrochen waren, um das Juwel auszugraben. Alle waren mitgekommen, um dem Ereignis beizuwohnen. Der Stein hatte tatsächlich dort gelegen, wo Mr. Billingsworth es vorhergesagt hatte. Auf dem Boden jenes Brunnens, in den Rafe gestürzt war.

Der Beharrlichkeit des Obersts war es zu verdanken, dass niemand den Stein angefasst hatte. Der große Rubin war direkt von der Spitze des Spatens, mit dem Rafe ihn ausgegraben hatte, in die kleine Holztruhe gewandert, wo er seither lag.

Das Einzige, was es dann noch für Rebecca und Rafe zu erledigen gab, war, mit Colins Schiff nach Indien zu segeln. An Bord der *Sybaris* hatten die beiden ausgiebige und lustvolle Flitterwochen verlebt. Des Nachts hatten sie an Deck den Sternenhimmel studiert oder sich geliebt, die Tage gehörten den Planungen für die Instandsetzung von Bettlesfield Park. Mit Rafes Erbe und der Belohnung der East India Company würde das Anwesen binnen kürzester Zeit nicht nur einen Eintrag in einem von Mr. Billingsworths Büchern wert sein, sondern auch noch Profit abwerfen. Die saftig grünen Wiesen und Weiden eigneten sich hervorragend für die Pferdezucht.

Es gab jedoch auch Personen, die von dem Vorhaben der beiden, Bettlesfield Park wieder aufzubauen und dort einzuziehen, alles andere als begeistert waren. Cochrane hatte sich mit Händen und Füßen dagegen gewehrt, von London nach Bramley Hollow zu ziehen. Als Begründung hatte er Rafes Schicksal angeführt und gelobt, für den Rest seines Lebens einen weiten Bogen um das verhexte Dorf zu machen.

Lady Finch war zunächst hellauf begeistert gewesen, weil sie nun keine nervtötenden Nabobs als Nachbarn bekam. Doch ihre anfängliche Freude war in Bestürzung umgeschlagen, als ihr dämmerte, dass auch der Oberst mit einziehen würde. Er und seine vermaledeite Kanone. Sofort hatte sie Lord Finch angewiesen, einen massiven Wall zwischen den beiden Anwesen errichten zu lassen, um sich vor möglichen Irrläufern zu schützen.

Jetzt musste Rebecca also nur noch den Kailash-Rubin seinen rechtmäßigen Besitzern aushändigen.

Rafe versetzte ihr einen zärtlichen Stoß in den Rücken, und Rebecca trat einen Schritt vor. »Betrachte es einfach als Sonderlektion in Sachen innere Stärke. Du kannst das Thema ja in deinem nächsten Roman aufgreifen«, raunte er.

Nachdem Lady Lucindas Vermählung mit Lord Barwick beschlossene Sache war, hatte Lady Tottley Rebecca aus dem Versprechen entlassen, keine weiteren Darbyromane mehr zu veröffentlichen, und kurz bevor Rebecca und Rafe nach Indien ausgelaufen waren, war *Miss Darbys furchtbare Verlockung* erschienen.

Rebecca legte die Stirn in Falten. »Miss Darby würde nie und nimmer so unvernünftig handeln.«

Rafe lachte und gab ihr einen Kuss. »Was sagte Prinz Ranjit doch gleich zu deiner Heldin in *Miss Darbys furchtbare Verlockung*?«

»Ausgemachten Blödsinn, da bin ich mir sicher«, antwortete Rebecca und rang sich ein Lächeln ab, das den Umstehenden galt. Jedes Dorf im Tal hatte zu diesem so gewichtigen Anlass die Stammesältesten und Schriftgelehrten entsandt. Die Rückkehr des Kailash bedeutete für sie die Wiederkehr von Schutz und Wohlstand.

»Mrs. Danvers«, ergriff der Oberste der Schriftgelehrten des Tempels das Wort. »Sie machen uns das größte Geschenk auf Erden, indem Sie uns den Kailash zurückbringen. Für dieses beispiellose Opfer soll Ihr Leben mit der Güte des Geschicks gesegnet sein.«

Rebecca stieß einen tiefen Seufzer aus, streckte die Arme vor und übergab die Kiste. Rafe vermutete, dass ihm als Einzigem aufgefallen war, wie Rebecca einen winzigen Moment lang gezögert hatte. »*Aufgrund der Stärke deines Willens, der Reinheit deines Herzens und der Gnade deiner Liebe kannst du dir immerfort meines Schutzes und meiner tiefsten Ergebenheit sicher sein*«, zitierte er den Prinzen mit leiser Stimme, als die Zuschauer um sie herum in ohrenbetäubenden Jubel ausbrachen.

Rafe dachte, Rebecca würde wieder ihr legendäres Grunzen zum Besten geben, das ihn an Mrs. Wortling erinnerte, doch sie tat etwas anderes. Sie wirbelte zu ihm herum und schlang ihm die Arme um den Hals.

»Vielen Dank dafür, dass du mir geholfen hast, dies hier hinter mich zu bringen«, sagte sie. »Es mag ein wenig eigenartig klingen, aber so langsam hatte selbst ich das Gefühl, dieser Stein bringt mich um den Verstand.«

»Dich?«, flachste Rafe, ehe er sie gefühlvoll küsste.

Rebeccas Herzschlag beschleunigte sich, und sie spürte, wie sie von einem Wahnsinn ergriffen wurde, den sie nie wieder in ihrem Leben missen wollte.

»Liz Carlyle verwebt Leidenschaft und Spannung auf grandiose Weise.« Karen Robards

Liz Carlyle
MEIN REBELLISCHER VERFÜHRER
Roman
416 Seiten
ISBN 3-404-18701-6

Frederica d'Avillez will niemals heiraten. Und nach einer katastrophalen Saison in London wurde sie auch noch von ihrem treuen Verehrer sitzen gelassen. Wenn es schon nicht mit dem Ehemann klappt, will Frederica wenigstens einmal eine Nacht voll unvergesslicher Leidenschaft erleben ... Und wer ist besser dafür geeignet als der umwerfend attraktive Herzensbrecher Bentley Rutledge, um den alle gut erzogenen jungen Damen normalerweise einen großen Bogen machen? Nach einer stürmischen Eskapade erkennt Frederica, dass Bentley hinter seiner Fassade einen weichen Kern hat. Doch er verbirgt andere dunkle Geheimnisse ...

Bastei Lübbe Taschenbuch

Wie aus Hass Liebe wird – eine texanische Romanze

Shirl Henke
SÜSSE BLÜTE
DER NACHT
Roman
464 Seiten
ISBN 3-404-18702-4

Der Revolverheld Lee Velasquez ist ein Einzelgänger, gefürchtet für seine tödliche Treffsicherheit und seine Ruchlosigkeit. Seine einzige Schwäche ist die skandalumwitterte Melanie Fleming aus New Orleans, die es sich in den Kopf gesetzt hat, für die Rechte der Frauen zu kämpfen. Als ihr feuriges Temperament auf Velasquez' stolzes, spanisches Blut trifft, stieben die Funken: Sie hasst seine Arroganz, er verabscheut ihre indianischen Vorfahren, fühlt sich aber gleichzeitig magisch von ihr angezogen. Und unter seinen heißen Küssen schmilzt bald jeglicher Widerstand, und Melanie gibt sich einer grenzenlosen Leidenschaft hin ...

Bastei Lübbe Taschenbuch